广西师范大学中华优秀传统文化传承发展中心（国学中心）编辑
广西大学文学与文化研究中心建设经费资助

骈文研究

[第7卷]
第1辑

莫道才 主编

广西师范大学出版社
GUANGXI NORMAL UNIVERSITY PRESS
·桂林·

图书在版编目（CIP）数据

骈文研究. 第7卷 ：第1、2辑 / 莫道才主编.
桂林 ：广西师范大学出版社，2024. 4. -- ISBN 978-7
-5598-7102-2

Ⅰ. I207.22

中国国家版本馆 CIP 数据核字第 2024PV7133 号

广西师范大学出版社出版发行

（广西桂林市五里店路 9 号　邮政编码：541004
网址：http://www.bbtpress.com）

出版人：黄轩庄

全国新华书店经销

广西广大印务有限责任公司印刷

（桂林市临桂区秧塘工业园西城大道北侧广西师范大学出版社
集团有限公司创意产业园内　邮政编码：541199）

开本：787 mm × 1 092 mm　1/16

印张：25.25　　　字数：470 千

2024 年 4 月第 1 版　　2024 年 4 月第 1 次印刷

定价：80. 00 元（全 2 册）

《骈文研究》编辑委员会

目　录

读书札记

骈文研究新视野

编后记

稿 约

论《洛阳伽蓝记》的叙事张力

曹 虹

内容摘要:长久以来,《洛阳伽蓝记》作为“北朝三书”之一而享誉于中国散文史,此书其实更以叙事体量恢宏、文风笔力遒丽而深契于骈偶文脉与时代主题。正因为作者杨衒之在史家笔法和文事经营上博综而富有创意,《洛阳伽蓝记》一书呈现出非同一般的叙事张力。考量中国文学及其叙事传统之际,正需要立基于对这样的经典之作的再认识。

关键词:《洛阳伽蓝记》;叙事张力;文体策略

刘师培的《南北文学不同论》对中国南北文学的地域有所界定,“则南声之始,起于淮、汉之间;北声之始,起于河、渭之间”,并由南音北音之异引入南北文学的差异,“声音既殊,故南方之文亦与北方迥别”。在他所推阐的南北文学相异视野下,北方“民崇实际,故所著之文,不外记事、析理二端”,南方“民尚虚无,故所作之文,或为言志、抒情之体”,尽管在历史演进中渐生“互淆”,但从这个基本判断中,可见“记事”本属北方文学强项。[①] 在中古时期享有“记”体盛名的,就有出自北方杨衒之的《洛阳伽蓝记》。作为北朝的旷世杰作,《洛阳伽蓝记》卓越的叙事成就既是其史学地位的保障,同时也蕴含着作者在叙事结构、文体策略、记事视野诸方面的文学性的营构意识。很难想象,杨衒之会不着迷于如何发挥叙事艺术的文脉传统,从而在个人著述中图谋形式与内容上的新圭臬。正因为作者在史家笔法和文事经营上博综而富有创意,《洛阳伽蓝记》一书呈现出非同一般的叙事张力。不明乎此,似不足以深度体认该书的文脉与文体背景,以及此书在中国古代叙事艺术积淀史上的地位。

一、结构张力

《四库全书总目·洛阳伽蓝记提要》概括此书的结构笔法特点曰:“以城内及四门之外,分叙五篇。叙次之后,先以东面三门、南面三门、北面三门,各署其新旧之名,以提纲领,体例绝为明晰。其文秾丽秀逸,烦而不厌,可与郦道元《水经注》肩随。其兼叙尔朱荣

① 刘师培《南北文学不同论》,《刘申叔遗书》,江苏古籍出版社 1997 年版,第 559—560 页。

等变乱之事,委曲详尽,多足与史传参证。其他古迹艺文,及外国土风道里,采摭繁富,亦足以广异闻。”[①]《洛阳伽蓝记》一书以取材广博为特点,记一代名都佛寺,同时还要使“世谛俗事,因而出之”[②],不可谓不烦杂,那么,组织之功、结构之巧就必不可少。如何应对巨大的叙事体量?学者经过考证与复原,倾向于认为全书的行文体制,采取了正文与子注相配拟的方式,具有归类简便、经纬相参的长处。这一结构方式,据陈寅恪揭示,是出于六朝初期佛书“合本子注之体”。这种编书体例,乃是因佛经传译过程中,出现同本异译等新问题,“若其偏执一经,则失兼通之功;广披其三,则文烦难究”,于是出现了巧而不烦的合抄之书,即以某一译文为大字母本,以别种译文为夹注小字,类似于母子相附。[③] 本书在历代传刻过程中,正文与子注往往被混淆,近代以来学者们致力于阐明原书体例,尽管少数细节划分上见解有异,但总体上已相当成功地恢复了原书“母子相附”的结构形态。

不仅如此,正文与子注的配拟方式中,还存在着笔法张力,林文月《〈洛阳伽蓝记〉的冷笔与热笔》一文[④],对此是极好的说明。一种是在描述地理空间之际客观冷静的笔调,如介绍立于皇宫前阊阖门南一里御道西的永宁寺,其地理位置及地标指向实与皇宫机构相交集:“其寺东有太尉府,西对永康里,南界昭玄曹,北邻御史台。阊阖门前御道东,有左卫府。府南有司徒府。司徒府南有国子学堂,内有孔丘像,颜渊问仁、子路问政在侧。国子南有宗正寺,寺南有太庙,庙南有护军府,府南有衣冠里。御道西有右卫府,府南有太尉府,府南有将作曹,曹南有九级府,府南有太社,社南有凌阴里,即四朝时藏冰处也。”诸如此类的“冷笔”,清晰地描绘出了一个井然有序的北魏都城洛阳,甚至可以按照其描写还原出一幅精确的洛阳地图。另一种是在叙写历史风云、文物变灭时主观热烈的笔调,如关于永宁寺木结构的九层佛塔发生火灾:

> 永熙三年二月,浮图为火所烧,帝登凌云台望火;遣南阳王宝炬、录尚书长孙稚将羽林一千赴火所;莫不悲惜,垂泪而去。火初从第八级中,平旦大发。当时雷雨晦冥,杂下霰雪。百姓道俗,咸来观火,悲哀之声,振动京邑。[⑤]

作者笔下的这场“振动京邑”的巨型火灾,还是灭国迁都的征兆,这种蕴含政治寓意的书写,增加了对国家命运的悲慨与思索。作为宫室都城营制的汉晋本土传统,尤其重视“象

---

① 〔清〕永瑢等撰《四库全书总目》,中华书局 1965 年版,第 619 页。

② 语出〔北魏〕杨衒之《洛阳伽蓝记原序》,《大中华文库》本《洛阳伽蓝记》,中华书局 2007 年版,第 6 页。

③ 参陈寅恪《支愍度学说考》《读洛阳伽蓝记书后》,分别载《金明馆丛稿初编》《金明馆丛稿二编》,上海古籍出版社 2020 年版,第 183—187 页,第 178—183 页。

④ 载《台大中文学报》,1985 年第 1 期。

⑤ 《大中华文库》本《洛阳伽蓝记》,第 52 页。

天设都"的文化取向,寓有法象星宿、保求永恒的文化心理①,东汉王延寿《鲁灵光殿赋》已概括出这一原理:"然其规矩制度,上应星宿,亦所以永安也。"②例如皇宫前"阊阖门",就取义于天门。在儒学主导的早期史学记录中,天降异象有时被用来作为政治警示,例如,《逸周书·度邑》载:"(武)王曰:呜呼,旦!惟天不享于殷!发之未生至于今六十年,夷羊在牧,飞鸿满野。"清代陈逢衡释曰:"夷羊,怪物,商羊、羵羊之类。"③《国语·周语上》曰:"商之兴也,梼杌次于丕山;其亡也,夷羊在牧。"韦昭注:"夷羊,神兽。牧,商郊牧野也。"④在唐人所编《艺文类聚》中,"夷羊在牧"这种对应于夏政衰亡的自然界异相是出于子夏之口:"《周书》曰:'子夏曰:桀德衰,夷羊在牧,飞蛤满野。'"⑤这些都属于儒学由天道引入人事的天人之学框架。值得比较的是,随着佛教的东传并扎根于中原,士人对天人之学的框架加以表达时,联想与取喻的途径就可以扩大为佛教的异相或灵征。所以,杨衒之特意记载永宁寺佛塔焚毁才过三月,有人从东莱郡来云:"见浮图于海中,光明照耀,俨然如新,海上之民,咸皆见之,俄然雾起,浮图遂隐。"再过五月,"而京师迁邺"。原书中有三处提到北魏灭亡的征兆,都是从佛教灵征取意。⑥ 作者以佛教灵征为应验,表达对亡国灭身的历史教训的思考和心绪,比之传统的天人学说,体现出佛教信仰因素作用于社会后的新的知识与思想语境。其在天道与人事拟配上的苍茫感与变灭感,也达到了书写范式上的新创。这种冷笔与热笔交替配合,如同复调音乐,强化了结构上的张力,也带来"烦而不厌"的阅读享受。

再从历代著录归类看,有时被归入子部,如《新唐书·艺文志》列入丙部子录道家类(此处道佛通称),宋郑樵《通志·艺文略》列入释家类,明焦竑《国史·经籍志》列入释家寺观类;有时被归入史部,如《隋书·经籍志》《宋史·艺文志》等都将之列为史部地理类。⑦ 虽然在著录类别上可以各证其合理性,但跨类本身也是有张力意味的。

二、文体策略

从作者的笔法渊源来看,如此善于将铺叙与轶事兼顾互映,实在是体现了赋才与史笔相结合的本领。

---

① 参梁轩《"象天设都"与东汉洛阳城的空间布局》,《自然科学史研究》2019 年第 1 期。

② [南朝梁]萧统编,[唐]李善、吕延济等注《六臣注文选》,中华书局 1987 年版,第 216 页。

③ [西晋]孔晁注,[清]陈逢衡补注《逸周书补注》,宋志英、晁岳佩选编《〈逸周书〉研究文献辑刊》第 2 册,国家图书馆出版社 2015 年版,第 410 页。案:《度邑》应属西周文献,并且与今文《尚书》二十八篇属同一系统。

④ [清]徐元诰撰《国语集解》,中华书局 2002 年版,第 29 页。

⑤ [唐]欧阳询撰《艺文类聚》,上海古籍出版社 1982 年版,第 1631 页。

⑥ 分别见《大中华文库》本《洛阳伽蓝记》,第 52、138、252—254 页。

⑦ 关于《洛阳伽蓝记》著录归类,参曹虹《〈洛阳伽蓝记〉新探》,《文学遗产》1995 年第 5 期。

拙文《〈洛阳伽蓝记〉与汉晋辞赋传统》对杨衒之辞赋观作了拟测,并分析他如何调动辞赋的写作经验来为全书的内容服务,具体联系到他利用政区争衡之赋体来“夸耀”中原文化正统、利用“侈丽闳衍”赋风来呈现北魏帝都图景。[①] 兹欲进一步从叙事张力的角度,探究他的内在本领和文体策略。

衒之的赋才秀逸,实为文化风土所钟毓,他所探求的审美与征实相合的方法,有着对中原文化统绪的认同与印证。北魏迁都洛阳后的礼乐政刑措施,采自汉魏以及西晋制度甚多,在审美心理与文章气格上,也崇尚汉魏或西晋,洛阳成为“文雅大盛”之区。这有史书的概括与印证,《隋书 · 文学传序》指出:“暨永明、天监之际,太和、天保之间,洛阳、江左,文雅尤盛。”[②]洛阳文学的繁盛,与孝文帝等最高统治者笃好斯文、提倡文教有关。《魏书 · 文苑传序》指出:“逮高祖驭天,锐情文学,盖以颉颃汉彻,掩踔曹丕,气韵高艳,才藻独构。衣冠仰止,咸慕新风。肃宗历位,文雅大盛,学者如牛毛,成者如麟角。”[③]作为文风崇尚汉魏的基本倾向的一个表现,赋才往往受到推崇,稍后延续到北齐时,以著《魏书》而闻名的魏收仍倡言:“会须作赋,始成大才士。”[④]有学者推断衒之家学出于北平阳固,据《魏书》本传,阳固长于赋,所作《南北二都赋》,“称恒代畋鱼声乐侈靡之事,节以中京礼仪之式,因以讽谏”[⑤]。不难看出题材题旨对汉赋模式的承接。其实汉人辞赋思想中,除了“讽谏”侈靡说,还有如东汉王延寿《鲁灵光殿赋》“物以赋显,事以颂宣”的理念。[⑥] 那么同一对象的显现,实可产生多重的记叙效果,也许其中的张力意味更是衒之所希望得到的。

以所谓讽谏佞佛侈靡而言,在《洛阳伽蓝记》写作意图的认知上,不能说全无文本依据。但是更需要强调的是,作者笔下的洛阳佛宇,既是一种宗教景观,也是一种人文景观。关于京师帝都,张衡《西京赋》称“实惟地之奥区神皋”[⑦];本书卷四杨衒之从大觉寺的角度写道“北瞻芒岭,南眺洛汭,东望宫阙,西顾旗亭,神皋显敞,实为胜地”[⑧],也以“神皋”指称。对于本书内容的丰富性,明代毛晋作出了很好的概括:“铺扬佛宇,而因及人文。著撰园林、歌舞、鬼神、奇怪、兴亡之异,以寓其褒讥,又非徒以记伽蓝已也。”(绿君亭本《洛阳伽蓝记》跋)实际上在作者的叙事张力下,故都伽蓝不仅成了北魏佛教隆盛的象征,而且是北魏皇基帝业的象征。以对胡太后营建的最为壮观的永宁寺的描写为例,作者一方面流露出对最高统治者“营建过度”的不满;另一方面,借西域僧人对永宁寺塔的

---

① 曹虹《〈洛阳伽蓝记〉与汉晋辞赋传统》,《古典文献研究》第 11 辑,凤凰出版社 2008 年版。

② 〔唐〕魏徵等撰《隋书》,中华书局 2020 年版,第 1941—1942 页。

③ 〔北齐〕魏收撰《魏书》,中华书局 1974 年版,第 1869 页。

④ 〔唐〕李百药撰《北齐书 · 魏收传》,中华书局 1972 年版,第 492 页。

⑤ 关于学界对杨衒之家学的综合推断,参曹虹《〈洛阳伽蓝记〉与汉晋辞赋传统》。

⑥《六臣注文选》,第 216 页。

⑦《六臣注文选》,第 45 页。

⑧《大中华文库》本《洛阳伽蓝记》,第 248 页。

赞美，流露出对北魏全盛时的国力与中原文化的自豪之情：

> 时有西域沙门菩提达摩者，波斯国胡人也。起自荒裔，来游中土，见金盘炫目，光照云表，宝铎含风，响出天外，歌咏赞叹，实是神功。自云："年一百五十岁，历涉诸国，靡不周遍，而此寺精丽，阎浮所无也。极佛境界，亦未有此。"口唱南无，合掌连日。

在骈偶化的句式上，"金盘炫目，光照云表，宝铎含风，响出天外"是相当工整的四字隔句对。全书另有两处述及"极佛境界"或"佛国"，语气看似客观，其实都蕴含着同样的自豪感。一为卷三景明寺条记佛教行像活动的盛大，"时有西域沙门见此，唱言佛国"；一为卷五所录《宋云行纪》中乌场国王问宋云曰："彼国出圣人否?"宋云具说周孔庄老之德，次序蓬莱山上银阙金堂等，乌场国王感叹道："若如卿言，即是佛国，我当命终，愿生彼国。"①

更何况作者还有超卓的史地学本领。清代洪颐煊《书〈洛阳伽蓝记〉后》惊佩于此书对全城建制的可靠记录：

> 《洛阳伽蓝记》云："京师东西二十里，南北十五里，户十万六千余。庙社宫室府曹以外，方三百步为一里，里开四门，门置里正二人，吏四人，门士八人，合有二百二十里。寺有一千三百六十七所。"颐煊尝取见于记者绘为图，宫内唯式乾殿、光明殿、建始殿、徽音殿、凝闲堂、乾明门、东华门，城内唯永安里、昭义里、般若寺、承光寺、禅林寺、灵觉寺，不知所在，余皆可列而知也。②

洛阳的城市意象，因伽蓝遍布而成为北魏的新标志，并且因其与传统上一些价值观或生活方式的差异而具有丰富性。衒之的记述态度以记实记异为取向，作审慎的主观评判。由此也可以理解，为什么此书是京师记或寺塔记的典范之作。

三、神异叙事

"取其祥异"，是本书的结构手法之一，也体现史料与史观上的特色。接受志怪素材意味着什么？叙事视野的变化或可推动文类或亚文类的衍生，并在深层可能引发新的主题和思想。

---

① 分别见《大中华文库》本《洛阳伽蓝记》，第158、276、278页。

② 〔清〕洪颐煊《书〈洛阳伽蓝记〉后》，《筠轩文钞》卷七，民国二十三年邃雅斋本。

多年前我为台湾“中国佛教经典宝藏”释译此书写“题解”时，认为如作者自序所介绍，“今之所录，止大伽蓝，其中小者，取其祥异，世谛俗事，因而出之”，这种记事兴趣流露出作者“对佛教的某种神秘力量的肯定”，从萦绕在全书中的谈神说怪的气息来看，“作者是受到因佛教东传而大为强化的神灵信仰的影响的”。①

这里还要进一步指出，衒之笔下的神异叙事，不同于一般的辅教之书那种一味赞扬宗教灵征的单调感，就叙事能量与思想能量而言，因某种张力的作用而产生了更为苍浑的记述与反思的效果。

首先，就思想或史观上而言，衒之对传统儒家“神明”观的运用有所深思与突破，并引入佛教灵征这样的新视角，来对宏大社会生活与政体存亡之因加以省思。这确实带来了新的思想气息。衒之自序的首段文字，就涉及天人之学的思想架构：“三坟五典之说，九流百代之言，并理在人区，而义兼天外。至于一乘二谛之原，三明六通之旨，西域备详，东土靡记。”②可测他关注中国固有的学术思想与佛教东传以来的新思维的比较与衔接，尤其是在天人之际的神明感应论方面有所探索。

说到天人之际的神明感应，不得不联系到史家司马迁的善于“究天人之际”，他写伯夷传时，已大感善恶报应的错乱，实寓有对天道人伦秩序断裂之忧。无独有偶，衒之在叙写永宁寺时，将撼动北魏基业的尔朱一族血腥政变的时事附系于此，衒之称尔朱氏为“逆贼”，叙及尔朱兆恰逢黄河水浅，水位不到马腹，不用船就渡越河险，以致擒获庄帝，使朝廷遭难，对此结局而特加史评：

> 衒之曰：昔光武受命，冰桥凝于滹水；昭烈中起，的卢踊于泥沟，皆理合于天，神祇所福，故能功济宇宙，大庇生民。若兆者，蜂目豺声，行穷枭獍，阻兵安忍，贼害君亲。皇灵有知，鉴其凶德！反使孟津由膝，赞其逆心。《易》称：“天道祸淫，鬼神福谦。”以此验之，信为虚说。③

前代史书中作为天遂人愿之美谈的故事，无过于汉光武帝受命于天，难渡的滹沱河为之凝结冰桥，蜀汉昭烈帝中兴汉室，危途中所乘的卢马从泥沟一跃而起。“光武受命”四句，两两形成隔句对，而且是属于唐人《赋谱》所总结出的“上四下六”最见水准的“轻隔”句态。④ 然而天道难知，人世难言，像上文所引《周易》这样将善恶与福祸作顺向对应的天道观念，受到了现实中人伦与政治困境的冲击与颠覆。衒之以善感的史家之心，思索中

---

① 曹虹释译《洛阳伽蓝记》，佛光文化事业有限公司 1998 年版，第 9 页。

②《大中华文库》本《洛阳伽蓝记》，第 6 页。

③《大中华文库》本《洛阳伽蓝记》，第 48—50 页。

④〔唐〕佚名《赋谱》，张伯伟撰《全唐五代诗格汇考》，凤凰出版社 2002 年版，第 557—558 页。

土固有天人之学的理论缺陷。于此也可体察他的理论焦虑。

以儒学传统影响于汉代宫室苑囿之赋的写作而言，也积淀了如何长享帝业王基的教理，甚至可以说充溢着神祐思想的指导。例如，扬雄《长杨赋》(长杨为皇家行宫，以长杨宫射熊馆为背景)寓有帝业兴亡论的思考，能得到"上帝眷顾"，"受神人之福祜"，是"规亿载，恢帝业"的保障，当然，神祐也意味着德祐，世间的"遵道显义"是福祉所归。[①] 再如东汉王延寿《鲁灵光殿赋》提出了一个警醒的问题，作为"遭汉中微"即西汉政统中衰的表征，"自西京未央、建章之殿皆见隳坏"，何以"灵光岿然独存"？答案也是明确的："意者岂非神明依凭支持以保汉室者也？然其规矩制度，上应星宿，亦所以永安也。"宫殿建筑是帝德王基的物化形态，故"神灵扶其栋宇，历千载而弥坚"[②]。从中不难感到这类汉赋题旨的背后，是以德化的天人之学的思想框架为支撑。

清代孙梅《四六丛话》卷三十一指出："《洛阳伽蓝记》铺叙宏丽，点缀清妍，其《景福》之匹俦，《灵光》之支裔欤。"[③]其文采上承《景福殿赋》《鲁灵光殿赋》等赋体精粹，那是当然的。衒之对一代京都宫殿寺塔的追记，更是直面着政体兴亡的历史拷问！从繁盛到崩塌，对于记叙者而言，势必也在思考用怎样的天人之学来包络这样的宏大叙事。由于兴亡感的逼迫，他对汉代学者那样的德化的神明观似感虚浮，而且更多地借佛教的神异示现，反映俗世生活的波澜变化，启导兴废存亡的历史关怀，从而达成对天人之际的新思考。事实上，当他记"京师迁邺"这一重大事变时，特加记录所伴灵征，既是认同佛教神异力量，亦具有史学警示意味。这种史学成就在北朝史学中较为突出。《魏书》列有《灵征志》，将灵征视如"天意"："出帝永熙三年二月，永宁寺九层佛图灾。既而时人咸言有人见佛图飞入东海中。永宁佛图，灵像所在，天意若曰：永宁见灾，魏不宁矣。"[④]

其次，就取材或史实层面而言，衒之将"取其祥异"的方针与史学的实录精神加以统合。在中古时期，对祸福征祥的关注往往促成"释氏辅教之书"的书写，正如鲁迅钩稽出宋刘义庆《宣验记》、齐王琰《冥祥记》、隋颜之推《集灵记》、侯白《旌异记》等系列，指出其叙事义例为"大抵记经像之显效，明应验之实有，以震耸世俗，使生敬信之心，顾后世则或视为小说"[⑤]。受佛教神通信仰的影响，起着信教辅教作用的叙事著述其实还相当广泛，唐代道世《法苑珠林》卷五有所总结：

> 古今善恶祸福征祥，广如《宣验》《冥祥》《报应》《感通》《冤魂》《幽明》《搜神》《旌异》《法苑》《弘明》《经律异相》《三宝》《征应》《圣迹》《归心》《西国行传》《名

① 《六臣注文选》，第174—177页。
② 《六臣注文选》，第216、221页。
③ 〔清〕孙梅《四六丛话》，王水照主编《历代文话》第5册，复旦大学出版社2007年版，第4900页。
④ 〔北齐〕魏收撰《魏书》，第2913页。
⑤ 鲁迅撰《中国小说史略》，凤凰出版社2010年版，第37页。

> 僧》《高僧》《冥报》《拾遗》等。卷盈数百,不可备列。传之典谟,悬诸日月。足使目睹,当猜来惑。[①]

诚然,考察魏晋史学的研究者已揭示,志怪与著史两者关系密切。[②] 志怪作者具史才;史书采纳志怪内容。在这样的学术趋向中,仍可看出衒之史才与叙事的特殊贡献。他善于把佛教征祥当作社会事件来叙写或点缀,记录超自然及离奇事件,并适时阐释它们对帝都生活的影响与寓意,更何况全书约五分之一的篇幅,登载了宋云、惠生的西行记,相当的笔墨是用于"寻如来教迹"即寻访代表佛陀人格与教化力量的奇迹,其内容恰可符合道世《法苑珠林》中所列举到的鼓动信仰的"《西国行传》"一类的文本。

不得不承认,杨衒之一方面是客观冷静的都市志或史地志学者,一方面对志怪素材抱有开放的热情。这样做,一方面能生动地反映出"以神异为不寻常的社会"在世相与心理上的鲜活样态[③],便于在传统素养之外,吸纳佛教文化的某些异质因素;另一方面缘于史学嗅觉,也能抑制因教义先行而流于类型化的叙事堆垛。兹稍作举例比较:

> 晋张崇,京兆杜陵人也。少奉法。晋太元中,苻坚既败,长安百姓有千余家,南走归晋。为镇戍所拘,谓为游寇,杀其男丁,虏其子女。崇与同等五人,手脚杻械。衔身掘坑,埋筑至腰,各相去二十步。明日将驰马射之,以为娱乐。崇虑望穷尽,唯洁心专念观世音。夜中,械忽自破,上得离身!因是便走,遂得免脱。(《冥祥记》"张崇"条[④])
>
> 史隽有学识,奉道而慢佛。常语人云:"佛是小神,不足事也。"每见尊像,恒轻诮之。后因病脚挛,种种祈福,都无效验。其友人赵文谓曰:"经道福中第一。可试造观音像。"隽以病急,如言铸像。像成,梦观音,果得差。(《宣验记》"史隽"条[⑤])
>
> 南阳人侯庆有铜像一躯,可高丈余。庆有牛一头,拟货为金色,遇急事,遂以牛他用之。经二年,庆妻马氏忽梦此像谓之曰:"卿夫妇负我金色久而不偿,今取卿儿丑多以偿金色焉。"马氏悟觉,心不遑安。至晓,丑多得病而亡。庆年五十,唯有一子,悲哀之声,感于行路。丑多亡日,像自然金色,光照四邻。一里之内,咸闻香气。僧俗长幼,皆来观睹。尚书右仆射元稹闻里内频有怪异,遂改阜财里为齐

---

① 〔唐〕道世撰《法苑珠林》上册,江苏广陵古籍刻印社1990年版,第81页。

② 参逯耀东《志异小说与魏晋史学》,《魏晋史学的思想与社会基础》,中华书局2006年版,第155—177页。

③ [日]柳田圣山《中国禅思想史》指出:"神异之特别地被感觉为神异,这在以神异为不寻常的社会里,是显然的。"吴汝钧译,台湾商务印书馆1992年版,第48页。

④ 王国良撰《冥祥记研究》,文史哲出版社1999年版,第130页。

⑤ 鲁迅校录《古小说钩沉》,齐鲁书社1997年版,第269页。

谐里也。(《洛阳伽蓝记》开善寺条①)

不难看出,《冥祥记》《宣验记》这样的劝教故事虽主角不同,但叙事的类型化或模式化明显。衒之却善于加大反映社区生活气息与地理地名变迁容量。本来,辅教叙事与良史实录之间是容易存在某种抵牾的,但衒之把这样的抵牾转化为适度的张力上的平衡,制造出卓尔不群的叙事效果。

总之,《洛阳伽蓝记》一书在主题、文体与笔法能量上,其生动性与丰富性可从叙事张力上得到说明,由此也可以聚焦其内在于文本结构、文体策略、叙事视野上的文学特点。杨衒之对佛教文化与传统天人之学的沟通、对骈散体在中古时代并趋相资形态、对纪实与志怪技法的绾合诸方面,富有相当的理论意识与实践精神,从中也可感知该书之文脉延展的背景与使命。

作者简介:

曹虹,1958年生,江苏南通人,文学博士,南京大学文学院教授。研究方向为中国古代文章学。著作有《阳湖文派研究》等。

---

①《大中华文库》本《洛阳伽蓝记》,第230—232页。

《文心雕龙·丽辞》的评价、贡献与不足

魏文潇

内容摘要:《丽辞》是《文心雕龙》重要篇章之一。古今对于《丽辞》的评价可分为一味褒扬或以褒扬为主,褒贬约各半或在褒扬中有所保留,一味贬抑或以贬抑为主等三类。在众多评价中,存在着将《丽辞》篇的宗旨理解为探讨骈文而非对偶,将"正对"解释成"同类对"等比较典型的误区。《丽辞》的贡献主要有三:一是作为第一篇系统探讨对偶的理论文章,堪称空无依傍;二是对于对偶发展历史的描述和评论,往往具有互文性的特点,可谓以少总多;三是其中的某些观点,具有浓郁的思辨色彩,增强了文章的深度。其不足则有将对偶产生的原因阐释得过于绝对,正对和反对的内涵、边界有欠明晰,所举张华、刘琨二例在表意上确有"骈枝"之嫌但并不属于"对句"等。

关键词:《文心雕龙》;《丽辞》;评价;贡献;不足

南朝刘勰所撰《文心雕龙》,是一部"笼罩群言""体大而思精"的文学理论巨著。《丽辞》是《文心雕龙》重要篇章之一,在中国文学批评史上,《丽辞》开对偶探讨之先河。从时间上来说,此篇的对偶理论虽然只是"初步总结"①,但内容却相当丰富,对于当时及后世风行一时的骈文、律诗等的对偶写作,有着深远而重大的影响,其中固然也存在着一些不足,但瑕不掩瑜,贡献仍是主要的。

一、《丽辞》的评价

古今有关《丽辞》的看法,约有隐性和显性之别。其中,隐性的意见,主要体现于唐宋以来,尤其是有唐一代,对于《丽辞》对偶理论的继承和发展,而较少直接评价《丽辞》篇,如唐代遍照金刚《文镜秘府论》东卷《论对》《二十九种对》两文②等对于对偶的必然性、对偶的种类等的阐述,均与《丽辞》篇一脉相承。相对而言,对于《丽辞》的显性批评,数量更多,内容也更为多样,这类批评,大多见于近现代以来学者的相关著作中。纵观这些

① 陆侃如、牟世金《文心雕龙译注》,齐鲁书社1995年版,第435页。

② 卢盛江《文镜秘府论校笺》,中华书局2019年版,第205—257页。

批评文字，其中对于《丽辞》篇的评价，概可分为三类。

首先，是一味褒扬，或以褒扬为主，以黄侃《文心雕龙札记》、范文澜《文心雕龙注》、刘永济《文心雕龙校释》等为代表。

黄侃《文心雕龙札记》在《丽辞第三十五》中先说“惟彦和此篇所言，最合中道”，次说“舍人之言，明白如此，真可以息两家之纷难，总殊轨而齐归者矣”，继说“观彦和所言，气无奇类，文乏异采，碌碌丽辞，昏睡耳目。则骈文之弊，自彼时而已然”，最后又说“李申耆选晚周之文以讫于隋……何其于彦和此篇所说通局相妨至于如是耶”。[①] 可见，黄先生对于《丽辞》篇，堪称推崇备至。

黄侃先生之后，范文澜先生在刘勰“自然成对”学说的基础上，提炼出了四个对偶形成的原因，而分别与联想、记忆、举证和便唇有关，在随后的总结中，也认为刘勰的对偶学说是通达不易之论：“知耦(偶)对出于自然，不必废，亦不能废，但去泰去甚，勿蹈纤巧割裂之弊，斯亦已耳。凡后世奇耦(偶)之义，今古之争，皆胶柱鼓瑟，未得为正解也。彦和云‘岂营丽辞，率然对尔’又云‘奇偶适变，不劳经营’此诚通论，足以释两家之惑矣。”[②]

刘勰《丽辞》篇中第二段结尾曾有这样几句“又言对事对，各有反正，指类而求，万条自昭然矣”，据此，刘永济先生《文心雕龙校释》以为段中所举正对、反对，仅有事对一类，故有以陆机《演连珠》为例补列言对当中的正对和反对之举，这一做法，并未明显指出《丽辞》篇的不足。有指瑕之意的，则见于刘先生的另一段话：“正者，双举同物以明一义，词迳而意重，故曰劣。反者，并列异类以见一理，语曲而义丰，故曰优。然作者行文亦随宜遣笔，初无绌正崇反之见，未可因舍人此论，而拘于一格也。”[③]可见，刘先生对于《丽辞》篇“反对为优”“正对为劣”的主张是有所质疑的，并委婉地指出其不足。不过，总体来看，刘先生对于刘勰《丽辞》一篇，还是大加赞扬的：

> 舍人当骈体盛行之世，即倡裁抑之论，而主“迭用奇偶”之说，其言平正，贤于后世古文家远矣。其论魏晋之文“析句弥密”，浮巧为病，则且明斥过求偶丽者非有当于文学之真理。由今观之，不得不许其识之超越。倘舍人当日同曹陆之贵盛，据休文之要津，使秉笔者从风，摛词者仰望，则起衰之任，何待昌黎？此则斯文之不幸，岂前识有未明哉！[④]

上文中，刘先生一说刘勰《丽辞》篇持论“平正，贤于后世古文家远矣”，继说“由今观之，

---

① 黄侃《文心雕龙札记》，商务印书馆 2014 年版，第 153—156 页。

② 范文澜《文心雕龙注》，人民文学出版社 1958 年版，第 592—597 页。

③ 刘永济《文心雕龙校释》，武汉大学出版社 2013 年版，第 111 页。

④ 刘永济《文心雕龙校释》，第 110—111 页。

不得不许其识之超越”,最后又说“倘舍人当日同曹陆之贵盛……则起衰之任,何待昌黎”,足见其对《丽辞》篇也相当推崇。

其次,是褒贬约各半,或在褒扬中而有所保留,以陆侃如、牟世金《文心雕龙译注》,赵仲邑《文心雕龙译注》等为代表。

陆侃如、牟世金《文心雕龙译注》云:“刘勰认为,大自然赋予万物的形体是成双的,因此,反映万物的文学创作,只要对事物作全面考虑,就可‘自然成对’。这个道理虽然很不全面,但它不是从追求华丽出发,而是从客观事物的自然之美出发。”①从以上话语中可知,陆、牟两位先生对于刘勰所论对偶的形成原因,有褒有贬,而以贬为主。同书中又云:“第二部分讲对偶的种类。刘勰将古来对偶归纳为四种类型:言对、事对、反对、正对。言对、事对‘各有反正’,也包括在四种基本类型之中了。刘勰认为这四种对,言对易,事对难,反对优,正对劣。他的分析基本上是对的。”②可见,陆、牟两位先生对于刘勰的四对说持较为肯定的意见。以上两段寓有褒贬之见外,同书在《丽辞》篇解题的最后又总结道:

> 刘勰生当六朝骈文盛行之际,《文心雕龙》也用骈文写成;本篇所论,褒多于贬,说明他对骈文是有所偏爱的。在文学创作中,若发挥汉语的有利因素,“奇偶适变”,对加强作品的艺术性,以及更好地表达某些内容,都是有益的。刘勰对此做了初步总结,也是可取的。问题在于,本篇并非专论对偶;所谓“迭用奇偶”,显然指骈文而言。一般散文只是偶用对句,就不存在“迭用奇偶,节以杂佩”的问题。骈文以对句为主,可说是雕章琢句的典型文体,总结这方面的经验,是意义不大的。③

此段的前半部分,陆、牟两位先生认为,在文学创作中,对偶的适当运用和借鉴,将是有益的,而刘勰对相关理论的初步总结也是可取的。但是,此后两人用“问题在于”四字作为过渡,话锋一转,认为骈文是“雕章琢句的典型文体”,且“总结这方面的经验,是意义不大的”,则几乎从根本上否定了骈文以及刘勰《丽辞》篇存在的意义。

在赵仲邑《文心雕龙译注》看来,刘勰《丽辞》篇主要阐述了以下四个要点。一是刘勰认为对偶是客观存在的反映,是自然规律的体现。文学作品中词句的对偶也是这样,因此在远古的文学作品中,已出现了骈偶的词句,这是很自然的事。二是先秦的作品或发言,句子或骈或散,是作者根据不同的要求自然而然地说出来的,汉代以后,作家才偏重骈体。到了魏晋,对于骈词偶句的铸造,更是刻意求工。但对偶是否工巧,要看它是否

① 陆侃如、牟世金《文心雕龙译注》,第 434 页。
② 陆侃如、牟世金《文心雕龙译注》,第 435 页。
③ 陆侃如、牟世金《文心雕龙译注》,第 435 页。

妙合自然,真实地表达了作者的思想感情,“契机者入巧,浮假者无功”。三是刘勰把骈偶的体例分类,在这里面,他认为“反对为优,正对为劣”,因为“反对”的特点是“理殊趣合”,语约而义丰,“正对”的特点是“事异义同”,文腴而义瘠,这是从语言是否精练的角度来谈论骈偶的优劣。四是认为要联系整篇作品思想内容和语言形式的完美来看待对偶,“必使理圆事密,联璧其章,迭用奇偶,节以杂佩”,只有这样,对仗运用得好,才能发挥作用。通过以上的总结,赵先生以为:“如果说我们现在从事文学创作,在某种场合之下,由于内容的需要,还用得着‘对偶排比’这种修辞手段的话,那么,刘勰这几个论点,对我们还是有一些启发的作用的。”①可见,赵先生对于《丽辞》篇虽未曾明确地指出不足,但通过他“还是有一些启发的作用”的评语,足知他对于此篇的价值判断还是有所保留的。

最后,是一味贬抑,或以贬抑为主,以刘大杰《文心雕龙札记》,周振甫《文心雕龙注释》《文心雕龙今译》,王运熙、周锋《文心雕龙译注》等为代表。

刘大杰先生《中国文学发展史》论道:“刘勰站在‘征圣’‘宗经’的立场,对于当日的形式主义文风进行了批判,但他自己在实践中却深受这种影响,他的《文心雕龙》就是用骈体文写的。在他的《声律》《镕裁》《丽辞》《事类》《练字》《章句》一类的篇章里,对于辞藻、对偶、声律、用典、炼字、修辞等技巧方面,作了详细的论述,这对于当时的形式主义文风,实际起了助长的作用。”②可见,在刘先生看来,无论是《文心雕龙》全书的骈文创作,还是《丽辞》篇本身对于对偶理论的探讨,均是刘勰崇尚和助长“形式主义文风”的体现,《丽辞》篇的价值基本上被一笔抹煞了。

又如王运熙、周锋《文心雕龙译注》在《丽辞》篇解题中的第二段,其开端所论,如“魏晋南北朝时代,文人大量运用丽辞,形成骈体文学发达,在文坛占据主要地位。刘勰是骈文的拥护者,其《文心雕龙》全书即用工致的骈文写成”。尚是中规中矩,但此后便接连指出此篇的若干缺点:

> 本篇十分强调丽辞产生、运用的必然性。认为作文必用丽辞,犹如动物肢体成双作对,把人工的修辞技巧和自然生成的形体等量齐观,可谓比拟不伦。又批评用事孤立如夔之一足。这些都是过分强调丽辞的必要,为骈体文学张目。先秦古籍中的确已有不少对偶、排比语句,但它们在全篇中大抵只占少数甚至是个别现象,是散文(或古文)中的骈偶因素。至汉魏两晋南北朝时代,已不是先秦时文章的“奇偶适变,不劳经营”,而是文人刻意追求骈偶,刻意经营,运用丽辞日趋细密,遂形成骈体文学的全盛时代。这时期骈体作品中的奇句乃是少数甚至是个别的。本篇虽然也说明了两个历史时期丽辞运用在程度上的变化,但没有指出由散文到骈文,文体在

---

① 赵仲邑《文心雕龙译注》,漓江出版社 1982 年版,第 300 页。

② 刘大杰《中国文学发展史》第一册,上海人民出版社 1973 年版,第 348 页。

性质上已有很大变化。①

上文中,王、周两位先生一者认为《丽辞》篇以为作文必用丽辞比拟不伦,二者认为此篇中用事孤立如夔之一足等批评是为骈体文学张目,三者认为篇中未指出从散文到骈文,其文体性质有别。反观,两位先生对于此篇的肯定,则仅有"本篇尾部指出,写作运用丽辞,要有奇气异采,要'迭用奇偶',避免文章的板滞,这对指导写作骈体诗文是很精辟的见解"等简短的一行话。相形之下,《丽辞》篇在王、周两位先生心中的地位不言而喻。

二、《丽辞》古今评价的几个问题

在上述为数不少的古今有关《丽辞》篇的评价中,集中地存在着若干较有代表性的问题,有必要在这里加以梳理和澄清。

一是黄侃、范文澜、刘永济等先生对于《丽辞》篇的评价甚高,已如前述,但是诸家的着眼点,主要是将《丽辞》作为一篇讨论骈文写作的理论篇章,且以《丽辞》篇中"奇偶适变""迭用奇偶"等语,均以为刘勰是主张古文和骈文并行,而无所偏倚的。不管诸家的这种视角是有意的还是无意的,是否别有深意,事实上,《丽辞》篇所探讨的主要是对偶修辞或规则,而不是作为一种文体的骈文。至于篇中"奇偶适变""迭用奇偶"等语,在专论对偶的同时,间接地提到应该在骈文中适时地使用奇句,也是刘勰行文面面俱到、体大思精之处,不能将这里说的"奇偶"的"奇"片面地理解成以散行为主的古文或散文。以刘勰用骈文创作的《文心雕龙》而论,其中虽多以对偶句为主,但也不乏奇句的使用。就《丽辞》篇本身而言,其中第一段所用句子即可分为两类。其一为散句,这样的句子较多,且多置于某个小节的开端,分别是"唐虞之世,辞未极文,而皋陶赞云""益陈谟云""岂营丽辞,率然对尔""《易》之《文》《系》,圣人之妙思也""奇偶适变,不劳经营""自扬马张蔡,崇盛丽辞,如宋画吴冶,刻形镂法""至魏晋群才,析句弥密"。其二为偶句,这样的句子也不少,分别有"罪疑惟轻,功疑惟重""满招损,谦受益""乾坤易简,则宛转相承;日月往来,则隔行悬合""丽句与深采并流,偶意共逸韵俱发""联字合趣,剖毫析厘""契机者入巧,浮假者无功"等。② 又如《情采》篇第一段:

> 圣贤书辞,总称文章,非采而何?夫水性虚而沦漪结,木体实而花萼振,文附质也。虎豹无文,则鞟同犬羊;犀兕有皮,而色资丹漆,质待文也。若乃综述性灵,敷写

① 王运熙、周锋《文心雕龙译注》,上海古籍出版社 2010 年版,第 168 页。

② 段中还有一些介于骈、散之间的句子,如"造化赋形,支体必双,神理为用,事不孤立""心生文辞,运裁百虑""高下相须,自然成对"等。此处不再一一列出。

> 器象,镂心鸟迹之中,织辞鱼网之上,其为彪炳,缛采名矣。故立文之道,其理有三:一曰形文,五色是也;二曰声文,五音是也;三曰情文,五性是也。五色杂而成黼黻,五音比而成韶夏,五性发而为辞章,神理之数也。[1]

此段文字中,虽以对偶句为主流,如"水性虚而沦漪结"对"木体实而花萼振","虎豹无文,则鞟同犬羊"对"犀兕有皮,而色资丹漆","文附质也"对"质待文也"等,但因行文需要,时而也以散句缀之,按上文顺序,分别有"圣贤书辞,总称文章,非采而何""其为彪炳,缛采名矣""故立文之道,其理有三""神理之数也"等。这就是刘勰《丽辞》篇中"奇偶适变""迭用奇偶"的真正含义。对此,杨明先生有一段话,对于刘勰原意的理解还是相当到位的:"刘勰还认为一篇之中,可以偶句与散句相配,所谓'迭用奇偶',这也是为了在整齐对称之中求变化。不过从刘勰所处时代的风气看,从刘勰自己的写作看,他应是说在骈偶占全篇大部分的情况下适当用一些散句,而不是主张骈散交错、平分秋色。"[2]

二是,上述黄侃等人积极评价的着眼点与《丽辞》篇的宗旨不但存在一定的偏差,前述陆侃如、牟世金、王运熙、周锋等先生对于《丽辞》篇的批评视角,也与《丽辞》篇的实际存在着一定的出入。即陆侃如、牟世金两位先生所谓"骈文以对句为主,可说是雕章琢句的典型文体,总结这方面的经验,是意义不大的",王运熙、周锋两位先生所谓《丽辞》篇"批评用事孤立如夔之一足。这些都是过分强调丽辞的必要,为骈体文学张目",都有着一个共同的前提,那就是以为《丽辞》篇的宗旨是有关骈文的理论。实际的情况则并非如此,已如前述。退一步讲,如果《丽辞》篇真是一篇探讨骈文理论之作,那么,它是否就因此是一篇毫无价值的文论呢?答案显然是否定的。对此,不但上述范文澜先生"凡后世奇耦之义,今古之争,皆胶柱鼓瑟,未得为正解也",刘永济先生"舍人当骈体盛行之世,即倡裁抑之论,而主'迭用奇偶'之说,其言平正,贤于后世古文家远矣……由今观之,不得不许其识之超越……则起衰之任,何待昌黎"等云云足以破之,在他们之前,黄侃先生曾说:"文之有骈俪,因于自然,不以一时一人之言而遂废。然奇偶之用,变化无方,文质之宜,所施各别。或鉴于对偶之末流,遂谓骈文为下格;或惩于俗流之恣肆,遂谓非骈体不得名文;斯皆拘滞于一隅,非闳通之论也。"这更是一个有力的反驳。细究起来,陆侃如、牟世金、王运熙、周锋等先生对于骈文的偏见,堪称由来已久,且渊源有自。他们一则将骈文与形式主义文风联系起来,如前述刘大杰先生即认为刘勰用骈文写作《文心雕龙》,且设计了《声律》《熔裁》《丽辞》《事类》《练字》《章句》等篇章,不但深受形式主义文风的影响,同时也助长了这种文风。二则将骈文与违反语言的自然联系起来,试看:

---

① 王运熙、周锋《文心雕龙译注》,第152页。

② 杨明《文心雕龙精读》,复旦大学出版社2016年版,第197页。

> 骈文的对偶出于人为,散行中的对偶不是有意造作,后一种对偶是可取的。不仅古代的文言跟口语有距离,容易形成对偶;就是现代的书面语里也有对偶。尤其是当作者把丰富的经验加以概括,并用语言表现出来的时候,往往形成对偶的形式。如:"……'分兵以发动群众,集中以应付敌人'。'敌进我退,敌驻我扰,敌疲我打,敌退我追'。"这些话句句都对,这种对偶句,不仅含义丰富,而且容易记住。因此,有些古文家反对对偶,写文章时有意避免用对偶句,是不正确的;至于句句要写成对偶,只有象(像)字数不多的对联才可以,文章那样写,就违反语言的自然了。[①]

以上周振甫先生通过古今对比,认为有些古文家写文章时有意避免对偶不可取,而骈文家要把文章句句写成对偶也违反了语言的自然,其理论表面看似非常折衷、开明,实则其底子仍是反对骈文,因为他所批评的这类古文家,即使有意地不用对偶,他们所用的文体仍是古文,仍不会有被一概抹杀的危险,至于他所批评的句句用(实则应该是多用,因为骈文也不是每句都是对偶,笔者按)对偶的骈文家,倘按照周先生的意见行事,那么,骈文这种文体也就荡然无存了。他的这一意见,其实在上引一段的开端,已经表露无遗,"骈文的对偶出于人为,散行中的对偶不是有意造作,后一种对偶是可取的",言下之意骈文是一种人为的,非自然的,不可取的文体。

三是关于刘勰的四对优劣说,古今学者往往有不同的意见。如前所述,刘永济先生就曾针对"反对为优""正对为劣"提出了质疑,而以为"作者行文亦随宜遣笔,初无绌正崇反之见,未可因舍人此论,而拘于一格也"。至于"言对为易""事对为难"云云,清人程杲也不甚认同:"至谓言对易,事对难;反对优,正对劣。其所谓难者,若古'二十四考中书,三十六年宰辅','秦塞重关一百二,汉室离宫三十六'之类:比事皆成绝对,故难也。近时繙(翻)类书,举故事,往往一意衍至数十句,不惟难者不见其难,亦且劣者弥形其劣。"[②]对此,周振甫先生在他的《文心雕龙注释》也集中地予以回应:

> 讲到对偶,刘勰指出:"言对为易,事对为难,反对为优,正对为劣。"他用言事来分难易,因为引事作对要学问。这是就当时说的。到了后世,各种类书里都引事作对,那就谈不上事对为难了。他又用正反来分优劣。《诗人玉屑》卷三引《蔡宽夫诗话》:"晋宋间诗人造语虽秀拔,然大抵上下句多出一意。如'鱼戏新荷动,鸟散余花落。''蝉噪林逾静,鸟鸣山更幽'之类,非不工矣,终不免此病。"又引沈括《笔谈》:"王荆公以'风定花犹落'对'鸟鸣山更幽',则上句静中有动,下句动中有静。"正对

① 周振甫《文心雕龙今译》,中华书局1986年版,第312—313页。

② 程杲《四六丛话序》,孙梅《四六丛话》,人民文学出版社2010年版,第6页。

两句多出一意，所以为劣；反对两句用意不同，所以为优。不过就对偶说，正对多，反对少。像《明诗》里赞美："景纯仙篇，挺拔而为俊矣。"但《游仙诗》："逸翮思拂霄，迅足羡远游。……潜颖怨青阳，陵苕哀素秋。……"都是正对，可见也不能以正对为劣。有时作者的命意用一个比喻不能表达时，要用一对比喻，那末正对才足以达难显之情，如上例。这样的正对都不能称为劣。只有没有必要的辞意重复的正对，如"宣尼悲获麟，西狩泣孔丘"，才是劣对。①

由上可知，关于"言对为易""事对为难"，周先生以为应该因时而异，与前述程杲以为的应该因诗而异，均可作为刘勰原话的补充。关于"反对为优""正对为劣"，周先生则明确地表示出不同意见，以为不是所有的正对都不好。应该特别说明的是，无论是刘永济先生，还是周振甫先生，两人对于正对的理解，恐怕与刘勰的原意均有一定的距离，即刘永济先生以为"正者，双举同物以明一义，词迳而意重"，明显与刘勰"正对者，事异义同者也"的定义逻辑不合，倘按刘勰的原意，刘先生此处所谓言对中的正对，其实宜定义为"双举异物以明一义"才对。至于周振甫先生理解的正对，大体相当于后世所说的同类对②，与刘勰的本意也相去甚远。综上可知，两位先生对于刘勰"反对为优""正对为劣"的批评，理据其实是有所出入的。

三、《丽辞》的贡献

在中国文学史上，对偶的运用虽然很早，但直至刘勰的《丽辞》篇，才真正开启了对偶理论的探讨，它的出现，具有划时代的意义。据笔者所知，《丽辞》篇对于中国文学批评史的贡献，主要有以下三点：

第一，作为第一篇系统探讨对偶的理论文章，《丽辞》篇的产生，堪称空无依傍。它的这一贡献，主要体现在以下三个方面。一是言简意赅地勾勒了对偶从发生到发展的整个历程。这个历程，大致可以分为四个阶段。第一阶段，将对偶的产生委之以"造化"和"自然"，认为"心生文辞，运裁百虑，高下相须，自然成对"。第二阶段，相继援引《尚书》《周易》《诗经》等经典，认为它们具有"岂营丽辞，率然对尔""句句相衔""字字相俪""宛转相承""隔行悬合""奇偶适变，不劳经营"等特点。第三阶段，认为两汉时，文章开始有意识地多用丽辞，并且具有"丽句与深采并流，偶意共逸韵俱发"的特点。第四阶段，认为魏晋时，对偶的运用不但频率高了，而且艺术上也更为精密，堪称剖毫析厘，不过在这个过程中，也出现了一些虚浮造作之什。

---

① 周振甫《文心雕龙注释》，人民文学出版社 1981 年版，第 390 页。

② 参见周振甫《文心雕龙今译》，第 313 页。

二是将对偶的种类分为言对、事对、反对和正对四种,即创立了“四对”说。其中,言对者,为不用事的对偶,即“双比空辞者也”,如司马相如《上林赋》“修容乎礼园,翱翔乎书圃”,事对者,为用事的对偶,即“并举人验者也”,如宋玉《神女赋》“毛嫱鄣袂,不足程式;西施掩面,比之无色”,反对者,为主要节奏点用了反义词的对偶,即“理殊趣合者也”,如王粲《登楼赋》“钟仪幽而楚奏,庄舄显而越吟”,正对者,为主要节奏点未用反义词的对偶,即“事异义同者也”,如张载《七哀诗》“汉祖想枌榆,光武思白水”。四对中,言对为易,因为这种对仗不需要考虑使用两个相关联的事例,即“偶辞胸臆”;事对为难,因为这种对仗很考验作者的学问,即“征人之学”;反对为优,因为这种对仗从正反两个方面来说明一个共同的意思,视野更为广阔,即“幽显同志”;正对为劣,因为这种对仗用了两个句子却仅从一个方面说明了一个共同的意思,联想较为单调,即“并贵共心”。

三是指出四种对偶的弊病,即创立了“四病”说。四病中,第一种是重出之病,也叫对句之骈枝,如张华“游雁比翼翔,归鸿知接翮”,刘琨“宣尼悲获麟,西狩泣孔丘”。事实上,刘勰此处列举的两个例证,本身并非对偶之格,作为对偶重出之病的例子并不合适,详见本文下一部分。第二种和第三种分别是不均之病和孤立之病,从重出之病到不均之病和孤立之病,刘勰提出了一个总的要求,即“言对为美,贵在精巧;事对所先,务在允当”。对于不均之病和孤立之病,刘勰都使用了比喻性的论述,其中不均之病为“骥在左骖,驽为右服”,孤立之病为“夔之一足,趻踔而行”。第四种是庸冗之病,刘勰认为“若气无奇类,文乏异采,碌碌丽辞,则昏睡耳目。必使理圆事密,联璧其章。迭用奇偶,节以杂佩,乃其贵耳”,这一要求的正面典范,实际上就是前面刘勰对于两汉对偶艺术的评价“丽句与深采并流,偶意共逸韵俱发”。

第二,刘勰对于对偶发展历史的描述,其中的小结式评语,往往具有互文性的效果,堪称以少总多。这些评语分别有“岂营丽辞,率然对尔”“宛转相承”“隔行悬合”“奇偶适变,不劳经营”“丽句与深采并流,偶意共逸韵俱发”“契机者入巧,浮假者无功”。其中“岂营丽辞,率然对尔”虽针对“唐虞”之世《尚书》中的对偶而言,但对于后面所提的《周易》《诗经》等经典中的对偶,同样可以成立。至于《丽辞》篇中“宛转相承”“隔行悬合”虽是针对《周易》中的对偶而言,“奇偶适变,不劳经营”虽是针对先秦《诗经》、史书中的对偶而言,但据我们考察和判断,这些特点,实际上对于《丽辞》篇中描述的先秦、两汉、魏晋的对偶创作都是适用的。而“丽句与深采并流,偶意共逸韵俱发”“契机者入巧,浮假者无功”,因为对偶创作人为意识的增加,文采的崇尚,可能不完全适用于先秦经典中对偶创作的品评,但就两汉和魏晋两段来说,却是通用的。以上观点,古今学者在研究《丽辞》篇时,基本上都是按照原文进行注疏、翻译、论述,而未曾意识到其中的互文性、共通性问题。关于“奇偶适变,不劳经营”的普适性,本文第二部分已经通过刘勰《文心雕龙》的创作而有所揭示,限于篇幅,这里只能就《丽辞》篇中针对《周易》而发的“宛转相承”

“隔行悬合”再略作举证，以见其普适性。试看《体性》篇中的一段：

> 夫情动而言形，理发而文见，盖沿隐以至显，因内而符外者也。然才有庸俊，气有刚柔，学有浅深，习有雅郑，并情性所铄，陶染所凝，是以笔区云谲，文苑波诡者矣。故辞理庸俊，莫能翻其才；风趣刚柔，宁或改其气；事义浅深，未闻乖其学；体式雅郑，鲜有反其习：各师成心，其异如面。若总其归途，则数穷八体：一曰典雅，二曰远奥，三曰精约，四曰显附，五曰繁缛，六曰壮丽，七曰新奇，八曰轻靡。典雅者，熔式经诰，方轨儒门者也；远奥者，馥采曲文，经理玄宗者也；精约者，核字省句，剖析毫厘者也；显附者，辞直义畅，切理厌心者也；繁缛者，博喻酿采，炜烨枝派者也；壮丽者，高论宏裁，卓烁异采者也；新奇者，摈古竞今，危侧趣诡者也；轻靡者，浮文弱植，缥缈附俗者也。故雅与奇反，奥与显殊，繁与约舛，壮与轻乖，文辞根叶，苑囿其中矣。①

通读上文可知，其中“情动而言形，理发而文见”“沿隐以至显，因内而符外”“才有庸俊，气有刚柔，学有浅深，习有雅郑”“情性所铄，陶染所凝”等均属于一般的对偶；属于“宛转相承”类的对偶则有“一曰典雅，二曰远奥，三曰精约，四曰显附，五曰繁缛，六曰壮丽，七曰新奇，八曰轻靡。典雅者，熔式经诰，方轨儒门者也；远奥者，馥采曲文，经理玄宗者也；精约者，核字省句，剖析毫厘者也；显附者，辞直义畅，切理厌心者也；繁缛者，博喻酿采，炜烨枝派者也；壮丽者，高论宏裁，卓烁异采者也；新奇者，摈古竞今，危侧趣诡者也；轻靡者，浮文弱植，缥缈附俗者也”；属于“隔行悬合”式的对偶则有“辞理庸俊，莫能翻其才；风趣刚柔，宁或改其气；事义浅深，未闻乖其学；体式雅郑，鲜有反其习”。后面两种对偶法，正可以与刘勰所举《周易》中的有关例子相印证。

第三，《丽辞》篇中的某些观点，具有很浓郁的思辨色彩，极大地增强了文章的深度。这些观点中，较有代表性的，有以下三个。一是“奇偶适变”“迭用奇偶”。刘勰的《丽辞》篇虽是一篇专门讨论对偶的文章，但作者并没有因此而鄙视、废弃非对偶句的使用，而是主张应该奇句与偶句间杂使用，行其所当行。这种观点的体现之一，是刘勰对先秦《诗经》等经典偶句与奇句并用特点的褒扬，即“岂劳经营，奇偶适变”。这种观点的体现之二，是刘勰将偶句与奇句的并用作为理想对偶的要求之一，即“迭用奇偶，节以杂佩”。反观《文心雕龙》全书的骈文写作，也确实做到了“奇偶适变”“迭用奇偶”，而各有所用。足见，刘勰的对偶理论与对偶实践是相统一的。二是“契机者入巧，浮假者无功”。在刘勰看来，对偶也分好坏，不见得所有的对偶都是无可挑剔、无一坏处，理想的对偶应该是“丽句与深采并流，偶意共逸韵俱发”“理圆事密，联璧其章，迭用奇偶，节以杂佩”，而不能是“气无奇类，文乏异采，碌碌丽辞，则昏睡耳目”。应该说，这种观点还是相当辩证的，刘勰

① 王运熙、周锋《文心雕龙译注》，第136—137页。

并没有因为《丽辞》篇是专论对偶之作,而对其一味地偏爱,而是对于这种修辞乃至规矩可能出现的弊端保持着一种难得的清醒的认识。对此,前引刘永济先生曾大加赞赏说:“其论魏晋之文‘析句弥密’,浮巧为病,则且明斥过求偶丽者非有当于文学之真理。由今观之,不得不许其识之超越”,应该不是泛泛的溢美之辞。三是“又言对事对,各有反正”。刘勰将对偶的体式分为言对、事对、反对和正对四种,四种各有界域,各有例证,各有难易,各有优劣,但刘勰并未机械地划定它们的疆域,而是将言对和事对归为一组,将反对和正对归为另一组,同时以为,言对、事对中有反对和正对,反对、正对中也有言对和事对,应该说,这种观点也是相当周到精密的。因为行文简要所限,刘勰在“故丽辞之体”所举的正对和反对均为事对,而未及言对中的正对和反对,故而今人往往有补例之举,如刘永济先生就曾以陆机《演连珠》为例补充了两例。事实上,就《丽辞》篇本身而言,其中就有言对中的正对和反对,而无需他寻,如“罪疑惟轻,功疑惟重”“满招损,谦受益”即为言对中之反对,“修容乎礼园,翱翔乎书圃”即为言对中之正对。

四、《丽辞》的不足

古今学者对于《丽辞》篇缺点的指摘,其中有些并不确切,有些则有一定的道理,已如前述,据笔者所见,《丽辞》篇的不足,主要有以下几点。

第一,《丽辞》篇以为“自然成对”的原因是“造化赋形,支体必双,神理为用,事不孤立”,对此,古今学者早已有所品评:其中诟病者,如刘永济先生以为这个道理“很不全面”,王运熙、周锋两位先生以为这一说法“可谓比喻不伦”,与此相反,赞美者,则以为此数句“从造化说来,觉天地日月山川花木鸟兽俱似为丽辞而设”①。事实上,以上几种观点,或贬抑太甚,或揄扬稍过,很难称得上是“同情之理解”,相形之下,杨明先生对此则有一段很精彩的分析,堪称鞭辟入里:

> 刘勰说凡事物都不是孤立的,都是成双作对的,这乃是“神理”的表现,因此作家构思,也必定文辞对偶,那也是“自然”如此的。他把文辞的对偶,说成是天造地设的普遍规律的体现。这样的逻辑,使我们想起他在《原道》篇中关于人文必然性的论证。《原道》说天地万物有文,因而人也必定有文,那是“自然之道”,“亦神理而已”。所谓“自然”“神理”,意思就是自己如此、非外力作用,而其事理不可究诘,不可解释。那也就是所谓“道”。因此,刘勰是说,文辞中之所以运用对偶,与人之所以有文一样,乃是“道”的体现,是“道之文也”(对偶本就是“人文”的一种表现)。这种思

① 黄霖《文心雕龙》,上海古籍出版社 2008 年版,第 71 页。

> 维逻辑，其实与事实是反过来的：事实上是先肯定了对偶的必然性，然后为这种必然性寻找理由而找到了“道”，刘勰却说成是“道”决定了对偶，将“道”作为出发点。实际上刘勰是为其审美趣味、审美观点所左右而肯定对偶，其审美趣味、审美观点才是真正的出发点。这种论证逻辑，在当时是具有普遍性的。凡是所要肯定、要强调的事物，便说是“天理”“神理”，是“自然”。我们想起晋代玄学家郭象在注《庄子·齐物论》时所说的：“故知君臣上下，手足内外，乃天理自然。”刘勰的逻辑，不是与郭象相似吗？就连以人的肢体作为比喻这一点也颇相像。只不过郭象说的是尊卑上下的人伦关系天然合理，而刘勰要论证的是文辞对偶的必然性罢了。刘勰的论证，也是玄风熏染的结果吧。①

在杨明先生看来，刘勰对于对偶产生原因的解释，主要是为其审美趣味、审美观点所左右而肯定对偶的必然性，然后再为这种必然性寻找理由而找到了“道”“天理”“神理”“自然”。这种思维逻辑，在刘勰的《文心雕龙》一书里，以及当时人的相关著作中，具有相当的普遍性，是玄风熏染的结果。应该说，杨先生这一心理和背景分析，目光还是十分敏锐的。因此，刘勰的如上论述，问题并不在于“比喻不伦”，而实在于他将这种解释说得过于武断了，事实上，造化万物并不一定都是成双成对的，以人身而论，眼睛、耳朵、手脚固然都是成双成对的，但嘴巴、心脏、脖颈等却不尽是如此，诸如“造化赋形，支体必双，神理为用，事不孤立”，实宜改为“造化赋形，支体多双，神理为用，事少孤立”而更为合适。

第二，刘勰提出的“四对”说，意义自然不小，但它本身也存在不少问题。举要来说：一是刘勰以为正对是“事异义同”，并以“汉祖想枌榆，光武思白水”两句为例。结合两者来看，《丽辞》篇所说的“正对”是缺乏概括性的，即他所谓“正对”仅是从用事与否的角度来加以界定，至于用事之外的范畴，何谓“正对”就不易说清了。也正是这个原因，导致了古今各家对于正对的定义分歧百出，其中定义成合掌的有之，定义成同义词或意义相近词的对偶的有之，定义成“双举同物以明一义”的对偶的有之，定义成意义相同、性质相似的对偶的有之，定义成文理辞意雷同的对偶的有之，定义成并列的事物相对有之，定义成事实不同，意义无别的对偶有之，定义成涵义相同的对偶有之，总之是莫衷一是。②

二是从刘勰的反对举例来看，“钟仪幽而楚奏，庄舄显而越吟”两句，最大的反差在于句中的“幽”与“显”，但这两字无非说明了钟仪和庄舄当时所处的情境、地位不同，整体来看，这两句的主要意思却是相同的，即都在表达钟、庄两人的思乡之情。关于此点，个别学者已经敏锐地指出过，“《登楼赋》中的例子，不论是钟仪楚奏，还是庄舄越吟，说的仍都是身居异地者不能忘怀故国的事，而且两者操土音、作乡声也是相仿的；所不同的只

---

① 杨明《文心雕龙精读》，第 192 页。

② 详见拙文《〈文心雕龙·丽辞〉“四对”内涵研究回顾与反思》第二部分，《语文学刊》2023 年第 5 期。

是一则在幽囚之中,一则居显达之位。……尽管'幽'与'显'相反,但彼此'志'还是同的。这样的'反对',实在是末异而本同,它与所谓'事异义同'的'正对'差别还是比较小的"①。可见,如果刘勰所说的"反对为优""反对者,志殊趣合者也"不出差错的话,此处所举之例,倒是很缺乏说服力的。

三是刘勰认为"言对为易""事对为难",对此古今不乏持反对意见者,如清人程杲说"其所谓难者,若古'二十四考中书,三十六年宰辅','秦塞重关一百二,汉室离宫三十六'之类:比事皆成绝对,故难也。近时繙(翻)类书,举故事,往往一意衍至数十句,不惟难者不见其难,亦且劣者弥形其劣"②,周振甫先生说"他用言事来分难易,因为引事作对要学问。这是就当时说的。到了后世,各种类书里都引事作对,那就谈不上事对为难了"③。他们都是从事对的角度来谈的,事实上,从言对的角度来看,有些言对创作相对事对固然较为容易,有些言对则不然。也就是说,即使同样是言对,本身也有创作难易优劣之分,不好过于武断,过于绝对化。如贾岛《题李凝幽居》一首的中间两联,从"推敲"的故事可知,"鸟宿池边树,僧敲月下门"的产生大概颇费了一番周折,故为不易,而"过桥分野色,移石动云根"两句因论者绝少,所尽的心力或许就没那么艰难了。

第三,《丽辞》篇曾列张华"游雁比翼翔,归鸿知接翮",刘琨"宣尼悲获麟,西狩泣孔丘"两例作为"对句之骈枝"的例证。事实上,这两例各自的上下句,确有意思完全雷同的地方,但两例皆不是什么"对句"。其中"比翼翔"与"知接翮"并不能相对,尤其是"翔"与"翮",前者是动词,后者是名词,"悲获麟"与"泣孔丘"的语法结构也不相同,尤其"获"是一个动词,而"孔"明显是一个名词。对它们来说,"重出""骈枝"是有的,然而却谈不上是"对句之骈枝",此点应该是《丽辞》篇中一个较大的硬伤。张华"游雁比翼翔,归鸿知接翮"一联,实出自其《杂诗三首》(其三)一首:

> 荏苒日月运,寒暑忽流易。同好逝不存,迢迢远离析。房栊自来风,户庭无行迹。蒹葭生床下,蛛蝥网四壁。怀思岂不隆,感物重郁积。游雁比翼翔,归鸿知接翮。来哉彼君子,无然徒自隔。④

通读此诗,可知不但上举一联不是对偶,其他各联,除"蒹葭生床下,蛛蝥网四壁"一联可勉强算作对偶中的宽对之外,其余"荏苒日月运,寒暑忽流易""同好逝不存,迢迢远离析""房栊自来风,户庭无行迹""怀思岂不隆,感物重郁积"等,显然也都不是什么骈俪之

---

① 蔡义江《对属分类例释——唐诗体裁研究之一》,《杭州大学学报(哲学社会科学版)》1981 年第 1 期。
② 程杲《四六丛话序》,孙梅《四六丛话》,第 6 页。
③ 周振甫《文心雕龙注释》,第 390 页。
④ 逯钦立《先秦汉魏晋南北朝诗》,中华书局 1983 年版,第 620—621 页。

格。另一方面，此诗中，“蒹葭生床下，蛛蝥网四壁”两句即使计作对偶，它们在意义方面也并不雷同，更不符合刘勰所说的“对句之骈枝”的要求。

至于刘琨“宣尼悲获麟，西狩泣孔丘”两句，则出自其诗《重赠卢谌诗》，全诗如下：

> 握中有悬璧，本自荆山璆。惟彼太公望，昔在渭滨叟。邓生何感激，千里来相求。白登幸曲逆，鸿门赖留侯。重耳任五贤，小白相射钩。苟能隆二伯，安问党与仇。中夜抚枕叹，想与数子游。吾衰久矣夫，何其不梦周。谁云圣达节，知命故不忧。宣尼悲获麟，西狩涕孔丘。功业未及建，夕阳忽西流。时哉不我与，去乎若云浮。朱实陨劲风，繁英落素秋。狭路倾华盖，骇驷摧双辀。何意百炼刚，化为绕指柔。①

通读全诗，“宣尼悲获麟，西狩涕孔丘”虽非对偶之体，但“朱实陨劲风，繁英落素秋”“狭路倾华盖，骇驷摧双辀”两联却是偶对较为工整的骈俪之格。此外，“功业未及建，夕阳忽西流”一联，以“功业”对“夕阳”虽不甚工，但大抵还可以算是宽对。问题是，这三联中，也就“朱实陨劲风，繁英落素秋”一联，上下句撰构略涉雷同，可视为正对，而稍接近于刘勰所说的“对句之骈枝”。总之，刘勰所列张华、刘琨二例，意义虽完全雷同，但并不是对偶之句，说它们是“对句之骈枝”实属名不副实。即使就这两例所属的两首诗而言，其中或无对偶句，或有对偶句，即使有对偶句，也没有真正的“对句之骈枝”。

作者简介：

魏文潇，2000年生，河南泌阳人，文学硕士，闽南科技学院人文学院中文系助教。研究方向为中国古代文学与文论。

① 逯钦立《先秦汉魏晋南北朝诗》，第852—853页。

论魏晋南朝骈体文单句对的发展

王蔚乔

内容摘要:骈体文主要由单句对和隔句对两种对偶句式构成,单句对在魏晋南朝的发展,经历了句式渐趋稳定、句法走向规整的过程。曹魏、西晋时期部分作家展现出了对四言、六言单句对的偏爱,不过五言、七言、八言、九言、杂言句式亦同时存在,单句对句式样态仍然驳杂。到了东晋,四言单句对初步占据上风,杂言句式基本消失。进入刘宋,四言单句对才具备压倒性优势。南齐时期,四言、六言并行成为单句对句式的主流。单句对的工整程度方面,则从句子大致对偶的"散文对"演变为词性、意义、句法结构整齐对仗的"骈文对"。

关键词:骈体文;单句对;四言;六言;散文对;骈文对

根据对偶方式的不同,可将对偶句分为以下三种:当句对、单句对和隔句对。[①] 当句对即对偶在一句之内完成,比如王融《三月三日曲水诗序》"虎视龙超,雷骇电逝"[②],上联的"虎视"与"龙超"在同一句中达成对偶,下联的"雷骇"与"电逝"同样如此。单句对由两个对偶句组成,像刘琨《劝进表》"三叶重光,四圣继轨"[③],上联的"三叶""重光"与下联的"四圣""继轨"分别形成对偶。隔句对最常见的句式由四句组成,其中第一句与第三句、第二句与第四句隔行相对。譬如江淹《报袁叔明书》:"则争论南宫之前,卫主于邪;伏身北阙之下,纳君于治。"[④]第一句"争论南宫之前"与第三句"伏身北阙之下"形成对偶,而第二句"卫主于邪"与第四句"纳君于治"臻至对仗。骈体文主要使用的对偶句式是单句对和隔句对。[⑤]

关于骈体文对偶句的发展,《四库全书总目》在论《庾开府集笺注》(十卷)时指出:"其骈偶之文,则集六朝之大成,而导四杰之先路。自古迄今,屹然为四六宗匠。"[⑥]揭示

① 参见张仁青《中国骈文发展史》,浙江大学出版社 2009 年版,第 24 页。

② 〔南朝梁〕萧统编《文选》卷四六,上海古籍出版社 1986 年版,第 2066 页。

③ 《文选》卷三七,第 1702 页。

④ 〔南朝梁〕江淹著,〔明〕胡之骥注《江文通集汇注》卷九,中华书局 2006 年版,第 347 页。

⑤ 关于骈体文的对仗与句型模式,参见莫道才《骈文学探微》,广西师范大学出版社 2017 年版,第 44—56 页;莫道才《骈文通论》,齐鲁书社 2010 年版,第 69—87 页。

⑥ 〔清〕永瑢等撰《四库全书总目》,中华书局 1965 年版,第 1275—1276 页。

了庾信文章多创作四言、六言对偶句,并取得颇高艺术成就的特征。今天的学者也曾辨析骈体文中句式,郭绍虞曾指出骈体文句式与韵文接近,有"二言、三言、四言、五言、六言、七言之异"①。钟涛指明宋、齐句式以四六句为主②,陈鹏也推定"在徐、庾等人的努力下,四、六句式逐步成为骈文中的主要句式"③。需要注意到的是,骈体文的对偶包括单句对与隔句对,虽然它们在南朝后期均稳定以四言、六言的面貌出现,但两种对偶形式的发展程度并不完全同步。就单句对来说,庾信乃创作四言、六言对偶的集大成者是不争的事实,而在庾信之前,其经历了积年累月的发展、演变过程。本文即选取魏晋南朝的骈语与骈体文,拈出其中的单句对,从句式的稳定过程和对偶的工整程度两个方面展开,借以管窥其衍变、进化的清晰面貌。

一、从多样到整齐

汉末魏初,曹操、曹丕、曹植父子雅好文艺,又凭借政治高位,在他们身边聚集了一批才华丰赡的文士,促进了文学的繁荣。在此时期,文章的句子展现出不同以往的特征,最显著的地方就在于对偶句大量产生。建安文人是这股创作风气的主要推动者。刘师培《论文杂记》指出:"建安之世,七子继兴,偶有撰著,悉以排偶易单行;(如《加魏公九锡文》之类,其最著者也。)即非有韵之文,(如书启之类是也。)亦用偶文之体,而华靡之作,遂开四六之先,而文体复殊于东汉。其变迁者一也。"④刘师培认为建安七子的文章,无论是有韵之文,还是无韵之文,都着眼于创作更多的对偶句。

建安七子中,王粲、刘桢文学成就较高。基于这个原因,以王粲的《为刘表谏袁谭书》《为刘表与袁尚书》和刘桢的《处士国文甫碑》为例,谈谈建安文学中单句对的句式应用情况。王粲的《为刘表谏袁谭书》《为刘表与袁尚书》排偶运典,气势跌宕,两篇中的单句对句式有四言 6 联,五言 8 联,六言 7 联,七言 3 联,八言 3 联,杂言 1 联。刘桢作文较多使用对偶句,王运熙指出:"他的辞赋、散文较多骈偶句,显示出东汉以来骈文日趋发展的倾向。"⑤其《处士国文甫碑》共有单句对四言 3 联,五言 3 联,六言 1 联,八言 1 联。

与建安七子交谊深厚,同样拥有追求对偶审美理想的特出者是曹氏父子中的曹植。王运熙曾经谈及曹植在南朝受到较高评价的原因⑥,就在于他的作品富于对偶句,文采飞扬,特别符合南朝文学家的审美观念。曹植的文章如《求自试表》《陈审举表》排列偶句,

① 郭绍虞《骈文文法初探》,《照隅室语言文字论集》,上海古籍出版社 2009 年版,第 406 页。
② 钟涛《六朝骈文形式及其文化意蕴》,东方出版社 1997 年版,第 95—98 页。
③ 陈鹏《论六朝骈文四六化的进程》,《广西师范大学学报(哲学社会科学版)》2009 第 2 期。
④ 刘师培《论文杂记》,陈引驰编校《刘师培中古文学论集》,中国社会科学出版社 1997 年版,第 233—234 页。
⑤ 王运熙《汉魏六朝诗简说》,北京出版社 2019 年版,第 219 页。
⑥ 参见王运熙《刘勰对汉魏六朝骈体文学的评价》,《文心雕龙探索》,上海古籍出版社 2014 年版,第 219 页。

已相当接近南朝时期的骈体文审美规范,其单句对句式分布如下:三言3联,四言11联,五言4联,六言6联,七言4联,八言3联,九言1联,杂言3联。这个现象说明,在曹植笔下,四言单句对的使用频率高,相对于其他句式更为活跃。同时,可以看出三言、五言、六言、七言和杂言的使用程度相差无几,单句对的句式呈现出相当多样的态势。

及至正始,文人的文章深受玄学影响,但风格各有千秋,可分为"清峻简约"与"总采骋辞"两种,前者以何晏、王弼为代表,后者以阮籍、嵇康为主导。其中阮籍、嵇康的文章更具备文学性,如刘师培便称"嵇康、阮籍之文,文章壮丽,总采骋辞"①,因此再选取二人对偶句较多的作品,如阮籍的《为郑冲劝晋王笺》《辞蒋太尉辟命奏记》《又辞蒋太尉辟命奏记》,有四言单句对6联,五言2联,六言1联,七言1联,八言1联,杂言2联;再如嵇康的《与山巨源绝交书》,有三言单句对1联,四言1联,五言1联,六言1联,七言2联,杂言2联。为了更清晰地看出曹魏时期单句对句式的分布样态,可将统计数据制成如下表格:

表1:曹植、王粲、刘桢、阮籍、嵇康相关作品单句对句式统计表

句式/作家	曹植	王粲	刘桢	阮籍	嵇康	总计
三言	3	0	0	0	1	4
四言	11	6	3	6	1	27
五言	4	8	3	2	1	18
六言	6	7	1	1	1	16
七言	4	3	0	1	2	10
八言	3	3	1	1	0	8
九言	1	0	0	0	0	1
杂言	3	1	0	2	2	8

可见,王粲《为刘表谏袁谭书》《为刘表与袁尚书》采用的主要句式是四言、五言和六言;刘桢《处士国文甫碑》中的四言、五言单句对数量相同;曹植所作最多的单句对是四言,其次是六言。以总体句式分布而论,他们都显示出了对四言、五言、六言单句对的兴趣,从这个方面来说,刘师培称建安文人"遂开四六之先"是有道理的。但是若考虑文人的整体创作情况,除曹植外,四言、六言单句对在其他作家笔下还没有占据优势,这说明建安文人关于单句对句式未能达成统一的审美倾向。正始文学家中,嵇康《与山巨源绝交书》的

① 刘师培《中国中古文学史讲义》,陈引驰编校《刘师培中古文学论集》,第30页。

每种样式数量几近等同，且总量不够丰富；阮籍的《为郑冲劝晋王笺》《辞蒋太尉辟命奏记》《又辞蒋太尉辟命奏记》的四言单句对数量超过了其他句式，绝对数量仍然较少。尽管五位曹魏作家的相关作品共创作了27联四言单句对，在所有句式中属于最多，但是只有曹植、阮籍使用四言的兴趣度超过其他句式，五言、六言、七言，八言与杂言的数量相差无几。这揭示了曹魏文人在写作单句对时，初步展现出对四言的青睐[①]，各种句式并存的现象也说明单句对仍处于表达形式多元的状态之中。

到了两晋时期，单句对的发展态势是否有所改变呢？西晋陆机是文学史上的重要人物，他在骈体文发展过程中居功甚伟。日本学者青木正儿就称："曹植之文，开六朝靡丽之端，陆机出，此风益盛。"[②]例如他的《豪士赋序》历来被认为是骈体文使用四六句式的开端，骆鸿凯评之曰："裁对之工，隶事之富，为晋文冠。而措语短长相间，竟下开四六之体。"[③]兹将《豪士赋序》的所有单句对抄录如下：

1.四言1联：

是故苟时启于天，理尽于民。

2.六言6联：

神器晖其顾眄，万物随其俯仰。
心玩居常之安，耳饱从谀之说。
人主操其常柄，天下服其大节。
笑古人之未工，亡己事之已拙。
知曩勋之可矜，暗成败之有会。
名编凶顽之条，身厌荼毒之痛。

3.七言3联：

夫立德之基有常，而建功之路不一。
尚不能取信于人主之怀，止谤于众多之口。
节弥效而德弥广，身逾逸而名逾劭。

---

① 蔡宗齐通过探讨曹丕《与吴质书》的文形指出该文"正体和变体四言，加起来共70句，占全文61.9%"。参见蔡宗齐《古代散文形式体系的建构：五种基本文形的分析》，《北京大学学报（哲学社会科学版）》2021年第6期。根据此文的分析，知曹魏文人的单句对创作也显出偏爱四言句式的倾向。

② [日]青木正儿著，隋树森译《中国文学概说》，重庆出版社1982年版，第107页。

③ 骆鸿凯《文选学》，中华书局2015年版，第209页。

4.八言5联:

广树恩不足以敌怨,勤兴利不足以补害。
而成王不遣嫌吝于怀,宣帝若负芒刺于背。
则伊生抱明允以婴戮,文子怀忠敬而齿剑。
然后河海之迹堙为穷流,一匮之衅积成山岳。
而游子殉高位于生前,志士思垂名于身后。

5.九言2联:

庸夫可以济圣贤之功,斗筲可以定烈士之业。
又况乎饕大名以冒道家之忌,运短才而易圣哲所难者哉![①]

此篇单句对句式分布为四言1联,六言6联,七言3联,八言5联,九言2联。六言与八言最多,分别占单句对总量的35%、29%。换句话说,六言、八言构成了《豪士赋》序的主要单句对。同时,还存在四言、七言、九言,表明陆机笔下单句对句式的形态相当多样。

再以东晋文学中可称为骈体文的作品,如刘琨的《劝进表》、桓温的《荐谯元彦表》和孙绰的《三月三日兰亭诗序》为例[②],讨论单句对写作的句式特征。《劝进表》写作了12联四言,4联五言,7联六言,5联七言,1联八言,1联九言单句对;《荐谯元彦表》创作了6联四言,1联六言,3联七言,2联八言单句对;《三月三日兰亭诗序》使用了2联三言,5联四言,2联六言单句对。这些骈体文的单句对句式展现出一个共同特征,即东晋文学家开始表露出对四言单句对的偏爱。与此同时,杂言的消失反映了单句对写作艺术日臻完善。三言、五言、六言、七言、八言、九言仍然存在,单句对句式还未改变多种形态并存的局面。瞿兑之指出"六朝文与汉魏文之别"之一即在于"四六句之渐多使用"[③],确为卓见。综合分辨单句对句式的分布形态,知四言在东晋时期初显优势,六言还未受到关注与重视。

情况在南朝宋齐年间发生了改变,试以骈体文——颜延之的《三月三日曲水诗序》

---

① 〔西晋〕陆机著,杨明校笺《陆机集校笺》,上海古籍出版社2016年版,第54—68页。

② 根据谭家健的统计,刘琨《劝进表》的"对偶句占全文百分之六十",桓温《荐谯元彦表》"全文68句,对偶40句,占百分之六十",孙绰《三月三日兰亭诗序》的对偶句占全文的百分之七十,皆可视为骈体文。参见谭家健《中华古今骈文通史》,社会科学文献出版社2018年版,第139—143页。

③ "六朝"的时段意义较为模糊,主要有魏晋南北朝、东晋南朝、南朝三种说法,瞿兑之所言应为"东晋南朝";瞿兑之《骈文学》(与《骈文概论》合刊),海南出版社1994年版,第19页。

(以下简称《曲水诗序》)、鲍照的《瓜步山楬文》以及王融的《三月三日曲水诗序》(以下简称《曲水诗序》)为例,来观察其中的端倪。各篇的单句对句式分布如下:颜延之《曲水诗序》有三言5联,四言28联,五言2联,六言8联,七言1联;鲍照《瓜步山楬文》有四言10联,五言1联,六言3联;王融《曲水诗序》有三言4联,四言48联,五言1联,六言35联,七言5联。

就颜延之《曲水诗序》和鲍照《瓜步山楬文》来看,前者的四言单句对使用率是64%,后者为71%,这表明在他们的骈体文创作实践中,四言已确立为单句对句式的主流。接着来讨论南齐时人王融的《曲水诗序》,这篇文章在骈文史上广受赞誉。张溥《汉魏六朝百三家集题辞注》评之曰:"齐世祖禊饮芳林,使王元长为《曲水诗序》,有名当世,北使钦瞩,拟于相如《封禅》。梁昭明登之《文选》,玄黄金石,斐然盈篇,即词涉比偶,而壮气不没,其焜耀一时,亦有由也。"[①]王融《曲水诗序》的单句对句式分布颇值得注意,使用次数最多的为四言48句,其次是六言34句,两者占据全文单句对总量的89%,相对于其他句式,可谓具有压倒性的优势。也就是说,在此时期,骈体文单句对便以四言、六言为主的形态稳定出现。综合来看这三篇骈体文的单句对,在四言、六言之外,还有三言、五言、七言,这些句式偶尔出现,仅作调节文句使用。刘勰《文心雕龙·章句》云:"若夫章句无常,而字有条数,四字密而不促,六字格而非缓,或变之以三五,盖应机之权节也。"[②]说的就是这个现象。同时,在杂言于东晋时期消失的基础上,八言、九言在南朝时期也被摒弃了。以上事实说明,四言单句对在刘宋时期就已成为骈体文创作中的时髦风尚,而四言、六言单句对作为主流并行则在南齐时期形成,单句对句式由此完成了从多样趋向集中、从混沌走向清晰的过程。

二、从散文对到骈文对

单句对在魏晋南朝时期的另一演变趋势是由"散文对"到"骈文对"[③]。张仁青在《骈文学》一书中提出了"散文对"与"骈文对"的概念:"惟散文对仗之法与骈文殊科。在修辞学上,凡是用字数相等,句法相似之两句,成双作对排列成功者,谓之对仗,亦曰对偶。骈文之对仗,限制綦严,举凡意义、声调、词性、物性、数目、虚实等均须相对,始合规格。而散文之对仗……但求意义相对足矣。"[④]张氏所论的范畴为中国古代所有文章,着重指

① 〔明〕张溥著,殷孟伦注《汉魏六朝百三家集题辞注·王宁朔集》,中华书局2007年版,第248页。

② 〔南朝梁〕刘勰著,詹锳义证《文心雕龙义证》之三四《章句》,上海古籍出版社1989年版,第1265页。

③ 关于对偶,参见王蔚乔《"其文丽逸"解——兼论王僧孺在骈文学上的显与隐》,《中国文学研究》2022年第3期。

④ 张仁青《骈文学》,文史哲出版社1984年版,第35页。

出“散文对”与“骈文对”的歧异在于意义、词性等是否工整对仗。王力也作过类似的讨论:“骈偶不仅要求整体对称,而且上下联内部的句法结构也要求一致:主语对主语,谓语对谓语,宾语对宾语,补语对补语,定语对定语,状语对状语。”[①]指明典范对偶句须达到内部句法结构、上下联句法结构一致。两位学者的表述有所不同,但从根本上来说,都在力求清晰地界定“骈文对”的范围。按照这些表述,可知“散文对”仅要求两句大体上对仗,“骈文对”则须达到词性、意义、句法结构完全对偶。

曹魏文学家中不乏擅长写作对偶句者,曹植、王粲即是其中的佼佼者。[②] 但若按照“散文对”与“骈文对”的标准来看,曹、王所作骈语有很多应归属于“散文对”。

曹植《与杨德祖书》:虽未能藏之于名山,将以传之于同好。[③]
曹植《陈审举表》:既时有举贤之名,而无得贤之实。[④]
曹植《求自试表》:故慈父不能爱无益之子,仁君不能畜无用之臣。[⑤]
曹植《求通亲亲表》:左右唯仆隶,所对惟妻子。[⑥]
王粲《为刘表谏袁谭书》:昔齐襄公报九世之仇,士丐卒荀偃之事。[⑦]
王粲《为刘表谏袁谭书》:虽楚魏绝邈,山河迥远。[⑧]
王粲《为刘表与袁尚书》:进有国家倾危之虑,退有先公遗恨之负。[⑨]

在上引曹植所作的句子中,“藏之于名山”和“传之于同好”是一联对偶句,但存在非共有连接词“虽未能”“将以”无法达到对偶,以至于两句的句法结构不够平衡。引自《陈审举表》的句子也存在同样的情况,非共有的连接词“既时”“而”破坏了句法结构的对偶。《求通亲亲表》存在词性没有臻于对仗的“左右”“所对”,且两句中有同音词“唯”和“惟”。在王粲所作的句子里,“齐襄公”乃春秋时期齐国君主,“士丐”为春秋时期晋国大夫,两词意义对偶,但一个是三字词,另一个是两字词,未能在字数上对偶。另外两联中,作为国别名的“楚魏”与地名的“山河”对仗失衡,“国家”与“先公”对举也在体量上失衡。上述不够平衡的对偶句反映了曹植、王粲的创作还带有“散文对”笔调的特点。

---

① 王力《古代汉语》,中华书局 1999 年版,第 1234 页。

② 王运熙认为建安作家中,最擅长写作对偶句的作家当属曹植、王粲。他们的作品不仅骈俪语言渐增,更饶有文辞之美,对南朝骈体文产生了深远的影响。参见王运熙《刘勰对汉魏六朝骈体文学的评价》,《文心雕龙探索》,第 219 页。

③ 〔三国魏〕曹植著,赵幼文校注《曹植集校注》卷一,中华书局 2016 年版,第 228 页。

④《曹植集校注》卷三,第 661 页。

⑤《曹植集校注》卷三,第 550 页。

⑥《曹植集校注》卷三,第 650 页。

⑦《王粲集》,俞绍初辑校《建安七子集》卷三,中华书局 2005 年版,第 116 页。

⑧《王粲集》,第 115 页。

⑨《王粲集》,第 119 页。

两晋文章使用对偶句的情况更多。譬如刘师培在《中国中古文学史讲义》中所云："晋文异于汉、魏者，用字平易，一也；偶语益增，二也；论序益繁，三也。"①西晋陆机的《豪士赋序》对偶化程度很高，颇接近南朝人的作品。其中文句也都符合"骈文对"的标准，比如"名编凶顽之条，身厌荼毒之痛"②，两句的词性、意义、句法结构均达成对仗。至于使用连接词引领的句子，如"然后河海之迹堙为穷流，一匮之衅积成山岳"③，陆机巧妙地把"然后"用作统领两句的共有成分，由此解决了对仗不平衡的问题。东晋孙绰的骈体文《三月三日兰亭诗序》的对偶大部分纯乎"骈文对"笔法。如"高岭千寻，长湖万顷"④，"具类同荣，资生咸畅"⑤，已是标准的"骈文对"。可见两晋是"散文对"走向"骈文对"的开端，彼时文人写作的对偶句已开始属意于摆脱散文笔法。

南朝时期，骈体文学昌盛。文章中采用"散文对"的句子日益减少，写作"骈文对"的句子蔚然成风。这些"骈文对"有嵌入数字词对偶的，如颜延之《曲水诗序》："烈燧千城，通驿万里。"⑥"五方杂遝，四隩来暨。"⑦王融《曲水诗序》："冠五行之秀气，迈三代之英风。"⑧有使用颜色词对偶的，像王融《曲水诗序》："言炳丹青，道润金璧。"⑨有以方位词对偶的，例如颜延之《曲水诗序》："南除辇道，北清禁林。"⑩有采用艺术作品的名称对偶的，譬如王融《曲水诗序》："戚奏《翘》舞，籥动《郊》诗。"⑪有以"皇帝"对"百官"的，诸如颜延之《曲水诗序》："既而帝晖临幄，百司定列。"⑫还有高级的双重对偶，比如王融《曲水诗序》："出龙楼而问竖，入虎闱而齿胄。"⑬"龙楼"指宫殿，"虎闱"代国子学，两词中还嵌入了动物"龙"与"虎"达成另一重对偶。上引诸文不仅词性、意义对偶，且句法结构完全一致，属于标准的"骈文对"，类似的句子在南朝骈体文中数目众多。

三、结论

总体来看，四言、六言单句对句式在魏晋南朝时期经历了复杂的演变过程。具体来

① 刘师培《中国中古文学史讲义》，陈引驰编校《刘师培中古文学论集》，第56页。
② 《陆机集校笺》，第68页。
③ 《陆机集校笺》，第68页。
④ 〔唐〕欧阳询撰，汪绍楹校《艺文类聚》卷四，上海古籍出版社1999年版，第72页。
⑤ 《艺文类聚》卷四，第72页。
⑥ 《文选》卷四六，第2051页。
⑦ 《文选》卷四六，第2050页。
⑧ 《文选》卷四六，第2058页。
⑨ 《文选》卷四六，第2059页。
⑩ 《文选》卷四六，第2052页。
⑪ 《文选》卷四六，第2067页。
⑫ 《文选》卷四六，第2053页。
⑬ 《文选》卷四六，第2059页。

说,曹魏、西晋时期个别作家展现出对四言、六言单句对的青睐,比如曹植是较早大量创作四言单句对的作家,陆机是较早注重六言单句对的作家。同时存在的还有五言、七言、八言、九言、杂言句式,面貌变化多端。东晋时期,四言单句对初步占据上风,杂言句式基本消失。直至刘宋,四言单句对才明显占据优势地位。南齐时期,四言、六言正式并行为单句对句式的主流。另一方面,根据对偶句的工整程度,有“散文对”“骈文对”之分。曹魏时代尚存在不小规模的“散文对”,晋代的偶语与日俱增,是“散文对”向“骈文对”过渡的阶段,南朝骈体文的对偶句日益规范,刻意经营工整“骈文对”的潮流蔓延至整个文坛。

作者简介:

王蔚乔,1992 年生,河南洛阳人,文学博士,中国国家博物馆博士后。研究方向为魏晋南北朝文学与文献。

论魏晋公牍文的程式形态及价值*

仲秋融

内容摘要:考察文体形态及相应程式是公牍文文体研究的起点,本身便具有鲜明的文化价值。公牍文从两汉"以文书御天下"的文体地位之奠定,到南朝由笔趋文骈化形势之发生,魏晋是值得关注的过渡环节,其时公牍有文理迭兴的文学自觉表现,同时承前衍化形态,整体逐渐形成起承转合、多四字行文等格式套路,特别是代言类诏策、教令、檄移等,程式化结构明显,突出反映了传统公牍长于交际、短于言情这一为现实应用服务且影响深远的体式特征,在应用文本的语言表达与实用文体的体式传承等方面具有重要的价值。

关键词:魏晋;公牍文;体式源流;文体形态;程式化;价值

公牍文作为至今仍频繁创作使用的应用文类,考察它的体式特征是对这类文体研究的起点,本身便具有鲜明的文化价值。传统公牍文的程式化书写在中古时期已基本呈现,尤其在魏晋阶段,公牍文正处于生成程式结构形态的过渡期,上承两汉"以文书御天下"的文体地位之奠定,下启南朝由笔趋文形势之发生,魏晋公牍承前衍化形态,整体逐渐形成起承转合、多四字行文等格式套路,特别是代言类诏策、教令、檄移等,文本的程式化结构明显,突出反映了传统公牍长于交际、短于言情这一为现实应用服务且影响深远的体式特征,这既是公牍文文体开始自觉的标志,也与其仪式化特征及背后的等级秩序联系密切。

现存魏晋公牍文的文献较多,针对性研究却尚少,本文试就其文体源流、形态及程式化结构等问题展开考索,以明公牍文这一重要应用文体在魏晋关键演变期的体式特征及价值。

一、魏晋公牍文之体式源流

公牍文,指的是古代的政府公文,先秦时期,最早的公文汇编《尚书》诞生,粗具文体。

* 本文为国家社会科学基金后期项目"魏晋公牍文的文学演进与文化阐释"(21FZWB073)、中国博士后第74批面上资助项目(2023M740739)、中国计量大学青年科技人才培育专项(2023YW48)阶段性成果。

秦汉“海内为郡县,法令由一统”①,“以文书御天下”②,朝野上下普遍用之,公牍文文体地位日隆,规范化进程加快。从晋代李充《翰林论》、挚虞《文章流别志论》,南朝刘勰《文心雕龙》,一直到明代吴讷《文章辨体序说》等,对章、表、奏、启、书、疏等公牍类别有过精当论述,特别是在文学自觉的魏晋时代,公牍文是实用文牍,形成了影响后世的基本体式规范,同时也包含文学属性,出现了诸如诸葛亮《出师表》、李密《陈情表》等传诵千载的名篇。魏晋成为公牍文的关键演变期,在诸如文体格式、主题类型、基本文风等方面,较前代有所更新衍化,后启了南朝公牍文由笔趋文之势,影响深远。

(一)文体发生

追溯魏晋公牍之文体发生,先秦甲骨文书可谓先肇其端,《尚书》篇章首分其类。口施指令是远古时代的文化传统,阶级社会产生后,部落首领便以文字符号治事临民,文字落实于物质载体,两者结合后遂有了书面文书。王国维指出:“书契之用,自刻画始。金石也,甲骨也,竹木也,三者不知孰为后先,而以竹木之用为最广。”③其中,龟甲和兽骨为其时文书极为重要的书写载体,甲骨文是迄今所知最早的成体系的文字形式,故大致从夏商始,实体公牍已肩负起公务使命,甲骨文中大量出现“呼”“告”“令”“册”等命令文书,即可作实物佐证。甲骨文书是公牍的萌芽,然夏商公牍在严格意义上并没有独立成体,直至《尚书》篇章,在体式、称名等多方面开启了后世书面公牍之门,初步反映出公牍之文体发生概貌。

一方面,从公牍基本用语看,《尚书》中出现大量后世公牍习用语汇。先秦时期,吉金铭文中散见“拜稽首”“拜手稽首”等词,而《尚书》中诸如臣子向君主称“稽首”已为惯例,基本成对出现,如:“周公拜手稽首……王拜手稽首曰:‘公不敢不敬天之休,来相宅,其作周匹休。公既定宅,伻来,来视予卜休恒吉。我二人共贞。公其以予万亿年敬天之休。拜手稽首诲言。’……周公拜手稽首曰:‘……伻来毖殷,乃命宁。予以秬鬯二卣,曰明禋,拜手稽首,休享。’”(《尚书·洛诰》)④此类套语一般出现于首末段,显示下达上报的礼节。由汉至晋,如“稽首再拜”“顿首顿首”等渐渐简化为“稽首”“顿首”等,魏晋公牍除继承《尚书》“拜手”“稽首”“顿首”等谦抑词外,还有“诚惶诚恐”“死罪死罪”等请罪道歉之辞,用以表示谦卑尊敬心情,固定沿用至今,对后世影响很大。

另一方面,从公牍文体类型看,《尚书》包含魏晋及后世公文文体的基本形态。唐代孔颖达“因文立体”,据《尚书》各篇文体功用,将五十四篇进行具体归类,其中只有《五子之歌》《洪范》《禹贡》《胤征》等四篇因不属于“君言”而“因名立体”。可见,孔氏心目中

① 〔汉〕司马迁《史记》,中华书局 1982 年版,第 235—239 页。

② 〔汉〕王充著,黄晖撰《论衡校释》,中华书局 1990 年版,第 591 页。

③ 王国维著,胡平生、马月华校注《简牍检署考校注》,上海古籍出版社 2004 年版,第 1—2 页。

④ 〔汉〕孔安国传,〔唐〕孔颖达正义,〔清〕阮元校刻《尚书正义》,中华书局 1980 年版,第 214 页上—216 页下。

的《尚书》主要记载“王命”,即君王颁下的公文,也说明时人对《尚书》的公事文书汇编已有一定认识。作为“帝王之书”,《尚书》包含典、谟、训、诰、誓、命等六体,今人褚斌杰先生进一步将誓辞、诏令、诰言、训辞和政事语录归入下行公牍(诏令文)。[①] 从文学角度,《尚书》篇章结构严谨,文辞较朴实,不过已出现一些排偶、对比,折射出一定的艺术光彩。尤从文体维度,《尚书》“六体”涵盖后世公牍基本文体类型,不仅有训下“王命”,亦有告上“臣言”,如君臣垂训之“典”,录上古帝王事迹;君臣谋议之“谟”,成后世会议记录远源;臣劝谏君之“训”,具劝谏明道意义;君命臣下之“诰”,发布勉励、告诫等命令;君令臣下之“命”,上古帝王发号使告、奖赐功臣;集士而诫之“誓”,当权者发布的战争动员令。此外,《尚书》中“诰”“命”“誓”三体为诏、令(制)、檄等前身,相对于“典”“谟”“训”而言,与后世公牍文体关系更为密切。因之,魏晋公牍之文体发生,当以甲骨文书见其端,因《尚书》篇章成其体。

(二)程式确立

公牍文体的程式化特征对其自身意义重大,胡元德指出:“程式的有无,是公文区别于其他文章的一个重要特征。”[②]公文程式结构或约定俗成,或依法遵制,定型之路漫长。魏晋前的公牍程式被汉末蔡邕很好地总结在《独断》一书中,呈现等级差序特征,后世相袭成制。

从先秦、两汉到魏晋,有关公牍体式方面已积累了许多经验。对此,前辈学者论之甚详,清末民初许同莘谓:“周时钟鼎文,凡王曰‘惟王某月’等辞句,不提行。君臣一体,不以直书为嫌。此古义也。秦权拓本称‘皇帝制诏’,二世诏称‘始皇帝’,亦然。惟琅邪刻石,二世诏书,及李斯等奏文,始皇帝成功盛德制曰:‘可。’皆提行。此后世颂圣之体。自暴秦创为此制,而后世变本加厉,且以文字失检为大不敬矣。”[③]秦汉以来,不仅“朕”成为天子的专用称呼,公牍中还日益强调帝名的避讳,如许氏所言,文书中凡遇“皇帝”“始皇帝”等语均需提行,据新近出土的秦二世登基文告(2013 年湖南益阳兔子山遗址 9 号古井出土),在提及“秦始皇”处提行顶格书写,遂以实物证明了秦朝公牍形成换行或空格等固定格式。在汉末蔡邕笔下,有关公牍具体书写格式,已有所总结,体现出贵贱有别的等级差序理念:“凡群臣尚书于天子者有四名:一曰章,二曰奏,三曰表,四曰驳议。章者需头,称‘稽首’,上书谢恩陈事诣阙通者也。奏者亦需头,其京师官但言‘稽首’……汉承秦法,群臣上书皆言‘昧死言’。王莽盗位,慕古法,去‘昧死’曰‘稽首’。光武因而不改,朝臣曰‘稽首顿首’,非朝臣曰‘稽首再拜’。”[④]据知,魏晋以前,臣僚上呈奏疏起首一

---

① 褚斌杰《中国古代文体概论》,北京大学出版社 1990 年版,第 450 页。
② 胡元德《古代公文文体流变》,广陵书社 2012 年版,第 197 页。
③〔清〕许同莘《公牍学史》,商务印书馆 1947 年版,第 23 页。
④〔汉〕蔡邕《独断》,上海书店 1985 年版,第 4—5 页。

般“自报家门”,以本人官职、姓名加上“臣昧死言”“稽首再拜上书”等套语,表示对上的尊敬,接着才铺开文书内容,如奏文开头一般用“臣昧死言”等,结尾是“稽首以闻”,亦有相近用法,如汉代丞相张苍《奏论淮南王长罪》谓:

> 丞相臣张苍、典客臣冯敬、行御史大夫事宗正臣逸、廷尉臣贺、备盗贼中尉臣福昧死言:淮南王长,废先帝法,不听天子诏,居处无度……长当弃市。臣请论如法。①

张苍奏论为表敬畏谦卑之态,忠恳不畏之心,以“昧死言”领起,“臣请论如法”结尾。公牍文在体现阶级等级差序方面,尤其注重双方称谓、款式、内容等的安排,如“稽首”“昧死”“粪土(草莽)臣”“诚惶诚恐”等,处处体现等级关系,反映虔敬的文化心理。同时,程式化修辞的影响还映射在公牍行文语气态度上,即对上往往劝谏而循循善诱,对下指示则义正辞严。此外,各类公牍因文体之异,格式略有不同,同样折射出等级之别,据《后汉书·胡广传》注引《汉杂事》,云:“章者需头,称‘稽首上以闻’……奏者亦需头,其京师官但言‘稽首言’,下‘稽首以闻’。”②蔡邕《独断》也有相关记载:“表者不需头,上言臣某言,下言臣某诚惶诚恐,顿首顿首,死罪死罪。”③可见,“章”“奏”“表”等不同公牍类别,在抬头等程式上略有区别。

汉末蔡邕《独断》总结有汉四百余年典制、礼仪,尤其重视对奏议、诏令等公牍源流规范的梳理。清修《四库全书总目提要》指出:“是书(《独断》)于礼制多信《礼记》,不从《周官》……或今本传写脱误,均未可知。然全书条理统贯,虽小有参错,固不害其宏旨,究考证家之渊薮也。”④《独断》考证详实,对群臣上书形式及用语的总结主要以秦汉撰作实践为据,与本文前述对《尚书》公牍习用语的归纳十分吻合,反映了公牍文体发展的继承性特征。至此,魏晋以前的公牍运转流程及相关书写格式、避讳用语等,皆初步形成了一套较为稳固的制度,公牍撰制正式走上了规范化道路。

二、魏晋公牍文之文体形态

魏晋公牍文呈现汉晋散体与六朝骈体两大类形态,处于早期公牍文体门类、写作格式等关键衍化期,出现诸如启、笺等新门类,程式化水平达到一定高度,形成“起承转合”、

① 〔清〕严可均《全上古三代秦汉三国六朝文》,中华书局1958年版,第203页上。
② 〔南朝宋〕范晔撰,〔唐〕李贤等注《后汉书》,中华书局1965年版,第1507页。
③ 〔汉〕蔡邕《独断》,第4—5页。
④ 〔清〕永瑢《四库全书总目》,中华书局1965年版,第1015页。

四字行文等体式特征，这类相对固定的套式影响深远①，显示出魏晋公牍文的文体价值。

（一）文体门类辨析

相比秦汉，魏晋公牍门类整体较为稳定，略有滋衍。除“诏”“制”“册”“戒敕”等承袭前代外②，魏晋下行文增有“赦文”。今存魏文帝《赦辽东吏民文》为最早的“赦文”，后世称“德音”，宋人谓其“泛降而宽恤也”③。魏晋平行文中，除两汉的教、移、檄、露布、状、谱、书、计等外，还产生了符、帖、牒、鉴、关、刺、行状、薄录、贺表、列辞、牍状、告示等。同时，上行章、奏、表、疏、议等承前发展，日益定型。其时，汉代属于奏议类的“连珠”体，渐渐转变为纯粹的抒情文类。此外，魏晋阶段，新衍的重要公牍门类为启、笺。“启（事）”渊源于魏晋，如山涛《山公启事》，史载：“涛所奏甄拔人物，各为题目，时称《山公启事》。”④还有授予官职类的“牋（笺）命”，《世说新语·栖逸》载：“既有高名，王丞相（导）欲招礼之，故辟为府掾。廞得牋命。”⑤魏晋启类与笺类成为正式公牍文文体启文和笺文，具有一定的代表性。

新兴之启文。启文诞于魏初，盛始有晋。刘勰言：“自晋来盛启，用兼表奏。”⑥启以谢恩让爵、陈述政事为用，内容补章、表之不足：“陈政言事，既奏之异条；让爵谢恩，亦表之别干。”⑦据严可均所辑《全后汉文》，“启”以篇名形式出现三次，分别是桓谭《启事》《桓子新论·启寤第七》及赵息《启京兆尹》，观诸启内容，离文体学意义上的“启”尚有段距离，如赵息《启京兆尹》曰：“（左）悺子弟，来为虎牙，非德选，不足为特酤买，宜随中舍菜食而已。”⑧赵启简明扼要，或为残篇，“启”体的政务公文特征尚不显著。魏晋时期，“启”方成为真正独立的文体，清吴曾祺谓：“（启）汉避景帝之讳，故此体不见，魏晋以后盛行。……其始尚或用以奏御，唐以下则第施之尊贵而已。”⑨严可均《全三国文》中则有四篇名“启”之文，分别是曹植《七启》、高柔《军士亡匆罪妻子启》、刘辅《论赐谥启》、王昶《谢启表》。其中曹文属“七体”，其他基本为启文，大体格式为：“其首则曰臣某启，末

---

① 有学者指出：“‘套’指应用文中与文体功能密切相关的常用词句和象境，‘式’指在应用文首末或篇中固定出现的不可回避的功能性句法结构。从这个角度来说，由于中国文体学的总体发展呈现一个功能类分的趋势，文体的多样化必然导致不同的文体或亚文体有不同的活套和通式。”参见叶晔《从书仪到活套：南宋文章文本生成中的近世转型》，《文学遗产》2018 年第 1 期。

② 有学者指出：“魏晋南北朝时期，官僚制度的发展，既有在官僚制度轨道内运行的诏令，也有像两汉突破了官僚制度的‘制度外’诏令，即手诏、墨敕等直接体现皇权意志的王言文书的畸形发展与繁荣，两种诏令之间渐渐区分。”参见王使臻、王使璋、王惠月《敦煌所出唐宋书牍整理与研究》，西南交通大学出版社 2016 年版，第 95 页。

③〔宋〕赵升编，王瑞来点校《朝野类要》，中华书局 2007 年版，第 83 页。

④〔唐〕房玄龄等《晋书》，中华书局 1974 年版，第 1226 页。

⑤〔南朝宋〕刘义庆撰，〔南朝梁〕刘孝标注，余嘉锡笺疏《世说新语笺疏》，中华书局 1983 年版，第 767 页。

⑥〔南朝梁〕刘勰著，詹锳义证《文心雕龙义证》，上海古籍出版社 1989 年版，第 873 页。

⑦〔南朝梁〕刘勰著，詹锳义证《文心雕龙义证》，第 873 页。

⑧〔清〕严可均《全上古三代秦汉三国六朝文》，第 816 页上。

⑨ 吴曾祺《涵芬楼文谈》，商务印书馆 1933 年版，第 104—105 页。

则曰臣某谨启,大略相似。”[①]曹魏书信始称“启”,作为公牍文的魏晋启文,则与奏、表等文用相近。启文或用以陈请,或上言陈政,属较纯粹的陈政言事体。魏晋当局多以启文治国理政,上表所列即以陈政言事为主,请求宽宥启文如曹魏高柔有《军士亡勿罪妻子启》,朴实得体,陈请恳切。魏晋启文渐由公牍复兼私函之用,文体功用以谢恩让爵、陈述政事为主,题材丰富多样,情感细腻深刻,讲究简约得体。刘勰云其“必敛饬入规,促其音节,辨要轻清,文而不侈”[②]。

新兴之笺文。“笺”,又作“牋”,格式往往首末皆称“某死罪死罪”,只是首段多“月日某官”字样。笺文不仅有私人往来的信札体书笺,也有朝堂应用类奏笺,兼具平行与上行两类特征。笺文兴起于汉代,据《后汉书》载:“(公元 132 年)辛卯,初令郡国举孝廉,限年四十以上,诸生通章句,文吏能笺奏,乃得应选。”[③]刘勰《文心雕龙・书记》曰:“迄至后汉,稍有名品,公府奏记,而郡将奏牋(笺)。”[④]又言:“崔寔奏记于公府,则崇让之德音矣;黄香奏笺于江夏,亦肃恭之遗式矣。”[⑤]崔、黄奏笺皆已佚,今存两汉笺文较少,仅赵飞燕《奏笺成帝》较接近公文性质,然出于别传,可信度不高。魏晋笺牍的朝堂公文功能得到真正发挥,可谓“魏晋时多此体(笺)”[⑥]。历史上授予官职类公文“牋(笺)命”即源于此时,据《世说新语・栖逸》载:“(李廞)既有高名,王丞相(导)欲招礼之,故辟为府掾。廞得牋命。”[⑦]这类公务性较强的答笺、荐笺、谢笺等,成为魏晋公牍文的重要新衍门类,其中,杨修《答临淄侯笺》、繁钦《与魏文帝笺》、陈琳《答东阿王笺》、吴质《答魏太子笺》《在元城与魏太子笺》、阮籍《为郑冲劝晋王笺》等六篇,收入南朝萧统《文选》“笺(牋)”类[⑧]。萧氏选文偏重其文学性,这些入选的笺文文辞华美,成为其时艺术性较强的公文子类。魏晋“奏笺”有不同的呈送对象,呈于太子者,如吴质《答魏太子笺》《在元城与魏太子笺》等,送于皇室诸王者,如陈琳《答东阿王笺》等。故“奏笺”施用对象较为固定,一般为太子、王公,作者应邀而撰,语气谦恭,典雅有礼。同时,魏晋“书笺”用于私人交往,表意传情,生动有味,类似于书函、尺牍,诸事可入,不避俚俗,描述真切,偶杂军政之语。

(二)结构体式定型

魏晋公牍的格式套路基本定型。首先,公牍首尾等程式定型。公牍署名有置首的特点,即在篇首写明撰写者之官衔、姓名等,在很长一段时期内成为定制,与后世普遍放在

① 吴曾祺《涵芬楼文谈》,第 104 页。

② 〔南朝梁〕刘勰著,詹锳义证《文心雕龙义证》,第 873 页。

③ 〔南朝宋〕范晔撰,〔唐〕李贤等注《后汉书》,第 261 页。

④ 〔南朝梁〕刘勰著,詹锳义证《文心雕龙义证》,第 936 页。

⑤ 〔南朝梁〕刘勰著,詹锳义证《文心雕龙义证》,第 936—937 页。

⑥ 吴曾祺《涵芬楼文谈》,第 105 页。

⑦ 〔南朝宋〕刘义庆撰,〔南朝梁〕刘孝标注,余嘉锡笺疏《世说新语笺疏》,第 767 页。

⑧ 萧统《文选》“笺(牋)”类共收录六朝笺文九篇,除魏晋六篇外,还有南朝谢朓《拜中军记室辞隋王笺》,任昉《到大司马记室笺》《劝进今上笺》等三篇。

文末区别较大;等级规范严格,官职不能缩减,必须写全称;“抬头”(或曰“跳出”)、换行顶格等继秦汉传统,上书开首仍言“死罪死罪”,结以“顿首”等,谦恭有礼。如晋荀奕《元会敬司徒议》提及:“又至尊与公书手诏则曰‘顿首言’,中书为诏则云‘敬问’,散骑优册则曰‘制命’。”①《丹铅总录·诏首》载:“晋诏首称纲纪,唐诏首称门下,元诏首称指挥,惟本朝诏首直入事,有三代典谟之体。”②又,《宋书·礼志二》记太子监国所用文书程式:“凡内外应关笺之事,一准此为仪。”③有诸如“符仪”之式:“太常主者寺押,某署令某甲辞。言某事云云,求告报如所称……”④“尚书敕仪”:“右并白纸书。凡内外应关笺之事,一准此为仪。其经官臣者,依臣礼。”⑤“笺仪”:“尚书仆射、尚书左右丞某甲。死罪死罪,某事云云。”⑥在行文、签押、日期等用语上形成格套。此外,纸张成为魏晋时期的主要书写材料,公牍用纸亦有一定区分,如其时君王手诏往往与中书所作诏书、制书并行,以手诏青纸、制诏黄纸加以区分。

其次,上行或平行公牍中多有大段或连续或间出的四言成分。该形式一方面为过渡到南朝四六骈偶公牍打下基础,另一方面也反映出某种程式化印迹,如吴臣薛综《移诸葛恪等劳军》曰:“山越恃阻,不宾历世,缓则首鼠,急则狼顾。皇帝赫然,命将西征,神策内授,武师外震。兵不染锷,甲不沾汗。元恶既枭,种党归义,荡涤山薮,献戎十万。野无遗寇,邑罔残奸,既扫凶慝,又充军用。藜蓧稂莠,化为善草。魑魅魍魉,更成虎士。虽实国家威灵之所加,亦信元帅临履之所致也。虽《诗》美执讯,《易》嘉折首,周之方、召,汉之卫、霍,岂足以谈?功轶古人,勋超前世。主上欢然,遥用叹息。感《四牡》之遗典,思饮至之旧章。故遣中台近官,迎致犒赐,以旌茂功,以慰劬劳。”⑦薛移包含有大段连续的四言成分,朗朗上口,气势昂扬,在内容与形式上多有向先秦《诗经》等经典学习、致意之处。又如,东晋庾阐《为庾稚恭檄蜀文》曰:“告巴蜀士民,夫昏明代运,否终则泰。贤哲睹机以知变,不肖灭亡以取祸。昔者皇运中消,乾刚暂弛。曜勒穷凶,肆暴神州;李刘启逆,窃逼岷川。翼以不才,任符分陕,未能仰宣皇恩,招携以礼。而使三巴之民,制于犬羊之群;元元之命,悬于豺狼之口。所以假寐永叹,疢如疾首者也。凡百黎民,秋毫不犯。檄到,勉思良图,自求多福,无使兰艾同焚,永作鉴诫。信誓之明,有如皎日。”⑧庾檄以四字句为主,然六字成分明显增多,其中“檄到”等也是军牍较常使用的套语。如早在曹魏谋士董昭笔下,就有“得贼罗候安平张吉辞,当攻钜鹿,贼故孝廉孙伉等为应。檄到收行军法,

① 〔清〕严可均《全上古三代秦汉三国六朝文》,第1639页上。

② 〔明〕杨慎撰,王大淳笺证《丹铅总录笺证》,浙江古籍出版社2013年版,第454页。

③ 〔南朝梁〕沈约《宋书》,中华书局1974年版,第383页。

④ 〔南朝梁〕沈约《宋书》,第381页。

⑤ 〔南朝梁〕沈约《宋书》,第383页。

⑥ 〔南朝梁〕沈约《宋书》,第381页。

⑦ 〔清〕严可均《全上古三代秦汉三国六朝文》,第1411页下。

⑧ 〔清〕严可均《全上古三代秦汉三国六朝文》,第1680页下。

恶止其身,妻子勿坐”①之语,结尾缀以“檄(移)到”与“恶止其身,妻子勿坐”(《伪作袁绍檄告郡》)等警示语,渐成檄移行文套路。

第三,下行公牍渐成“起承转合”程式。汉末蔡邕《独断》带有对先秦至秦汉公牍格式的总结性质,而对于魏晋公牍段落格式化的表现倾向,尚可从保存先唐公牍原貌较好的日影弘仁本《文馆词林》中找出例文,加以对比。相较于严可均《全三国文》《全晋文》辑录公牍来源多有类书的截取,《文馆》所辑的魏晋诏书首尾相对完整。现略举三篇诏书,细查其“起承转合”格式,见表 1。

表 1

题名	《西晋武帝改元大赦诏一首》(卷六六八)②	《魏陈留王大赦诏一首》(卷六七〇)③	《西晋武帝赦诏一首》(卷六七〇)④
署名	晋武帝,张华	魏高贵乡公,张华	晋武帝,张华
文首制式	制诏:御史中丞等	制诏:	制诏:
述德追远(起)	昔朕皇祖宣王圣哲钦明,获应期运,熙帝之载,肇启洪基。伯考景王,执道宣猷,缉熙诸夏。至于皇考文王浚哲光远……	盖至化宽以服人,太上仁以怀物,以宽故能含载无方,唯仁故能容养万类……圣明所以播德也。	居德厚以济物,清刑罚以服毗,此皇羲垂象,所以使群生逸豫也。……三代令主,唯兹焉务。故刑厝(措)不用,大化咸和。区区汉文,犹断狱四百……
谦辞(承)	予一人畏天之命,用弗敢违,遂登坛于南郊,受终于文祖。燔柴班瑞,告类上帝,惟朕寡德,负荷洪烈,允执其中,托于王公之上,以临君四海,惴惴惟惧,罔知所济。	朕以冲昧,获统天位,不明于训,而托公王之上,幸赖先相国晋王匡济之勋,自夏徂荒,远无不化。	今六合同轨,夙夜兢兢。
赦诏因由(转)	惟尔股肱爪牙之佐,文武不贰心之臣,乃祖乃父,实左右我先王,以弼宁帝室,光隆大业。思与万国,共飨休祚,其大赦天下,与之更始。	相国晋王嗣业承绪,继明照于四方,仁风肇被,六合旁靡,黎仪亿兆,日新厥志。朕喜使百姓厉精自肃,以承首化,其大赦天下。	思茂建皇极,以清其源。暗乎大理,未知厥路何由,且愿令庶隶,免一切之患。徐与群贤,共济其弊,其赦天下。

① 〔清〕严可均《全上古三代秦汉三国六朝文》,第 1193 页下。

② 〔唐〕许敬宗《影弘仁本〈文馆词林〉》卷六六八,日本古典研究会昭和四十四年(1969 年)版,第 327 页。

③ 〔唐〕许敬宗《影弘仁本〈文馆词林〉》卷六七〇,第 373 页。

④ 〔唐〕许敬宗《影弘仁本〈文馆词林〉》卷六七〇,第 373—374 页。

续表

题名	《西晋武帝改元大赦诏一首》(卷六六八)	《魏陈留王大赦诏一首》(卷六七〇)	《西晋武帝赦诏一首》(卷六七〇)
宥赦内容(转)	自谋反大逆不道已下,在命年十二月七日昧爽以前,皆赦除之。改咸熙二年为泰始元年,赐人爵五级。	自谋反大逆以下,已发觉未发觉、系囚见徒、坐遇谴罚、禁锢夺劳,在今年月日昧爽已前,皆悉赦除之。亡失官物及负官责逋欠,一切亡叛略人,赦书到后,百日不自出,复罪如初。敢以赦前事相告言,皆以其罪罪之。	流宥远方者,皆原之。杀人者人之大害,宜以杀止杀。又诸以凶丑父母亲戚所徙,及犯罪徒边者,不从此令。其申敕有司,所以将顺厥政,辅其不逮。宰辅怀曹参之仁,司理守干张之正。
末辞(合)	露布天下,及诸王公国别,使称朕意焉。	主者具为诏,普告天下,咸使闻知,称朕意焉。	二千石长吏谨以文教惠绥百姓,庶使万邦黎蒸,各得其所,称朕意焉。

按:《西晋武帝改元大赦诏一首》,文见《文馆词林》,又见《晋书》卷三《武帝纪》。署名晋武帝与张华,实为张华所拟。据文中“改咸熙二年为泰始元年”句,此文当作于泰始元年(265)冬十二月丙寅。《魏陈留王大赦诏》,文仅见《文馆词林》,作“魏高贵乡公大赦诏一首”,署名魏高贵乡公(曹髦)与张华,实为张华所拟,据文意实当作于魏陈留王时期。兹从林家骊所考(载《浙江社会科学》2019 年第 4 期),改作“魏陈留王大赦诏一首”。另据文中“先相国晋王匡济之勋”与“相国晋王嗣业承绪”,先相国晋王为司马昭,晋王为司马炎,此诏当颁于陈留王末年司马炎执政时期,时为咸熙二年(265)九月乙未。《西晋武帝赦诏一首》,文仅见《文馆词林》。署名晋武帝与张华,实为张华所拟。据文中“每览断狱之奏,居下讪上之讼,未尝不恻然悼心”句,与《晋书·武帝纪》载“(泰始)五年春正月癸巳,申戒郡国计吏守相令长,务尽地利,禁游食商贩。丙申,帝临听讼观录囚徒,多所原遣”[①]等相合,文当作于晋武帝泰始五年(269)春。

从结构上看,三诏普遍层次清晰,行文步骤类似,具有“起承转合”的程式化结构,文首制式均以“制诏”点明撰制机构,以述德追远为起式,展开主题最初的陈述,继而铺叙承接的谦辞,适当重复,巩固主题,显示王者气度。赦诏主体由宥赦因由与内容组成,格局大同小异,应需而变。末辞诏示天下,以“称朕意焉”结束。从风格上看,《西晋武帝改元

① 〔唐〕房玄龄等《晋书》,第 58 页。

大赦诏》溢美有余，多文过饰非；《魏陈留王大赦诏》(即原《魏高贵乡公大赦诏》)典雅严谨，多言不由衷；《西晋武帝赦诏》则寓教于情，典对自然，贴合实际，相对较佳。值得注意的是，除据上述按语考证外，通过表列公牍相似格套，亦可大致判断诸诏或成于一人之手，或亦经天子御览亲审。日影《文馆词林》并列君臣为撰作者，实为西晋大儒张华代笔，关于发布机构，刘勰言："自魏晋诰策，职在中书。"[①]而张华即中书省要员，曾拜中书令、中书监等，多次奉命草诏，备受器重。

三、余论：程式化之价值

中古时期，传统公牍文的程式化书写已基本确立，尤其在魏晋阶段，公牍文正处于生成程式结构形态、文理迭兴的过渡期，此类起承转合、多四字行文的格式套路，既是公牍文文体开始自觉的标志之一，也与其仪式化特征及背后的等级秩序联系密切，在语言表达、体式传承等方面具有重要的文本意义与文体价值。

一方面，对于应用文本的语言表达而言，一切程式性话语、固定套语等都是为了最大程度地发挥话语的交际功能，魏晋作者不断地摸索套路，在熟悉的语言文化中寻找到对读者群而言最容易接受的习惯表达，以达到传递信息的目的。宇文所安指出："在早期手抄本文化中，只有严格要求原封不动进行抄写的文本(比如说儒家经典)才会得到原样复制。其他的文本则不断地被改变篇幅和内容，其改变的程度与其远离'严肃性'的程度成正比。"[②]魏晋公牍文作为近"笔"的庙堂文章、经国枢机，其"严肃性"在儒家经典之下，却远在诗赋之上，故其"改变"的程度亦有限，有许多程式化的段落、套语，相对而言短于言情。尤代作，每每改动个别字词，又成新篇，利于快速有效地传递信息。如南朝萧统《文选》中所选某些公牍情感虽异，也大致反映魏晋此类"起承转合"、步骤性强的程式化情况，其中教文的写作程式一般为首称"纲纪"，结以"主者旌行"等，行文有明显的格套。

另一方面，对于实用文体的体式传承而言，隋唐以后，"起承转合"程式化结构继续发展与固定[③]，如科举考试的八股文，十分强调格式步骤，其他应用文也被框定在一定格套准则中，特别是骈体公牍，如宋代王应麟《辞学指南》，堪称启表类写作范本，对公文程式化发展有着推动作用。清代陈维崧《四六金针》提出了十三类骈文制式，其中多为诏、疏、诰、表、启、露布等公文文体，如"诏"："多用散文，亦有四六者，今代四六诏文敕书，多作

① [南朝梁]刘勰著，詹锳义证《文心雕龙义证》，第 743 页。

② [美]宇文所安著，胡秋蕾、王宇根、田晓菲译，田晓菲校《中国早期古典诗歌的生成》，生活·读书·新知三联书店 2012 年版，第 396 页。

③ 有学者指出，直至宋明时期，公牍文的文体秩序依旧稳固："故至宋明时代，位居权力顶端的诏、诰、表、笺、露布等骈体文，仍拥有稳固的文体秩序，其中诏、诰等王言又比表、笺、露布等进王言更趋不变。"参见叶晔《从书仪到活套：南宋文章文本生成中的近世转型》，《文学遗产》2018 年第 1 期。

三段：一破题，二入事，三戒敕，或奖喻，或奖劝。"[①]"疏"："请疏：一破题，二颂德，三述意。劝缘疏：一破题，二入事，三述意。"[②]可见，后世公牍程式结构承前发展，在骈体文书格式部分，要求日见细密，体现出较高的理论总结与程式化水平。

综上，魏晋公牍文以甲骨文书见其端、《尚书》篇章成其体，秦汉至魏晋阶段奠定了后世的基本形制，即起承转合、多四字行文的程式化结构特征，深具文本意义与文体价值。

作者简介：

仲秋融，1985年生，浙江杭州人，中国计量大学人文与外语学院中文系讲师，文学博士，复旦大学中国语言文学流动站博士后，研究方向为周秦汉魏晋南北朝文学与文献学。

① 〔清〕陈维崧《四六金针》，中华书局1985年版，第6页。

② 〔清〕陈维崧《四六金针》，第8页。

论贞观时期雅正文章观念与骈体革新
——以唐太宗的骈文为中心*

王亚萍

内容摘要:唐王朝建立之初面临儒学衰落、文风不振的文化环境,太宗即位后调整治国方略,采取"偃武修文"的国策,重视文德、崇儒重史、弘扬文教,加之对典雅文风的倡导,形成了雅正文章观,扭转了南朝浮丽文风在初唐延续的局面。同时,贞观君臣又继承了隋炀帝崇尚典丽的文章观念,其中"丽"就表现出隋唐之际文风对南朝文学的吸收与借鉴,并以贞观后期官修《晋书》为标志表现出对华辞丽藻的偏爱,使得贞观时期骈体革新中的文体风格分化为文质兼济与丽藻宏辞两个方向。唐太宗的骈文创作最能反映这一文风转向,其前期的骈文尤重雅正的内容与典重的文辞,注重文质兼济的骈文风格;后期则延续南朝文风而偏向于丽藻宏辞,开启了高宗武后时期颂美骈文的写作。

关键词:雅正;文章观念;文质兼济;丽藻宏辞;嬗变

经历了隋末的社会动荡,唐王朝从建立至贞观初期,面临儒学衰落、文风不振的文化环境,不利于国家的长治久安和文化发展。太宗即位锐意为政,他调整治国方略,采取"偃武修文"[①]的国策,"当以文德绥海内"[②](《通典》卷146《乐六》),重视文德,崇儒重史、弘扬文教、编纂类书等,显示出新朝气象,形成了雅正文章观念。同时,在隋朝已经形成的典丽文章观念被贞观君臣继承,其中"丽"就表现出南朝文学的流风余韵对唐代文学的影响,促使贞观初期的骈体革新分化为文质兼济与颂美宏辞两种风格。

一、尊儒与文章内容的典雅

唐太宗在执政初期就重新确认儒家正宗地位,把儒家的仁义道德和民本思想作为治

* 本文为2023年教育部人文社会科学研究青年项目"唐代骈文嬗变与文章变革思潮研究"(23YJC751031)、2021年湖北省社科基金一般项目"初唐骈文观念的嬗变与骈体革新研究"(2021038)、2023年武汉轻工大学校立科研项目"唐代骈文观念与骈体嬗变研究"(2023Y64)的阶段性成果。

① 〔宋〕司马光编著,〔元〕胡三省音注《资治通鉴》,中华书局1956年版,第6085页。

② 〔唐〕杜佑撰,王文锦、王永兴、刘俊文、徐庭云、谢方点校《通典》,中华书局1988年版,第3719页。

国的指导思想,他指出:“朕今所好者,惟在尧舜之道,周孔之教。以为如鸟有翼,如鱼依水,失之必死,不可暂无耳。”①唐太宗推重儒学与文学,早年开设文学馆,即位后又置弘文馆,精选天下文儒之士。崇儒思想使他不像隋炀帝那般自负,他没有将文学作为表现自己价值的主要方式,总是能在游弋艺文时顾及自己的帝王职责,因而能有效地将文学纳入文德的轨迹之中。他的文章观念比较全面地表现于《帝京篇序》中:

> 予以万机之暇,游息艺文。观列代之皇王,考当时之行事,轩昊舜禹之上,信无间然矣。至于秦皇、周穆、汉武、魏明,峻宇雕墙,穷侈极丽。征税殚于宇宙,辙迹遍于天下;九州无以称其求,江海不能赡其欲。覆亡颠沛,不亦宜乎?予追踪百王之末,驰心千载之下,慷慨怀古,想彼哲人。庶以尧舜之风,荡秦汉之弊;用咸英之曲,变烂漫之音,求之人情,不为难矣。故观文教于六经,阅武功于七德;台榭取其避燥湿,金石尚其谐神人;皆节之于中和,不系之于淫放。故沟洫可悦,何必江海之滨乎?麟阁可玩,何必山陵之间乎?忠良可接,何必海上神仙乎?丰镐可游,何必瑶池之上乎?释实求华,以人从欲,乱于大道,君子耻之。故述《帝京篇》以明雅志云尔。②

序文是典型的骈文,对偶精工,隶事典雅,中心旨意是讨论文学与政治的关系,以及儒学思想的桥梁作用。他从历代帝王的覆亡谈起,否定“秦汉之弊”,赞扬“尧舜之风”,认为文学对政治有改造之功,“咸英之曲,变烂漫之音”,实质是以求质朴废华靡,求现实弃虚妄,精神上强调全面复古,方式上是“观文教于六经,阅武功于七德”,强调儒学思想在文风转变中的关键作用,希望最终实现“节之于中和,不系于淫放”的雅正文章观念,篇末他也将自己的此番志向称为“雅志”。由于强调崇尚雅正的文学思想,唐太宗在多种场合都表现出对“雅音”的追求,《贞观政要·文史》记载贞观十一年,著作郎邓隆表请编次唐太宗文集,唐太宗以著作是否有用于世作为判断文集好坏的标准,指出如果文章“有益于人者,史则书之,足为不朽”③,若是乱政害物之文,则会贻笑后人。文末太宗又对梁武帝父子、陈后主、隋炀帝进行严厉的批判:“如梁武帝父子,及陈后主、隋炀帝,亦大有文集,而所为多不法,宗社皆须臾倾覆。凡人主惟在德行,何必要事文章耶?”批判核心在于他们不守德行、无意“师古”,导致乱政害物、家国倾覆。他在《政本论》中进一步指出“立德”于政治的重要性:“隋炀帝纂祚之初,天下强盛,弃德穷兵,以取颠覆。”④在德行与文章之间,唐太宗选择了德行,认为无须在文章辞藻上与人争胜。他的尊儒思想成为连接政治

① 〔唐〕吴兢编著《贞观政要》,上海古籍出版社 1978 年版,第 195 页。

② 〔唐〕李世民著,吴云、冀宇校注《唐太宗全集校注》,天津古籍出版社 2004 年版,第 3 页。

③ 〔唐〕吴兢编著《贞观政要》,第 222 页。

④ 〔清〕董诰等编《全唐文》,中华书局 1983 年版,第 122 页。

与文学的桥梁。

六朝至初唐的公文大多文风浮靡,内容空洞,即便偶一言实,也总是淹没在浮靡的辞藻里。贞观时期的骈体公文一改昔日文风,体现了雅正文章观念,主要体现在创作主旨与文体风格两个方面,以唐太宗的骈体革新为例加以说明。

第一,创作主旨体现雅正文章观,突出政本文学思想。唐太宗的骈体公文体现以民为本、知人善任、虚怀纳谏的政治理想。许同莘评价为:“太宗文武兼资,论唐人文牍,当自太宗诏令始。”[①]面对隋末唐初的动荡不安,他即位第二年便下《缓力役诏》,表示帝王从政必须以“节俭为怀,忧矜在念”[②],又下《赈关东等州诏》减免租赋,既要“轻徭薄赋,务本劝农”,更要求官员落到实处,有明确的要求和具体措施,不仅要将各项任务分配下去,而且要求官员对所责之田、所辖之地了如指掌,以便做到量行赈济:“其苗稼不熟之处,使知损耗多少;户口乏粮之家存问,若为支计,必当细勘,速以奏闻。”[③]有怜于战死隋末沙场的士兵,《收埋骸骨诏》“自祇膺宝命,义切哀矜,虽道谢姬文,而情深掩骼”,并要求诸司必须“收敛埋瘗”[④]。《久旱简刑诏》因为久旱无雨,思及“百姓嗷然,万箱何冀?”要求官员“科简刑狱,以申枉屈,务从宽宥”[⑤]。他更加关心休养生息,颁布《令有司劝勉民间嫁娶诏》以增加民户,同年又颁布《赎取陷没蕃内人口诏》以解放劳动力,禁止买卖人口。这些诏令确实起到了积极的作用,至贞观末年全国人口比武德初年增加了近一倍。

唐太宗对人才选拔也颇为关心,赞赏卓荦之士,要求“奇伟必收,浮华勿采”[⑥](《荐举贤能诏》),奇伟必然是指饱读儒家经典的经国济世之才,他下诏要求“但有文武材能,灼然可取”[⑦](《赐孝义高年粟帛诏》),即便是出自白屋闾阎之人,只要才华卓著,一样可以步入仕途。贞观七年册拜长孙无忌为司空,高士廉认为此举有“私亲”之嫌,奏请太宗收回此诏,唐太宗却强调“才”的重要性:“若才行不至,纵朕至亲,亦不虚授,襄邑王神符是也;若才有所适,虽怨仇而不弃,魏徵等是也。”[⑧](《旧唐书·长孙无忌传》)太宗指出长孙无忌担任司空是因为才能卓荦,并非因为他是长孙皇后的兄长。外举不避仇,内举不避亲,体现唯才是举的用人观。唐太宗善求直言,如《祈雨求直言诏》《大水求直言诏》《求直言手诏》等。正是他广纳谏言的治国方略,才能够推动贞观之治的形成。太宗这类关心民谟与求取直言的诏敕公文体现了以民为本的政治思想与雅正文章观念。

第二,文体风格体现真率自然、骈散融合、词理切直的特征。唐太宗的手诏皆真率无

① 许同莘著,王毓、孔德兴校点《公牍学史》,档案出版社 1989 年版,第 81 页。

② 〔清〕董诰等编《全唐文》,第 55 页。

③ 〔清〕董诰等编《全唐文》,第 55 页。

④ 〔清〕董诰等编《全唐文》,第 57 页。

⑤ 〔清〕董诰等编《全唐文》,第 82 页。

⑥ 〔清〕董诰等编《全唐文》,第 68 页。

⑦ 〔清〕董诰等编《全唐文》,第 59 页。

⑧ 〔后晋〕刘昫撰《旧唐书》,中华书局 2000 年版,第 1651 页。

隐、骈散兼行。林纾在《春觉斋论文》中评价唐太宗的骈体诏书各具情态，但都发自内心："有唐诏墨，高逾山丘，独太宗为美：……其中或纬以深情，或震以武怒，咸真率无伪，斯皆诏敕中之极笔也。"①如《节省山陵制度诏》《答房玄龄请解仆射诏》用以答复房玄龄请辞太子少师一职，骈散结合，先赞美房氏的贤能，"公忠肃恭懿，明允笃诚，草昧霸图，绸缪帝道"，接着委婉地批评房氏因小节而忘大体，"虽恭教谕之职，乃辞机衡之务"，指出房氏恭默于教谕一职，实际是要卸掉规劝太子这一重担，其内心是想明哲保身，但也表明自己对此事不予追究，最后暗示房氏不必担心："岂所谓弼予一人，共安四海者也。"②将房玄龄看成辅佐自己与太子承乾的得力干将，是"共安四海者"，允许他可以在任上放手去规劝太子。可见唐太宗既有用人不疑的气度，又有与大臣推心置腹交流的胸怀，真率无伪，这也是后来君王出其右者确实不多的重要原因。《责齐王祐诏》既是君王责备臣子，又是父亲数落自己不成器的孩子，太宗的痛心与恼怒如在目前：

> 汝素乖诚德，重惑邪言，自延伊祸，以取覆灭，痛哉何愚之甚也！为枭为獍，忘孝忘忠，扰乱齐郊，诛夷无罪。去维城之固，就积薪之危；坏盘石之基，为寻戈之衅。背礼违义，天地所不容；弃父无君，神人所共怒。往是吾子，今为国仇。万纪存为忠烈，死不妨义；汝则生为贼臣，死为逆鬼。彼则嘉声不陨，而尔恶迹无穷，吾闻郑叔汉戾，并为猖獗，岂期生子。乃自为之，吾所以上惭皇天，下愧后土，惋叹之甚，知复何云。③

骈散兼行，用骈体增加文章气势，用散体使文章流畅，历数齐王李祐亲信小人意图谋反的罪过，整篇诏书渲染了太宗对齐王的失望与痛心，毫无矫饰。

唐太宗倡导典雅的文风，讲求词理切直的风格和真率无隐的创作，批判浮华的文风。他批评汉大赋无益于教化，尤其是对正史中载录司马相如的《天子游猎赋》、扬雄四赋、班固的《两都赋》等作品颇为不满，甚至对监修国史的房玄龄还发过牢骚，认为这些辞赋"文体浮华，无益劝诫，何假书之史策"④，在他看来史书应该载录那些"词理切直，可裨于政理"⑤的上书论事之文，如章表、奏议。虽然对扭转南朝文风有一定的作用，但是以政治标准衡量文学有矫枉过正之嫌，且不可避免地使雅正文章观偏于功利一端。《唐会要》记载贞观二十二年考功员外郎王师旦知贡举，不录当时声振京邑的张昌龄与王公谨二人，面对太宗的询问，王师旦从容对曰："此辈诚有文章，然其体性轻薄，文章浮艳，必不成

① 〔清〕林纾著，范先渊校点《春觉斋论文》，人民文学出版社 1959 年版，第 62 页。
② 〔清〕董诰等编《全唐文》，第 76—77 页。
③ 〔清〕董诰等编《全唐文》，第 82 页。
④ 〔唐〕吴兢编著《贞观政要》，第 222 页。
⑤ 〔唐〕吴兢编著《贞观政要》，第 222 页。

令器,臣若擢之,恐后生相效,有变陛下风雅。"[①]唐太宗以为名言,赞同他的说法。

在骈文领域提倡雅正文章观在贞观初期起到了引导健康积极文风的作用,但若偏执太过,容易形成重质轻文的创作观念而阻碍骈文的正常发展。而贞观时期的尊儒思潮使雅正文章观落到实处,扭转了六朝以来空洞无物的骈文风气。

二、谏议与骈文风格的刚健

中国古代谏诤之臣始于周,《周礼・地官》中有"保氏掌谏王恶"[②],谏官制度自秦汉以来逐步完善,至唐达到成熟,文人的政治地位因谏议得到制度上的确认,修齐治平的人生价值得到实现,形成了文死谏、武死战的传统。唐代的职官制度基本依于隋朝的三省六部制,谏官设置亦无多大变化,但其权责体系与运作方式较隋更富有实践性,表现在两个方面。

一是唐代谏官职位较多,且为实职。唐时以谏为职的官员已多达十个,分布于门下省和中书省,并且已有专门负责谏议的机构——谏院,唐李肇《唐国史补》卷下:"谏院以章疏之故,忧患略同。"[③]据傅绍良先生《唐代谏官与文学》统计,唐代卓有成就的文学家大多担任过谏官,如陈子昂、张说、张九龄、杜甫、李华、权德舆、李绅、杜牧、皇甫冉、独孤及、令狐楚、白居易、元稹、柳公权、梁肃等,这些文人在谏官任上履行职责,积极参与政治,创作了大量的骈体公文,如陈子昂任麟台正字、胄曹参军和右拾遗期间进谏的章表疏议就有12篇,陆贽在任职期间留下的骈体公文多达145篇。唐代谏官均为实职,地位显,职责明。唐朝官职以兼具散品与职事官的本品为高。[④] 如给事中一职沿用旧名,但职责重大,"常侍从,读署奏抄,驳正违失,分判省事,若侍中、侍郎并阙,则监封题,给驿券。前代虽有给事中之名,非今任也"[⑤](《通典・职官三》)。张国刚先生称给事中"具有集谏官、宪官、法官的某些特征于一身的特点"[⑥],谏议大夫甚至有署敕之权。唐代许多名臣都在此任上有过卓越贡献,最典型的就是魏徵。太宗即位后将魏徵由詹事主簿提拔为谏议大夫,且"数引徵入卧内,访以得失"[⑦],可见对其重视程度。

二是帝王有善于纳谏的胸怀。在封建君王权力至上的政治体系中,如果没有皇帝的理解与包容,谏官地位岌岌可危,甚至有性命之忧,帝王是否纳谏直接关系政治的清明与

---

① 〔宋〕王溥《唐会要》,中华书局1955年版,第1379页。
② 〔清〕孙诒让撰,王文锦、陈玉霞点校《周礼正义》,中华书局1987年版,第1010页。
③ 〔唐〕李肇撰《唐国史补》,上海古籍出版社1979年版,第53页。
④ 马小红《试论唐代散官制度》,《晋阳学刊》,1985年第4期。
⑤ 〔唐〕杜佑撰,王文锦、王永兴、刘俊文、徐庭云、谢方点校《通典》,第551页。
⑥ 张国刚《唐代官制》,三秦出版社1987年版,第37页。
⑦ 〔后晋〕刘昫等《旧唐书》,第1718页。

否与谏官的地位高低,唐太宗是从谏如流的典范。贞观二十年,步入晚年的唐太宗向群臣下《求直言手诏》鼓励大家直言进谏:“若有是非,直言无隐。”[①]又编撰《帝范》,充分表明他对纳谏的态度:

> 夫王者高居深视,亏聪阻明,恐有过而不闻,惧有阙而莫补。所以设鞀树木,思献替之谋;倾耳虚心,伫忠正之说。言之而是,虽在仆隶刍荛,犹不可弃;言之而非,虽在王侯卿相,未必可容。其议可观,不责其辩;其理可用,不责其文。至若折槛坏疏,标之以作戒;引裾却座,显之以自非。故云忠者沥其心,智者尽其策。臣无隔情于上,君能遍照于下。昏主则不然,说者拒之以威;劝者穷之以罪。大臣惜禄而莫谏,小臣畏诛而不言。恣暴虐之心,极荒淫之志,其为雍塞,无由自知。以为德超三皇,才过五帝。至于身亡国灭,岂不悲矣!此拒谏之恶也。[②]

唐太宗从谏如流,鼓励臣子谏言,即使进谏者言语上有冒犯之处,他也能尽量克制自己,如他对进谏的魏徵,最多骂其为“田舍夫”而不予治罪,其宽容的态度促使贞观时期谏议风气的形成,有助于骈体公文形成刚健之风。

唐代谏议制度的完善给了文人关心朝政、直言进谏的勇气和信心。唐太宗在位期间将谏议制度落到实处,他本人也颇以此自得,因而贞观一朝直言极谏成为风气。《全唐文》现存贞观时期的章表疏议充满了大臣指陈时弊的勇气,奏疏也因谏诤制度而充满刚健之气,尤其是魏徵的谏诤之文。而且,“贞观中直谏者不止魏徵”[③],马周、徐贤妃、薛收、孙伏伽、温彦博、虞世南、姚思廉、戴胄、张玄素、褚遂良、张行成、权万纪、刘洎、萧瑀、颜师古、岑文本等均以勇于谏言闻名。如徐贤妃虽处深宫,但“遍涉经史,手不释卷”[④](《旧唐书·贤妃徐氏传》),贞观二十二年太宗亲征高丽,徐氏上《谏息兵罢役疏》劝太宗应“抑意裁心,慎终如始,削轻过以滋重德,择后是以替前非”[⑤],言辞恳切,康熙评价为“謇谔之辞,得于宫掖,贞观之治,故尔流声千载”[⑥]。

臣子进谏恰如扰帝王喉下逆鳞,稍有不慎就会命丧黄泉,因而谏疏的技巧往往至为关键,若刚健直言出于温和便会达到理想的效果,性命无虞;若直言出于刚烈则达不到预期的效果。贞观年间有很多善谏的臣子,能够受到历代君王赞扬的谏官除魏徵、马周以外,岑文本亦以善谏闻名百世。《旧唐书》本传引其《上太宗勤政疏》堪与魏徵的《谏太宗

① 〔清〕董诰等编《全唐文》,第98页。
② 〔唐〕李世民著,吴云、冀宇校注《唐太宗全集校注》,第606—607页。
③ 〔清〕赵翼著,王树民校证《廿二史札记校证》,中华书局1984年版,第394页。
④ 〔后晋〕刘昫等《旧唐书》,第1461页。
⑤ 〔清〕董诰等编《全唐文》,第980页。
⑥ 〔清〕陈鸿墀纂《全唐文纪事》,上海古籍出版社1987年版,第6页。

十思疏》相颉颃。文章开篇即提出上疏本意:“臣闻创拨乱之业,其功既难;守已成之基,其道不易。故居安思危,所以定其业也;有始有卒,所以隆其基也。”①守业帝王应时刻谨记居安思危,有始有终方能隆其基业。接着以现实仍旧弊端重重来说明居安思危对国家长治久安的重要性。该奏疏的高明之处在于他善用比喻:“是以古人譬之种树,年祀绵远,则枝叶扶疏;若种之日浅,根本未固,虽壅之以黑坟,暖之以春日,一人摇之,必致枯槁。”他以培植树木比喻帝王要居安思危、勤于政事、不可荒怠,进一步指出若不如此便会产生严重后果,“今之百姓,颇类于此。常加含养,则日就滋息;暂有征役,则随之凋耗。凋耗既甚,则人不聊生。人不聊生,则怨气充塞。怨气充塞,则离叛之心生矣”。化用顶针手法,说明若没有对百姓的涵养,他们就会有离叛之心。文本再引用古代圣贤事,希冀太宗览古今之事,察安危之机,上重社稷,下安黎民,选贤任能,从谏如流,用人不疑,去奢从俭。文末回归至本义:“况水雨之患,阴阳常理,岂可谓之天谴而系圣心哉?臣闻古人有言:‘农夫劳而君子养焉,愚者言而智者择焉。’辄陈狂瞽,伏待斧钺。”化用汉末祢衡击鼓骂曹一事,表明自己不避君威,若不成则会继续上疏的决心,至此文风由温和趋于刚健,先晓之以理,再动之以情,文末再以刚烈之辞表明自己的忠心与劝谏的决心,旋即收束全篇,意味深长,收放自如,反复品味便知其温和之辞含有针砭之义,这也是岑文本善谏的原因,因而太宗得此奏疏非但没有怪罪,反而“嘉之,赐帛三百段”②。岑文本此文与魏徵的《论时政疏》均作于贞观十一年太宗日益骄奢的时期,文风相类,直言谏诤又情真意切,切中为政之要,因而康熙评其“开引其端,而所包至广,政之体要,略尽于此”③,所论非虚。

武德元年,孙伏伽以崇儒道、戒淫乐、选贤才三事上谏,慷慨陈辞,有刚健之风,高祖赞曰:“至诚慷慨,词义恳切,指陈得失,无所回避。”④贞观四年,太宗诏发卒修洛阳宫乾阳殿以备巡幸,张玄素以“五不可”上书谏言太宗停修此宫,且称其“恐甚于炀帝”⑤,言辞、文风可谓犀利,此事令魏徵感叹:“张公论事,遂有回天之力。”贞观十七年,太子右庶子高季辅上疏陈得失,批判执宪者的深刻奉公和当官者的侵下益国,陈言需改革吏治,重用温厚之人和清洁之吏,以“敦朴素、革浇浮”⑥(《上太宗封事》),太宗闻后特赐钟乳一剂:“卿进药石之言,故以药石相报。”⑦(《贞观政要》卷二《纳谏》)这些都是因为言辞温和达到理想谏议效果的例子。当然也有谏官在上书时言辞过于刚烈而使君王不满,如皇

① 〔后晋〕刘昫等《旧唐书》,第1711页。
② 〔后晋〕刘昫等《旧唐书》,第1712页。
③ 〔清〕陈鸿墀纂《全唐文纪事》,第7页。
④ 〔后晋〕刘昫等《旧唐书》,第1781页。
⑤ 〔后晋〕刘昫等《旧唐书》,第1784页。
⑥ 〔清〕董诰等编《全唐文》,第1370页。
⑦ 〔唐〕吴兢编著《贞观政要》,第62页。

甫德参上书直言太宗修建洛阳宫是劳人伤财、收地租是厚敛钱财,令太宗大为不悦,魏徵赶快为其解围周旋:"自古上书,率多激切,若非激切,则不能服人主之心。"[①]太宗听了魏徵的劝谏觉得皇甫德参的话有道理便没有动刑,然而谁能保证自己永远可以得到君王的理解呢?这些例子充分说明了善谏的重要性。

贞观之初,唐太宗强调上书论事之文需要词理切直,才可有裨于政理,而贞观时期奏疏所透露出来的刚健骨气便是对词理切直的最好诠释。谏诤制度促使贞观时期的骈文含有浓厚的刚健文风,丰富了雅正文章观念的内涵。

三、《晋书》修撰与丽藻宏辞

陈寅恪在《隋唐制度渊源略论稿》中明言隋唐两朝在典章文物上存在因袭与延续的关系:"隋唐之制度虽极广博纷复,然究析其因素,不出三源:一曰(北)魏(北)齐,二曰梁陈,三曰(西)魏、周。"[②]梁陈所代表的南朝文化延至李唐王朝。唐长孺也发表专论对唐代各项制度的"南朝化"倾向予以系统地分析论证,尤其分析了唐代文学对南朝的师法,[③]可见南朝文学的流风余韵影响了有唐一代。

(一)唐太宗对藻饰的喜好

贯穿于北朝后期、隋及唐初的文学南朝化倾向虽然不是国家主导,但存在国家权力干预的情形。发展到唐代,唐高祖李渊强调文章要质实致用,这与北周宇文泰务存质朴和隋文帝杨坚斫雕为朴的文风改革一脉相承,骈体公文讲究质朴的风格纠正了隋炀帝时期偏尚南朝文风的趋向。然而唐太宗同样爱好南朝文风,翻检《全唐文》太宗所存的诏书,前期多质实、典雅,中后期则趋于华丽。现将骈俪成分占多数的诏册文按年代编次顺序,如表1所示:

表1:唐太宗骈俪成分较多的诏册文

时间	作品
武德三年	《告柏谷坞少林寺上座书》
武德四年	《置文馆学士教》
贞观三年	《赐孝义高年粟帛诏》

① 〔唐〕刘肃等撰,许德楠、李鼎霞点校《大唐新语》,中华书局1984年版,第21页。

② 陈寅恪《隋唐制度渊源略论稿》(外二种),河北教育出版社2002年版,第5—6页。

③ 唐长孺《魏晋南北朝隋唐史三论:中国封建社会的形成和前期的变化》,武汉大学出版社1992年版,第474页。

续表

时间	作品
贞观五年	《令宗室勋贤作镇藩牧诏》
贞观十年	《祭征辽战亡将士文》
贞观十一年	《九嵕山卜陵诏》《答魏徵手诏》
贞观十三年	《封怀化郡王李思摩为可汗诏》《讨高昌诏》
贞观十五年	《停封禅诏》
贞观十六年	《刊正氏族诏》
贞观十七年	《薄葬诏》《废皇太子承乾为庶人诏》《黜魏王泰诏》《授长孙无忌太子太师房玄龄太子太傅萧瑀太子太保制》《立皇太子大赦诏》
贞观十八年	《荐举贤能诏》《亲征高丽手诏》《命将征高丽诏》
贞观十九年	《追赠殷太师比干谥诏》《祭征辽战亡将士文》《克高丽辽东城诏》《破高丽赐酺诏》《克高丽白岩城诏》《班师诏》《赐刘洎自尽诏》《祀北岳恒山文》
贞观二十年	《征辽还宴赐父老诏》《修晋书诏》《平薛延陀幸灵州诏》《晋祠铭》《平契苾幸灵州诏》《求直言手诏》《允行封禅诏》《贬萧瑀手诏》《曲赦并州管内诏》
贞观二十一年	《赐高士廉陪葬诏》《建玉华宫手诏》《封禅诏》《停封神诏》《伐龟兹诏》
贞观二十二年	《玉华宫成曲赦宜君县诏》
贞观二十三年	《甘雨降大赦诏》《赐李靖陪葬诏》《遗诏》

唐太宗自幼喜爱南朝的繁辞俪藻,武德三年,时为秦王的李世民征讨王世充,有《告柏谷坞少林寺上座书》,录一段如下:

> 比者天下丧乱,万方乏主,世界倾沦,三乘道绝。遂使阎浮荡覆,戎马载驰,神州糜沸,群魔竞起。我国家膺图受箓,护持正谛,驭舄飞轮,光临大宝。故能德通黎首,化阐缁林,既沐来苏之恩,俱承彼岸之惠。王世充叨窃非据,敢逆天常,窥觎法境,肆行悖业。今仁风远扇,慧炬照临,开八正之途,复九宇之迹。法师等并能深悟机变,早识妙因,克建嘉猷,同归福地。擒彼凶孽,廓兹净土,奉顺输忠之效,方著阙庭。①

在李世民与王世充之侄王仁则激战期间,少林武僧因不满王仁则飞扬跋扈、无恶不作的行为而将其生擒,献给时为秦王的李世民,少林武僧的这一壮举不仅给唐军极大的支持

① 〔清〕董诰等编《全唐文》,第 115 页。

和鼓舞,而且促成李世民扭转天下局势的关键一战。此后李世民乘胜追击王世充,很快平定了中原最大的割据势力。随后李世民作此文褒奖少林武僧,该文用近一半的篇幅叙述缘由:先叙天下大乱,次叙大唐膺图受箓,属对工稳,文字雕琢,但是没有切入嘉许少林武僧的正题,因此许同莘批评道:"然奖励之词,自有分寸,亦何须浪费笔墨乃尔!"①再如其《置文馆学士教》一文也存在辞藻繁多,典故繁密的特征:

> 昔楚国尊贤,崇道光于申穆;梁邦接士,楷德重于邹枚。咸以著范前修,垂芳后烈,顾惟菲薄,多谢古人,高山仰止,能无景慕。是以芳兰始被,深思冠盖之游;丹桂初丛,庶延髦俊之士。既而场苗盖寡,空留皎皎之姿;乔木从迁,终愧嘤嘤之友。所冀通规正训,辅其阙如。故侧席无倦于齐庭,开筵有待于燕馆。②

"教"类属诏册一类下行文,刘勰释"教":"教者,效也,言出而民效也。……理得而辞中,教之善也。"③"教"类文章应以理为主,辞达即可。孙梅进一步指出诏册类文体的文辞应该"宁朴而无华,宁简而无浮"④。很显然李世民延揽人才的文章应以朴实无华为主,而此文重华丽,举凡"芳兰""丹桂""皎皎之姿""嘤嘤之友"等藻绘之词不宜用于该文体,故而许同莘批评曰:"太宗此举,为古今佳话,惜文字不称。"⑤

从上表可略见从贞观十七年起,太宗诏书中骈俪之文逐渐增多,探寻缘由,当是太宗久居大宝,使本就喜爱华辞的个性逐渐流露,且不能虚心听取大臣们的规谏,留心搜罗骏马奇珍,营造宫殿。贞观十七年《薄葬诏》令王公黎庶不得厚葬,却极尽修饰之能,试看一段:

> 死者终也,欲物之反真也;葬者藏也,欲人之不得见也。上古垂风,未闻于封树;后圣贻则,始备于棺椁。讥僭侈者,非不爱其厚费;美俭薄者,实亦贵其无危。是以唐尧圣帝也,谷林有通树之说。秦穆明君也,橐泉无丘陇之处。仲尼孝子也,防墓不坟。延陵慈父也,嬴博可隐。斯皆怀无穷之虑,成独决之明,乃便体于九泉,非徇名于百代也。洎乎阖闾违礼,珠玉为凫雁;始皇无度,水银为江海。季孙擅鲁,敛以璠玙;桓魋专宋,葬以石椁。莫不因多藏以速祸,由有利而招辱。玄庐既发,致焚如于夜台;黄肠再开,同暴骸于中野。详思曩事,岂不悲哉!由此观之,奢侈者可以为戒,节俭者可以为师矣。⑥

① 许同莘著,王毓、孔德兴校点《公牍学史》,第81页。
② 〔清〕董诰等编《全唐文》,第49页。
③ 〔南朝梁〕刘勰著,范文澜注《文心雕龙注》,人民文学出版社1962年版,第360页。
④ 〔清〕孙梅《四六丛话》,人民文学出版社2010年版,第131页。
⑤ 许同莘著,王毓、孔德兴校点《公牍学史》,第82页。
⑥ 〔清〕董诰等编《全唐文》,第82—83页。

许同莘评其曰:"此诏义正而词腴。"[①]是中肯之言。贞观二十年又诏称:

> 可令天下诸州明扬侧陋。所部之内,不限吏人。……丽藻遒文,驰楚泽而方驾;钩深睹奥,振梁苑以先鸣,业擅专门,词高载笔;或辩雕春囿,谈莹秋天,发研机于一言,起飞电于三寸,蓄斯奔箭,未遂扬庭。[②]

可见唐太宗后期不光在创作中倾向雅丽典奥的风格,其求贤诏中表现出对"丽藻遒文"的由衷喜爱也导致了文风由崇尚文质兼济到丽藻宏辞的转变。

上有所好,下必甚焉,贞观后期宫廷文风走向了富丽绮艳,重视藻饰雕琢,造成这种现象的原因除太宗本人对骈俪文风的喜好外,还有一个人的推波助澜,那便是许敬宗。《新唐书》本传称:"岑文本卒,帝驿召敬宗,以本官检校中书侍郎。驻跸山破贼,命草诏马前,帝爱其藻警,由是专掌诰令。"[③]岑文本卒于贞观十九年四月,上述45篇,作于岑卒后的计有26篇,这是与许敬宗专掌诰令分不开的,而他则专尚华辞丽藻,史书称其"藻警"。

(二)雅正文章观念的分化

雅正文章观念在贞观初期表现为文质兼济的文风,但到了贞观中后期已开始走向丽藻宏辞的文风,骈文的变化成为最显著的代表,《晋书》的修撰成为这一分化的关键。唐太宗敕书重修《晋书》并参与修书一事体现了朝廷有意倡导富丽绮艳、颂圣赞美的主流意识形态。《晋书》修撰所用史官多是文士,不免带有文人特征,主要体现在:一是选材上载录异闻琐事,二是语言上追求文饰,"好采诡谬碎事,以广异闻;又所评论,竞为绮艳,不求笃实"[④],因此受后人讥评最多,这里重点论述《晋书》语言的绮艳。

《晋书》代表史官观点的论、赞、序的语言几乎全是骈体,这与贞观初年官修五史以散体为主的论、赞、序不同。史书用骈体写论赞序始于范晔的《后汉书》,刘知几对这一手法非常不满,认为"华多于实,理少于文,鼓其雄辞,夸其俪事"[⑤](《论赞》),他特别批评了《晋书》论赞使用对偶工稳的骈体,认为其不伦不类:"远弃史、班,近宗徐、庾。夫以饰彼轻薄之句,而编为史籍之文,无异加粉黛于壮夫,服绮纨于高士者矣。"[⑥]虽为批评之语,但也可看出《晋书》骈体论赞的绮丽特征。清代文论家则认为《晋书》的骈体论赞不仅无

---

① 许同莘著,王毓、孔德兴校点《公牍学史》,第83页。

② 〔清〕董诰等编《全唐文》,第95页。

③ 〔宋〕欧阳修、宋祁等撰《新唐书》,第4801页。

④ 〔后晋〕刘昫撰《旧唐书》,第1661页。

⑤ 〔唐〕刘知几著,〔清〕浦起龙通释,王煦华整理《史通通释》,上海古籍出版社2009年版,第76页。

⑥ 〔唐〕刘知几著,〔清〕浦起龙通释,王煦华整理《史通通释》,第76页。

伤大雅,反而因为大量使用骈体论赞而让这部史书更加典切秀炼,能够反映出贞观时代儒学兴盛的气象,如李慈铭在《越缦堂读书记》一书中对《晋书》的高度赞美:

> 至其论赞,则区区类别,尽当情理,诉斥奸佞,无微不著;又多责备贤者,殊上足正班史之忠佞混淆,下不同宋祁之刻而无当。行文尤抑扬反复,求得其平,往往如人意中所欲言,典切秀炼,而不以词累意。盖其书多出太宗御定,当贞观右文、儒学极盛之时,固足以集艺林之大成也。①

其评价从三个方面总结《晋书》论赞是当之无愧的"贞观右文":内容上指斥奸佞、责备贤者;声韵上抑扬反复、正中人意;文辞上雅正秀炼、文不害意。唐太宗亲自撰写宣武二纪论赞及二陆、王羲之传的史论部分就足以成为"贞观右文"的代表。太宗高度评价了二陆的文学成就:"观夫陆机、陆云,实荆衡之杞梓,挺珪璋于秀实,驰英华于早年,风鉴澄爽,神情俊迈。"之后又运用华美典丽的骈文对二陆的文学成就予以评价,包括辞藻、意蕴、理致、气韵等几个方面:

> 文藻宏丽,独步当时;言论慷慨,冠乎终古。高词迥映,如朗月之悬光;叠意回舒,若重岩之积秀。千条析理,则电坼霜开;一绪连文,则珠流璧合。其词深而雅,其义博而显,故足远超枚马,高蹑王刘。百代文宗,一人而已。②

形容二陆文辞精美。文中先对二陆的文采予以总体评价,再评析二陆文辞藻丽,对偶精当,"文藻"对"言论","独步当时"对"冠乎终古"。接以工整的四六隔句对,讲究声律,平仄相间,隔句平仄相对,"高词迥映"与"叠意回舒"两句词性相对、关键音节平仄相对,"如朗月之悬光"对"若重岩之积秀",去掉"之"字便是工整的五言诗,"千条析理"对"一绪连文","电坼霜开"对"珠流璧合",符合骈文声律,比南朝骈文的声律更为工稳。

唐太宗喜好书法,因而他在《王羲之传》论赞中品评书法,显示出唐太宗精深的书法理论。如他从字形、笔势着眼评论王献之的书法:"字势疏瘦,如隆冬之枯树;览其笔踪,拘束,若严家之饿隶。"以隆冬枯树、严家饿隶喻献之字势萧疏、枯瘦、拘束,取譬神妙而又十分妥帖。批评梁代萧子云的书法:"然仅得成书,无丈夫之气。行行若萦春蚓,字字如绾秋蛇。"以"萦春蚓""绾秋蛇"喻字形拙劣不堪。这些人的书法均存在缺憾,只有王羲之的书法称得上完美:"点曳之工,裁成之妙。烟霏露结,状若断而还连;凤翥龙蟠,势如

① 〔清〕李慈铭著,由云龙辑《越缦堂读书记》(第2版),中华书局2006年版,第208页。

② 〔唐〕房玄龄等撰《晋书》,中华书局2000年版,第984页。

斜而反直。玩之不觉为倦,览之莫识其端。心慕手追,此人而已"[①](《晋书·王羲之传论》)。以"烟霏露结"形容王羲之书法形神飘逸洒脱,又以"凤翥龙蟠"形容其笔法姿态横生,品评精当,文辞典丽又不失灵动,其评论本身就是一篇精美的骈文。整体而言,《晋书》论赞文辞典丽,对偶工整,讲究声律,自然流畅,骈体运用十分娴熟,代表了初唐骈文发展的新阶段,影响了高宗武后年间的骈文风格。

由贞观君臣提倡的雅正文章观至贞观末已然分化为两途。一是重文质兼济的文风,他们以魏徵、马周、虞世南、褚遂良等人为代表,以政本文学思想为中心,延续了孔子提出的兴观群怨的诗教说传统,并以讽谏为手段参政议政,又将齐梁以来文辞典丽的余习运用到文章创作中,使骈文呈现出文质并重的风格。可是由于从南朝到隋炀帝,浮艳文风积弊过深,形成了不过正不能矫枉的趋势,所以魏徵等讽谏大臣的观点仍然不能有效地肃清齐梁遗风的影响。二是重丽藻宏辞的文风,主要源于统治集团对前代文学的具体评价中所表现出的欣羡、接受、模仿的态度,浸染了自西晋以来"美盛德之形容"的颂美说,并在武周时期达到高潮,正如葛晓音所言"为维护特权政治,粉饰太平……越需要歌功颂德的雅音,强调颂美、否定怨刺的观念。"[②]

四、小结

雅正文章观对整个初唐骈文创作影响深远,使贞观时期分化为重文质兼济与重丽藻宏辞两种文风。重文质兼济的文风在初唐史臣的大力推崇之下成为贞观初期的主要创作潮流,但在贞观后期,唐太宗对齐梁文风的喜爱开启了重丽藻宏辞的文体风格,其影响深远。相较而言,贞观初期吸收了隋朝骈文由"典实"向"典丽"的转化,入唐后在初唐史臣的影响下,融合南北文学之两长,形成了文质兼济的骈文风气。而重丽藻宏辞文风既与唐太宗本人宗尚南朝文学有关,又受到社会安定的政治环境影响,以唐太宗修《晋书》这一历史事件为契机逐渐影响至骈文创作,骈文主旨以赞美、颂圣为主,形式讲求华丽藻采、铺张扬厉。这两个分支影响了初唐骈文的走向,开启了盛唐骈文多样化的风格。

作者简介:

王亚萍,1984年生,河南卫辉人,武汉轻工大学人文与传媒学院讲师,文学博士,硕士生导师,研究方向为汉唐文学。

---

① 〔唐〕房玄龄等撰《晋书》,第1402页。

② 葛晓音《论汉魏六朝诗教说的演变及其在诗歌发展中的作用》,《汉唐文学的嬗变》,北京大学出版社1990年版,第26页。

论李商隐骈文创作的演变

杨兆涵

内容摘要:李商隐是唐代骈文创作的大家,他的骈文创作与他的人生经历和时代背景有着密不可分的关系。应举时期李商隐的骈文创作通俗浅白,抒发感情真实直接。这与当时相对宽松的政治环境和李商隐积极的心态有关。长安求仕时期,逐渐熟练的骈文创作使李商隐运用典故、对偶都灵活自如。骈文创作典雅精巧,程式化特征明显。在混乱的政治环境下,李商隐的骈文中也出现了批判朝政,关注民生的内容。辗转漂泊时期,李商隐历经了人生的磨难和仕途的坎坷,骈文创作内容变得含蓄委婉,语言严谨。他关注自身遭遇,骈文风格沉郁感伤,抒情性增强。这一时期他的骈文创作水平达到极致,具体表现为骈文句式多变,骈散互融。可以看出这一时期的骈文创作与前两个时期相比,已呈现出截然不同的风貌。

关键词:李商隐;骈文创作;分期;演变

李商隐是晚唐的骈文大家,其樊南文数量可观且有着独特的艺术魅力。《四库全书总目》在《李义山文集笺注》提要中介绍了李商隐文的散佚情况:“考《旧唐书·李商隐传》,称有《表状集》四十卷。《新唐书·艺文志》称李商隐《樊南甲集》二十卷、《乙集》二十卷,《玉溪生诗》三卷,《文赋》一卷。《宋史·艺文志》称《李商隐文集》八卷,《四六甲乙集》四十卷,《别集》二十卷,《诗集》三卷。今惟《诗集》三卷传,《文集》皆佚。”①据《总目》记载可知《樊南甲集》《樊南乙集》共收录李商隐四十卷骈文,其骈文数量在唐代文人中相当可观。清人孙梅在《四六丛话》中高度评价李商隐的骈文创作:“惟《樊南甲乙》,则今体之金绳,章奏之玉律也。”②在晚唐复杂的社会背景下,李商隐的骈文创作内容及风格是不断演变的,他人生中不同阶段的骈文作品呈现出不同的特征。

一、李商隐应举时期的骈文创作

文宗大和三年(829)至开成二年(837)是李商隐骈文创作的第一阶段。这一阶段,

① 〔清〕纪昀、永瑢等《四库全书总目提要》下,中华书局1965年版,第1298页。

② 〔清〕孙梅著,李金松校点《四六丛话》,人民文学出版社2010年版,第663页。

李商隐初学骈文创作,骈文内容通俗浅白。晚唐的政治斗争较为缓和,李商隐入仕的心态也较为积极,幕府的生活也十分愉悦,这些都反映在李商隐的骈文创作中。

此时的李商隐初入社会,初学作骈体公文,他的骈文内容通俗浅白。具体表现为,骈文创作运用的典故大多都较为常见,不枯燥生涩,没有生搬硬套之感。他用典的方式也顺理成章,自然圆融,使用典故时,都有明显的提示语来提示典故的含义。对偶也清新自然。

如《为安平公兖州奏杜胜等四人充判官状》中的《赵哲》:

> 右件官洛下名生,山东茂族,仁实堪富,天爵极高,妙选文场,亟仕侯国,珪璋特达,兰杜芬馨。今臣廉问大藩,澄清列部,藉其谟画,共赞朝经,伏请赐守本官充臣观察判官。[①]

这篇状文主要是表现赵哲的个人能力和才华,推荐他为判官。在这篇短小的文章里,李商隐分别化用了《史记》《汉书》《孟子》《礼记》《楚辞》里的典故。虽然文中句句用典,但是每个典故都能贴合赵哲的形象。"右件官洛下名生",化用了《史记·屈原贾生列传》"贾生名谊,洛阳人也,年十八,以能诵诗属书闻于郡中。吴廷尉为河南守,闻其秀才,召置门下,甚幸爱。孝文皇帝初立……廷尉乃言贾生年少,颇通诸子百家之书。文帝召以为博士"[②],写出了赵哲富有才华。"山东茂族",出自《汉书·贾捐之传》"石显本山东名族"[③],突出赵哲出身于名门望族。"仁实堪富",化用了《孟子·滕文公上》"阳虎曰:'为富不仁矣,为仁不富矣。'"[④]在此反用之。"天爵极高",出自《孟子·告子上》"仁义忠信,乐善不倦,此天爵也。公卿大夫,此人爵也"[⑤]。"妙选文场",出自《晋书·羊祜杜预传》"元凯文场,称为武库"[⑥]。"珪璋特达",出自《礼记》"珪璋特达,德也"[⑦]。"兰杜芬馨",化用《楚辞·离骚》"余既滋兰之九畹兮,又树蕙之百亩"[⑧]。以上这几处典故都写出了赵哲高尚的品格。文中用典故写出了赵哲出众的才华和高洁的品格,所选的典故都能贴合赵哲的形象又达到了推荐赵哲为官的目的,这体现出了李商隐高超的用典技巧。

"洛下名生,山东茂族,仁实堪富,天爵极高,妙选文场,亟仕侯国,圭璋特达,兰杜芬

---

① 刘学锴、余恕诚著《李商隐文编年校注》第一册,中华书局2002年版,第53页。
② 〔汉〕司马迁著《史记》,中华书局2006年版,第507页。
③ 〔汉〕班固撰《汉书》,中华书局1962年版,第2809页。
④ 杨伯峻译注《孟子译注》上,中华书局2000年版,第118页。
⑤ 杨伯峻译注《孟子译注》下,第271页。
⑥ 〔唐〕房玄龄等《晋书》,中华书局1974年版,第1031页。
⑦ 〔清〕孙希旦撰《礼记集解》下,中华书局2010年版,第1467页。
⑧ 林家骊译注《楚辞》,中华书局2010年版,第8页。

馨”,这一长句都是对偶句,既简洁明了地介绍了赵晳的生平经历,又夸赞了他的高贵品性,实为精妙。

科举考试是唐代统治者维护中央集权的有效手段,也是广大知识分子入仕的最有效途径。唐代的科举考试主要测试应试者的公文写作能力,《旧唐书·职官志》记载:“凡都省掌举诸司之纲纪与百僚之程式,以正邦理,以宣邦教。凡上之所以逮下,其制有六,曰制、敕、册、令、教、符。凡下之所以达上,其制亦有六,曰表、状、笺、启、辞、牒。……”[①]而这些公文要求骈体写作,董乃斌《论樊南文》中写道:“官方文书如制诰敕文、表状启牒之类和许多应用文字,如碑铭、祭文、青词之属,绝大多数还是用四六写成,……如果做得好文章(主要是指四六),那就有可能受到不次拔擢,甚至成为‘中禁词臣’,做到翰林学士、中书舍人乃至宰相这样的高官。”[②]中唐时期韩柳提倡的古文运动虽兴盛一时,但广大知识分子想要通过科举入仕,还是必须具备良好的骈文写作能力,可见骈文仍是政治领域公文写作的主流文体。

李商隐在这一阶段和广大知识分子一样,认为自己拥有才华,希望报效国家,也希望为自己和家人谋求好的生活。因此,这一时期,李商隐入仕的态度是十分积极的,他跟随令狐楚学习骈文写作技巧,并在幕府公文写作中锻炼了公文写作的能力。

初入社会时只有显露自己的才华,敢于表达自己的政治主张,才有可能得到引荐,进而入仕。因此,这一阶段的李商隐,许多观点的表达都直接尖锐。如给崔龟从的书信《上崔华州书》[③]。开成二年(837),李商隐在科举考试后,上书给当时的华州防御使,兼御史中丞崔龟从,希望自己的才华被赏识,以获得登第的机会。李商隐在文中说“凡为进士者五年。始为故贾相国所憎,明年病不试,又明年复为今崔宣州所不取”,李商隐渴望步入仕途,但是他参加进士考试的五年间,因为被考官不喜和自己生病等原因都未能如愿。他写这封书信,希望崔龟从能了解他的志向,赏识他的才华。因此,李商隐在文章开篇直言:“愚生二十五年矣。五年读经书,七年弄笔砚,始闻长老言,学道必求古,为文必有师法。常悒悒不快,退自思曰:‘夫所谓道,岂古所谓周公、孔子者独能邪?盖愚与周孔俱身之耳。’”李商隐从小就受到了良好的文化教育,他对求学和作文都有自己的见解,他反对传统的“文以明道”观,认为“道”是相通的。他在文中大胆提出这些观点,是对自己才华与理想真实直接的展露。李商隐这样做有助于被赏识他才华的人引荐,这是他在这一时期渴望入仕的表现。

此外,在代人之作中也可以看出李商隐对政治的关注,其中也有他对自己政治观念的直接表达。如《代安平公遗表》称:“臣当道三军将士,准前使李文悦例,差监军使元顺

---

① 〔后晋〕刘昫等撰《旧唐书》卷四十三,中华书局 1975 年版,第 1817 页。

② 董乃斌《论樊南文》,《文学遗产》1983 年第 1 期。

③ 刘学锴、余恕诚《李商隐文编年校注》第一册,第 108 页。

通勾当讫。臣与顺通,虽近同王事,已备见公才,假之统临,必能和协。其团练、观察两使事,差都团练巡官卢泾勾当讫。臣亦授之方略,示以规模。伏惟圣明,不致忧轸。”①这篇代崔戎所作的遗表中可以看出李商隐对当时政治军事有密切的关注和深刻的理解。《代李玄为崔京兆祭萧侍郎文》称:“呜呼!令惟逐客,谁复上书?狱以党人,但求俱死。衔冤遽往,吞恨孤居。目断而不见长安,形留而远托异国。屈平忠而获罪,贾谊寿之不长。才易炎凉,遂分今昔。”②其中用了《史记·李斯列传》“秦王拜斯为客卿……秦宗室大臣……请一切逐客,李斯议亦在逐中,斯乃上书”③,《后汉书·党锢传》“张俭乡人朱并上书,告俭与同乡檀彬等二十四人,别相署号,图危社稷,刻石立墠,共为部党,而俭为之魁。灵帝诏刊章捕俭等。大长秋曹节因此讽有司捕前党,故司空虞放等百余人皆死狱中”④以及《史记·屈原贾生列传》“屈原信而见疑,忠而被谤”⑤“贾生为长沙王太傅三年,有鹗飞入贾生舍,止于坐隅。楚人命鹗曰‘服’。贾生既以谪居长沙,长沙卑湿,自以为寿不得长,伤悼之,乃为赋以自广”⑥等典故。李商隐用以上典故中的李斯、张俭、屈原、贾生等忠诚之士被诽谤的事例影射了萧浣作为正义之士被流放以至于客死他乡的现状,表达了李商隐对正义之士的惋惜之情以及渴望整肃朝纲的强烈愿望。这种政治理想的直接表达,展现出了李商隐的才华,体现了他在这一时期渴望入仕的心情。

文宗大和三年(829)至大和七年(833),晚唐的政治局势较为缓和,令狐楚和崔戎又十分爱惜李商隐的才华并对他多有照顾,因此这一阶段,李商隐的骈文创作风格是较为积极明快的。除了公文写作和科举考试,交游也是李商隐这一阶段生活内容的一部分,在给令狐楚的书信中多有表现。如《上令狐相公状一》:“每水槛花朝,菊亭雪夜,篇什率征于继和,杯觞曲赐其尽欢。委曲款言,绸缪顾遇。”⑦《上令狐相公状三》:“彼州风物极佳,节候又早,远闻汉水,已有梅花。继兔园赋咏之余,不有博弈;蹈漳渠宴集之暇,以挹酒浆。优游芳辰,保奉全德。伏思昔日,尝忝初筵。”⑧李商隐回忆和令狐楚共度的交游时光,总是十分欢快和舒畅的。心情愉悦时,回忆起来的景物也美丽动人,因为文中穿插着这些优美的景物描写,叙事与抒情相结合,文章变得生动活泼。

综上可知,这一时期李商隐在相对宽松的政治环境和相对愉悦的生活环境下形成了通俗浅白、真实自然的骈文创作风格。初入社会的李商隐,积极关注时事,敢于在文章中发表自己的见解。在令狐楚幕和崔戎幕愉悦宽松的生活环境中,李商隐的骈文创作富有

① 刘学锴、余恕诚《李商隐文编年校注》第一册,第81页。
② 刘学锴、余恕诚《李商隐文编年校注》第一册,第125页。
③〔汉〕司马迁《史记》,第521页。
④〔南朝宋〕范晔撰,〔唐〕李贤注《后汉书》,中华书局1965年版,第2210页。
⑤〔汉〕司马迁《史记》,第505页。
⑥〔汉〕司马迁《史记》,第508页。
⑦ 刘学锴、余恕诚《李商隐文编年校注》第一册,第1页。
⑧ 刘学锴、余恕诚《李商隐文编年校注》第一册,第102页。

生气,鲜活灵动,语言通俗浅白,叙事时也融入了自己真实的情感。

二、李商隐长安求仕时期的骈文创作

文宗开成三年(838)至武宗会昌六年(846)是李商隐骈文创作的第二阶段。“甘露之变”后,晚唐的政治变得更加混乱,宦官专政与藩镇割据加剧,李商隐因跟随王茂元入幕,又被其招为女婿而卷入“牛李党争”中。在混乱的政治状况下,李商隐虽踌躇满志,但寻找不到政治出路。在这一阶段的骈文创作中他转向关注民生疾苦,关注百姓生活。同时,李商隐的骈文创作逐渐走向成熟,与上一阶段清新自然的骈文相比,这一阶段他的骈文创作显现出典雅缛丽的创作风格和程式化的创作特征。

骈文写作的逐渐熟练与幕府工作的需要使李商隐这一阶段的骈文创作呈现出与上一阶段不同的风格。这一阶段的骈文遣词造句更为严谨,文章呈现出典雅精巧的特点。具体表现为:文中典故运用自如,对偶种类丰富;骈体公文程式化特征显著。

从用典和对偶的情况来看,与上一阶段相比,这一阶段李商隐的骈文创作典故的运用更加频繁自如,典故的出处也更加丰富。对偶的形式更严谨,种类更多样。这一阶段的骈文是形式上更加工整的骈文,是风格典雅缛丽的骈文。

这一阶段用典和对偶结合较好的是《为濮阳公陈情表》:

> 臣因缘代业,遭逢圣时,窃尝有志四方,不扫一室。奉随武之家事,无愧陈辞;慕邓傅之门风,不伤清议。……自荐之书,朝投象魏;殊常之泽,暮降芸香。其后契阔星霜,羁离戎旅。从军王粲,徒感所知;草檄陈琳,亦常交辟。吕元膺东周保厘之日,李师道天平畔援之时,潜入其徒,盈于留邸。……①

这篇文章是李商隐代当时是泾原节度使的王茂元向皇帝陈情的表文。文中几乎句句用典,言辞恳切,语言典雅。这些典故涉猎范围广,跨度大。在这两段中,“有志四方”化用《左传》“姜氏谓晋公子曰:‘子有四方之志’”②;“不扫一室”化用《后汉书·陈蕃传》蕃庭宇芜秽,“蕃曰:‘大丈夫处世,当扫除天下,安事一屋乎’”③的典故;“无愧陈辞”化用了《左传》“范武子即士会,士会即随会。至隋,始改‘随’为‘隋’”④。此外,还用了邓傅、陈琳、王粲等人的典故,还有“隼旟”“熊轼”“越井朝台”“贪泉洟水”等事典。文中对

---

① 刘学锴、余恕诚《李商隐文编年校注》第一册,第341页。
② 杨伯峻编著《春秋左传注》第一册,中华书局1981年版,第406页。
③〔南朝宋〕范晔撰,〔唐〕李贤注《后汉书》,第2159页。
④ 杨伯峻编著《春秋左传注》第二册,第878页。

偶种类也十分精妙,如"自荐之书,朝投象魏;殊常之泽,暮降芸香。其后契阔星霜,羁离戎旅"中,"自荐之书,朝投象魏;殊常之泽,暮降芸香"形成流水对与隔句对,"朝投"和"暮降"又构成反对。还有"从军王粲,徒感所知;草檄陈琳,亦常交辟"用的人名对。文中使用典故频繁,因此文章又几乎句句是事对。由此可见,这篇文章严格遵守骈文创作的规范,整体风格典雅缛丽。

李商隐在幕府中工作,公文写作是他骈文创作的极大一部分。公文讲究实用功能,即通过文章传达意图。孙梅《四六丛话》言:"四六长于敷陈。"[①]骈文本身就是很适合陈述的文体形式。创作公文时,李商隐发挥了骈文这一优长,他的公文陈述结构清晰,层次感很强,能很好地表情达意。但是幕府工作具有重复性,加上公文需要严谨的措辞。李商隐这一阶段的骈文创作难免有程式化的特征,即同一类型的骈文,文章句式,层次,结构有固定的套路和格式。如《为濮阳公贺杨相公送土物状》[②]《为濮阳公贺李相公送土物状》[③]《为濮阳公贺陈相公送土物状》[④]三篇状文。这三篇文章是李商隐代王茂元所作,目的是恭贺杨、李、陈三位荣升官位,并给他们送上土特产。三篇文章句式,结构,文章层次都大致相同。先恭贺他们荣升官位;随后说自己送上了微薄的土特产,用两处典故希望对方接纳;最后自谦结束全文。这三篇文章虽具有程式化的特征,但是也发挥了它们的功能性。整体来看,文章陈述清晰,层次清楚,表达含蓄得体。

这三篇文章作于同时,虽有程式化的特点,结构、用句等基本相同,但李商隐骈体公文的特点就是善于在同中求异,在看似不可变化之中寻求变化,三篇文章都是给人"送土物",但李商隐运用了不同的典故,表现出其才学的渊博。如三篇文章中说:"前件物等,价才数金,重非兼乘"(《为濮阳公贺杨相公送土物状》);"前件物等,非因杼轴,不曰苞苴"(《为濮阳公贺李相公送土物状》);"前件物等,薄如蜩甲,轻甚鸿毛"(《为濮阳公贺陈相公送土物状》)。这三句都在说明送的礼物微薄,礼物也不是因为聚敛民财而得,运用了同样的句式结构,但是选取的典故不同。"前件物等,价才数金,重非兼乘"用了《庄子》"我世世为洴澼絖,不过数金"[⑤]的典故。"前件物等,非因杼轴,不曰苞苴"用了《诗经·小雅·大东》"小东大东,杼轴其空"[⑥],《荀子》"汤旱而祷曰:'政不节与?使民疾与?何以不雨至斯极也?宫室荣与?妇谒盛与?何以不雨至斯极也?苞苴行与?谗夫昌与?何以不雨至斯极也?'"[⑦]的典故。"前件物等,薄如蜩甲,轻甚鸿毛"用了《庄子》

---

① 〔清〕孙梅著,李金松校点《四六丛话》,第427页。

② 刘学锴、余恕诚《李商隐文编年校注》第一册,第259页。

③ 刘学锴、余恕诚《李商隐文编年校注》第一册,第263页。

④ 刘学锴、余恕诚《李商隐文编年校注》第一册,第255页。

⑤ 陈鼓应译注《庄子今注今译》上,商务印书馆2007年版,第34页。

⑥ 程俊英撰《诗经译注》,上海古籍出版社2012年版,第223页。

⑦ 《荀子》,上海古籍出版社1989年版,第159页。

"予蜩甲也,蛇蜕也,似之而非也"[①]和司马迁《报任少卿书》"或轻于鸿毛"的典故。

开成三年(838)初春,李商隐虽考中博学宏词科,但被意外驳下,这对一直积极求仕的李商隐来说,无疑是巨大的打击。同年暮春,李商隐入王茂元幕。开成四年(839)到会昌二年(842),李商隐仍积极求仕,但仕途依然坎坷。他参加吏部的书判拔萃科考试,中选后释褐为秘书省校书郎,任上不足半年,就被调为官品在秘书省校书郎之下的弘农尉。不久后,李商隐辞去弘农尉职,移家长安。这时恰巧王茂元被任命为陈许节度使,李商隐又赴王茂元陈许幕,暂寓周墀华州幕。会昌二年(842),多年等待的李商隐终于再以书判拔萃重入秘书省为正字。也正是在这一年,李商隐的母亲去世,他不得不居家守丧,这使李商隐的生活雪上加霜。会昌二年(842)至会昌五年(845),李商隐都在操办母亲丧事。直到会昌六年(846),李商隐重返长安,任秘省正字。这一阶段虽然李商隐的仕途十分坎坷,但有政治理想和抱负的他还是关注民生,积极建言献策。如在《为弘农公上虢州后上中书状》[②]中提出虢州土地贫瘠,"遘骄阳积潦之患,困苗螟叶螫之灾",并说明虢州现在又正在经历着严重的蝗虫灾害和旱涝之灾,人民苦不堪言。李商隐写这篇文章是希望虢州人民得到帮助和庇佑。此后,李商隐又代弘农公上书宰相提出恢复生产的意见《为弘农公虢州上后上三相公状》:"但当课其钱镈,督以杼机。使渤海田中,永无佩犊;平原境内,尽死飞蝗。免斯人沟壑之虞,赎他日简书之责。"[③]文中指出应当督促人民重视农耕,发展纺织,并希望蝗灾尽快过去,人民尽早恢复正常的生活。虽然这两篇文章是代弘农公所写,但字里行间流露出李商隐对人民的关切和对民生问题的关注。

武宗庆贺改元大赦天下时,李商隐代他人所上的贺表中也能体现出他对国计民生的关心,如《为汝南公华州贺赦表》中提出:"取直言之科,则听舆论者不足算;设宥过之令,则除乡议者未可俦。延赏推恩,用以劝御灾捍患之士;减租退责,将以矜火耕水耨之人。养庶老,颁湻糜暖帛之资;走群望,洁刏牲瘗币之礼。"[④]在《为京兆公陕州贺南郊赦表》中也说:"设科以招谏诤,宥过以务哀矜。已责既恤于三农,录勋无遗于十代。颁粟帛而养耆老,走牲币而遍山川。举皇王之废官,尽古今之能事。"[⑤]这两个文段中都表达了李商隐招纳贤士,广开言路;削减赋税,发展农耕;举孝贤的政治主张。这些政治主张无一不是为国计民生考虑。

这一阶段的李商隐仍然渴望入仕途并积极求仕,但当时政治状况混乱,李商隐的政治理想显然无法实现。他在这一阶段的创作中表达了对现实政治情况的不满,并提出了自己的改革主张。他希望统治者能够关注民生,体恤百姓,在文章中也表现出对民生问

① 陈鼓应译注《庄子今注今译》下,第847页。
② 刘学锴、余恕诚《李商隐文编年校注》第一册,第402页。
③ 刘学锴、余恕诚《李商隐文编年校注》第一册,第407页。
④ 刘学锴、余恕诚《李商隐文编年校注》第二册,第542页。
⑤ 刘学锴、余恕诚《李商隐文编年校注》第二册,第551页。

题的关注。

三、李商隐辗转漂泊时期的骈文创作

宣宗大中元年(847)至宣宗大中十三年(859)是李商隐骈文创作的第三阶段。随着武宗去世,宣宗即位,朝中的政治格局发生了翻天覆地的变化。李商隐此时支持的李党成员都被一贬再贬,牛党成员又对其怀恨在心。李商隐这一阶段的生活也辗转漂泊,颠沛流离。据刘学锴《李商隐传论》考证:"大中元年(847)三月,李商隐应新任桂管观察使郑亚的辟聘,与郑亚同赴数千里之外的桂林,开始了又一次幕府生涯。这次在桂幕的时间虽短——加上赴幕及罢幕归京的时间也不过一年半,但却成为他生活与创作历程中一个重要的转折点。"[①]李商隐跟随郑亚到达桂林,当时的桂林偏僻荒芜,生活条件较差。从现存的李商隐编年文中可以看出,李商隐在桂幕时期的作品数量是最多的,可见他政务十分繁忙,生活质量较差。离开桂林后,李商隐曾短暂回京,后又应辟徐幕。李商隐的妻子王氏去世后,李商隐又孤身奔赴梓幕。在这种政治和生活环境下,李商隐的骈文创作呈现出新的特征。与前两个阶段相比,他的骈文措辞更加严谨,长期的公文写作经验加上李商隐对文章创作的感悟使这一阶段的骈文创作水平也达到了极致。政治上的不得志和长期的漂泊生活使李商隐心灰意冷,他关注自身情绪,自我意识强烈。文章抒情性增强,感情真挚。

政治环境的动荡与仕途的困顿使得李商隐在这一阶段行事格外谨慎,表现在文章创作中就是注意措辞用语,表达含蓄委婉,语言严谨。此外,随着李商隐骈文创作技法的成熟,这一阶段创作的骈文句式也更加灵活多变,骈文语言骈散互融。

唐宣宗即位后,重新重用牛党一派,李德裕一派受到打压。李德裕的得力助手郑亚也因此被贬到偏远的岭南之地,李商隐跟随郑亚担任桂幕的观察支史兼掌书记,负责起草各种公文,这些公文大都是代郑亚所作。郑亚和李商隐此时都受到"牛李党争"的牵连而不被重用,因此李商隐这一阶段的代拟公文都小心翼翼,行文措辞格外严谨。如《为中丞荥阳公赴桂州至湖南敕书慰谕表》[②]。这篇文章是李商隐随郑亚赴任桂州,途经长沙时听闻太后萧氏去世而作。文中用大篇幅的语言赞扬了皇上孝敬太后又勤政为民,并代郑亚表达了忠诚为国之心。文章先写太后生病时,"皇帝陛下即不视朝。虑切宸襟,时连辉暑"。言辞中赞扬了皇帝的孝顺,品行高尚。"陛下又能咨宰辅酌中之请,禀圣贤推远之怀。始率义以致忧,终据经而顺变。获情理兼修之旨,成古今莫易之文",又用几处典故表现了皇上的孝顺。文章最后简短叙述了郑亚一行人目前困于长沙,结尾又是表忠心

① 刘学锴《李商隐传论》,安徽大学出版社 2002 年版,第 245 页。

② 刘学锴、余恕诚《李商隐文编年校注》第三册,第 1280 页。

之语，李商隐代郑亚表达了到任之后定当谨遵皇上旨意、忠诚为国的决心。整篇文章叙事逻辑清晰，语言表达滴水不漏，十分得体。

郑亚到任桂州后，李商隐又为其代写了《为荥阳公桂州谢上表》[①]。郑亚是因为朝中朋党之争而被贬谪到偏远的西南桂州，但是李商隐代他所上的这篇谢表中，没有任何抱怨，反而充满了对皇上的感激，并在文中表达了他在其位谋其职的决心和对皇上的忠心。文中措辞十分严谨，如虽然郑亚是被贬谪到桂幕，在这篇文章中却说"祇役"即奉命任职来到桂州。对于皇上让郑亚来担任桂州观察使，文中写成"岂意遽分专席，叨赐再麾，首南服以称藩，控西原而遏寇"，仿佛是皇上对他委以重任。此后在文中含蓄地说到西南地区地势复杂，百姓也鱼龙混杂，想要管理好这个地区并非易事。最后勉励皇上也是勉励自己要节俭勤政，体恤百姓，忠诚为民。

李商隐这一阶段的骈文创作技法纯熟，语言句式运用灵活，将骈体和散体互融，发挥两种语体的优长，使骈文创作呈现出新面貌。文章创作应当主骈还是主散，是中国文学发展史上一直存在的问题。这是因为骈文典丽雅致，句式和谐；散文跌宕自如，通俗易懂。李商隐则将骈散互融，使文章典雅又不流于枯燥，句式和谐又文气畅达，实现了骈体和散体的互补。正如李兆洛在《骈体文钞序》中所说："天地之道，阴阳而已。奇偶也，方圆也，皆是也。阴阳相并俱生，故奇偶不能相离，方圆必相为用。"[②]

李商隐在这一阶段的文章中表达了自己对骈文、散文的看法，并在创作骈文时不仅仅使用传统的四六字句。他在创作时通过灵活地变化句式使文章读起来气韵流动，也通过添加虚词使文章清新不呆板。正如周振甫在《李商隐选集》中提出："商隐的骈文清新而不浮靡，挺拔而不纤弱，华藻而不淫荡，虽称四六而骈散兼行，托体较尊，有情韵之美。"[③]究其原因，莫山洪在《骈散的对立与互融》中认为："在很多人心目中，李商隐的骈文是回复了六朝以来骈文绮丽浮靡的特点，而且比之六朝更加华丽，更加注重典故的运用。这只是看到了李商隐骈文的表面。严格来看，李商隐的骈文并不是六朝骈文的简单回复，其中包含着自中唐古文运动以来文章变化的特点。"[④]

李商隐把自己关于骈文和散文的观念写在了《樊南甲集序》《樊南乙集序》中。在《樊南甲集序》中他说："樊南生十六能著《才论》《圣论》，以古文出诸公间。后联为郓相国、华太守所怜，居门下时，敕定奏记，始通今体。后又两为秘省房中官，恣展古集，往往咽噱于任、范、徐、庾之间。"[⑤]从这段话可以看出，李商隐一开始是作古文的。因为在令狐楚幕和崔戎幕工作的需要，他开始学作骈体公文，学习六朝任昉、范云、徐陵、庾信的骈

① 刘学锴、余恕诚《李商隐文编年校注》第三册，第 1295 页。
② 李兆洛选，谭献评《骈体文钞》，世界书局 2010 年版，第 1 页。
③ 周振甫选注《李商隐选集》，上海古籍出版社 1986 年版，第 4 页。
④ 莫山洪《骈散的对立与互融》，齐鲁书社 2010 年版，第 222 页。
⑤ 刘学锴、余恕诚《李商隐文编年校注》第四册，第 1713 页。

文创作。此后他又写道:“仲弟圣朴,特善古文,居会昌中进士,为第一二,常表以今体规我,而未焉能休。”①这里的“今体”是指“骈文”,从这段叙述可以看出李商隐对弟弟劝他创作骈文是可以理解的,创作骈文也是他自己幕府工作的需要。《樊南乙集序》中李商隐也表达了骈文只是他谋生的工具:“会前四六置京师不可取者,乃强联桂林至是所可取者,以时以类,亦为二十编,名之曰《四六乙》。此事非平生所尊尚,应求备卒,不足以为名,直欲以塞本胜多爱我之意,遂书其首。”②李商隐在自己的文集的序言中表示自己理解古文创作,并隐隐表达自己创作骈文只是谋生的需求罢了,说明李商隐对创作古文是并不反对甚至是支持的。

李商隐虽称自己的骈文为“樊南四六”,实际上他所作的骈文并不都是四字句和六字句,他的骈文是句式多变的。如《太尉卫公会昌一品集序》③。这篇文章是李商隐代郑亚为李德裕的文集《会昌一品集》作的序。在这一选段中,李商隐用典故铺叙赞美了李德裕气度不凡、为人谦和、博学多才,既有很高的文学造诣,又有很强的政治管理能力。这篇文章虽然是骈文,但文中的句子并不都是四六句,也有五言句、七言句、八言句。如“盖大昴中邱,有风雨翕张之气;丛台高邑,有山河隐轸之灵”,“敬一人而取悦,谦六位而无咎”,“车匠胡奴,罔迷于半面;背碑覆局,无俟于专心”,这些句子中间用“之、而、于”这些虚词连接,使文章读起来气韵流动,灵活生动。

长期公文写作的积累和对文章创作的不断思考,使李商隐这一时期的骈文创作技法达到了纯熟的境界。他创作的骈文语言严谨精练,文章句式骈散互融,既典雅含蓄,又气韵流动。正如孙梅在《四六丛话》中对李商隐的骈文的评价:“惟《樊南甲乙》,则今体之金绳,章奏之玉律也。循讽终篇,其声切无一字之聱屈,其抽对无一语之偏枯,才敛而不肆,体超而不空,学者舍是,何从入乎?”④

李商隐在这一阶段的骈文创作中自觉地增强了文章的抒情性,也提出了抒情言志的文学思想。《献侍郎巨鹿公启》中提出:“况属词之工,言志为最。自鲁、毛兆轨,苏、李扬声,代有遗音,时无绝响。虽古今异制,而律吕同归。我朝以来,此道尤盛。皆陷于偏巧,罕或兼材。枕石漱流,则尚于枯槁寂寥之句;攀鳞附翼,则先于骄奢艳佚之篇。推李、杜则怨刺居多,效沈、宋则绮靡为甚。”⑤“言志”即抒发感情,表达思想。李商隐明确地指出,诗歌创作中“言志”是最重要的。他认为诗歌不仅应该形式美,更应该内容丰富,情感充沛。唐以来的诗人和之前的诗人一样,对形式美的追求是很工巧的。在内容方面,有人写得华艳,有人写得讽刺,有人写得绮靡,但都不能做到形式和内容兼备。李商隐虽然

① 刘学锴、余恕诚《李商隐文编年校注》第四册,第1713页。
② 刘学锴、余恕诚《李商隐文编年校注》第五册,第2176页。
③ 刘学锴、余恕诚《李商隐文编年校注》第四册,第1665页。
④〔清〕孙梅著,李金松校点《四六丛话》,第663页
⑤ 刘学锴、余恕诚《李商隐文编年校注》第三册,第1188页。

是在论诗，但是放在骈文创作中也同样适用。由此可见，李商隐在创作中对抒发情感和表达内容是十分重视的。

《献相国京兆公启一》中更是提出："人禀五行之秀，备七情之动，必有咏叹，以通性灵。故阴惨阳舒，其途不一；安乐哀思，厥源数千。远则鄘、邶、曹、齐，以扬领袖；近则苏、李、颜、谢，用极菁华。嘈囋而钟鼓在悬，焕烂而锦绣入玩。刺时见志，各有取焉。"[①]李商隐认为文学作品就是人的情绪情感的外化。人有"七情"，当需要表达自己的感情时，人就开始创作，因此拥有不同情感的人创作出的文学作品风貌是大不相同的。李商隐在这里强调了情感对文学创作风格的影响，同时也可以看出李商隐主张在创作时应抒发真情实感。这一观点突破了文学作品应当表达思想，应当"言志"的文学观，更强调了文学作品应当表达人的真实情感。由上所述，李商隐在这一阶段自觉地表达"文学应抒发真实情感"的文学思想，说明他意识到了抒情对文学创作的重要性，他自己也在这一阶段的文学创作中实践了这一思想，骈文创作抒情性增强。

这一阶段的李商隐不仅政治生涯走上了绝境，生活上也辗转漂泊，远离家乡，先后入桂幕、徐幕、汴幕、梓幕。目睹晚唐的政治情况江河日下，想到自己也难有出头之日，李商隐骈文中蕴含的感伤情绪达到了顶峰，在文中他关注自身，感时伤事，骈文风格沉郁感伤，抒情性增强。

如《上汉南卢尚书状》：

> 某材诚漏薄，志实辛勤，九考匪迁，三冬益苦。引锥刺股，虽谢于昔时；用瓜镇心，不惭于前辈。傥得返身湖岭，归道门墙，粗依鸣益之余，以奉陶镕之赐。则尚可濡毫抒艺，杀竹贡能，记录咎繇之谟，注解傅岩之命。庶于此日，不后他人。伏惟始终识察。[②]

大中元年（847），李商隐随郑亚从长安到襄阳又到荆州，在从襄阳到荆州的途中，拜见了山南东道节度使卢简辞。经历了太多坎坷辗转，李商隐或许预感到跟随郑亚在桂幕工作也不是长久之计，这次与卢简辞相遇，李商隐认为卢简辞贤能有才华，因此写下这篇书信，赞扬了卢简辞并希望自己未来有机会能在其幕中谋得职位。首段李商隐表达了对卢简辞才能的欣赏，并用一系列典故表达了与卢简辞匆匆一见，不能畅饮对谈的遗憾。在对离别与遗憾的描写中可以看出李商隐天涯漂泊的感伤情绪。接下来又写："某材诚漏薄，志实辛勤，九考匪迁，三冬益苦。引锥刺股，虽谢于昔时；用瓜镇心，不惭于前辈。"可以看出，李商隐为了入仕付出了巨大的努力，但是以他现在天涯漂泊，郁郁不得志的情

---

① 刘学锴、余恕诚《李商隐文编年校注》第四册，第1911页。
② 刘学锴、余恕诚《李商隐文编年校注》第三册，第1251页。

况来看,之前的努力似乎是白费的,这就引发了李商隐强烈的身世之悲。

李商隐入王茂元幕以后,就饱受令狐绹诟病,此后李商隐又跟随郑亚入幕工作,并代郑亚为李德裕的《会昌一品集》作序,在序中李商隐对李德裕的人品和政治主张都表示认可,这是更加明显地站在李党一派的政治立场。此番过后,令狐绹对李商隐更是怀恨在心。唐宣宗即位后任命令狐绹为相,李德裕及其党羽都被一贬再贬,李商隐的政治之路也越走越窄,在此期间他多次陈情寻求令狐绹的帮助,但都被拒绝,他也只能在偏远的幕府中工作。大中三年(849),李商隐跟随武宁军节度使卢弘止入徐幕。对于卢弘止的赏识,李商隐是感到欣慰和感恩的,因此他写下《上尚书范阳公启》[①]表示对卢弘止的感谢。文中用大段的文字叙述了自己坎坷的身世。"而时亨命屯,道泰身否"可以看作是李商隐对自己仕途的总结。他感慨自己生不逢时,运气不佳,空有抱负和才华却无处施展。"成名逾于一纪,旅宦过于十年。恩旧凋零,路歧凄怆",从李商隐考中进士到他写下此启,十几年的时间都仕途坎坷,现在更是受到了冷遇,生活窘迫,只能感叹"无文通半顷之田,乏元亮数间之屋"。李商隐在文中极力铺叙自己身世的坎坷,文章风格感伤沉郁。

与前两阶段相比,李商隐这一阶段明显更加关注自身问题,文章中也更多地表达身世之感。如同是陈情投献文,李商隐第一阶段创作的《上令狐相公状》《上崔相公状》就显得轻松愉快,文中所写的景物也是清新明快的,与这一阶段沉郁感伤的风格形成了鲜明的对比。第二阶段,李商隐踌躇满志,积极入仕,因此在文章创作中关注朝政问题、社会问题较多,较少有论及自身遭遇。即使在一些陈情投献文中论及自身情况如《上华州周侍郎状》《上李尚书状》《上刘舍人状》等,也只是客观叙述自己的才华及经历,没有融入过多的情感。随着李商隐仕途愈发坎坷,亲戚朋友逐渐凋零以及对现实情况的无奈,他开始关注自身,感慨自己的人生遭遇,他的骈文创作也呈现出沉郁感伤的风格。

李商隐是晚唐的骈文大家,他的骈文创作内容及风格是不断演变的,他人生中不同阶段的骈文作品呈现出不同的特征。《旧唐书 · 文苑传》称李商隐:"为当涂者所薄,名宦不进,坎壈终身。"[②]这句话是对李商隐坎坷一生的最好概括。李商隐从少年时期就踌躇满志,努力学习,不断寻找机会,希望在政治领域有所作为。但因为社会政治环境、个人性格等种种原因,李商隐的志愿并没有得到实现。

李商隐骈文创作的演变与晚唐的社会政治有着密切的关系。李商隐自初入社会至去世经历了文、武、宣三朝,尽管这三朝皇帝采取了不同的措施试图挽救岌岌可危的唐王朝,但宦官专权,藩镇割据等一系列严重的社会问题,使晚唐的没落成为无法避免的趋势,生活在这种时代背景下,李商隐的骈文创作不可避免地带有时代的烙印。李商隐初入社会时,晚唐政治状况较为缓和,他对走入仕途也积极准备,可以看出,他这一阶段的

---

① 刘学锴、余恕诚《李商隐文编年校注》第四册,第 1788 页。

② 〔后晋〕刘昫等撰《旧唐书》卷一百九十,第 5078 页。

骈文都是直言进谏的,即使在许多代他人所作的公文中,也可以看出李商隐在积极地表达自己的政治主张。李商隐在长安求仕时期,晚唐的政治情况逐渐恶化,随着他在这一时期加入王茂元幕,李商隐就开始在"牛李党争"的夹缝中挣扎。这一阶段李商隐仍积极入仕,在混乱的政治环境下,他虽仕途不顺,仍关注现实问题,试图将骈文当作政治讽谏的工具,批判朝中丑恶的现象,聚焦社会民生。随着宣宗即位,朝中的政治格局发生了翻天覆地的变化,李商隐也因为政治立场的选择使自己的仕途走入穷途末路,他只能辗转漂泊,寻求立足之地。这一阶段的骈文创作中李商隐经常透露出哀伤自怜的情绪,这种情绪是对政治现实的不满也是对自我境况的无奈。

李商隐的骈文创作与他自身的生活经历、生活体悟也是分不开的,与他骈文创作水平的不断精进也有很大的关系。应举时期,受到令狐楚和崔戎的赏识,他的幕府生活是十分愉悦的,他在骈文创作中也多有表达对令狐楚和崔戎的感恩和对这一阶段幕府生活的怀念。此外,初学骈文创作的李商隐程式化的语言较少,多是真情实感的表达,文章读起来也鲜活生动。长安求仕时期,李商隐的骈文创作技法逐渐成熟,文章的论证逻辑性增强。由于幕府工作的重复性,这一阶段同类型的骈文开始显现出程式化的创作特征。辗转漂泊时期,混乱的政治和孤独无依的生活状态使李商隐逐渐对政治感到失望,他关注自身,咏叹身世。与此同时,李商隐的骈文创作水平在这一阶段也达到了极致,他对文章的骈散形态和抒情功能等都有了更深入的思考和体悟。

总而言之,李商隐骈文创作的演变是同他的人生经历紧密联系在一起的,通过研究这种演变规律,可以了解李商隐骈文创作的轨迹,也可以更深入地体悟李商隐骈文作品的内涵。

作者简介:

杨兆涵,1996年生,河南永城人,福建师范大学文学院中国古代文学专业博士研究生,研究方向为宗教文化与中国文学。

历代文论在庾信骈文经典传播中的作用

杨 颖

内容摘要:庾信骈文的经典化是在历代文论评点中步步深入的。唐人以诗论文,经历了从初唐时期对骈体之风的批判,到盛唐之后对庾信骈文文学性、思想性的逐步认可;宋人在文话中集中阐释诗文创作理论,注重从细节入手考辨庾信骈文的词句用典及创作技巧,考察了庾信骈文创作对后世骈文的影响,明晰了庾信骈文的经典价值;明人在文论中辨析庾信骈文的经典特色,将其放入文学史的历程中重新加以定位,深化了庾信骈文的文学史意义;清代骈文复兴的风气下,骈论家借对庾信骈文的评论,表达自己的骈文观,确立了庾信"四六宗匠"的地位。

关键词:文论;庾信;骈文;经典传播

庾信是南北朝骈文的集大成者,在南北文化交流、魏晋南北朝文学向隋唐文学演进的过程中起了重要作用,他的骈文被认为是六朝骈文的代表,是骈体发展繁荣的至臻形态,被誉为"四六宗匠",对后世骈体发展影响深远,是历代公认的骈文经典之作。作为骈体之匠宗,庾信骈文的经典化是在历代文论评点中步步深入的,梳理历代文人对庾信骈文的点评,可见庾信骈文经典传播之轨迹,也可见骈体在各时期发展之演变。

一、唐人诗文批评,对庾信文风从批判到认可

庾信是南北朝之际的文章大家,诗文辞赋无一不精,在当时就成为文人竞相模仿之对象,带动一代文风。与庾信交往甚多的北周滕王宇文逌将庾信诗文编纂成集,他在《庾信集序》中评价庾信的文学成就称:"信降山岳之隆,蕴烟霞之秀,器量侔瑚琏,志性甚松筠。妙善文词,尤工诗赋,穷缘情之绮靡,尽体物之浏亮。诔夺安仁之美,碑有伯喈之情,箴似扬雄,书同阮籍"①,以陆机《文赋》中"诗缘情而绮靡,赋体物而浏亮"的文体要求,赞庾信诗文创作之工,尤其提及庾信之诔、碑、箴、书等骈文创作,皆可比拟古之名家,全方

① 〔北周〕宇文逌《〈庾信集〉序》,〔清〕严可均辑,史建桥审订《全后周文》,商务印书馆1999年版,第148—149页。

位地肯定了庾信文学创作的杰出成就。并言及庾信在当时备受时人推崇的状况:"才子词人,莫不师教,王公名贵,尽为虚襟"①,充分显示了庾信在当时已经名满天下,其文已成为文人模拟学习的典范。

这一情况在唐令狐德棻所撰《周书·庾信列传》中也有记载:"时(庾)肩吾为梁太子中庶子,掌管记。东海徐摛为左卫率。摛子陵及信,并为抄撰学士。父子在东宫,出入禁闼,恩礼莫与比隆。既有盛才,文并绮艳,故世号徐、庾体焉。当时后进,竞相模范。每有一文,京都莫不传诵。"②此处提出"徐庾体"之说,用以概括徐摛、徐陵,庾肩吾、庾信之诗文创作之风。就文章创作而言,"徐庾体"即指以声律、对偶、用典、辞采见长的骈文文体,"徐庾体"的出现,也标志着骈文体制臻于完备,在文章骈俪化的运用上达到了圆融的境界。北朝"徐庾体"的风行,正是六朝骈俪文风盛行的写照。

唐代文坛在继承了六朝的骈俪文风的基础上,不断出现文风的新变,其间对庾信骈体之风的认知和把握也逐渐加深。这种认知在唐人散见于诗、文当中的文论中可以清晰看到。初唐文坛虽延续六朝文风,但在崇尚文教功能的儒家正统文艺观的影响下,对庾信所代表的六朝文风有批判反思之论。令狐德棻在《周书·庾信列传》中评价庾信文风称:

> 然则子山之文,发源于宋末,盛行于梁季。其体以淫放为本,其词以轻险为宗。故能夸目侈于红紫,荡心逾于郑、卫。昔扬子云有言:"诗人之赋丽以则;词人之赋丽以淫。"若以庾氏方之,斯又词赋之罪人也。③

认为其文体"淫放",用词"轻险",文风过于华丽轻浮,斥其为"词赋之罪人"。这种观点在当时自朝廷而下均为通论,魏徵所撰《隋书·文学传序》中也称:

> 梁自大同之后,雅道沦缺,渐乖典则,争驰新巧。简文、湘东,启其淫放,徐陵、庾信,分路扬镳。其意浅而繁,其文匿而彩,词尚轻险,情多哀思。格以延陵之听,盖亦亡国之音乎!④

将庾信作为六朝宫体文学的代表,直指其文风轻奢、情多哀思,背离儒家雅正之道,无益于文教之道,直斥其为"亡国之音"。

---

①〔北周〕宇文逌《〈庾信集〉序》,第148页。
②〔唐〕令狐德棻《周书》卷四一,中华书局1974年版,第733页。
③〔唐〕令狐德棻《周书》卷四一,第744页。
④〔唐〕魏徵《隋书》卷七六,中华书局1973年版,第1730页。

这种观点在初唐文人中也得到响应,王勃在《上吏部裴侍郎启》中云:“虽沈谢争骛,适先兆齐梁之危;徐庾并驰,不能止周陈之祸。于是识其道者,卷舌而不言;明其弊者,拂衣而径逝。潜夫昌言之论,作之而有逆于时;周公孔氏之教,存之而不行于代。天下之文,靡不坏矣。”①同样从儒教观念出发,认为庾信骈文不能明道除弊,反而败坏了天下文风。独孤及在《检校尚书吏部员外郎赵郡李公中集序》中云:“自典谟缺,雅颂寝,世道陵夷,文亦下衰。故作者往往先文字,后比兴。其风流荡而不返,乃至有饰其辞而遗其意者,则润色愈工,其实愈丧。及其大坏也,俪偶章句,使枝对叶比,以八病四声为梏拲,拳拳守之,如奉法令。”②更为明确地指出骈俪文体有四声八病之弊,对四六格律的严守妨碍文意的表达,实对文风有害。由此可见,初唐文论受到儒家文艺观的影响,对以庾信骈文为代表的六朝文风是持否定态度的,显示出对骈文的贬抑。而在具体创作中,则又延续六朝之风,《新唐书·陈子昂传》称“唐兴,文章承徐、庾余风,天下祖尚,子昂始变雅正”③,展现了初唐文人对庾信骈文的学习和接受,呈现出理论与创作的偏差。

及至盛唐,在更为宽松的政治环境和宏大包容的文坛风尚之下,文人对庾信骈文的认知也发生了转变,脱离了儒家文教思想的桎梏,从文学的角度给予庾信更为中肯的评价。唐代文人有“以诗论文”之风,对庾信的批评也在诗论中得以表现。对庾信评价最为深刻的是杜甫,他在多首诗作中都表现出对庾信文章的认可。如其《戏为六绝句》(其一):“庾信文章老更成,凌云健笔意纵横。今人嗤点流传赋,不觉前贤畏后生。”④《戏为六绝句》是杜甫著名的论诗绝句,带有显著的文学评论性质,集中体现着杜甫的文学思想。杜甫在第一首中就以庾信开篇,对初唐贬抑庾信骈文的文论思想加以驳斥,以讥讽的态度指出初唐文坛贬低前贤之偏颇;着意强调了庾信文章用笔老道,气势凌云,文意纵横,是千古流传之作。同时,他还在《春日忆李白》中写道:“清新庾开府,俊逸鲍参军”⑤,点出庾信诗文“清新”之特色;在《咏怀古迹》中写道:“庾信平生最萧瑟,暮年诗赋动江关”⑥,着重关注庾信入北之后的创作,针对其《哀江南赋》等著名骈赋作品,指出其中令人动容的乡关之思,从风格、气韵、内容、思想等层面对庾信骈文作出了评价。杜甫的这一评价可称是对初唐庾信批评的反驳,从文学角度关注庾信作品,将唐人对庾信骈文的评价导入了正轨。

杜甫对庾信的评价对后世影响深远,其后唐人对庾信骈文的评价多集中在其作品的文学特性上。晚唐孙元晏作有咏史绝句七十五首,其中有《梁·庾信》一诗:“苦心词赋

---

①〔唐〕王勃《王子安集注》卷四,上海古籍出版社1993年版,第130—131页。
②〔清〕董诰等编《全唐文》卷三八八,中华书局1983年版,第3945—3946页。
③〔宋〕欧阳修、宋祁《新唐书》卷一七〇,中华书局1975年版,第4078页。
④〔清〕彭定求等校点《全唐诗》卷二二七,中华书局1960年版,第2452页。
⑤〔清〕彭定求等校点《全唐诗》卷二二四,第2395页。
⑥〔清〕彭定求等校点《全唐诗》卷二三〇,第2511页。

向谁谈,沦落周朝志岂甘。可惜多才庾开府,一生惆怅忆江南。"[①]将庾信《哀江南赋》目为其代表作,为庾信骈文标识了惆怅的基调。韩偓在其《乱后春日途经野塘》中也称:"季重旧游多丧逝,子山新赋极悲哀。"[②]同样评价庾信赋作,强调其骈赋中悲哀的底色,显示出晚唐文人对庾信骈文思想情感内涵的感悟及认可。

而李商隐作为晚唐著名骈文作家,对庾信骈文的接受和推崇更为明显。他在其骈体文集《樊南甲集》的序中叙述自身创作骈文之因:"樊南生十六,……以古文出诸公间。……恣展古集,往往咽噱于任、范、徐、庾之间。有请作文,或时得好对切事,声势物景,哀上浮壮,能感动人。"[③]言明自己本长于古文,后更为欣赏任昉、范云、徐陵、庾信的骈文,从中获得许多骈体创作心得:作文既要对仗用典工整,又需声势哀壮,才能打动人心。李商隐从庾信等人的骈文中汲取营养,从形式、情思、气势等方面论骈文创作,显示出其对徐庾等人骈文的认可和接受。而在这些骈文名家之中,李商隐对庾信骈文的接受是最为深入的,明人朱鹤龄编选《李义山文集》,并在《新编李义山文集序》中指出:"义山四六,其源出于子山,故章摛造次之华,句挟惊人之艳,以磔裂为工,以纤妍为态。"[④]指出了李商隐骈文继承庾信骈文传统,具有浓艳藻绘、纤妍华美之风,显示了李商隐对庾信的学习和接受。

二、宋人诗文话述评,明确庾信骈文的经典影响力

宋代诗话、文话的兴起为文人提供了一种更为集中阐释诗文创作方法等文学理论的载体,宋人多以诗话、文话来评价诗文作品、品评创作风格、考证诗文源流、总结诗文理论。宋人诗话、文话对庾信骈文也多有评论,集中展现了庾信骈文对后世的经典影响力。

就整体而言,宋人文论中记载了唐人对庾信文风的承继。南宋计敏夫《唐诗纪事》"陈子昂条"云:"唐兴,文章承徐庾余风,子昂始变雅正。"[⑤]南宋朱弁《风月堂诗话》也称:"唐初尚矜徐庾风气,逮陈子昂始变。"[⑥]均指出初唐文坛承袭庾信文风的状况,但同时也对这种承袭表示出不甚肯定之态,认为自陈子昂才使得文风一变而为雅正。

由此可见,宋人认为徐庾文风虽为唐人所继承,但是不值得学习提倡的。南宋范温《潜溪诗眼》云:"唐诸诗人,高者学陶谢,下者学徐庾,惟老杜、李太白、韩退之早年皆学

① 〔清〕彭定求等校点《全唐诗》卷七六七,第8710页。

② 陈才智《韩偓诗全集:汇校汇注汇评》,崇文书局2017年版,第288页。

③ 肖占鹏主编《隋唐五代文艺理论汇编评注》,南开大学出版社2015年版,第1082页。

④ 黄世中、余恕诚、刘学锴编《李商隐资料汇编》,中华书局2001年版,第245页。

⑤ 〔宋〕计有功《唐诗纪事》卷八,上海古籍出版社2008年版,第102页。

⑥ 〔宋〕朱弁撰《风月堂诗话》,《中国历代诗话选》,岳麓书社1985年版,第534页。

建安,晚乃各自变成一家耳。"[①]推崇陶谢之风,认为徐庾只是下者之学,显示出对徐庾文风的鄙薄。南宋张戒更将这种鄙薄之意延续到唐宋文人身上,他在《岁寒堂诗话》中说:"六朝颜鲍徐庾,唐李义山,国朝黄鲁直,乃邪思之尤者。"[②]以孔子"思无邪"的诗教思想考察文学作品,认为庾信等文章为邪思之尤者,并将唐代李商隐、宋代黄庭坚与之归为一类,虽是贬抑之辞,也可看出庾信等人骈文对唐宋文人的影响。

在更多评论中,宋人将目光投向更为细节之处,从庾信骈文的词句用典入手,考辨其创作技巧及词句的传承流变。南宋吴聿在《观林诗话》分析庾信骈文中的用韵之法在后世的传承:"庾信《鸳鸯赋》云:'昔有一双凤,飞来入魏宫。今成两株树,若个是韩冯。'盖符中切。半山《蝶》诗云:'岂能投死为韩冯。'乃皮冰切。"[③]指出王安石诗歌与庾信骈文中同用"韩冯"之典,但用韵不同,显示出韵脚的灵活使用。

《观林诗话》中还考辨了庾信骈文中化用前人语句的情况:"孙兴公《天台山赋》有'赤城霞起而建标,瀑布飞流而界道'之语,为当时所推。后庾信数用其语,作《玮禅师碑》云:'游极箕张,建标霞起。'又《襄州凤林寺碑》云:'干霄秀出,建标霞起。'"[④]指出庾信多次化用孙绰《游天台山赋》中摹景之名句,将之运用于自身骈文中作景物描写之句,显示出庾信对经典名句的接受和发展。庾信在传承前人审美经验的基础上,根据文章需要进行创变和演化,将前人名句与自身情思巧妙融合,体现了其作为骈文集大成者精妙圆融的创作技巧。

这种名句化用之法同样为后人所学习,体现在后人对庾信名句的接受当中。北宋吴幵《优古堂诗话》中载:"《潘子真诗话》云:杜牧之《题李西平宅》云:'授图黄石老,学剑白猿翁。'庾信作《宇文盛墓志》,所谓'授图黄石,不无师表;学剑白猿,遂传风旨。'然予读李太白《赠宋中丞诗》云:'白猿悬剑术,黄石借兵符。'则太白亦尝用之矣。"[⑤]指出唐人诗作中对庾信骈文的化用现象,李白和杜牧都先后对庾信骈文中"授图黄石,不无师表;学剑白猿,遂传风旨"之句进行化用,庾信骈文俨然成为唐诗名家诗歌创作的宝库,其中典事被诗人巧妙化用于不同诗歌当中,显示出庾信骈文被不断挖掘创变的生命力。

庾信骈文不仅在唐诗当中被化用接受,其中名句对后世骈文创作更是影响深远。南宋陈善《扪虱新话》载:"王勃《滕王阁序》'落霞与孤鹜齐飞,秋水共长天一色',当时无贤愚,皆以为惊绝。然余观庾信《马射赋序》已云:'落花与芝盖同飞,杨柳共春旗一色',则知王勃之语已有来处。"[⑥]考辨出王勃《滕王阁序》的名句"落霞与孤鹜齐飞,秋水共长天

---

① 〔宋〕范温《潜溪诗眼》,郭绍虞校辑《宋诗话辑佚》,哈佛燕京学社1937年版,第390页。
② 〔宋〕张戒《岁寒堂诗话》,〔清〕丁福保辑《历代诗话续编》,中华书局1983年版,第465页。
③ 〔宋〕吴聿《观林诗话》,〔清〕丁福保辑《历代诗话续编》,第115页。
④ 〔宋〕吴聿《观林诗话》,第130页。
⑤ 〔宋〕吴幵《优古堂诗话》,《丛书集成初编》第2548册,商务印书馆1936年版,第14页。
⑥ 〔宋〕陈善《扪虱新语》卷四,《丛书集成初编》第310册,第82页。

一色”实为对庾信《马射赋序》中“落花与芝盖同飞，杨柳共春旗一色”一句的化用。王勃凭借《滕王阁序》中此句才惊四座，成就了其千古流传的骈文名篇；而此句之句法化自庾信，足见庾信所创设句法精妙工巧之所在，也反映出庾信骈文中的审美品格具有长远的经典影响力，以致千年以降依然能够打动人心，为庾信骈文的经典性添上了生动的注脚。

三、明代文论点评，深化庾信骈文文学史价值

明代历经文学复古运动，六朝文风再次受到文人推崇，以庾信为代表的六朝骈文一改宋代之冷遇，受到文人的广泛关注。在明代文论当中，文人辨析庾信骈文的经典特色，并将之放入文学史的历程中重新加以定位，深化了庾信骈文的文学史价值。

明代屠隆对徐陵、庾信诗文进行评点并合编成集，他在《徐庾集序》中盛赞徐庾二人的文学成就：

> 若徐仆射、庾开府，并诞琼圃，抽颖芝田。徐固天上之麒麟，庾亦人间之鸑鷟。气涵江汉，名压华松。……朝所吟咏，纸价为之夕腾；华所流传，鸡林为之泣慕。……仙李盘根，初唐最盛，应制游览诸作，婉媚绮错，篆玉雕金。筋藏肉中，法寓情内，莫不摅藻乎子山，撷芳于孝穆。故能琳琅一代，卓冠当时。曲江、射洪二君，间以雅谈，虽风骨全出，而英翘少逊。盛极蕴衰，识者憾矣。且古今文人，专诣者多，兼工者少。有韵之诗与缘情之文，势难兼举。……而二公学该玉府之森藏，笔卷银河而直上，不但《哀江南》一赋彪炳无前，与遵彦之书婉丽莫偶，凡郊庙典章、邮筒来往，恍如觌燕、许之手笔，逢侨、肸之面谈。后有作者，尽归下风。①

对徐庾二人的才情名望极尽赞美，尽展其作品自问世就备受关注的盛况；进而论述徐庾文章在后世的接受之况，从初唐为人所推崇与模仿，呈现一时繁盛之态，到唐宋之际识者渐稀，经典回落，令人遗憾。在此状况下，屠隆从二人作品艺术特色入手，言二人之文兼具声律之工致和情志之表达，是难得的文质兼备之作，并列举庾信《哀江南赋》等经典篇章，说明此二人典章、书帙等各体骈文创作皆备，从而得出后之作者，尽归下风之论，充分表明了徐庾二人在文学史上的经典地位。屠隆此说是对唐宋以来贬抑庾信骈文之论的反驳，全面呈现了庾信骈文在当时及后世由备受推崇到遭遇冷落的接受过程，突破已有之见，以深刻的洞察力对庾信骈文特色及经典篇章做了总结，重新定位了庾信在文学史中的地位。

---

①〔明〕屠隆著，汪超宏主编《屠隆集》第12册，浙江古籍出版社2012年版，第155—156页。

同时,屠隆在《庾子山集》中对庾信骈文进行了评点,更显其文学批评之功。他评《谢赵王赉白罗袍裤启》“艳夺目睛”①;评《谢滕王集序启》“粉饰多妖态”;评《谢赵王赉犀带等启》“词颇秾至”;评《谢滕王赉巾启》“纤丽”,点明庾信骈文辞藻华丽秾艳之风;评《思旧铭》“铺陈终始,排比古今,捕极快极”;评《周车骑大将军贺娄公神道碑》“使事松快,非活剥生吞者比”;评《为齐王进苍乌表》“顿挫抑扬,作表当以此为式”,论庾信骈文在排比铺排、用典使事、声律音韵等方面的特色;评《代人乞致仕表》“情兴悲凉”;评《周车骑大将军贺娄公神道碑》“骨气高远,不徒以彩丽竞繁”;评《周骠骑大将军开府侯莫陈道生墓志铭》“铭词生气勃勃可起”,指出庾信骈文情致饱满、骨气高远的特点。屠隆评点于每篇仅只言片语,但准确点出了庾信骈文的精要,全方位展示了庾信经典骈文的创作特色和艺术表现力,其观点及评点方式都对后世影响深远。

在对庾信诗文进行全面评价之时,明人更关注到庾信对于骈文发展的重要影响,着意从骈体发展角度评价庾信骈文的经典价值。明代张溥在其《徐仆射集题辞》中梳理骈体发展之源流称:“三代以前,文无声偶,八音自谐,司马子长所谓铿锵鼓舞也。浸淫六季,制句切响,千英万杰,莫能跳脱,所可自异者,死生气别耳。历观骈体,前有江任,后有庾徐,皆以生气见高,遂称俊物。”②点明徐庾二人是骈体发展中的重要代表人物,其文在声律工整之外别有生气,是骈文之佳作。针对唐人贬抑庾信文章之论,张溥进行了驳斥,他在《庾开府集题辞》中云:“令狐撰史,诋为淫放轻险,词赋罪人。夫唐人文章去徐庾最近,穷形尽态,模范是出,而敢于毁侮,殆将讳所自来,先纵寻斧欤?”③针对令狐德棻斥庾信文章为“词赋罪人”之说,张溥用初唐文人对庾信模拟学习,视其为模范的现实状况加以驳斥,指出唐人文论与创作的矛盾,为庾信骈文的经典价值正名。

王志坚所编《四六法海》是明代影响较大的骈文选集,尽选自魏晋至元代的骈文,并通过篇章评语展示编者的骈文理论。王志坚在《四六法海自序》中梳理骈文流变称:“魏晋以来,始有四六之文,然其体犹未纯。渡江而后,日趋缋藻。休文出,渐以声韵约束之,至萧氏兄弟、徐庾父子,而斯道始盛。唐文皇以神武定天下,在宥三十余年,而文体一遵陈隋,盖时未可变耳。”④他认为骈文自魏晋始出,文体尚未完善,至萧统兄弟、徐庾父子时才得以繁盛,明确了庾信在骈体发展过程中的重要地位,肯定了庾信文章在骈文史上的经典价值。在篇章评语中,王志坚也重申了这一观点,他在评论萧纲《与湘东王论文书》时说:“永明中,王融、谢朓、沈约文章始用四声,以为新变;至是庾徐父子,转拘声韵,弥为丽靡,简文论及之。”⑤明晰庾信等人在永明体四声的基础上加以发展,工整声律辞

---

① 〔北周〕庾信著,〔明〕屠隆评点《庾子山集》,《四部丛刊初编》第135册,上海商务印书馆1936年版。

② 〔明〕张溥著,殷孟伦注《汉魏六朝百三家集题辞注》,中华书局2007年版,第333页。

③ 〔明〕张溥著,殷孟伦注《汉魏六朝百三家集题辞注》,第365页。

④ 〔明〕王志坚《四六法海》,《文渊阁四库全书》第1394册,上海古籍出版社1987年版,第297页。

⑤ 〔明〕王志坚《四六法海》卷七,《文渊阁四库全书》第1394册,第553页。

藻，在骈文文格形成中起到了重要作用。对庾信骈文，王志坚的评论也颇为精到，如评《周仪同松滋公拓跋竞夫人尉迟氏墓志铭》称："了无意味之题，写得灿花相似，真化工手也。"[①]针对骈文中常见的墓志铭，庾信可以在述德寄哀思的文体惯例之中加以雕饰，将僵化的文体写得文辞华美、情韵生发，不得不称是庾信妙笔之功。王志坚对庾信骈文的评点既从小处着眼，又从大处着手，加深了对庾信骈文在骈体发展史上经典价值的肯定。

四、清人骈文理论，确立"四六宗匠"经典地位

清代历经骈散对峙之争，骈文终得以复兴，并出现六朝派、三唐派、宋四六派等不同派别，各自尊好不同时期的骈文风格，并依之进行骈文创作，各派的骈文批评理论也各擅其场。在清代骈文复兴的风气下，庾信骈文受到文论家的关注，相关评论较之前代更为丰富，清代骈论家也借对庾信骈文的评论，表达自己的骈文观。

六朝派在清代文坛影响甚广，其追随者崇六朝而轻唐宋，意欲打通骈散藩篱，追求骈散融合的汉魏六朝体制，而崇唐宋者以及尊古文者则鄙薄六朝骈文之风，贬抑徐庾骈体，推崇韩、欧等大家。在此状况下，文论者常以庾信等六朝骈文代表为论，辨析骈散之关系。尤侗在其《牧靡集序》中论曰："当世作者，甲自以为昌黎，乙自以为庐陵，且不屑有汉，无论晋魏，况六朝乎……若既有一代之人，则自有一代之文。假令班、扬、潘、陆、颜、谢、徐、庾诸子聚一堂之上，分毫比墨，有如宫商相宣，丝竹迭奏，唱予和汝，相视而笑者矣。虽有韩、欧在座，必不龃龉而诋讥也。而今人顾为拘墟之见，何其夸而自小乎？"[②]针对世人学习韩欧、鄙薄汉魏六朝之风，提出"一代有一代之文"的观点，认为骈文、古文并无优劣高下之分，庾信等所作的汉魏六朝骈文，宫商和谐、文质皆美，与韩欧古文相比并不卑下，只是世人囿于成见而进行区别而已，借此明晰骈体地位应与古文相当。

清初骈文名家陈维崧在其《词选序》中也有此论："客或见今才士所作文，间类徐、庾俪体，辄曰：'此齐梁小儿语耳。'掷不视。是说也，予大怪之。……客亦未知开府《哀江南》一赋，仆射《在河北》诸书，奴仆《庄》《骚》，出入《左》《国》，即前此史迁、班掾诸史书，未见礼先一饭……盖天之生才不尽，文章之体格亦不尽。"[③]言时人评论徐庾骈体文章，斥其为齐梁小儿语，这一言论应反映了清初文人鄙薄六朝骈文的普遍观点，从中可见对骈文偏见之深。陈维崧针对此观点展开，以庾信《哀江南赋》等经典骈赋为例，认为其文继承《庄子》《离骚》《左传》《国语》等古代经典之风，与经、史相比也不相上下，盖因文章体格多样之故，借以说明骈文、古文本无差别，只是文体不同，不应有所偏颇。

---

①〔明〕王志坚《四六法海》卷一一，《文渊阁四库全书》第1394册，第758页。

②〔清〕尤侗《西堂杂俎二集》卷三，《续修四库全书》第1406册，上海古籍出版社2002年版，第316页。

③〔清〕陈维崧撰《陈迦陵文集》卷二，《四部丛刊初编》第360期，上海商务印书馆1936年版，第31页。

清初文人在辨析骈文传统的同时,也通过骈体文集的编选来传播骈文经典作品,如黄始的《听嘤堂四六新书》、李渔的《四六初征》、彭兆荪的《南北朝文钞》、蒋士铨的《评选四六法海》等。他们通过对经典骈文的选择展现自身的骈文观,提升骈体文坛地位。黄始在《听嘤堂四六新书序》中云:

西京而下,暨唐宋诸大家之文,文之日星川岳也;魏晋而下,自六朝以讫唐初诸子比耦之文,文之云霞雨露、波涛草木也。龙门、昌黎、欧苏诸家,发其光华,彰其经纬,而无徐、庾、谢、鲍、王、杨、卢、骆诸子为之披拂焉,濡润焉,潆洄而掩映焉,则文之体终未备,文之奇终未宣,文之精英光怪终未毕呈而畅露。故大家之文与比耦之文,不可不并传也。①

将骈文和古文比作文章的日月山川和云霞雨露,认为两者是相辅相成的,若只有韩、欧之古文而无徐、庾之骈文,则文章之体就不为完备,是故骈文与古文应共同流传发展,齐头并进。从中可以看出其调和骈散,融合古文与骈文的思想;也可知庾信被视为六朝骈体的代表已成公论,文人论骈往往用徐庾指代六朝骈文,显示出庾信骈文的经典代表性。

这种代表性为骈文论者所发展,显示出对庾信骈文经典价值的深度认可。蒋士铨在《评选四六法海·总论》中云:

徐、庾并称,犹诗中之裴、王也,虽有低昂,究无彼此。孝穆较开府为近人,至王、杨则铿锵悦耳,下逮樊南,则雕镌可喜。然愈近愈薄,愈巧愈卑,君子于此有戒心焉。四六至徐、庾,可谓当行。王子安奢而淫,李义山纤而薄,然不从王李两家讨消息,终嫌枯管,不解生花。唐四六毕竟滞而不逸,丽而不遒。徐孝穆逸而不遒,庾子山遒逸兼之,所以独有千古。②

着重辨析评价了徐庾骈文的经典特质及其价值,指出骈文发展至徐庾方展现出当行本色,成就了其文体之大备,继而被唐代文人所继承。而唐代骈文仍显涩滞秾丽,不够遒劲飘逸,达不到徐庾骈文的水准。而徐陵与庾信相比,徐陵飘逸而不够遒劲,庾信则飘逸遒劲兼备,可见蒋士铨对庾信骈文更为推崇,谓其可"独有千古",充分肯定了庾信骈文的经典价值。

而彭兆荪在编选《南北朝文钞》时未收录徐庾之文,他在《南北朝文钞·原引》解释道:"六朝文为偶语之左海,习骈俪而不胎息于此,庸音俗体,于古人固而存之之义何居

① 〔清〕黄始《听嘤堂四六新书序》,《四库禁毁书丛刊》集部第135册,北京出版社2000年版,第516—517页。
② 〔清〕蒋士铨《忠雅堂评选四六法海》,清藏园藏板刻本,第2—3页。

焉？选楼以外，遗珠綦多，降自陈隋，不乏名制。…… 至徐庾二集，固与选学同揭日月而行，兹不复列，且仿选诗家不收李杜例也。”①直指六朝文为骈体发展之渊薮，经典名篇众多，是后世文人学习骈文创作的宝库。但正因徐庾骈文太过经典而为人所熟知，因此不再收录。彭兆荪将徐庾骈文提升到与选学相当的地步，再次展现出对庾信骈文经典性的肯定。

清代出现了集中进行骈文批评的理论著作，其中影响最大的是孙梅的《四六丛话》。在《四六丛话》中，多处提及庾信骈文，将之置于骈体发展过程中加以品评。程杲在《四六丛话序》中道：“四六盛于六朝，庾、徐推为首出。其时法律尚疏，精华特浑……有非后世所能造其域者。”②将徐陵、庾信视为骈文繁盛的重要力量，肯定了二人在骈文繁盛期的重要作用。孙梅同样认可庾信骈文的经典地位，云：“自有四六以来，辞致纵横，风调高骞，至徐、庾极矣。”③认为徐庾骈文是骈体发展至最高水准的表现，赞其文辞采、气韵、风致齐备，这也正符合孙梅对骈文“文质并举”的审美要求，因而被其目为典范。

孙梅在论骈文时秉持着融合骈散的思想，认为楚辞是骈体发展的源头之一，为了说明这一观点，他引庾信骈文经典名篇为例称：“《哀江南赋》，有《黍离》《麦秀》之感，《哀郢》之赓载也；《小园》《枯树》，体物浏亮，《橘颂》之亚匹也。”④认为《哀江南赋》充满家国之情、乡关之思，是对楚辞《哀郢》篇的传承；《小园赋》《枯树赋》在铺陈事物的同时抒写情志，文辞工致，语句畅达，有屈原《橘颂》托物咏志之风。

孙梅将赋体归入骈文之列，在《四六丛话·叙赋》篇中细数赋体由古赋到骈赋、律赋以至文赋的发展历程，将庾信赋作归入“骈赋”之列：“左、陆以下，渐趋整炼，齐、梁而降，益事妍华，古赋一变而为骈赋。江、鲍虎步于前，金声玉润；徐、庾鸿骞于后，绣错绮交。”⑤孙梅指出庾信骈赋辞采纵横之风，并在其后的“作家论”中将庾信归于“赋家”之列，肯定了其赋作在骈体发展中的价值，进而为庾信赋的经典骈体特质作出了评断。在清人对庾信骈文的评论中，不断肯定其在骈体发展史上的地位，明确了其经典骈体价值的确立。《四库全书总目·庾开府集笺注提要》中评价庾信称：“其骈偶之文，则集六朝之大成，而导四杰之先路，自古迄今，屹然为四六宗匠。”⑥对庾信骈文的经典价值提供了定论，这一评判成为后世公论，进一步明确了庾信骈文的经典地位，显示出清人文论对庾信骈文经典性的深化。

纵观历代文论，庾信骈文的经典价值历经唐宋文论的贬抑，明代文论的认可，清代文

---

①〔清〕彭兆荪辑《南北朝文钞》，《丛书集成初编》第1829册，商务印书馆1936年版，第1页。

②〔清〕孙梅辑《四六丛话》程序，《万有文库》第二集第537种，商务印书馆1937年版，第1—2页。

③〔清〕孙梅辑《四六丛话》卷三二，第587页。

④〔清〕孙梅辑《四六丛话》卷三，第39页。

⑤〔清〕孙梅辑《四六丛话》卷四，第61页。

⑥〔清〕纪昀等《钦定四库全书总目》卷一四八，中华书局1997年版，第1988页。

论的推崇,实现了经典的确立和深化。其所受贬抑与时代所奉行的儒家文教思想,文坛推崇古文的风气有关。而即使在颇受非议的唐宋时期,仍然有文论者从文学角度出发,发掘庾信骈文的审美价值,从而实现了其经典影响力的不断深化。这一过程展现出文论对骈文作品经典化的深刻影响。

作者简介:

杨颖,1986 年生,河南开封人,广西师范大学图书馆馆员,文学博士,研究方向为骈文学。

南北朝末期的“谢启”
——咏物文的成立

[日]道坂昭广撰　杨维公译

内容摘要:南北朝齐梁时期,“谢启”作品数量剧增。“谢启”属礼状,该时期的“谢启”具有共同的特征。体现于用骈文撰写,对被赠物品多处使用典故,而避免了具体描绘被赠物品的样子,以及受赠者对被赠物品的喜爱等与个人相关的事由。这种规范性的存在,以及外部突然给定主题(表达对象)的这种形式,都与流行于同时代的咏物诗相似。相对于咏物诗而言,我们可以将“谢启”称为咏物文。“谢启”是在南朝的文学沙龙这种文学空间里被提炼出来后而确立的一种启。因此,随着这种文学空间的消失,“谢启”的内容亦发生变化。“谢启”是一个象征了南朝文学的作品群。

关键词:谢启;咏物诗;庾信;沙龙文学;南朝骈文

本文要讨论的谢启,乃构成“启”这种文体中的一种要素特化而成的产物,其数量在六朝时代特别是梁代以后开始迅速增多。①

文学产生于个人乃至社会的内在或外在的需求以及必要性,因此,构成文学的各种体裁的盛衰可以说反映了不同时代的人类社会的情况。谢启亦是如此。正因为人们有着对谢启的需求,并且社会上存在着将其视为文学的一种体裁的情况,谢启的数量才会迅速增多。通过考察谢启这种体裁,应当可寻找到一定线索以阐明六朝时代文学的特色以及支撑着文学发展的人与社会之间的关系。

本章将对谢启的特色及其数量迅速增多的意义进行探讨。

---

① 此现象已由[日]矢嶋美都子《庾信の蒙賜酒詩について》(《庾信的〈蒙赐酒诗〉》)(《日本中國學會報》34,1982。后收入《庾信研究》,明治書院,2000)指出。

一

作为拙文考察对象的谢启,也许在文学史上称不上是一种已经确立的体裁。① 谢启相当于现代语境中的感谢信。《文心雕龙·奏启》云:"自晋来盛启,用兼表奏。陈政言事,既奏之异条;让爵谢恩,亦表之别干。"这段文字说明,启在文学上的作用中已经包含了感谢信的要素。《文心雕龙》还指出,在汉代是为了避景帝讳才未使用"启"字,而正如上述引文所称,"表"这一体裁亦曾用作感谢信。②

无关体裁,所谓感谢信本身在中国文学史上出现较早。例如,在汉代已有哀帝《上书谢为皇太子》、霍光《病笃上宣帝书谢恩》(篇名均据严可均《全汉文》)以及谷永《谢王凤书》(篇名据《艺文类聚》。以下如无特别说明,篇名皆据《艺文类聚》及《初学记》)。这些都是在被授予官位或领地时的感谢信,向皇帝(谷永是面向有权势者)"谢恩"时的文书。如《文心雕龙》所指,此类感谢信开始使用"启"这一体裁,并且在六朝时代以及其后一直持续。这些可以被称为公共感谢信。另一方面,还存在产生于个人交往的感谢信。与前者相对,应将其称为私人感谢信。公共感谢信主要用于呈给朝廷,公开是其前提;相反,私人感谢信只要在作者(写信人)和读者(收信人)之间能够建立理解即可,并未意识到第三者可能成为读者。因此,这种感谢信不具有普遍性,传世的可能性较低。然而,从我们现代人的常识来看,私人感谢信当然亦有可能存在。③ 在中国也保存着能够显示其存在的文章片段。

"羲之顿首:何贶,知意至,诸君皆困乏,常想无之。何缘作此烦损。今付还。"(王羲之《得贶知意至帖》,收于《右军书记》)此信叙述曾有人赠送某物给王羲之,而王羲之没有接受。究竟是谁赠送了王羲之何物,只有王羲之自己和对方才知道。王羲之在写信时应当并没有将他人视为读者。"白石枕殊佳物,深感卿至。"(《白石枕帖》,收于《二王帖》)此段亦为感谢信之一部分。没有特别的修饰,仅为直白的表述,而文中的"卿"究竟

---

①《文苑英华》立谢启一项,当为将谢启视为一种体裁的较早实例。《文苑英华》在"启"下设有谢官、谢辟书、谢赉赐等子目。然而,依内容划分时,表部比启更为细致,其中包含谢表一项。此外,现代关于书信文的研究,有[日]内田道夫《書簡文について一中國文章史ノート一》(五)(《关于书信文——中国文章史笔记》[五])(《集刊東洋學》,1996)及[日]福井佳夫《六朝書簡文小考》(《六朝麗指》,汲古書院,1990)等论文,但至于对谢启的考察,除赵树功《尺牍文学史》(河北人民出版社 1999 年版)略有提及外,笔者未见其他相关研究。

② 关于启出现于何时以及作为政治性文章发挥了何种作用,有[日]中村圭尔《三國兩晉における文書『啟』の成立と展開》(《三国两晋时期的文书"启"之成立及展开》)(《古代文化》,1999)。不过,本章并不探讨启本身,仅考察作为感谢信的谢启。

③ 例如明治以降的作家全集中往往有书信部分,其中收录了多篇感谢信。当然不应否认其具有的数据价值,不过其中亦包含极为礼节性的或写给关系亲密的友人以致在读者看来仿佛是暗号一般的书信等。无论是哪位作家,其全集中都包含一定数量的看似并未考虑到读者的书信。

为何人,自然无从得知[1]。

或许由于这些文字均为王羲之真迹,因此才得以传承下来。浏览之后可以看出,这些文字都不是为非特定读者而写的作品。然而,这些文字却可以证明,在中国古代确实存在给送礼者写感谢信的行为。不过,六朝时代数量迅速增加的谢启并不是公共感谢信,而是类似于这种此前并未出现在文学表面的、写给送礼者的感谢信。本章考察的对象正是这种因为收到礼物而写的作为感谢信的谢启。

此类感谢信究竟是如何日渐洗练并作为文学作品登场的?中国文学里有这样一种文学的发展定式:自民间产生的文艺,被知识分子采用从而成长为文学。[2] 但谢启原本就是在使用文字的知识分子之间使用的,在此基础上又被这些知识分子自身赋予了文学性。谢启在文学世界中崭露头角的契机究竟是什么呢?又究竟为何会在六朝特别是梁代出现?

审读谢启可以发现,礼物的种类繁多,包括水果和肉类等食物、金钱或米和绢等具有经济价值的产品、衣服和日用品甚至宅邸等等。但是,正如谢启中所述,暂且不提是否写了感谢信,这些礼物并不是以往从未得到过的特别之物。并且,其中和日常生活紧密相关的实用产品——正如人们避讳直呼金钱而委婉地将其称作“阿堵物”[3]一般——在贵族的时代都是俗物,是很难成为文学题材尤其是诗的题材的。如果换个角度考虑,谢启不仅将感谢信确立为文学的一种体裁,还为文学表达方式的领域扩大作出了贡献。

下面介绍几篇谢启。

梁简文帝《谢东宫赐柿启》

悬霜照采,凌冬挺润。甘清玉露,味重金液。虽复安邑秋献,灵关晚实,无以匹此嘉名,方兹擅美。

(《艺文类聚》卷八十六)

第一、二句描写柿子艳丽的色调,第三、四句描写其味道。四句均为对柿子本身的描写。然而,以“玉露”“金液”为对比的第三、四句总而言之就是单纯说明其味美,并非具体描

① 另有“捐惠野鸭一双,秋来未得,始是尝新。远能分遣,但深佩戴耶,二谢”(《尝新帖》,收于《二王帖》)亦为感谢信,但未知收信人为何人。

② 此事亦有中日两国学者分别指出。例如:[日]入谷仙介《古詩選》(朝日新聞社,1996)。

③《世说新语·规箴》:“王夷甫雅尚玄远,常嫉其妇贪浊。口未尝言钱字。妇欲试之,令婢以钱绕床,不得行。夷甫晨起,见钱阂行,呼婢曰:‘与却阿堵物。’”

写其味觉。[①] 第五至八句用典。“安邑秋献”以《史记·货殖列传》中的“安邑千树枣”为典,“灵关晚实”用左思《蜀都赋》中的紫梨之意。[②] 意为即便如安邑的枣子或蜀都的紫梨一般有名的果实也不及此柿子。

三、四句用对仗句式表达自己得到的礼物要胜于A中的甲及B中的乙,以此法描写礼物所具有的特点。这种表达方法在获赠食物时所写感谢信中还有“味过于凤,珍越屠龙”(刘孝绰《谢安成王赉祭孤石庙上升至肉启》)、“味重新城,香逾涝水”(庾肩吾《谢湘东王赉米启》)、“珍韬江浦,味越名川”(周弘正《谢敕赉紫鲊启》)等例。除食物外,器具方面有“轻逾雪羽,洁并霜文”(王融《谢竟陵王扇启》)、“珍穷货贡,制极范金,用贵宝樽,文包龙鼎”(刘孝仪《谢鄱阳王赐银钵启》),服饰方面有“物华雉毳,名高燕羽”(梁简文帝《谢东宫赐裘启》),还有其他如“舞越两骖,丘同八骏”(刘孝仪《谢豫章王赐马启》)、“色艳蒲桃,采逾联璧”(刘孝威《谢赉锦被启》)等,为谢启中经常出现的表达方式。这种修辞手法以“便得削彼金衣,咽兹玉液,甘逾萍实,冷亚水圭”(刘孝仪《谢晋安王赐甘启》)最为直接,而此句实际上是化用了刘桢《瓜赋》(《初学记》卷十)“甘逾蜜房,冷亚冰圭”之语。[③]

谢启大多承袭以往常见的表达方式,在紧密切合描写对象并开拓更为贴切的新的表达方式上似乎显得并不积极。这一点正体现在上述这些为描写种种物品而广泛应用的表达方式上。

接下来的第五至八句要表达的是一件物品在一个种类中所占据的位置。在这个种类中原本有非常出色的甲和乙,但作者主张甲乙远不及自己得到的礼物。这样的表达方式也在谢启中很常见。

刘孝绰《谢给药启》

一物之微,遂留亭育,名医上药,爰自城府。虽巫咸视诊,岐伯下针,松子玉浆,卫卿云液,比妙竞珍,实云多愧。

(《艺文类聚》卷八十一)

首先描写本来天上才有的药品出现在凡间,以形容药的珍贵。第五句开始说明无论何等名医的诊断治疗,甚至是仙人的灵药都不及对方所赠药品,引经据典,意在表明对方所赠

① “玉露”,指秋天美丽的露水。“金液”,《汉武帝内传》:“其次药有丸丹金液。”(《艺文类聚》卷八十一)《抱朴子·内篇·金丹》:“金液太乙所服而仙者也。”此处仅言比最洁净者更为清纯,比可使成仙之饮品味道更佳,而并非描述所得柿子本身的味道。

② 左思《蜀都赋》描写蜀地地势称“灵关以为门”,以灵关为蜀地入口,并举紫梨为蜀地特产。又谢朓《谢随王赐紫梨启》:“味出灵关之阴。”

③ 庾肩吾《谢湘东王赉甘启》:“足使萍实非甜,蒲萄犹餇。”亦化用《瓜赋》,将文字颠倒,以使表达更富趣味。

药品才是最上品。

又如"白玉照采,方斯非贵,珊瑚挺质,匹此未珍"(梁昭明太子《谢敕赍水犀如意启》),通过与白玉、珊瑚的对比,来衬托用水犀之角所制成的如意的洁白光泽和坚硬质感;"虽复邺(业)殿凤衔,汉朝鱼网,平淮桃花,中宫谷树,固以惭兹靡滑,谢此鲜光"(刘孝威《谢赍宫纸启》),表达过往的时代有名的纸[①]在光滑的质感和洁白的颜色上也要比自己所得到的纸逊色三分;"伏以狐裘熊席,徒负旧名,玄豹青豨,未能适体"(张缵《谢皇太子赍果然褥启》),亦称与对方所赠"长尾猿"之铺盖相比,其他种种野兽皮毛制成的铺盖都是徒有虚名,用起来亦觉逊色不少,以表达自己得到的礼物才是最好的。

以上两种进行比较的表达方法在谢启中尤为常见,均用于表达自己所得礼物比以往同类物品都更为上乘之意。

此外,也有表达自己所得到的恩宠和荣誉高于以往得到同类恩宠和荣誉的人之方法。这是对恩赐行为的一种称赞。

梁简文帝《谢敕赍善胜威胜刀启》

冰锷含采,雕琰表饰,名均素质,神号脱光,五宝初成,曹丕先荷其一,二胜(善)今造,愚臣总被其恩,锡韩非之书,未足为比,给博山之笔,方此更轻。

(《艺文类聚》卷六十;《初学记》卷二十二)

从此处所引典故可以看出,此乃梁简文帝被立为太子时得到皇上御赐宝刀而作的感谢信。第一、二句描写御赐宝刀灿烂夺目的装饰。"素质"乃魏文帝宝刀之名,"脱光"是传说中的名刀。"五宝"二句,用曹植《宝刀赋序》(《艺文类聚》卷六十)"建安中,魏王,命有司造宝刀五枚……太子得一"为典,意为曹丕只得到了五柄宝刀中的一柄,而自己却得到了陶弘景所献的两柄。[②] 同为皇太子,自己却比曹丕得到了更高的荣誉,在历史文脉中夸耀自己所得到的恩宠。

承接前述同为皇太子而自己比曹丕得到了更多的恩宠之句,最后四句则用晋元帝赐皇太子《韩非子》并在立太子时赐"漆笔四枝,铜博山笔床一副"事[③],称这些物品远不及自己所得恩赐之物。列举以往赐予皇太子的物品,从而显示和炫耀自己获得的恩宠更胜一筹。另有"虽复魏宣二端,岂能比今兹赐,广微四缝,未足方其华饰,既受非望之恩,方贻匪服之诮"(周弘正《谢敕赍乌纱帽等启》),描写过去所盛传的衣冠比起自己所得之物要逊色许多,叙述自己无意中竟然得到了如此宝物;"亦有太冲嗟其夏成,子建畅其寒熟,

① "邺殿"句未详。其余部分列举了历代的纸。

②《梁书·处士传·陶弘景》:"大通初,令献二刀于高祖,其一名善胜,一名威胜,并为佳宝。"

③《东宫旧事》:"皇太子初拜,给漆笔四枝,铜博山笔床一副。"(《艺文类聚》卷五十八)

潘园曜白,孙井浮朱,并见重于昔时,而沾恩于兹日”(刘孝仪《谢始兴王赐柰启》),用过去得赐“柰”(曹植《谢赐柰表》乃谢启之先声,下文对此将作介绍)和水果以示恩宠之事,表达自己也得到了同等的名誉。

与这些视点相反,亦有一类如“臣才愧昔人,恩同往哲,岂宜妄荷,重增疵吝”(刘孝仪《为王仪同谢宅启》)之谢启,表达自己居然得到了和自己远不能及的杰出人物同等的恩宠。在此句之前,这封谢启用晏婴住在又低又湿的狭窄房子里而景公赐予他优质的土地和宅邸之事①等与恩赐宅邸有关的典故构成对仗,之后以此句作结,感谢对方的恩典。

王融《谢敕赐御裘等启》

云衣降授,仙裾曲委,荣振素里,泽骇蓬心。昔汉帝解裘,不独前宠,曹王褫带,复降今恩。

(《艺文类聚》卷六十七)

虽然有些内容未知其所据典故,但最后四句亦为前文所指出的表达方式之一。然而,第三、四句暗示自己住在贫贱之地,为贫贱之民,本不应获赠如此之物,但自己因得到如此高贵之物而受到了周围的赞扬,以此强调对方给予自己的恩典。又有“安期旧美,安息高名,臣金马之荣,未获趋奉,方朔之赐,遽降洪恩”(周弘正《谢梁元帝赉玉门枣启》)及“敬阅籀篆,侧观砚功,张卫惭奇,金琼羞丽。臣夙乏翰能,素谢篇伎,空赍恩辉,徒隆慈饰”(江淹《为建平王谢赐石砚等启》)等,都用过去的事例为参照来衬托自己本无资格获赠如此之物,从而表达自己获得的恩宠是破格的。

由此可见,谢启在表达方式上的特色为大量用典,并且这些典故几乎都用于比较的结构当中。通过比较所表达的内容主要有两种——对所得之物的称赞及对赠送者或赠送行为本身的称赞。前者为了表现味道或者装饰等礼物在功能和特性方面的优越性,使用了很多体现此物比其他同类物品更为上乘的表达方式。后者则表达自己获得了比以往获赠同类礼物之人更高恩典之意,或叙述过去获赠同样礼物者非常优秀,自己远不能及,而自己却获得了相同礼物,使用这种比较的表达方式盛赞对方的恩典。通过用典,显示礼物来自仙界或很有历史背景,从而升华想象,使其抽象化,此乃用典的普遍效果。但在创作谢启时,因眼前的物品往往实在没有什么与众不同之处,只是一些极其形而下的东西,所以用典的效果就很强。而比较的结构又更能增强其效果。

创作谢启时,文学家们比起追求个别的表达方式更注重使用共通的表达方式。通过这种或可称为套路的表达方式来传达的内容亦如上述内容一样存在共通之处。在六朝

① 典出《左传·昭公三年》:“景公欲更晏子之宅,曰:‘子之宅近市,湫隘嚣尘,不可以居,请更诸爽垲者。’”此段对话在叙述获赠宅邸的谢启中几乎必然会被作为典故使用,可谓本章所谓表达方法的一种套路。

时代,谢启作为一种体裁,所追求的既不是具体描写某个事物的味道或美感等特色,亦不是作者独特的表达方式,而是通过用典来抽象地表达获赠之物或赠送行为的优越性。

那么,此类谢启即感谢信为何在梁代风靡一时?下面将在对梁代以前的情况进行概观的基础上,分析谢启与当时的文学环境之间的关系。

二

目前可见最早的就获赠礼物而写的感谢信是三国魏曹植的《谢赐柰表》:

曹植《谢赐柰表》

即夕,殿中(《御览》卷九七〇有“虎贲”二字)宣诏,赐臣冬柰(《御览》有“一奁”二字)。诏使温啖,夜非食时,而赐见及。柰以夏熟,今则冬至。物以非时为珍,恩以绝口为厚。

(《艺文类聚》卷八十六)

虽然不同版本中存在着文字上的出入①,但可以明确的是,这篇文章讲述的是获赠珍贵之物一事。与上文所述的复杂的表达方式不同,此处极为直率地用“物以非时为珍,恩以绝口为厚”表达了谢意。

其后出现了晋代王衍《谢表》、孙楚《谢赐障日笺》两篇感谢信,但都仅部分存世。后者尤为引人注目,其中出现了“大恩赐鄣日,其器虽小,而礼遇甚弘。昔卫绾锡六剑,珍而不用。楚虽不敏,且受而藏之”之修饰,与后世的感谢信遥相呼应。刘宋时期,仅江夏王刘义恭、王弘、鲍照等人的作品各有两句左右残存于世,与所谓公共领域述职时所作的长篇感谢信相比,这类感谢信可以说几乎毫无存在感。然而,进入南齐时代,情况发生了巨大转变。王融和谢朓等人所作的感谢信存在相当数量的传世之作。在此例举谢朓的一篇:

谢朓《谢随王赐左传启》

昭晰杀青,近发中汗。思(恩)劝挟策(册),慈勖下帷。朓未窥(睹)山笥,早懵河籍。业谢专门,说非章句。庶得既因(困)而学,括羽莹其蒙心。家藏赐书,籯金遗其贻厥。披览神胜,吟讽知厚。

(《艺文类聚》卷五十五;《初学记》卷二十一)

---

① 此表亦载于《太平广记》。本章基本以谢启为探讨对象,而基于感谢信的观点来看,曹植此表可视为谢启之先声。此外,正文已指出,《文心雕龙》曾提及启与表目的相近。

文章罗列典故,叙述不学无术的自己居然能够获赠《左传》,为此深表谢意。此文结构与梁代的谢启完全相同。

南齐的谢启中值得注意的是,谢启是面向这一时期开始崭露头角的文学的庇护者们而作的,具体来说就是竟陵王、随王[①]等人。谢启与成为六朝文学基础的文学沙龙同时在文学的世界中登场。从这样的观点再次审视谢启,可以说谢启又是一种沙龙文学。

六朝文学的代表,同时又被视为这一时期沙龙文学典型的作品是咏物诗及之后的宫体诗。其中,尤其是咏物诗以沙龙为创作的场合,主要从沙龙的主办者处得到题目。[②] 谢启当然也是需要获赠物品才进行创作。换言之,即从外界突然获得主题而创作。这种因外在的动机获得题目而进行创作的完全被动的文学创作是沙龙文学的特色之一。在此,为明确谢启在当时的文学中发挥的作用及其特色,将对咏物诗和谢启进行比较。

谢启的描写对象并不一定和咏物诗完全重合。正如上文所述,食物这类生活色彩较重的事物似乎较少成为咏物诗的题材。在此,试考察同一事物在两种体裁中究竟分别如何表现。

王融《谢竟陵王示扇启》

窃以六翮风流,五明气重,若此圆绡,有兼玩实,轻逾雪羽,洁并霜文。子淑赏其如规,班姬俪之明月,岂直魏王九华,汉臣百绮,况复动制圣衷,垂言炯戒,载摹听示,式范枢机。

(《艺文类聚》卷六十九)

梁简文帝《谢赉扇启》

臣纲启,传诏饶僧明奉宣敕旨,垂赉细绫大文画柳蝉山扇一柄,文筠析缕,香发海檀,肃肃清风,即令象簟非贵,依依散彩,便觉夏室含霜,饮露青蜩,应三伏之修景,群飞黄雀,送六月之南风,蔽日垂阴,熏泽惭采,浮凉涤暑,苹末愧吹,圣人造物之巧,俯萃庸薄,王府好玩之恩,于兹下被,顶载曲私,伏增欣跃,谨奉启事谢闻,谨启。

(《初学记》卷二十五)

二篇均为对获赠扇子表达谢意的感谢信。梁简文帝的感谢信中,"饮露青蜩,应三伏之修

---

① 随郡王乃萧子隆。《南齐书·谢朓传》:"子隆在荆州,好辞赋,数集僚友,朓以文才,尤被赏爱。"竟陵王乃萧子良,以集结所谓"竟陵八友"等文人而闻名。参见[日]兴膳宏编《六朝詩人傳》(大修館書店,2000)中"沈约"项。

② 有关咏物诗,参见[日]网佑次《中國中世文學研究》(新樹社,1960)及[日]小尾郊一《中國文學に現れた自然と自然觀》(《中国文学中体现的自然与自然观》)(岩波書店,1962)等。

景，群飞黄雀，送六月之南风”之语并非用典，而是直接描写扇子上所绘的画。然而，王融作品中“轻逾雪羽，洁并霜文”已如上文所述，与梁简文帝的“肃肃清风，即令象簟非贵，依依散彩，便觉夏室含霜”或“蔽日垂阴，熏泽惭采，浮凉涤暑，苹末愧吹”相仿，运用了上文所提到的比较结构，可称为标准的谢启。另一方面，亦有以扇为题的咏物诗。

鲍子卿（一作高爽）《咏画扇诗》

细丝本自轻，弱采何足眄。直为发红颜，谬成幄中扇。乍奉长门泣，时承柏梁宴。思妆开已掩，歌容隐而见。但画双黄鹄。莫作孤飞燕。

（《玉台新咏》卷五）

庾肩吾《赋得转歌扇诗》

团纱映似月，蝉翼望如空。回持掩曲态，转作送声风。

（《艺文类聚》卷六十九）

二首诗中，尤以鲍子卿诗用典较多。然而，用典所描绘的是使用扇子的人——一位女性。庾肩吾的诗亦如此，前两句写扇的外观，后两句聚焦于使用扇子之人。二诗均关注了人们对扇的印象，其表达方式均通过描述扇子背后的故事而展开。与二诗相比，谢启的用典并非为展开叙述故事，而是一种为表示其具备出色功能的装置。因此，总体来说谢启的叙事色彩较强。

虽说谢启和咏物诗都用典，但其描绘的世界存在极大不同。这表明，谢启和咏物诗这两种体裁表达方式的目的并不相同。以下作品明确显示了这种不同：

梁元帝《谢东宫赉宝枕启》

泰山之药，既使延龄，长生之枕，能令益寿，黄金可化，岂直刘向之书，阳燧含火，方得葛洪之说，况复重安玳瑁，独胜瑰材，芳松非匹，楠榴未拟。

（《艺文类聚》卷七十）

此篇谢启在行文中虽有难解之处，不过其中所引典故都是为了形容枕头的功能。意在表达至今为止长寿法及不可思议的仙术都汇聚于此枕之中。

许遥之《咏柟榴枕诗》

端木生河侧，因病遂成妍。朝将云髻别，夜与蛾眉连。

（《玉台新咏》卷十）

此诗前两句化用汉赋以来的表达方式,描写成为枕头之前的材料,后两句叙述加工成枕头后与其使用者(女性)之间的关系。短短四句诗,却构成了一个故事。

咏物诗往往将描写对象的某种形象扩大化。用典也是为了引出描写对象背后的故事。然而,谢启列举典故则是为了将现实中眼前的事物架设在历史性的、空想的地平线上,从而说明其为历史上罕见的杰出事物。

最后,分析和梁武帝《苦旱诗》及为获赠此诗而作的谢启。诗虽非狭义的咏物诗,但通过这两篇作品可以明显看出诗和谢启在表达方式上的不同。

梁简文帝《谢敕示苦旱诗启》

伏以九年之水,不伤尧政,七载之旱,无累汤朝。岁弘则公田已修,农勤则我庾惟亿。今者亢阳以来,为日未久。将恐督邮不黜,失在汝南之守,曝背未收,无伤河南之尹,而载劳兴居,仰发歌咏,无爱圭璧,有事山川,菲饮食矣,加之以撤膳焉,中夜不寐,加之以申旦焉。此唐虞之所阙如,轩项之所不逮。

(《艺文类聚》卷一百)

庾肩吾《奉和武帝苦旱诗》

阳山蛇不蛰,洳泽鸟犹攒。暂息流膏雨,将似怨祁寒。文衣夜不卧,疏食昼忘餐。洁诚同望祀,惟馨等浴兰。江苹享上帝,荆璧奠高峦。繁云兴岳立,蒸穴动龙蟠。渭渠还积水,滮池更起澜。

(《艺文类聚》卷一百)

庾肩吾诗中出现了旱魃、祷告以及通过祷告降雨等,与之前的咏物诗相同,其结构类似于一个故事。与之相比,梁简文帝的谢启叙述了尧或商汤一般的圣人的时代亦会出现灾害,但灾害并未成为圣人治世的污点;如今,平时即对灾害未雨绸缪,而尽管这样的旱魃微不足道,但吾皇仍如故事所说一般担心没有向地方派遣合适的官员而对政治进行反思,吾皇所行祷告实乃前无古人。特别是最后两句,用古代圣贤之名而称皇帝在他们之上的表达方式,可以说是谢启的固定套路。

梁武帝的诗已经散佚,但庾肩吾的诗是应当建立在武帝诗之基础上,表示天一定会降雨,在武帝诗基础上进行展开。然而,梁简文帝谢启的重点并非在于诗的内容,而是对武帝作诗的态度进行赞赏。

谢启是感谢信,故其中表达了对获赠礼物的喜悦之情。然而,通过简文帝对梁武帝《苦旱诗》所作谢启可以看出,谢启的视点总是站在对方立场之上的。因此,作者对喜悦情绪的表达主要集中在获赠之事上,并无必要针对获赠之物进行描写,如描写品尝此物如何美味、使用或装饰此物产生何种效果等。其主要表达的是自己获赠之物是同类中最上乘的，自己得到的恩典是最高的。其描写方法在于，广泛收集以往的类似物品或事例，以作为比较对象。谢启将这些内容作为典故进行列举，在这种意义上，谢启可谓是一种非常理智的文章。

然而，此种六朝谢启的写作方法，与我们印象中的感谢信的写法存有不一致的地方。翻开介绍书信写作方法的书，可以找到类似《感谢信的写法》之类的章节，其中一定叙述了其秘诀在于描写自己收到礼物的喜悦以及应当针对收到的礼物进行撰写。但是，这种写法基本不存在于六朝的谢启中。如今可见的大多数六朝谢启所使用的表达方式及其内容均如上文所述。

咏物诗在六朝时代基本都是以共通的构思和表达方式为基础的，而谢启之共通性或许亦如此，其背后也有某种规范意识在发挥着作用。

三

六朝谢启多收于《艺文类聚》。毋须赘言，《艺文类聚》乃“类书”，其中亦有部分自谢启中摘录的内容。[①] 尽管如此，此书对六朝谢启的传世作出了极大贡献。从文学史的角度来看，最初将谢启作为文学的一种体裁来认识的，或许可以说就是编撰《艺文类聚》的初唐文人。[②] 不过，由于其为“类书”且目的在于广泛收集，相比《初学记》而言遴选不够精细[③]。但尽管如此，在收录作品方面，《艺文类聚》仍应有其独特的选择标准。而这个标准，在谢启方面也应发挥了实际作用。若对未收入《艺文类聚》中的谢启进行研究，则可看出从六朝到初唐存在的谢启方面的规范意识。

从此观点出发，审视谢启可发现，《艺文类聚》中收录的庾信的谢启异常少。毋须赘言，庾信是六朝代表性的文学家，其影响一直波及初唐的文学。《艺文类聚》亦收录了114篇庾信的作品。[④] 然而，谢启方面却仅录4篇。纵观庾信传世的全15篇谢启，其中

---

① 例如，庾肩吾《答(《初学记》作谢)武陵王赉绢启》在《艺文类聚》与《初学记》中均有收录。“肩吾启，蒙赉绢二十匹。[清河之珍，丘园惭其束帛，关东之妙，潜织陋其卷绡。]下官谬奉扁舟，暂瞻还旆。而天人渥盼，增余论之荣，江汉安流，无溯洄之阻。[遂使鹤露霄凝，轻绨立变，雁风朝急，冶服成温。]有谢笔端，无辞陈报，不任下情。谨奉启事谢闻，谨启。”《艺文类聚》仅录[ ]括起来的八句咏物性表述。

②《国清百录》以及《弘明集》《广弘明集》等佛教相关文集中亦收录了很多谢启。不过，这些当并非基于文学的观点而收录。另一方面，《文选》《文心雕龙》中未收录谢启或未曾提及谢启，表明谢启是在这些文集编纂之后的梁代才发展起来的，在当时是一种新兴的体裁。

③《四库全书总目提要·子部·类书类一·艺文类聚》：“隋以前遗文秘籍，迄今十九不存，得此一书，尚略参考证。”同《初学记》：“在唐人类书中，博不及艺文类聚，而精则胜之。”这里指出，《艺文类聚》对文学的贡献在于广泛收集保存了唐代以前的作品。

④ 据《艺文类聚》所收《艺文类聚索引》(李剑雄、刘德权编)。

叙述的内容似乎有别于上文所述的谢启。

庾信《谢明皇帝赐丝布等启》

臣某启:奉敕垂赐杂色丝布绵绢等三十段,银钱二百文。某比年以来,殊有缺乏。白社之内,拂草看冰,灵台之中,吹尘视甑。怼妻狠妾,既嗟且憎,瘠子羸孙,虚恭实怨。王人忽降,大赉先临。天帝赐年,无逾此乐;仙童赠药,未均斯喜。张袖而舞,玄鹤欲来,抚节而歌,行云几断。所为舟楫无岸,海若为之反风;荞麦将枯,山灵为之出雨。况复全抽素茧,云版疑倾;并落青凫,银山或动。是知青牛道士,更延将尽之命,白鹿真人,能生已枯之骨。虽复拔山超海,负德未胜;垂露悬针,书恩不尽。蓬莱谢恩之雀,白玉四环,汉水报德之蛇,明珠一寸。某之观此,宁无愧心!直以物受其生于天。不谢。谨启。

(《文苑英华》卷六百五十五)

从“某”至“王人”句之前描写获赠礼物以前自己和家人艰苦的生活。之后叙述获赠礼物的喜悦之情,为了表现这种喜悦之情达到何等程度而列举了众多典故,述说对方实乃救命恩人,自己无论如何也要报恩,而感恩之情却无以言表。与以往的谢启相同,此文亦罗列典故,且采用工整的骈文。然而,这篇谢启中反复表达了获赠礼物后自己和家人的喜悦之情及感激之意。此种特征则更接近现在我们对感谢信的印象,其中并没有如以往谢启一般对礼物本身或赠送行为的描写。

庾信《谢赵王赉干鱼启》

某启:蒙赉干鱼十番,醴水朝浮,光疑朱鳖,文鳐夜触,翼似青鸾。况复洞庭鲜鲋,温湖美鲫,波澜成雨,鳞甲防寒。某本吴人,常想江湖之味,及其饥也。惟资藜藿之余,慈赉渥恩,膏腴流灶。不劳狮子之亭,即胜雷池之长,翻惊河伯,独不爱人,足笑任公,终年垂钓。谨启。

(《文苑英华》卷六百五十五)

此谢启多用咏物式的表达方法,末句亦与以往的谢启相同,骄傲地表明自己比以往的人更为幸福。然而,另一方面,作者提及自己为“吴人”而获赠平日可望不可及的鱼,实在喜出望外。如此对自身情感的表白在以往的谢启中罕见。①

这种对由获赠之物激发的自身情感及私事的表达在六朝的谢启中似乎是需要回避

① 庾信之所以能写出这样的谢启,与他在北朝的立场以及精神状态密切相关,必须从庾信的文学作品整体来思考。不过,在此并不涉及其内在因素,只考察其谢启的表达方式。

的。刘孝仪获赠酒而作的两篇谢启中《艺文类聚》只收录了其中一篇,这或许是一种暗示。

刘孝仪《谢东宫赉酒启》

异五齐之甘,非九酝之法。属车未曾载,油囊不得酤。试俦仙树,葛玄泥首,才比蒲桃,孟他衔璧。固知托之养性,妙解怡神,拟彼圣人,羞得连类。

(《艺文类聚》卷七十二)

此文似乎仅列举了与酒相关的典故,或许仅为摘录。不过,第五句至第八句使用了本文多次指出的比较的表达方式。

刘孝仪《谢晋安王赐宜城酒启》

孝仪启。奉教,垂赐宜城酒四器。岁暮不聊,在阴即惨,惟斯二理,总萃一时。少府斗猴,莫能致笑。大夫落雉,不足解颜。忽值瓶泻椒芳,壶开玉液,汉樽莫遇,殷杯未逢,方平醉而遁仙。羲和耽而废职,仰凭殊途,便申私饮。未瞩罍耻,已观情岸。倾耳求音,不闻霆击。澄神密视,岂觌山高。愈疾消忧,于斯已险。遗荣忽贱,即事不欺。酩酊之中,犹知铭荷。不任。云云。

(《初学记》卷二十六)

此谢启未收于《艺文类聚》,与庾信的谢启相同,其中存在对自身情感的表白。前半部分表达年末时节寂寞失落的作者自身内心的感受。① 随后,以时间为线索,叙述在此情境中,原本心境郁闷,由于获赠并饮用美酒,享受其甘醇,而变得豁然开朗。与以往的谢启相同,此文亦列举典故,且为工整的骈文。但是,此谢启聚焦的是获赠礼物的作者自身。将此作品结合庾信的谢启进行分析,可以发现兴起于六朝末期的梁代且在初唐为文学界认知的谢启在当时作为文学体裁的概念。六朝的谢启,其目的并不在于表达个人获赠礼物后如何喜悦,而在于表达礼物及获赠礼物之事是如何美好。

至于谢启是否最初就附有篇名一事仍存疑,但篇名大都记录了从何人处得到了何物。据此可知,在梁代,赠予方依然多为包括皇帝在内的沙龙主办人。自南齐以来,六朝的沙龙一直是创作谢启的主要场合。既然沙龙这一场合是谢启的基础,那么,与王羲之

① 此谢启创作时期不详。据刘孝仪本传,其多次出任地方官,此文或作于其身处地方而未能参与沙龙文学活动时。单凭刘孝仪的谢启虽无法确定,但可以想象,或许存在身处沙龙者创作咏物诗而身处沙龙之外者创作谢启这样的文学习惯。此文与基于梁武帝诗所作庾肩吾的和诗及梁简文帝的谢启在考察咏物诗和谢启之关系上具有很大的启发性。此外,[日]森野繁夫《六朝詩の研究》(《六朝诗的研究》)(第一學習社,1976)指出,刘孝仪与其兄刘孝绰均参加了晋安王及之后简文帝的沙龙。

基于和对方之间的亲疏关系而创作的感谢信相比,自然在表达方式和内容上会有所不同。与王羲之不同,以工整的骈文形式呈给主办人的谢启是以公开为前提的。当然这里所说的公开并非现代语境中的公开,而是仅限于沙龙参与者之间的。然而,正是这种意识使谢启成长为了文学。另外,正因为有这一前提存在,个人隐私、感情以及具有个性的表达方法都应被排除。

此类谢启,尽管其所要表达的事件与咏物诗有所区别,但无论是在写作动机还是写作目的上都和咏物诗存在相同之处。若以咏物诗为六朝沙龙文学中韵文之典型,则谢启可谓散文之典型。

谢启聚焦于赠予者一方而非作者一方,同时不局限于二者之间,而是以在沙龙之场合下公开为前提创作的。不过,接下来要关注一篇徐陵在陈代创作的谢启:

徐陵《谢敕赉烛监(盘)赏答齐国移文启》

昔班彪草移,阮瑀裁书。驰誉当年,遂无加赏,非常大赉,始自今恩。虽贾逵之颂神雀,窦攸之对鼫鼠,汉臣射覆之言,魏士投壶之赋,方其宠锡,独有光前。官烛斯燃,更惭良吏,胥光可学,乃会耆年。臣职居南史,身典东观。谨述私荣,传之方策。

(《艺文类聚》卷八十)

需要说明的是,虽然徐陵的谢启包括残存的片段在内仅存世七篇,但和庾信不同,《艺文类聚》将其尽数收录。

“班彪和阮瑀作为出色的应用文作者而闻名于世,但没有得到丝毫特别的恩赐,而自己却在同样的情况下获得了恩典。就算曾经获得过褒奖之人,与自己所得的相比亦不足为奇。”此篇谢启的修辞手法较之此前关注的谢启并无太大差异。然而,最后两句“谨述私荣,传之方策”却明确表示出谢启将要公开。通过此句更可看出,这篇谢启表面上是叙述自己获得的名誉,然而其实际目的却在于彰显赠与者的恩典。

可以说,徐陵的谢启表明,成熟于梁代的谢启很快就已经开始发生质变了。

徐陵的这篇谢启,创作的直接动因在于受赐烛监(盘)。赐予烛监(盘)的原因在于徐陵创作了事关政权威信的文章而有功在身,但文章大部分内容均为与创作文章有关的典故,由此可以明显看出,谢启的重点不在受赐的烛监(盘)之上。六朝的谢启着力于表达礼物及赠送行为,没有必要说明为何获赠。这与咏物诗没有探讨为何将其作为题材这一点相同。本来沙龙文学的特色之一就在于,以被分到的题目为主题来创作优美的文学作品。在沙龙文学中,探讨所获主题的意义本身反而是没有丝毫意义的。

当然,如徐陵的这篇谢启一般,创作目的在于陈述获赠礼物原因的谢启在徐陵以前并非完全不存在。比如,徐勉曾因庆祝立太子而受赐丝绸,对此创作过谢启。此篇谢启的大部分内容都在称赞太子,对丝绸的描写犹如蜻蜓点水般一带而过。[①] 徐勉的谢启亦创作于如立太子一般的朝廷重大事件的背景之下。从此篇谢启与徐陵的谢启可以看出,谢启具有称赞对方的一面,而若说从这一点即可看出其具有政治上的利用价值的话,未免有些许夸张。然而,添加对为何获赠礼物的说明部分,与其说为谢启注入了新的要素,不如说是促进了谢启的质变——这种说法应当并不夸张,因为这正是与上述沙龙文学之根本息息相关的问题。

本章并不打算继续深入探讨这个问题,不过,可以感受到唐代谢启的大致倾向与徐陵的谢启类似,说明获赠原因的叙述或对恩宠严谨地表达谢意的部分逐渐增多。可以说,谢启的这种描写重点的变化以及表达方式的严肃化在很大程度上受到了政治意识的干预。陈代徐陵的此篇谢启正呈现出了六朝谢启至唐代谢启的转折点。笔者认为,谢启出现这种变化,与谢启赖以生存的基础是联动的——六朝式的文学沙龙逐渐瓦解,初唐时期又出现了以皇帝为中心的宫廷文学。这一问题留待日后再作讨论。

结语

谢启在六朝时期之所以能够作为一种文学体裁而兴起,主要依赖于当时云集在沙龙中的文人们的一体感。

谢启,用现在的话说就是感谢信,但其中回避了与礼物紧密贴合的表达方式或对个人喜悦情绪的个性化描写。其重点在于通过使用以用典及比较结构为中心的套路式的表达方式,对礼物或赠送行为本身进行抽象化的称赞。谢启可被称作典型的骈文,与韵文中的咏物诗共享同一基础,在此时期盛行于世。不过,二者之间亦存在很大差别——咏物诗的特色在于通过主题对故事进行展开,而谢启则是说明礼物及赠送行为所具有的优点。

沙龙这一文学空间中,谢启是一种建立在参加者所具有的共识上的文学体裁,因此其势必会随着作为其基础的沙龙的瓦解而发生变化。如庾信的谢启中那些一般描述自身喜悦情绪的谢启,在文学史中以一种潜流的形式存在,而在现代突然再度出现。然而,强调获赠礼物的意义并彰显对方的恩宠之情,通过改变表达重点,谢启这个文学体裁在后代延续下去。不过,这也只是六朝时期集中表达礼物以及赠送行为的谢启故意没有提

① 徐勉《谢敕赐绢启》:“臣勉言,传诏傅灵惠宣敕垂赐绢二十匹,伏惟皇太子,睿情天发,粹性玄凝,作震春方,继离朱陆。嘉日茂辰,毕宫告始,龙楼起曜,博望增华,含生凫藻,率土抃跃。臣运属会昌,命逢多幸,预奉休盛,复颁恩锡。白素起独丽之色,兼两迈邱园之贲,庆荷之情,实百常品。不任下情,谨奉启谢闻。谨启。”(《初学记》卷二十七)。另有沈约《谢立皇太子赐绢表》亦为同时期作品。与上文所引曹植之文相同,可看出启和表的用途有重合部分。

到的那部分内容。

咏物诗和谢启的题目通常突发地从外界而来。围绕其题目,按照两种体裁的潜规则来表达,就是咏物诗和谢启的意义所在。正如庾信的谢启被加以避讳的事实所呈现的一般,其中的共识是不去表达个人隐私,而这正是一种可称为沙龙文学规矩的规范意识。从徐陵谢启的角度来看,由于一种可称为政治目的的意识的介入,这种规矩通过对主题的说明及对个人所获恩宠的彰显的方式被打破。庾信和徐陵的谢启可谓呈现出了谢启的新的方向性。然而,实际上,其同时意味着作为谢启基础的六朝沙龙的瓦解。

谢启这种文学体裁,正可谓生于六朝,同时又殉于六朝。

附记:

本文根据日本版《六朝の謝啟について》(《中國文學報》69,京都大學中國文學會 2005.4)译出。这次省略《谢启一览表》。汉语版曾在《中国文学“典律化”流变的反思国际研讨会》(香港树仁大学中文系,2020 年 3 月 13 到 15 日)上发表

作者简介:

道坂昭广,1960 年生,日本大阪人,京都大学研究生院人与环境研究科教授,文学博士(京都大学)。最近著作有:《「王勃集」と王勃文學研究》《从王勃佚文墓志和出土唐代墓志中句子的使用来考察唐代前半期文学》等。

译者简介:

杨维公,1989 年生,北京人,京都大学博士(文学)。现为京都大学人文科学研究所助教。主要研究方向为中国古代戏曲、小说,尤其关注戏曲、小说在日本的传播情况。

杜甫的古文与骈文
——其节奏与对偶*

[日]佐藤浩一撰　蒙显鹏译

内容摘要:杜甫的古文包括两种类型:一是有诸多骈文句式的古文,这是中国古典文学的普遍倾向;一是用散体的形式创作的较长的序文、诗题,这也不是个人特异的选择,而是在时代趋势影响下的结果。杜甫的散体古文被批评为"不工",这可能是由于断句的不明了与节奏的紊乱。但是其带有骈体色彩的古文没有受到"不工"的指责,反而受到褒扬,这是由于其文与四言诗有相似之处,也即多用四言短语,时常化用《诗经》的句子,具有安定的节奏、对偶句法以及强烈的抒情性等。

关键词:杜甫;古文;骈文;节奏;对偶

前言——问题所在

笔者此前曾围绕杜甫的散文进行了一系列的考察。结果发现,认为杜甫散文"不工——拙"的谱系与不这么认为的谱系是并存的。进一步仔细地探讨这些谱系后可知,杜甫的古文更容易受到负面评价,相反其骈文反而得到人们的好评①。

本文将对导致此种现象的杜甫古文与骈文进行系统性的考察,以期探明其古文因何受到负面评价、其骈文因何受到称扬等问题。本文底本使用《杜诗详注》(中华书局1979年版),并适当参照《全唐诗》(中华书局1960年版)。

虽然统称散文,但是有必要进行三种类的辨别。第一是与骈文相对、作为古文的散文。其次是与有韵之文相对、作为无韵之文的散文。第三是作为"至少不是诗"的散文。本文采用第三种意义的"散文"。

* 论文原载于日本《中国文学研究》第27期,2001年12月。内容摘要、关键词为译者所加。

① 关于此点,参见笔者《杜甫文不工的形塑——典型与对偶诗学》,《水流花开——经典形塑与文本阐释国际学术研讨会论文集》,中西书局2020年版。

一、基础资料——古文

(一)以两种类型的古文为例

作为讨论的前提,首先要确认杜甫能称为古文的作品究竟存在多少。作为基础资料,所能列出的杜甫古文有如下两种类型。

其一是仇兆鳌《杜诗详注》卷二十五《杜文集注》所收古文。所收录杜文 18 篇之中,古文作品有 12 篇。首先将其作为样本列举于下。以下称之为"(Ⅰ)仇注卷二十五所收文"。

另一种是杜甫诗 1458 首中所存在的长"序文"与长"诗题",这些也可以认定为古文。因此以下称之为"(Ⅱ)'序文'及'诗题'",也作为样本列举于后。

(二)仇注卷二十五所收文

首先,(Ⅰ)类型的仇注卷二十五所收文如下:

Ⓐ为阆州王使君进论巴蜀安危表　2193 页　无韵

Ⓑ奉谢口敕放三司推问状　2197 页　无韵

Ⓒ为华州郭使君进灭残寇形势图状　2198 页　无韵

Ⓓ唐兴县客馆记　2205 页　无韵

Ⓔ杂述　2207 页　无韵(+有韵)

Ⓕ秋述　2208 页　无韵

Ⓖ说旱　2208 页　无韵

Ⓗ东西两川说　2210 页　无韵

Ⓘ前殿中侍御史柳公紫微仙阁画太乙天尊图文　2213 页　无韵

Ⓙ唐故万年县君京兆杜氏墓志　2228 页　无韵

Ⓚ唐故范阳太君卢氏墓志　2232 页　无韵(+有韵)

Ⓛ唐故德仪赠淑妃皇甫氏神道碑　2221 页　无韵(+有韵)

以上 12 篇,大抵是无韵之文。只是ⒸⓀⓁ后半是有韵的,尤其是Ⓛ《唐故德仪赠淑妃皇甫氏神道碑》是古文与骈文相融合的文体。

(三)"序文"及"诗题"

接下来是(Ⅱ)类型的"序文"及"诗题"。

Ⓜ《假山》(天宝初,南曹小司寇舅于我太夫人堂下累土为山,一匮盈尺,以代彼

朽木,承诸焚香瓷瓯,瓯甚安矣。旁植慈竹,盖兹数峰,嵚岑婵娟,宛有尘外致。乃不知兴之所至,而作是诗。) 28 页

Ⓝ《种莴苣》(既雨已秋,堂下理小畦,隔种一两席许莴苣,向二旬矣,而苣不甲折,独野苋青青。伤时君子,或晚得微禄,轗轲不进,因作此诗。) 1347 页

Ⓞ《八哀诗》(伤时盗贼未息,兴起王公、李公,叹旧怀贤,终于张相国。八公前后存殁,遂不铨次焉。) 1372 页

Ⓟ《课伐木》(课隶人伯夷、幸秀、信行等入谷斩阴木,人日四根止。维条伊枚,正道挺然。晨征暮返,委积庭内。我有藩篱,是缺是补,载伐篠簜,伊仗支持。则旅次于小安。山有虎知禁,若恃爪牙之利,必昏黑摚突。夔人屋壁,列树白菊。镘为墙,实以竹,示式遏,为与虎近,混沦乎无良。宾客忧害马之徒,苟活为幸,可默息已,作诗示宗武诵。) 1639 页

Ⓠ《同元使君舂陵行》(览道州元使君结《舂陵行》兼《贼退后示官吏作》二首,志之曰:当天子分忧之地,效汉官良吏之目。今盗贼未息,知民疾苦,得结辈十数公,落落然参错天下为邦伯,万物吐气,天下小安可待矣。不意复见比兴体制,微婉顿挫之词,感而有诗,增诸卷轴,简知我者,不必寄元。) 1691 页

Ⓡ《观公孙大娘弟子舞剑器行》(大历二年十月十九日,夔府别驾元持宅,见临颍李十二娘舞剑器,壮其蔚跂,问其所师,曰:"余公孙大娘弟子也。"开元三载,余尚童稚,记于郾城,观公孙氏舞剑器浑脱, 浏漓顿挫,独出冠时。自高头宜春、梨园二伎坊内人,洎外供奉舞女, 晓是舞者,圣文神武皇帝初,公孙一人而已。玉貌锦衣,况余白首,今兹弟子,亦匪盛颜。既辨其由来,知波澜莫二。抚事慷慨,聊为《剑器行》。昔者吴人张旭,善草书书帖,数尝于邺县见公孙大娘舞西河剑器,自此草书长进。豪荡感激,即公孙可知矣。) 1815 页

Ⓢ《送大理封主簿五郎亲事不合却赴通州主簿前阆州贤子余与主簿平章郑氏女子垂欲纳采郑氏伯父京书至女子已许他族亲事遂停》 1860 页

Ⓣ《苏大侍御访江浦赋八韵记异》(苏大侍御涣,静者也,旅于江侧,凡是不交州府之客,人事都绝久矣。肩舆江浦,忽访老夫舟楫,已而茶酒内,余请诵近诗,肯吟数首,才力素壮,辞句动人。接对明日,忆其涌思雷出,书箧几杖之外殷殷留金石声,赋八韵记异,亦见老夫倾倒于苏至矣。) 2014 页

Ⓤ《追酬故高蜀州人日见寄》(开文书帙中,检所遗忘,因得故高常侍适往居在成都时高任蜀州刺史《人日相忆》见寄诗,泪洒行间,读终篇末,自枉诗已十余年,莫记存殁又六七年矣。老病怀旧,生意可知。今海内忘形故人,独汉中王瑀与昭州敬使君超先在。爱而不见,情见乎辞。大历五年正月二十一日,却追酬高公此作,因寄王及敬弟。) 2038 页

(四)(Ⅰ)与(Ⅱ)的问题点

总览以上所举(Ⅰ)与(Ⅱ),会产生以下的问题点。

一、(Ⅰ)仇注卷二十五所收古文(非骈文),并不一定是散体,毋宁说多是具有骈体性质之文。

二、究其原因,(Ⅰ)仇注卷二十五所收"文(古文及骈文)"本身原本是以骈体为基调的,因而更能使人真切感觉其骈体的性质。

三、然而,(Ⅱ)"序文"及"诗题",大抵以散体为基调,可以认为是受时代影响的结果。

基于以上问题点,接下来围绕(Ⅰ)与(Ⅱ)类型的古文进行论述。

二、(Ⅰ)的问题点——"古文"所见"骈文"的影响

如前所见,收录杜甫文 18 篇的仇注卷二十五中,以古文风格写成的作品为Ⓐ—Ⓛ 12 篇。然而这并不意味着此 12 篇全部是纯粹的散体。同时也不意味着这是纯然的古文。这是由于以上古文 12 篇中,可见不少骈体短语,毋宁说这是可以称为骈文的古文。

下面通过具体的实例来确认这一点。首先从Ⓕ《秋述》开始。

Ⓕ《秋述》

我,弃物也,四十无位,
子不以官遇我,知我处顺故也。
子,挺生者也,无矜色,无邪气,必见用,
则风后、力牧是已。于文章,
则子游、子夏是已,
无邪气故也,
得正始故也。

为方便起见,将对偶表现处并排而列。由于是古文,因此不那么像四六骈俪文,但是也具有骈文调的结构。另外Ⓖ《说旱》中也可见同样的骈体。

Ⓖ《说旱》

得非狱吏只知禁系,怨气积,
不知疏决,冤气盛,
亦能致旱,是何川泽之干也,行路皆菜色也,
尘雾之塞也,田家其愁痛也,

接下来Ⓗ《东西两川说》其骈体性质也很直观。

Ⓗ《东西两川说》

但惊动缘边之人，未免见劫掠而还赁其地，
供给之外，豪族兼有其地而转富。

……近者交互其乡村而已，
远者漂寓诸州县而已。

以上不过是摘取目之所见处，实际上还可在其他地方抽取出骈体的要素。这是因为(Ⅰ)所收文(古文及骈文)整体上来看是以骈文为基调的。如以上所举例子，可见杜甫的古文多带有骈文色彩。

当然这点并非杜甫独有的现象，可以说这是中国古典文学原本就有的一般且普遍的倾向。汉语以二音一拍为基调，不仅是从短语，也是从字词的角度来说，其对偶意识已经相当发达。

细细想来，无论是古文的推进者欧阳修还是苏轼，其古文绝不是没有对偶的[①]。我们可以感受到，在中国古典诗文中纯粹的散体是相当难找到的[②]。

三、(Ⅱ)的问题点——杜甫散体的内涵

以上论及(Ⅰ)仇注卷二十五所收文都以骈文为基调。然而我们试把目光转移到(Ⅱ)"序文"及"诗题"，引人注目处反而在于这些都是不避散体的文体。如果认识到(Ⅰ)类型的文想要蜕变成散体有多么困难，我们就更能看到其越发显著的差异。

尽管这种现象看起来十分异质，但是与同时代的作家们相比较则可知实际上并非那样地异质。也就是说，仅就李白、元结、高适、岑参、钱起等与杜甫有直接交流的诗人们而

① 参照郭预衡《中国散文史》中卷(上海古籍出版社 1993 年版)第 388 页："欧阳修虽提倡古文，反对时文，但他对于'四六'亦非一切排斥。他自己曾工'四六'，且称'苏氏父子以四六述叙，委曲精尽'(《苏氏四六》)，他虽极口称赞苏氏父子和曾巩的古文成就，却也并不否定杨亿的骈文成就。"

② 关于此点，下文第六节"对偶的效用"将有论及。

言,其“序文”所见类型皆是以“古文”来创作的①。即可以说至少在杜甫时代的“序文”,并不具有像初唐时代“序文”那样彻底的骈文倾向②。

在此意义上,杜甫的“序文”用散体来创作并不是特异的选择,而是顺从一般趋势的结果。因此,从“特殊”这一点来看,同时代的作家也同样以散体来创作,但为何仅杜甫之作受到“拙文”的批评呢?我们不得不把这当作特殊现象来进行探讨。

产生此种现象的要因,或许可以从以下几点来思考。第一是其内容本身的不明了。第二是其古文风格节奏之紊乱。第三是“杜甫之文=拙”这一标签是人们类型化、固定化的结果,由于篇幅的限制,对于此问题将在别稿中讨论③。

四、基础资料——骈文

上一节对杜甫古文进行了考察。本节将反转角度,从非古文之文即骈文来进行更详细的讨论。通过此讨论,集中了“不工之文”评价的杜甫古文,其轮廓将愈加鲜明。

作为讨论的前提,先列举作为基础资料的杜甫骈文作品。收录杜甫文的《杜文集注》18篇作品中,可确认为骈文风格的作品有如下6篇。

①《为夔府柏都督谢上表》	2195页	无韵
②《为补遗荐岑参状》	2196页	无韵
③《乾元元年华州试进士策问五首》	2201页	无韵
④《祭远祖当阳君文》	2216页	无韵
⑤《祭外祖祖母文》	2217页	无韵
⑥《祭故相国清河房公文》	2219页	有韵

①—⑤的骈文作品都是无韵之文。⑥是五次换韵的有韵之文。

---

① 杜甫同时代作家的序文其总数如下所示。括号内表示中华书局1960年版《全唐诗》的页数。李华2(1587、1588)。李白11(1729、1763、1765、1772、1788、1807、1817、1818、1820、1828、1874)。岑参5(2028、2036、2056、2058、2062)。高适8(2196、2207、2208、2209、2210、2217、2235)。钱起2(2600、2602)。元结39(2690、2691、2692、2694、2695、2696、2698、2700、2701、2703、2704、2705、2706、2707、2709、2710、2711、2712、2713)。譬如李白《与诸公送陈郎将归衡阳》序文(《全唐诗》,第1807页)多有对仗的形式:“仲尼旅人,文王明夷,苟非其时,圣贤低眉。况仆之不肖者,而迁逐枯槁,固非其宜,朝心不开,暮发尽白,而登高送远,使人增愁。陈郎将义风凛然,英思逸发。来下曹城之榻,去邀才子之诗。动清兴于中流,泛素波而径去。诸公仰望不及,连章祖之。序惭起豫,辄冠名贤之首;作者嗤我,乃为抚掌之资乎?”因此,虽然这部分是可以视作骈文的文体,但是总体来说还应当认为是“古文”。

② 关于初唐的序文,可参考[日]道坂昭广《关于初唐的“序”》(《中国文学报》第54册,1997年)。

③ 关于这些问题,与本文第一个脚注的讨论有关联。以下仅在本文最后一个脚注中列出其要旨。

现存杜甫文18篇中,古文作品有12篇,与此相对,骈文作品有如上①—⑥计六篇。然而,如前面第三节所述,杜甫古文12篇中,多带"对仗",有许多可以认定为"骈文"的作品。Ⓛ《唐故德仪赠淑妃皇甫氏神道碑》即是其中一例。因此,很容易让人感觉到其实骈文作品数不止现存6篇的规模。

还有一点事实值得考察,管见所及,这些骈文,尤其四言短语之文并没有受到"拙"的批评,这是不得不提的一点。

接下来略述由这样的四言短语所产生的现象。

五、四言古诗的遗派

(一)文与诗的类似

被评价为"不工——拙"的杜甫文中,也存在着评价颇高的名文,如⑥《祭故相国清河房公文》(2219页)。清代张上若陈述理由如下。

> 此少陵第一首文。盖人遇知己,其情既笃,其文自佳……公深推慕,复以救琯左迁,乃生平最大之事,故此篇亦生平最得意之文。[①]

"生平最大之事"是指著名的"房琯辩护事件"[②]。杜甫刚任左拾遗便为挚友房琯辩护,从而触怒肃宗。任官后仅十数日便发生的"房琯辩护事件"极大削减了杜甫在之后的政治参与。在此意义上,张上若所指出的"生平最大之事"可以说得其正鹄。此外杜甫还留下了悼念挚友房琯之死的三首诗。如所云"近泪无干土"[③],这三首诗都满含悲怆之感。在极具个性且黯淡的描写方面,杜甫往往挥洒着李白诗中所无的文才。这样的作品可以说是在杜甫有关房琯的诗文中的代表例子。在此意义上,张上若所说"故此篇亦生平最得意之文"应当是正确的。

如上所述,清代张上若称⑥《祭故相国清河房公文》为"第一首文"的观点,早在晚唐司空图已经作了十分深刻的说明。

> 司空图云"杜子美《祭房太尉文》,李太白《佛寺碑赞》,宏拔清丽,乃其歌诗

① 〔清〕杨伦《杜诗镜铨》,上海古籍出版社1998年版,第1111页。

② 关于房琯辩护事件,可以参考以下论著:陈冠明《房琯行年考》《房琯行年考(续)》(《杜甫研究学刊》1998年第1期、第2期);沈元林《论杜甫与房琯》(《杜甫研究学刊》1990年第2期);[日]谷口真由实《杜甫的社会批判诗与房琯事件》(《日本中国学会报》第53集,2001年)等。

③《别房太尉墓》(第1103页)云:"他乡复行役,驻马别孤坟。近泪无干土,低空有断云。"此外有悼念房琯之死的《承闻故房相公灵榇自阆州启殡归葬东都有作二首》(第1234页)。

也。……”盖自唐已有诗文各擅之说,图为此论以破之。(胡应麟《诗薮》外编卷四)

据明代批评家胡应麟云,唐代已经有“诗是诗、文是文(仅在各自领域擅场)”的说法,司空图的说明打破了这样的定说。

司空图以上重要的论述并非毫无理由。这是因为⑥《祭故相国清河房公文》虽然是文,但含有如司空图所说“其歌诗也”的要素。也即这篇祭文有如下特点:

(1)因为由四言短语构成,故而容易联想到四言古诗。

(2)平仄交替而押韵,是相当齐整的有韵之文。

(3)尤其第一段入声押韵,产生能够传达郁积于胸的悲哀之效果。

如此具有节奏与抒情性的文章,虽说是文,但愈发使人体会到如司空图所评“其歌诗也”之感。

(二)文与四言古诗

与此相关的观点,还有Ⓛ《唐故德仪赠淑妃皇甫氏神道碑》所附仇氏的论述,下面引用之。

> 铭词连章累叙,八句换韵,仿沈约《安陆昭王碑文》,其典雅风秀,则又四言古诗之遗派也。

Ⓛ《唐故德仪赠淑妃皇甫氏神道碑》的“铭”部分全由四言构成。然而“铭”以押韵为原则,正由于“韵”的特点,更容易让人体会到如以上仇氏所说的“四言古诗之遗派”。另外,对于此Ⓛ《神道碑》,张上若的论述也值得注意。

> 庄重周悉,虽有骈辞,无伤于体。汉志铭多用对句,正复相同。[①]

假如此《神道碑》确实仿沈约《安陆昭王碑文》,那么“有骈辞”的评价是能让人信服的。《安陆昭王碑文》是收录于《文选》卷五十九的名文,《文选》正是骈俪文的宝库。因此,以《文选》所收文为范本而创作的作品大抵也是骈文,这是比较自然的演变。

如此一来,探讨了以上的Ⓛ《唐故德仪赠淑妃皇甫氏神道碑》与前举⑥《祭故相国清河房公文》的评价,我们可以知道,“四言古诗之遗派”的这一侧面也存在于包括杜甫其他文在内的“骈文”中。

① 〔清〕杨伦《杜诗镜铨》,第1127页。

下面所引用的④《祭远祖当阳君文》[1]即是明显具有这种侧面的作品之一。这是杜甫倾其真情而祭祀远祖杜预的极有名之文,是大体由四言句构成的骈文。

《祭远祖当阳君文》	《诗经》
造舟为梁。	造舟为梁,不显其光。(《大雅·大明》)
……………	
峻极于天,	崧高维岳,骏极于天。
神有所降。	维岳降神,生甫及申。(《大雅·崧高》)
……………	
于以采蘩,	于以采蘩,于沼于沚。(《召南·采蘩》)

在此祭文中各处几乎不大改动地散见《诗经》句子,因此可以使人真切感受到"四言古诗之遗派"。

(三)不作"四言诗"的要因

"杜甫至少在现存作品中没有留下四言诗"是饶有趣味的事实。尽管杜甫留下了多达 1458 首的诗篇,但竟然没有一首四言诗,这颇令人感到意外。

为何产生此种现象,可以推测大概有以下两点要因。首先是因为杜甫刻意回避句末休音缺失的文体。四言短语如"造舟为梁",每句用二音的实音来填充,不像"国破山河在×"这样的五言短语,四言句末是没有休音的。杜甫似乎沉溺于句末的休音,由于四言诗诗句末休音的缺失,对于杜甫来说不是其积极创作的对象[2]。

第二,杜甫受社会趋势的影响而没有创作四言诗。据小川环树氏、福井佳夫氏等人观点,从上古以来,随着时代推移,四言短语从诗歌领域流入文中[3]。实际上进入盛唐时代后,四言诗大体开始衰微,即使如李白,其四言诗也仅存三首[4]。究其原因,应该说最主要是由于上面所述"句末休音的缺失"。对于包括杜甫在内的诗人来说,不具有句末休音的四言诗的节奏,是容易被回避的对象。

这一点似乎与历史书的文体也有关联。也就是说,从《史记》发展到《汉书》,同一内

① 关于此点,笔者另有撰文论述,可供参照。拙稿《杜甫〈祭远祖当阳君文〉考——包裹在赞辞里的矜持》(《早稻田大学文学研究科纪要》第 45 辑,第二册)及《译注试稿〈祭远祖当阳君文〉》(中国语学研究《开篇》vol.19,好文出版 1999 年版)。

② 关于此点,笔者另有撰文论述,可供参照。拙稿《论杜甫的赋——以与句末休音的关系为中心》,《中国诗文论丛》第 20 集,2001 年,中国诗文研究会。

③ 参照[日]小川环树《论唐诗》(《小川环树著作集》卷二,筑摩书房 1997 年版,第 239 页)、褚斌杰《中国古代文体概论》(北京大学出版社 1984 年版)、[日]福井佳夫《论六朝四言诗的衰微——与美文之间的关联》(《日本中国学会报》第 49 集,1997 年)。

④ 李白的四言诗有:《来日大难》《雪谗诗赠友人》《上崔相百忧章》。

容的记述突然转变成洗练的文体,四言短语占据了主要地位。此后,直到欧阳修作为主导者,重新全部改写为古文,其间历史书的文体持续使用充满四言短语的骈文风格。如此一来,本该用散文来写的历史书被四言短语占据,因此"四言 = 文"的全社会性的认识逐渐得到加深。

假如此推理恰当的话,那么杜甫很容易产生这样的意识:无论是被评为"其歌诗也"的⑥《祭故相国清河房公文》,还是承袭《诗经》短语的④《祭远祖当阳君文》,实际上都不是"诗",至多是文。

(四)四言文不被批评的要因

即使以上推论不恰当,即杜甫并没有"四言短语是文而不是诗"的意图与意识,其文选择四言短语来作文体,从结果来说也容易发挥其作为"诗家"的才能。作为其旁证,杜甫的骈文尤其是四言句骈文并没受到"拙文"之评价。

当然对于读者来说,四言诗的难以理解也是一个问题。在下巧拙的判断之前,读者面对的是把握内容的困难①。

然而,如果依据节奏和对偶进行阅读,以此来把握内容也并非不可能。即使对于读者来说有读解困难,这也并不意味着对于创作者来说有创作之困难。受传统节奏的支撑,至少创作者(杜甫)没有必要考虑去开创新节奏。并且偶数拍的四言节奏容易形成对偶,这是其便利处。因而,对于对偶意识强烈的杜甫来说,其节奏没有那种极具个性的反抗的感觉。

杜甫并没有留下四言诗本身,但是在由四言句组成的文中凝结着激情,这是其文没有被批评为拙的原因。同时如果能够发现杜甫在文中发挥着"诗家"才能的痕迹,那么我们将很容易对其加以肯定。

六、对偶的效用

在此笔者想进一步讨论"对偶"相关的问题。对于杜甫《假山》诗序之文,即本文第二节所举(Ⅱ)类型的序文及诗题Ⓜ所揭文,清代申涵光有如下论述。

> 序不易解。杜文长至数语,便期期不能达意。……世人附会以为古,其实不明。诗小序,莫妙于元次山。杜短语多有佳者。

---

① 譬如《诗经》。以郑玄注为代表的自古以来的注释者都致力于诗意的解释。这些注释者存在着如此多的解释,以四言句为中心的诗歌的意义也存在诸说,并不唯一。

申涵光究竟评论元结序文的什么地方为“妙”呢？元结序文乍一看便能注意到的特色，大概在于其“对偶”。

①古有仁帝，能全仁明以封天下，故为至仁之诗二章四韵十二句。(《至仁》序)

②古有慈帝，能保静顺以涵万物，故为至慈之诗二章四韵十四句。(《至慈》序)

③古有劳王，能执劳俭以大功业，故为至劳之诗三章六韵二十四句。(《至劳》序)

④古有正王，能正慎恭和以安上下，故为至正之诗一章四韵八句。(《至正》序，以上为《治风诗》)。

⑤网罟，伏羲氏之乐歌也。其义盖称伏羲能易人取禽兽之劳。凡二章，章四句。(《网罟》序)

⑥云门，轩辕氏之乐歌也。其义盖言云之出，润益万物，如帝之德，无所不施。凡二章，章四句。(《云门》序)

⑦大韶，有虞氏之乐歌也。其义盖称舜能绍先圣之德。凡二章，章四句。(《大韶》序)

⑧大夏，有夏氏之乐歌也。其义盖称禹治水，其功能大中国。凡三章，章四句。(《大夏》序，以上《补乐歌》)

以上元结的序文是随意抽取于此的，都以古文风格写成，单独各篇中短语上的对偶并不明显。然而以①—④或⑤—⑧各为整体、从相互关联的文脉角度来看，笔者注意到它们是形成对偶的。大概正是由于这样的整合性，序文才得以被评价为“妙”。“对偶”往往容易为了迁就字数而产生不必要的表现，因此也会有流于轻薄冗余表现的消极一面。韩愈、欧阳修等极力排斥四六骈俪文、推崇古文的原因也正在于此。但是同时也有积极的一面，根据对偶，创作者在构筑文章上、读者在内容理解上，各自都能“对文意进行自我规定”①。在此意义上，对以二音一拍为基调的汉语来说，“对偶”不仅是作者想要加入而多用，更是因为有必要而多用，可以如此来把握对偶的位置。

反观杜甫，其用对偶也非常多。杜甫对于对偶的喜好可以说是发自骨子里的，因此在只用四言短语写成的骈文中，更能发挥其对偶的手法，并且读者也能通过其手法进行欣赏。前文所举申涵光“杜短语多有佳者”之论述，如果也是就这一脉络而言的话，那是十分具有说服力的。

---

① 参照[日]松浦友久《中国古典诗对偶的诸形态——以唐诗为中心》(《中国诗歌原理——结合比较诗学的主题》，大修馆书店1986年版)、《对偶表现的本质——与相关诸说的比较》(《中国文学论丛》，大谷大学文艺学会1994年版)。

那么杜甫的问题在于何处呢？恐怕要属其“古文节奏的不协调”。散文有散文的节奏[①],譬如,正如学者所指出的,“这位诗歌大家(杜甫)的散文是完全抓不住其形体的、颇为龃龉的,首先很难确定如何断句”(吉川幸次郎《中国文学史》)[②],杜甫没有开拓出韩愈那样的古文节奏。那样不明了的节奏产生不明了的断句,其结果是形成内容读解也相当困难的古文。

结语

杜甫散文被评价为“不工——拙”,究其原因,大概最主要在于其节奏。这是因为杜甫的骈文具有“四言古诗之遗派”的风格,不仅免于恶评,反而博得好评。杜甫的古文也有骈文的“对偶结构”。尽管如此,杜甫古文被批评的地方在于其不具备骈文那样安定的节奏。“四言”节奏是最为安定的韵律,此外的断句则让人难以判断。正是由于这种安定,无论是读者还是作者都能共享作品空间。

既然杜甫作品中存在这样的骈文,又为什么没有形成“杜甫之文是好文”这样的评价呢？本文第三节亦曾论及,这恐怕不仅是杜甫作品的问题,而与中国社会的文化背景有着密切联系。关于此还有待他日进行更深入的考察[③]。

作者简介：

佐藤浩一,1970 年生,日本东京人,日本东海大学语言教育中心教授,日本杜甫学会副会长。研究方向为唐代文学、日本汉文学。2007 年获日本中国学会奖。著有《为了教养的中国古典文学史》(研文出版 2009 年)、《教科书里遇见的古文・汉文一〇〇》(新潮文库 2017 年)等。

译者简介：

蒙显鹏,1988 年生,广西贺州人,广西师范大学文学院副教授。研究方向为骈文、宋代文学。

---

① 参照[日]松浦友久《诗・散文・散文诗——韩愈的节奏》(《节奏的美学——日中诗歌论》,明治书院 1991 年版,第 185 页)。

② [日]吉川幸次郎《中国文学史》,岩波书店 1974 年版,第 181 页。

③ 这里仅列举要点如下。秦观与黄庭坚评价杜甫之文为“拙”,这种观点在其后的文艺批评中被递相祖述,进而形成了“杜甫之文拙”的类型化评价。尤其是中国特有的思考方式喜欢类型化、集约化地把握对象的性质,这种类型化的评价与之有密切联系,更加容易产生。参照[日]吉川幸次郎述、黑川洋一编《中国文学史》(岩波书店 1974 年版,第 31—33 页)。[日]松浦友久《试论中国诗歌的讽喻性——以〈白氏文集〉与〈菅家文草〉为例》(《中国诗歌原理》,第 94—98 页)、《中国诗歌的特点》(《诗语的诸形态——唐诗笔记》增订版,研文出版 1995 年版,第 244—250 页)、[日]川合康三《中国的自传文学》(创文社 1996 年版,第 270 页)、[日]和田英信《“古与今”的文学史——中国文学史的思考》(《日本中国学会报》第 49 集,1997 年)。

朝鲜时代所编中国骈文选本述论

左 江

内容摘要:由于事大文书、朝廷公文、科举考试的需要,朝鲜人很注重骈文写作,现仍存六种他们编选的中国骈文选本。赵仁奎《俪语》是最早、最丰富的一种,在书籍交流、文献校勘、骈文传播等方面都有着重要意义与价值。李植《俪文程选》是最重要的一部,是书区别了古四六与今四六,尤偏重宋四六;书中入选篇目最多的十一人,足以构建起一部简单的宋四六文史。其后,金锡胄的《俪文抄》、金镇圭的《俪文集成》、柳近的《俪文注释》都以《程选》为底本进行了二次编选,并纠正了其中的一些问题。洪奭周三兄弟编选的《象艺荟粹》是最特殊的一种,是书更重视唐前及唐代辞赋与骈文,又选入十篇东国骈文,消解了东国与中国之别,充分表现出他们的文学自信。

关键词:骈文选本;俪语;俪文程选;象艺荟粹

骈文,又称骈俪、俪文、四六、俪语、俪体、骈语等,对偶、声律、用典、藻饰为其四要素。骈文作为一种美文,思想内容常会被华美的文辞掩盖,历来批评之声很多,早在南北朝时,颜之推就称骈文:"趋末弃本,率多浮艳。"[①]到南宋,叶适更认为骈文"最为陋而无用"[②]。

同样,骈文在朝鲜朝(1392—1910)也遭遇较多责难,朴知诚(1573—1654)云:"大凡天之降才,人之禀质不能兼备。工于赋表之华靡巧丽者,皆是浮薄轻浅之材质也。"[③]所论极武断,将骈文之华美等同于人之浮薄轻浅。南有容(1698—1773)也将骈文与古文对立:"俪文之法,善于古文者固不能工也。惟巧于寻摘、黠于补缀者,乃能工而有味。"[④]认为骈文写作只是文字的寻摘、补缀。李瀷(1681—1763)更明言"古人以文章为小技,而四六又其奴役便嬖焉",所以"四六决是可禁之技"。[⑤]

---

① [南北朝]颜之推著,王利器集解《颜氏家训集解》卷四《文章第九》,中华书局1993年版,第267页。

② [南宋]叶适《水心先生文集》卷三《宏词》,四部丛刊景明刻黑口本。

③ [朝鲜]朴知诚《潜冶集》卷二《万言疏》,《韩国文集丛刊》第80册,民族文化推进会1991年版,第118页。

④ [朝鲜]南有容《雷渊集》卷十七《答某人》,《韩国文集丛刊》第217册,民族文化推进会1998年版,第360页。

⑤ [朝鲜]李瀷《星湖先生僿说》卷二十三《经史门·四六可禁》,韩国国立中央图书馆藏本。

但与批驳诘难相对的是中国出现了大量骈文作品与骈文选本,朝鲜朝也出现了数种他们编选的中国骈文选本,现存的仍有六种,分别是:赵仁奎《俪语》、李植《俪文程选》、金锡胄《俪文抄》、金镇圭《俪文集成》、柳近《俪文注释》,以及署名洪奭周的《象艺荟粹》。① 朝鲜人为何编选中国骈文选本?现存的六种骈文集各有何特点?在骈文史上影响如何?在东亚汉文学史、书籍史上又有何功绩与地位?这些都是值得我们深入探讨的问题。②

一、《俪语》:第一部中国骈文选本

《俪语》亦名《俪语编类》③,编选者赵仁奎(生卒年不详),字景文,号寓庵,朝鲜中宗(1506—1544 在位)时人,以文学著称,当时大臣上疏、君王教书多出其手,史书称他"博览群书,文辞富赡"④。《俪语》编于中宗二十八年(1533)癸巳六月,赵仁奎时为弘文馆典翰。

《俪语》是第一部朝鲜朝文人编选的中国骈文选本,赵仁奎也很清楚世人对骈文的偏见,他在序中虚构了一位诘难者,其人云:

> 文章不祖于六经,厌常喜新,则不足该天下之理。今此编缀拾骈俪,无益于学,殆成玩物之癖,汉人齿词赋于博弈、卜筮,愚窃不取。

诘难者同样视骈文为旁门末技,于理、于学都毫无裨益。赵仁奎辩驳云:

> 今夫赏罚号令必因诏诰制敕,从容敷奏必托表笺章奏;缙绅交际之书启,通问庆

① 高丽朝,柳珣(1335—1398)曾仿《圣宋名贤五百家播芳大全文粹》编《圣元名贤播芳续集》,现有日本宫内厅书陵部、日本国立公文书馆等藏本。此是高丽朝人编选的元四六选本,本文暂不论及。除此之外,李民宬曾编《四六精粹》,并作序(李民宬《敬亭集》卷十二《四六精粹序》,《韩国文集丛刊》第 76 册,民族文化推进会 1991 年版,第 379 页);南龙翼编骈文两卷,自述云:"余尝作俪选两体二卷,一曰徐庾体,而以疏庵(任叔英)继之;一曰馆阁体,而以泽堂(李植)继之。"(南龙翼《壶谷诗话 · 俪评》,赵钟业编《韩国诗话丛编》第 3 册,太学社 1996 年版,第 379 页)李一器在《俪文集成》基础上编《俪文选》,其《俪文选序》云:"近得表叔竹泉金公所编《俪文集成》六卷而读之,遂选其文之绝佳与可为法于时文者,凡得二百二十一首,合为一卷,以便服习焉。"(李一器《一庵集》卷二,《韩国文集丛刊续》第 70 册,韩国古典翻译院 2008 年版,第 281 页)可惜此三种骈文选本今已不存。

② 韩国学者已有关于骈文选本的研究,如朴禹勋《韩国骈文集研究》(肖大平译,载《骈文研究》第三辑,广西师范大学出版社 2019 年版)、金光燮《17 至 18 世纪俪文选集的编纂及其影响——以徐庾体骈俪文爱好现象为中心》(肖大平译,载《骈文研究》第五辑,广西师范大学出版社 2021 年版)。前者偏重对选本的介绍,较简单,亦有不准确处;后者重在对朝鲜骈文徐庾体、馆阁体的分析。本文的立论角度、探讨的问题都与二者有别。

③《俪语编类》韩国国立中央图书馆所藏本,共 20 册。

④《中宗实录》中宗十五年(1520)五月甲辰(17 日),《朝鲜王朝实录》第 15 册,国史编纂委员会 1984 年版,第 660 页。

吊之往复，亦所以顺人情而节文之。至于运筹幕府、奏捷献功者，皆在于檄文露布。宴饮侑欢，乐语之所以设也；营建庆成，上梁之所以文也。不特此尔，青词疏语之祝釐求福，序志碑铭之叙述功德，皆日用常行之不可阙者，岂止寻章摘句供文墨嬉笑之具而已？

骈文类别丰富，运用广泛，是不可或缺的文体样式，大至国事交往、君王指令、政府公文，小至书信往来、交际应酬，都可以用俪文书写，不能仅视为"谀佞浮夸"的炫技之作而弃之不顾。

《俪语》共二十卷，分为诏、制诰、表笺、启等 23 类，收入俪文 1715 篇[①]，包括梁、陈、隋、唐、五代、宋、元、明八朝骈文，其中宋代作品最丰富。[②]《俪语》是朝鲜时代的第一部中国骈文选本，赵仁奎自称"余会粹诸家四六之文，各以类分编"；李植（1584—1647）云："四六之书世多有之，我国则惟赵寓庵仁奎所选《俪语》为最，寓庵在升平馆阁编阅文籍，其所采辑宜无遗憾矣。"[③]认为赵仁奎因职务之便，得以博览群书，为编选骈文创造了条件。那赵仁奎利用了哪些典籍呢？

将《俪语》与多种类书、总集及史书进行比对，大概可得出以下结论：宋之前的骈文，多出自《文苑英华》《唐大诏令集》《册府元龟》《旧唐书》《旧五代史》等；宋人骈文多出自《宋文鉴》、《事文类聚》、《五百家播芳大全文粹》（以下简称《播芳大全》）、《翰苑新书》、《玉海》、《宋史》等；元人骈文多出自《元文类》。如卷十至卷十六收入的 481 篇启文，卷十的 10 篇唐人启，全部出自《文苑英华》；卷十一启文的主要来源是《宋文鉴》；出自《播芳大全》者更多，散见于各卷中，比较集中的是卷十四，从第 263 篇无名氏的《贺蔡太师启》一直到此卷最后一篇无署名的《贺张左丞启》，共 74 篇，基本可以断定都出自《播芳大全》；卷十六的第 473 篇康晔《谢严东平赐马启》与第 474 篇阎复《谢解启》都出自《元文类》。

除此之外，还须充分利用文人文集，如苏轼的 19 篇启，10 篇出自《宋文鉴》卷一百二十二，9 篇选自《苏文忠公全集》，其他使用较多的文集还有陆游《渭南文集》、吕祖谦《东

---

① 其中卷五批答类苏轼的《赐文彦博以下请举乐不许批答二首》算两篇；卷十七致语类将致语看作组曲，如王珪《教坊致语》包括《教坊致语》《勾合曲》《勾小儿队》《队名》《问小儿队》《小儿致语》《勾杂剧》《放小儿队》《勾女弟子队》《队名》《问女弟子》《女弟子致语》《勾杂剧》《放女弟子队》，将这几个部分视为组曲，统计时算一篇，其他如宋祁、元绛、苏轼等人的致语也如此计算。各类的具体统计数据如下：诏 101 篇，敕 7 篇，御札 3 篇，制诰 208 篇，册 33 篇，赦文 19 篇，批答 31 篇，表笺 485 篇，启 481 篇，状 43 篇，檄 5 篇，露布 9 篇，致语 24 篇，上梁文 37 篇，书判 67 篇，祝文 28 篇，青词 49 篇，疏 64 篇（包括榜文 1 篇），序 3 篇，祭文 14 篇，谥议 1 篇，墓志 1 篇，碑 2 篇，共 1715 篇。

②《俪语》中所选骈文有较多署名问题，一是未署名的骈文实际是可以确定作者的，二是已署名的有较多错误。所以在未仔细查考每篇作者的情况下，不可轻言各朝各人有多少篇骈文入选，只能大致判断宋人骈文最多，其次是元，其后是唐、隋等朝。

③［朝鲜］李植编《俪文程选·凡例》，韩国国立中央图书馆藏本。

莱集》、真德秀《西山文集》、汪藻《浮溪集》、刘克庄《后村集》、文天祥《文山集》、谢枋得《叠山集》、李刘《四六标准》、黄震《黄氏日钞》、程钜夫《雪楼集》、王恽《秋涧集》、虞集《道园学古录》等。就整部《俪语》来看,赵仁奎还偏爱余靖等人,他从余氏《武溪集》选入诰 6 篇,判词更多达 36 篇。

《俪语》中的骈文来自多种典籍,又缺乏严格的编选体例,编排上的缺点也就显而易见。一是篇目安排比较混乱。有时以人统领篇目,如苏轼的 19 篇启,将选自《宋文鉴》与文集者混杂,在给上司官员的谢启、贺启中插入了其他类别的《答范端明启》《答许状元启》《求婚启》《谢生日启》《谢求婚启》等。在按主题编排时同样欠严谨,如表笺类,第 42 篇为虞集《亲祀毕贺表》,第 43 篇为揭傒斯《艺文监贺表》,第 44 篇为庐彦威《明禋太室上尊号贺表》,45 至 46 篇为谢端《中书省贺受尊号表》《贺亲祀南郊表》,其后的 47 至 49 又为余谦等人的《亲祀毕贺表》,虽都为贺表,但在亲祀贺表中间又插入了上尊号贺表、艺文监贺表。

二是错署姓名及姓名缺失的情况较多。如无署名者,诏文类第 34 篇《放五坊鹰犬诏》,作者实为王禹偁;制诰类第 4 篇《健储改元大赦制》作者实为苏颋,第 8 篇《籍田制》作者应为张九龄,第 12 篇《戒励乡士制》作者应为元稹,第 13 篇《优宠回鹘制》、第 14 篇《削夺刘悟等爵授王元逵节度使制》的作者都为李德裕。卷十一出自《播芳大全》的 74 篇启文,在《俪语》中或者无署名或者署"无名氏""同前",但在《播芳大全》中大都有作者,如第 275 篇无名氏《贺魏丞相启》,作者为孙仲益,即孙觌;第 276 篇署名"同前"的《贺左丞相启》作者为邵公济;第 336 篇无署名的《贺张左丞启》作者为石敏若。卷十六启文的第 449 至 463 篇,共 15 篇都无署名,实际都为李刘之作,出自《四六标准》。又如错署名的情况,启类第 44 篇署名刘攽的《谢除校勘启》,作者实为强至;露布类第 7 篇吕祖谦《晋征虏将军征讨大都督破符坚露布》,作者应为洪适。

《俪语》在选目编排、作者署名等方面虽有诸多问题,但它毕竟是朝鲜时代编选的第一部中国骈文选本,在宣祖朝(1568—1608)流传甚广,李汝馪(1556—1631)云:"宣祖初年,多用表笺,士于是趋风,摘诸经史子集中偶俪文字及《俪语编类》,四方传书。"[①]《俪语》影响了一代士子的骈文写作,其价值与意义都不容忽视:考察《俪语》中的骈文来源,可以进一步分析中国典籍东传朝鲜的情况;校对《俪语》中的篇目,可以进行文献学、版本学的考辨;辨析、统计《俪语》中的作者与骈文篇目,可以进一步梳理各文类及作家在骈文史上的地位与影响力。[②]《俪语》作为朝鲜时代的第一部中国骈文选本,也成为后人编选

① [朝鲜]李汝馪《炊沙集》卷五《时事杂录下》,《韩国文集丛刊续》第 9 册,民族文化推进会 2005 年版,第 292 页。

② 蒙显鹏《邓文原骈文佚文十三篇辑考——兼及朝鲜文献〈俪语编类〉所见元文佚文》(载《域外汉籍研究集刊》第 21 辑,中华书局 2021 年版)、《〈俪语编类〉所见洪遵、洪迈佚文二篇辑考——兼略论三洪骈文与词科》(载《古典文献研究》第 24 辑上,凤凰出版社 2021 年版),即是利用《俪语编类》进行考证、辑佚的工作。

骈文选集的底本与资料库,为他们提供了极大的便利。

二、《俪文程选》: 最重要的中国骈文选本

赵仁奎《俪语》之后,现存的第二部朝鲜人编选的中国骈文选本是李植的《俪文程选》。李植,字汝固,号泽堂,为朝鲜宣祖、光海君、仁祖时期著名文人,著述丰富,在小学、史学、文学等方面都有很高成就。韩国国立中央图书馆藏《俪文程选》数种,其中一种有郑百昌(1588—1635)序、李植自撰《凡例》及全书目次[①],就《序》与《凡例》来看,《俪文程选》最早刊印于仁祖九年(1631)秋,正集十卷五册,别集两卷一册。

《俪文程选》(下文或简称《程选》)以两种俪文选集为底本,其一即为赵仁奎《俪语》,另一为明人李天麟《四六全书》(又名《词致录》)。《凡例》第一条云:

> 四六之书世多有之,我国则惟赵寓庵仁奎所选《俪语》为最,寓庵在升平馆阁编阅文籍,其所采辑宜无遗憾矣。其后,中朝学士李祥宇天麟所选《词致录》(即《四六全书》)出,凡前辈所选唐宋《文苑英华》、会编《播芳》《翰苑》等书,皆在荟蕞中,则斯亦集诸家所长而无不备矣。要之,二选固为四六渊薮,然而编帙浩大,不无武库利钝,学者难于尽读。今欲抄取其尤隽永者数百篇,使学者常加诵读,庶几咀嚼英华,沿袭声韵,为模楷之本,然后博观其余,以备妆缀,此《程选》之大旨也。

《俪语》已如上文所论,再看看《词致录》的情况。编者李天麟,字公振,山东武定人,万历八年(1580)进士,官至监察御史巡按浙江,编著有《楚台记事》《词致录》等。《词致录》又名《四六全书》[②],刊印于万历十五年(1587),共十六卷,分为制词、进奏、启札、祈告、杂著五门,门下又分类,如制词门分为册文、诏令、制诰等 11 类,进奏门下分表、章、状等 9 类,表类又分贺表、起居表、请表等 12 种,贺表又根据内容细分为登极、临御、上尊号等 20 个子目,贺启更多达 44 个子目,分类细密繁琐。所收篇目有制词门 59 篇,进奏门 248 篇,启札门 331 篇,祈告门 17 篇,杂著门 45 篇,共 700 篇。[③]

李植认为《俪语》与《四六全书》"编帙浩大",且二家所选并非都是佳作,所以要另外"抄取其尤隽永者数百篇"作为俪文范本,"使学者常加诵读",精进俪文写作。《俪文程

---

① 本文所引《俪文程选》都出自此版本。

② 《四六全书》韩国国立中央图书馆所藏本,连目录共 12 册。

③ 其中卷七进奏门的致语类将致语视作组曲,将《小儿致语》《女弟子致语》等归并到致语中作为一篇统计,如苏轼的《集英殿秋宴教坊致语》,以及署名"宋播芳大全"、实际作者都为苏轼的《坤成节集英殿宴教坊词致语》《兴龙节集英殿宴教坊词致语》都包括《教坊致语》《小儿致语》《女弟子致语》三个部分,看作一篇。

选》正集十卷,分为制诰、表、启等18类,共319篇,制诰、表、启是收录篇目最多的三种文类。①

李植在《凡例》第六条云:“二家所选各分门类,不以作者世次为先后,今取二家滚合为一,誊写之际未免先后舛序。且《词致》所抄《英华》《翰苑》等书不斥作者名,今不暇寻阅补录,盖迫于梓役之限也。”李植将两书中的篇目合二为一,又因刊印匆忙,未核对补充每篇的作者署名,这就造成了《程选》的两大问题,一是“先后舛序”,二是“不斥作者”。特别是卷一的“制诏类”,是将《俪语》前五卷的诏、敕、御札、制诰、册、赦文、批答与《四六全书》前两卷“制词门”的各小类择并而成,两大问题尤为明显。首先是顺序混乱,如第二篇《诏册周王为并州都督文》,《俪语》《四六全书》都收入“册文”中,《程选》虽未细分子目,但在诏文中插入一篇册文,还是比较突兀。其次是作者署名讹误较多。如篇目一《追赠比干诏》选自《俪语》,原文未署名,因《俪语》上文有周茂振《举贤良诏》,李植也承上署名“周茂振”。再如篇目三《隆祐皇太后告天下立康王手诏》与篇目四、五两篇《亲征诏》,在《俪语》中是相邻的三篇,都无作者署名。《隆祐皇太后告天下立康王手诏》为汪藻四六文名篇,《程选》补上了作者,但又将两篇《亲征诏》也归于汪藻,实际上这两篇的作者分别是沈与求、陈康伯。②

《俪文程选》既然称为“程选”,必然与科举考试相关。据《经国大典》记载,朝鲜文科初试三场都为制述,“初场五经四书疑义或论中二篇,中场赋颂铭箴记中一篇,表笺中一篇,终场对策一篇”,复试初场讲书,中场、终场与初试一样也是制述,殿试为“对策表笺箴颂制诏中一篇”。评分标准为“每场上上九分,其下以次递减,下下一分”,并特别强调“表笺则倍给”。③ 李植在《凡例》第三条亦云:“本朝以表笺系是事大文书,试士之时第之于策论之上,倍其等画。”表笺在与中国的国事交往中至关重要,科举考试时会双倍给分。由此可见,表、笺、制、诏在文科科举考试中占有很大比重,表、笺更是得分利器,编选骈文集指导学子苦练表、笺、制、诏等的写作就非常必要。

表笺等为实用性文体,用骈文写作很容易流于华丽浮夸,如何在二者之间寻求平衡?李植也有自己的思考,《凡例》第二、三、四条云:

> 今按赵选专主对偶工丽,故略于唐而博于宋,六朝则全阙焉。李选则推原淳古,多取俪之近于行文者,故自汉魏以下无不采焉,而宋季及元则全阙焉。以余所见,《词致》之选非不尔雅,而其近于文者则非当世馆阁体制,故不得不专取对偶,就二家

---

① 具体分类及统计数据如下:制诏31篇,表95篇,启140篇,状2篇,书2篇,青词1篇,榜1篇,露布3篇,牒1篇,檄4篇,致语3篇,上梁文7篇,序11篇,碑志6篇,祭文2篇,疏1篇,连珠8篇,判1篇,共319篇。

② 分别见沈与求《沈忠敏公龟溪集》卷四(《四部丛刊续编》景明本)、陈康伯《陈文正公文集》卷二(清刻本)。

③《经国大典》卷三《礼典》,亚细亚文化社1983年版,第207—213页。

之所同者选之,乃其略纤巧崇浑厚之作则于《词致》多取焉。

> 科场务为新巧,则《俪语》之选近之;馆阁取其达意,则《词致》之选几矣。至于徐、庾、四杰诸贤之作所谓六朝体者,声韵最高,乃是四六本源,而以非今世当行体制,故学士大夫传习者绝少。

> 今《程选》所取专主馆阁场屋体制所宜,而于六朝体亦不忍尽弃,取其尤为脍炙者如干篇,又以庾、王四大篇附于卷末,俾学者各极其趣焉。

此三条有以下两层意思。一、四六文有六朝、唐与宋之别,徐陵、庾信及初唐四杰的“六朝体”虽是四六源流,但当下已不实用,所以只选择一些脍炙人口的篇目收入《程选》中;《程选》所选更重实用性,即适用于科举考试及官场文书的“馆阁场屋体制”。二、赵仁奎《俪语》重对偶工丽,李天麟《四六全书》偏重近于散文者,而近散文的俪文不适用于馆阁体,所以李植优先选择的都是对偶工丽的骈文,但在风格上,他更偏向于“浑厚”之作。

李植特别强调俪文的对偶工整,编选《程选》又是为了帮助文人学子学习骈文写作,所以在刊印《程选》时采用了双行排印的特殊方式,将对偶的句子对称排列,领起字、虚字、助词等单独成行(见图1),如此对偶、声韵都得以明晰呈现,更方便后学揣摩体会。受《程选》影响,其后的四种骈文选本也采取了相同的编排方式。

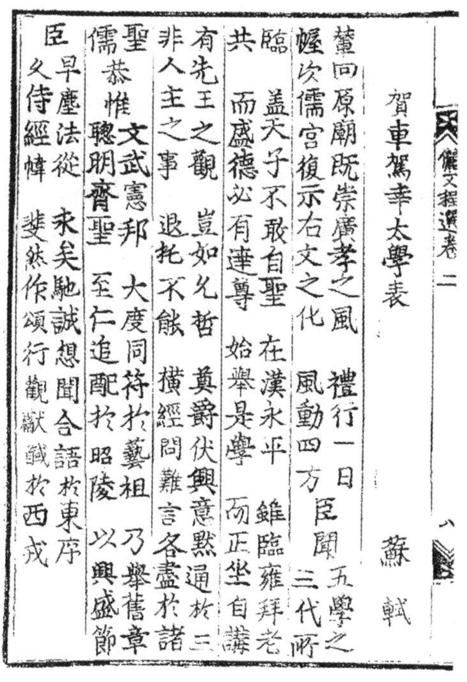
儷文程選卷二　八
賀車駕幸太學表　蘇軾
輦回原廟既崇廣孝之風　禮行一日　臣聞五學之
蹕次儒宮復示右文之化　風動四方　三代所
臨　蓋天子不敢自聖　在漢永平　雖臨雍拜老
共　而盛德必有達尊　始舉是學　而正坐自講
有先王之觀　豈如允哲　奠爵伏興　意默通於三
非人主之事　退託不能　橫經問難　言各盡於諸
聖　文武憲邦　大度同符於藝祖　乃舉舊章
儒　恭惟　聰明齊聖　至仁追配於昭陵　以興盛節
臣　早塵法從　來矣馳誠　想聞合語於東序
久侍經帷　斐然作頌　行觀獻馘於西戎

图1

既然“六朝体”非《程选》所取,李植主选的就是“馆阁体”,体现在选本中就是宋人俪文约 271 篇,占全部骈文的百分之八十五左右[①],其中入选最多的数家如下表(见表 1)[②]:

表 1

作者	李刘	刘克庄	苏轼	陆游	真德秀	方岳	汪藻	欧阳修	王安石	吕祖谦	文天祥	合计
原篇数	32	23	14	13	10	8	8	6	6	6	5	131
更正后	36	25	14	18	10	11	8	6	6	6	5	145

就原篇目数来看,仅这 11 人的入选篇目就达 131 篇,占宋人四六的一半左右。这十一人都是宋四六文的代表作家,从北宋初到南宋末,足以构建起一部宋四六文史。[③]

李植对宋四六文十一人的选择不但影响到其后金锡胄、金镇圭、柳近的骈文选本,而且也为其他的朝鲜文人所接受,李器之(1690—1722)云:“庐陵之委曲婉切,有古雍容君子之风;眉山之淋漓激昂,读之慨然,若与燕赵之士击筑而悲歌。其他汪、真、刘、李、陆、吕、文、谢各臻其妙,虽其变不一,要在因时而达辞,又安在其非古也。”[④]所及人物略有不同,仍能看出《程选》的构架,而《程选》的选目及编排体例、刊印方式更是极大地影响到其后的朝鲜骈文选本。

三、《俪文程选》影响下的骈文选本

李植是仁祖朝“文章四大家”之一,“俪文亦通神”[⑤],南龙翼更以其为“馆阁体”骈文的代表人物[⑥],其文坛地位及骈文成就令《程选》问世后即在学子间广为流行,早在癸酉

---

① 宋四六之外的骈文,包括骆宾王 12 篇、王勃 4 篇、杨炯 3 篇、庾信 8 篇、徐陵 1 篇,还有李峤、陆机各 2 篇,尹尚义、沈约、梁宣帝、上官仪、乐朋龟、常衮、令狐楚、吕温、许敬宗、王绩、王维、张说、柳宗元、崔致远、王构、元好问各 1 篇,共 48 篇,则宋人四六约 271 篇,占全部 319 篇的 85%左右。

② 表中的“原篇数”是指按《程选》作者署名统计的数据,因为《程选》署名多讹误或缺漏,“更正后”是对作者署名进行补正后的统计数据。

③ 参见左江《李植〈俪文程选〉研究》,载《域外汉籍研究集刊》第 24 辑,中华书局 2022 年版。

④《一庵集》卷二《俪文选序》,《韩国文集丛刊续》第 70 册,第 281 页。

⑤ [朝鲜]金得臣《柏谷集》文集册五《读泽堂文集小序》,《韩国文集丛刊》第 104 册,民族文化推进会 1993 年版,第 151 页。

⑥ [朝鲜]南龙翼《壶谷诗话·俪评》云:“余尝作俪选两体二卷,一曰徐庾体,而以疏庵继之;一曰馆阁体,而以泽堂继之。”《韩国诗话丛编》第 3 册,第 379 页。

(1633)十一月陶山书院的置物簿中就有相关购买记录:“《俪文程选》六卷,买,木绵一匹。”①直至一百多年后,张混(1759—1828)还将《程选》与四书五经、八大家文并举,列入“清宝一百部”②中,视其为人生最珍贵的一百部书之一。

在阅读学习过程中,《程选》体例上的缺点也会暴露出来,比如同一人的作品分列在不同类别不同卷帙中,要加以专研就很麻烦。金锡胄首先对此进行了调整,将几位四六文大家的作品集中编排,此为《俪文抄》。

金锡胄(1634—1684),字斯百,号息庵,谥号文忠,著有《息庵集》《海东辞赋》等。《俪文抄》③分上下两卷,上卷抄录了苏轼、汪藻、真德秀、刘克庄、欧阳修、文天祥、李刘、陆游、王安石九人的四六文,共79篇,除了苏轼的篇目超出《程选》,其他八人或与《程选》原篇目数一致,或减少了数篇,列表对比如下(见表2):

表2

作者	苏轼	汪藻	真德秀	刘克庄	欧阳修	文天祥	李刘	陆游	王安石	合计
《俪文抄》篇数	19	8	10	22	6	4	4	4	2	79
《程选》原篇数	14	8	10	23	6	5	32	13	6	117

其中汪藻、真德秀、欧阳修三人收入篇目完全一致,刘克庄比《程选》少《贺范丞相启》一篇,文天祥少《文山新居上梁文》一篇,李刘、陆游、王安石减省内容较多,但《俪文抄》中的篇目都存在于《程选》中。变化较大的是苏轼四六文,二书相较,《俪文抄》增加了《谢量移汝州表》《谢赐对衣金带马状》《谢馆职启》《谢贾朝奉启》《答陈提刑启》《登州谢两府启》六篇,删去了《除中书舍人谢宰执表》一篇。由对苏轼、李刘、陆游、王安石四人四六文的调整,可以看出他们在金锡胄心目中的地位变化,苏轼的地位被大大提升,李刘的重要性则被极大削弱。

《俪文抄》下卷共收录40篇四六文,全部是《程选》中的篇目,其中陆秀夫3篇,张守、方岳、王迈各2篇,《播芳大全》7篇、《翰苑新书》1篇,骆宾王《武盟檄》、崔致远《黄巢檄》、庾信《哀江南赋》、王勃《益州夫子庙碑铭》也在内。由《俪文抄》所收录的骈文我们基本可以推断《程选》是此书的底本,有几个细节可以进一步确定。比如汪藻的8篇与《程选》相同,如上文所言,两篇《亲征诏》的作者分别是沈与求、陈康伯,《俪文抄》也与《程选》一样将二文归于汪藻名下。又如出自《播芳大全》与《翰苑新书》的8篇,大多能

① 陶山书院古文书《1600 년 여러 항목에 걸친 곡물 · 기물 · 기구의 숫자 파악에 따라 기록한 전장기》,韩国国学精神院藏本。

② [朝鲜]张混《而已广集》卷十四《平生志》,《韩国文集丛刊》第270册,民族文化推进会2001年版,第580页。

③《俪文抄》韩国国立中央图书馆所藏本,上下两册。

确定作者姓名,《俪文抄》也延续了《程选》"不斤作者"的问题,未核对补充这八篇文章的作者。再从各篇的题目、内容,以及全书双排对称的编排方式来看,都可以断定金锡胄的《俪文抄》是以《俪文程选》为底本进行的二次抄选。

另一受《俪文程选》影响的是金镇圭的《俪文集成》。金镇圭(1658—1726),字达甫,号竹泉,谥号文清,著有《竹泉集》等。其《俪文集成》(下文或简称《集成》)①编于肃宗三十八年(1712),全书共二十四卷。前编六卷,收录六朝与唐代四六文,分为诏、赦文、册、批答、表、启等十二种文类,共60篇,另有附录一篇,即庾信的《哀江南赋并序》;正编十八卷,以宋代骈文为主,附元明之文,有诏、赦文、批答、表、启等二十一种文类,收入骈文570篇。由正编与前编的分类差别,可看出骈文在发展过程中文体之变化。②

金镇圭编《集成》的目的也是指导学子参加科举考试,自序云:

> 本朝文物仿于宋,而又以此(指四六文)试士,其为用殆有重焉,世之治举业者宜型范乎作者,而唯蹈袭时文,日就拙陋,是亦有其由焉。凡匠之欲巧其方圆,必先善其规矩。作者之文之于举业亦规矩也。

宋朝词科的设置刺激了四六文的兴盛③,朝鲜以骈文取士是受到宋人的影响,所以要有好的四六选本来指导后学,但金镇圭对已有的选本都不太满意:

> 其书之自燕市来者,止《翰苑新书》《四六全书》,而或未该括,或有踳驳。我东则赵典翰仁奎之《类编》繁而未精,泽堂《程选》失之偏,息庵、壶谷所抄病于略。

《翰苑新书》前集七十卷,后集上二十六卷,后集下六卷,别集十二卷,续集四十二卷,编者不详,《四库全书总目》评价云:"其书本为应酬而作,惟取便检用,不免伤于繁复,而于宋代典故事实最为赅备,披沙拣金往往见宝。"④《翰苑新书》卷帙浩繁,使用不便,但集中了大量四六文,也就成为其他四六文选本的重要资料来源,《四六全书》中的篇目就有很多出自此书及《播芳大全》。中国的典籍《翰苑新书》《四六全书》都有缺点,而朝鲜的选本,

---

①《俪文集成》韩国国立中央图书馆所藏本,共六册。

②《俪文集成》前编各类文体统计如下:诏1篇、赦文1篇、册1篇、批答1篇、表(附状议)21篇、启6篇、露布1篇、檄2篇、牒1篇、序13篇、碑5篇、连珠6篇、判1篇,共60篇;正编各类文体统计如下:诏15篇、赦文5篇、答诏4篇、批答5篇、制24篇、诰8篇、麻2篇、表(附状笺)272篇、启199篇、露布3篇、檄2篇、致语7篇(致语分开统计)、上梁文6篇、劝农文1篇、连珠2篇、青词2篇、疏4篇、祝文1篇、祭文6篇、谥议1篇、墓志1篇,共570篇,加上附录《哀江南赋并序》,全书篇目共631篇。

③ 关于宋代词科的变化及与四六文的关系,参见祝尚书《宋代词科制度考论》(《文史》2002年第1辑,第181—192页)。

④《四库全书总目》卷一百三十六《类书类二》,中华书局1995年版,第1152页。

赵仁奎《俪语》较繁复，息庵金锡胄《俪文抄》一共119篇，壶谷南龙翼《俪文选》仅两卷，都过于简略。这些评价都很中肯，但说《俪文程选》“失之偏”则较难理解，可稍加分析：

首先，《程选》中选录唐及唐以前四六文45篇，元人之作有一篇署名虞集的《三十六代天师谢宣召表》，但并不能确定为虞集作品，另有王构的《翰林承旨姚枢赠谥制》、元好问的《外家别业上梁文》，也就是319篇四六文中确定是宋以后之作的只有两篇。金镇圭编《集成》时，称“元明之寂寥而附之，备历代也”，除《程选》中的三篇外，他还增加了9篇表、3篇启①，收入的元明骈文达到15篇②，这应是金氏纠偏之一。

其次，在《程选》中，收入篇目最多的是制诏31篇，表（包括状、书）99篇，启140篇，在全部319篇中分别占比10%、31%、44%；在《集成》中，诏、制、诰共48篇，表（包括状、笺）293篇，启205篇，在全部631篇中分别占比7.6%、46%、32%，很明显表的比例大大增加了，启的比例减少了。就朝鲜时代的实际情况来看：科举考试考的是表笺制诏等文体，并不考启；官员、文人在写作中也很少用到启。启在朝鲜远不及表笺等文类重要，金镇圭在选编时有意识地调整了二者的比重，这应是纠偏之二。

再次，李植在《程选》中确定了最重要的骈文作家十一人，这十一人也是《集成》中入选篇目最多的作家（见表3）：

表3

作者	苏轼	刘克庄	真德秀	李刘	陆游	欧阳修	汪藻	王安石	方岳	吕祖谦	文天祥	合计
《集成》篇数	63	53	41	33	22	21	19	13	12	11	10	298
《程选》原篇数	14	23	10	32	13	6	8	6	8	6	5	131

但金镇圭对他们在骈文史上的地位有不同看法，序云：“宋世之盛文道丕兴，而上下所需用多在俪文，故以欧、苏之为文苑宗师而留意斯体，余子之羽翼接武者亦皆治之，以辞之美而不背于理，是不可以非古而抑之，其后汪、真、刘、李继出而咸臻其妙，俪文之工至此无余恨矣。”他最推崇的骈文作家是欧阳修、苏轼、汪藻、真德秀、刘克庄与李刘六人，最后

① 表9篇，包括徐世隆《贺东昌路平宋表》、孟祺《贺平宋表》、吴澂《谢赐礼物表》、谢端《进实录表》《进宋史表》、虞集《贺皇后正旦笺》、揭傒斯《再即位贺表》，以及明人宋濂《进元史表》、王祎《代佛郎国进天马表》；启3篇，黄虬《讼牛盗上县官启》、张安国《通帅府交代启》、虞集《贺海南将军启》。

② 这多出来的12篇都收入了赵仁奎《俪语》中，可看出《集成》与《俪语》的承继关系。在《俪语》中，谢端《进实录表》后紧承无署名的《进宋史表》，金镇圭想当然以为此亦是谢端之作，实际《进宋史表》的作者是欧阳圭。但亦有变化，虞集的《贺皇后正旦笺》在《俪语》中为《贺正旦笺》，在《道园学古录》中作《正朔中书省贺中宫笺》，金镇圭似乎将二者整合，命名为《贺皇后正旦笺》。

希望后学通过此骈文选本:“本之庐陵、眉山以厚其质而畅其气,参之以浮溪之精深、西山之婉曲、后村之色泽、梅亭之剪裁,而又旁通诸家并取其长,仍又溯穷于子山、子安辈,掇高华而刊繁缛焉,则可期辞理备全以底四六之极功。”仍是以欧、苏为根本,学习汪、真、刘、李骈文之优点,上承庾信、王勃,从而在骈文写作上有所成就。但就入选篇目来看,金镇圭同样也突出了陆游、王安石、方岳等人的地位,甚至陆游入选篇数还超过了欧阳修与汪藻。强调汪、真、刘、李在骈文史上的重要性应是金镇圭纠偏之三,但实际情况与《程选》并无太大不同,这也能看出《程选》的重要性,后人很难跳出它建立的框架。

除以上金镇圭针对《程选》的纠偏,其他受《程选》影响的痕迹也很明显。首先在排印版式上,《集成》也采用双行对称的方式。其次,在篇目选择上,《集成》前编卷五共收入序 13 篇(见图 2),《程选》卷十收入序 11 篇(见图 3),加上别集卷二王勃的《九成宫颂并序》《乾元殿并序》,正好与《集成》篇目一致。《程选》11 篇序的出处并不相同,从第一篇庾信的《三月三日华林园马射赋序》到第七篇骆宾王的《冒雨寻菊序》出自《四六全书》,第十一篇杨炯的《登秘书省阁诗序》出自《俪语》,骆宾王的另三篇第八、九、十篇则是李植自己加入,所以《集成》中的序应该由《程选》而来,金镇圭再按作者时代顺序进行二次编排、规范处理,看起来更为清晰明了。

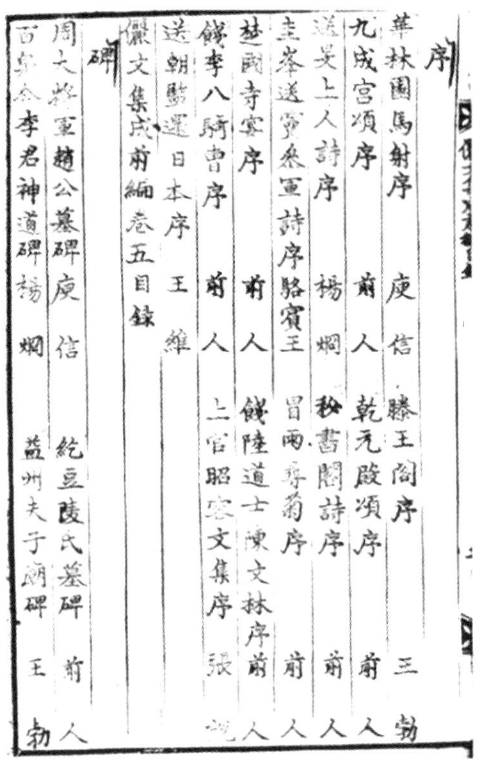
序
華林園馬射序 庾信 滕王閣序 王勃
九成宫頌序 前人 乾元殿頌序 前人
送吴上人詩序 楊炯 秘書閣詩序 前人
主峯送寶參軍詩序 駱賓王 冒雨尋菊序 前人
梵國寺宴序 前人 餞陸道士陳文林序 前人
餞李八騎曹序 前人 上官昭容文集序 張説
送朝監還日本序 王維
儷文集成前編卷五目錄
碑
周大將軍趙公墓碑 庾信 紀豆陵氏墓碑 前人
百[illegible][illegible]李君神道碑 楊炯 益州夫子廟碑 王勃

图 2:《俪文集成》

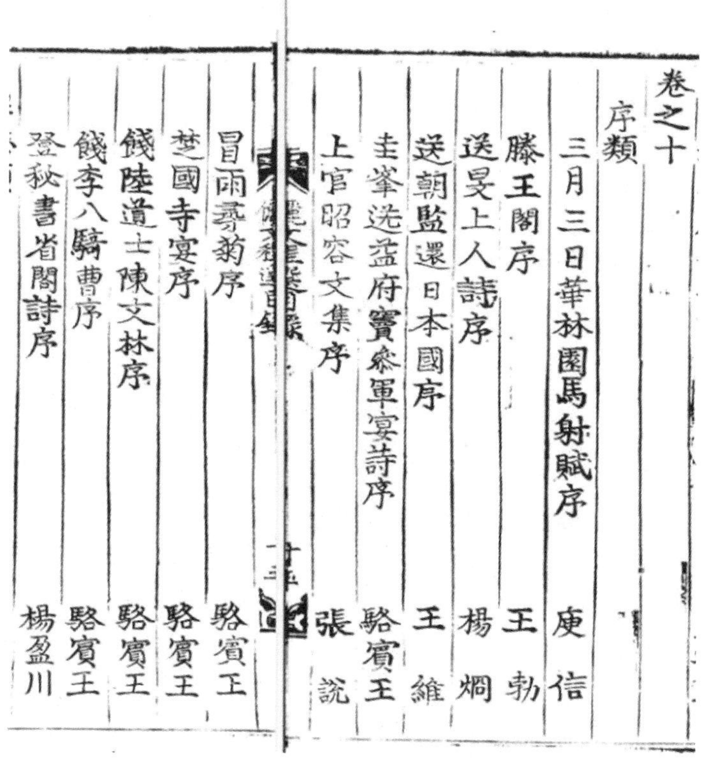
卷之十
序類
三月三日華林園馬射賦序 庾信
滕王閣序 王勃
送旻上人詩序 楊炯
送朝監還日本國序 王維
圭峯送孟府賓參軍宴詩序 駱賓王
上官昭容文集序 張說
儷文程選目錄
冒雨尋菊序 駱賓王
楚國寺宴序 駱賓王
餞陸道士陳文林序 駱賓王
餞李八騎曹序 駱賓王
登秋書省閣詩序 楊盈川

图 3:《俪文程选》

同样能体现《集成》受到《程选》影响的一点乃是对《程选》错误的延续,这一点与金锡胄《俪文抄》一样,还是将《隆祐皇太后告天下立康王手诏》与两篇《亲征诏》的署名都归之于汪藻。但更多的还是金镇圭纠正了李植“不斤作者”的问题,如《追赠比干诏》收入前编卷一,署名“亡名氏”,这就是合理的做法。又如《俪文抄》中出自《播芳大全》《翰苑新书》的9篇作品,金镇圭也分别放到对应的作者名下,如《谢除学士表》归于卷八刘克庄,《贺叶枢密启》《知严州谢王丞相启》收入卷十二陆游名下。

第三种受李植《俪文程选》影响的四六选本是柳近的《俪文注释》①。柳近(1661—?),字思叔,完山人,肃宗十三年(1687)式年进士试及第。生平事迹不详,其《俪文注释》(以下或简称《注释》)十卷八册,共收入骈文165篇。② 除了苏轼的《翰林承旨谢表》《谢量移汝州表》《谢赐对衣金带马状》《谢馆职启》4篇,谢枋得的《谢宋亦山惠米启》《谢惠醋启》2篇,其他篇目都在《程选》中,甚至卷一、卷三的编排顺序都与《程选》完全

① 《俪文注释》韩国国立中央图书馆所藏本,共十册。

② 具体统计数据如下:诏制24篇,表54篇,启71篇,状1篇,露布3篇,檄4篇,致语3篇,榜1篇,碑志1篇,序1篇,共163篇,再加上卷十庾信的《哀江南赋》与王勃的《益州夫子庙碑》2篇,共165篇,卷十的两篇为《程选》别集卷一中的两篇。

相同;卷八露布3篇、檄文4篇、致语3篇、榜文1篇更是与《程选》一模一样,无增无减。

卷二、四、五、六、七的表与启则针对《程选》"先后舛序""不斤作者"两个问题进行了修正,以卷七为例列表比较如下(见表4):

表4

《注释》卷数及序号	《注释》标作者	篇名	《程选》卷数及序号
7-1	方岳	回史督相启	8-16
7-2	李刘	上魏运使启	8-6 宋播芳大全
7-3	李刘	贺钟侍郎除左侍郎兼中书及侍讲启	6-4
7-4	苏轼	谢馆职启	无
7-5	朱廷玉	谢监司荐举启	7-16 无署名
7-6	王迈	谢曾参政荐举启	7-13 宋播芳大全
7-7	欧阳修	谢校勘启	7-9
7-8	王迈	通留经略启	8-11
7-9	刘克庄	贺杜右相启	5-19
7-10	刘克庄	江东宪谢郑少保启	5-20
7-11	刘克庄	除江东宪谢丞相启	5-21

柳近做了两项工作:一是重新编排了篇目,大类内部按照子目进行了归类划分;二是补充更正了作者情况,如《上魏运使启》《谢曾参政荐举启》《谢监司荐举启》,《程选》或标注出自"宋播芳大全",或无署名,柳近都补上了作者姓名。

柳近对作者姓名的补充更正并不完全,特别是卷一,他也延续了《程选》中的署名问题,《拟追赠比干太师诏》的作者为宋周茂振,《隆祐皇太后告天下立康王手诏》及两篇《亲征诏》同样归于汪藻。《拟追赠比干太师诏》题下注云:"《唐书·太宗本纪》:贞观十九年伐高丽所过,赠比干太师,谥忠烈,命有司封其墓,春秋祀以小牢,给五户洒扫。"既然是唐代的事,作者就不可能是宋人周茂振,柳近也意识到了其间的矛盾,所以在题目上加一"拟"字。实际此文又称《唐太宗皇帝赠殷太师比干谥诏》,写于贞观十九年(645)二月,不可能出自宋人之手,金镇圭在《俪文集成》中将此篇收入前编并署名"亡名氏"才是正确的。以上种种,都说明《俪文注释》是以《俪文程选》为底本进行的二次选目编排。

柳近编选是书的主要目的是注释四六文,应该也受到了《程选》的影响。《程选》别集卷一的《哀江南赋》与《益州夫子庙碑》两篇都有注解,《俪文注释》卷十在收入这两篇时也几乎全盘吸收了《程选》注解,只做了一些虚字助词的改动,再加上其他人的解释,内

容显得更为丰富。现将《哀江南赋》的两句列表对比如下(见表5):

表 5

哀江南赋	《程选》注解	《注释》注解
粤以戊辰之年建亥之月,大盗移国,金陵瓦解	景以泰清三年戊辰十月围台城,明年三月台城陷,此云尔者,据其初而言。	侯景以泰清三年十月围台城,明年三月台城见陷。此云尔者,据其初而言也。**附录补注:**粤,发语辞。**吴注:**"瓦解"以上叙国事。《光武传赞》:"炎精中微,大盗移国。"扬雄《润州箴》:"江宁之邑,楚曰金陵。"《始皇本纪》:"土崩瓦解。"
三日哭于都亭,三年囚于别馆	被留之久	被留之久。**附注:**《季汉书》:罗宪入永安城后,帝委质问至,乃帅所统哭临于都亭三日。《左》:定公六年秋,晋人执宋行人乐祁犁。八年,赵鞅言于晋侯曰:"诸侯惟宋事晋,好逆其使,犹惧不至,今又执之,是绝诸侯也。"将归乐祁,士鞅曰:"三年止之,无故而归之,宋必叛晋。"

略举两条,可见《注释》与《程选》的承继关系,《程选》中的注解比较简单,柳近全部加以吸收。除此之外,《注释》中还有"吴注""附录补注""附注"几种,其中"吴注""附录补注"都出自清人吴兆宜集注本《庾开府集笺注》,"附注"的情况比较复杂,可能出自柳近或其他朝鲜文人之手。① 这些补充的内容,一是引经据典介绍字词出处,二是补充四六文的写作时间、相关历史事件、人物典故等。虽然比较繁复,但对于学子更好地学习、揣摩四六文文意颇有助益。

李植《俪文程选》作为一本实用性很强的选本,对于指导后学学习四六文写作、将之用于科举考试及官场公文有着积极意义,在朝鲜时代影响深远。金锡胄、金镇圭都为朝鲜重要文臣,他们自己要执掌朝廷制诰表笺等的写作,也需要指导子弟门人应对科举考试,二人都认识到了四六文的重要性,以及《程选》的实用性、便利性,都以其为底本进行了二次编选。柳近作为底层学子,科举考试更与其休戚相关,对《程选》意义与价值的观感更为直接,所以他花费了大量时间、精力对其进行二次编选,重新排序,更正补充作者姓名,并且不辞劳苦地注释了每一篇作品。他们的努力都刺激了《程选》的传播,让它发挥了更大效用。

四、《象艺荟粹》:最特别的中国骈文选本

赵仁奎《俪语》是现存的第一部朝鲜人编选的中国骈文选本,李植《俪文程选》则是

① 参见左江《朝鲜时代的〈哀江南赋〉注解研究》,《域外汉籍研究集刊》第25辑,中华书局2023年版。

最重要的一部,其后的《俪文抄》《俪文集成》《俪文注释》都受到了《程选》影响,但署名洪奭周精选、洪吉周同校、洪显周参订的《象艺荟粹》①则与前五种截然不同,呈现出独特的面貌。

洪氏三兄弟,一为洪奭周(1774—1842),初名缟基,字成伯,号渊泉,丰山人,谥号文简,著述丰富,有《渊泉集》《鹤冈散笔》等,是朝鲜历史上著名的文人、学者;次为洪吉周(1786—1841),字宪仲,号沆瀣,官至参奉,著有《书林日纬》《沆瀣丙函》《孰遂念》《睡余放笔》等;再为洪显周(1793—1865),字世叔,号海居,尚正祖女淑善翁主,封永明尉,著有《海居斋诗钞》等。洪氏兄弟友睦,三人还合著《永嘉三怡集》,共同编定父母文集,因为他们常一起编选、校订书籍,这也就出现了一些署名问题,如《象艺荟粹》一书,韩章锡(1832—1894)云:“《象艺荟粹》四卷,选古今骈俪最隽者,属仲氏沆瀣公作序,久已刊行。”②肯定了洪奭周编选俪文选一说。但《象艺荟粹》是十卷,而非四卷,让人不免怀疑其准确性。《象艺荟粹》的确有洪吉周用骈文写作的序,云:

> 海居叔子久饫绮纨,夙耽缃缥,名殊题塔蚤避彀于赚英,迹阻登瀛恣观斫于缩巧。于是,撷艺圃之芳润,步文苑之纡迤,伫览中区吸五云于宵寐,眇觌元始倾九河于夕谈,遂乃骋厉古今,剔抉幽妙,刈楚翦楛裁予夺于埙篪,披棘觅兰迭借还于瓻罍,繙(翻)万轴于邺架素签丹标,夹二烛于賓帘紫砚乌墨,辨类则列若编磬,论世则序以贯珠。弁锦质合组之文继以各体,肇金行纂极之运讫于并时,绣图之曲折不移,瑶躔之经纬乃整。凡十卷,二十六目,六十九人,二百四篇。

由序文来看,《象艺荟粹》是由海居子洪显周编选;但洪吉周在《睡馀放笔》中又称:“余多奇梦,盖不离书卷中,而率泼漫迷乱,甫寤而即忘,方编辑《象艺荟粹》,梦一长者告余曰:子于四六宗庾、徐、王、骆……”③说自己编辑了《象艺荟粹》。尹宗铉(1793—1874)撰《永明尉洪公谥状》介绍洪显周著述时云:“有《海居》集若干卷藏于家,尝辑十世遗文为《世稿》,互选昆季诗律为《三怡集》,又选古今骈俪为《象艺会粹》,皆与伯仲二公参订而成之者也。”④辑、互选、选的区别运用,也许暗示着洪显周在数种典籍中所起的不同作用,相同的是两位兄长都参与了编选校订,所以《象艺荟粹》应是三兄弟合作的成果,也许洪显周是初选者,其后洪奭周、洪吉周也积极参与其中,将他们关于俪文的看法、评价通过选

---

① 《象艺荟粹》为首尔大学校所藏本,10 卷 5 册,四周单边,半叶 21.5×14.6cm,10 行 20 字,双行。

② [朝鲜]洪奭周《渊泉集》卷首附韩章锡《散书目录》,《韩国文集丛刊》第 293 册,民族文化推进会 2002 年版,第 5 页。

③ [朝鲜]洪吉周《睡余放笔》卷上,日本大阪府立中之岛图书馆藏笔写本。

④ [朝鲜]尹宗铉《梣溪遗稿》卷六《永明尉洪公谥状》,《韩国文集丛刊》第 306 册,民族文化推进会 2003 年版,第153 页。

目体现出来。

《象艺荟粹》(以下或简称《荟粹》)由洪氏三兄弟编选校订,为何以此题名?因为“象者,法数之美谥;艺者,词学之通称”。书前有《诸家叙略》,不但简要介绍了六十九人的生平仕履,还交代了入选的文类及篇目数,如苏轼:“字子瞻,一字和仲,洵之子,官至兵部尚书,谥文忠,有《东坡集》。今录制诰二篇、批答一篇、表八篇、状一篇、札一篇,启八篇。”由叙略即可知全书共收录苏轼骈文21篇,分布在制、诰、批答、表、状、札、启七个子目中。

《荟粹》中六十九位作者的朝代分布及收录骈文篇目如下表(见表6):

表6

时间	唐前	唐	宋	明	清	新罗、高丽、朝鲜	合计
人数	15	21	18	4	1	10	69
篇目数	91	53	45	4	1	10	204

上文论及的五种骈文选本都是宋人之作最多,此选本则以唐前及唐人骈文为主,共144篇,占比70%左右,在《俪文程选》中这一比例为14%,《俪文集成》为9%左右。《荟粹》洪吉周序云:“太平英华浩李均于燕许,完山注释汪刘富于骆王,靡靡乎虎绣虫雕,骎骎焉蚓吟蛙聒。”“完山注释”指柳近的《俪文注释》,洪氏明确批评了其偏重汪藻、刘克庄等人骈文的现象。就《注释》来看,165篇四六文中,唐前之作1篇,唐人之作7篇,占比仅为4.8%①,另有崔致远《黄巢檄》、元王构《元翰丞旨姚枢赠谥制》,其他全为宋人骈文。

李植在《程选》中确定了宋代十一位骈文大家,金锡胄、金镇圭、柳近的看法虽略有不同,仍能清楚看出《程选》的影响,及众人通过选目构建宋骈文史的努力。《荟粹》完全无意于此,宋人骈文苏轼一人独大,入选21篇,其他选本公认的大家入选篇目都很有限,文天祥启3篇、上梁文1篇,刘克庄启2篇,真德秀表2篇,王安石表2篇,欧阳修表1篇,汪藻手书1篇,吕祖谦制诰1篇,李刘、方岳都无篇目入选。相较而言,《荟粹》更注重对古今骈文史、中朝骈文史概貌的呈现,宋代骈文只是其中的一个环节。

《荟粹》与其他骈文选本的不同之处还有以下几点:

一、在26种文类中,入选篇目最多的数种为:赋,6篇;表,30篇;书,9篇;启,35篇;序,21篇;连珠,65篇。具体数据细分见下表(见表7):

① 《俪文注释》中的唐前及唐人之作除卷十的《哀江南赋》与《益州夫子庙碑》外,还有卷一上官仪的《诏册周王显为并州都督文》,卷二骆宾王的《为齐州父老请陪封禅表》,卷八骆宾王的《姚州破逆贼谢(诺)没弄杨虔柳露布》《武曌檄》,卷九杨炯的《原州百泉县令李君神道碑》、王勃的《秋日登洪府滕王阁饯别序》,共8篇。

表 7

时代	赋	表	书	启	序	连珠
唐前	5	3	5	0	3	65
唐	1	9	4	14	15	0
宋	0	17	0	18	0	0
明清	0	1	0	2	2	0
朝鲜	0	0	0	1	1	0
合计	6	30	9	35	21	65

仅就唐前、唐、宋三个时段来看,连珠仅见于唐前,赋、书、序以唐及唐前作品为代表,启以唐宋为代表,表贯穿于整个骈文发展历史,但以宋人之作为代表,其他 20 种多是一类一篇代表作。由不同时期不同朝代所选骈文文类及入选篇目的差异,可以看出编选者对不同时期骈文代表文类的看法,虽然选本中入选的作家及篇目都很有限,还是能看到骈文文体发展的轨迹,从宋开始,应用性骈文越来越多,适用范围也越来越广。

二、入选篇目最多的作家为:陆机 51 篇,赋 1 篇、连珠 50 篇;庾信 21 篇,赋 3 篇、表 1 篇、连珠 15 篇、铭 1 篇、墓志 1 篇;王勃 12 篇,赋 1 篇、书 1 篇、启 2 篇、序 6 篇、碑 2 篇;骆宾王 12 篇,表 1 篇、檄 1 篇、露布 2 篇、书 2 篇、启 5 篇、序 1 篇;苏轼 21 篇。就入选类目及数量来看,唐前代表作家是陆机、庾信,唐以王勃、骆宾王为代表,宋及以后苏轼是独一无二的存在。每位入选者擅长的文类又各有千秋,陆机是连珠体,庾信是赋,王勃是序,苏轼是表,启的代表作家有骆宾王、李商隐、苏轼、文天祥。此处唐前代表作家似乎与洪吉周所言“子于四六宗庾、徐、王、骆”略有不同,实则并不然。徐陵入选篇目虽只有表 1 篇、书 2 篇、序 1 篇,但居唐前入选篇目最多的第三位,涉及 3 个类目,并且三个类目都有发展延续,比陆机的连珠体更具代表性。

三、选本中收录了从新罗到朝鲜时期 10 位文人的 10 篇骈文,分别是:崔致远(857—?)《黄巢檄》、林春(椿)(高丽毅宗、明宗时期)《上按部学士启》、郑知常(?—1135)《谢赐物母氏笺》、李奎报(1168—1241)《奇尚书退食斋八咏引》、高敬命(1533—1592)《移诸道檄》、黄慎(1560—1617)《誓海文》、任叔英(1576—1623)《练光亭游宴序》、李敏求(1589—1670)《青平公主新第上梁文》、郑寿俊(1637—?)《拟宋论高丽通问塞北行在诏》、李晚秀(1752—1820)《仁政殿重建上梁文》。新罗 1 篇,高丽朝 3 篇,朝鲜朝 6 篇,共有檄、启、笺、引、誓文、序、上梁文及拟诏八个类目,其中引与誓文仅见于朝鲜选目中。《荟粹》并未将这十位作者、十篇骈文单独编排,在“诸家叙略”中大致按人物生卒年将他们与中国文人放在了一起，如崔致远在罗隐与杨亿之间，史天秩之后是郑知常、林春（椿）、李奎报；正文则按文类将十篇作品与中国文人之作编在一起，如卷六的启，第32至34篇分别为史天秩《谢及第启》、林椿《上按部学士启》、商辂《谢顾光禄送金鱼启》。洪氏三兄弟将朝鲜骈文与中国骈文并举，力图消解二者的差别，可以看出他们的文学自信，至少他们认为朝鲜的骈文创作丝毫不逊色于中国文人之作。

四、上文已言及，朝鲜科举考试要考表笺制诏等文体，其中尤以表笺为得分利器，但《荟粹》中只有郑知常一篇笺，以及郑寿俊拟作的诏，其他都非科考文体，可见《荟粹》与《程选》等其他五种俪文选本不同，它不是为科举考试服务的，而更注重展现四六文发展演变的整体概貌。

李植在《俪文程选》中收录了崔致远《黄巢檄》，并说明了原因："文昌檄黄巢文本入唐所作，又我国辞藻所本，故并以世次采附焉。"因为这篇檄文写于崔致远入唐之时，其骈文也被认为是东国俪文之始，申纬（1769—1847）云："孤云学派自唐云，毕竟东人长俪文（崔文昌学骈俪、诗律于唐朝，鸡林人始解制作，此为东方文字之源头也）。"①洪奭周也认为："檄黄巢一篇，气劲意直，绝不以雕镂为工。"②《荟粹》中的其他数篇亦应有入选的理由，可略作考察。

首先是任叔英的《练光亭游宴序》。李植将四六文分为古四六与今四六，即"六朝体"与"馆阁场屋体制"，南龙翼则称为"徐庾体"与"馆阁体"③。李植以任叔英为古四六的代表人物，"亡友任君叔英独能追嗣绝响，艳动一世。"南龙翼更明言："徐庾体，而以疏庵继之。"任叔英是东国公认的四六大家，骈文更接近六朝风格体制，其《统军亭序》很早就传入中国，"大为翰苑诸学士所叹赏，谓我使臣曰：'千年绝调出于海外矣。'仍以四六类书致意寄来"。④《练光亭序》同样是佳作，南龙翼云："《练光亭序》走笔席上，而语皆精工。"⑤

万历二十年（1592）壬辰倭乱爆发，高敬命不但组织义兵抗击倭寇，还写作《移诸道檄》激励民众，李廷龟（1564—1635）云："观公檄诸道一书，不独文章妙天下，其辞义烈烈恳恳，读之使人发竖，虽百世之下足以耸动顽夫，为文顾不当如是耶？"⑥黄慎"文词夙成，

---

① [朝鲜]申纬《警修堂全稿》册七《次韵筱斋夏日山居杂咏》，《韩国文集丛刊》第291册，民族文化推进会2002年版，第154页。

②《渊泉集》卷十九《桂苑笔耕后序》，《韩国文集丛刊》第293册，第422页。

③《壶谷诗话·俪评》，《韩国诗话丛篇》第3册，第379页。

④ [朝鲜]李植《泽堂集》别集卷六《司宪持平疏庵任君墓志铭》，《韩国文集丛刊》第88册，民族文化推进会1992年版，第359页。

⑤《壶谷诗话·俪评》，《韩国诗话丛编》第3册，第376页。

⑥ [朝鲜]李廷龟《月沙集》卷四十一《正气录跋》，《韩国文集丛刊》第70册，民族文化推进会1991年版，第162页。

明畅粹丽,尤长于骈俪”[①],《誓海文》写于万历二十四年(1596)他以通信使出使日本时,金锡胄认为此篇:“即先生之义烈精神,所质之以鬼神,证之以天地者,此可以传之千古无所磨灭。”[②]南龙翼亦云:“黄秋浦慎誓海文极其精切,少无危急中窘态。”[③]此文的典范意义是朝鲜文人之共识,他们在送人出使日本的赆行之作中常提及此篇,如任埅(1640—1724)在送别李邦彦时云:“为诵秋翁誓海文,此行何遽让清芬。”[④]

《象艺荟粹》在选目、编排上都有其独特性,由对四篇东国骈文入选原因的分析,也足见洪氏三兄弟的品鉴之力,因此有必要继续对他们的选文标准、骈文理论进行更为深入细致的分析,从而更好地梳理中朝两国骈文发展史,并评判“徐庾体”“馆阁体”之争。

结语

因为朝鲜时代的科举考试注重制、诰、表、笺等骈文文体,文人学子学习骈文写作就成为重要课业,与此相应,朝鲜出现了数种他们自己编选的中国骈文选本,现存还有六种。其中赵仁奎《俪语》为第一部中国骈文选本,体量最大,内容最丰富。《俪语》的资料来源不但有总集、类书、史书、方志等,还较多地利用了文人别集,由此可见中国传入东国典籍之多。这是《俪语》之优点,也是缺点,书中骈文出自多种典籍,因为没有严格的编选体例,文章编目以及作者署名比较混乱,在一定程度上影响了《俪语》的使用。但作为朝鲜时代编选的第一部中国骈文选本,其在书籍交流、文献校勘、骈文传播等方面都有着重要意义与价值,也成为后人编选骈文选集的底本与资料库,为其后的骈文编选工作提供了极大便利。

李植《俪文程选》是最为重要的一部中国骈文选本,其主旨是为后学士子提供四六文范本以指导科举考试及馆阁文章,因为编选及刊印较匆忙,选本存在着篇目排序混乱以及作者署名缺失或误署等情况,但由于李植个人的骈文写作成就与鉴赏力,《程选》仍然成为东国最重要的骈文选本,其特点有以下几个方面:一是区别了古四六与今四六,尤偏重宋四六文,特别是表笺、启、制诏等政府公文,具有很强的实用性;二是《程选》中入选篇目最多的十一人,足以构建起一部简单的宋四六文史;三是《程选》特别强调俪文的对偶工整,刊印时双行排印,此方式为其后的所有骈文选本所沿用。

以李植《俪文程选》为最重要的中国骈文选本,一是因为《程选》在刊印后就进入书

① [朝鲜]金锡胄《息庵遗稿》卷八《黄秋浦先生集序》,《韩国文集丛刊》第 145 册,民族文化推进会 1995 年版,第248 页。

② 《息庵遗稿》卷八《黄秋浦先生集序》,《韩国文集丛刊》第 145 册,第 248 页。

③ 《壶谷诗话 · 俪评》,《韩国诗话丛编》第 3 册,第 378 页。

④ [朝鲜]任埅《水村集》卷五《赠别李郎中邦彦以通信从事赴日本》,《韩国文集丛刊》第 149 册,民族文化推进会 1995 年版,第 110 页。

院的购书单,成为士子应对科举考试的必读教材,二是其后的骈文选本都受到《程选》的影响,金锡胄《俪文抄》、金镇圭《俪文集成》、柳近《俪文注释》都以《程选》为底本进行了二次编选,纠正了《程选》中的一些问题,柳近甚至还一一注解所选骈文。金锡胄、金镇圭是朝廷重臣,柳近是普通士子,他们都认识到了《程选》的重要性,以自己的方式推广了《程选》,让它发挥了更大的效用。

除以上数种骈文选本外,洪氏三兄弟编选的《象艺荟粹》是最特殊的一种。首先,前面数种骈文选本都是为科举考试服务的,所选骈文最多的是宋代作品,并以表、启、制诰为主,注重骈文的实用性,而《荟粹》更重视唐前及唐代辞赋与骈文,占比70%,唐前的骈文代表作家是徐陵、庾信,唐以王勃、骆宾王为代表,宋及以后苏轼为唯一代表;其次,《荟粹》中选入了十篇东国骈文,时间跨度从新罗到朝鲜,在编排上,将东国骈文与中国骈文放在一起,消解了东国与中国之别,充分体现出他们的文学与文化自信。

以上是对现存六种朝鲜人编选中国骈文选本的特点、价值、彼此关系的论述,其间的骈文分类、选目来源、选目编排、内容校勘、骈文理论等还须进行更为深入细致的研究,尚待进一步探讨挖掘。

作者简介:

左江,1972年生,江苏江都人,深圳大学人文学院教授,主要从事域外汉籍的研究,出版过《杜诗与朝鲜时代汉文学》(中华书局,2023年)等。

《四六雕虫》叙录

杨力叶

内容摘要:《四六雕虫》所收录的是明代作家马朴所著的骈体文作品,辞藻华丽,对仗工整。不论是抒情性的作品还是实用性的应用文体,马朴都以骈体文进行创作,其作品具有壮丽丰赡、整严匀适、脉络清晰、节奏紧凑、浑然天成、善用成语、兼具文采与内容的特点,多被明清骈体文选本收录。《四六雕虫》有两个版本:一为明代万历三十六年(1608)的刻本,31卷;另一版本为清同治十一年(1872)敦伦堂刻本,10卷。

关键词:《四六雕虫》;叙录;马朴

一、 作者生平

马朴是明代万历年间陕西著名的回族官员、学者、文人,同州(今陕西省大荔县)人,字敦若,号淳宇,又号阆风山人,生于嘉靖三十六年(1557)正月二十日,万历元年(1573)补郡弟子员,万历四年(1576)考中举人,万历二十六年(1598)授景州知州,三年后以忧去,服阕,补易州,又三年后入为刑部员外郎,转郎中,擢襄阳知府,万历四十二年(1614)任云南按察司副使,告归,崇祯六年(1633)九月二日卒,享年77岁。

马氏家族在当地是有名的望族。马朴《恭题累朝恩荣录后》叙述自己的先祖累世在朝为官,并出现了祖父两兄弟同朝为官的盛事:"厥后臣祖兄弟同朝隆、万间,而仲祖以词林入参大政,一品恩光,焜耀四世。"①在这样的家世背景之下,马朴得到了良好的教育,成长迅速,《关西马氏世行续录》载有韩爌(少师吏部尚书大学士)撰写的一篇《诰授中宪大夫云南按察使司副使洱海道敦若马公墓志铭》,写道:"幼谨然有成人度,四岁学句读习字,七八岁读五经四书,属对行文工且捷。"②同时人晚明文坛大家李维桢称他"弱冠即以文学为关西举首"。③

① 〔清〕马先登辑《烬余志过录》,同治九年刻本。

② 〔清〕马先登辑《关西马氏世行续录》卷十一,同治七年刻本。

③ 〔明〕马朴著,〔清〕马先登辑《四六雕虫》,同治十一年刻本。莫道才主编《骈文要籍选刊》第14册收录该版影印本,燕山出版社2020年版。本文所引《四六雕虫》序文皆出于此版本,下文不再另作注释。该句为李维桢为《四六雕虫》所撰序文。

马朴为官刚正不阿,勤干严明,做了不少有利于当地人民的好事。马朴有一篇《反归去来辞并序》,在序言中表达了自己践行"忠义之道"的决心:"天启虎兔之间,龙蛇不辨,中外有识多赋《归去》,适学使者比士关右,以此命题。余以国家设官,岂惟虑太平安享爵位,亦将缓急是赖,忧危与共耳。若无事食禄养望,一值时乖事忤,辄飘然四去,付理乱于不可知之人,岂忠义之道乎? 于是伸纸濡毫而作《反归去来》。"①

马朴著述甚富,据《敦若马公墓志铭》记载有《历仕公移》《圣谕解说》《乡约条议》《先师祀典考》《同州志》《人鉴编》《客问》《日省近言》《近取譬言》《阆风馆文集》《四六雕虫》《谭误》《谭字》《谭名》《谭物》《马氏世谱》《杂录》等书刻行于世,一共有一百九十二卷。此外还有《求野编》《明四礼》两书没有刻行,藏于家。除著述之外,马朴还"尤工书,得虞永兴(虞世南)笔意"。②

二、版本流传与编纂体例

《四六雕虫》共有两个版本。一个版本是马朴在世时刻行的版本,明万历三十六年(1608)刻本,31卷,《千顷堂书目》《贩书偶记》著录,现藏于国家图书馆、北京师范大学图书馆、无锡市图书馆、美国国会图书馆。另一个版本是清同治十一年(1872)刻的敦伦堂本,由马朴后人马先登辑成,10卷,前有马先登《〈四六雕虫〉重刻序》一篇,有详细目录,又于卷首刻原序六篇,分别为李维桢、翁正春、张问达、牛应元、胡忻、南师仲所作。敦伦堂本现藏于陕西省图书馆、新疆大学图书馆、南开大学图书馆等处。

10卷本《四六雕虫》共有276篇骈文作品,其中赋2篇,记2篇,碑1篇,敕4篇,表10篇,叙4篇,序8篇,余下245篇都是往来应酬的送行、庆贺的启文。根据原序李维桢文"敦若自敕表词赋叙记书疏状议判案之类,莫非四六,体裁各称,风范若一",南师仲序文"亡论笺表辞赋,机杼天成,虽判牒文移,悉臻妙诣",可知原31卷本收录了马朴所著的各种应用体裁的骈体文,但这本书在马先登时期遭受火灾,已经被烧掉了。马先登在《烬余志过录》序文有回忆:"先是同治初元,由里入都展觐,捡先世遗编,贮为一簏,命儿锡晋庋之居宅楼上,拟将次第刊传。适回匪内讧,楼毁于火……洱海公之《阆风馆文集》《四六雕虫》……尽罹灰烬。"③

后来机缘巧合,马先登的"儿辈"又在西安买到了这本书,"往岁儿辈赴长安秋试,于市肆购得之"。马先登"展读终卷,大之诏诰笺表,次及记序竿牍,无格不备,有美毕收"(《〈四六雕虫〉重刻序》)。可知马先登看到的版本还是原31卷本。但是不知何故,马先

① 〔清〕马先登辑《烬余志过录》,同治九年刻本。
② 〔清〕马先登辑《关西马氏世行续录》卷十一,同治七年刻本。
③ 〔清〕马先登辑《烬余志过录》,同治九年刻本。

登在辑刊这本书的时候,把它变成了10卷本,去掉了书疏状议判案等应用文类的作品,卷数上也减少了三分之二之多,如卷三十一收录有马朴任云南按察司副使时所审案件的判牍59篇,10卷本全部没有录入。

三、 价值意义

《四六雕虫》所收录的作品全部为马朴所著的骈体文作品,辞藻华丽,对仗工整,明代时绝大多数骈体文著作均为历代选本,因此马朴的《四六雕虫》在当时显得独树一帜。对于它的艺术特色,同时人也给予了高度的评价和认可。

首先是不论各种文体,马朴都能用骈体文来进行表达,不论是抒情性的作品还是实用性强的应用文体,他都能够驾驭,且与前人不相上下。“敦若自敕表词赋叙记书疏状议判案之类,莫非四六,体裁各称,风范若一。”(李维桢序文)“敦若是编出入经史,纵横骚选,制敕则陆敬舆,表启则欧阳永叔,骚则小山,赋则大陆,长篇则赵至、丘迟,短札则右军、玄晖。”(张问达序文)

其次是作品的风格具有壮丽丰赡、整严匀适、脉络清晰、节奏紧凑、浑然天成的特点。李维桢在原序运用了一系列鲜明的形象来比喻马朴的骈体文作品:“壮丽如昆仑天柱,五城十二楼,如未央建章,法象紫宫千门万户;丰赡如周官王会,方轮错出,如五都三市,如波斯胡贾环宝麟崒;整严如勒以八阵,莅以威神,步伐止齐,尺寸无逾矩;匀适如凌云台,材木轻重诛两悉配;脉络如大海受风,紫澜白波前后相属;音节如清庙朱弦,如鸣銮佩玉,如莺簧递奏;浑成如琪树玲珑,金芝布濩,非由人造。”

第三是马朴还善于在文中穿插使用成语典故,往往信手拈来而不露痕迹,显示了很高的文学造诣。马先登在重刻序中就评价为“最为工绝者,尤在善用成语。每当出落转换处,在他人不知费几许炉锤,公独运之以轻清隽折之笔……为有明工四六者所不及也”。

第四是马朴的骈体文兼具文采与内容,使他的骈体文作品“文质彬彬”。“敦若精工而能古雅,高华而能清虚,平易而能神奇,兼六朝唐宋之美,遂为此艺用场,莫与争能。”(李维桢序文)“有六代初唐之葩而不流于靡,有两宋诸人之理而不伤于质。”(翁正春序文)

正因为马朴的骈体文具有高度的艺术特色,明清时代的人在编辑骈体文选本的时候,马朴的作品被广泛选录和传播,被视作骈文经典作品。《启隽类函》《古今翰苑琼琚》《四六灿花》《四六鸳鸯谱新集》《四六类编》《四六新函》《听嘤堂四六新书》等明末清初骈文选本,大都选入了马朴的数篇作品。如卷五的《贺余云衢大宗伯启》一文,就被明代的《古今翰苑琼琚》《启隽类函》等多部骈体文选本收入。

马朴吸收前人创作骈文的长处，并融入了自己对骈文创作的见解与体会，能较为自如地运用骈体文在各种题材上进行文学创作，有其独到之处。在骈体文选本如林的明清之际，马朴的《四六雕虫》作为少有的个人作品别集，具有不可忽视的研究价值。

附录：

按：以下诸篇，以陕西马氏丛书校勘。

《四六雕虫》重刻序

登清庙明堂之上，而厕以草衣裋褐，其失也鄙僿无文；宴金谷玉津之园，而供以尘饭土羹，其失也俭觳寡味。自来四六之文以富丽为工，夫人而知之矣。而其为之也，枕经葄史，选声炼色，固不可有疏笋气，尤不可有饾饤习。如或羌无故实，一涉于岛瘦郊寒，则聚星赋雪，徒手漫夸白战之雄；然使不知剪裁，但务为獭祭鳞比，将屋角散金，堆垛难中青钱之选。故欲觇人卓越之才学，不能概废四六之体制。

国朝雍正元年，廷试新科进士，四六与诗，文题并出，用觇所长。工其制者，惟陈检讨其年、王舍人嗣槐。两家而外，指不多屈。虽以吴穀人、洪稚存裒有专集，然风骨绌于文采，议者不无雉窜文囿之诮焉。

自乾隆己卯乡试，裁去表、判后，士子几不知四六为何体。夫是体创自魏晋六朝，犹汉魏五七言古诗，至唐而变为五七言近体并排律，时代使然也。逮宋元明，作者辈出，风会不同，格调各异。

窃尝比而论之：大抵一篇之中，不难于铺陈，难于转折，能于驱词隶事之中，具有掉臂游行之乐，如宜僚之承丸，圆转如意；如公孙大娘之舞剑，顿挫生姿；又如庖丁之解牛，动中肯綮而奏刀騞然；僧繇之点龙睛，欲飞而氤氲缥缈中首尾仍自相回顾，令读者几忘其为四六之文，夫然后乃尽文人之能事，而极骈体之大观也矣。世儒袭优孟之衣冠，喜大言以欺世，不曰摹先秦则曰仿两汉，至于四六则薄不屑为，谓其体愈降而下，等于曹、桧无讥。不知是文体之变，非文体之降也，将使江、鲍、徐、庾空擅六代之名，卢、骆、王、杨有惭四杰之目。试为之吮毫伸纸，果能如董之醇、贾之茂、马之密、班之洁，尚不得以骈俪一时之体，废江河万古之流。若犹未也，而曰姑舍是，是固自忖其才与学不能企于古作者之林，但以藏拙匿瑕者自掩其空疏谫陋，则安得援昌黎文起八代之衰，温公史冠诸家之长，两巨公俱不肯为四六文之说，遂卑之无甚高论哉。

先副使敦若公诗文集杂著之余，著有骈体文十卷，名曰《四六雕虫》，盖取扬子云"雕虫小技，壮夫不为"之意，以示㧑谦。明万历间久已镌板行世。近毁于兵燹。往岁儿辈赴长安秋试，于市肆购得之。展读终卷，大之诏诰笺表，次及记序竿牍，无格不备，有美毕收。自服官迄致事数十年,酬应之文胥靡焉。其气息之渊懿朴茂,笔力之劲健扶疏,词采之润腴丰赡,李本宁诸前辈序述已详。而最为工绝者,尤在善用成语。每当出落转换处,在他人不知费几许炉锤,公独运之以轻清隽折之笔,遂使通首骨节俱灵,而作者仍自不经意,所谓"文章本天成,妙手偶得之",为有明工四六者所不及也。各序中未论及此,用特表而出之。若曰榼书甫读,以后嗣而妄评先代之著作,则予小子所万万不敢者尔。同治壬申秋七月,裔孙马先登谨撰。

原序一

李维桢(太泌山人)

今滇宪副马敦若为文庄先生诸孙,弱冠即以文学为关西举首,两出守州,一守郡,皆用徇(循)良高第显。此编其所为四六之文也。

四六之文,昉于六朝,而唐因之,或者偏取宋人合作,其在今人更有难于古者。六朝与唐多以四六字为句,即增不过一两字,今句读至数十言而后属对,一难也;唐人四六,韵不必平仄相间,今与五七言近体诗用韵无异,二难也;宋人汰绮靡,务平淡,耳目一新,而其敝流为寒俭寡味,今酌绮靡平淡之中而用之,三难也。故有为伪两汉易,为真六朝难之说者。五色成文而不乱,八风从律而不奸,大斡玄造,高轧霄峥,吾见亦罕矣。

敦若自敕、表、词、赋、叙、记、书、疏、状、议、判、案之类,莫非四六,体裁各称,风范若一。壮丽如昆仑天柱,五城十二楼,如未央建章,法象紫宫千门万户;丰赡如周官王会,方输错出,如五都三市,如波斯胡贾,瑰宝麟萃;整严如勒以八阵,莅以威神,步伐止齐,尺寸无逾矩;匀适如凌云台,材木轻重,铢两悉配;脉络如大海受风,紫澜白波,前后相属;音节如清庙朱弦,如鸣銮佩玉,如莺簧递奏;浑成如琪树玲珑,金芝布濩,非由人造。盖闻之曹辅佐白地明光锦,酷无裁制;殷仲文才不减班固,读书未半袁豹;任昉用事过多,属辞不得流便。古之作者,尚有遗憾,敦若精工而能古雅,高华而能清虚,平易而能神奇,兼六朝唐宋之美,遂为此艺用场,莫与争能。非夫思极八荒,书穷万卷,功深百炼,力引千钧者,岂易办哉?

余每得敦若书,惊心动魄,不能作一字报,惟藏弆为荣而已。嗟乎!司马温公不为四六,当以其刿琢过劳故,而拙者因以匿瑕,猥云俳偶不足多尚。夫亦未三复敦若斯编,而仿其手笔,尝试为之也。

原序二

翁正春(翰林侍讲)

文之有四六也,则昉于六代乎?书以为经,诗以为纬,故实以为干,音律以为辅,骈丽以为饰。其制似方而非方也,方之而失,则苦拘挛也;其句似离而非离也,离之而失则寡神情也。盖齐梁之间,徐、庾致其藻;隋唐以还,杨、骆裁其声。迨宋庐陵、眉山诸君子遂一洗月露之旧,而务为情至之语,体稍稍变矣。

国朝作者如林,文章大备,独四六之学,眇辟堂奥。即徐昌穀、黄勉之二氏,俛(勉)睎六代,然仅一寄蹊径,非所谓鸣和鸾而齐步伐者耳。乃今得一敦若,马君敦若家世冯翊,为故相文庄公诸孙,既负俊资,兼擅家学。弱岁即以经术荐乡校,籍甚西土。李本宁太史雅推毂不置。既屡屈首公车,一为景,今载为易,两州大夫,所至以治行称。而尤特工四六,若兹所为《雕虫》也者。盖敦若于书亡所不读,而于体无所不备,自笺表竿牍,以迨辞赋序记,琐至青词、绿章、移文、署牒之类,信其机杼,矢笔而成。率尔雅娴丽,铿鍧迭奏,觚员在手,修短合度,有六代初唐之葩而不流于靡,有两宋诸人之理而不伤于质。甲兵武库,栌桷邓林,他人所嗫嚅而不易施其炉锤者,君直驱车弄丸,无之不可,霍然騞然,务以调之于适。语云:“惟其有之,是以似之。”盖征俪语于一代作者,而敦若翩翩擅绝技矣。题曰《雕虫》,志谦也。夫敦若是编,论大雅者所不能废,讵壮夫云乎哉?遂不辞为序,俾县之国门。

原序三

张问达(太常少卿)

魏晋以后,两京风骨剥蚀尽矣,然调协宫羽,精铄山川,错五采以成绘,稡千腋以集裘,亦自津津可喜。若曹、王先觉,潘、陆特秀,江、鲍掞天之藻,徐、庾雕龙之业,其概足术已。四杰词斐亹而鲜情致,两宋调流转而渺芳华,若叙事之中间杂议论,变幻之内不乏整栗。明兴,惟吉水、毗陵颇与其选,他即新都、姑苏,才邻一石,学穷二酉,未免六朝奴隶、三唐云耳矣。

余郡敦若马公,冯翊世家也。儿时颖异,风气遒上。漆园、龙门之籍,枕藉已周;江左、云间之书,吾伊复烂。兴到笔来,心得手应,靡文不韵,靡韵不烨,业已籍甚关以右矣。出而五马两州,元本文章,缘润吏治,民戴如春,士望为师。堂室余暇,频勤批抹,兴除大政,多费藻裁,久之帙成,出付杀青,题曰《四六雕虫》,见非三五之名,章壮夫之伟,竖志挹损也。驰行字于都门,问佛粪于下走。余谓骈四俪六,琢字敲句,固未渠登龙门之室,分扶风之座。然昌黎文起八代之衰,温国史兼诸家之长,至有韵之文仍尔,谦让未遑,岂其厌薄?挽近澄汰浮靡,毋亦鼎彝锦绣,难相为谋,即大儒元老未免阁笔乎?

敦若是编出入经史,纵横骚选,制敕则陆敬舆,表启则欧阳永叔,骚则小山,赋则大陆,长篇则赵至、丘迟,短札则右军、玄晖。唐人之藻,宋人之致,具体兼美,毗陵、吉水把臂入林,新都、姑苏赭颜逊舍矣。

余愧玄晏先生,安能为《三都赋》序?然既列枌榆,又附金兰,不敢不濡毫以备邯郸幼妇先驱。

原序四

牛应元

近世文学之家,率猎意作者,左、史尚矣。汉魏而下,递有欣厌,唐宋则非其好也。然昭代自吾乡献吉独执牛耳,历下、弇州欲夺螯弧,其余则分部建牙,可以指屈。即自喜剌古者,人标门望,要之技击之属,或奸旗鼓,无乃虚慕左、史,实失唐宋乎?得亦为狐裘羔袖,失则为春华海枣,余重为斯道慨也。

马敦若为文庄家白眉,与余偕举于乡。同籍之中,敦若年最青,才最赡,学最博古。顾好为四六语,每一援翰,而妍辞丽藻,逼颖为章,不待字句为诊缕也者。夫以敦若才,何难折珠璧之藏,错综而出,比拟于左、史,乃俳偶自命哉?夫亦谓文禀于才,才符于情,极其才情之所至,奇偶惟适,奚庸以唐宋气骨,强附以左、史之郛?且如义乌、眉山辈,即俳语岂不称绝而薄之也?故一切文赋以至竿牍檄牒,俱成四六家言,金渊玉海,绮合星稠,亦词场之极观也。乃犹歉然于子云之言,以《雕虫》自目,夫刘氏《雕龙》至今脍炙,敦若何乃自孙而虫目之?屈则蠖,飞则龙,读者自辨。独怪敦若为吾籍赤帜,终屈于南宫一第耳。虽然,长卿、子美不第于文学之科而词赋独重,敦若政不以一第重也。况今广川、易水之政有两汉循良风,则又不独以文学见者。文章不必薄唐宋,吏治不必让两汉,盖所谓彬彬质有其文者哉。

原序五

成纪胡忻(工科给谏)

盖闻日丽月轮,象自成两;阳奇阴耦,爻则相联;天籁之鸣,雅韵鼓吹;清音之发,灵谷纷披。故自三五而降,亦有四六之文。此盖取则于天地,而泄机于性灵也。宋、齐、梁、陈作者林立,字挟风霜,情侈藻缋,既载笔而骋驾,亦树帜而登坛。顾后芜靡日盛,气骨无存。好古君子或病为方,或诋为俳,而浅蓄之夫,因是阁笔以自藏其拙。尝叹昌黎之掩六朝,何已甚也;休文之俟来哲,有由然矣。

余同年友马刺史敦若,英敏之资夙成,豪杰之望世济,论文学则并驱游、夏,课政事则远驾求、由。宰割大郡,绰有余裕。每于鸟啼吏稀,会情触景,乍舒新茧,时赋古骚。逸思飞翻,缀就函京之制;奇文葳蕤,割来云汉之章。罔嘈囋于长篇,讵跄踔于短韵。又或嘤鸣相召,臭味遥投,书缄八行,花吐五色。横雕龙于翠瓦,舞缟凤于文笺。莫不共羡侯鲭,竞珍寸脔。又况表章之体庄重,建议之旨详明。离坚合异以立谈,披文相质以丽事。不束于格,曲写其情,偶之贯也如连珠,响之结也如振玉,为龟为镜,均称有用文章;或正或奇,尽是不朽大业。斯亦足成天下之亹亹,定古今之喧喧矣。

昔者安石碎金,每见称于坐客;而大年衲被,致受嗤于时髦。岂不以玄言屑霏,率由天才骏发,而未全抽西山之秘者,奈何轻拟西昆之体哉?以余观于敦若,藻雄掞天,学擅博古。故达变而识次，似开流以纳泉。其言炎炎，其芳馥馥。词盟所以代兴，大雅为之复振。每搜全帙，辄惊大巫。

适承索序之命，僭为提铅若此。嗟夫，绣虎而题以《雕虫》，敦若则诚谦矣！乃狐裘而杂之羔袖，不佞窃自恧焉。

原序六

渭上南师仲(太学司业)

夫玉德内莹则金声外亮，色泽生于神理，轨躅准于前踪，境岂悬空，语有独至。是故繁枝对叶，皆属化工；媲白取青，奚须剪拾。要以铸词无文，行何能远；离情越性，道自多乖。故缛绣绮章，符诸本质；骈敷艳藻，咸寓真机。惟是猗顿之家，斯存鸿宝；玄山之粒，不乏三精，古今俪辞大略可睹矣。作者如林，畴其玄诣，余友敦若政自斐然，君故相门白眉，艺苑华问。总角吐舌，才情如琼屑瑶花；弱冠蜚声，驱驰若蒲稍汗血。削缘梓庆，见者神惊；睛拟繇龙，点即欲舞。而尤能游思缃简，抗志尘寰，五车出于寸筲，千古罗于片颖。神经奇纪，谁匪摩研，茹腴搴芳，辄成佳话。体无心于凑合，机有得于逢源。

若曰大块示我无之非是者，以故语无钉饾，笔有炉锤。要使乳酪之味，都作醍醐；旃檀之林，莫非香木。亡论笺表辞赋，机杼天成，虽判牒文移，悉臻妙诣。观其所就，真如函谷河山，相逼而来。岂唯人莫能窥，即君亦不知其自矣。若夫刺史上国，恒有云峤春临之思；平反西曹，不废灞桥吟哦之色。贾、班金玉，未可同年；潘、陆沉酣，宁堪方驾。总之灵授天畀，斧藻千秋；大轫长辕，驰声万里。要眇之致，于斯为极；变化之神，未易径造者也。

久附臭味之同，深愧品题之鉴。如其定贾，自有名言。

作者简介：

杨力叶，1979年生，广西宁明人，广西师范大学文学院博士研究生，桂林学院讲师，研究方向为先秦两汉魏晋南北朝文学。

《有正味斋骈体文笺》叙录

钱 辉

内容摘要:清人吴锡麒著有《有正味斋骈体文》,王广业为其笺注成《有正味斋骈体文笺》①。有清咸丰九年(1859)青箱塾刻本及清道光二十五年(1845)刻本。清末及民国多有将王广业笺与叶联芬注合为《有正味斋骈文笺注合纂》。吴锡麒是乾嘉时期重要的骈文作家,《有正味斋骈体文》及《有正味斋骈体文续集》共收其骈文四百余篇。其交游较广,文集中序、书、跋、游记等体数量较多。其骈文有清丽、工整、情感饱满等特点,近六朝骈文。也有部分应酬之作体格较弱。在乾嘉骈文创作的高峰中,其骈文作品取得了较大的成就,能够自成一家。

关键词:《有正味斋骈体文笺》;版本;特点

一、作者、注者生平

吴锡麒,字圣征,号穀人,浙江钱塘(今杭州)人,祖籍徽州。生于乾隆十一年(1746),卒于嘉庆二十三年(1818),时年七十三岁。乾隆四十年(1775)进士,授编修,官至祭酒。王昶《湖海诗传》:"吴锡麒,字圣征,号穀人,钱塘人。乾隆四十年进士,官祭酒。"晚年主讲扬州。

吴锡麒擅长诗、词、骈文、赋等体。其诗《七十自述》称"十五知词章"②,王文濡称其"工诗、词、骈文"③,《清史稿》称其"工应制诗文,兼善倚声"④,《清史列传》称"锡麒喜游,必有诗纪之。尤工骈体……兼工诗余"⑤。叶德辉《郎园读书志》卷十三:"祭酒以骈文擅长,兼工赋得体……诗融贯汉、魏、六朝、三唐,而博之以宋人之意趣,故音节高而无浮响,功力厚而有深思。赋得体为唐时试士之制,我朝因之,自童试、乡会试、朝考以及翰林馆

---

① 莫道才主编《骈文要籍选刊》第69册,燕山出版社2020年版。

②《有正味斋诗续集》卷八《七十自述》:"六龄就外传,十五知词章。游心翰墨林,奉志冠盖场。"

③〔清〕王文濡《清代骈文评注读本》下册,中华书局1937年版,第14页。

④〔清〕赵尔巽等撰《清史稿》,中华书局1977年版,第13386页。

⑤ 王钟翰点校《清史列传》,中华书局1987年版,第5940页。

课、大考等皆用之,故工于此者最多。”[①]《蒲褐山房诗话》:“既工骈体,尤善倚声,而诗才超越。”吴锡麒著有《有正味斋集》含诗、赋、文、词等作品。另有诗集《匏居小稿》(附词集《有正味斋琴言》)及《有正味斋尺牍》《有正味斋日记》《有正味斋律赋》《有正味斋试帖诗》等。

王广业,字子勤,江苏泰州人。生于嘉庆五年(1800),卒于光绪十年(1884),终年八十五岁。道光丙戌年(1826)进士,曾任漳州知府,官至福建汀漳龙兵备道。著有《有正味斋骈体文笺》《袁文合笺》《十三经字考》《听苑轩诗》《乡贤世德录》《国朝诗一脔集》等,曾重刻《余园诗》《恕堂集》《芸香诗钞》等。

二、版本及其流变

《有正味斋集》全集最早为十六卷刻本,卷一至卷八为诗,卷九至卷十为赋,卷十一至卷十三为文,含序、论、传、记、启等,卷十四至卷十六为词。嘉庆刊本为《有正味斋骈体文》二十四卷、《诗集》十六卷、《词集》八卷、《外集》五卷合刻本,计五十三卷。另有六十五卷《有正味斋全集》,是集在前者基础上增加《续集》两种、《外集》一种,共十二卷。后有七十三卷本《有正味斋全集》,较六十五卷《有正味斋全集》多收《有正味斋诗续集》八卷。

《有正味斋骈体文》最早见于《有正味斋全集》五十三卷本,嘉庆十三年(1808)刻本,续修四库全书第1468至1469册亦收。饶国庆等编《伏跗室藏书目录》记载:“《有正味斋骈体文》二十四卷、《诗集》十六卷、《续集》八卷、《外集》五卷、《词集》八卷、《词续集》二卷、《词外集》二卷,〔清〕吴锡麒撰,清嘉庆十三年(1808)刻本,十二册。”

《有正味斋骈体文》笺注本常见有5种。

其一,《有正味斋骈体文集》清道光十一年(1831)嘉兴汪氏手定底稿本。卷首题“钱塘吴锡麒著,仁和汪燮注,男:稻孙、莲孙,孙:彝准、彝镜校录”。是为《有正味斋骈体文》最早之注本。

其二,泰州王广业笺《有正味斋骈体文笺》。有清道光二十五年(1845)刻本,两函八册及咸丰九年(1859)青箱塾刻本,一函八册。饶国庆等编《伏跗室藏书目录》记载:《有正味斋骈体文笺》二十四卷,〔清〕王广业撰,清咸丰九年刻本,八册。《海源阁书目》载“《有正味斋骈体文笺》二十四卷,清王广业撰,清咸丰九年刻本,六册”[②],疑有丢失或记载有误。

---

① 叶德辉撰,杨洪升点校《郎园读书志》,上海古籍出版社2010年版,第607—608页。

② 王绍曾、崔国光等整理订补《订补海源阁书目五种》,齐鲁书社2002年版,第1106页。

其三,叶联芬笺注《有正味斋骈体文笺注》。卷首题:钱塘吴锡麒著,慈溪叶联芬笺注。道光二十年(1840)补蹉跎馆刻本,同治戊辰年(1868)重印。饶国庆等编《伏跗室藏书目录》记载:"《有正味斋骈文笺注》十六卷,〔清〕叶联芳撰,清同治七年(1868)慈溪叶氏刻本,八册。"后有光绪十七年广东刻本、光绪成都翻刻慈溪叶氏本、光绪江西翻刻慈溪叶氏本。

其四,王广业笺与叶联芬注合为《有正味斋骈文笺注合纂》二十四卷。有光绪十五年(1889)上海蜚英馆石印本,四册。民国年间有上海鸿章书局石印本、上海文瑞楼石印本、民国上海尚友山房石印本、民国十四年上海会文堂书局石印本。此后亦多有重印、翻印,不赘述。①

其五,赵炳煃笺注《有正味斋骈体文笺注》,稿本未刊。

三、体例

在吴锡麒的骈文作品中,序文占了很大的比例。其交游较广,常常为他人的诗文集作序,亦有为数不少的赠序、书信、碑铭、墓志等体。

王广业笺《有正味斋骈体文笺》卷一、卷二收17篇赋,卷三至卷十二收129篇序,卷十三至卷十六收23篇记,卷十七收18篇书,卷十八、十九收37篇启及7篇疏,卷二十收7篇题词、9篇跋、1篇赞,卷二十一收8篇论,卷二十二收6篇碑,卷二十三收5篇墓志铭,卷二十四收5篇传、2篇诔、3篇祭文。

王广业笺本较嘉庆十三年刻本,删去卷十《梁匠诲孝廉接山草堂图序》、卷十七《寄谢陈桂堂太守书》《杨庄舟中寄曾宾谷书》《寄李宁圃同年书》《寄曾宾谷书》、卷二十《添香女史小照题词》《小沧浪阁题榜跋》、卷二三《中宪大夫刑部郎中查公墓志铭》《资政大夫候选道汪君墓志铭》。其例言云:

> 笺注专集本无去取,惟先生以承明金马之才,晚岁鹤背扬州,皋比讲座。莫酬晋公之绢,群攫刘义之金。下笔为文,盖有不得已者,故集中如《添香女史题词》及《蹉

① 据李灵年、杨忠主编《清人别集总目》,安徽教育出版社2000年版,第917页。另:刘欢萍考证:"《有正味斋骈体文》王笺叶注合纂二十四卷本,民国年间曾有多家书局印行:(1)民国上海鸿章书局石印本,今藏复旦大学图书馆、四川省图书馆;民国二十年上海锦章图书局石印本,今藏国家图书馆;(2)民国上海文瑞楼石印本,今藏上海图书馆;(3)民国上海尚友山房石印本,今藏南京图书馆;(4)民国十四年上海会文堂书局石印本,今藏安徽省图书馆。又,《有正味斋骈体文》王笺叶注合纂三卷本:(1)民国大达图书供应社刊行,南京图书馆藏;(2)1965年台湾大新书局印行,台湾大学图书馆藏。此二本均题曰《有正味斋骈体文笺注》。它们与上述二十四卷同系王笺叶注合纂,不同的是将二十四卷重新编次为上、中、下三卷,内容未变。"引自刘欢萍著《乾嘉诗人吴锡麒研究:附吴锡麒年谱》,凤凰出版社2016年版,第59—60页。

贯墓志》略加泠汰，先生亦当首肯。[①]

其例言中亦提及，因吴锡麒交游广泛，有许多受人委托而作的文章，是“不得已之作”，所以删去了这部分作品。

四、骈文特点及文学史贡献

吴锡麒骈文有清丽、工整等特点，近六朝骈文。然而，也因其中多应酬之作而被诟病“体格太弱”。除去部分应酬之作，吴锡麒骈文之作已“自成一家”[②]。

吴锡麒《有正味斋骈体文》及其《有正味斋骈体文续集》共收其骈文四百余篇，是清代乾嘉时期骈文创作较多的作家之一。吴鼒编纂《八家四六文钞》时，收录吴锡麒骈文54篇，占全书三分之一篇幅。后曾燠等编订《国朝骈体正宗》时亦收录吴锡麒12篇骈文。吴振棫《国朝杭郡诗续辑》称吴锡麒“所为骈体，尤名于时，踵门乞者，几于一缣一字。”[③]可见吴锡麒骈文在清代已得到较高的认可。

吴锡麒骈文众体兼备，吸收了六朝及唐代骈文的长处，具有“古雅”的特点。在用典方面不求艰深晦涩、不炫技。吴鼒《有正味斋续集题词》称：“先生不矜奇，不恃博，词必泽于经史，体必准乎古初……合汉、魏、六朝、唐人为一炉冶之。”[④]

吴锡麒骈文具有“清”的特点。朱一新认为吴锡麒骈文有“清才”，其《无邪堂答问》卷二《答问骈体文》称：“榖人自是清才，体格太弱。”李慈铭《越缦堂读书记》称吴锡麒的骈文有“辞旨清切”的特点。

吴锡麒骈文具有“工整”的特点。李慈铭《越缦堂读书记》称“盖榖人才弱而体俊，思凡而语工”，体式完备、语言工整。

然而，吴锡麒骈文也常被认为才气较弱。胡玉缙《许庼经籍题跋》卷四《有正味斋集书后》：“躁释矜平，不免流而为庸，猝不易动目。”贬吴锡麒骈文为平庸之作，让人难以阅读。而李慈铭《越缦堂读书记》在承认吴锡麒骈文“体俊”“语工”的同时，也认为吴锡麒是“才弱而体俊”“榖人才弱，笔不能举其气，蹊径亦太凡近”。

就具体篇章而言，王文濡《清代骈文评注读本》选录多篇吴锡麒骈文作品，并从写景之意境、感情之饱满、文章之辞藻文采等角度对其写出了较为独到的评语。其评《罗两峰

① 莫道才主编《骈文要籍选刊》第69册，《有正味斋骈体文笺》例言。
② 叶德辉撰，杨洪升点校《郎园读书志》，第608页。
③ 转引自杨旭辉《清代骈文史》，人民出版社2013年版，第301页。
④〔清〕吴鼒辑《八家四六文钞》之一《有正味斋续集》卷首，较经堂本。

〈香叶草堂诗〉序》为“清夜九霄,深雪万嶂,文境似之”[①];评《张花农〈床山堂诗集〉序》为“应有尽有,无藻溢于辞之病”[②];评《曾盱江〈静香斋遗诗〉序》为“情至之文,如水到渠成,山动秀生”[③];评《〈诒晋斋咏赵忠毅公铁如意诗卷〉跋》为“负声有力,振采欲飞”[④];评《寄王治山同年书》为“委婉有致,澄洁无坋”[⑤];评《与黄相圃书》“飙厉霜摧,《哀逝赋》之遗响也”[⑥];评《答张水屋书》为“情生文耶? 文生情耶? 天人兼到之作”[⑦]。王文濡选取了吴锡麒较具代表性的骈文篇目,并对其优点作出了充分的肯定。

就注本而言,王广业的注释也是较为全面的。后来叶联芬注本也借鉴了王广业的注释。许贞干在注释《八家四六文钞》时亦参考了王广业的笺注。故张之洞《书目答问》“词章初学各书”(虽为典故辞藻,然所列书,必体例大雅,引书有裁择者,有本原者。引俗伪书者为无择,引类书而不注出典者为无本)下列:“《有正味斋骈文注》。吴锡麒。王广业、叶联芬两注本。”可见王广业对吴锡麒骈文的注释对于吴锡麒骈文的传播作出了贡献。

附录:

序

帝车华盖,征求陋半解之才;孤骛落霞,辨晰泥齐飞之旨。刘稻疑生陆义,未从三传研精;涌泉句入士衡,谁把六州铸错。侈六朝之巨制,原是书厨;睹九曲之洪流,难探宿海。此事类赋手兼撰注,栉疏推博士之能;而文选楼目赏清英,弋钓仗秘书之力也。国朝《有正味斋集》之骈体,钱塘吴榖人太史之鸿篇也。以浣肠吐脏之思,为斗角钩心之句。庾新徐艳,未能及其庄严;王后卢前,不足为其位置。而且取材宏富,隶事精能,挹余润于行间,珠堪益智;丐残脂于笔底,粮可馈贫。然而菹醢未谙,俭腹者何能果腹;宫商莫辨,厌心者岂必了心。所贵有撮壤崇山,导涓宗海。不徒藉六经之注脚,斯足通三峡之源头焉。太守子勤先生,江右名家,吾乡先达。少年起草,解赋秋声;弱冠看花,早登春榜。以户曹而上襄版籍,由武库而入赞军机。借自公退食之余闲,理稽古读书之旧业。爱名流之文集,诠注旁加;开囊日之书城,引征遍及。单词必究,一字无遗。家有曹仓,不嫌獭祭;胸罗杜库,仍向骊探。既甲比其万言,藏为善本;计辛勤者六载,告厥成功。夫太史三生慧业,万卷奇胸,词坛则诸体皆工,试帖则一时独出。五言赋得挂角羚羊,八韵诗成渡

---

① 〔清〕王文濡《清代骈文评注读本》下册,第 20 页。
② 〔清〕王文濡《清代骈文评注读本》下册,第 24 页。
③ 〔清〕王文濡《清代骈文评注读本》下册,第 27 页。
④ 〔清〕王文濡《清代骈文评注读本》下册,第 31 页。
⑤ 〔清〕王文濡《清代骈文评注读本》下册,第 35 页。
⑥ 〔清〕王文濡《清代骈文评注读本》下册,第 39 页。
⑦ 〔清〕王文濡《清代骈文评注读本》下册,第 42 页。

河香象。应制具入神之笔，胜如郢匠运斤；投时摅怀古之心，突过唐人咏史。虽有渊通之士，尝修采辑之功。不夜无风，未失杜公之真面；垂云立海，能详坡老之元胎。惟是泛引辞章，未罄受辛之妙；旁征题咏，不无移甲之讥。先生乃精用披沙，深为拨雾。去繁就简，亡无歧路之羊；提要钩元，中必树侯之鹄。盖其取怀而予，只数家珍；是以信手能拈，如收散帙。而且披廿八史之图编，灿如指掌；罗数千年之人物，较若列眉。解节分支，源流毕贯；裁章翦句，详略咸宜。迥殊赵窘、虞牵，为注家之聚讼；不独郑笺、孔疏，作诗序之功臣。即起作者于今朝，当无异议；如索解人于来许，信为知言。（鸿）自等涓埃，难窥涯涘。惟觉目迷五色，如入宝山；窃思手此一编，奉为珍驾。庶使望洋有岸，数典者得权舆肇祖之真；食实生甘，嗜古者悟齑臼外孙之意。

道光乙巳重阳前五日金沙属吏秦邮高鸿飞谨跋。[①]

原序：

素魄示冲，蛤珠取象；黄钟调奏，牛铎应声。是故以水投水，易牙辨其淄渑；执柯伐柯，郢人悉其甘苦。榖人先生命燠弁言兹集，而燠未敢辞，岂徒然哉？窃惟论骈体者，李唐以前无闻，宋始有王铚《四六话》、谢伋《四六谈麈》。铚矜切合之巧，伋主翦裁之工，要是两宋规模，未窥六朝阃奥。津逮既卑，颓波弥甚。精神尽丧，面目都非。迄五百年遂无作者，或残杯冷炙，触鼻腥腐之气；或农歌辕议，刺耳俳谐之音。于是文人相轻，谓此壮夫不为。高语秦汉，次称韩柳。岂知秦汉传薪，实在晋宋；韩柳树帜，不薄庾徐。大抵骈体之兴，古文尚存；古文寖失，骈体亦亡。已夫！奎璧同耀，乃云文章之府；濉涣合流，斯曰文章之波。观文物于朝会，则黼黻用章；感文明于咸韶，则宫商必叶。讵可庸臣辱命，诮东里为费辞；丑女捧心，憎西施之巧笑。先生学富涵海，章成织云，荟四部七略之精，兼三笔六诗之妙。而旷观近代，遍览艺林，慨然俪耦之文，道几乎熄。故为兹体，多至千篇。独扶大雅之轮，用砥中流之柱。造凤楼于天上，出鲛绡于人间。咳唾随风，珠盈万斛；肠胃映日，梅开九英。观者叹绝艳之才而未谙孤诣之苦也。燠嗜尝同芰，臭偶如兰。叩钟簴以寸莛，分江海之一勺。乃者韩非附老子传，滥见于选家；杨修定敬礼文，谬引为知己。甚惭形秽，聊志诚服，遂书而序之。南城曾燠。[②]

同治叶氏藏版序

曰稽训诂之名，肇于尔雅；笺疏之体，创自汉儒。撷百禩之菁华，启六经之潭奥。山图瑰诡，郭景纯为之赞慕；水注渊涵，郦善长为之浚沦。咸缒幽以鉴险，恒沿波而讨源。所以钤辖古编，津梁后学者也。顾举一反三，经传之旨在穿贯；而骈四俪六，挦扯之绪较

① 〔清〕吴锡麒著，王广业笺《有正味斋骈体文笺》，清道光二十五年（1845）刻本，序。
② 〔清〕吴锡麒著，王广业笺《有正味斋骈体文笺》。

纷繁。雕缋群籍,七宝装其楼台;肴馔诸家,五都列其市肆。集翡翠之裘,有美斯合;挂羚羊之角,无迹可寻。况复四声屡讹,六书多变。雌霓彩霓,宋试拘于沈赋;黔雷黔嬴,大人异于楚词。鲖阳或训作纣红,黯伯或讹为从黑。墨尿者诈,而或寓人名;嫪毐者淫,而或称姓氏。以至肸蚃之义不一,羊髀之说有三。其音同字异、旨类文殊者,载考简编,何胜枚举?傥诡随而眩俗,误必贻夫蹲鸱;冀讹谩以欺蒙,谬更同夫指鹿矣。縠人吴先生,木天摛藻,璧水司经,所著《有正味斋骈体文集》若干卷,固已有目赏之,不胫走矣。夫其金门献颂,长卿封禅之书;板舆归田,潘岳闲居之赋。扪星斗而谭天,目湖山而吊古。以及关河怀远,草木言愁。云霞绚弧帐之辞,琨珉泐窆石之录。靡不咳珠唾玉,颉庾颃徐,征引既繁,扯挦尤富。非夫目穷五岳,胸辟九渊。天吴紫凤,莫辨光华;大吕黄钟,奚究声响。如游贝阙琳宫,即之而罔穷其宝;若睹琪花瑶草,披之而不识其名。展览之余,倍增怅焉。族兄兰笙学博,烛幽秉鉴,记事拈珠。但居艺圃,能雠亥豕之讹;若跻华班,允显丁鸿之学。佥期早入承明,博观琅秘,备玉堂之顾问,膺芸阁之纂修。而乃笔锄墨稼,无田可耕;雨涩风悭,有天莫问。江左之鸾终伏,南山之豹潜藏。万竿篔碧,潇潇吟馆之秋(兄设帐在万个碧琅玕吟屋);卅载槐黄,冉冉琐闱之月。青衫依旧,白屋何聊。于是展博洽之才,任诠训之事,榷金陀之粹史,搜石鼓之奇文。竹书稗说,则搴其萧稂;仙笈梵经,则删其瑕砾。刘昭禹精求玉合,王微之喜获珠船。挹彼群言,注兹俪语;想其风雨一镫,丹铅千古。或寻端而竟委,或纠缪而绳愆,字栉拘梳,横钩竖贯,洵谓探骊得颔,萃腋成裘。无桃僵李代之嫌,无鹤断凫续之诮也。夫岂若杜吟旌节而笺以唐书,苏咏黄花而征之月令者乎?乃犹雅抱襟期,下求弁语。若金胪者,讹沿帝虎,解昧妃豨。秋雨论文,愿坐马生之帐;春风载酒,思过子云之亭。愧螃蜞之不知,笑鼫鼠之未辨。嗟乎!茫茫宇宙,何处问其;灼灼京师,谁人入室。快瞻鸿宝,如引蚁珠。歧路忽逢,可作司方之示;迷津已导,不生向若之惊。且夫兰成万言,吴氏之所编释也;玉溪一集,徐氏所诠注也。缅先民之矩矱,代有传人;缔文字之姻缘,世多知己。而是编也,不尤足阐先生之菁英,而广后生之津逮也哉。付之剞劂,君其公天下之珍袭之巾箱,我欲为枕中之秘云尔。道光十有九年,太岁在己亥畅月朔日族愚弟金胪谨撰于鹤皋之遗经山房。①

作者简介:

钱辉,1995年生,江苏泰州人,广西师范大学文学院博士研究生。研究方向为唐代文学、骈文学。

---

①〔清〕吴锡麒著,叶联芬笺注《有正味斋骈体文笺注》,同治戊辰年(1868)刻本。

胡浚《绿萝山庄骈体文集》叙录

张艺馨

内容摘要:《绿萝山庄骈体文集》为胡浚所作自注文集,又有《绿萝山庄文集》《绿萝山庄四六全集》《绿萝山房文集》等别名。该文集有乾隆本、四库全书本和胡念修本三种版本,其中胡念修版本虽舍去胡浚注解,但所收录作品较之其他版本更为全面。该文集文章用典密集,有旁征博引的特点,体现出清代当时对骈文和博学的重视;又有李绂、鲁曾煜、胡念修为之作序,吴凤翥作跋。除此之外,从文集中胡浚为他人所作序可看出,胡浚的交友范围集中于浙江。《绿萝山庄骈体文集》为研究清代康熙、乾隆年间骈文发展提供了丰富的材料。

关键词:胡浚;绿萝山庄骈体文集;叙录

一、选本与刊定

《绿萝山庄骈体文集》为胡浚自行编就并作注的文集,共有三种版本。最早版本为乾隆二十一年(1756)所刻,共二十四卷,集前有李绂和鲁曾煜为之作序。此本中国国家图书馆有藏。又有嘉庆元年重刻本,由湖南省图书馆收藏。此刻本另又有徐乃昌藏书,现存于哈佛汉和图书馆。此刻本1997年被收录于齐鲁书社出版的《四库全书存目丛书·集部》中,后又收录于由中国人民大学和北京大学联合主持编纂,上海古籍出版社独家影印,于2010年出版的《清代诗文集汇编》中。

其次是江苏巡抚采进本,也就是四库全书所收录的刻本。末尾附有《四库提要》对该书的介绍,其余与乾隆刻本均无异。

第三种版本是由胡浚族孙胡念修校对并请人印刷的刻本,后光绪二十五年归入刻鹄斋丛书中。此本舍去胡浚本人注解,而将二十四卷改为十二卷,于卷三添加《五百四十七中辞曰》一篇。集前保留李绂之序,删去鲁曾煜所作序文,而添胡念修本人序文一篇。集后又附胡浚《会稽山赋》一篇和吴凤翥为《会稽山赋》所作跋。另增胡念修重刻该文集的缘由:

竹岩公绿萝山庄文集二十四卷,为乙未年游宦广陵所得。比来编辑丛书,业经梓入,以壮缥缃。今春偶游武林书肆,又得诗集三十三卷,篇轴繁重,一时无力开雕,深以为憾。但卷末补遗,忽有《会稽山赋》一首,以文而错入诗中,想系当时校者所误。今为录出,编附文集第十二卷《坤舆赋》之后,俾是编首尾完善,而体例亦归一致云。

庚子仲夏族孙念修附识①

根据胡念修所言,该本于 1895 年在广陵获得,于 1899 年刻出收藏于刻鹄斋,而《会稽山赋》被发现于 1900 年书店售卖的《绿萝山庄诗集》中,故而此年骈文集又新添《会稽山赋》。以此来算,胡念修校对本最终完成于 1900 年,此应是该文集最晚亦最全的版本。此版本由莫道才主编,北京燕山出版社于 2020 年出版的《骈文要集选刊》影印出版。

而《绿萝山庄骈体文集》又有《绿萝山庄文集》《绿萝山庄四六集》《绿萝山房文集》等别名,对此《四库提要》有言:

是编文,皆骈体。浚自为之注。前有鲁曾煜序称仿《韩非子》有经有传例。然《韩非子》经传各自为条,其著书句下自注者,始班固《汉书·艺文志》。作文句下自注者,始谢灵运《山居赋》。浚盖用灵运例也。②

胡浚文章皆骈体,故而别名虽多,然名字所指均为一书。而鲁曾煜序文末确实有言:"自为注者,仿《韩非子》有经有传例也。"③《四库提要》认为是仿谢灵运《山居赋》。谢灵运《山居赋》为大赋,鸿篇巨制而多用典,故自注以便读者阅读。《宋书·列传二十七》言谢灵运"灵运少好学,博览群书,文章之美,江左莫逮"④,而其批评殷仲文时,就曾言:"若殷仲文读书半袁豹,则文才不减班固。"《晋书·列传六十九》以为此是"言其文多而见书少也"⑤。观胡浚之文,亦多宏篇而喜用各类经典,与谢灵运赋作之宏大,而重博学的特点也更为符合,因此《四库提要》所言当为是。而胡念修删鲁曾煜序,或正因其序所言并非正确。

---

① 〔清〕胡浚撰,胡念修校点《绿萝山庄骈体文集》附录,光绪二十五年刻本。

② 〔清〕胡浚撰《绿萝山庄文集》卷末,江苏巡抚采进本。

③ 〔清〕胡浚撰《绿萝山庄文集》卷首,江苏巡抚采进本。

④ 〔梁〕沈约撰《宋书》,中华书局 1974 年版,第 1743 页。

⑤ 〔唐〕房玄龄等撰《晋书》,中华书局 1974 年版,第 2605 页。

二、骈文特色：旁征博引

胡浚《绿萝山庄骈体文集》中作品共110篇，涉及文体有序54篇、赋9篇、铭4篇、记12篇、书7篇、启6篇、制4篇，颂、赞、疏、碑、诔和题各2篇，引和表各1篇。其中有官文《上嵇制台详议河工书》《洧川县清明祭孤文》《黑龙潭祈雨疏》《又代上徐相国启》《答制府王公论改桑直司土官书》《谢胶东王少宗伯荐举宏博兼辞再聘书》等，以及《呈南郊大礼赋》《呈诣学庆成赋》《西征大捷赋》这样为朝廷所作之赋文。可见此时的骈文可为官场通用，属于主流文体的一种。故而胡浚作文，皆为骈文。

纵观胡浚作品，几乎一句一注甚至多注，可见征引颇多。此当因为当时朝廷召人之策略。《清史稿·卷一百六·志八十一》："康、乾两朝，特开制科。博学鸿词，号称得人。然所试者亦仅诗、赋、策论而已。"[①]以诗赋等文学作品测试文人的"博学"，即是在鼓励文人作文以宏大广博为目标。而《苌楚斋续笔》在"博学宏词"中记载了王霖和徐笠山的一则异闻："康熙十七年，初试博学宏词，与试者，疑尽皆名副其实矣，不意场中竟有雷同之卷，为考官所察出。缘王霖与徐笠山联席，笠山不工为排律，即用王霖诗以图含混。旋经部议，徐革职，王罚俸，真异闻也。"[②]王霖，即王弇山，胡浚曾为其集杜诗集作序。同时胡浚也为徐笠山的文钞作序。《四库提要》言胡浚于康熙庚子年(1720)选为举人。故而他与二人同时，也深深受到了"博学宏(鸿)词"的影响，作文运用大量且密集的典故。且胡浚所引典故基本都贴合作文之主题。如《王弇山集杜诗序》，此为集句诗诗集，故而胡浚写"阙下朱门，石曼卿畅裁四韵；云帆枫树，巧妃水国莲花"之言，注引的典故为《丹铅录》："安石公妙于集句，水国莲花府对云帆枫树林。"而《诸母千佛绣幢颂》多引用《华严经》《维摩经》和《神僧传》等与佛教相关著作。胡浚似与佛寺有着一些联系，其作品《游潭柘寺观经藏院玄奘取经图书壁记》《宝严寺公请净长老开堂启》《弥陀寺藏经楼记》都与佛寺相关。而在《王惟允内丹要旨序》中，胡浚又多引道教著作，如《太上八素经》《神仙传》《梁丘子黄庭内经》《历世真仙体道通鉴》等。

胡浚引用宏博，亦有纬书。《雁字赋》"摹奎宿以钩同"引《孝经援神契》："奎主文章，仓颉效象。"《乾象赋》"原夫匈蒙乍剖"引《鱼龙河图》："元气无形，匈匈蒙蒙，偃者为地，伏者为天。"《坤舆赋》"禹治焉能罄其至"引《河图括地象》"禹所治海内，地东西二万八千里，南北二万六千里"之言。除此之外，胡浚的作品用典极为广泛，有《左传》《汉书》《史记》等正史，《周易》《孟子》等经书，《甘氏星经》《京师五城坊巷胡同集》《春明梦余录》《群芳谱》《灵枢经》等杂书，《广异记》《列仙传》《玉壶清话》等小说，《嘉泰会稽志》

① 赵尔巽等撰《清史稿》，中华书局1977年版，第3099页。

② 刘声木《苌楚斋续笔》卷一，直介堂丛刻本。

《山东通志》等地方志,《路史》《风俗通义》等杂史,《太上五斗金章受生经》等道教书,《法苑珠林》等佛教类书,以及《日下旧闻》此类当朝书籍,还有李白、杜甫等诗人之作和楚辞等文学作品。这些都体现出胡浚对各类文学的平等态度,以及旁征博引的创作特点。吴凤翥指出胡浚的《会稽山赋》正有广博的特点:"读是赋,可以知会稽之雄杰,可以知先生之学富而才练矣。"胡浚的骈文,正是他用来应和朝廷政策,展现自己博识和才华最好的途径。

三、胡浚交识多为浙江人

胡浚,字希张,号竹岩,浙江会稽人,有《绿萝山庄诗集》和《绿萝山庄骈体文集》两部作品。在《绿萝山庄骈体文集》中,数量最多的文体即为序。从这些作品中可以看到胡浚的交游情况。如为他人文集作序,其中可考者,有上文所言王霖和徐笠山,与吴凤翥同为浙江山阴人。而鲁曾煜为浙江会稽人。丁芝田为浙江归路人。《宛委山人诗集》作者刘正谊,亦为浙江人。而为胡浚的《绿萝山庄诗集》作序的孙人龙为浙江归安人。除此之外,根据潘务正和桂枭的《〈国朝赋楷〉编者及选目考》的考证,胡浚还编选过一部名为《国朝赋楷》的赋集。南京图书馆收藏的《历朝制帖诗选同声集》之后附有的《国朝赋选同声集》即为《国朝赋楷》,其中有齐召南为之作序。[1] 齐召南又为浙江天台人。可见胡浚相识者多为浙江的文人学者。从中可稍稍窥见清代康熙、乾隆间浙江这一区域的文学发展状况。

而《国朝赋楷》所选赋,多为馆阁赋和大考之作,由此也可见胡浚的编选目的,重点仍在于仕途。

《绿萝山庄骈体文集》为浙江文人胡浚所作,这部文集有助于考察清代康熙、乾隆年间骈文的创作以及为浙江文学发展提供具有一定研究价值的材料。

附录:

李绂序

文不为韩欧而为潘陆徐庾,此胡君之才胜而识过于人也。予尝纵观无始,默契万有,知宇宙造化之理,无独而必有对,屈指细数,历历不爽,庖羲作卦,一画后即以耦续奇,知一之不可孤行也。六经之文,整散并运,特浑涵不觉,而烺烺与两曜争辉,不可磨灭者,则有晋之史、萧之选、陆宣公之集,妄男子目不辨光,乃欲轩散行而轻骈丽,岂不谬哉!且吾见今之为韩欧文者矣,胸中积无卷轴,惟扯拾街谈巷议,肤摹稗贩,敷衍成幅尺,类屠酤葱

① 潘务正、桂枭《〈国朝赋楷〉编者及选目考》,《文献》2013 年第 6 期。

肆中，凌杂短簿，又附益以诸儒理语，而自诧为明道觉世之文，布帛菽粟之品，袛期达意，痛屏修词。其黠者，又驾而竖秦汉之帜，咯咯争持，诟吼不已，几同猪嘶狗嗥，不可入耳，而其人方偃然自负，步阔视仰。若是者，胡君固耻之矣。若夫骈丽之源流本末，潘陆之何以为徐庾？徐庾之何以为王骆？王骆之何以为燕许，为元白温李与？夫柳州之精巉，眉山之宕逸，庐陵之典则，罗给谏、徐东海之支门别调，在胡君方且以综博宏恣之能，亘视而缕析之矣，既信之指，又奚枝？

乾隆癸亥孟夏上旬通家生临川李绂撰

胡念修序

夫渊回从极，阏流扬砥柱之灵；管锼岑华，广乐越环天之节。是以起衰八代，朝韩吏部之词宗；发难四声，立沈侍中之韵学；文章流别，倚伏于世运，兴废旋转，推挽乎人情，初无难易之殊，高卑之等也。三代以前，辞皆浑噩；两京以降，文实渊懿。建安开对耦之风，而道穷于燕许；元和振清高之响，而绩溃于元明。习尚移人，迁流成俗，居今思古，厌故喜新，能无感欤！我朝陈其年先生，以鸣盛之和声，排别裁之伪体，授毛朱以偏师，进尤吴而傅翼，功不在昌黎之下，文且登东阳之堂，可谓属目一时，抗心千载。族祖竹岩公，名为晚出，才实代兴，远则陋临海、盈川之位业，奉兰成、孝穆之瓣香；近则涤善卷、思绮之靡音，导石笥、仓山之先路。广迦陵未竞之志，独寄干城；折桐城全盛之锋，不依门户。使非勇余搏象，智妙探骊，其孰能与此哉！惟公毓秀稽山，蜚声学海。湖头间柳，青染秋衣；河阳种花，红迎竹马。千言下笔，新题勺药之诗；三异观风，驯舞山鸡之镜。策陈贾让，箧中出河渠之书；议建唐蒙，域外置东南之尉。才高制锦，掬洧水以濯缨；游倦回车，过朝歌而解组。于是梦绕莼鲈，志随云鹤，洵訏且乐，匪我思存，不醉无归，在彼空谷。江湖千里，折留陶令之腰；灯火满城，望断寇君之辙。清风双袖，奇书五车，乞鉴水以浮家，傍兰亭而筑舍。壶中得地，问田园其未芜；山阿有人，披薜罗兮宛在。委山访秘，如入嫏嬛之宫，梅里藏真，即是神仙之尉。驰素书于欲聘，长谢徵君；绝绛帐于传经，重辞都讲。盖簪裾之畏，中年而即坚；樽酒之欢，晚节而弥盛焉。夫其安步当车，登高作赋。灵光百仞，标赤松黄石之姿；壮彩万重，烛悬圃羽岑之宝。亲定名山之集，覆瓿已谦；独游大雅之林，扶轮不朽。解探秋水，笑郭象之因人；篇擅思元，喜张衡之自注。古邱可作，犹见江表衣冠；绝学能传，无愧越中文献。风云倏变，岁月不居，蠹蚀残编，羊灾剩简。而斯集者，存同硕果，笼乏碧纱。旧德之湮，数典是惧，因为大索善本，慎选梓人，笔精墨妙，岂徒刻篆之工；河北胶东，应有连城之贵。庶几无异书耀眼，及景舆以发《论衡》；新语沃心，待孝标而行《世说》。

时维光绪己亥秋日族孙念修右阶氏谨序

胡念修书末附文

竹岩公《绿萝山庄文集》二十四卷,为乙未年游宦广陵所得。比来编辑丛书,业经梓入,以壮缥缃。今春偶游武林书肆,又得诗集三十三卷,篇轴繁重,一时无力开雕,深以为憾。但卷末补遗,忽有《会稽山赋》一首,以文而错入诗中,想系当时校者所误。今为录出,编附文集第十二卷《坤舆赋》之后,俾是编首尾完善,而体例亦归一致云。

庚子仲夏族孙念修附识。

吴凤翥《会稽山赋》跋

竹岩先生据旧经赋会稽山,首位荟萃峰岭凡四十有三。是山雄峙东南,为一方之镇。得先生赋,而山之磅礴蜿蟺、瑰伟杰特、雄峙一方者,呈露于四千余言之中。按《吴越春秋》,禹会诸侯,计功茅山,因改名会稽,后人遂以茅山当之。其后秦王登泰望,距茅山南二十余里,李斯刻石,又在秦望西南十余里,史并以为会稽,盖刻石山其源,而茅山则委也。夫《周官》职方以四镇配五岳,必形势略相等,区区一山,何足颉颃岱霍,而又何以镇一州,应九野乎!故有三万六千顷之具区为薮泽,有三百五十里之会稽为钜镇,一州之内,形势高下停峙,亦复相等。顾名山兴云雨,利民物,又为万方玉帛所会,古昔帝王陵寝所在,非先生之博赡奇奥不能赋也。读是赋,可以知会稽之雄杰,可以知先生之学富而才练矣。抑刻石山为会稽首领,秦望而外,别支有五,或奔赴府治,或包络钱清、曹娥两江,而汇于三江之陡亹。所谓三百五十里者,盖统众山言之,赋因旧藉,犹割据也。然其形式,已度越寻常矣。先生《绿萝山庄文集》刻成于乾隆丙子。越明年,手定诗集,刻未成。而先生捐馆,其嗣君景南,望乘踵成之。其后望乘于旧笥中检得是赋,示予,予亟赏之,趣之梓,不刻文集后,非先生手定也。

山阴吴凤翥跋。

作者简介:

张艺馨,1996年生,广西桂林人,广西师范大学文学院博士研究生。研究方向为先秦两汉魏晋南北朝文学。

骈文沿革讲义*

梁广照撰　莫山洪整理

内容摘要：骈文源远流长，汉代即已滥觞，东汉以来，文章率多排偶。六朝始称骈文，徐、庾为其时较为著名之作家，开唐代先声。中唐陆贽骈文义理精深，气势光大，又为后世所取法。宋人骈文较为逊色，明代没有出现优秀的骈文作家。清代骈文复兴，出现了大量优秀作家，虽有不足之处，但仍为人所称道。写作骈文，应从命意、布局、用典、炼字和造句等方面入手，切忌俗、堆砌和体裁混杂。

关键词：骈文学；骈文演变；骈文作法

骈体文之源流远矣哉！六经诸子其鼻祖也，然皆不以文论，尤不可以骈文论。扬子云云：高文典册用相如，飞书驰檄用枚皋。异曲同工，殆所谓别子为祖者乎？《文心雕龙》有韵谓之文，无韵谓之笔，其即今日骈散攸分之滥觞乎？后汉文多排偶，但自东京以降，迄乎建安，文章繁矣。然而范陈二史所次文士传，多识其所著诗赋碑箴颂诔若干篇，仍未有文集之名。有之自挚虞创为《文章流别》始。其诸昉于晋代欤。魏晋金石已开其渐，典册配两京之懿，碑版耀四裔之遐，甚至翻译梵经，辄夸丽藻，江左邺下，地殊南北。昭明《文选》，体尚丰腴，右军《兰亭序》亦不收入。六朝始以骈文称，徐庾又其较著者。庾固当时文体，徐则音调铿锵，典故赡富，实唐派之先声。唐朝四杰三昧，专集成书。观《全唐文》所载，几于敕奏书判胥用骈体。陆忠宣公奏议，亦无一句不对，无一字不叶平仄，无一联不调马蹄，其义理精深，开先濂洛。其气势光大，方驾韩欧。后代名儒如宋苏子瞻、清袁子才均取法焉，且无语艰深文浅陋之病，最合潮流，允为公文之法则。惟少俊味，实宋派之先声。宋人如欧王苏曾于骈文颇觉逊色，故《四六法海》评历代骈文，宋代只列入壬癸集。善乎！刘氏开之言曰：由唐及宋，骈俪之文变体已极，古法寖微，其故可想矣。明代文艺颇有革新气象，活泼精神，小品文自未可抹煞，若论骈文卓然成家者则甚鲜。有清一代，陈其年丽雅温雅，规模孝穆，毛奇龄浑灏流转，接近子建。他如邵荀鹤之闲雅，刘芙初之秀茂，朱沧州之宕逸，乐元淑之清妍，频伽则局度优游，圃三则气宇宏远，圣征正味熏香于齐梁，孶轩仪郑追踪夫隋唐，申老峻洁，孟涂廉悍，容甫悲壮，芸台古峭，稚存之铿铿

* 本文原载《讲坛月刊》1937年第6期。

论史,西河之岳岳谈经,渊如之金石博稽,甘亭之诗歌并妙,尤所难也。小仓山房虽用典或疏忽,为管同所讥,而意境甚清真,似于公文最合。近人喜称道之。《八家四六骈体正宗》各序略,有原其流派,考其得力之由者矣。

盖尝论之,从《后汉书》《文选》入手者,从源溯流也。由清代骈文入手者,从流溯源也。荀子法后王,谓其年代近而易学。夫岂无故而云然耶?

大抵作文之法,一命意,二布局,三用典,四炼字,五造句。骈文则选炼尤要。倘有命意太高而辞不达意者,亟应舍去。盖贪多不若爱好耳。选炼要诀不外色香味三者而已。唐人四六喜多用典,往往一联四句必用四典。王子安文起首不用虚字转接,清代则否,起首多用虚字转接,一联四句每用两典,呼应本易。作诗如一联之中偶缺四句,毋宁上联一典,对联两典,断不可上联两典,对联一典,致贻诮俭腹也。

骈文又有三忌:一忌俗,如八股语七字句是;二忌堆砌,如填实无气是;三忌体裁混杂,如一篇之中起段摹仿汉魏六朝,收段直是唐宋一派,或一集之中文体不一,亦所忌也。

光宣年间,巨作如林,实未让清初诸子。夫才力有巨细,学问有深浅,才与生俱,学缘境造。倘能平时分门摘录,临时简炼揣摩,必将共进于作者之林,异日以文名天下矣。

作者简介:

梁广照(1877—1951),号长明,别号柳斋,广东番禺人。早年师从康有为,曾留学日本东京法政速成科。曾任清刑部主事等职,民国后弃官返粤,先后在唐山铁路学堂、香港汉文中学、广州知用中学、广州国民大学执教三十余年。著有《中庸撮集》《柳斋遗集》等。

整理者简介:

莫山洪,1969 年生,广西忻城人,文学博士,南宁师范大学文学院教授,主要研究方向为骈文学、汉魏六朝唐宋文学、文献学。

骈文源流考例目*

梁广照撰　莫山洪整理

内容摘要：骈文源远流长，汉代即已滥觞，东汉以来，文章率多排偶。魏初至晋宋，文体变化，为齐梁之先驱。萧梁是骈文的极盛时期，其时文章偏于华艳。徐庾为骈文集大成之作家，开唐代先声。唐初沿袭徐庾，但四杰及燕许已经有所改变，至韩柳出，则骈文益衰。陆贽、李商隐等仍发展骈文，影响宋代，苏轼以古文为骈文，即受陆贽影响。南宋李刘骈文格式化，骈文难以出新。金元及明代没有出现优秀的骈文作家。清代骈文复兴，出现了大量优秀作家，其发展分为清初、乾嘉、道咸、同光宣四个阶段。

关键词：骈文学；骈文源流；骈文史

凡　例

骈体文之源流远矣哉，六经诸子，其鼻祖也。然皆不以文论，尤不以骈文论。扬子云曰：高文巨册用相如，飞书驰檄用枚皋，异曲同工，殆所谓别子为祖者乎？《文心雕龙》云：有韵谓之文，无韵谓之笔，其即骈散攸分之滥觞乎？

后汉文多排偶，东京以降，逮乎建安，文章繁矣；然而范陈二史所次文士传，多识其所著诗赋碑箴颂诔若干篇，仍未有文集之名，有之自挚虞创为《文章流别》始，其诸昉自晋代欤。

魏晋金石、典册、配两宗之懿，碑版权四裔之遐，甚至梵夹译踸、辄多丽藻，《水经》注录、亦具秾词，江左邺下、地殊南北，《昭明文选》、体取丰腴，《兰亭》《桃源》、尚未收入，岂体裁所关，不能不割爱耶？夫晋宋之际，虽富文采，仍重气质，故常词不单行，要亦言有体要，于以见文体之变，为齐梁之先驱也。

六朝骈文，至萧梁而极盛，振元嘉之绪，煽永明之风，诸帝博雅多文，瀹浚灵源，湅染丹采，虽复拟托幽情，恣为侧艳，而重华散馥，翕然成风。迨徐庾之既作，集骈体文之大成，摛词则纂组惟工，调律亦宫商无斁，故能音调铿锵，典故赡富，骈四俪六，遂由此兴，实

* 本文原刊载于《文风学报》1949年第四、五期合刊。据文章题目，应为《骈文源流考》之“例目”，但《骈文源流考》未见。

开唐派之先声焉。

唐兴,文士多半陈隋之遗彦,沿徐庾之旧体,虽以太宗之雄才,且效庾体,此一时风气所趋,原不关政治隆替,乃欧阳永叔讥其不能革五代之余习,郑毅夫讥其文纤浮靡丽,不与其功业相称,皆书生之见耳。维时四杰物望所归,而小品犹存齐梁韵,味鸿篇巨制,务在恢张,安成同其风,巨山继其武。降及燕许,纯以气骨为主,于是渐厌齐梁,而崇尚汉魏,韩柳出而骈文益衰,然作者固未尝绝也。《全唐文》所载敕奏书判,胥用骈俪,时则有若颜岑崔李张苏常杨,以至陆贽李德裕之伦,齐驱并驾,中间令狐楚工于刀笔,李商隐受其法,四六集出,究竟未脱唐习,已启宋派,第其隶事精切,藻思周密,远迈飞卿之上。余尝谓唐初骈文,燕许微尚骨格,忠宣奏议,善于论事,质直而不屑修饰,温李诸人所称三十六体,稍为秀发者欤。

北宋首推徐铉,而杨刘钱晏二宋,类皆雍容典雅,不失晚唐矩矱,此则源出义山者也。继欧崛起,子瞻实为大宗,其笔力夭矫,神采四溢,叙事达意,无艰难牵强之态,纯以古文行之,此则源出于忠宣者也。他若南丰介甫,骈散兼擅,抗手欧苏;秦黄张晁之徒,亦复恪守苏门师说,北宋遂于斯为盛。沿暨南宋,刻露清新,独树一帜,非义山宣公所能羁马矣。浮溪晚出,蔚成大家,鸿庆北海,相峙鼎足,适迈联颖,何减郊祁。以诗家兼工骈文者,诚斋放翁是也。以理学兼工骈文者,了翁西山是也。此外周楼刘方等,体纵卑弱,但词条并茂。至李刘尤极纤刻,所著《四六标准》,专以华丽稳贴为能,无复前人之典重,沿波不返,遂变成类书之外篇,公牍之副本矣。文体累变,至是而穷。直讫宋末,文山孤忠彪炳,亦工此体,裁对工巧,殊不类其为人。今试综两宋骈文,当以骑省为首,文山为殿,王铚《四六丛话》,及谢伋《四六谈麈》,名联警句,辐凑骈罗;清代名人,高谈六朝,视宋四六如土苴,《法海》评历代骈文,宋代只列入壬癸集,刘孟涂且谓由唐至宋,古法寖微,变体已极,殊非正轨;独彭芸楣颇取宋体,其所撰《宋四六选》,抉择弥精。夫宋四六诚非高格,惟驱使故事,运用成语,与江鲍拗体,各趋极端,原无庸是朱非素也。

金源宗匠,首数遗山,元人袭迹前规,寖流卑靡。姚虞袁揭,犹胜时流;郝经柳贯之文,雅秀雄深,修然绝俗;惟时好弗崇,专家殊少。明以经义取士,试艺多悃愊无华,制诰杂以俚言,弗尚庄雅,骈体几绝。李梦阳昌言复古,骋怀汉魏,罕法齐梁。后七子出,沧溟凤洲,务为高华典重之文,涂泽为工,亦由此起;公安竟陵,力返前辙,而才不逮。盖自唐迄明,类书日棵,文士獭祭饾饤,不求博记,亦骈文盛衰之关键也。

有清一代,驾轶汉唐,约分四大时期:清初当首陈检讨,其骈文丽密温雅,专仿孝穆,惟率句滑调,不无瑕疵,竹坨西河,皆为时俊;胡杭气雄力厚,直摹汉魏,小仓山房,豪纵排荡,矫若游龙,虽或用典疏舛,为时所讥,而学赡才宏,自足称雄一代。乾嘉间孙孔汪阮,都从经学出,渊如博稽金石,顨轩追踪隋唐,容甫情辞悲壮,文达笔力古峭,他如申耆峻洁,孟涂廉悍,邵荀慈之闲雅,刘芙初之秀茂,朱沧湄之宕逸,乐元淑之清妍,圣征熏香于齐梁，雅存咀华于骚选，是均一时之杰也。论者又谓胡邵汪洪，度越余子，稚威生于方姚桐城派最盛之日，所为古文，独与异趣，犹复研精骈体，功力甚深，尤为人所难能。虽然，之四公者，所为骈文，各有独到处，未易强为轩轾，胡文闳丽，邵文清简，汪文蓄气深厚，而近于狷洁，洪文造句奇逸，而近于疏放，当有卓然自见者。道咸年间，方李刘董，精工熨贴，斐然可观。同光宣朝，湘绮越缦，负有时名，方之乾嘉诸公，未遑多让。

盖尝论之，由东汉及《文选》入手者，从源寻流也。清代骈文入手者，从流溯源也。汉魏取材渊雅，不以声调靡丽为工，藻采纷披，自然端丽。唐人四公喜于数典，一联四句，率用四事；王子安文，起收俱不用虚字转接。清代则否，一联四句，只用两典，呼应较易，又起收每用虚字。南宋喜用成语巧对，每联或以三句作对，有多至二十余字省，此古今骈文体变迁之大略也。

附目录

文章之道，原出六经，古来经传，率多骈语：诸子则荀卿赋篇，韩非《外储》，且与连珠无异。探源星宿，此为滥觞。叙上古三代骈文启源第一。

秦人刻石，文辞严整有度，骈俪之作，尚少专篇；汉兴尚文，雍容尔雅，虽规谏问答之词，多本铺采摛华之旨。《京都赋》出，洋洋大观矣。叙两汉诸家骈文第二。

汉季文采萃于中郎，孔祢皆袭其流；建安七子，遂称雄于邺下，风会所趋，三国同化，骈散分途实自此始。叙魏蜀吴诸家骈文第三。

典午缵运，文尚清真，陆士衡集其大成，东晋崇尚元虚，文体中衰，陶征士务为平淡，独超众类，为可贵也。叙两晋诸家骈文第四。

南宋元嘉，藻耀始振，鲍谢并为杰出，迨齐永明，江左衣冠，风流未坠，王融谢朓，炼冶超工，两朝之文，各成专体。叙宋南齐诸家骈文第五。

萧梁帝子，并擅文思，任江诸臣，各造极诣，流风余韵，旷代犹新，孝穆入陈，犹衍梁绪，洵乎集六朝之大成也。叙梁陈诸家骈文第六。

汉志艺文，惟存篇目，萧楼《文选》，以沈思翰藻为宗，是为选文之祖，彦和《文心雕龙》，析体辨类，运以瑰词，标其绮思，是为论文之祖，其源出于挚虞。叙骈体选文论文原始第七。

北魏碑志刻词，多呈朴质，而水经之注，伽蓝之记，彬雅可诵，骈文专家，唯数子升，北齐邢邵，与温魏齐名，颜氏家训，理致清远，然非骈文正轨也。叙北魏北齐诸家骈文第八。

宇文复古，矫正文体，归于典重，滕赵诸王，雅好文学，庾信入朝，遂以清新兼老成之品，存骈文之骨干，融宫体之精华。叙北周诸家骈文第九。

隋既统一南北，诏除华艳，然李谔奏论，虽请禁轻薄，篇章仍复自用骈语，齐梁遗风，于斯未沫，斫雕为朴，质文损益，遂启初唐景运。叙隋诸家骈文第十。

唐初四杰,声律精调,变革靡音,振以清丽四六之文,斯为楷氏,燕许宏丽,表扬盛业,厥体攸宜,姚宋其嗣响也。叙唐以后诸家骈文第十一。

宣公奏议,刊落浮词,论思献纳,最为合体;长庆元白,亦擅多文,温李并称,而樊南较为典重,无侧艳之恶习,为古今所宗尚。叙中唐以后诸家骈文第十二。

五代中原失纪,文士流离,江东罗隐,与闽黄滔,蜀杜光庭,并以雄文,维此绝学,徐铉源出樊南,即以晚唐文绪,津渡北宋者也。叙五代诸家骈文第十三。

宋初杨刘,犹尚风华,欧苏源本宣公,独标真谛,论事抒情,敷陈政治,皆能委曲尽致;大小二宋,雄才奥学,规模闳远,藻饰之风渐涤。叙北宋诸家骈文第十四。

南宋骈体,时推浮溪,中兴诏书,四方传诵,紫阳道学,亦长此体,且能再传文山,古谊忠肝,播为佳话。惟当时喜用成语巧对,连行累句,易流于俗矣。叙南宋诸家骈文第十五。

金源遗山,能守宋贤矩矱,遂为元代先声,伊时词曲风行,骈文弗尚,姚王虞袁,揭戴郝柳,皆有著作,略存此体。骈文之运,此为最厄。叙金元诸家骈文第十六。

明尚理学,骈体罕传,茶陵久掌丝论,为台阁体。李何创复古派,文体一变沧溟。高华伟丽,注重修词,文体再变。复社既兴,张陈淹雅,抗希东汉,而文体三变矣。叙明诸家骈文第十七。

清初骈文,远轶前代,陈章导源徐庾,吴陆规仿温李,专集风行,各有注本,毛尤朱王,皆为时俊,俗调伪体,未尽芟除。叙清初诸家骈文第十八。

乾隆初,胡杭取裁汉魏,力返时趋,简斋天才荡逸,谷人学力精深,均足饷遗学者,它如朱厉刘壬孙孔汪阮洪邵各集,并考乾嘉文运。叙乾嘉诸家骈文第十九。

道咸间,汉学方隆,骈文亦进,李刘方董,皆取材渊雅,纂组精妍,常州骈体极为当时所重,声光并茂,理法双清,允推此时作者。叙道咸诸家骈文第二十。

同光运际中兴,文物劢进,骈散不分之说亦盛,此是湘绮越缦,清华润雅,各负时名,樊山实甫,记博才多,亦雄一世。叙同光诸家骈文第二十一。

骈文评论,远绍雕龙。如王铚丛话,谢伋谈麈等编,各抒所见,发作者之幽情,破时俗之浅识,虽复点鬼算博,间涉俳谐,而高文典册,藉以博趣。叙诸家骈文话第二十二。

总集选录,向鲜分编,萧选虽重骈文,兼收诗辞,自成体例,奇赏四集,亦复骈散并列,申耆文钞,溯源最远,正宗去取精审,类苑收罗宏富,允为善本。叙历代骈文第二十三。

错采为文,必资珍异,腹笥既富,取用自宏,后生艰于记诵,蕴蓄无多,挦扯义山,流为嘲谑,储材效用,必资类书,如初学记书钞类聚类函诸编,浩如烟海。叙类书概要第二十四。

作者简介：

梁广照(1877—1951)，号长明，别号柳斋，广东番禺人。早年师从康有为，曾留学日本东京法政速成科。曾任清刑部主事等职，民国后弃官返粤，先后在唐山铁路学堂、香港汉文中学、广州知用中学、广州国民大学执教三十余年。著有《中庸撮集》《柳斋遗集》等。

整理者简介：

莫山洪，1969年生，广西忻城人，文学博士，南宁师范大学文学院教授，主要研究方向为骈文学、汉魏六朝唐宋文学、文献学。

文章内外的人生矛盾
——读王闿运《秋醒词序》*

黎　爱

内容摘要:在《秋醒词序》的文本世界里,王闿运以糅合多种技艺的文体特色,以文人、学人、高人三位一体的主人公形象,以相对主义为认知方式的超脱之道,打造出消解人生矛盾的理想的会通境界。而在文本之外,王闿运的《秋醒词序》因应着他现实人生的需要,通过书写消解自己的心理矛盾,通过文章表达并实践他的身份认同,宣示自己寻求从文人到学人的身份转变,以文章为媒介也扩展自己的社会关系。在文章之内,《秋醒词序》谈论的是因应人生矛盾的方式;在文章之外,它本身成为因应人生矛盾的方式。

关键词:王闿运;《秋醒词序》;骈体文;文本细读

王闿运(1833—1916)是晚清文章大家,骈体文尤其出众。林传甲《中国文学史》称:"今中国文学,日即窳陋。古文已少专家,骈体更成疣赘。湘绮楼一老,犹为岿然鲁灵光也。"[①]刘麟生称赞"其骈文亦可称为古今骈偶之结局"[②]。王闿运被视为清末硕果仅存的骈体文大手。《秋醒词序》作为其骈体文代表作,具有较高的艺术成就。在文章内容方面,《秋醒词序》一般被认为承载着寂寞之情、人生之思。赵慎修认为此文"表现了家庭环境中特定时刻作者的孤独感,以及又回复到常态的过程"[③],莫道才也认为作者"借作序抒发孤独寂寞的情怀"[④]。黄坤认为"本文写作者在一个静谧的秋夜,从静得感,从感生空,领悟宇宙无穷,人生如梦,从而接受了摆脱世俗、回归本性的佛老之道",不过他也指出王闿运"非淡泊之士,颇有志于用世,生平结交公卿甚多",此文"言不由衷"[⑤]。周柳燕认为这篇文章有"佛、道思想交织",而王闿运思索的是"大自然的恒定中那'微乎其难

* 广西壮族自治区教育厅广西高校中青年教师科研基础能力提升项目"清后期骈散关系与散文批评研究"(项目号:2023KY0041)阶段性成果。

① 林传甲编著《中国文学史》,上海科学书局1914年第6版,收入《民国籍粹》,第209页。

② 刘麟生《中国骈文史》,收入王云五、傅纬平主编《中国文化史丛书》第一辑,商务印书馆1936年版,第133页。

③ 谭家健主编《历代骈文名篇注析》,明文书局1991年版,第384页。

④ 莫道才主编《骈文观止》,文化艺术出版社1997年版,第691页。

⑤《近代文观止》编委会编《近代文观止》,学林出版社2015年版,第51页。

测'的积损之势与人类短暂生命的非凡意义",借"回眸历史人物,思索人生之出处与得失"①。在艺术手法方面,此文擅长写景抒情、渲染意境,还具有说理清晰、文风雅洁、骈散兼行等特点②。前人研究多为论断,评述有限,细读《秋醒词序》犹有可以细致考析、深入体味之处。林语堂《古文小品译英》曾节译此文,归入 Human Life(人生)一类,篇名译作"Human Contradictions"(人的矛盾)③。这一主题提炼得可谓精准简洁且意味深长。无论文本内外,人生矛盾无处不在。今人反观古人,虽不能重现历史,但仍可从字里行间聆听一颗心灵隐秘的轻语。

一、文章之内:会通的境界

文章内部自成一个自足的世界。这个世界以文字为质料被人为建筑出来,它呈现出的样貌、承载的意涵,都等待着阅读者的探索。据说王闿运"自诧以为生平妙文,无过此者"④。文章虽由作者写出,但它可以生长出作者未曾预想的妙处。妙处何以能被写出、如何写出,当时的才思从何而来,作者恐怕也不甚了了。《秋醒词序》的文本世界独具妙然天成的气质,虽非有意为之即可得,不过也有人为之迹可循,可以借助怎么写、写什么的问题来加以考察。本文认为,《秋醒词序》在文章的文体特色、塑造的形象、传达的观念三个方面做到了内在一致性:以会通的方式消解矛盾。

(一)文体特色:糅合技艺于无形

王闿运写作此序的直接目是说明《秋醒词》的写作历程,词作今已不传,但这篇序文仍紧扣了题目中的"秋""醒"二字。序文开头交代时间是"中秋既望之次夕"⑤,末尾部分书写"霜磬""早雁"的意象以及"秋吟",全篇用"秋"字计有四处。全篇写"醒"三次。第一次"醒"是主人公倦寐后醒来,文中点明"方醒之际"并引出下文所见景致;第二次"醒"即"旋云有得"引出的心得,"一年已来,偶有斯觉"的小结也切合"醒"字,此处心得可谓从感官现实世界进入精神思想世界的"觉醒";第三次"醒"表面上是书写家庭成员的醒转,即"侍娃旋起,闺人已觉。一庭之内,群籁渐生",但由此引发的是王闿运精神上的"觉醒",即从形而上的思辨进入历史与现实交织的人生思考。全篇结构正是借由三次"醒"提领贯穿。值得一提的是,"秋"与"醒"的结合颇具意味。咸丰八年八月十七日,即公元 1858 年 9 月 23 日,是日恰是秋分,这或许是奇妙的巧合。秋分是一年中唯二昼夜

---

① 周柳燕《王闿运的生平与文学创作》,湖南大学出版社 2010 年版,第 365—366 页。

② 周柳燕《王闿运的生平与文学创作》,第 365—366 页;另参见《近代文观止》,第 51 页。

③ 参见林语堂编译《古文小品译英》,外语教学与研究出版社版 2009 年版,第 79—80 页。

④ 钱基博《现代中国文学史》,上海书店出版社 2004 年版,第 37 页。

⑤ 文中所引《秋醒词序》,据马积高主编《湘绮楼诗文集》,以下不再注明。另,文本解读多蒙崔君振鹏指点,难以备述,谨致感谢。

平分的时节,离开这一天,昼夜昏晓打破平衡、各自短长。而“醒”对于古人而言,既指从睡眠中醒转,更关乎精神意志的觉醒。两种情况都是从某种昏然不清的状态中清醒。“秋”指向天,“醒”指向人,彼此遇合于改变与打破的状态中,这大抵是古人天人合一观念显现于平常生活的绝佳注脚。

除紧扣题眼、敷衍成文外,序中部分段落采用两两相对的结撰思路。比如文中为阐释“推移之时,微乎其难测也”的原因,分为“积渐之势”“迟速之效”两个方面加以说明;又如为说明选择隐或出都难以尽如人意,分别列举了“出而思隐”者与“隐而思出”者的例子。另外文中骈句用于说理,为强化论点,前后两句往往意思相近或相对。由此观之,《秋醒词序》主体近赋,铺陈排比,一泻而下,但文章体制其实有类时文写法①。

据《清王湘绮先生闿运年谱》(以下简称《年谱》)载,王闿运幼年学古歌谣、唐五言诗以识字,九岁“毕诵五经,能属文”,次年即“始学时文帖括”②,八股作文之法必然钻研多年、熟练掌握。不过,《秋醒词序》并无时文的呆板之气,盖因用其体而有变化,例如序文传达的是自我心声,非为他人代言;不盲目追求严格对偶,而是单复兼用。

《秋醒词序》袭而有变,还在于它是糅合众体后的自然表达。语体方面,骈体、散体交错而行。散体部分以四字句为主,语感明快但也不失整饬的节奏感;骈句声韵悠长,而多样的句式组合方式增添了节奏、语气的变化。两种语体的表达内容各有特色。散体部分看似清晰简洁,其实反有绵绵不绝的特点,比如从“偶有斯觉”“相习为安”到“觉而仍梦”的心理变化过程颇为往复绵长;骈体部分无论写景、说理,各句点到即止,毫不拖泥带水。总之,文中散体、骈体语句并用,既保持各体本色,亦在本色中寻求变化。文学史家称扬其文具备魏晋萧散之风,部分原因或许正来自于此。

体式方面,即文章的表达内容上,叙事、写景、说理、抒情兼备。全文记叙“我”与家人秋夜醒转之事,是为全文线索。借由“我”醒来的所见所思,文章引入描绘景象、论说思理等内容;“我”的寂寥、失落、恬淡、释然等情感,也渗透在景、事、思中。体性方面,文体技艺与内容思想的恰切结合,又赋予《秋醒词序》以平和融会、自然旷达的审美气质。

总之,《秋醒词序》呈现出自然流畅的文体特质,得益于作者用心但不刻意的创作能力:既合于法度,又熔化不同文体的法度于一炉。

(二)塑造形象:文人、学人、高人

《秋醒词序》所叙之事、所见之景、所发之思、所抒之情,皆以主人公“我”的视角展开,也塑造出“我”的形象。需要区别的是,主人公“我”是王闿运书写创造的形象,“活”在文本中,不等同于现实世界的作者王闿运。作者书写了事、景、情并构造了“我”,作者

---

① 文体的四个结构层次:体制、语体、体式、体性。参见郭英德《中国古代文体学论稿》,北京大学出版社2005年版,第4页。

② 王代功述《清王湘绮先生闿运年谱》,台湾商务印书馆1978年版,第8页。

让“我”经历文中记叙的事情、发出文中书写的心声，“我”的存在本质上是写作者赋予的经历与心声。

“我”的形象主要借助行为塑造。序文中“我”的行为体现在两方面。一方面，“我”在秋日小睡，夜晚醒来，在一片静谧中独赏院闱，萌发思绪，随后家人醒转，声音渐起，“我”又生心得，并达到心灵澄净的境界，遂赋《秋醒词》。这是全序明确记叙的行为，也是序文的叙事主线。由此塑造出一位闲居于家、远离尘俗、与家人相伴，心境寂寥而又阔达超然，情感细腻而不失敏锐才思的词人形象。不过由于《秋醒词》今已不传，词人形象丧失了最有分量的证明。但考量王闿运创作词与序时的用意，不能忽视这一点。

“我”的行为的第二个方面，从某种角度看，全篇其实都可视为“我”的心理行为的记录。言为心声，文字成为“我”内心想法的直接表达。“我”的心声富于文采，仿佛“我”心灵世界的声律、思韵本就古雅。至于写作者如何构思内容、翻阅典故，如何为了组织精巧的语言而不断改易字句，甚至可能先使用熟悉的生活语言再“转译”为文言，这些过程自然是被遮蔽的，不是属于“我”的形象的一部分。总之，“我”的形象既是思想方面的，取决于序文传达的“我”的所见所思，又是文学方面的，关乎“我”是如何思考、如何表达的。

经过序文细腻丰富、富有层次的塑造，最终呈现出文人、学人、高人三位一体的“我”的形象。

首先是文人形象，主要体现在情思的调动与表达上。序文中的“我”善于调动自己的感官感受外在环境，“怀矜无温”、湛露“犹凉”的触觉，鸡声“渐远”，“群籁渐生”的听觉，“北斗遥遥”“蜃墙如练”的视觉，文中俯拾皆是。“我”情思的敏锐还体现在知觉，即从感性认识进入思维认识的能力。比如“我”观览星空、庭院、闺房，聆听虫鸣、鸡声并反观自身，“我”认识到，时空事物虽然广袤丰富，但终究外在于我，我可以感知它们，却无法因为这感知真的改变什么，最终“我”从特定时刻独自一人的状态进一步联想到自己长久的落寞，遂有“辽落一身，旁皇三叹”的感慨，强化了生命的孤独体验。在序文伊始，“我”与外在世界相互区隔，那么到最后可以发现，“我”达到了物我合一的境界，对外界的感官感知与自己的知觉融为一体。“飞萤入户，引幽想以俱明；早雁拂河，闻秋吟而不去”，萤火虫散发着光芒飞入门户，南归的大雁因为秋日昆虫的鸣叫久久徘徊、不愿离去，正如同“我”在这个秋夜被触动的幽密思绪逐渐明晰，文思萦绕于心。“我”仍是“我”，却又不止于己身，“我”也在人间风月之中。另外，词人身份其实也是文人形象的一部分，不过词既不传，此处也不再赘述。从情思的表达形式看，序文运用对偶、典故、辞藻，写作难度增加，也间接提升了文人形象的可信度。

其次是学人形象。清代学风兴盛，证明学人身份的关键证据一般在于著述。不过在一篇文章中，作者借助用字、用典、论理等方式，也可以展现学问根柢，塑造学人形象。《秋醒词序》凸显的“学”具体指向小学、子学（准确说是庄子学）等。小学功夫在文章中的表现,主要是用字的丰富、准确。比如文中描述从小憩中醒来的情状为“憬焉而寤”。《说文解字》:“憬,觉寤也。从心景声。”“寤,寐觉而有信曰寤。从㝱省,吾声。”①(按:段玉裁注更正为“有言”。)两字都表示睡醒,似有重复之嫌。不过前者从心,形容个人内在逐渐睡醒的状态,后者觉而有悟、悟而有言,二者在先后过程与具体行为上存在差异。以此为例,可见王闿运用字之用心。不过其训诂功力也不可高估,王闿运追求文采多于锤炼小学。

从《秋醒词序》用典情况来看,王闿运的阅读取向兼涉四部。经部采用《诗·小雅·湛露》及《大雅·皇矣》《尚书·大禹谟》《礼记·中庸》及《礼运》《易》等。史部用《史记》《汉书》《三国志》《魏书》《晋书》等。子部有《管子》《庄子》《列子》《淮南鸿烈》《世说新语》等。集部学魏晋六朝自不必言,比如“许由所以有一瓢之累”典出蔡邕《琴操·箕山操》,“澄心眇言”化用陆机《文赋》“罄澄心以凝思,眇众虑而为言”,不过运用方式灵活,非生搬硬套,所以痕迹未必明显。而且学魏晋更多体现在句法、构思等方面。尽管典故的直接来源可能是类书或其他书籍,但王闿运在序文中运用的典故,基本出自唐以前的书籍,而且史、子两部尤其突出,这未尝不是作者的有意呈现。他的文章能够呈现出魏晋文风,其知识背景无疑提供了有力支撑。

王闿运涉猎虽多,但影响《秋醒词序》情感思想与价值取向的主要学说,当推《庄子》。主人公“我”初次醒来,观赏景象,感慨寥落,文意至此似难以为继。但序文的思路能够从自伤的情感中拔出,一变而入玄理思辨,转折正始于“岂象罔三求之后,将钧天七日之终”句。“象罔”典出《庄子·天地》:“黄帝游乎赤水之北,登乎昆仑之丘而南望,还归,遗其玄珠。使知索之而不得,使离朱索之而不得,使吃诟索之而不得也。乃使象罔,象罔得之。”(按:“象罔”亦作“罔象”。)结合上下文,主人公“我”先自伤寥落、感慨彷徨,此后仍然叹息自失,那么此句大意或指,“我”不是象罔,无法在经历多次寻觅以后最终收获玄珠,而像秦穆公那样做着游历天府、得闻钧天之乐的美梦也有时限,一旦到了第七天就会醒来。那么使“我”怅然的,大概是求不得与难久长的人生常态。不过王闿运接下来迅速转入探讨世间事物的“真性”与时间的关系,“旋云有得”之“得”究竟从何而来便颇值得追问。回到“象罔”,它其实不是仅仅作为典故出现,更提示了思想启迪的来源。成玄英疏:“罔象,无心之谓。离声色,绝思虑,故知与离朱自涯而反,吃诟言辨,用力失真,唯罔象无心,独得玄珠也。”②这个充满象征意味的故事试图告诉人们,如果想要寻得“真性”,就必须不被声色感官迷惑,不被思虑语言桎梏,凭本真的无心状态方能看清。《秋醒词序》从感官描写逐渐走向事物本质状态的追问,正暗合这一观念。正如后文总结的“从静得感,从感生空”的过程,“空”意味着内心还归本真并由此领悟事物本性真相。

---

①〔汉〕许慎撰,〔宋〕徐铉校定《说文解字》,中华书局1963年版,第223、153页。

②〔晋〕郭象注,〔唐〕成玄英疏,曹础基、黄兰发点校《庄子注疏》,中华书局2011年版,第224页。

文中还写道，“同景异情，觉而仍梦”以及“似华胥之顿还，若化城之忽返”“梦在百年之中”，表达着现实与梦的相通。主人公从梦境中醒来，身处现实世界却仍然觉得梦境不曾离开，乃至于以梦幻之境看待、比拟现实。这种想法近似《齐物论》庄周梦蝶之说，即认为庄周与蝶、现实与梦不是截然分别，而是可以互相转化的。在生死、仕隐的难题上，王闿运也是采用相对、转化的思路来提供解脱之道。《清史稿》谓王闿运“尤肆力于文，溯《庄》《列》”[①]，《秋醒词序》可以佐证彼时王闿运接受《庄子》之学的情况。

最后是高人形象。文人、学人部分体现的才学认识也代表着“我”的人生态度。序文营造了一种氛围，“我”关注的不是世俗问题，无关功名利禄、酒色财气。正所谓“安闺房者，苦人之扰天；栖空山者，必静而慕动”，沉溺俗世生活或远离世俗纷扰者似乎都能获得圆满人生，但“我”看到了凡人无可回避的矛盾苦恼，即人无论处于何种状态都无法完全满足。这种认识意味着“我”有能力了解、同情这两种人，那么也就有能力超越他们。“我”的超越之处在于洞悉困扰的根源。“神仙纵可以学至，倘非智慧之士所得而息机焉”，世人学神仙求长生求超越肉体、现实的束缚，而“我”认为肉体生命的延长并不会真正解决人生的痛苦，息止机心才能寻得真正的超脱。序文最后写道“人间风月之赏，别有会心；道场人天之音，切于常听也”，意指“我”能够从日常的美景人事中获得体悟，而且还将自己比拟为得道者，能够用符合寻常人接受能力的方式讲授天人之道。由此来看，王闿运有意识地塑造着“我”的得道高人的形象。

章炳麟《与人论文书》尝谓：“并世所见，王闿运能尽雅。”[②]后世多以此评定王闿运文，但少有人推阐其意，明言“雅”的意涵。书信中还写道：“夫以俗为缦白，雅乃继起，以施章采，故文质不相畔。世有辞言袭常，而不善故训，不綦文理，不致隆高者，然亦自有友纪，窕儇侧媚之辞，薄之则必在绳之外矣。是能俗者也。”[③]由此来看，“雅”至少包括章采、故训、文理、隆高方面的要求。从《秋醒词序》体现的主人公形象或曰王闿运的文化特质来看，兼有文人之辞采、学人之学问、高人之心态。这或许是王闿运文章之“雅”的表现。

（三）传达观念：相对主义的超脱之道

《秋醒词序》的内容以三次“醒”为标志可以分为三段。序文的思想观念主要借助后两段传达。如前文所述，王闿运关注两个难题：其一，如何面对生命本性的变改？其二，如何处理仕隐出处的选择？他采用相对主义的思路以提供超脱之道。

针对第一个问题，王闿运认为事物内在具备静止不变的本性，但是承载本性的外在的物质载体是会耗损的。所谓“镜非辞照，真性在不照之间”，“然则屡照足以疲镜”，镜

① 〔清〕赵尔巽等撰《清史稿》卷四百八十二，中华书局 1977 年版，第 13300 页。

② 上海人民出版社编《太炎文录初编》，上海人民出版社 2014 年版，第 171 页。

③ 上海人民出版社编《太炎文录初编》，第 170 页。

子的功用是照人、映现图像,不被用于映照外物的时候也不妨碍镜子仍是镜子,这就说明镜子另有更本质的内在特性;但是外在虽然无关镜子本质,不断的使用仍然会造成镜子损耗。接下来王闿运解释这种无形的损耗如何发生:“推移之时,微乎难测”,有如水滴石穿,即损耗一直存在但难以察觉,直到不断积累而终成可见的质变。累积造成质变效果的速率并不一致,有快有慢,迅速的如笋成竹,缓慢的如松参天。时间的快慢短长是相对的,关键问题是生命内部的积损究竟累积到何种程度。转换思维,世人的某些普遍认知值得商榷,例如有的人认为人生仅仅百年太过短暂,其实中间历经的积渐损耗非常漫长,有的人认为活到高龄才是长寿,但到了那时生命所剩的时间其实越来越少。王闿运进一步指出这种认识现象的成因,在于缺乏亲身经历而导致的认知偏差,“夏虫疑冰”因其不知冬,“冬鹖”身处寒冬方知“忌雪”。总而言之,王闿运认为本性不变,积损难免,迟速不同。具体到生命长短的问题上时,长与短其实也都是相对而言,看似长其实也因为长而注定短,以为短其实过程充实漫长。

至于第二个问题,王闿运从“我”的体验谈起,“我”享受闺房家庭之乐,但是当家人醒来、打破静谧时也不免感到被打扰的苦恼。他由此联想到,隐居空山的人享受远离人世的安宁静谧,但内心深处恐怕也会渴慕改变。接着王闿运列举大量历史典故,表明“出而思隐”与“隐而思出”的矛盾状态长久存在且代不乏人。两种困扰在本质上是一致的,根本原因在于人性的不安定、向往对立面。他还举许由、巢父的经历与子思的规劝,这意味着即使是上古贤人也难以避免这种困境。最后王闿运提供一种自我宽慰的方式,或者说有些功利的“祝福”,所谓“信有为之如六,悟还真之用九”,无论有为的出或无为的隐,发展到一定程度就存在向相对态势转化的可能与趋势。而且“梦在百年之中”,人生如梦一场,“愁居七情之外”,何必愁绪萦怀。在面对人生出处的现实问题时,王闿运仿佛一位深谙人性的心理治疗师,他以历史为借鉴,消解个人独自面对困境的压力;又以未来为期许,消解个人对于未知的惶惑,描画志业期望如愿以偿的美好愿景;最后拍拍肩告诉你看开点,人生如梦,不必发愁。

归根结底,王闿运就两个问题给出的答案,其实都是接受现实,调整自己。而调整自己的方式是改变自己的认知方式。人的困扰往往在于面对矛盾,难以抉择。王闿运提供的相对主义认知方式是消解掉矛盾的对立性,强调它们内在的统一性。既然长也是短、短也是长,那么根据自己的情况选择就好;既然出、隐都会烦恼,那么不如接受当下的状态,也接纳未来改变的可能性。王闿运处理人面对现实的困扰,采用相对主义的认知方式,达成与自己的单方面和解,这便是《秋醒词序》提供的“超脱”之道。

总的来说,就《秋醒词序》文本来看,文体的特色、塑造的主人公形象以及传达的思想精神,均达到了高度一致性:以会通的方式消解矛盾。所谓会通,“会”是聚集、遇合,“会”的对象之间往往存在相异乃至相对的关系;“通”则意味着联接不同事物,使它们融合得浑然一体。文体方面,序文的会通表现在使不同的文体特性自然妥善地用于建构文本,但又有所变通,呈现一定变化。主人公形象方面,文人、学人、高人三种身份集合于一身,不同身份各有具体偏向,但是互不干扰且能彼此贯通。思想观念方面,序文处理的是如何看待生命长短、如何选择人生道路等现实问题,而王闿运用相对主义的观念作为思考方式,消解矛盾的对立性带给人的困扰,并提示矛盾对立双方的相对性以及它们相互转化的可能。在《秋醒词序》的文本世界里,不同的甚至在世人眼里对立的事物得以化解矛盾,共依共存,会通的境界成为可能。

二、文章之外:为人生而作

尽管文本自成一个世界,但它终究是人的创作。如果单纯相信序文营造的形象、传递的观念,甚至就将它们对应为作者的实际情况或者现实的真实面貌,那便陷入了以幻为真的迷障。序文里超脱、会通甚至有些玄虚、飘然的表达与观念,终究需要在实践中找到合理的解释。《秋醒词序》是一篇提供矛盾解决之道的文章,然而当我们将视角转向创作者王闿运时会发现,只有将文章之内与文章之外一并观看,才会显露人生矛盾的真实面相。结合王闿运的创作背景与动机,才能理解和分辨序文传达的内容。

(一)咸丰八年的人生选择

咸丰八年(1858)八月,二十七岁的王闿运闲居在家,写下《秋醒词序》。八月中既有中秋团圆佳节,也是王闿运祖妣生辰①,与家人共度、享天伦之乐是其固定活动。自从咸丰三年十一月成婚以后,次年八月长女无非生,六年五月长子代功生,王闿运为人夫、为人父,家庭生活堪称顺遂和睦。序文所谓"安闺房者"应当是王闿运真实的心声。

从王闿运的行程来看,"正月往武冈邓氏"②,"三月至湘乡唁曾侍郎","六月至长沙"为曾国藩送行③,直到"十一月由明冈至长沙,与邓丈弥之同行"④。他这年的主要活动包括:在邓氏兄弟家教书,与曾国藩交往,闲居在家。

若将咸丰八年放在王闿运的人生历程中看,这其实是充满希望与期待、承载未知与压力的一年,是王闿运科举之路上短暂的过渡阶段。王闿运的科考经历比较顺遂。道光

① 同治八年八月"十八日……祖妣生日,设荐"。〔清〕王闿运著,马积高主编《湘绮楼日记》,岳麓书社1997年版,第48页。

② 据《年谱》,咸丰五年二月起,王闿运每年离家前往武冈邓辅纶、邓绎兄弟家执教;同年八月,王闿运携家人迁居明冈。从五年至七年的行程安排来看,大约十二月至次年二月、七月至九月期间,王闿运一般都会返家,归居明冈。

③ 六月十日曾国藩"行至湘潭城",十一日"壬秋来会,语及入浙宜从皖南徽、宁进兵,不宜从玉山入",十二日"抵省城"长沙。〔清〕曾国藩撰,唐浩明编《曾国藩日记》,岳麓书社2015年版,第295、302页。

④ 王代功述《清王湘绮先生闿运年谱》,第30—31页。

二十八年(1848)应童子式,三十年应县试第一。不过随着战事兴起,既定的步调被打断。直到咸丰七年(1857)补行壬子、乙卯两科乡试,王闿运抓住机会,中式第五名举人。他的下一步计划,自然而然是待咸丰九年入京会试。[①] 由此可见,撰写《秋醒词序》时王闿运并无一官半职,也绝无从此隐居空山的打算,序文中关于隐居与出仕的看法或许是他真切的思考感受,但与他的实际经历存在明显隔阂。

科举对于王闿运虽然重要,但也不能简单将他视为心中只有功名、一心攀援仕途者。时代动荡变动着既往的士人关系与生存方式,也呈现了多样人生、世间百态,人生可选择的道路或许有限,才思敏锐的年轻人所受的心理冲击并不会少。

曾国藩组织湘军、对抗太平天国无疑是改变无数人人生历程的大事。在此之前,王闿运在长沙以才华获得名声与赏识,结交官长、师友,扩大着交际圈。从《年谱》记载来看,道光间王闿运的活动似乎主要是求学、拜师、交友。直到咸丰元年,以结交李寿蓉、龙汝霖、邓辅纶、邓绎等人,创设"兰林词社"为标志,他的活动重心开始转移到诗文词创作、宴饮游览等娱乐活动,文人的身份属性越来越明显。

如果身处太平盛世,这样的生活或许会继续。但咸丰二年太平军围长沙,王闿运连夜驰归,亲身感受到生存的威胁与时局的危险。随着战事的发展,他越发看到百姓的困苦。王闿运本身颇具士人关怀苍生的责任感,他十四岁写下《妾薄命,为杨知县妾周氏作》,十八岁写下《拟焦仲卿妻诗一首,李青照妻墓下作》,都是为被侮辱被损害的弱势群体发声。他结识曾国藩后为其出谋划策,咸丰六年的《与曾侍郎言兵事书》[②]最能代表王闿运的关怀与思考,他提出六年兵革使得寇、官势重,民生困顿,还有乡勇无赖只知势、利等问题,他提出的因应之道是以疏解人民负担为本,民困是王闿运最关切的问题。曾国藩在《日记》中,记录了咸丰八年六月十一日王闿运关于进军路线的建议;咸丰八年十二月初九至十二日,他几乎每日都与王闿运夜谈,十二月十二日"批壬秋古文十余条。旋与壬秋谈至三更"[③],记录的不再是军事建议,而是文章学术。王闿运也许对自己有过纵横家、谋士的期许,但之后在曾国藩心目中还是归于文人、学人的定位。对于肩负战事重担的曾国藩而言,他需要筹措军饷、改善军备,需要兵士乡勇、领兵将领,而非大义凛然的意见分子。王闿运作为延续家族香火、赡养家庭的独子,也无法承受丧命的后果,并不能真的投身戎事。

伴随战争的持续,王闿运见证着其他投身戎事的士人命运。一方面,战争带来机遇,积攒军功或者依靠捐输,都能成为晋升之道。王闿运曾批评捐输行为加重贪腐与人民负担。不过他的好友邓辅纶正是依靠捐输由拔贡生成为候补知府,又"于咸丰五年在江西

---

① 王代功述《清王湘绮先生闿运年谱》,第11、14、29—30、32页。

② 〔清〕王闿运撰,马积高主编《湘绮楼诗文集(一)》,岳麓书社2008年版,第43页。

③ 〔清〕曾国藩撰,唐浩明编《曾国藩日记》,第388—389页。

捐造头号长龙战船二十只,舢板战船二十只”,“据呈称共用工料银六千四百余两”①,满足了由候选知府捐为道员的资金要求。或许是因生计多蒙邓氏兄弟关照,或许是肯定邓辅纶的才华以及襄助父亲邓仁堃的孝诚,王闿运似乎未从捐输弊病的角度否定友人。咸丰六年七月邓辅纶因父亲被参而撤职回家后,王闿运还作《弥之领军罢归,奉赠》,将邓辅纶比作奇鸟,“音响令人惊,燕雀起相雠”②,认为友人遭到庸人嫉害。王闿运颇有感于官场的污浊腐朽与政治倾轧,但是当问题发生在自己身边时,标准未必统一。

战争期间的王闿运还见证了更深重的人生悲剧。流血丧生之惨重自不必说。生者还从亡者的经历里吸取了更多关乎切身利益的经验。王闿运的《储玟躬传》《邹汉勋传》书写了约于咸丰四年丧命的普通士人。他大声感慨,“今世多言人短长,观其成败,视其官位而定其等”③,“汉勋两守城,迁两阶,位不为高。虽死难,名不如江忠源。忠源好学不如汉勋,沉稳不如汉勋。汉勋乃卒与同死,其著书竟不成。然则身死而名微,誉浅而命薄。天若予而若夺者,视汉勋竟何等也!”④他不平于世人以官位高低而非以功业、品行、才学上的成就为人划定价值,势弱位低的下层士人的实际遭遇是位卑、无功、无名、无学、命薄。

王闿运面临着矛盾,一方面官场存在违背良知道德的腐朽弊病,另一方面他要实现人生价值,便无法回避追求高位。当科举之路重归畅通,王闿运仍然沿着既定的人生轨迹,寻求功名。但是他的理想也在变更。如果说他以前的志趣多集中于才艺、功名,此时他的追求已逐渐转向了学问。

(二)干预现实人生的文章

落实王闿运《秋醒词序》的创作意图,还需考量文章究竟为谁而作。这篇文章首先是王闿运的自发创作,他寻求文学以表达自己,其实也是对自己的心理疗愈。在人生追求方面,王闿运面临天伦之乐、全性保命与积极进取、实现人生价值的矛盾。具体来说,安宁祥和的家庭生活与亲人情感是他眷恋的,但是作为一个成年男子他对家庭负责任的方式是扛起养家的责任,实现这一目标需要他走出家门,甚至是远离家人。而且这种离开既由他的家人推动,也是他的主动选择,因为无论从生存需要还是个人价值的实现来看,他都必须努力进取、向上攀援。他所走的是古代读书人都要走的科举仕宦之路,也是通向修齐治平的理想之路,然而在这条路上可能会遭遇风险、危机,有时甚至会走到与自己理想、良知背道而驰的地方。从这个角度来看,主人公“我”考虑的出与隐各有不安的问题,其实揭示的是人生选择的两难局面。无论王闿运从自己的经历出发,或是他通过共

① 咸丰六年十二月初七日《邓辅纶捐造战船片》,见《曾国藩全集(修订版)·奏稿之二》,岳麓书社2011年版,第228—229页。

②〔清〕王闿运撰,马积高主编《湘绮楼诗文集(三)》,第85页。

③〔清〕王闿运撰,马积高主编《湘绮楼诗文集(一)》,第129页。

④〔清〕王闿运撰,马积高主编《湘绮楼诗文集(一)》,第134页。

情体会他人的遭际,都难免遭遇这一普遍的人生难题。而王闿运关于人的本性不变、积损不同的看法,其实是在回应人应该如何面对无法自控的命运。写作不会真的解决现实问题,但写作的过程即是梳理想法、调整认知的过程。现实之中难以寻得会通境界,难以将一切相异、对立的事物安放妥帖,但在文本的世界里写作者内心的困扰、忧虑能够得到暂时消解。

王闿运在序文中塑造出与自己实际经历有所差异的形象,但是他塑造的方式以及自我与主人公“我”的无意识重合,都反映出他是秉持着“身份感”①写作。他书写文人、学人、高人形象,既因为他内心认同这些形象,也因为书写使自我认同接近、符合这些形象,这里所说的是心理与实践双重意义上的自我认同。主人公的形象虽然文人、学人、高人三者并存,但三种身份在创作者心中的权重并不均等。写作《秋醒词序》时,王闿运正在寻求从文人到学人的身份转变。在友人邓绎的《与王纫秋孝廉书》②(按:大约作于咸丰八年五月初五端午之后)中,可以清楚看到彼时同仁们寻求身份转变的氛围。信中借地处偏僻而自神秀的山水,喻指“巧而无用,类乎世之学士,刻心敝神,华斧其言,而无施于世者”的无用学士。邓绎接着将话题转至王闿运身上,称扬其“学穷文苑,味经之腴,辩采溢于雕龙,华言美于绣帨”,但不满其“颇以《老》《易》相推”,而且“百家淆乱,博而寡要。欲立厥纪,必衷诸经。经训之美于诸子者,非以道德之独纯欤?”提醒王闿运不要沉迷诸子学,还是要回到经训与道德。尽管王闿运日后未必循邓绎之建议改变自己的学术志趣,但当年的词社同仁显然都已经意识到,雕虫篆刻的文章小道无法有用于世,需要从学术上寻找用世之法。王闿运长于文章,但他逐渐开始减轻身上的文人特质,以向学人转变。事实上伴随时间的推移总是得不到认可,晚年的王闿运更加耿耿于怀于身份问题。《清史稿》载王闿运“尝慨然自叹曰:‘我非文人,乃学人也!’”③其长子所述《年谱》也突出他青年时期拥抱学术的表现,然而这难免有王闿运本人事后改述的嫌疑。总而言之,序文塑造的“形象”体现了王闿运的自我身份认同与身份转变的追求。

序文并非全然为己而作,王闿运写作时心中也有一定的目标读者。从文章的客观用途来看,它是建立关系、沟通情感、塑造形象、获取声名的媒介。从主观角度考虑,仕宦、隐遁问题不符合王闿运的实际经历,而他之所以能够写出来并有意识消解掉问题,应当来自提前体验或者说与他人共情。具体来说,他的目标读者至少有三类。一类是已经踏上为官之路、心有困扰的前辈,例如曾国藩;一类是知识与情感上可以沟通的友人,例如邓氏兄弟;最后一类则是未来可能结识的读书人。从《秋醒词序》的传播评价史来看,王

① “有学者将主体这种下意识地使自己的行为符合自己身份的心理称为‘身份感’”。参考石中华《作者身份与中国古代文学活动》,华中师范大学博士学位论文,2012 年,第 29 页。

② 〔清〕邓绎《藻川堂全集》,收入《清代诗文集汇编》第 725 册,第 350—352 页。

③ 〔清〕赵尔巽等撰《清史稿》卷四百八十二,第 13300 页。

闿运也达到了自己的目的。例如彼时流传曾国藩的说法,“独谓闿运文有慧业,极称其《秋醒词序》”[1],此说实际出处并不明了,但他赞赏王闿运的文章与才能,帮助塑造、传播王闿运的声名。

文章与人生之间存在什么关系?这个问题难以一言以蔽之。不过《秋醒词序》为我们展示了文本世界与现实人生的复杂关联。咸丰八年的王闿运即将离开家人,奔赴京城,继续科举之路,他心里的矛盾、挣扎与《秋醒词序》涉及的困境表面不一,但内在相通。序文所塑造的主人公文人、学人、高人一体的形象,代表着王闿运对自己身份的期许。借助书写,王闿运表达着他内心理想的身份,也实践着、宣示着自己从文人到学人的转变。文章还发挥着传播媒介的功用,帮助王闿运满足社会关系方面的多种需求。

《秋醒词序》为人生矛盾的消解,描画了一条会通的美妙途径,但它似乎失之简单。文章之内与文章之外之间复杂的参差差异、联通一致,或许才是人生矛盾的真实情况。

作者简介:

黎爱,1993年生,湖北宜昌人,广西师范大学文学院专任教师。研究方向为清代文学、古代散文。

---

① 钱基博《现代中国文学史》,第36页。

在骈文国际学术研讨会暨第八届中国骈文学会年会开幕式致辞

曹　虹

在秋天的最后一个节气霜降时节,我们如约来到扬州,“秋尽江南草未凋”“红映高楼绿绕城”,顽强的绿意从唐人咏扬州的诗句倾注到我们的心目之间,难怪清代中期扬州女诗人张因把书斋称为“绿秋书屋”。请允许我代表中国骈文学会(筹),向百忙中莅会的海内外嘉宾和学界同仁以及媒体朋友表示热烈的欢迎!向鼎力承办本届研讨会的扬州大学各级领导、会务组师生表示衷心的感谢!

八年前,第四届骈文学会年会走进南京,本届是二度来到江苏,相聚于“淮左名都,竹西佳处”。很多代表一定还难忘长沙的湘江潮音、西安的古塔云影,尤其难忘的是两年前虽深陷于新冠疫情警报频发之中,第七届年会却在锦城成都如期召开。在成都的闭幕式上,扬州大学文学院王定勇院长亲作承诺接办第八届年会,带来一种勇者必胜的鼓舞。种种人事上的精诚努力得到了如此顺利的报偿,我们仍不得不感念:天意怜文雅,人间重骈文。

扬州是人文荟萃的历史文化名城,自古以来才学之士和文学家族前后相望,不少与骈文相涉的文学地标仍是今天的胜景;扬州历史上促进骈文繁盛的文人雅集以及刻书藏书等活动也留下了恒久的光焰。中国传统的史志之学一向重视郡国地理之书,不仅记录“民物风俗”,而且弘扬“先贤旧好”,具有一定的体验之学的特征。国际上方兴未艾的“新文化史”也相当看重地方经验所带有的特殊文化印记,以启悟历史结构中文化和社会的更鲜活的运作真谛。在此意义上,我们感谢东道主的热忱和各位学者积极参与,贡献智慧,相聚于扬州,感通“红桥风物”,遥念盐船生涯,期于令骈文研究的历史感与现实感获得更深层次的迸发与交融。骈文学会创会以来,在老会长谭家健先生领导下,坚持推进这种办会方式,促进思考,而不仅是行万里路而已。

从骈文学领域在这两年的学术成果看,承续之前的一个时期投入骈文或骈散交叉研究的学术力量渐渐增长,可以说迎来了一个较为可观的收获期,例如2023年结题的国家社科项目就有莫道才教授的重大项目“历代骈文研究文献集成”、侯体健教授“宋元骈文批评研究暨资料汇编”。当然,一些在研的课题如2021年立项的“中国骈文学通史”“中国骈文批评通史”等课题也是鼓舞人心的。另外,一些骈文研究专著,如钟涛《六朝骈文与六朝社会》、周剑之《黼黻之美:宋代骈文的应用场域与书写方式》、陈鹏《六朝骈文文体研究》等书也是他们多年专注研究的结晶。作为骈文学会年会论文集的结集,杨晓斌教授和沈如泉教授分别主编的第六届、第七届研讨会论文集从 2021 年以来都能出版或进入出版流程。当然,更多的学术耕耘成果包含在期刊论文的发表形式中,《文学评论》《文学遗产》《文艺研究》《中国文学研究》以及《光明日报》“文学遗产专刊”等众多专业刊物上都时常登载骈文专论;2017 年创立的《骈文研究》集刊保持定期出版,作为骈文研究成果的集中发表园地也尤其值得瞩目。而且从论文内容看,在命题、视野、方法等方面,摆脱因袭旧惯,展现了一些提升之势,例如基于跨时代视点而考察明代六朝文流播的作用,基于文本生成或文学场域变迁而考察骈文的“书写”过程或样态,基于对诗文批评观念动态的共享而揭示骈文侧的理论驱动力,更多的是对作家作品经典化阐释作出新开拓,等等。还要看到的重要业绩是文献整理,继莫道才教授主编的《骈文要籍选刊》(2019 年 12 月)之后,今年的代表性文献整理是钟涛、郭英德两位教授主编《历代骈文评注文献丛刊》(2023 年 6 月),精选二十八种重要的古代骈文注释和评点文献影印出版,对于每种骈文评注文献均撰写叙录,为学界提供丰富便捷的第一手资料。

这些天来,人们深切缅怀一位怀道济民、实干兴邦的贤者,从各种影像资料和文章手迹中,追踪他的功绩、情怀以及与中国士君子传统的联系。“纯真而不欠闻达,善良而不失坚强,把生命高举在尘俗之上,又融化于社会之中,这应当是我们这一代人的共同追求。”他大学时代的偶然留迹,便如“金相玉式,艳溢锱毫”(《文心雕龙·辨骚》语),这段赠言除了映照出其志行弘毅、义理鬯茂的人格与思想,还深得骈文艺术擅长二元对立统一的表达机制之精髓。执着于理想,不负时代使命,既仁又勇,既超然脱俗,又兼济天下,不偏滞于一边,如天圆而地方,将人品中的逸品(如陶渊明)与圣品(如杜甫)加以结合。借此一端,可窥修辞之道,蕴藏思想与审美活力。我们作为致力于古典学体系中的骈文体制与应用之学的研究者,身处当前,每一代学者也应该思考如何发扬真正的学术理性与创造性,让自己劳作的足迹成为后人有效的积累。由此在这里与各位令我羡慕的年轻的朋友们,包括参加研究生论坛的各位同学,让我们共同传递前贤英杰的火炬,用学术理想照亮自己的生命、照进现实。

最后,预祝大会圆满成功!祝各位专家学者身体健康!万事如意!

作者简介:

曹虹,1958 年生,江苏南通人,文学博士,南京大学文学院教授。研究方向为中国古代文章学。著作有《阳湖文派研究》等。

骈文国际学术研讨会暨第八届中国骈文学会(筹)年会综述

辛明应

2023年11月3日至5日,由中国骈文学会(筹)、扬州大学文学院联合主办的“骈文国际学术研讨会暨第八届中国骈文学会(筹)年会”在扬州成功召开。来自南京大学、复旦大学、浙江大学、四川大学、扬州大学、苏州大学、暨南大学、河南大学、辽宁大学、深圳大学、陕西师范大学、湖南师范大学、河南师范大学、吉林大学、广西师范大学、贵州师范大学、中国传媒大学、日本京都大学、韩国顺天乡大学、台湾政治大学、上海古籍出版社、齐鲁书社等海内外高校、科研及出版单位的108位专家学者参加了会议。

一、开幕式

11月3日上午8:30,会议开幕式在扬州大学文学院中敏报告厅举行,由扬州大学文学院党委书记李怀军主持。首先,扬州大学文学院院长王定勇教授致辞,介绍了扬州大学文学院的发展历程与现状,对与会代表表示诚挚感谢与热烈欢迎。随后,中国骈文学会(筹)会长、南京大学曹虹教授在致辞中解读了扬州与骈文的历史因缘,回顾了学会的发展历史,纵览学会对骈文研究的学术贡献,并凝练为“天意怜文雅,人间重骈文”的感言。日本京都大学道坂昭广教授视频致辞,唤起了骈文与扬州在东亚文明中的历史记忆,通过《骈俪句法》这一典型的样本,对域外骈文文献的文化意义作了精深的阐发。中国骈文学会(筹)名誉会长谭家健先生为大会撰写了书面致辞,由杨晓斌副会长代为宣读,对本届会议的胜利召开寄予了美好的祝愿,并对骈文研究的未来予以展望和期许。

二、大会发言

开幕式后,会议进入主题发言环节。主题发言第一场由上海古籍出版社奚彤云编审主持。广西师范大学莫道才教授以《新世纪以来骈文研究的数据分析与走向》为题报告,使用数据统计方法,对新世纪以来骈文研究的进展作了全景式的分析与总结,指出今后骈文研究取得突破的潜在路径。苏州大学杨旭辉教授发表报告《古代艺术理论骈偶化表达刍议》,对古代艺术理论与骈偶形式的关系作了细致深入的研究,指出骈偶是中国古代文艺理论中一种独特的表达形态,以其形象含蓄的语言和丰富的表现手法,走向以绮藻丰缛而存简质清刚的艺术境界。韩国顺天乡大学洪承直教授的报告《〈滕王阁序〉韩文翻译上的一些问题》,从骈文名篇《滕王阁序》的韩文翻译入手,指出韩文翻译应注重保存骈文形式的特质,展示出骈文在文化交流和文明互鉴中的独特意义。南京信息工程大学陈曙雯副教授的报告《当我们谈论用典时,我们在谈论什么》,指出骈文中用典与偶对一体化的形式特质,提出注释者在文学四要素之外的独立地位。湖南师范大学吕双伟教授担任评议,对 4 场报告作了扼要点评,并指出进一步的研究方向。

第二场大会主题发言由齐鲁书社赵发国编审主持。河南师范大学陈鹏教授以《论六朝骈文对叙事艺术的探索及意义》为题发言,针对骈文与叙事的关系,指出六朝骈文对叙事艺术的探索在某种程度上具有平衡抒叙关系的意义。台湾政治大学许东海教授的报告题为《文体合奏与多元宇宙:李商隐骈文学的今体・古文・辞赋共构》,阐发了李商隐骈文学今体、古文、辞赋共构的文体特质,发明了李商隐骈文学的文体合奏与多元宇宙的独到意涵。复旦大学侯体健教授的报告《论宋元骈文批评的文献形态与体制特点》,辨析了宋元骈文批评诸种文献形态,如四六话、笔记和序跋书信等,因作者群体、撰述宗旨等因素而呈现出各自的体制特点。内蒙古民族大学于景祥教授的报告《郑板桥骈文之怪》,揭出清代骈文史上向被忽视的郑板桥骈文,指出其不合潮流的“怪”态所蕴含的孤标逸韵,以及扬州文化的孕育作用。南京大学曹虹教授以《个案的意义——状元张謇的骈文造诣》为题发言,指出张謇的状元履迹与骈文造诣之间的关系,从文体的古今互动,旧学新知的合力等视角,阐发了这一个案对文学近代化进程的意义。中国传媒大学钟涛教授针对 5 篇报告的内容,作了细致点评。

三、分组讨论

大会主题发言结束后,与会代表按照议题分为 5 组,展开分组讨论。

(一)第一组:骈文史与骈文学史

第一组围绕“骈文史与骈文学史”的主议题,分为 3 场展开研讨。

第一场由河南大学杨亮教授主持,议题为“骈文学史研究”。南宁师范大学莫山洪教授从文化转型视角,俯瞰了 20 世纪骈文理论发展历程,并总结了发展规律;湖南师范大学颜建华教授对民国骈文理论的新发展作了全面梳理总结;贵州师范大学张明强教授聚焦于明清之际的骈文选本,指出其骈文学建构的重要意义。

第二场由张明强教授主持,涵盖了“汉代至明代的骈文史研究”。陕西师范大学杨晓斌教授表彰了司马相如辞赋的时代价值和社会意义;辽宁大学韦异才讲师讨论了初唐四杰骈文创作与《易》学的关系;成都中医药大学国学院薛芸秀讲师和玉溪师范学院赵映蕊讲师分别就唐代高僧释法琳和宋僧惠洪的骈文创作作了个案研究;武汉轻工大学王亚萍讲师将初唐骈文创作纳入文章变革的视域中予以审视;杨亮教授指出元初辞赋创作中"以复古为革新"的风向转变;咸阳师范学院贺玉洁讲师探析了古文复兴风潮对明代骈文创作的影响。

第三场由莫山洪教授主持,聚焦于"清代至民国的骈文史"。南京财经大学红山学院生力刚助教分析了汪中骈文的知音情结;南京特殊教育师范学院稂志艳讲师考辨了刘开骈文与桐城文体的关系;常熟理工学院孟伟教授对清初骈文选家黄始的生平和创作作了仔细梳理;怀化学院刘振乾编辑发掘出陶澍骈文中湖湘书写的独特意趣;广西科技师范学院王正刚副教授阐发了王国维骈文"以学行文、触物眷恋"的创作特征与审美旨趣。

(二)第二组:骈文理论与文章学

第二组的主议题是"骈文理论与文章学",开展了 3 场讨论。

第一场由西南交通大学沈如泉教授主持,以"骈文理论探索"为主旨。湖南师范大学吕双伟教授重新厘析了中国骈文的内涵、成因、功能及价值;韩山师范学院刘涛教授发掘出李详具有开拓意义的自然高妙的骈文思想;山东大学文艺美学研究中心伏煦副教授则通过"文章之盛,穷于天监"之说,衡估了刘咸炘的文学观念。

第二场由苏州科技大学路海洋教授主持,集中讨论"骈文文章学"。探讨骈文用典的论文有 3 篇,中国国家博物馆博士后王蔚乔讨论了齐梁骈文"竞须新事"的用典风潮;中国传媒大学钟涛教授分析了萧纲骈文中使事用典的文本建构作用;西南交通大学唐新梅副教授抉发了沈彩的骈体俳谐文《花九锡文》用典的文体特征及其女性史意义。沈如泉教授指出宋代四六文"夺胎换骨"法的特点与创作论价值;四川大学陶熠副研究员阐发出宋代"天然偶对"观精微的理论意义;扬州大学辛明应讲师指出顾炎武的古音学激发了清代文章理论和批评的新变;杭州市西湖区唐风宋韵文学创作工作室薛刚总监介绍了当代骈文家吴容的萧山四赋等骈文作品及其文章艺术。

第三场由刘涛教授主持,围绕"骈文选本与评点"的主题展开。扬州大学宋展云教授从"书"类作品入手,探讨了《文选》学史上的文章学问题;南京晓庄学院张炳文讲师指出王应麟《辞学指南》以"深厚简严"标准重塑了词科文体批评的规范;复旦大学出版社王汝娟副编审诠解了日僧大颠梵通《四六文章话》的文章学体系;路海洋教授从鼓吹六朝与轨范后学两方面,对蒋士铨《评选四六法海》的骈文批评建树作出评价;扬州大学苏鹏飞讲师则估评了民国李定彝《当代骈文类纂》的理论旨趣与价值。

(三)第三组:骈文文体学

第三组的主议题是"骈文文体学",分为 3 场。

第一场由辽宁大学李贵银教授主持,议题是"骈文文体学史"。吉林大学韩建立教授指出《艺文类聚》具有明确的赋学辨体批评意识和辨体批评意义;河南大学李金松教授对《四六丛话》的骈文文体学作了多重分疏;湖南师范大学博士后张玲玉评析了高丽时期骈文选集《东人之文四六》的文体分类及其批评意义。

第二场由李金松教授主持,议题为"汉代至宋代的骈文文体"。李贵银教授以碑志文为中心,讨论了"蔡邕体"范式的生成与确立;中国计量大学仲秋融讲师揭示了三曹公牍文风格对六朝文章新风的启发意义;浙江树人学院汪妍青讲师辨析了刘勰"颂家之细条"说,就魏晋赞体文的骈俪化作出历史梳理;杭州师范大学学术期刊社蒋金珅编辑在文化视域中探讨了初唐游宴序的文体新变;山东大学张萌萌助理研究员探析了唐代试策文中"贞观故事"典范的形成及其意义;江苏师范大学韩文涛讲师指出杜光庭的青词创作在青词文体发展史及宗教史上的深远影响;四川大学戴路副研究员对宋代制文的文体特征、叙事性和文化意蕴作了深入考察。

第三场由韩建立教授主持,以"明清至现代的骈文文体"为议题。南京工业大学戴菁讲师从女性情谊书写的角度,讨论了明清闺秀骈序文体的文化意蕴;江苏省社会科学院倪惠颖副研究员申明了朱筠对于乾嘉文章风气转变的导引启扃之功;广西科技师范学院覃雪娟讲师探讨了"粤西儒宗"郑献甫的骈体序文的书写策略及其地位;长沙学院杨志君讲师指出《水浒传》中骈文笔法与民间说唱文学的关系及其小说史意义;香港树仁大学何祥荣教授钩稽了饶宗颐骈文的思想内涵,并抉发饶氏骈文形式与词学理论的关系。

(四)第四组:骈文文献与文化

第四组的主议题是"骈文文献与文化",讨论分为 3 场。

第一场由深圳大学左江教授主持,着重于"骈文文献研究"。广西师范大学孟晗副研究馆员介绍了清代马俊良编《丽体金膏》的编纂刊行始末及其价值;扬州工业职业技术学院王春燕讲师以宋代三种文章评点为例,指出文章评点研究应充分关注评点的版本差异;常州大学裔一讲师通过考辨《国朝常州骈体文录》的编纂过程,对该书的著作权提出了新的看法。

第二场由山东理工大学权赫子副教授主持,以"骈文文化研究"为议题。广西师范大学图书馆馆员杨颖梳理了历代文论中庾信骈文的经典化的历程;安徽大学古籍整理办公室束莉副编审将《〈玉台新咏〉序》视为多文体混融和多题材衍生的文本,指出应关注南朝宫廷女性文学中"复数"的丽人现象;复旦大学梁燕妮博士后以宋代书判拔萃科为例,揭示了制度文化对文章创作的影响;暨南大学曾肖副研究员、金曼辰硕士对明末苏文选本《三苏文盛》的文献形态、内容体例及其文化意蕴作了深入阐发;南京大学杨珂特任助理研究员通过考察清代礼用骈文及其写作指南的功能,探究了文学与仪式、权力的互动关系;江苏大学王志华讲师审视了晚清女性诗文选本《宫闺文选》的编选特色及其女性文学史意义;南京晓庄学院刘天宇讲师评述了新发现的近代骈文家黄孝纾所撰《匑厂文摧》

的骈文理论,并衡量其文体学与文章学价值。

第三场由曾肖副研究员主持,以"骈文与汉文化圈研究"为议题。左江教授对朝鲜时代的中国骈文选本作了全面深入的评介,并标示出骈文选本的制度背景与文化交流意义;权赫子副教授介绍了朝鲜朝后期文人李尚迪的骈文成就,探究了其骈文文风与清代骈文风尚的关系;贵州民族大学王进明教授探讨了《归去来兮辞》和《赤壁赋》在古代朝鲜的接受及其文化心理;广西师范大学蒙显鹏副教授以蕉风俳文为例,揭示了骈文对日本国文学的重要影响;韶关学院刘楚荆副教授以易顺豫《哀台湾赋》与洪弃生《台湾哀词》对读,展现出晚清历史记忆的不同文学形态及其文化意蕴。

(五)第五组:研究生论坛

第五组为研究生论坛,来自全国的24位博士生、硕士生参加了讨论,分为3场进行。

第一场由复旦大学博士生陈志伟主持,兴义民族师范学院洪伟副教授评议,议题为"骈文史研究"。厦门大学硕士生程浩炜阐明了陶渊明对"士不遇"文学的拓展;东北师范大学博士生于信梳理了屈宋辞赋在清代骈文理论中的接受;陕西师范大学博士生陈斌探讨了乾嘉骈文复兴与刘嗣绾的骈文创作的关系;湖南师范大学博士生陈静讨论了乾嘉骈文家王昙"好奇诡正"的艺术特色;广西师范大学博士生马文博探究了屠寄散文中的中体西用思想,进而窥探当时士人心态的转变;辽宁大学博士生孙巍剖析了明清女性骈文回归六朝的倾向其成因。

第二场由广西师范大学博士生马文博主持,扬州大学王祥辰讲师评议,议题为"骈文理论与文章学研究"。闽南师范大学博士生郑永辉从修辞学视角,探讨了骈体文在东汉的生成情况;陕西师范大学博士生白云鹏分析了曹植辞赋在《文心雕龙》评价体系中缺席的原因;陕西师范大学博士生陈果探究宋人骈文批评的客体选择的特征和实用属性;湖南师范大学硕士生张春晓考察了清代中期的骈文批评对宋四六的评价;广西师范大学博士生刘珊珊考辨了阮元《文选》研究对骈文理论构建的影响;辽宁大学博士生张力仁探析了《六朝文絜》多元化的骈文批评方法;扬州大学硕士生朱紫群讨论了六朝骈文用典风气与门阀制度的关系;暨南大学硕士生刘昱彤聚焦于李商隐骈文虚字的使用技巧;苏州大学博士生王腾在宋代文章学的视域下,对"《滕王阁序》类俳"说作了考辨;深圳大学博士生李雅婷对宋代李刘启文用典与茶马制度的关系及其文体史意义加以分疏。

第三场由东北师范大学博士生于信主持,广西民族大学刘城副教授评议,议题为"骈文文体与文献研究"。浙江大学博士生夏乾诚对唐代辞赋的骈文化现象及其成因作了历史考察;厦门大学博士生肖悦评析了李白对唐赋的散化以及"新骚体赋"的形成所作的贡献;广西师范大学博士生钱辉考察了敦煌变文中使用骈体的现象及其文学史意义;复旦大学博士生陈志伟描述了五代至北宋前中期禅林请疏文体的写作主体嬗变过程;湖南师范大学博士生汤祎珣考察了清初骈体赠序的书写策略及其文坛意义;湖南师范大学博士生陈倩就募缘疏在明代的骈散分化加以论列;河南大学博士生陈子涵介绍了杨维桢《丽则遗音》的版本情况、审美旨趣和骈文史价值;广西师范大学博士生张艺馨介绍了胡浚《绿萝山庄骈体文集》的编选旨趣与艺术特色。

四、闭幕式

11月3日下午17:40,会议闭幕式在中敏报告厅举行,由杨晓斌副会长担任主持。常熟理工学院孟伟教授、山东大学伏煦副教授、四川大学戴路副研究员、常州大学裔一讲师和陕西师范大学博士生陈果分别对五个小组的研讨作了学术总结。于景祥副会长作大会学术总结,称引杜甫“乾坤万里眼,时序百年心”,精要地概括了参会学者的创新风采与视野拓展。曹虹会长代表学会宣布常务理事会决议:同意曹虹教授辞去中国骈文学会(筹)会长一职;推选莫道才教授担任新一届中国骈文学会(筹)会长;推选莫山洪教授兼任中国骈文学会(筹)秘书长;增补辛明应、李贵银、陶熠为中国骈文学会(筹)常务理事。曹虹会长借机表达了对学会同仁长期协作与互助心存感激,共勉以达忠实不欺之境。

在会议代表感言环节,中国骈文学会(筹)第四任会长莫道才教授发表感言,回顾了自1996年以来中国骈文学会(筹)的发展历程,并表示要大力加强培养骈文研究的后备人才,推进学会的正规化建设工作,把学术集刊《骈文研究》(社科院AMI入库集刊)办得更好。新任学会秘书长莫山洪教授表示,一定不负众望,做好服务工作,希望学会同人继续开展研究,把骈文研究推向新的高潮。上海辞书出版社编辑辛琪介绍了曹虹主编的《骈文鉴赏辞典》的编纂初衷和工作概况,阐明了《骈文鉴赏辞典》推动骈文的大众普及的意义。陈鹏教授代表下届会议承办方河南师范大学文学院致辞,诚挚邀请各位学者在2025年再聚河南新乡,共襄盛会。

本届会议赓续传统,与古为新,在古城扬州圆满落幕。从骈文研究的资深学者,到崭露头角的新锐学人,展示了当代骈文研究的厚重基础与稳健实力,又不乏内潜之力与颖锐之思,推进了骈文研究的多元纵深发展,取得了令人瞩目的丰硕学术成果。

作者简介:

辛明应,1989年生,安徽来安人,文学博士,扬州大学文学院讲师,主要研究方向为中国古代文体学、文章学。

2022年骈文研究索引

钱 辉 周贤斌整理

一、著作之属

1.莫道才编:《骈文研究》(第六辑),广西师范大学出版社。

2.瞿宣颖:《中国骈文概论》(再版),北京出版社。

3.邓瑞全、孟祥静著,陈虎主编:《骈文》,河北教育出版社。

4.杨帅:《唐以后连珠体研究》,九州出版社。

二、期刊论文之属

1.莫道才、杨颖:《〈史记〉〈汉书〉载文在文章骈俪化过程中的作用》,《励耘学刊》2022年第1辑。

2.于景祥、张力仁:《中唐骈文批评中的功利派与折中派》,《内蒙古民族大学学报(社会科学版)》2022年第1期。

3.刘宁:《从"务反近体"看韩愈文章复古的激进追求》,《文学评论》2022年第1期。

4.吕双伟:《"知行不一":张之洞的骈文理论与骈文创作》,《华南师范大学学报(社会科学版)》2022年第2期。

5.李金松:《论清代骈文经典的建构》,《湖南师范大学社会科学学报》2022年第5期。

6.周剑之:《黼黻之美:宋代骈文的应用场域与书写方式》,《文艺研究》2022年第5期。

7.刘涛:《刘师培骈文理论探析》,《贵州师范大学学报(社会科学版)》2022年第3期。

8.蒙显鹏:《日本的四六图谱系》,《古代文学理论研究》2022年第2期。

9.张明强:《陈子龙的骈文风格与明清之际骈文传承》,《学术交流》2022年第8期。

10.龙正华:《北魏新贵族的形成与骈文的新变》,《天中学刊》2022年第5期。

11.倪惠颖:《毕沅幕府与清中叶骈文复兴》,《天中学刊》2022年第5期。

12.薛芸秀:《佛理与文心:论北周高僧释慧命的骈文创作》,《古籍研究》2022年第2期。

13.贺玉洁:《晚明四六选本初探——以〈四六灿花〉为考察中心》,《咸阳师范学院学报》2022年第3期。

14.贺玉洁:《论明代辨体学视野下的骈文批评——以〈文章辨体〉与〈文体明辨〉为中心》,《斯文》2021年第2期。

15.王亚萍:《论初唐四杰骈文观念的嬗变与骈体革新》,《理论月刊》2022年第4期。

16.林耀琳:《论徐庾骈文在明末清初的接受》,《华中学术》2022年第3期。

17.王蔚乔:《"其文丽逸"解——兼论王僧孺在骈文学上的显与隐》,《中国文学研究》2022年第3期。

18.汪孔丰:《遮抑的副调:清代文坛上的桐城骈文》,《中国文学研究》2022年第2期。

19.汪孔丰、郑晨晨:《方东树游幕与骈文创作及其思想面相》,《安庆师范大学学报(社会科学版)》2022年第1期。

20.张作栋:《论吴鼒〈八家四六文钞〉的骈文思想》,《兴义民族师范学院学报》2022年第2期。

21.张炳文:《宋四六在清代的接受与影响——以〈宋四六选〉〈宋四六话〉为例》,《励耘学刊》2022年第1期。

22.张炳文:《论宋四六的"类俳"批评》,《安徽大学学报(哲学社会科学版)》2022年第4期。

23.陈志扬:《刘开的门派情感与骈散立场》,《甘肃社会科学》2022年第2期。

24.朱银宁:《唐代传奇骈化及其原因探析》,《贵州文史丛刊》2022年第1期。

25.况晓慢:《李商隐古文思想内蕴及对其骈文写作之影响》,《河北大学学报(哲学社会科学版)》2022年第5期。

26.况晓慢:《李商隐骈文对徐陵、庾信骈文的追摹与延展》,《唐代文学研究》2022年第1期。

27.高文绪:《论王维表类骈文的程式特征》,《湖北职业技术学院学报》2022年第3期。

28.何紫逸:《"奇峭幽洁"与"高视六代"——鲍照骈文的艺术表现与成就》,《名作欣赏》2022年第5期。

29.王腾:《"〈滕王阁序〉类俳"考辨——兼论宋代文章学视域下的王勃骈文接受》,《名作欣赏》2022年第27期。

30.于信、张洪兴:《骈体源头 万世典范——清人关于屈、宋辞赋在骈文史上地位和影响的评价》,《社会科学辑刊》2022年第5期。

31.张志浩:《论〈清平山堂话本〉中骈俪的运用》,《内蒙古财经大学学报》2022年第

4期。

32.吴娟:《宋代宋人四六小集合刻小考》,《古籍研究》2022年第1辑。

33.陈元锋:《王安石两制书写及“荆公四六”的经典化》,《社会科学战线》2022年第8期。

34.詹晓悦:《孙德谦〈六朝丽指〉称引刘令娴文探析》,《广东开放大学学报》2022年第3期。

35.席娜:《皇侃〈论语义疏〉的骈俪化探析》,《枣庄学院学报》2022年第3期。

36.潘建伟:《从骈散之争到新旧之辨:新文化运动与黄侃文学思想的演进》,《杭州师范大学学报(社会科学版)》2022年第2期。

37.赵聪:《〈四库全书总目〉对庾信及其骈文的评价》,《扬州教育学院学报》2022年第4期。

38.陈晨:《论明代四六书启总集对当代作家的经典化》,《湖南大学学报(社会科学版)》2022年第5期。

39.郭超:《陈维崧〈今文选〉〈四大家文选〉及其文学史意义》,《潍坊学院学报》2022年第6期。

40.马浩伟:《刘勰〈文心雕龙〉论连珠文体》,《中国韵文学刊》2022年第1期。

41.沙显彤:《论骈文的发展与影响》,《今古文创》2022年第32期。

42.王德军、征玉韦:《陆贽骈文成就及文学史意义研究》,《今古文创》2022年第43期。

43.黄雪梅:《论韩愈对骈文的态度》,《名家名作》2022年第17期。

44.赵静:《近代骈体批评演进形态略论》,《理论界》2022年第9期。

45.陈晨、凡雨:《明刊四六启总集四种提要》,《图书馆界》2022年第1期。

46.文贵良:《徐枕亚〈玉犁魂〉:骈文体小说与现代情感》,《小说评论》2022年第1期。

47.翁晓君:《中学骈文教学文美与质优的协同挖掘》,《福建教育学院学报》2022年第3期。

48.周琼平:《骈句与对偶修辞功能异同》,《语文月刊》2022年第2期。

49.卢艺:《古汉语中骈体文的语气词特点》,《文化学刊》2022年第9期。

50.赵志伟:《谈谈“骈文”》,《中学语文教学》,2022年第11期。

51.朱彦民:《阴阳俪偶 字句骈双——论〈易经〉卦爻辞对偶修辞之骈俪美》,《对联》2022年第11期。

52.苗民:《中晚明选本编撰视野下四六文娱情功能的发掘与“文类重组”效应的形成》,《骈文研究》2022年集刊。

53.张作栋:《论彭元瑞〈宋四六选〉的文章学思想》,《骈文研究》2022 年集刊。

54.刘振乾:《论情文理论在晚清湖湘文论中的发展及其影响》,《骈文研究》2022 年集刊。

55.文娟、邹王菁:《论国华书局杂志所刊骈体小说》,《骈文研究》2022 年集刊。

56.曹丽萍:《民国骈文选本中的宋代骈文——以〈唐宋文举要〉和〈新体评注历代骈文菁华〉为中心》,《骈文研究》2022 年集刊。

57.陈丽珍、莫山洪:《论孙德谦〈六朝丽指〉中的骈文理论》,《骈文研究》2022 年集刊。

58.[日]海村惟一、[日]海村佳惟:《骈文视域下日本五山禅林〈疏〉的中国古典受容——绝海中津〈蕉坚稿·疏〉论考(一)》,《骈文研究》2022 年集刊。

59.[日]铃木虎雄撰,蒙显鹏译:《八股文比法前驱》,《骈文研究》2022 年集刊。

60.[日]今关天彭撰,陆锦连、蒙显鹏译:《清代及现代的骈文界》,《骈文研究》2022 年集刊。

61.[韩]梁光锡撰,肖大平译:《统一新罗时期的汉文学研究》,《骈文研究》2022 年集刊。

62.[韩]金镐撰,肖大平译:《桐城派文人对骈文的认识》,《骈文研究》2022 年集刊。

63.余祖坤:《〈四六雕龙〉叙录》,《骈文研究》2022 年集刊。

64.颜建华、罗廷瑶:《〈滇骈体文钞〉叙录》,《骈文研究》2022 年集刊。

65.马文博:《合刻〈移华馆骈体文〉叙录》,《骈文研究》2022 年集刊。

66.马文博:《〈尚絅堂骈体文〉叙录》,《骈文研究》2022 年集刊。

67.宋莹莹:《〈讷盦骈体文存〉叙录》,《骈文研究》2022 年集刊。

68.郑好事撰,尹梦雨整理:《骈文丛话》,《骈文研究》2022 年集刊。

69.汪政:《〈王子安集〉理校刍议》,《骈文研究》2022 年集刊。

70.李金松:《清代论骈文书函两则考释》,《骈文研究》2022 年集刊。

71.孙昌武:《述学:"古文运动"和韩愈研究》,《骈文研究》2022 年集刊。

72.余慕原:《宋代谢贺生日启状骈文的程式内容与文人心态》,《骈文研究》2022 年集刊。

73.周剑之:《宋代骈文研究的基本问题与考察路径——国家社科基金后期资助项目"宋代骈文文体研究"结项心得》,《骈文研究》2022 年集刊。

74.蒙显鹏:《日本学者骈文研究专著、论文索引》,《骈文研究》2022 年集刊。

75.马文博:《2021 年骈文研究索引》,《骈文研究》2022 年集刊。

76.唐新梅:《"骈文国际学术研讨会暨第七届中国骈文学会年会"召开》,《文学遗产》2022 年第 6 期。

三、博硕学位论文之属

1.林耀琳著,吕双伟指导:《明清之际骈文研究》,湖南师范大学博士论文。

2.戴广昭著,于景祥指导:《〈宋四六选〉研究》,辽宁大学硕士论文。

3.伊珂著,于景祥指导:《李详的骈文理论和创作实践》,辽宁大学硕士论文。

4.寇佳宁著,于景祥指导:《从〈骈体文作法〉看王文濡的骈文理论主张》,辽宁大学硕士论文。

5.王悦著,于景祥指导:《权德舆骈文创作初探》,辽宁大学硕士论文。

6.杨兆涵著,莫山洪指导:《李商隐骈文创作演变研究》,南宁师范大学硕士论文。

7.曹文怡著,莫山洪指导:《〈云庄四六余话〉校注》,南宁师范大学硕士论文。

8.严智鹏著,杨晓斌指导:《庾信骈文文体特征研究》,陕西师范大学硕士论文。

9.袁蕊著,段宗社指导:《〈骈体文钞〉与李兆洛的骈文观研究》,陕西师范大学硕士论文。

10.贾连城著,翟景运指导:《王勃骈文研究》,青岛大学硕士论文。

11.赵耀著,郭世轩指导:《六朝骈文:日常生活的华丽表达》,阜阳师范大学硕士论文。

12.胡雨蓉著,邱美琼指导:《统编版初中语文教材中骈文的选文及教学研究》,云南师范大学硕士论文,

作者简介:

钱辉,1995年生,江苏泰州人,广西师范大学文学院博士研究生。研究方向为唐代文学、骈文学。

周贤斌,1999年生,湖南邵阳人,广西师范大学文学院硕士研究生。研究方向为唐宋文学文献、骈文学。

编后记

《骈文研究》第7卷终于出版了。从本辑开始,“辑”统一改为“卷”,每年出版一卷,分为上、下辑。栏目基本稳定,大致分为“骈文理论与骈文史”“域外骈文研究”“骈文叙录”“民国骈文文献”“读书札记”“骈文研究新视野”。骈文理论与骈文史研究是本刊刊载的主要内容,探讨骈文文体学的传统及其发展过程,对于了解中华优秀传统文化具有重要意义。本辑主要对骈文史的重要现象和重要作家作深入探讨。古代文章史的骈化现象和骈化过程是值得探讨的。一般关注点是南朝的骈文,而曹虹从骈文角度对《洛阳伽蓝记》的讨论很有意义。《文心雕龙》的《丽辞》篇是骈文理论的重要文论,虽然已有了很多讨论,但还是值得从更多角度来评价总结其贡献与不足。魏晋南北朝时期骈文的具体骈化过程也是值得研究的,王蔚乔的《论魏晋南朝骈体文单句对的发展》和仲秋融的《论魏晋公牍文的程式形态及价值》就是对这方面的讨论。唐代骈文的变革,骈文观念的嬗变是其重要的原因,王亚萍的《论贞观时期雅正文章观念与骈体革新——以唐太宗的骈文为中心》有深入的探讨。对重要骈文家的探讨也是本刊关注的,尤其是庾信、李商隐的骈文是关注的重点。杨兆涵《论李商隐骈文创作的演变》梳理了李商隐骈文的发展阶段性特征。而杨颖《历代文论在庾信骈文经典传播中的作用》则关注到历代文论批评对庾信骈文成为经典的作用。域外骈文一直是本刊的关注方向,左江《朝鲜时代所编中国骈文选本述论》对朝鲜时代的骈文选本做了全面的梳理。本期还刊登了两篇日本学者的研究成果,道坂昭广的《南北朝末期的“谢启”——咏物文的成立》和佐藤浩一的《杜甫的古文与骈文——其节奏与对偶》,他山之石可以攻玉,域外学者的研究可以扩大我们的视野。

本辑仍一如既往刊出了3篇叙录和2篇民国时期的骈文研究文献。上一辑新开辟的“读书札记”主要就一些具体问题或作品展开讨论,本辑刊载的是黎爱的《文章内外的人生矛盾———读王闿运〈秋醒词序〉》,这是一篇对《秋醒词序》的深入解读。对文本的细读是骈文研究所需要的。

稿　约

《骈文研究》是古代文学学界唯一的骈文文体学研究的国际性学术集刊。由广西师范大学出版社出版,每年一卷 2 辑,已被中国知网全文收录。并被中国社会科学评价研究院评为“2022 年度中国人文社会科学期刊 AMI 综合评价”集刊入库期刊。

《骈文研究》以推动骈文学研究的发展,弘扬中华传统文化为宗旨,交流骈文研究学术成果、探讨骈文的历史之根、学术之脉、理论之魂、传统之用、文化之播。兼具国际视野,为学界提供海内外学术文献交流信息,同时注重基础文献研究和整理。

《骈文研究》设置了骈文理论与骈文史研究、域外骈文研究、骈文叙录、民国骈文文献、读书札记、骈文研究新视野、文献目录与研究索引、学术综述等栏目。欢迎学界同仁赐稿。

本刊已许可中国知网以数字化方式复制、汇编、发行、信息网络传播本刊全文。本刊支付的稿酬(包含以样刊形式支付)已包含中国知网著作权使用费,所有署名作者向本刊提交文章发表之行为视为同意上述声明。如有异议,请在投稿时说明,本刊将按作者说明处理。

投稿须知:

1.稿件须为原创首发稿,字数控制在 2 万字以内,特约稿不超过 3 万字。请用 word 文档简体字投稿(投稿信箱:1544419117@ qq.com),如有图像、表格或无法正常输入的冷僻文字等,请同时附上 PDF 格式版。请勿一稿多投。

2.行文及注释格式请参照以往刊物。

3.来稿请附作者简介,包括姓名、出生年,籍贯、学位、工作单位、职称、研究方向及方便联系的电子邮箱、通信地址、邮编、手机或微信等。

4.本刊双向匿名审稿,不向作者收取任何费用,确定采用即通知作者。稿件一经刊用,文责自负。并寄样刊 1 册。

注释格式:

1.注释采用脚注(页下注)格式,以①②③等依次排列,每页重新编号。所有引用文字均应有完整详细的出处。不采取“同上”注法。

2.专著。请注明作者、书名、册数、出版社、出版时间、页码。例:姜书阁《骈文史论》,人民文学出版社 1986 年版,第 341 页。

3.古籍。

(1)一般古籍。注明:朝代、作者、书名、卷数、篇名、出版社、页码。例:〔清〕袁枚《小仓山房诗文集》,上海古籍出版社 1988 年版,第 1398 页。

(2)现在尚未出版的古籍,注明:朝代、作者、书名、卷数、篇名、出处、页码。例:〔清〕彭元瑞选,曹振镛编《宋四六选》卷首,乾隆四十一年刻本。

(3)若古籍有著者、注释者,需要逐次注明。例:〔清〕孙梅著,李金松校点《四六丛话》,人民文学出版社 2010 年版,第 36 页。

4.译著。请注明国别、作者、译著、书名、出版社、页码。例:[日]浅见洋二著,金程宇、[日]冈田千穗译《距离与想象:中国诗学的唐宋转型》,上海古籍出版社 2013 年版,第 130 页。

5.析出文献。注明:朝代、书名,作者书名(卷或册),出版社,出版时间,页码。例:〔清〕李恩绶《讷盦骈体文存》,见莫道才主编《骈文要籍选刊》第 107 册,北京燕山出版社 2020 年版,第 343 页。

6.中外文期刊论文。标注作者、篇名、期刊名、年、期。例:莫道才《王铚骈文典故理论考说》,《文学遗产》2015 年第 2 期。

广西师范大学中华优秀传统文化传承发展中心（国学中心）编辑

广西大学文学与文化研究中心建设经费资助

骈文研究

[第7卷]
第2辑

莫道才　主编

广西师范大学出版社
GUANGXI NORMAL UNIVERSITY PRESS
·桂林·

图书在版编目（CIP）数据

骈文研究. 第 7 卷 ：第 1、2 辑 / 莫道才主编.
桂林 ：广西师范大学出版社，2024. 4. -- ISBN 978-7
-5598-7102-2

Ⅰ. I207.22

中国国家版本馆 CIP 数据核字第 2024PV7133 号

广西师范大学出版社出版发行
（广西桂林市五里店路 9 号　邮政编码：541004
网址：http://www.bbtpress.com）
出版人：黄轩庄
全国新华书店经销
广西广大印务有限责任公司印刷
（桂林市临桂区秧塘工业园西城大道北侧广西师范大学出版社
集团有限公司创意产业园内　邮政编码：541199）
开本：787 mm × 1 092 mm　1/16
印张：25.25　　　　字数：470 千
2024 年 4 月第 1 版　　2024 年 4 月第 1 次印刷
定价：80. 00 元（全 2 册）

目　录

骈文理论与骈文史

域外骈文研究

骈文叙录

从汉唐记室文学制度看李商隐《樊南四六》

陈冠明

内容摘要：汉唐"宾佐"的辟署制度以及"宾佐"记室的职掌，造就了汉唐记室文学的辉煌。历代的辟署制度，"致礼才彦"，使得"当时幕府，彬彬然多贤才"。"宾佐"，特别是其中的记室，以其"藻翰英发，学术渊奥，洽闻强识，稽古博达，擅笔牍之敏，驰文雅之誉"，谱写了几乎小半部的中国文学史。傅毅、班固、陈琳、阮瑀、徐干、荀勖、袁宏等重量级人物，都在记室等"宾佐"职位上，创造了中国文学史的辉煌。刘勰《文心雕龙》中的《檄移》《章表》《奏启》《书记》等，由"宾佐"记室培育而成。萧统《文选》，不少作品选自"宾佐"记室。唐代"掌书记"作为职官的正式设置，在玄宗天宝年间。判官及其他从事，亦可泛称"书记"。掌书记是府兵制度下方镇军府的最重要喉舌。李商隐掌书记文学成就，直接导源于令狐楚。令狐楚是唐代掌书记中最成功者，而李商隐则是幕府文学的最成功者。李商隐从柳宗元"骈四俪六，锦心绣口"之中拈取"四六"二字，编成《樊南四六甲集》二十卷、《樊南四六乙集》二十卷。"四六"作为骈俪文专名由此产生，影响文坛一千余年。

关键词：李商隐；记室；掌书记；文学；四六文

一

汉唐"宾佐"的辟署制度以及"宾佐"记室的职掌，造就了汉唐记室文学的辉煌。《册府元龟》卷七一八《幕府部三·才学》小序说：

> 两汉而下，公府将幕，咸得以辟署宾佐，咨其策画焉。故士之怀才者，莫不愿伸于知己，而效其所长者矣。乃有藻翰英发，学术渊奥，洽闻强识，稽古博达，擅笔牍之敏，驰文雅之誉。辞令尚乎体要，书檄畅于事情，铭记极于温润，赋咏臻于典丽。用能飞腾光价，抑扬望实，耸和门之风采，为士林之矜式。固可以隆宾礼之异数，为道义之益友。又岂特曳长裾、托后乘而已哉！①

① 〔宋〕王钦若等编纂，周勋初等校订《册府元龟（校订本）》第 8 册，凤凰出版社 2006 年版，第 8279 页。

又卷七二六《幕府部十一·辟署一》小序说:

> 汉氏公卿、郡守,皆得自举其属。中兴之后,辟召尤盛。故当时幕府,彬彬然多贤才焉。魏晋而下,内居宰弼之任,外膺将领之寄者,曷尝不选众而举,得人为盛哉!盖夫藩辅之重,安危注意;纲纪之职,左右惟人。故能参赞于策画,经纶于政务,蔼莅官之嘉绩,昭治戎之善志。周旋翊佐,以成其美焉。至乃羔雁之贽,璧马之聘,盖所以致礼才彦,将其厚意。然而宣尼有择木之喻,展禽怀枉道之耻,若夫含忠履洁之士,非志义相期而用舍同趣,又岂肯屈身而苟合哉![①]

历代的辟署制度,"致礼才彦",使得"当时幕府,彬彬然多贤才"。"宾佐",特别是其中的记室,以其"藻翰英发,学术渊奥,洽闻强识,稽古博达,擅笔牍之敏,驰文雅之誉",谱写了几乎小半部的中国文学史。

汉代三公、大将军辟署记室。《续汉书·百官志一》:"记室令史主上章表,报书记。"[②]《文选》卷二九三国魏刘桢《杂诗》:"职事相填委,文墨纷消散。驰翰未暇食,日昃不知晏。沉迷簿领间,回回自昏乱。"[③]戎务文书,一派繁忙,真所谓"自朝至于日昃,不遑暇食"。南朝齐谢朓《谢宣城集》卷五《和宋记室省中》:"清扬婉禁居,秘此文墨职。无叹阻琴樽,相从伊水侧。"[④]"文墨职",后来成了记室的代名词。《文选》卷三一南朝梁江淹《杂体诗三十首·刘文学桢感遇》:"谬蒙圣主私,托身文墨职。丹采既已过,敢不自雕饰。华月照芳池,列坐金殿侧。微臣固受赐,鸿恩良未测。"[⑤]《后汉书·文苑上·傅毅传》:"永元元年,车骑将军窦宪复请毅为主记室,崔骃为主簿。及宪迁大将军,复以毅为司马,班固为中护军。宪府文章之盛,冠于当世。"[⑥]

魏晋南北朝"宾佐"记室,真可谓人才济济。"建安七子"中,大多是曹操丞相府的"宾佐"记室;晋齐王冏辅政,曹摅与左思俱为记室;王鉴,大将军王敦请为记室参军;郭璞,晋明帝初,王敦起为记室参军;袁宏,累迁桓温大司马记室;殷仲文,桓玄举兵,以为咨议参军,领记室;羊徽,晋安帝义熙初为刘裕记室参军;徐广,义熙初除镇军咨议参军,领记室;南朝宋傅亮,任抚军记室参军、领军司马;谢灵运,刘毅镇姑熟,以为抚军记室参军;鲍照,为临海王子顼荆州前军参军,掌书记之任;何长瑜,为临川王义庆记室参军;谢庄,为随王诞记室;南朝齐竟陵王萧子良,为安南记室参军;孔稚珪,齐高帝为骠骑,取为记室

---

① 〔宋〕王钦若等编纂,周勋初等校订《册府元龟(校订本)》第 8 册,第 8356 页。
② 〔南朝宋〕范晔《后汉书》第 12 册,中华书局 1965 年版,第 3559 页。
③ 〔南朝梁〕萧统编,〔唐〕李善注《文选》第 3 册,上海古籍出版社 1986 年版,第 1359 页。
④ 〔南朝齐〕谢朓著,曹融南校注《谢宣城集校注》,上海古籍出版社 1991 年版,第 346 页。
⑤ 〔南朝梁〕萧统编,〔唐〕李善注《文选》第 3 册,第 1456 页。
⑥ 〔南朝宋〕范晔《后汉书》第 9 册,第 2613 页。

参军；谢朓，为新安王中军记室，明帝辅政，以为骠骑咨议，领记室。

社会存在，决定人们的意识。即在当时，关注文学批评的人，已经发表评论；发展到了南朝梁，终于有人出来全面总结，大幅推出。《三国志·魏志·王粲传》："瑀以十七年卒。干、琳、玚、桢二十二年卒。文帝《书与元城令吴质》曰：'……孔璋章表殊健，微为繁富。公干有逸气，但未遒耳。元瑜书记翩翩，致足乐也。仲宣独自善于辞赋，惜其体弱，不起其文；至于所善，古人无以远过也。昔伯牙绝弦于钟期，仲尼覆醢于子路，痛知音之难遇，伤门人之莫逮也。诸子但为未及古人，自一时之俊也。'"裴松之注引魏文帝《典论》曰："琳、瑀之章表书记，今之俊也。"①

南朝梁刘勰《文心雕龙》，特别是文体论部分所列代表作家、代表作品——我称之为"两个代表"，都有"宾佐"的身影及其代表作品。多种文体，按照《文心雕龙》文体论的有机组合，如《檄移》《章表》《奏启》《书记》等，很大程度由"宾佐"记室培育而成。如檄文、露布。《文心雕龙·檄移》："齐桓征楚，诘苞茅之缺；晋厉伐秦，责箕部之焚。管仲、吕相，奉辞先路，详其意义，即今之檄文。暨乎战国，始称为檄。檄者，皦也，宣露于外，皦然明白也。张仪《檄楚》，书以尺二，明白之文。或称露布者，盖露板不封，布诸视听也。"②檄文，陈琳《为袁绍檄豫州》说见下。露布，《隋书·经籍志四》："《杂露布》十二卷，梁有《杂檄文》十七卷，《魏武帝露布文》九卷，亡。"③所有檄文、露布，都是历次战争中记室之杰作。

同样，同时代的萧统《文选》，不少作品，都选自"宾佐"记室。比如，卷五六班固《封燕然山铭》；卷四十陈琳《答东阿王笺》、卷四一陈琳《为曹洪与魏文帝书》、卷四四陈琳《为袁绍檄豫州》《檄吴将校部曲文》等；卷四二阮瑀《为曹公作书与孙权》；卷四十谢朓《拜中军记室辞隋王笺》；卷三六傅亮《为宋公修张良庙教》《为宋公修楚元王墓教》、卷三八傅亮《为宋公至洛阳谒五陵表》《为宋公求加赠刘前军表》；卷三八任昉《为齐明帝让宣城郡公第一表》《为范尚书让吏部封侯第一表》等、卷四十任昉《到大司马记室笺》《百辟劝进今上笺》；甚至卷十七《舞赋》作者"与班固为窦宪府司马"的傅毅，可能就是在大将军窦宪府中观赏舞蹈之后的命题杰作之人。

"宾佐"记室传统，如果作一项各个文学阶段的文学成就的权重与评估，唐代无疑是最重期，最盛期，是"宾佐"记室文学的顶峰。从盛唐起，王府的"宾佐"记室，转而为以掌书记为代表的使府从事。其范围更广，人数更多，成就更大。李商隐就是其中的杰出代表。此戴伟华教授《唐代使府与文学研究》《唐代幕府与文学》《唐方镇文职僚佐考》等所

---

①〔晋〕陈寿《三国志》第3册，中华书局1982年版，第602页。

②〔南朝梁〕刘勰撰，黄叔琳等注，杨明照校注拾遗《增订文心雕龙校注》上册，中华书局2000年版，第281、287页。

③〔唐〕魏徵等《隋书》第4册，中华书局1973年版，第1088页。

由作也。据《宋史·职官志二》记载,亲王府有记室参军,“或止一人”①;《职官志四》记载,宗正寺大宗正司“官属有记室一人,掌笺奏”②,可以看出,此时已经是强弩之末,式微已极。但王府与使府“宾佐”制度,一直延续到近代,延续到中国封建社会的结束。

二

唐代的“掌书记”一职,其职掌昉自东汉的“记室令史”,见《续汉书·百官志一》注引《汉旧注》,③又称“记室史”“记室掾史”“主记室”。《后汉书·袁闳传》“诏秘等门闾号曰‘七贤’”李贤注引谢承《后汉书》曰:“秘字永宁。封观与主簿陈端、门下督范仲礼、贼曹刘伟德、主记史丁子嗣、记室史张仲然、议生袁秘等七人擢刃突陈,与战并死。”④《续汉书·百官志一》“建武二十七年,去‘大’”刘昭注引《汉旧仪》曰:“哀帝元寿二年,以丞相为大司徒。郡国守长史上计事竟,遣公出庭,上亲问百姓所疾苦。记室掾史一人大音读敕毕。”⑤《文苑上·傅毅传》:“永元元年,车骑将军窦宪复请毅为主记室,崔骃为主簿。”⑥简称“记室”。

职官名称源起,昉自《周官》,完整保存在《周礼》一书之中。其职官设置及名目确立,对后世影响极其深远。特别是含有“主管”意思的“掌”“司”“典”等名目,其影响直到现代民间,如掌柜、司仪等。“掌”,主管,执掌。《周礼·天官·冢宰》:“乃立天官冢宰,使帅其属而掌邦治。”郑玄注:“掌,主也。”⑦周官多有直接以“掌”命官者。如《周礼·天官》有:掌舍、掌次、掌皮;《地官》有:掌节、掌革、掌染草、掌炭、掌荼、掌蜃;《夏官》有:掌固、掌疆、掌畜;《秋官》有:掌囚、掌戮、掌客、掌交、掌察、掌货贿等。

从现存的文献来看,东汉中期和帝永元元年(89)车骑将军窦宪主记室傅毅最早担任此职。稍后,有班固同“典文章”。曹操为汉丞相,得以坐大,重才是主要因素。重视“宾佐”,尤重记室。《后汉书·孔融传》“遂令丞相军谋祭酒路粹”李贤注引三国魏鱼豢《典略》曰:“粹字文蔚,陈留人,少学于蔡邕。建安初,以高第擢拜尚书郎,后为军谋祭酒,与陈琳、阮瑀等典记室。融诛之后,人睹粹所作,无不嘉其才而忌其笔也。”⑧丞相即曹操。《三国志·魏志·王粲传》:“琳避难冀州,袁绍使典文章。袁氏败,琳归太祖。太祖谓

---

① 〔元〕脱脱等《宋史》第 16 册,中华书局 1985 年版,第 3829 页。
② 〔元〕脱脱等《宋史》第 12 册,第 3869 页。
③ 〔南朝宋〕范晔《后汉书》第 12 册,第 3559 页。
④ 〔南朝宋〕范晔《后汉书》第 6 册,第 1527 页。
⑤ 〔南朝宋〕范晔《后汉书》第 12 册,第 3561 页。
⑥ 〔南朝宋〕范晔《后汉书》第 9 册,第 2613 页。
⑦ 〔清〕孙诒让《周礼正义》第 1 册,中华书局 1987 年版,第 15 页。
⑧ 〔南朝宋〕范晔《后汉书》第 8 册,第 2278 页。

曰：‘卿昔为本初移书，但可罪状孤而已，恶恶止其身，何乃上及父祖邪？’琳谢罪，太祖爱其才而不咎。”[①]“昔为本初移书”指《文选》卷四四陈琳《为袁绍檄豫州》，作为“战斗檄文”，陈琳痛骂曹操祖宗三代：“司空曹操祖父中常侍腾，与左悺、徐璜并作妖孽，饕餮放横，伤化虐民。父嵩，乞丐携养，因赃假位，舆金辇璧，输货权门，窃盗鼎司，倾覆重器。操赘阉遗丑，本无懿德，犷狡锋协，好乱乐祸”，“而操豺狼野心，潜包祸谋，乃欲摧挠栋梁，孤弱汉室，除灭忠正，专为枭雄”。[②] 特别是“操赘阉遗丑”一句，直戳痛处。曹操能忍受如此奇耻大辱，不杀陈琳，实在是因为爱惜其才。

《三国志·魏志·王粲传》：“瑀少受学于蔡邕。建安中都护曹洪欲使掌书记，瑀终不为屈。太祖并以琳、瑀为司空军谋祭酒，管记室。”裴松之注：“《文士传》曰：‘太祖雅闻瑀名，辟之，不应，连见逼促，乃逃入山中。太祖使人焚山，得瑀，送至，召入。……’臣松之案鱼氏《典略》、挚虞《文章志》并云：‘瑀建安初辞疾避役，不为曹洪屈。得太祖召，即投杖而起。’……又《典略》载：‘太祖初征荆州，使瑀作书与刘备，及征马超，又使瑀作书与韩遂，此二书今具存。至长安之前，遂等破走，太祖始以十六年得入关耳。’”[③]《太平御览》卷二四九引三国魏鱼豢《典略》曰：“阮瑀，字元瑜，陈留人。以才自护，曹洪闻其有才，欲使报答书记。瑀不肯，榜笞瑀，瑀终不屈。洪以语曹公，公知其无病，使人呼瑀，瑀终惶怖诣门。公见之，谓曰：‘卿不肯为洪，且为我作之。’瑀：‘诺。’遂为记室。”[④]《文选》卷四二三国魏阮瑀《为曹公作书与孙权》李善注引《魏志》曰：“阮瑀，字元瑜。宏才卓逸，不群于俗。太祖为司空，召为军谋祭酒，又管记室。书檄多为瑀所作。”[⑤]《三国志》中“典文章”“掌书记”“管记室”交互出现，含义完全相同。

晋有记室督。《晋书·职官志》：“诸公及开府位从公加兵者，增置司马一人，秩千石；从事中郎二人，秩比千石；主簿、记室督各一人。……主簿已下，令史已上，皆绛服。司马给吏卒如长史，从事中郎给侍二人，主簿、记室督各给侍一人。”[⑥]《资治通鉴》卷八四晋惠帝永宁元年：“冏辟新兴刘殷为军咨祭酒，洛阳令曹摅为记室督。”胡三省注：“汉建安三年，曹公置军谋祭酒。晋制：文武官公及诸方面征镇府，皆置军咨祭酒。汉三公及大将军府，皆有记室令史，主上章表，报书记。曹公辅汉，以陈琳、阮瑀管记室。晋诸公府皆有记室督。”[⑦]

《册府元龟》卷七一八《幕府部三·才学》列有汉晋“擅笔牍之敏，驰文雅之誉”的代

---

① 〔晋〕陈寿《三国志》第 3 册，第 600 页。
② 〔南朝梁〕萧统编，〔唐〕李善注《文选》第 5 册，第 1968—1972 页。
③ 〔晋〕陈寿《三国志》第 3 册，第 600—601 页。
④ 〔宋〕李昉等《太平御览》第 2 册，中华书局 1960 年版，第 1177 页。
⑤ 〔南朝梁〕萧统编，〔唐〕李善注《文选》第 5 册，第 1887 页。
⑥ 〔唐〕房玄龄等《晋书》第 3 册，中华书局 1974 年版，第 727 页。
⑦ 〔宋〕司马光《资治通鉴》第 6 册，中华书局 1956 年版，第 2662 页。

表性人物:

后汉傅毅,章帝时为郎中,以文雅显于朝廷。车骑将军马防,外戚尊重,请毅为军司马。及马氏败,免官归。永元元年,车骑将军窦宪复请毅为记室,崔骃为主簿。及宪迁大将军,复以毅为司马,班固为中护军。宪府文章之盛,冠于当世。

班固永元初为大将军窦宪中护军,与参议,从宪平匈奴。固与傅毅之徒,皆置幕府,以典文章。宪登燕然山,去塞三千余里,刻石勒功,纪汉盛德,令固作铭。

魏陈琳,广陵人。汉末为大将军何进主簿。其后,避难冀州,袁绍使典文章。袁氏败,琳归太祖。太祖谓曰:"卿昔为本初移书,但可罪状孤而已,恶恶止其身,何乃上及父祖邪!"琳谢罪。太祖爱其才而不咎,以为司空军谋祭酒,管记室。宣琳作诸书及檄,草成,呈太祖。太祖先苦头风,是日疾发,卧读琳所作,翕然而起曰:"此愈我病!"数加厚赐。

阮瑀,陈留人。汉末都护曹洪欲使掌书记,瑀终不为屈。太祖以瑀及陈琳为司空军谋祭酒,管记室,军国檄书,多琳、瑀所作也。太祖尝使瑀作书与韩遂,时太祖适近出,瑀随从,因于马上具草,书成呈之,太祖览毕,欲有所定而竟不能增损。

繁钦为太祖丞相主簿,钦既长于书记,又善为诗赋,其所与太子书记,发喉转意,率皆巧丽。

徐干为太祖司空军谋祭酒掾属,干聪识洽闻,操翰成章,太祖特加旌命,后为五官将文学。

董昭为袁绍参军事,既归太祖,为太祖作书与长安诸将李傕、郭汜等,各随轻重,致殷勤。

傅嘏字兰石。司空陈群辟为掾。时散骑常侍刘劭作考课法,事下三府,嘏著论难劭。正始初,除尚书郎。

蜀李朝为先主益州牧别驾从事,群下上先主为汉中王,其文,朝所造也。

刘巴字子初。为先主左将军西曹掾。先主称尊号,昭告于皇天上帝、后土神祇,凡诸文诰策命,皆巴所作。

吴滕胄,善属文,大帝为吴侯时,待以宾礼,军国书疏,尝令损益润色之。

胡综,字伟则。大帝为讨虏将军时,以综为金曹从事,累迁书部,领右都督。自帝统事,诸文诰策命、邻国书符,略皆综之所造也。

晋荀勖,初为文帝从事中郎记室。会平蜀还雒,与裴秀、羊祜共管机密。时将发使聘吴,并遣当时文士作书与孙皓,帝用勖所作。皓既报命和亲,帝谓勖曰:"君前作书,使吴思顺,胜十万之众也。"

刘舆为东海王越左长史,越既总录,以舆为上佐。宾客满筵,文案盈几,远近书记，日有数千，终日不倦。或以夜继之，皆人人欢畅，莫不悦附，命议如流，酬对款备，时人服其能，比之陈遵。时称越府有三才，潘滔大才，刘舆长才，裴邈清才。

孙惠为东海王越记室，专掌文疏。越迁太傅，以惠为军咨祭酒，数咨访得失，每造书檄，越或驿马催之，应命立成，皆有文采。

诸葛恢为元帝镇东参军，与卞壸并以时誉，迁从事中郎，兼统记室。时四方多务，笺疏殷积，恢斟酌酬答，咸称折中。于时王氏为将军，而恢兄弟及顾含并居显要，刘超以忠谨掌书令，时人以帝善任一国之才。

孔衍避地江东，元帝引为安东参军，专掌记室。书令殷积，而衍每以称职见知。

袁宏为大司马桓温府记室，温重其文笔，专总书记。后为《东征赋》，赋末列称过江诸名德，而独不载桓彝。时伏滔先在温府，又与宏善，苦谏之，宏笑而不答。温知之，甚忿，而惮宏一时文宗，不欲令人显问，后游青山饮归，命宏同载。众为之惧，行数里，问宏云："闻君作《东征赋》，多称先贤，何故不及家君？"宏答曰："尊公称谓，非下官敢专。既未遑启，不敢显之耳。"温疑不实，乃曰："君欲为何辞？"宏即答曰："风鉴散朗，或搜或引，身虽可亡，道不可殒。宣城之节，信义为允。"温泫然而止，后从温北征，作《北征赋》，皆其文之高者。

伏滔为桓温参军，从温伐袁真。至寿阳，以淮南屡叛，著论二篇，名曰《正淮》。

罗含为征西将军桓温参军。温尝与僚属宴会，含后至，温问众坐曰："此何如人？"或曰："可谓荆楚之材。"温曰："此真江左之秀，岂惟荆楚而已。"征为尚书郎。温雅重其才，又表转征西户曹参军。

习凿齿为桓温别驾，善尺牍、论议，温甚器遇之，时与清谈。文章之士韩伯、伏滔等，并相友善。①

傅毅、班固、陈琳、阮瑀、徐干、荀勖、袁宏等重量级人物，都在记室等"宾佐"职位上，创造了中国文学史的辉煌。

三

"宾佐"记室都是"才兼藻翰，思入机神"之人，尽管此职"检讨未见品秩"，由于起草章奏，参与军谋，即所谓"专掌文疏，豫参谋议"，故记室常为府主腹心之寄。如《三国志·魏志·钟会传》：

① ［宋］王钦若等编纂，周勋初等校订《册府元龟（校订本）》第8册，第8279—8280页。

> 寿春之破,会谋居多,亲待日隆,时人谓之子房。军还,迁为太仆,固辞不就。以中郎在大将军府管记室事,为腹心之任。以讨诸葛诞功,进爵陈侯,屡让不受。诏曰:"会典综军事,参同计策,料敌制胜,有谋谟之勋,而推宠固让,辞指款实,前后累重,志不可夺。夫成功不处,古人所重,其听会所执,以成其美。"迁司隶校尉。虽在外司,时政损益,当世与夺,无不综典。嵇康等见诛,皆会谋也。①

《南史 · 任昉传》:

> 昉尤长为笔,颇慕傅亮才思无穷,当时王公表奏无不请焉。昉起草即成,不加点窜。沈约一代辞宗,深所推挹。……梁武帝克建邺,霸府初开,以为骠骑记室参军,专主文翰。每制书草,沈约辄求同署。尝被急召,昉出而约在,是后文笔,约参制焉。始梁武与昉遇竟陵王西邸,从容谓昉曰:"我登三府,当以卿为记室。"昉亦戏帝曰:"我若登三事,当以卿为骑兵。"以帝善骑也。至是引昉符昔言焉。昉奉笺云:"昔承清宴,属有绪言,提挈之旨,形乎善谑。岂谓多幸,斯言不渝。"盖为此也。梁台建,禅让文诰,多昉所具。②

又见《梁书 · 任昉传》,无"专主文翰"等语。③ 因此,记室之职常为士人所艳羡、"赏重"。《梁书 · 江革传》:

> 中兴元年,高祖入石头,时吴兴太守袁昂据郡距义师,乃使革制书与昂,于坐立成,辞义典雅,高祖深赏叹之,因令与徐勉同掌书记。建安王为雍州刺史,表求管记,以革为征北记室参军,带中庐令。与弟观少长共居,不忍离别,苦求同行,乃以观为征北行参军,兼记室。时吴兴沈约、乐安任昉,并相赏重,昉与革书云:"此段雍府妙选英才,文房之职,总卿昆季,可谓驭二龙于长途,骋骐骥于千里。"④

其被沈约、任昉"并相赏重"如此,享此殊荣,当时"文房之职"中,江革一人而已。

《全唐诗》卷一三三李颀《别梁锽》:"虽云四十无禄位,曾与大军掌书记。"⑤从话语之间,体味得到李颀对梁锽的钦慕,并为之感到光荣。唐宣宗大中五年(851),剑南东川节度使柳仲郢辟李商隐为节度判官、检校工部员外郎,商隐感激不已。《文苑英华》卷六

---

① 〔晋〕陈寿《三国志》第 3 册,第 787 页。

② 〔唐〕李延寿《南史》第 5 册,中华书局 1975 年版,第 1453—1454 页。

③ 〔唐〕姚思廉《梁书》第 1 册,中华书局 1973 年版,第 252—253 页。

④ 〔唐〕姚思廉《梁书》第 2 册,第 523 页。

⑤ 〔清〕彭定求《全唐诗》第 4 册,中华书局 1960 年版,第 1352 页。

五四李商隐《献河东公二首》之一云:"今者初陟将坛,始敷宾席。射洪奥壤,潼水名都,俗擅繁华,地多材隽。指巴西则民皆谯秀,秀访临邛则客有相如。举纤缴以下冥鸿,执定镜而求西子。惟所指命,便为丹青。若某者,又安可炫露短材,叨尘记室?"[①]按,《全唐文》卷七七八题作《上河东公谢辟启》[②],较《文苑英华》准确。

正是由于"宾佐"记室"才兼藻翰,思入机神",故其创作多为佳作,词采优美。《梁书·陆倕传》载:

> 迁骠骑临川王东曹掾。是时礼乐制度,多所创革,高祖雅爱倕才,乃敕撰《新漏刻铭》,其文甚美。迁太子中舍人,管东宫书记。又诏为《石阙铭记》。奏之。敕曰:"太子中舍人陆倕所制《石阙铭》,辞义典雅,足为佳作。昔虞丘辨物,邯郸献赋,赏以金帛,前史美谈,可赐绢三十匹。"[③]

又《王训传》:

> 转宣城王文学友、太子中庶子,掌管记。俄迁侍中,既拜入见,高祖从容问何敬容曰:"褚彦回年几为宰相?"敬容对曰:"少过三十。"上曰:"今之王训,无谢彦回。"训美容仪,善进止,文章之美,为后进领袖。[④]

《周书·柳庆传》:

> 十年,除尚书都兵,郎中如故,并领记室。时北雍州献白鹿,群臣欲草表陈贺。尚书苏绰谓庆曰:"近代以来,文章华靡,逮于江左,弥复轻薄。洛阳后进,祖述不已。相公柄民轨物,君职典文房,宜制此表,以革前弊。"庆操笔立成,辞兼文质。绰读而笑曰:"枳橘犹自可移,况才子也。"[⑤]

《隋书·魏澹传》:

> 澹年十五而孤,专精好学,博涉经史,善属文,词采赡逸。齐博陵王济闻其名,引为记室。……寻与尚书左仆射魏收、吏部尚书阳休之、国子博士熊安生同修《五礼》。

---

① 〔宋〕李昉等《文苑英华》第4册,中华书局1966年版,第3362页。

② 〔清〕董诰《全唐文》第7册,中华书局1983年版,第8119页。

③ 〔唐〕姚思廉《梁书》第2册,第402—403页。

④ 〔唐〕姚思廉《梁书》第2册,第323页。

⑤ 〔唐〕令狐德棻等《周书》第2册,中华书局1971年版,第370页。

又与诸学士撰《御览》,书成,除殿中郎中、中书舍人。复与李德林俱修国史。①

也正是由于掌书记"才兼藻翰,思入机神",故其制作数量多;相应来说,文学成就亦高。《后汉书·文苑上·傅毅传》:"永元元年,车骑将军窦宪复请毅为主记室,崔骃为主簿。及宪迁大将军,复以毅为司马,班固为中护军。宪府文章之盛,冠于当世。毅早卒,著诗、赋、诔、颂、祝文、七激、连珠,凡二十八篇。"②东汉尚未出现别集,在当时,傅毅身后留下二十八篇作品,在《后汉书·文苑传》作家中,数量最多。又如,《三国志·吴志·孙邻传》裴松之注引《孙惠别传》曰:"永兴元年,乘舆幸邺,司空东海王越治兵下邳……即以为记室参军,专掌文疏,豫参谋议。每造书檄,越或驿马催之,应命立成,皆有辞旨……年四十七卒。惠文翰凡数十首。"③掌书记作品往往有较强的感染力。唐德宗兴元元年,收京城,李晟招讨府掌书记于公异为露布上行在云:"臣已肃清宫禁,祇奉寝园,钟簴不移,庙貌如故。德宗览之,泣下不自胜,左右为之呜咽。既而曰:'不知谁为之?'或对曰:'于公异之词也。'上称善久之。"见《旧唐书·于公异传》。④

历代记室中,文学成就最高、影响最大的是建安七子中的陈琳、阮瑀。《三国志·魏志·阮瑀传》:"太祖并以琳、瑀为司空军谋祭酒,管记室。"裴松之注引《典略》曰:"琳作诸书及檄,草成呈太祖。太祖先苦头风,是日疾发,卧读琳所作,翕然而起曰:'此愈我病。'数加厚赐。太祖尝使瑀作书与韩遂,时太祖适近出,瑀随从,因于马上具草,书成呈之。太祖揽笔欲有所定,而竟不能增损。"⑤

后世因以陈琳、阮瑀用为记室的故实。《文苑英华》卷六五四唐顾云《代青州掌记谢本府辟启》:"伏以记室司存,雄藩重务。吴中草檄,始召陈琳;邺下裁笺,方征阮瑀。咸持彩笔,以掌军书。"⑥又唐李商隐《为山南薛从事谢辟启》:"思曾、颜之供养,念陈、阮之才华,自公及私,终荣且忝。"⑦又卷二一〇唐刘长卿《奉和李大夫同吕评事太行苦热行兼寄院中诸公仍呈王员外》:"陈琳书记好,王粲从军乐。"⑧《杜诗详注》卷三《送蔡希曾都尉还陇右因寄高三十五书记》:"因君问消息,好在阮元瑜。"⑨《全唐诗》卷二三六钱起《卢龙塞行送韦掌记》:"陈琳书记本翩翩,料敌张兵夺酒泉。"⑩《文苑英华》卷二七二唐郎士

---

① [唐]魏徵等《隋书》第5册,第1416页。
② [晋]陈寿《三国志》第6册,第1211页.
③ [晋]陈寿《三国志》第3册,第787页。
④ [后晋]刘昫等《旧唐书》第11册,中华书局1975年版,第3767页。
⑤ [晋]陈寿《三国志》第3册,第600—601页。
⑥ [宋]李昉等《文苑英华》第4册,第3364页。
⑦ [宋]李昉等《文苑英华》第4册,第3360页。
⑧ [宋]李昉等《文苑英华》第2册,第1042页。
⑨ [唐]杜甫撰,[清]仇兆鳌注《杜诗详注》第1册,中华书局1979年版,240页。
⑩ [清]彭定求《全唐诗》第7册,第2605页。

元《送李敖湖南书记》:“怜君才与阮家同,掌记能资亚相雄。”[①]又卷二七九唐刘得仁《送王书记归邠州》:“陈琳轻一别,马上意超然。”[②]《全唐诗》卷七四八李中《送孙霁书记赴寿阳辟命》:“王粲从军画,陈琳草檄名。”又《赠海上书记张济员外》:“阮瑀不能专笔砚,嵇康唯要乐琴尊。”[③]二人已经成为记室的代名词,成为一种特定的文化符号。

其次是南朝梁何逊。《梁书·何逊传》:“天监中,起家奉朝请,迁中卫建安王水曹行参军,兼记室。王爱文学之士,日与游宴,及迁江州,逊犹掌书记。还为安西安成王参军事,兼尚书水部郎,母忧去职。服阕,除仁威庐陵王记室,复随府江州,未几卒。东海王僧孺集其文为八卷。初,逊文章与刘孝绰并见重于世,世谓之‘何刘’。世祖著论论之云:‘诗多而能者沈约,少而能者谢朓、何逊。’”[④]何逊一生为记室,终于记室,故明张燮编《七十二家集》、张溥编《汉魏六朝百三名家集》,均名《何记室集》。《杜诗详注》卷十六《八哀诗·赠左仆射郑国公严公武》:“记室得何逊,韬钤延子荆。”[⑤]《全唐诗》卷二五〇皇甫冉《送张南史》注:“效何记室体。”[⑥]《文苑英华》卷二五四唐韩翃《赠别太常李博士兼寄两省旧游》:“差肩何记室,携手李将军。”[⑦]又卷二七五唐司空曙《送庞判官赴黔中》:“谕文谁可制,记室有何郎。”[⑧]“何记室”成为继“陈阮”之后的又一个记室符号。

《隋书·经籍志四》在著录别集、总集时,有记室经历者,多打上“记室”印记。如:

> 晋齐王府记室《左思集》二卷,梁有五卷,录一卷。
>
> 宋征虏记室参军《鲍照集》十卷,梁六卷。
>
> 记室参军《荀宪集》十一卷。
>
> 梁镇西府记室《鲍畿集》八卷;梁仁威记室《何逊集》七卷;梁有安西记室《刘缓集》四卷。
>
> 蜀王府记室《辛德源集》三十卷;记室参军《萧悫集》九卷。
>
> 《文会诗》三卷,陈仁威记室徐伯阳撰;《乐府新歌》十卷,秦王记室崔子发撰。[⑨]

唐李德裕《李文饶别集》卷七《掌书记厅壁记》在总结历代记室的文学成就时说:

---

① 〔宋〕李昉等《文苑英华》第 2 册,第 1375 页。
② 〔宋〕李昉等《文苑英华》第 2 册,第 1415 页。
③ 〔清〕彭定求《全唐诗》第 21 册,第 8514—8515 页。
④ 〔唐〕姚思廉《梁书》第 3 册,第 693 页。
⑤ 〔唐〕杜甫撰,〔清〕仇兆鳌注《杜诗详注》第 3 册,1387 页。
⑥ 〔清〕彭定求《全唐诗》第 8 册,第 2813 页。
⑦ 〔宋〕李昉等《文苑英华》第 2 册,第 1278 页。
⑧ 〔宋〕李昉等《文苑英华》第 2 册,第 1390 页。
⑨ 〔唐〕魏徵等《隋书》第 4 册,第 1063、1074、1075、1078、1081、1085 页。

昔安丰侯窦融征还京师,光武问曰:“所上表章,谁与参之?”融曰:“皆从事班彪所为。”及窦宪贵宠,班固、傅毅之徒,皆置之戎幕,以典文章,宪邸文章之盛,冠于当代。魏氏以陈琳、阮瑀管记室。自东汉以后,文才高名之士,未有不由于是选,其简才之用,亦金马、石渠之亚。况河东精甲十万,提封千里,半杂胡骍,遥制边朔,惟师旅之威容,为列藩之仪表,典兹羽檄,代有英髦。①

四

汉三公及大将军府置记室。这个官制系统,历魏晋南北朝,一直延续到唐初。

《唐六典》卷二九《诸王府公主邑司·亲王府》:“记室参军事二人,从六品上。……记室掌表、启、书、疏。”本注:“汉三公及大将军皆有记室令史,主上章表,奏报书记。魏太祖辅汉,以陈琳、阮瑀管记室,军国书檄,多二人所作。晋氏诸公及位从公以上并有记室员,宋诸公府有记室参军事,梁、陈公府及王府皆有记室参军,北齐因之。隋亲王府及嗣王府有记室参军,皇朝因之。”②据此,唐代亲王府及嗣王府有记室参军事。《唐会要》卷二一《陪陵名位》“昭陵陪葬名氏”有“天册府记室薛收”③;卷三六《修撰》魏王泰府有“记室参军蒋亚卿”④;卷六四《史馆下》秦王文学馆有“记室、考功郎中房玄龄”“天策府记室薛收”“记室参军虞世南”“著作佐郎、摄天策记室许敬宗、薛元敬”等⑤。《旧唐书·职官志一》:“武德四年,太宗平洛阳之后,又置天策上将府官员。天策上将一人,掌国之征讨,总判府事……记室参军事二人,掌书疏表启,宣行教命。”⑥唐张彦远《历代名画记》卷九引阙名《秦府十八学士写真图序》载秦王《置文馆学士教》作:“属大行台司勋郎中杜如晦、记室考功郎中房玄龄及于志宁、军咨祭酒苏世长、天策府记室薛收、文学褚亮、姚察、太学博士陆德明、孔颖达、主簿李玄道、天策仓曹李守素、秦王记室虞世南、参军蔡允恭、颜相时、著作郎记室许敬宗、薛元敬、太学助教盖文达、典签苏勖。”⑦又见《旧唐书·褚亮传》《册府元龟》卷九七。“十八学士”中,“记室”六人,占三分之一。

李希泌主编《唐大诏令集补编》卷十三《记室》,辑录元稹《授崔墉等泽潞支使书记制》、白居易《授姚元康等官充推官掌书记制》、钱珝《授保大军节度掌书记检校右散骑常侍房仁宝检校礼部尚书充职制》《授朔方军节度掌书记检校刑部员外郎兼侍御史李东序

① 〔唐〕李德裕撰,傅璇琮等校笺《李德裕文集校笺》,河北教育出版社2000年版,第538页。
② 〔唐〕李林甫等《唐六典》下册,中华书局2014年版,第730页。
③ 〔宋〕王溥《唐会要》上册,上海古籍出版社1991年版,第482页。
④ 〔宋〕王溥《唐会要》上册,第760页。
⑤ 〔宋〕王溥《唐会要》下册,第1319页。
⑥ 〔后晋〕刘昫等《旧唐书》第6册,第1811页。
⑦ 〔唐〕张彦远《历代名画记》,浙江人民美术出版社2011年版,第137页。

检校司勋郎中兼中丞充职制》《授凤翔节度掌书记范惟乂左拾遗赐绯充职制》等。[①]《大诏令集》往往以职官为类目,记室与稍后设置的书记,以及专属节度使的掌书记,其官制系统完全不同。所以,《唐大诏令集补编》在“记室”类目下,辑录有关节度使掌书记的诏令,不知变通,极为不妥,或者说,是设置类目的错误。

作为同一职官的不同名称“书记”之名,至少在隋朝就有,属于非正式名称。《文苑英华》卷二四八隋陈子良《赞德上越国公杨素》:“滥此叨书记,何以谢过荣。”[②]陈子良为越国公杨素记室在隋朝。《全唐诗》卷六二杜审言《赠苏绾书记》:“知君书记本翩翩,为许从戎赴朔边。”[③]“苏绾书记”当作“苏管记”,即苏味道。唐高宗仪凤四年(679),吏部侍郎裴行俭征突厥阿史那都支,引苏味道为管书记,兼监察御史。说见拙作《苏味道、李峤年谱》[④]。《全唐诗》卷六八崔融《西征军行遇风》:“及兹戎旅地,忝从书记职。”[⑤]崔融为安息道行军大总管韦待价掌书记,在武后垂拱四年(688)。崔融另一次为掌书记在武后万岁通天元年(696)七月,《全唐诗》卷八四陈子昂《送著作佐郎崔融等从梁王东征》序曰:“岁七月……时比部郎中唐奉一、考功员外郎李迥秀、著作佐郎崔融等并参帷幕之宾,掌书记之任。”[⑥]说见拙作《崔融年谱》[⑦]。《全唐诗》卷六二杜审言《送崔融》:“君王行出将,书记远从征。”[⑧]作于同时。“记室”又称“管记”或“管书记”。《全唐诗》卷九七沈佺期有《送卢管记仙客北伐》[⑨],又卷二一一高适有《赠别王十七管记》[⑩],卷二三六钱起有《送傅管记赴蜀军》[⑪],卷二三七钱起有《送张管书记》[⑫]。

五

作为合成词的固定名称,“掌书记”一词在南朝齐就已经出现。《南齐书·始安王遥光传》:“遥光府佐司马端为掌书记,曹虎谓之曰:‘君是贼非?’端曰:‘仆荷始安厚恩,今死甘心。’”[⑬]又《丘巨源传》:“丘巨源,兰陵兰陵人也。宋初土断属丹阳,后属兰陵。巨源

---

① 李希泌主编《唐大诏令集补编》上册,上海古籍出版社 2003 年版,第 553—563 页。
② 〔宋〕李昉等《文苑英华》第 2 册,第 1252 页。
③ 〔清〕彭定求《全唐诗》第 3 册,第 739 页。
④ 陈冠明《苏味道年谱》,《苏味道、李峤年谱》,中央文献出版社 2000 年版,第 17 页。
⑤ 〔清〕彭定求《全唐诗》第 3 册,第 765 页。
⑥ 〔清〕彭定求《全唐诗》第 3 册,第 907—908 页。
⑦ 陈冠明《崔融年谱》,《中国古典文献学丛刊》(第四卷),国际炎黄文化出版社 2005 年版,第 90 页。
⑧ 〔清〕彭定求《全唐诗》第 3 册,第 735 页。
⑨ 〔清〕彭定求《全唐诗》第 4 册,第 1049 页。
⑩ 〔清〕彭定求《全唐诗》第 6 册,第 2199 页。
⑪ 〔清〕彭定求《全唐诗》第 7 册,第 2605 页。
⑫ 〔清〕彭定求《全唐诗》第 7 册,第 2638 页。
⑬ 〔南朝梁〕萧子显《南齐书》第 3 册,中华书局 1972 年版,第 791 页。

少举丹阳郡孝廉,为宋孝武所知。大明五年,敕助徐爰撰国史。帝崩,江夏王义恭取为掌书记。明帝即位,使参诏诰,引在左右。”①

“掌书记”在动词谓语“为”“取为”之后为名词宾语,说明都是已经有此称谓,只是在典章制度上,在《职官志》中,没有出现,属于非正式名称。一个不争的事实是,“掌书记”已经出现。我们可以用下例作为对比。《周书・卢柔传》:“及魏孝武与齐神武有隙,诏贺拔胜出牧荆州,柔谓因此可著功绩,遂从胜之荆州。以柔为大行台郎中,掌书记。军中机务,柔多预之。及胜为太保,以柔为掾,加冠军将军。”②“为大行台郎中,掌书记”,“为”的宾语是“大行台郎中”,“掌书记”是动宾结构;如果将标点改为“为大行台郎中、掌书记”,则“大行台郎中、掌书记”都是“为”的宾语了。北周有“掌朝”一职,有“掌朝大夫”“掌朝下大夫”等。《隋书・刘行本传》:“周大冢宰宇文护引为中外府记室。武帝亲总万机,转御正中士,兼领起居注。累迁掌朝下大夫。周代故事,天子临轩,掌朝典笔砚,持至御坐,则承御大夫取以进之。”③

唐代“掌书记”作为职官的正式设置,在玄宗天宝年间。《旧唐书・职官志三》:“节度使:天宝中,缘边御戎之地,置八节度使。受命之日,赐之旌节,谓之节度使,得以专制军事……节度使一人,副使一人,行军司马一人,判官二人,掌书记一人,参谋,无员数也。随军四人。皆天宝后置。检讨未见品秩。”④或云在睿宗景云元年(710)设置。《新唐书・百官志四》:“景龙元年,置掌书记。开元十二年,罢行军参谋,寻复置。”⑤节度使、观察使各有掌书记一人。但景云至开元年间,史籍未见任命者。较早见任者是高适,在天宝以后。《旧唐书》本传云:“河西节度哥舒翰见而异之。表为左骁卫兵曹,充翰府掌书记,从翰入朝,盛称之于上前。”⑥《杜诗详注》卷二有《送高三十五书记十五韵》⑦。还有萧颖士,《全唐文》卷三二三萧颖士《与崔中书圆书》:“某自中州隔越,流播汉阴,遂至江左。淮南节度使召掌书记,兼补此官。”⑧

判官及其他从事,亦可泛称书记。如《全唐诗》卷二一四高适《别冯判官》:“遥知慕府下,书记日翩翩。”⑨卷二七二朱长文《送李司直归浙东幕兼寄鲍将军》:“翩翩书记早曾闻,二十年来愿见君。”⑩又卷七三七刘坦《书从事厅屏上》:“思量一醉犹难得,辜负扬州

---

①〔南朝梁〕萧子显《南齐书》第 3 册,第 894 页。

②〔唐〕令狐德棻等《周书》第 2 册,第 562 页。

③〔唐〕魏徵等《隋书》第 5 册,第 1477 页。

④〔后晋〕刘昫等《旧唐书》第 6 册,第 1922 页。

⑤〔宋〕欧阳修、宋祁《新唐书》第 4 册,中华书局 1975 年版,第 1309 页。

⑥〔后晋〕刘昫等《旧唐书》第 10 册,第 3328 页。

⑦〔唐〕杜甫撰,〔清〕仇兆鳌注《杜诗详注》第 1 册,第 126 页。

⑧〔宋〕李昉等《文苑英华》第 5 册,第 3432 页。

⑨〔清〕彭定求《全唐诗》第 6 册,第 2228 页。

⑩〔清〕彭定求《全唐诗》第 9 册,第 3064 页。

管记名。”[①]“判官”“从事”皆可称为“书记”“管记”。

其职掌,《续汉书·百官志一》:“记室令史主上章表,报书记。门令史主府门。其余令史,各典曹文书。”又《百官志五》:“主记室史,主录记书,催期会。”[②]《通典》卷二十:“后汉初……太尉属官有长史一人,署诸曹事。掾史属二十四人、黄阁主簿、记室令史、御属。”注:“掌上章奏报。”[③]《新唐书·百官志四》:“掌书记,掌朝觐、聘问、慰荐、祭祀、祈祝之文与号令升绌之事。”[④]掌书记职位的重要性,《全唐文》卷八八〇徐铉《左司郎中高弼可元帅府书记制》有一个概括性的说明:“王者之用师也,必先以文告之命、训誓之辞。故戎车之往,记室为重。”[⑤]这是府兵制度下方镇军府的最重要喉舌。

六

古代对各类官员的任命,首先考虑的是任职官员必须具备这一职位相应的、特定的内涵素质。南朝宋孔觊提出担任记室的必要条件:“记室之局,实惟华要,自非文行秀敏,莫或居之”“夫以记室之要,宜须通才敏忠,加性情勤密者”。[⑥] 掌书记所应具备的内涵素质是:才思敏捷,文藻秀美,通才忠诚,勤奋缜密。

至唐代,内涵素质的条件基本没有改变。唐韩愈《韩昌黎文集》卷二《徐泗豪三州节度掌书记厅石记》:“书记之任亦难矣!元戎整齐三军之士,统理所部之氓,以镇守邦国,赞天子施教化,而又外与宾客四邻交,其朝觐、聘问、慰荐、祭祀、祈祝之文,与所部之政,三军之号令升黜,凡文辞之事,皆出书记。非闳辨通敏兼人之才,莫宜居之。”[⑦]“莫或居之”与“莫宜居之”,仅一字之差,而后者语气更加确定。

《全唐文》卷一四七褚亮《十八学士赞·记室考功郎中房玄龄》:“才兼藻翰,思入机神。当官励节,奉上忘身。”《记室考功郎中于志宁》:“古称益友,允光斯职。蕴此文辞,怀兹谅直。”《记室参军虞世南》:“笃行扬声,雕文绝世。网罗百世,并包六艺。”《著作佐郎摄记室许敬宗》:“槐市腾声,兰宫游道。抑扬辞令,纵横才藻。”[⑧]“藻翰”“机神”“文辞”“谅直”“笃行”“雕文”“辞令”“才藻”等,都还是突出的内涵素质。

其余类似的说法,还有很多。唐刘禹锡《刘禹锡集》卷二十《刘氏集略说》:“俄被召

---

① 〔清〕彭定求《全唐诗》第 21 册,第 8413 页。

② 〔南朝宋〕范晔《后汉书》第 12 册,第 3559—3580 页、第 3621 页。

③ 〔唐〕杜佑《通典》第 1 册,中华书局 1988 年版,第 521 页。

④ 〔宋〕欧阳修、宋祁《新唐书》第 4 册,第 1309 页。

⑤ 〔清〕董诰《全唐文》第 9 册,第 9199—9200 页。

⑥ 〔南朝宋〕沈约《宋书》第 8 册,中华书局 1974 年版,第 2153 页。

⑦ 〔唐〕韩愈撰,马其昶校注《韩昌黎文集校注》,上海古籍出版社 1986 年版,第 85 页。

⑧ 〔清〕董诰《全唐文》第 2 册,第 1486—1487 页。

为记室参军……凡三进班,而所掌犹外府,或官课,或为人所倩,昌言、奏记、移让、告谕、奠神、志葬,咸猥并焉。”①说自己对于应用文,官方的、民间的,什么都写。唐白居易《白居易集》卷五一《姚元康等授官充推官掌书记制》:“况尔等筹谋文藻,各负所长。苟能赞察,兼掌奏记,孜孜不怠,翩翩有声,慰荐褒升,其则不远。”②唐李德裕《李文饶别集》卷七《掌书记厅壁记》说:“非夫天机殊健,学源浚发,含思而九流委输,挥毫而万象骏奔,如庖丁提刃,为之满志,师文鼓瑟,效不可穷,则不能称是职也。”③《文苑英华》卷六五四唐李商隐《为山南薛从事谢辟启》说:“尚书士林圭臬,翰苑龟龙,方殿大藩,将求记室。是才子悬心之地,词人效命之秋。岂伊疏芜,堪此选擢?”④《全唐文》卷八八〇徐铉《洪州掌书记乔匡舜可浙西掌书记赐紫制》说:“奏记之任,不可非才。”⑤《文苑英华》卷八三二唐钱珝《授保大军节度掌书记检校右散骑常侍房仁宝检校礼部尚书充职制》称之为“笺奏符檄之才”⑥。“笺奏符檄”要用骈四俪六来写,故文风古朴的古文家,往往不好管书记之任,因非其所长也。《文苑英华》卷九四四唐崔元翰《右补阙翰林学士梁君墓志》:“淮南节度使吏部尚书京兆杜公表为殿中侍御史内供奉,管书记之任[,非其所好]。贞元五年以监察御史征还台。”⑦又卷九二四唐崔祐甫《故常州刺史独孤公神道碑铭并序》“江淮都督使户部尚书李峘奏为掌书记,授左金吾卫兵曹参军。军旅之事,非其所好,未几,返初服”。⑧ 独孤及亦为古文家,所说“军旅之事,非其所好”,只是其中一个原因而已。

掌书记还要求书法兼擅。《全唐文》卷三三七颜真卿《世系谱序》、卷三四〇《唐故通议大夫行薛王友柱国赠秘书少监国子祭酒太子少保颜君碑铭》均有“有若[子泉]宏都之德行,巴陵记室之书翰,特进黄门之文章,秘监华州之学识”⑨之语。又卷三六五蔡希综《法书论》:“余家历世皆传儒素,尤尚书法。十九代祖东汉左中郎邕,有篆籀八体之妙。六世祖陈侍中景历、五世伯祖隋蜀王府记室君知,咸能楷隶,俱为时所重。……唐房乔、杜如晦、杨师道、裴行俭、高士廉、欧阳询、虞世南及陆柬之、褚遂良、薛稷。其次有琅玡王绍宗、颍川钟绍京、范阳张庭珪,亦深有意焉。”⑩所列唐代人物,大多曾历记室。又卷七五九段瑰《举人自代状》:“右件官……富有文辞,精于草隶,隽而且检,通亦不流……伏请依资赐授宪官,充臣节度掌书记。”⑪《全唐诗》卷六二四陆龟蒙《寄淮南郑宝书记》:

---

① 〔唐〕刘禹锡《刘禹锡集》,上海人民出版社 1975 年版,第 182 页。
② 〔唐〕白居易撰,朱金城笺校《白居易集笺校》第 5 册,上海古籍出版社 1988 年版,第 3021 页。
③ 〔唐〕李德裕撰,傅璇琮等校笺《李德裕文集校笺》,第 538 页。
④ 〔宋〕李昉等《文苑英华》第 4 册,第 3360 页。
⑤ 〔清〕董诰《全唐文》第 9 册,第 9198 页。
⑥ 〔宋〕李昉等《文苑英华》第 3 册,第 2089 页。
⑦ 〔宋〕李昉等《文苑英华》第 6 册,第 4967 页。
⑧ 〔宋〕李昉等《文苑英华》第 6 册,第 4865 页。
⑨ 〔清〕董诰《全唐文》第 4 册,第 3415、3451 页。
⑩ 〔清〕董诰《全唐文》第 4 册,第 5718 页。
⑪ 〔清〕董诰《全唐文》第 8 册,第 7883 页。

"记室千年翰墨孤,唯君才学似应徐。"①唐代大书法家柳公权,曾为夏州节度使掌书记,见新旧《唐书》本传。盖当时取士,最重身、言、书、判。既要能写,还要能书。对于文不加点、倚马可待的掌书记来说,写的过程,就是书的过程。《唐六典》卷二《吏部尚书》说:"以三铨分其选:一曰尚书铨,二曰中铨,三曰东铨;以四事择其良:一曰身,二曰言,三曰书,四曰判。以三类观其异:一曰德行,二曰才用,三曰劳效。德钧以才,才钧以劳。其优者擢而升之,否则量以退焉。所以正权衡,明与夺,抑贪冒,进贤能也。"本注:"每试判之日,皆平明集于试场,试官亲送,侍郎出问目,试判两道。或有糊名,学士考为等第。或有试杂文,以收其俊乂。"②

高素质的智囊人物,是军府能够立于不败之地的基本保证。

七

唐代"宾佐"对文学的最大贡献者是"掌书记"。唐代有成就的著名人物,许多都是从记室、掌书记起家。仅唐初,如上文所列六位秦府学士外,尚有高士廉、令狐德棻、封伦、裴矩、颜师古、温大雅、温大有、孙处约、薛元敬、李玄道等,都是出将入相的高层人物。

就某一地来说,亦是如此。如河东节度使及其治所太原,唐李德裕《李文饶别集》卷七《掌书记厅壁记》说:"间者吴少微、富嘉谟、王翰、孙逖,咸有制作存于是邦,其所不知,盖阙如也。暨太尉临淮王总节制之师,德裕叔父尝与斯职,寻以才识英妙,肃宗召拜监察御史。厥后仆射高贞公、今河阳节度令狐公以人文掌宸翰,国子司业郑公、给事河南尹杜公以才华登贵仕,继斯躅者,不亦盛欤。丙申岁,丞相高平公始自枢衡以膺谋帅,以右拾遗杜君为主记。明主惜其忠规,复拜旧职,寻参内庭视草之列。次用殿中侍御史崔君。德裕获接崔君之后,文学空虚,才术莫逮,继清尘于吾祖,挹芬烈于前贤。"③"太尉临淮王"为李光弼,"德裕叔父"名未详,"仆射高贞公"为高郢,"河阳节度令狐公"为令狐楚,"国子司业郑公"为郑叔规,"给事河南尹杜公"为杜兼,"丞相高平公"为张弘靖,"右拾遗杜君"为杜元颖,"殿中侍御史崔君"为崔公信。所列吴少微、富嘉谟、王翰、孙逖四人尤为著名。《旧唐书·文苑传中》载:"嘉谟与少微在晋阳,魏郡谷倚为太原主簿,皆以文词著名,时人谓之'北京三杰'。"又载:"先是,文士撰碑颂,皆以徐、庾为宗,气调渐劣。嘉谟与少微属词,皆以经典为本,时人钦慕之,文体一变,称为'富吴体'。"④李德裕所列,仅河东节度使部分府主与掌书记,还有"其所不知,盖阙如"的。该文作于元和十四年

① 〔清〕彭定求《全唐诗》第18册,第7173页。

② 〔唐〕李林甫等《唐六典》上册,第27页。

③ 〔唐〕李德裕撰,傅璇琮等校笺《李德裕文集校笺》,第538—539页。

④ 〔后晋〕刘昫等《旧唐书》第15册,第5013—5014页。

(819),此后未及;而此前尚有挂漏,如高尚,见《旧唐书·安禄山传》;马炫,见《新唐书》本传;孙宿,见《旧唐书》本传;柳并,见《新唐书·文艺传中》;崔元翰,见《旧唐书》本传。

唐代作家,累辟使府者为数不少;但累辟使府掌书记者却屈指可数。如白敏中三任,《文苑英华》卷九五九唐白居易《溧水县令太原白府君墓志铭》:"子曰敏中,进士出身,前试大理评事,历河东、郑滑、邠宁三府掌记。"[①]又如卢简求三任:释褐江西王仲舒从事。又从元稹为浙东、江夏二府掌书记。裴度镇襄阳,保厘洛都,皆辟为宾佐,奏殿中侍御史。裴度镇太原,复奏为记室。简求辞翰纵横,长于应变。兄弘正,累辟使府掌书记。从子知猷,释褐秘书省正字。宰臣萧邺镇江陵、成都,辟为两府记室。分别见《旧唐书》本传。卢氏可称为书记之家。

中唐以后,许多宰相起家于掌书记。掌书记专掌文翰,入朝后往往进身翰林学士、知制诰、中书舍人,然后由"内相"逐渐登上台辅。如权德舆,《文苑英华》卷七〇七唐杨嗣复《权公集序》:"早岁为淮南、江西从事掾,管记室之任。属词诣理,奏入而报可;移文走檄,疆事宁解。登朝为起居舍人,改驾部员外郎,换司勋郎中,迁中书舍人。凡四任九年,专掌诏诰。"[②]其他如令狐楚、杜元颖、武元衡、李宗闵、李德裕、王起等,大多路由此阶。而以上宰相中,令狐楚是唐代掌书记中最成功者,诚为个中翘楚。宋晁公武《郡斋读书志》卷十八《别集类中》著录《令狐楚表奏》十卷,并云:"右唐令狐楚字壳士撰。楚相宪宗,为文善于笺奏。自为序云:'登科后,为桂、并四府从事,掌笺奏者十三年,始迁御史。缀其稿,得一百九十三篇。'自号白云孺子。"[③]李商隐的文学道路,由令狐楚发蒙开启。

《册府元龟》卷七一八《幕府部三·才学》有唐代掌书记等从事的代表性人物:

唐魏徵字玄成,隋末武阳郡丞。元宝藏举兵,以应李密,召徵使典书记。密每见宝藏文疏,未尝不称善。既闻徵所为,遽使召之,徵进十策以干密,密虽奇之,而不能用。

陈叔达,高祖建义,为丞相主簿。禅代文诰,多叔达所为,寻拜黄门侍郎。

房玄龄为秦府记室参军。时戎轩岁警,羽檄交驰,出入十年。尝典管记,每军书表奏,驻马立成。文约理赡,初无稿草。

薛收为天策府记室参军。太宗初授天策上将、尚书令,命收与虞世南并作第一让表,竟用收者。太宗曾侍高祖游后园,池中获一白鱼,命收为献表,收援笔立疏,不复停思,时人推其二表赡而速。

薛元敬有文学,为从父收之亚。武德初,为天策府参军事,署学士,与许敬宗俱

---

① 〔宋〕李昉等《文苑英华》第6册,第5043页。
② 〔宋〕李昉等《文苑英华》第6册,第3646页。
③ 〔宋〕晁公武撰,孙猛校证《郡斋读书志校证》,上海古籍出版社1990年版,第923页。

以本官直记室。

张昌龄为昆山道行军记室,破卢明月,平龟兹,军书露布,皆昌龄之文也。

韦承庆为雍王府参军,府中文翰,皆出于承庆。词藻之美,擅于一时。又尝扈从九成宫,为山诗十首,文理清畅,属和者数百。

令狐楚为太原掌书记。时节度使郑儋在镇暴卒,不及指扔后事,军中喧哗,将欲有变。中夜,忽数十骑持刃迫楚。至军门,诸将逼之,令草遗表。楚在白刃之中,搦管立成,读示三军,无不感泣。由是,名声益重。

李商隐为令狐楚天平、宣武巡官。商隐能为古文,不喜偶对。楚能章奏,遂以其道授商隐,自是始为今体章奏。博学强记,下笔不能自休。善为诔奠之词,与太原温庭筠、南郡段成式齐名,时号三才。商隐后为河阳王茂元掌书记、桂州郑亚、东蜀柳仲郢判官,有表状集四十卷。

刘三复长于章奏。李德裕始镇浙西,迄于淮甸,皆参佐宾筵,军政之余,与之吟咏终日。

李巨川为王重荣河中掌书记。时僖宗在蜀,贼据京师,重荣纠合诸藩,协力殄寇,军书奏请,堆案盈几。巨川文思敏速,翰动如飞,传之藩邻,无不耸动。后为韩建华州掌书记,时昭宗驻跸于华,建以一州之力,供亿万乘。虑其不济,遣巨川传檄天下,请助转饷,同辅王室。四方书檄,酬报辐辏,巨川洒翰陈叙,文理俱惬,昭宗深重之。①

在为数不多的具有代表性的掌书记中,令狐楚、李商隐赫然在目,脱颖而出。

八

李商隐掌书记文学成就,直接导源于令狐楚。令狐楚是唐代掌书记中最成功者,而李商隐则是幕府文学的最成功者。

《旧唐书·令狐楚传》:"李说、严绶、郑儋相继镇太原,高其行义,皆辟为从事。自掌书记至节度判官,历殿中侍御史。楚才思俊丽。德宗好文,每太原奏至,能辨楚之所为,颇称之。……十五年正月,宪宗崩,诏楚为山陵使,仍撰哀册文。……有文集一百卷,行于时。所撰《宪宗哀册文》,辞情典郁,为文士所重。"②据李德裕《掌书记厅壁记》"今河阳节度令狐公以人文掌宸翰",令狐楚为三任掌书记。唐刘禹锡《刘禹锡集》卷十六《唐故相国赠司空令狐公集纪》曰:"起文章而陟大位,丹青景化,焜耀藩方,如非烟祥风,缘饰

① 〔宋〕王钦若等编纂,周勋初等校订《册府元龟(校订本)》第8册,第8284页。

② 〔后晋〕刘昫等《旧唐书》第14册,第4459—4465页。

万物,而与令名相终始者,有唐文臣令狐公实当之。"又曰:"始公参大卤记室,以文雄于边。议者谓一方不足以骋用,征拜于朝。累迁仪曹郎,乃登西掖,入内署,吁谟密勿,遂委魁柄,斯以文雄于国也。呜呼!咫尺之管,文敏者执而运之,所知皆合。在藩耸万夫之观望,立朝贲群寮之颊舌,居内成大政之风霆。导畎浍于章奏,鼓洪澜于训诰。笔端肤寸,膏润天下。文章之用,极其至矣。而又余力工于篇什,古文士所难兼焉。昔王珣为晋仆射,梦人授大笔如椽,觉而谓人曰:'此必有大手笔事。'后孝武哀册文乃珣之词也。公为宰相,奉诏撰《宪宗圣神章武孝皇帝哀册文》,时称乾陵崔文公之比。"①崔文公为崔融,撰《则天大圣皇后哀册文》,用思精苦,发病而卒。

《旧唐书 · 文苑下 · 李商隐传》曰:"商隐幼能为文。令狐楚镇河阳,以所业文干之,年才及弱冠。楚以其少俊,深礼之,令与诸子游。楚镇天平、汴州,从为巡官……王茂元镇河阳,辟为掌书记……会给事中郑亚廉察桂州,请为观察判官、检校水部员外郎。大中初……亚坐德裕党,亦贬循州刺史。商隐随亚在岭表累载。三年入朝,京兆尹卢弘正奏署掾曹,令典笺奏……弘正镇徐州,又从为掌书记……会河南尹柳仲郢镇东蜀,辟为节度判官、检校工部郎中……商隐能为古文,不喜偶对。从事令狐楚幕。楚能章奏,遂以其道授商隐,自是始为今体章奏。博学强记,下笔不能自休,尤善为诔奠之辞。与太原温庭筠、南郡段成式齐名,时号'三十六'。"②《新唐书 · 文艺下 · 李商隐传》所载略同,柳仲郢幕为检校工部员外郎。又谓"商隐初为文瑰迈奇古,及在令狐楚府,楚本工章奏,因受其学。商隐俪偶长短,而繁缛过之。时温庭筠、段成式俱用是相夸,号'三十六体'"。③

依照新旧《唐书》所载,李商隐二任掌书记,而判官亦可泛称书记,则为三任。

唐李商隐《樊南文集》卷七《樊南甲集序》:

> 大中元年,被奏入岭当表记,所为亦多。冬如南郡,舟中忽复括其所藏,火燹墨污,半有坠落。因削笔衡山,洗砚湘江,以类相等色得四百三十三件,作二十卷,唤曰《樊南四六》。四六之名,六博格五、四数六甲之取也,未足矜。④

又《樊南乙集序》:

> 余为桂林从事日,尝使南郡,舟中序所为《四六》,作二十编。……七月,尚书河东公守蜀东川,奏为记室。十月,得见吴郡张黯见代,改判上军。时公始陈兵新作教

① 〔唐〕刘禹锡《刘禹锡集》,第 166—169 页。
② 〔后晋〕刘昫等《旧唐书》第 15 册,第 5793 页。
③ 〔宋〕欧阳修、宋祁《新唐书》第 18 册,第 5792 页。
④ 〔唐〕李商隐撰,〔清〕冯浩详注《樊南文集》上册,上海古籍出版社 1988 年版,第 428 页。

场,阅数军实。判官务检举条理,不暇笔砚。明年,记室请如京师,复摄其事。自桂林至是,所为已五六百篇,其间可取者,四百而已。……会前《四六》置京师不可取者,乃强联桂林至是所可取者,以时以类,亦为二十编,名之曰《四六乙》。[①]

"四六"一词,是古文家出身的李商隐从古文大家柳宗元《乞巧文》"骈四俪六,锦心绣口"之中拈取,并发扬光大的。从一个极致,到另一个极致。《樊南甲集》《樊南乙集》共收录四六文八百三十三篇。一出手,就有规模效应。

李商隐别集,有诗集三卷,宋王尧臣等《崇文总目》卷五《别集类三》著录《李义山诗》三卷[②],历来著录无异说,《全唐诗》卷五三九至五四一即著录三卷。

其文集,《崇文总目》卷五《别集类五》著录《玉溪生赋》一卷[③],又《别集类七》著录《樊南四六甲集》二十卷、《樊南四六乙集》二十卷[④]。《新唐书·艺文志四》著录《樊南甲集》二十卷,《樊南乙集》二十卷、赋一卷、文一卷。[⑤] 宋晁公武《郡斋读书志》卷十八《别集类中》著录《李商隐樊南甲集》二十卷、《乙集》二十卷,又《文集》八卷。又云:"右唐李商隐义山也。陇西人。开成二年进士。令狐楚奏为集贤校理,楚出汴、滑、兴元,皆表幕府,尝补太学博士。初,为文瑰迈奇古,及从楚学,俪偶长短,而繁缛过之。旨能感人,人谓其横绝前后无俦者。今《樊南甲》《乙集》皆四六,自为序,即所谓繁缛者。又有古赋及文共三卷,辞旨怪诡,宋景文序传中称'谲怪则李商隐',盖以此。诗五卷,清新纤艳,故《旧史》称其与温庭筠、段成式齐名,时号'三十六体'云。"[⑥]宋陈振孙《直斋书录解题》卷十六《别集类上》著录《李义山集》八卷、《樊南甲乙集》四十卷。又云:"唐太学博士河内李商隐义山撰。商隐,令狐楚客,开成二年进士,书判入等。从王茂元、郑亚辟,二人皆李德裕所善,坐此为令狐绹所憾,竟坎壈以终。《甲乙集》者,皆表章、启牒四六之文。既不得志于时,历佐藩府,自茂元、亚之外,又依卢弘正、柳仲郢,故其所作应用若此之多。商隐本为古文,令狐楚长于章奏,遂以授商隐。"[⑦]

《宋史·艺文志七》著录:"《李商隐文集》八卷、又《四六甲乙集》四十卷、《别集》二十卷、《诗集》三卷。"《艺文志·八》著录:"《桂管集》二十卷。"[⑧]《桂管集》当是在桂林期间所作四六文。《宋史·艺文志七》著录温庭筠《汉南真稿》十卷[⑨],似与李商隐《桂管

① [唐]李商隐撰,[清]冯浩详注《樊南文集》上册,第427—431页。

② [宋]王尧臣等《崇文总目》下册,商务印书馆《国学基本丛书》本,第362页。

③ [宋]王尧臣等《崇文总目》下册,第371页。

④ [宋]王尧臣等《崇文总目》下册,第382—383页。

⑤ [宋]欧阳修、宋祁《新唐书》第5册,第1612页。

⑥ [宋]晁公武撰,孙猛校证《郡斋读书志校证》,第910页。

⑦ [宋]陈振孙《直斋书录解题》,上海古籍出版社1987年版,第483页。

⑧ [元]脱脱等《宋史》第16册,第5342、5394页。

⑨ [元]脱脱等《宋史》第16册,第5337页。

集》类似。《崇文总目》卷五《别集类一》著录罗隐《吴越掌记集》三卷、《别集类七》著录罗隐《吴越应用集》三卷[①],亦属此类。

《宋史·艺文志六》著录的李商隐《密钥》二卷,属类书。[②]“密钥”者,或是小型写作金钥匙。《宋史·艺文志七》著录温庭筠《记室备要》三卷。[③]《记室备要》则是掌书记分门别类的“工作指南”,与《新唐书·艺文志三》“子部·类书类”著录的“李途《记室新书》三十卷”[④]类似。

《崇文总目》卷二《仪注类》:“《使范》一卷原释,王晋撰,记开元以后使者所用章奏文牒之式,凡十二篇。(见《玉海·礼仪类》)”钱绎按《玉海》引《崇文目》作二卷,《宋志》凡两见,并作一卷,又有李商隐撰一卷。[⑤] 据此,李商隐亦有《使苑》一卷。

《新唐书·艺文志四》“集部·总集类”著录李太华《掌记略》十五卷、《新掌记略》九卷、林逢《续掌记略》十卷。[⑥] 又见《崇文总目》卷五《总集类上》记,《新掌记略》五卷。又有张铏《管记苑》十卷。[⑦] 这些唐代总集辑录的,都是当代掌书记的表奏书启,都是“骈四俪六,锦心绣口”的军府应用文,说不定就有李商隐的杰作。遗憾的是,均已佚失。

李商隐《樊南四六》一出,首创骈文的“四六”之名,并很快取而代之。《新唐书·艺文志四》著录崔致远《四六》一卷,又《桂苑笔耕》二十卷,本注:“高丽人,宾贡及第,高骈淮南从事。”又著录李巨川《四六集》二卷,本注:“韩建华州从事。”[⑧]《崇文总目》卷五《别集七》又有樊景《四六集》五卷、郑准《四六集》一卷、白岩《四六》五卷。[⑨] 曾枣庄先生《唐宋文学研究·论宋代的四六文》说:“首以四六名书的是李商隐的《樊南四六》,而宋代以四六名书者更多。”[⑩]

宋代以后的史志目录、私家目录,以及《通志·艺文略》《文献通考·经籍考》等所载带有“四六”的书名,不计其数,不再缕缕。

《四库全书》著录的别集有宋王子俊《格斋四六》一卷、宋李廷忠《橘山四六》二十卷、宋李刘《四六标准》四十卷、宋佚名《壶山四六》一卷、清陈维崧《陈检讨四六》二十卷;总集有明王志坚《四六法海》十二卷;诗文评有宋王铚《四六话》二卷、宋谢伋《四六谈麈》一卷。

① 〔宋〕王尧臣等《崇文总目》下册,第345、385页。
② 〔元〕脱脱等《宋史》第15册,第5293页。
③ 〔元〕脱脱等《宋史》第16册,第5337页。
④ 〔元〕欧阳修、宋祁《新唐书》第5册,第1564页。
⑤ 〔宋〕王尧臣等《崇文总目》上册,第80页。
⑥ 〔宋〕欧阳修、宋祁《新唐书》第5册,第1625页。
⑦ 〔宋〕王尧臣等《崇文总目》下册,第332页。
⑧ 〔宋〕欧阳修、宋祁《新唐书》第5册,第1617页。
⑨ 〔宋〕王尧臣等《崇文总目》下册,第383—385页。
⑩ 曾枣庄《曾枣庄文存》之二,巴蜀书社1999年版,第293页。

《四库禁毁书丛刊》著录的总集有清李渔《四六初征》二十卷、清黄始《听嘤堂四六新书》八卷。

《四库禁毁书丛刊补编》著录的丛书有明李日华《四六全书》五种四十二卷;类书有明阴化阳、苏紫盖《四六鸳鸯谱》十二卷、《新集》十二卷。

《四库全书存目丛书》著录的类书有宋杨万里《诚斋四六发遣膏馥》,明王明鳌、黄金玺《宋四六丛珠汇选》,明何伟然《四六霞肆》;别集有宋赵汝谈《南塘先生四六》,宋王迈《臞轩先生四六》,宋危昭德《巽斋先生四六》;诗文评有宋洪迈《容斋四六丛谈》,清陈维崧《四六金针》。

《四库未收书辑刊》著录的子部有清胡吉豫《四六纂组十卷》;著录的集部有清魏元枢《四六》一卷。

《续修四库全书》著录的类书有宋叶蕡《圣宋名贤四六丛珠》一百卷;别集有宋危昭德《巽斋先生四六一卷》;诗文评有宋杨囦道《云庄四六余话》一卷、清彭元瑞《宋四六话》十二卷、清孙梅《四六丛话》三十三卷。

《宋史·司马光传》:"神宗即位,擢为翰林学士。光力辞,帝曰:'古之君子或学而不文,或文而不学,惟董仲舒、扬雄兼之。卿有文学,何辞为?'对曰:'臣不能为四六。'帝曰:'如两汉制诏可也。且卿能进士取高第,而云不能四六,何邪?'竟不辞。"①无论书名,无论对话,"四六"一词,全面地取代了"骈文"。仅有的几部如明陈禹谟《骈志》、明游日章《骈语雕龙》、清周池《骈语类鉴》等,都是对偶排列的类书;类书《骈字类编》则更接近现代的辞典。这一切,都是由于《樊南四六》产生的巨大影响力。从某一个角度或某一个意义上说,其影响甚至超过《无题》诗。

宋王应麟《辞学指南》中的关注点,大多是围绕着"四六"展开的,以指导宋代科举考试。宋孙光宪《北梦琐言》卷四:"温庭云字飞卿,或云作'筠'字,旧名岐。与李商隐齐名,时号曰'温李'。才思艳丽,工于小赋。每入试,押官韵作赋,凡八叉手而八韵成,时号'温八叉'。多为邻铺假手,号曰'救数人'。"②相比较温庭筠,李商隐救的是所有举子,非惟"数人"而已。

九

《文苑英华》卷首《纂修〈文苑英华〉事始》载宋周必大《文苑英华》识语说:

> 臣伏睹太宗皇帝丁时太平,以文化成天下。既得诸国图籍,聚名士于朝,诏修三

① 〔元〕脱脱等《宋史》第31册,第10762页。
② 〔宋〕孙光宪《北梦琐言》,上海古籍出版社1981年版,第29页。

> 大书,曰《太平御览》,曰《册府元龟》,曰《文苑英华》,各一千卷。今二书闽、蜀已刊,惟《文苑英华》,士大夫家绝无而仅有。盖所集止唐文章,如南北朝,间存一二,是时印本绝少,虽韩、柳、元、白之文,尚未甚传。其他如陈子昂、张说、九龄、李翱等诸名士文集,世尤罕见。故修书官于宗元、居易、权德舆、李商隐、顾云、罗隐辈,或全卷收入。①

经检核,《文苑英华》辑录李商隐文一百二十四题,大多为四六文。《樊南甲集》《樊南乙集》共收录四六文八百三十三篇,收录一百二十四题,仅及七分之一。

《樊南甲集》《樊南乙集》原本已散佚,好在大多内容在《文苑英华》等总集中保留下来了。清代有朱鹤龄、徐树谷、冯浩等递加辑录。《四库全书》著录徐树谷笺、徐炯注《李义山文集笺注》十卷,提要云:

> 国初吴江朱鹤龄始裒辑诸书,编为五卷,而阙其状之一体。康熙庚午,炯典试福建,得其本于林佶。采摭《文苑英华》所载诸状补之,又补入《重阳亭铭》一篇,是为今本。鹤龄原本虽略为诠释,而多所疏漏,盖犹未竟之稿。树谷因博考史籍,证验时事,以为之笺。炯复征其典故训诂,以为之注。其中《上崔华州书》一篇,树谷断其非商隐作。近时桐乡冯浩注本,则辨此书为开成二年春初作。②

清同治年间,钱振伦、钱振常兄弟依据冯浩《樊南文集详注》,辑成《樊南文集补编》十二卷。

刘学锴、余恕诚两位先生对李商隐文的编年、校注成果,已经由中华书局出版。这是目前最完善、最权威的本子。据《李商隐文编年校注》附录《李商隐文分体目录》统计,其文集中有关掌书记职掌的文体有:表,二十七篇;状,一百五十一篇;启,七十六篇;牒,十二篇;祝文,二十七篇;祭文,二十四篇;书,五篇;行状,三篇;黄箓斋文,六篇。共三百三十一篇。《文心雕龙》有《章表》《书启》《书记》等篇。其《书记》曰:“夫书记广大,衣被事体,笔札杂名,古今多品。是以总领黎庶,则有谱籍簿录;医历星筮,则有方术占式;申宪述兵,则有律令法制;朝市征信,则有符契券疏;百官询事,则有关刺解牒;万民达志,则有状列辞谚,并述理于心,著言于翰,虽艺文之末品,而政事之先务也。”③由于时代不同,刘勰所说与李商隐所作的“书记”文体的范畴肯定有发展变化。李商隐的书记骈文是目前流传下来最多、最齐全的,对于研究幕府文学来说,价值自不待言;对于认定李商隐幕府

① 〔宋〕李昉等《文苑英华》第 1 册,卷首第 8—9 页。
② 〔清〕永瑢等《四库全书总目》下册,中华书局 1965 年版,第 1298 页。
③ 〔南朝梁〕刘勰撰,黄叔琳等注,杨明照校注拾遗《增订文心雕龙校注》上册,第 347 页。

文学的成就来说，重要性自不待言。

宋陈振孙《直斋书录解题》卷十六《别集类上》谓“商隐本为古文，令狐楚长于章奏，遂以授商隐。然以近世四六观之，当时以为工，今未见其工也”①。卷十八《别集类下》著录《浮溪集》六十卷，又云：“翰林学士婺源汪藻彦章撰。四六偶俪之文，起于齐、梁，历隋、唐之世，表章、诏、诰多用之。然令狐楚、李商隐之流号为能者，殊不工也。本朝杨、刘诸名公，犹未变唐体；至欧、苏，始以博学富文，为大篇长句，叙事达意，无艰难牵强之态，而王荆公尤深厚尔雅，俪语之工，昔所未有。绍圣后置词科，习者益众，格律精严，一字不苟措。若浮溪，尤其集大成者也。”②反反复复诋讥令狐楚、李商隐，又吹嘘汪藻，不免不知高下轩轾。

清孙梅《四六丛话》卷三二《作家五・唐四六诸家》“柳宗元”条说：“自有四六以来，辞致纵横，风调高骞，至徐、庾极矣；笔力古劲，气韵沉雄，至燕公极矣；驱使卷轴，词华绚烂，至四杰极矣；意思精密，情文宛转，至义山极矣。……然则，有欧、苏之笔者，必无四杰之才；有义山之工者，必无燕公之健。沿及两宋，又于徐、庾风格去之远矣！”又“令狐楚”条说：“义山章奏之学，得自文公，盖其具体而微者矣。详观文公所作，以意为骨，以气为用，以笔为驰骋出入，殆脱尽裁对隶事之迹，文之深于情者也。滔滔亹亹，一往清婉，而又非宋时一种空腐之谈、尽失骈俪真面目者所可借口。由其万卷填胸，超然不滞，此玉溪生所以毕生服膺、欲从末由者也。吾于有唐作家集大成者，得三家焉：于燕公极其厚，于柳州致其精，于文公仰其高。”又“李商隐”条说：“李玉溪少能古文，不喜声偶，及事令狐，授以章奏，一变而为今体，卒以四六名家。……徐、庾以来，声偶未备；王、杨之作，才力太肆。沿及五代，不免靡弱。宋代作者，不无疏拙。惟《樊南甲乙》，则今体之玉绳，章奏之玉律也。循讽终篇，其声切无一字之聱屈，其抽对无一语之偏枯。才敛而不肆，体超而不空，学者舍是，何从入乎？直斋顾谓‘当时称工，今不其工’，此华篋十重，而观者胡卢，掩口于燕石者也。盖南宋文体，习为长句，崇尚侈博，而意趣都尽，浪填事实以为著题，而神韵浸失，所由以不工为工。而四六至此，为不可复振也。噫！”又卷三三《作家六・宋四六诸家》“汪藻”条说：“骈俪之文，以唐为极盛，宋人反诋讥之，岂通论哉！浮溪之文，可称精切。南宋作家，未能或先。然何可与义山同日语哉！古之四六，句自为对，语简而笔劲，故与古文未远。其合两句为一联者，谓之‘隔句对’，古人慎用之，非以此见长也。故义山之文，隔句不过通篇一二见；若浮溪，非隔句不能警矣。甚至长联至数句，长句至十数字者，以为裁对之巧。不知古意浸失，遂成习气。四六至此，弊极矣。其不相及者一也。义山隶事多而笔意有余，浮溪隶事少而笔意不足，其不相及者二也。若令狐，文体尤

① 〔宋〕陈振孙《直斋书录解题》，第483页。

② 〔宋〕陈振孙《直斋书录解题》，第526页。

高,何可妄为轩轾乎?”[①]清阮元《揅经室四集》卷二《〈四六丛话〉序》说:“义山、飞卿,以繁缛相高;柯古、昭谏,以新博领异。骈俪之文,斯称极致。”[②]飞卿,温庭筠之字;柯古,段成式之字;昭谏,罗隐之字。温庭筠、段成式、罗隐确实有一定的成就,但与李商隐相比,李商隐属于领军,和他们不在一个层次。用孙梅的话来说,“何可与义山同日语哉”!

《文苑英华》卷三〇五崔珏《哭李商隐二首》之二云:“虚负凌云万丈才,一生襟抱未曾开。”[③]此从李商隐仕途着眼,所说极是;但从这段经历给其带来的不期的文学成就着眼,则未必正确。掌书记的经历,开启并实现了李商隐“一生襟抱”,使得其“凌云万丈才”有了用武之地。借用《宋史·苏轼传论》的话来说,就是“假令轼以是而易其所为,尚得为轼哉!”[④]

作者简介:

陈冠明,1951年生,浙江宁波人,鲁东大学文学院教授,中国李商隐研究会会长。从事中国古代文学、古典文献学、文学文献学研究。著有《杜甫亲眷交游行年考》《文章四友年谱》等。

---

①〔清〕孙梅《四六丛话》,人民文学出版社2010年版,第653、658—659、663、695—696页。

②〔清〕阮元《揅经室集》,中华书局1993年版,第738页。

③〔宋〕李昉等《文苑英华》第2册,第1559页。

④〔元〕脱脱等《宋史》第31册,第10819页。

幕府视域下南宋四六启文的生成机制与创作倾向*

商宇琦

内容摘要：宋代启文数量极多，应用广泛，塑造着士人阶层独特的精神面貌。与北宋相比，南宋启文更为繁盛，并衍生出别样的结构形态和审美特征。事实上，幕府制度与幕府文人，是我们重新审视南宋启文生成机制与创作倾向的重要视域。以启文为代表的南宋四六之振兴，除得益于词科的制度保障外，幕府选辟标准、文人入幕风潮亦在其间发挥了关键作用。四六专书的产生与南宋幕府文化语境密切相关，其取材范围、编纂体例和文本内容隐含着为幕府文人日常应用服务的功能指向，对南宋中后期幕府文人的启文撰制影响甚深。南宋幕府文人的启文创作，在书写策略、写作风格及句式气调上呈现出鲜明的时代特点，颇具文学史意义。

关键词：南宋；幕府；启文；四六专书；身份

宋代骈文因其独特的艺术质素与不俗的创作成就而获“宋四六”之专名。清人彭元瑞《宋四六选序》即强调宋四六在文学史上起到摧故锋而张新军的重要作用：“不知世逝彼川，文传薪火，增冰积水，有嬗变之风流；明月满握，得常新之光景。”①陈寅恪先生则指出宋四六和六朝骈文在文学史上双峰并峙的地位：“就吾国数千年文学史言之，骈俪之文以六朝及赵宋一代为最佳。”②宋四六文体，涵括表、启、檄、露布、制诰、青词、上梁文等，而“启”又为其中功能最显著、覆盖面最广的一种，“至宋而岁时通候、仕宦迁除、吉凶庆吊，无一事不用启，无一人不用启，启必以四六。遂于四六之内别有专门”③。与北宋相比，南宋启文数量更多，名家辈出、佳作迭现，并渗透到士人生活的各个方面。换言之，北宋古文运动之后，骈体四六非但没有消退，反而在南宋文人的日常生活中扮演着愈发重要的角色。

那么，启文缘何在南宋得以空前繁荣？其生成机制为何？南宋幕府文人的启文创

---

* 本文为国家社会科学基金青年项目“幕府视域下的南宋文人与文学研究”（22CZW025）阶段性成果。

① 〔宋〕彭元瑞撰《恩余堂辑稿》卷一《宋四六选序》，《续修四库全书》第1447册，上海古籍出版社2002年版，第446页。

② 陈寅恪《论再生缘》，收入《寒柳堂集》，上海古籍出版社2020年版，第64页。

③ 〔清〕永瑢等《四库全书总目》卷一百六十三《四六标准提要》，中华书局1965年版，第1396页。

作,又呈现出怎样的特点? 这些问题,目前学界鲜有揭橥。① 实际上,南宋幕府的发展与幕府文人群体的崛起,不仅为四六文的持续兴盛提供了丰沃的土壤,也构筑起启文在士人交际应用中的新语境。有鉴于此,本文的主要目的,在于从幕府制度的角度,考论南宋四六启文的兴盛原因,及其与相关四六专书刊印、篇目架构之间的关系,并由之进一步探究南宋幕府文人的启文创作如何在政治生态、时代风气的干预下,呈现出新的文本形态、审美结构与文化内涵。借此,我们既可重新审视南宋启文的发展特征和文学史地位,又可尝试打开南宋幕府文学研究新局面。

一、词科之外:南宋幕府文人与四六“外学”之兴盛

南宋四六文的总体创作成就可与六朝比肩,一时号为盛际。刘埙云:“南渡以来,名公著作,多见梓刻,海宇诵习,近世尤多奇人俊士,妙语风猗。”②彰显出其对本朝四六创作实绩的肯定与自信。学界以往多从词科制度层面探讨南宋四六繁盛的动因③,但这只解释了南宋中前期词科取士与四六振兴之间的关系,却无法说明随着南宋后期词科衰落,四六创作却依旧繁盛的局面。其实,以启文为代表的南宋四六之兴盛,不唯得益于词科制度,幕府取士标准与幕府文人的创作实践,也是不可忽视的关键推动力,并在晚宋词科式微后为四六的持续发展提供了保障。

“表”“状”“启”“檄”等文体与幕府制度渊源颇深,在历代幕府文学中占有重要地位。汉末陈琳、阮瑀二人曾于曹操幕下主掌军书檄文,“太祖并以琳、瑀为司空军谋祭酒,

---

① 曾枣庄《论宋代的四六文》(《文学遗产》1995 年第 3 期)、王友胜《宋四六的文体特征与发展轨迹》(《中国文学研究》2004 年第 1 期)二文,对宋四六的创作分期、流派及风格特征进行了深入阐述,但对宋代幕府文人的四六创作涉笔不多。曾枣庄《宋文通论》(上海人民出版社 2008 年版)对宋代启文的文体特征、功用和风格演变的考论颇为精详,然未对南宋幕府文人的启文撰制加以观照。施懿超《宋四六论稿》(上海古籍出版社 2005 年版)侧重于宋四六发展史、宋四六文献考辨两方面的论述,并总结了部分南宋幕府文人的四六创作成就。丁楹《文人入幕、干谒之风与南宋四六文的繁盛》(《广西师范大学学报(哲学社会科学版)》2018 年第 4 期)指出幕府应制对南宋四六发展的作用,于词科、幕府制度与四六文三者关系的探讨却着力不多;侯体健《四六类书的知识世界与晚宋骈文的程式化》(《文艺研究》2018 年第 8 期)虽提到游幕文人的内在需求与南宋四六类书兴起间的关系,但更侧重研析四六类书对南宋后期普通士人的影响,就其本身篇章架构与文人入幕风潮关系的讨论则着墨较少;戴路《南宋后期荐举官制与四六启文的交际性》(《河南大学学报(社会科学版)》2019 年第 1 期)和《礼仪话语建构:南宋荐举制度与谢启的文体功能》(《四川大学学报(哲学社会科学版)》2020 年第 1 期)从宋代尤其南宋荐举制的角度,剖析南宋启文的交际性质与礼仪功能,然未围绕南宋幕府文人的启文创作作专门考察。

② 〔元〕刘埙《隐居通议》卷二十一,中华书局 1985 年版,第 211 页。

③ 如曹丽萍《南宋骈文研究》(江西高校出版社 2009 年版)、管琴《词科与南宋文学》(北京大学出版社 2018 年版)、张兴武《论词科选才与南宋四六文的振兴》(《浙江大学学报(人文社会科学版)》2018 年第 5 期)、侯体健《士人身份与南宋诗文研究》(复旦大学出版社 2018 年版)第四章第一节《洪适与两宋之际的四六文》中对词科制度与四六文盛衰关系的考察。

管记室,军国书檄,多琳、瑀所作也[①]”。晋宋时期,桓温、谢玄、刘裕等均开有阃幕,幕中书檄亦多由僚属代草,如颜竣曾为南中郎将军刘骏“参定密谋,兼造书檄”[②]。唐中后期,藩镇崛起,幕府书记官需要熟练掌握草制诸种骈文的技能,“掌朝觐、聘问、慰荐、祭祀、祈祝之文与号令升绌之事”[③],令狐楚、刘禹锡、李商隐、罗隐等幕府文人即作有《上淮南李相公》《为河东公谢相国京兆公启》《献河东公启二首》等启文,其讲求文辞典雅、对偶工整,已初具宋四六雏形。除此之外,唐代藩镇辟士,牒文皆用四六,一般也由僚属代为起草:“唐世节度、观察诸使,辟置僚佐以至州郡差掾属,牒语皆用四六,大略如诰词。李商隐《樊南甲乙集》、顾云《编稿》、罗隐《湘南杂稿》皆有之。”[④]南宋一朝四郊多垒,出于应对战事的需要,上至都督府、宣抚司、制置司等跨路级军政机构,下至帅、漕、仓、宪等路级监司,大量收揽人才,辟举士人入幕。这些幕僚大多需从事四六公牍的写作,代幕主起草表、笺、启、檄等幕中常用文体,故往往熟习四六,具备高超的创作技巧。

尽管如此,四六撰制不属于科举之学,颇为南宋场屋之士所轻,被视为与“时文”相对的“外学”。南宋进士科虽分经义与诗赋,但策论文仍在二科考试中占有主导地位;宋代词科虽以四六择拔人才,然取士人数较少,何况南宋后期词科业已衰落,故四六自不属“时文”。刘克庄《跋黄牧四六》曰:

> 文章于道为小技,四六又文章中之小技。然自唐以来,朝廷大典册率用此体,不习则不工。顾今之士有科举之累,多未暇焉。间有留意者,侪辈非笑之曰:“是子工外学。”夫均之为雕虫,乃以其施之于场屋者为内学,施之台阁者为外学,四六之衰也宜矣。[⑤]

虽然,四六在官场应用广泛,朝廷制诰、官员往来表启皆用四六,但这均是士人登科后才需要从事的工作,对普通读书人而言,如何窥得策论写作奥妙以期登第方为要事,钻研四六与诗词等“外学”,则会有荒废举业之风险。不过,对于那些及第后,挣扎于选海中的选人和低阶官员来说,四六仍然是值得重视的一种官场应用文体:

> 读圣贤之书,而不知圣贤之道,自累于俗学始。何谓俗学?科举之业是已。……幸而得之,则以前日之技为已足,方且移畴昔之工,用之于笺记,以市宠贸

---

① 〔晋〕陈寿撰,〔南朝宋〕裴松之注《三国志》卷二十一《陈琳传》,中华书局 2011 年版,第 600 页。

② 〔南朝梁〕沈约《宋书》卷七十三《颜延之传》,中华书局 1974 年版,第 1903 页。

③ 〔元〕马端临《文献通考》卷六十二《职官考十六》,中华书局 2011 年版,第 1879 页。

④ 〔宋〕洪迈《容斋随笔》卷十六,中华书局 2005 年版,第 620 页。

⑤ 〔宋〕刘克庄著,辛更儒校注《刘克庄集笺注》卷一百七,中华书局 2011 年版,第 4456—4457 页。

利,终其身弗知止焉。①

士大夫方游场屋,即工时文;即擢科第舍时文,即工四六,不者弗得称文士。大者培植声望,为他年翰苑词掖之储;小则可以结知当路,受荐举。虽宰执亦或以是取人,盖当时以为一重事焉。②

这两则材料表明,作为"外学"的四六虽为事举业者所排斥,然一旦入仕,四六这种带有功利色彩的应用文体对士人而言就相当重要,四六水平的高低,直接攸关他们的宦途发展与人脉经营,在"培植声望""结知当路"甚至可凭此技跻身宰执的诱惑下,着力四六也不失为致身之途。应着重指出的是,幕府,为那些在四六公文写作上有一技之才的科举出身之士与落第之人开启了方便之门。精于四六者,极易受幕主征辟与青睐,入幕后代幕主撰制文书,并由此获得荐举改官。特别是都督府、宣抚司、制置司等机构,编制员额较一般幕府更多,且幕主可自择辟召拥有资历的士人或白衣担任僚属。这意味着,未获京官资格的选人和江湖游士这样的布衣群体,但凡拥有"外学"之才,亦可受帅臣征辟进入幕府。例如,丘升以擅四六之故,未第前已居赵范、赵葵兄弟幕中,并参与三京之役,誉满天下:"其未第也,已客于龙学、信庵二赵公之门,三京之役,传檄中原,帛书露布,皆公笔也。……传称执讯之书,史诧成风之檄,君何逊焉。"③与唐代幕府以诗辟士不同,南宋幕府多以四六技艺为辟召标准④,故"诸侯穷贵极富,致士满门,类多抵掌谈功名,飞笔作笺记者,未尝容一诗人也"⑤。在这种时代风潮之裹挟下,除诗词外,南宋文人更有以四六干谒长官而得升迁者。如周密《浩然斋雅谈》载幕僚投启于王佐、杨万里而获荐举之事:

王宣子守吴,幕僚投启,有云:"仲舒衰然举首,岂久相于江都;望之雅意本朝,姑暂居于冯翊。"宣子喜之,举以京刺。杨廷秀以大蓬漕江东,其属亦有启云:"斯文之得丧在天,领袖素尊于海内;贤者之出处以道,旌旗已至于江东。"公亦欣然刺上。⑥

可见,僚属投谒之启若能迎合幕主的政治倾向和文学审美品位,投其所好,往往能获奖掖提携,从而开拓仕途。南宋士人凭借四六长才,为大阃所辟,代幕主撰写公文并由此延揽

---

①〔宋〕真德秀《西山先生真文忠公文集》卷二十八《送徐元杰子祥序》,《宋集珍本丛刊》第76册,线装书局2004年版,第243页。

②〔元〕刘埙《隐居通议》卷二十一,第211页。

③〔宋〕林希逸《竹溪鬳斋十一稿续集》卷十二《丘退斋文集序》,《宋集珍本丛刊》第83册,第480—481页。

④ 刘克庄欲推荐同乡黄牧入贾似道淮东制幕为僚,即在信中称赏黄牧所作四六"警拔出胸臆,不蹈袭古人已陈之刍狗",对其诗才卓著与否却只字未提。(详参刘克庄著,辛更儒笺校《刘克庄集笺校》卷一百三十三《与淮阃贾知院书》,第5355页。)

⑤〔宋〕刘克庄著,辛更儒校注《刘克庄集笺校》卷九十六《送谢旿序》,第4072页。

⑥〔宋〕周密著,孔凡礼点校《浩然斋雅谈》卷上,中华书局2010年版,第10—11页。

士林声誉、得以升迁的例子可谓屡见不鲜,如以下三例所示:

颐堂先生司谏汤公,故知枢密院事敏肃公之玄孙,……薄举子业不为,去试博学宏词科,一上即中选。……虞丞相允文又于上前力荐之,即以其年六月擢枢密院编修官。而公之志雅欲以勋业自见,故立朝未几即出从虞公于宣幕。……中间立螭坳、登谏垣、演纶凤阁、劝讲金华……①

侍郎黄公镇蜀,既经画其大者,而应酬群碎,动中机会,所与四路监司帅守下至郡县镇戍小官书疏,奖励督勉,随物赋形,只字半简,人争藏去为宝,往往皆出内幕手,由是子实俊声满于坤维。……嘉熙丁酉,始得子实四六一帙读之,多乎哉!如大贾居货无窘急之态,如名医蓄药有仓卒之备,闳放巨丽,奇出不穷。使之草露布,裁诏书,于公异、封敖之流当退避三舍矣。②

吾友许君进道,尝从事岭南道经略使府。府公实为矩堂相国董公。公盛德貌严,许君文理密察。时斡腹有萌,朝廷方经置大理,董公命君草书答其国相用事诸臣,大概蹈厉反复,得中国之体,而不失远人之心。所谓文章之盛者欤!故余辑古今军府词人之著作,为君诵之。矩堂相先皇帝,为巨人长德。进道尝谕麟庠,迁国子博士,进丞大农,位于朝彰显矣!③

首例提及,词科出身的汤邦彦入仕未久,即为虞允文所提携,并随之宣抚四川,于幕中出力尤多。回朝后,拔擢为起居舍人兼中书舍人,任左司谏兼侍读,成为天子近侍。第二例中的"子实",即黄憘,为四川制置副使黄伯固僚属,其四六"闳放巨丽,奇出不穷",故为士大夫所推重、珍藏,享誉坤维。黄憘代幕主所草"与四路监司帅守下至郡县镇戍小官书疏",即指启文、札子等公文文体。第三例中,广西经略安抚使董槐僚属许进道草制国书,警谕大理国君臣勿参与蒙古"斡腹之谋",文辞"蹈厉反复,得中国之体",颇受帅臣青睐,回朝后屡任要职。由此可见,公文撰写诚幕僚立身之本,擅长四六者,不仅易受幕主青睐得以征辟入幕,也能凭此得到荐举,从而扬名朝中,助力仕宦。

彭元瑞在《宋四六选序》中曾罗列出其心目中的几位南宋四六名家:

洎乎渡江之衰,鸣者浮溪为盛。盘洲之言语妙天下,平园之制作高禁中。杨廷秀笺牍擅场,陆务观风骚余力。尊幕中之上客,捉刀竞说《三松》;封席上之青奴,

① 〔宋〕刘宰《漫塘文集》卷十九《颐堂集序》,《宋集珍本丛刊》第 72 册,第 327—328 页。

② 〔宋〕刘克庄著,辛更儒校注《刘克庄集笺校》卷九十九《跋黄憘文卷》,第 4181 页。

③ 〔宋〕马廷鸾《碧梧玩芳集》卷一二《许进道文编序》,《景印文渊阁四库全书》第 1187 册,台湾商务印书馆 1986 年版,第 88 页。

《标准》犹传一李。后村则名言如屑,秋崖则丽句为邻。臞轩、南塘、篔窗、象麓,雄于未造,讫在文山,三百年之名作相望,四六家之别裁斯在。①

若我们对上述南宋文人进行细考,则不难发现,他们中的大部分,均有入幕或开府经历。浮溪,即汪藻,两宋之际曾入康王河北兵马大元帅幕府,"一时诏令往往多出公手,凡上所以指授诸将、感厉战士、训饬在位、哀闵元元之意,具载诰命之文,开示赤心,明白洞达,不出户窥牖,而天威咫尺,坐照万里。学士大夫传诵,以比陆宣公"②,为南宋初四六之集大成者。盘洲,为洪适之号,绍兴年间与弟遵、迈同中博学宏词科,历任江东仓使、浙东安抚使,深得四六之三昧。③ 陆游曾先后于四川宣抚司、成都安抚司与四川制置司任幕职,《渭南文集》载有其上幕主、蜀地监司启文十余篇,放翁四六"初不累叠全句,专尚风骨,雄浑沉着,自成一家,真骈俪之标准也"④。《三松》,即《格斋先生三松集》,王子俊所撰。子俊为"周益公、杨诚斋客,以列荐补官入蜀"⑤,后依黄畴若四川制置司幕府,其四六"踵六一、东坡之步武,超然绝尘,自汪彦章、孙仲益诸公而下不论"⑥。"《标准》犹传一李",指四六名手李刘及其《四六标准》。李刘尝于湖南安抚使卫泾、湖广总领曹彦约、四川制置使董居谊幕下效力,"刘熟于典坟,以骈俪著称,制词为南渡之冠"⑦,后历任四川都大茶马、制置使等职,宦途不可谓不显。刘克庄早年曾入江西仓司幕府,仓使袁燮盛誉其四六有李刘风骨,"主簿它日必以四六名家"⑧。后又入李珏江淮制幕,代撰表奏书檄多篇,结集为《油幕笺奏》,"江湖士友为四六及五七言,往往祖后村氏"⑨。秋崖,方岳之号,任赵葵制幕属官,"其诗文四六不用古律,以意为之,语或天出。……以骈体为尤工,可与刘克庄相为伯仲"⑩。王迈,号臞轩居士,早年出佐长沙幕府,刘克庄称其"文字脍炙万口,其论谏雷霆一世"⑪。赵汝谈,号南塘,入江西安抚司、浙东安抚司任干办公事,以四六擅名,有《南塘四六》一卷。文天祥,历江西安抚使、浙西江东制置使、都督诸路军马等职,四六多慷慨激越之作,"著作亦极雄赡,如长江大河,浩瀚无际"⑫。当然,除上述诸家外,尚

① [宋]彭元瑞《恩余堂辑稿》卷一《宋四六选序》,《续修四库全书》第1447册,第446页。

② [宋]孙觌《鸿庆居士集》卷三十四《宋故显谟阁学士左大中大夫汪公墓志铭》,《景印文渊阁四库全书》1135册,第359页。

③ 关于洪适四六文的创作成就,可参侯体健《南宋洪适四六文论略》(《文学遗产》2008年第5期)。

④ [元]刘埙《隐居通议》卷二十一,第212页。

⑤ [宋]陈振孙《直斋书录解题》卷十八,上海古籍出版社1987年版,第551页。

⑥ [清]永瑢等《四库全书总目》卷一百五十九《格斋四六提要》,第1371页。

⑦ [清]陆心源撰,吴伯雄点校《宋史翼》卷二十九,浙江古籍出版社2016年版,第697页。

⑧ [宋]刘克庄著,辛更儒笺校《刘克庄集笺校》卷一百十二《杂记》,第4672页。

⑨ [宋]刘克庄著,辛更儒笺校《刘克庄集笺校》卷一百九十五《墓志铭》,第7574页。

⑩ [清]永瑢等《四库全书总目》卷一百六十四《秋崖集提要》,第1456页。

⑪ [宋]刘克庄著,辛更儒笺校《刘克庄集笺校》卷一百一十《傅渚诗卷》,第4590页。

⑫ [清]永瑢等《四库全书总目》卷一百六十四《文山集提要》,第1407页。

有洪咨夔、方大琮、林泳、史嵩之、李曾伯、贾似道等颇擅四六的南宋幕府文人亦值得我们注意。以上例证说明：一、南宋四六名家大多兼具幕府文人身份，四六是南宋幕府文学文体的重要组成；二、文人入幕前，往往刻苦钻研骈俪之法，而捉刀代笔的幕中工作，又促使他们在用典属对、辞藻修饰和格律规范上倾注更多心力，最终助成南宋四六文的完备发达与各尽其妙。

总而言之，南宋四六之兴盛，除词科制度保障之外，幕府辟士标准与幕府文人的公文创作也是我们所不可忽视的关键因素。南宋词科取士，主要在高、孝二朝，宁宗朝后，士人以词科跻身仕途者甚少，甚至一度消失。[①] 由此判断，幕府制度很可能已渐次取代词科制度，成为南宋后期四六文持续发展的关键推动力；与之同时，幕府本身也成为除朝廷之外，四六文最主要的应用场域。总之，幕府为南宋文人发挥四六长才、赢得士林声誉提供了广阔平台，诸多幕府文人借由代撰四六公文，获得幕主荐举、跻身朝列，走上了科举外的另一条致身之道，对南宋四六特别是启文的发展具有深刻影响。

二、临文之储：南宋文人入幕与四六专书启文材料的编排

宋代类书编撰极为繁荣，如官修《太平御览》《册府元龟》《天和殿御览》，吴淑《事类赋》，叶廷圭《海录碎事》，王应麟《玉海》，祝穆《事文类聚》等，种类诸多，类目繁杂，著述之丰远迈前代。其中，南宋时代所涌现出诸多为四六文写作而纂辑的四六专书，也尤其值得我们关注。所谓四六专书，即指以收录四六为主的总集、类书、别集和文话。[②] 与《太平御览》《册府元龟》等北宋类书相比，学界对南宋四六专书的关注虽明显不够，但已注意到南宋四六类书编纂与场屋之士采掇和幕府文人内在需求之间的联系。[③] 然则，南宋幕府文人对四六专书知识的择取与应用，表现在哪些方面？受南宋游幕风气影响，四六专书在取材范围、编纂体例和文本内容上又呈现出怎样的特征？下文，笔者拟从南宋四六专书中收录最多的启文入手，结合《圣宋名贤五百家播芳大全文粹》《圣宋名贤四六丛珠》《翰苑新书》等书，对上述问题试作探讨。

《圣宋名贤五百家播芳大全文粹》（下文简称《播芳大全文粹》）乃魏齐贤、叶棻所编，

---

① 〔元〕马端临《文献通考》卷三三《选举考六》称："自复科以来，所得鸿笔丽藻之士，多有至卿相、翰苑者。绍兴中，得十有七人；隆兴至淳熙，得十有三人；绍熙，一人；开禧至嘉定，三人。"（第 980 页）

② 施懿超《宋四六论稿》叙录《宋大诏令集》《圣宋名贤五百家播芳大全文粹》《重编簪缨四六》等总集类四六文九种，《东坡四六》《陆务观先生四六》《格斋先生四六》《巽斋先生四六》等别集类四六文十五种，《圣宋名贤四六丛珠》《圣宋千家名贤表启翰墨大全》《翰苑新书》等类书类四六文六种，《四六话》《四六谈麈》等四六话著作四部。

③ 施懿超《试论宋代四六类专门性类书》（《四川图书馆学报》2004 年第 6 期）指出，南宋四六类书的兴盛，与士人进入仕途的为官之需和应试之需有关；侯体健《四六类书的知识世界与晚宋骈文程式化》（《文艺研究》2018 年第 8 期）认为，南宋四六类书的产生与幕府文人代作和坊间刻书产业的兴盛有关，然皆未展开论述。

成书于绍熙年间,专收宋人文章,涵括表、启、制辞、奏状、四六札子、叠幅札子、尺牍、青词、祝文、檄文、上梁文等三十三类文体。宋均跋文称“既思书以四六为宗,宜多采表启诸作”①,故虽云“文粹”,所载实以骈文为主。《播芳大全文粹》中“启”数量颇多,卷八至卷四十九皆为贺启、谢启,文体下又细分类目,如“贺宰执除帅守启”“贺帅臣启”“贺都督启”“贺宣抚启”“贺制置启”“贺奉使启”“贺帅司属官启”“贺诸司属官启”“谢荐举启”“谢辟置启”“与交代启”“干求上启”等,几乎涵括了南宋各种幕府类型、幕主官职差遣,以及幕中新旧官员交接,士人干谒、入幕和出幕所需撰写的通启、谢辟举、谢荐举启,隐含着为幕府文人日常应用服务的功能指向。

《圣宋名贤四六丛珠》(下文简称《四六丛珠》),叶棻辑,成书于庆元二年(1196),在材料汇辑与编纂体例上似与《播芳大全文粹》有一定渊源。②《四六丛珠》卷十七至卷五十七均为启文,“叙列详赅,裁对工丽,于临文采用,裨助实多,洵词林之渊海,文士之锦囊”③。而《四六丛珠》编纂体例的特点,是在不同类目下按“总说”“故事”“四六”顺序,详列某一职官的起源、代表人物、历史事件及与之相关的启文散联摘句或全篇,为普通文人在撰制启文前尽快掌握某类官职的知识背景提供便利。譬如,《四六丛珠》卷五〇至五一中的“贺启”,即按“宣抚使”“经略使”“宣谕”“制置”“总帅”“留守”等帅臣职官系统分类。以“留守”条为例:“总说”举汉高祖以萧何留守关中、唐太宗以房玄龄留守京师、唐高宗巡幸洛阳以李晦为西京留守等事例,先述“留守”职名的起源,再言“国朝天子巡狩亲征,则命亲王或大臣总留守事”④,点出留守在宋代的定义;“故事”详载汉唐历任留守的事迹,可作事典之资;“四六”则精选前代名家所上留守启文中的警联散句,如“京师天下之根本,京邑王化之枢机”“名跻内阁之严,职政中都之任”⑤,以备文人遣词造句之用。卷七十四之“诸式”,则又从“内简式”“内简换易”“画一禀目式”等多个门类,更为琐碎、细致地为底层文人提供四六启文的写作模板和套用框架。《翰苑新书》,不知著者为谁,约成书于南宋后期,此书分前集、后集、续集、别集,以收录启文为主,“前集皆为书启之用,自一卷至六十卷皆以职官分目,下至盐官、酒官之类,亦皆备载。六十一卷至七十卷则以家世、阀阅、座主、门生之类分目。每门之中,皆冠以历代事实,次以宋朝事实,次以自叙,次以旁引,次以群书精语,次以前贤诗词,次以四六警语。……续集录宋人书启一卷至二十三卷,以官分目,……其书本为应酬而作,惟取便检用,不免伤于繁复,而于宋代典故事实最为赅备。”⑥此书前集卷三十八至卷四十九,分列都督、制置使、宣抚、宣

---

① 瞿启甲辑《铁琴铜剑楼藏书题跋集录》卷四,上海古籍出版社1985年版,第327页。
② 见施懿超《宋四六论稿》,上海古籍出版社2005年版,第197页。
③〔宋〕叶棻辑《圣宋名贤四六丛珠》卷首《四六丛珠序》,《续修四库全书》第1213册,第195页。
④〔宋〕叶棻辑《圣宋名贤四六丛珠》卷五一,第522页。
⑤〔宋〕叶棻辑《圣宋名贤四六丛珠》卷五一,第524页。
⑥〔宋〕佚名撰《翰苑新书》卷首《提要》,《景印文渊阁四库全书》第949册,第1—2页。

谕使、总领、留守、安抚使、经略使等常见南宋幕府长官差遣，先详叙职名起源，再以曾任此职之南宋名臣的事迹为例，考察其职掌与简称，俨然一部宋代官职辞典。其后附的四六警语、发端、起联、警联、结联等，几乎囊括了文人构思启文时的每一个步骤，而且读者可根据幕府长官职掌和品位的不同，相应地节选散语警联和使事用典，通过活套就能撰制出一篇合格的启文。前集卷五十六有"幕职官"一门，卷六十九有"荐辟""荐举颂德"和"谢举"，卷七十九又有"干请""求援"，后附诸多警联妙对，供有特定需要的幕府文人或布衣游士作临文之储。与《四六丛珠》不同的是，《翰苑新书》续集卷十至卷十七依官职而分，每类下举全篇四六启文若干，多取洪咨夔、李刘、王子俊、刘克庄、方大琮、方岳等人之作，这说明南宋幕府文人的四六名篇已成为当时士人竞相模仿、套作的参考资料。

至此，我们可得出以下几个结论。一、启文是南宋士人交际时应用最广泛的文体，四六专书主要为文人熟练掌握启文撰写技巧提供可循的轨范。二、以《播芳大全文粹》《四六丛珠》《翰苑新书》为代表的南宋四六专书，于官制一门分目尤详，并附诸多前代或当世著名幕府文人的四六警联妙句，体现出为游幕文人服务的鲜明意识。上述三书的成书时间，集中于南宋中后期，此时正是一个"中小作家腾喧齐鸣而文学大家缺席的时代"①。在南宋后期文人游幕风潮的驱动下，它们并不以知识谱系的建构和培育文人厚重的学养为编撰宗旨，而是为下层文人干谒阃帅、地方监司等高级官员服务。三、南宋四六专书的兴起，固然与文人幕中代作有关②；而幕府交际礼仪性规范下的启文撰写需求，则是左右四六专书著书体例的重要因素。应注意的是，随着宋代荐举制度的成熟和幕府辟举权力的扩大，南宋文人入幕与受荐出幕过程中所撰启文的数量，实较幕中代作要多得多。这从以上三部类书中专设"谢荐举""谢辟置""荐辟""谢举""干求上启"等类目的情况也可得到证实。此类启文主要包括文人请求入幕的上启，辟举后的谢启、受幕主荐举后的谢启以及幕主除官时的贺启③，除此以外，尚有幕府文人与官阶相近、资历相当之人交流往来的通启、回启。④ 此类启文在南宋时代的大量出现，折射出幕府辟举、荐举制度及幕中交际礼仪对文人启文书写的渗透。此外，有学者指出，南宋四六类书的编撰者多闽人，福建地区蓬勃发达的刻书产业是四六类书兴起的基本物质条件，诚为确论。⑤ 不过，笔者

① 王水照《南宋文学的时代特点与历史定位》，《文学遗产》2010 年第 1 期。

② 详参侯体健《四六类书的知识世界与晚宋骈文程式化》，《文艺研究》2018 年第 8 期。

③ 如陆游《上王宣抚启》系请求四川宣抚使王炎辟置所作，《除制司参议官谢赵都大启》乃递呈都大茶马兼权制司公事赵彦博而撰的谢启，《贺薛安抚兼制置启》为陆游贺幕主薛良朋升任制使而作的贺启；李刘早年任湖南宁乡主簿，出于仕途升迁的考虑，作《上吴宣抚猎启》求京湖宣抚使吴猎辟举，《谢董制置辟充成都抚干启》《谢董侍郎举状启》又分别为酬谢幕主董居谊辟置和荐削升改的谢启。

④ 例如，刘克庄入广西经略安抚使胡槻幕，有《通广西萧机宜启》；方岳随赵葵从军江淮，有《回张制机》《回任制参》《回艾制干》诸启；李曾伯开阃两淮、京湖，作《通京湖贾制帅启》《通京湖制置交代贾尚书启》，与彼时同为边阃重臣的贾似道互通声气、交代军务。

⑤ 侯体健《四六类书的知识世界与晚宋骈文程式化》，《文艺研究》2018 年第 8 期。

想补充的是,实际上,南宋中后期,幕府文人、谒客中占籍福建者众多[1],他们对带有写作入门、技能速成性质的四六类书之迫切需求,也同时影响了福建路四六类书刊刻的兴起。

《播芳大全文粹》《四六丛珠》《翰苑新书》等四六专书的涌现,迎合了南宋中后期士人游幕风潮的需要,并从幕府文人的实际需求出发,为这一群体提供辅导,以使其获四六撰制的"终南捷径"。出于特定社会背景和交际礼仪的影响,南宋四六专书在启文材料的编排取舍上承载着强烈的时代色彩,呈现出系统化、精细化的特点。《播芳大全文粹》保存了宋代大量篇秩完备、种类齐全的四六启文,其中又以南宋高、孝二朝士人所撰启文居多。如贺启类卷十八"都督"条共收熊克、蔺敏修、李季然、洪适、朱子发等人所撰贺启七篇[2],对象涉及陈俊卿、吕颐浩、汤思退、叶义问和张浚等有开府资格的统兵文臣,时间上囊括绍兴末年完颜亮南下至隆兴初孝宗北伐时期;相应地,同卷"宣抚"条也均收南宋文人作品,如刘子翚《贺杨郡王除宣抚启》、邵公济《贺虞尚书除宣抚表》、李仲言《贺王宣抚启》,受主包括杨存中、虞允文、王炎等江淮、四川战区的军政主官,带有浓厚的时代印记。南渡后,各军事统率机构的职能多发生变化,故《播芳大全文粹》于宣抚、制置、安抚等官职下专采时人启文佳制,在立意构思、使事用典和语言设辞上尽可能与职官性质相近,以便士人采掇。这一特点亦体现于《四六丛珠》《翰苑新书》摘录的四六警联妙句上,并由此形成一套适合以南宋帅臣为行文对象的专属话语。如《四六丛珠》卷五〇贺启"宣抚使"条下的"草木已知其威名,乾坤亦赖其整顿"[3],"制置""总帅"条下的"江汉周之南纪而疆理是先,荆楚晋之西门经营尤重"[4],"留守"条下"水陆扼舟车之会,衣冠当风俗之枢"[5];《翰苑新书》卷三十九"制置"条下的"淮水沄沄曾惊波之不作,边尘扰扰独按堵之自如"[6],卷四十"宣抚"条下的"居有扫清河洛之心,耻为宴安江左之计"[7];等等。它们均从南宋宣抚使、制置使、建康留守等职的自身特点出发,突出南宋帅臣统军御边、志在恢复的身份性质以及开阃之地多在江淮、京湖、四川三边的特点。这些四六警联蕴含着南宋特定历史背景、军事地理、职官制度所衍生出的新意涵,在隶事属辞上受北宋启文创作传统的束缚较小,反映出社会变革在四六专书材料编排上所造成的影响。

---

① 可参考张宏生《江湖诗派研究》附录一《江湖诗派成员考》(中华书局1995年版,第271—313页)中江湖诗人的占籍情况。另,卓樗《水月洞题名》(谢启昆纂嘉庆《广西通志》卷二二六,《续修四库全书》第680册,第242页)亦曰:"吾闽衣冠甲天下,游宦于桂林者一时为盛。"闽人游宦桂林,多入广西经略安抚司、广西转运司幕府为僚。

② 分别为熊克《贺陈丞相兼都督仍兼宣抚启》、蔺敏修《贺张丞相兼都督启》、李季然《贺吕丞相除都督启》、洪适《贺汤丞相兼都督启》、朱子发《贺陈丞相兼都督仍兼宣抚启》、白麟《贺叶枢密兼都督启》、张少瑜《贺张都督启》。

③〔宋〕叶棻辑《圣宋名贤四六丛珠》卷五〇,第519页。

④〔宋〕叶棻辑《圣宋名贤四六丛珠》卷五一,第522页。

⑤〔宋〕叶棻辑《圣宋名贤四六丛珠》卷五一,第524页。

⑥〔宋〕佚名撰《翰苑新书》卷三十九,第300页。

⑦〔宋〕佚名撰《翰苑新书》卷四十,第302页。

此类四六专书在很大程度上左右了南宋中后期幕府文人的启文书写风貌。譬如，理宗朝幕府文人方岳早年的启文创作，或即与《播芳大全文粹》或《四六丛珠》中的摘句有所关联。方岳上李埴、史嵩之贺启中“江左有夷吾而复何忧，允归朝望；中国相司马而无生事，已折敌谋”（《贺李制帅》）①、“江左有夷吾而复何忧，正资妙略；中国相司马而无生事，坐折遐冲”（《代贺史督相》）②等表述，显然脱胎于《播芳大全文粹》卷十八“贺启”类所收李仲之《贺虞宣抚启》中“中国相司马而无生事，已折敌心；江左有夷吾而复何忧，卒归朝望志”③或《四六丛珠》卷五〇“宣抚使”条下的警联“中国相司马而无生事，已折敌心；江左有夷吾而复何忧，卒归朝宝”④。除方岳外，李刘、方大琮等幕府文人的启文中亦有不少化用、改写自四六专书的辞句，限于篇幅，暂不展开。可见，南宋四六名家尚有明显借鉴、化用四六专书所载启文材料的痕迹，遑论普通幕府文人。以至于宋季，四六文竟出现“类书之外编，公牍之副本，而冗滥极矣”⑤的现象。受四六专书影响，互袭重出与程式化，实为南宋中后期幕府文人启文书写中的共性。

综上，南宋四六专书以收录启文和四六警联为主，并多以职官、应用类别（如谢荐辟、干求上启）为序，其编纂体例带有鲜明的辞书性质和实用目的，令读者有素材可用、有范文可循。四六专书的兴起和内在篇目架构的设置，不仅满足了南宋文人幕中代作的需要，更与幕中礼仪制约下的文人交际相关。这些四六专书中的启文材料，有着鲜明的时代内涵和应用色彩，对南宋幕府启文的文本生成起到了一定的形塑作用。

三、规制出新：南宋幕府文人启文的书写策略与艺术特征

楼钥《北海先生文集序》云：“夫唐文三变，宋之文亦几变矣。止论骈俪之体，亦复屡变。”⑥两宋气运的升降、时代精神的涵容，令南宋四六启文在承北宋余绪之后焕发出新的文体活力。虽然南宋四六专书的大量出现，在为某些特定文人群体提供撰写范式和通用法则之同时，亦无可避免地形成了一套四六文写作的固定、僵化结构，导致此类文字普遍以典故堆砌、辞藻华丽为能事，流于空洞杂芜。但仍有不少南宋文人的启文创作，在幕府场域、文体规范与官场交际礼仪的影响下，相应地调整书写策略，打破固定僵化的结构，别创出独特的艺术风貌。

---

①〔宋〕方岳《秋崖集》卷二十一，《景印文渊阁四库全书》第1182册，第390页。

②〔宋〕方岳《秋崖集》卷二十二，第396页。

③〔宋〕魏齐贤、叶棻编《圣宋名贤播芳大全文萃》卷十八，《宋集珍本丛刊》第95册，第321页。

④〔宋〕叶棻辑《圣宋名贤四六丛珠》卷五〇，第519页。

⑤〔清〕永瑢等《四库全书总目》卷一六三《四六标准提要》，第1396页。

⑥〔宋〕楼钥《攻媿集》卷五十一，《景印文渊阁四库全书》第1152册，第801页。

启作为一种上行文体,具有"施于尊者,多用俪语以为恭"①的谦恭、典重性质,南宋幕府启文亦普遍营造出以卑事尊的语境。陈绎曾《文章欧冶》指出,无论谢启、通启抑或贺启,皆有"颂德""自叙"和"述意"之步骤,这种章法结构和行文规范,也是南宋幕府启文的题中应有之义。文人为求入幕或请幕主荐举的上启、通启,尤能体现出身份差异和干求目的所带来的先扬后抑、谦卑颂谀的叙述立场。如曾任虞允文四川宣司幕僚的李流谦之《上虞参政启》:

> 抗一节以立朝,精忠贯日;鼓片帆而去国,伟节摩天。……某官识洞天人,学兼流略。应千龄而间出,盖一时以横飞。以趋庭之训,自致云霄;用学古之功,发为事业。长江妙画,遂标望于官联;广廷正言,亦增重于国体。……某谫才无取,先盟未寒。仰北斗泰山之高,慕用已久;快白日青天之睹,抅麽未皇。②

李流谦开篇颂扬虞允文的盖世功业和崇高地位,此为"颂德";旋称自己"谫才无取,先盟未寒",是出于弱者姿态的"自叙";最后,点出撰启目的——"慕用已久",企盼虞允文征辟入幕,此为"叙意"。由此,求辟或干谒者方能引起长官的悲悯同情,从而增加入幕或受荐举改官的概率。但从措辞上看,李流谦此启仍有作为孤介之士的尊严底线,与那些在书启中极尽谄媚、摇尾乞怜之辈不啻云泥之别。

在启文中援引先贤故事,运用本朝幕府人物相关之事典,也是撰者在恭维受主之余,营造与受主间和睦情谊、建立关系纽带的重要方式;不唯如此,援古喻今、典故铺陈恰当,也是作者知识结构与丰硕学养的证明。如洪咨夔《通崔安抚启》云:

> 捧研从游,久缀门人之列;分弓庀役,就充幕吏之员。……以小范之帅环庆,举张方平;大苏之牧中山,进李端叔。两公辟士之盛事,百世知人之美谈。不图晚生,亲见前辈。③

洪咨夔以范仲淹帅环庆时荐张方平为幕府掌书记、苏轼帅中山辟李之仪为机宜文字两则当朝典故,形容淮东安抚使崔与之唯才是辟、知人善任的品格,同时将崔与之与范仲淹、苏轼等本朝贤帅相提并论,反映出二人宾主相期、意气相投的幕中关系。李刘《谢董制置辟举启》则曰:

---

①〔明〕朱荃宰撰《文通》卷十,《续修四库全书》第1714册,第56页。

②〔宋〕李流谦《澹斋集》卷十二,《宋集珍本丛刊》第46册,第411页。

③〔宋〕洪咨夔著,侯体健点校《洪咨夔集》卷二十五,浙江古籍出版社2015年版,第603页。

切观我宋帅蜀之臣，无若后赵前张之懿。忠定之荐辟，必方廉恬退之人；清献之奏扬，皆骨鲠敢言之士。①

“后赵前张”，即北宋帅蜀名臣赵抃与张咏，李刘以赵、张二帅比拟受主，在突出蜀帅董居谊秉公去私、为国荐才举贤的高风亮节之同时，也表达对幕主辟置入幕、慷慨提携的诚挚感戴和依归之心。

南宋幕府文人在撰制启文时还善于抓住受主的官职特点、身份特质，以寻求合适的表述策略，这正与四六专书依官职分类的特点桴鼓相应。李刘依蜀幕时有《见赵茶马彦绾启》，题下小注云“全篇用茶马事”，如“架屋桃源，三碗浇五千之卷；乘轺僰道，一雄将十万之雌。却笑前丁后蔡之笼加，安得超范轩栾之缴绕”②，化用卢仝《走笔谢孟谏议寄新茶》诗句及丁谓、蔡襄制凤团茶之典，以贴合赵彦绾四川都大茶马的身份，末句以草茶、塞马自比，呈露依归之愿：“草茶无赖空有名，敢妄希于湔祓；塞马未必不为福，或可备于走趋。”③通篇用茶马事，不仅切合受主的官职性质，也使此类启文避免了“率用厄穷卑贱无聊可怜之语”“极其谀辞，无以复加”④的弊端。除官职性质外，根据受主出身、学术倾向和家世特点，南宋幕府文人也对启文的书写策略作出相应调整。如洪咨夔上幕主、权淮东制帅洪伋的《谢权帅洪提刑荐启》：“访盘洲之事业，正印难传；诵野处之文章，余灯可续。……谓族姓如晨星之有几，况主宾与春风而俱和。”⑤谢启从洪伋先祖洪适、洪迈的文名谈起，并以同姓之缘拉近宾主二人关系。概言之，南宋幕府文人通过塑造语境、运用典故、调整措辞，以达到最佳的表情达意效果，虽不免夸言，却实现了干请谒求或联络交流的目的，尤为突出地体现了启文以卑事尊的礼仪性特点和官场交际的本色。

四六诸文体有着不同的风格本色。《云庄四六余话》云：“大抵制诰笺表，贵乎谨严；启疏杂著，不妨宏肆。”⑥也就是说，制诰笺表等与朝廷军政大事相关的文体，当以造语典重谨严为其本色；而启疏杂著等用于官场士人间交际的文体，则不妨宏放恣肆。为增强语势、渲染情感，南宋幕府文人的启文创作，亦展现出有别于典雅端重的奔放气势和雄健风格，“语皆奇壮，脱略翰墨畦径”⑦。尤其至南宋后期，疆圉孔棘，军旅战事日不暇给。出于夷狄交侵的刺激，基于捐躯赴难、从军报国的壮怀，与宋末文坛上流于纤弱的四六文不同，彼时幕府文人的启文创作，愈发显现出气韵沉雄、刚健博大的特点，如“丈夫当济四

① 〔宋〕李刘《梅亭先生四六标准》卷九，《宋集珍本丛刊》第 74 册，第 1 页。
② 〔宋〕李刘《梅亭先生四六标准》卷一，《宋集珍本丛刊》第 73 册，第 729 页。
③ 〔宋〕李刘《梅亭先生四六标准》卷一，《宋集珍本丛刊》第 73 册，第 729 页。
④ 〔宋〕欧阳守道《巽斋文集》卷二《代人谢解书》，《景印文渊阁四库全书》第 1183 册，第 516 页。
⑤ 〔宋〕洪咨夔著，侯体健点校《平斋文集》卷二十四，《洪咨夔集》，第 609 页。
⑥ 〔宋〕杨囦道《云庄四六余话》，王水照主编《历代文话》，复旦大学出版社 2007 年版，第 120 页。
⑦ 〔宋〕杨囦道《云庄四六余话》，第 103 页。

海,何必中朝之官;烈女不践二庭,宁负平生之志”(方岳《谢制使赵端明启》)①、“属者虏来犯塞,公不顾身,陈宣王复古之诗,读诸葛出师之表。英概凛凛,宁退保一隅之偏;义旗堂堂,有北向中原之意”(刘克庄《代回京湖赵制置启》)②、“恭惟某官禀天间气,为国世臣。包罗宇宙之襟怀,叱咤风雷之手段。兵有百万之在胸腹,夷夏之所竦闻;年未四十而秉钺旄,古今曾不多见。……奉玉斧整齐之画,收金瓯玷缺之区。启蚡冒之山林,载鸠楚境;剪驹支之荆棘,尽狝戎庭。匪公其谁,举世所望”(李曾伯《通京湖贾制帅》)③等。以上启文取辞之壮伟、造境之宏阔、用典之妥帖,以及其中所折射出的对河清海晏、澄清玉宇的渴望,既是文学作品在幕府场域中反复锻炼的结果,也是风云激荡的时代背景对作家创作的必然要求。

议论通达、多经济之言,也是南宋幕府启文有别于一般宋代启文的特征。实际上,承载精细深微、慷慨雄辩的议论,并非四六之所长,“四六长于敷陈,短于议论”④“四六之文议论难矣而叙事尤难”⑤。不过,南宋幕府文人出于淑世精神的感召及对军政事务的高度热情,在启文中议论战守攻防、针砭时事,独树一帜。如陆游《贺薛安抚兼制置启》云:

> 窃以江淮驻跸,胜人在天定之时。梁益宿兵,击首有尾应之势。倘事权之少削,则脉络之不通。宜得股肱之良,用增臂指之重。至于旁连荆豫,外抚戎蛮。亭障骞腾,东轶巴渝之阻;关河重复,西当秦陇之冲。盖有应变于立谈之间,岂容禀令于千里之外。维时诏旨,实契事机。⑥

此启虽系陆游贺幕主薛良朋由成都安抚使升任四川制置使所作,然内容却并不以颂德为主,而是借此表达对制司经略关中的看法,行文朗畅、议论剀切:一、四川战区要与江淮战区东西呼应,以形成首尾呼应的攻防态势;二、制帅要敢于任事,广纳贤才入幕,并充分发挥朝廷所特许的便宜行事之权,抓住战机,图谋恢复。刘埙评陆游四六“皆以议论为文章,以学识发议论,非胸中有千百卷书,笔下能挽万钧重者不能及”⑦,确为的论。

刘克庄《贺制置李尚书启》则在贺启中向幕主江淮制置使李珏剖析了江东的战略地位及朝廷此前经营之失策:

---

①〔宋〕方岳《秋崖集》卷十九,第368页。

②〔宋〕刘克庄著,辛更儒笺校《刘克庄集笺校》卷五十,第2522页。

③〔宋〕李曾伯《可斋杂稿》卷六,《宋集珍本丛刊》第84册,第243页。

④〔清〕孙梅《四六丛话》卷三十一,王水照编《历代文话》,第4895页。

⑤〔清〕孙梅《四六丛话》卷三十二,第4907页。

⑥〔宋〕陆游著,马亚中、涂小马校注《渭南文集校注》卷九,浙江古籍出版社2015年版,第264页。

⑦〔元〕刘埙《隐居通议》卷二十一,第214—215页。

近者之事,异乎所闻。削阶级之常仪,讲苞苴之私觌;屈主帅节麾之重,接偏裨杯酒之欢。……庶纪律严而名分正,号令一而赏罚行。此虽书生之大言,可裨幕府之末议。况江左一隅之生聚,恃淮南两地之蔽遮。今也久虚旷土而不耕,多筑空城而难守。逃亡窃发,或保光丰之间;觇谍不明,莫知泗寿之事。遣聘屡通于大漠,闭关不纳于流民。凡此数端,言之短气。①

嘉定年间,两淮边防情势复杂,多股势力盘踞,而江淮帅臣却不正上下名分,以公谋私,致使耕地废置,筑城虽多却无力守御,情报系统几近瘫痪,又频与蒙古联络,不纳北地流民。这些积弊令身为制幕僚属的后村深感忧虑,故不得不于贺启中向幕主剖析阐明。

李曾伯早年为四川总领代撰之启文,亦呈现出鲜明的议论化倾向,如《代蜀总贺桂侍郎除四川制置启》一针见血地指出理宗初期四川战略防御所应注意的问题:

若时西土,在国北门。自惟往岁狐鼠之奸,甫觉连年鸿雁之集。边牧倏侵于春草,戍亭屡警于夕烽。虽庙算之全安,致老酋之毙去。而且苗腥污于陇右,蚩血渍于中原。失火殃鱼,藩篱恐及;伤弓惊鸟,家室为忧。若在自治之方,无出不争之策。然关堡有齿唇之必守,而萧墙有心腹之当防。②

四川为南宋边面,彼时需面对蒙军假道灭金和残金南下拓边的双重威胁,故李曾伯于贺启中向制使桂如渊建议以静制动,重视蜀边关隘的防御措施和内部问题的提前预防。南宋幕府文人将议论融入启文写作中,并以此阐明军事主张和对时势的观点,使四六启文拥有了官场交际与议事论政的双重功能。

北宋前期四六,在声律、对偶等方面有严格规定,容易造成文章气脉不顺与隶事属对过于精巧。南宋幕府文人则承续欧、苏等人以散行骈的创作范式,灵活调整句式和对仗,使气脉开合通畅,过接平顺自然,在创作上既谨守四六矩矱,在抒情、辞句、节奏、韵律上又彰显出有别于昆体四六的书写转向。如王质上幕主、四川制帅晁公武的谢启《谢四川制干到任启》:

万里中州之宅,曾无隙地以少留;数仞宫墙之间,夫何窘步之得入。某赘疣昭代,露电半生。与其放浪形骸而溘死于江湖,曷若收召魂魄而来归于豪杰。依魏国者半载,事虞公者期年。若问所从之谁,足以无憾于此。惟我三朝之彦,友于二老之间。无日不可无公,托为司命;在晋亦犹在楚,敢有他肠。恭维某官负斡旋乾坤之

---

① 〔宋〕刘克庄著,辛更儒笺注《刘克庄集笺注》卷一百一十六,第4777—4778页。

② 〔宋〕李曾伯《可斋杂稿》卷四,《宋集珍本丛刊》第84册,第219—220页。

才,而损至于无;挟笼络宇宙之志,而空诸所有。故能折节下士,至曲拳擎跽以服劳;推诚育才,与无故俱存而同乐。惟来归之本意,久属慕于先声。欲遗以芳馨,怅莫知美人之何许;欲赠以瑶玉,恐不称君子之所思。虽一再面以相逢,盖千万心之未吐。来期官守,甘作庭趍。过蒙绸缪缱绻之私,顿解踯躅沉吟之抱。优渥之恩足以融物,使穷涂有更生之欢;恢洪之度足以感人,使微躯有轻死之决。①

王质首先概述自己入晁公武幕前随张浚、虞允文从戎江淮、西蜀时的幕府经历,旋即称颂晁公武礼贤下士、不拘一格选辟僚属的高德懿行,表意清晰、层次分明,将归依幕主之情附着于启文之中,这不能不归功于其对古文文法的运用转化。此启并不严格遵守四六律令,传统四六句式中的轻隔对、重隔对和四字句对的紧句对,也不过寥寥数例。其中杂隔对出现四次,各式长句对出现了六次,八字平隔对的运用,进一步突破了四六字律令的单调与机械,在对属精工之同时又使全篇抑扬顿挫、节奏明朗。此外,王质对"故""欲""恐""虽""盖"等虚词恰到好处的运用,也令联句在气韵、声调的处理上更显精细,提炼出新鲜的表情达意效果。

幕府作为特殊的文化场域,历来对文学生态的衍变有着刺激、形塑作用。例如,汉代幕府文人集团与后世幕府文学基本模式的奠定、中晚唐幕府文人与唐代文学内在发展规律之关系、北宋洛阳幕府文人与诗文革新之关联,等等。当我们回归南宋文人的精神世界,可以清晰地看到幕府制度依然在一定程度上左右着中国文学演变的轨迹。以启文为代表的南宋后期四六文的振兴,实与幕府势力发展下的文人入幕风潮渊源颇深。南宋四六专书的体例编排和文本内容,与幕府文化、仕宦交际相关联,影响着幕府文人群体的日常启文撰制。与前代相较,南宋幕府文人的启文创作,在书写逻辑、写作风格和句式气调等方面均有显著特点,与政治意涵、幕僚心态也结合得更为紧密。通过考察幕府场域下四六启文的基本性质和生成机制,归纳其典型书写方式与创作倾向,有助于我们深化对南宋幕府文人文学世界的真切认知。

作者简介:

商宇琦,1992 年生,浙江嵊州人,文学博士,浙江工商大学中文系讲师。研究方向为宋代文学。

① 〔宋〕王质《雪山集》卷四,《宋集珍本丛刊》第 61 册,第 577 页。

论古文复兴与明骈文创作的发轫*

贺玉洁

内容摘要: 弘、正年间,以“吴中四子”为代表的吴中文人经过内部的自我变革和与主流复古思潮的论辩,在师古与自新的徘徊与蜕变中,最终确立了偏好六朝、不废秦汉的文章观,从而形成骈散兼宗的创作理念。自吴中古文辞运动兴起,吴中文人的创作热情便得到了极大的张扬与释放,而对六朝俪文的由衷偏爱,使得骈文这一久经沉寂的文体得以重新判释和运用,从而开启了骈文的新纪元。

关键词: 江左风流　吴中习尚　博雅好古　古文辞　藻丽

明代初兴,高启等吴中四杰艺苑领袖,海内称盛。然此际文网严密,禁忌颇多,四杰大抵个性张扬、不就羁绁,时与主流文学相忤,吴中文学遭到统治者的文化制压,陷入全面萧条。在沉寂了近百年之后,以“吴中四子”为代表的江南文士忧时愤世,率先倡导“古文辞”,彼时吴中文坛欣欣向荣,所谓“声景比附,名实彰流,金玉相宣,黼黻并丽,吴下文献,于斯为盛,彬彬乎不可尚已②”。

一、江左风流与吴中习尚

明中叶,复古革新的思潮此起彼伏,文人们在复古方法及思路上争论不休。前、后七子力主“文必先秦两汉,诗必汉魏盛唐”,唐宋派则兼重三代两汉和唐宋文,提倡“文崇欧、曾”。不论是前、后七子,抑或唐宋派,六朝文学均是受到抑制的师法对象。与此同时,有不少文人始将目光转向六朝文学,如祝允明、唐寅、杨慎、黄省曾、皇甫汸、王文禄等人。他们对六朝俪篇的肯定与提倡,在一定程度上改变了散体唯尊的局面,骈体文逐渐步入文人的视野,并围绕它形成了一股颇有规模的批评潮流。“大礼仪”事件后,杨慎因其政治遭遇,过早地退出主流文坛,而以吴中为腹地的广大江南地区则将对六朝文的学

---

* 本文系国家社会科学基金2020年度西部项目“明代江南骈文发展研究”(批号:20XZW014)的阶段性成果,并受“咸阳师范学院‘学术带头人’资助”(XSYXSDT202103)。

② 〔明〕陆师道《袁永之文集序》,黄宗羲《明文海》卷二百四十二,中华书局1987年版,第2500页。

习推至高潮,时有"勉之诸公四变而六朝"一说。我们将此期的江南文化视为小传统,这一地域文学受到当时主流作家的诸多非议,而"吴中习尚"与"江左风流"应是这一批评潮流中颇具典型性的议题。

"吴中习尚"一词,较早出现于李东阳《怀麓堂诗话》,文曰:"原博之诗,浓郁深厚,自成一家,与亨父、鼎仪皆脱吴中习尚。"①吴宽,字原博;张泰,字亨父;陆钺,字鼎仪。三人皆属籍苏州,为成化弘治年间吴中文士的中坚。李东阳又评吴宽的诗"脱去凡近而古意独存"②,评张泰的诗"清古翘拔,无一字犯俗"③,评陆钺的诗"诗调高古,尽去浓艳"④。故知,李东阳所谓"吴中习尚",并不特指六朝文学,而是偏指吴中诗风涉凡近、浅俗、浓艳之嫌,这与其崇古尚雅的诗学主张相对立。弘、正年间始,复古派崛起,关于吴中诗文风气的探讨渐趋增多,虽不专以"吴中习尚"见称,为方便称引,暂且以此总括之。此期的批判焦点,无一例外,均将吴中诗文之弊归因于以六朝为宗。李梦阳在《章园饯会诗引》中,对此予以权威性的批判,曰:"今百年化成,人士咸于六朝之文是习是尚,其在南都为尤盛。予所知者顾华玉、升之、元瑞皆是也。南都本六朝地,习而尚之,固宜。庭实齐人也,亦不免,何也?大抵六朝之调凄婉,故其弊靡,其字俊逸,故其弊媚。"⑤李开先则以诗歌为例,认为南方文学尚六朝,而"失之纤靡"⑥。其时,不唯江南文坛,乃至于整个文坛确实存在气骨卑弱、文风靡丽之习。顾璘认为六朝文之弊在于"雕镂""靡丽",其"雕镂无穷之祸","自曹丕立意为宗"始;其"末流遂至陈隋之靡丽",则肇端于谢灵运。并对当时文学创作中"倡为刻画,凿死混沌"⑦的陋习痛心不已。针对主流文坛所提出的以气卑、靡丽、纤媚等为显著特征的"吴中习尚",以吴中文士为代表的江南文人对此予以省察与警惕的同时,更多的则是致力于树立并巩固以"江左风流"为代表的地域文化自信。

"江左风流"一词,最早见载于《南史·王俭传》,曰:"江左风流宰相,唯有谢安。"⑧盖指谢安博学儒雅,礼贤下士。此后,便被广泛用于称誉人富有文采。如陆机、陆云兄弟人称"江左风流文采",李白赞其友人殷淑"秀色发江左,风流奈若何"。在渊源悠长的历史长河中,"江左风流"其实早已化身为一种文化符号,但终有偏指六朝之意,总能让人想起六朝烟雨、秦淮旧梦。为了能有与北方文学相对等的文化地位,吴中文人必须

① 〔明〕李东阳《怀麓堂诗话》,《景印文渊阁四库全书》第1482册,第455页。

② 〔明〕李东阳《怀麓堂集》卷六十四《匏翁家藏集序》,《景印文渊阁四库全书》第1250册,台湾商务印书馆1986年版,第669页。

③ 〔明〕李东阳《怀麓堂集》卷四十一《题张沧洲遗诗后》,《景印文渊阁四库全书》第1250册,第443页。

④ 〔明〕李东阳《怀麓堂集》卷四十三《明故中顺大夫太常寺少卿兼翰林院侍读陆公行状》,《景印文渊阁四库全书》第1250册,第471页。

⑤ 〔明〕李梦阳《空同集》卷五十六《章园饯会诗引》,《景印文渊阁四库全书》第1262册,第516页。

⑥ 〔明〕李开先著,卜键笺校《李开先全集》,文化艺术出版社2004年版,第393页。

⑦ 〔明〕顾璘《凭几集续编》卷二《寄后渠》,《景印文渊阁四库全书》第1263册,第335页。

⑧ 〔唐〕李延寿撰,周国林等校点《南史·王俭传》,岳麓书社1998年版,第343页。

梳理出更为悠久的历史文化传承。他们认为本地文化滥觞于先秦。在追溯文化起源时，这些江南文人无一例外，均表现出很深的“言游”情结。王鏊《姑苏志》言：“言游北学以文学列于孔门，吴民之秀而文，盖已肇于此。”[①]周复俊《东吴名贤记叙》云：“子游固吴人也，综析礼制，动适机宜，群公岁折衷焉，不独文学之华可以流芬于百世也。嗣是以来，敷文掞藻之英，树庸秉烈之臣，或流声兰室，积曜天汉，或羽翼王朝，宣猷方国，随代而有。”[②]广东人欧大任也曾发出如斯感慨：“夫吴人之好文学，自古记之矣。季札历聘诸侯，交叔孙、穆子、晏平仲、公孙侨、韩宣子、蘧伯玉之徒，而达于礼乐。偃也北学中国，与颜闵、冉卜、端木颛孙为伍，翩然引孔氏《诗》《书》之旨，以修饬其俗，风气郁勃，开光倡始，功孰可诬？汉魏至唐，才盛江左，所谓南方之学，得其精华，讵不然乎？”[③]上溯先秦，情衷言游，证明了本地文学源于正统儒学，既能与北方文学平分秋色，也极大地张扬了南方文人的文化自信。故就文化统绪的角度而言，上溯先秦求正统，下暨六朝求侧重，构成了所谓“江左风流”的基本内涵。皇甫汸《祝氏集略序》便对这一内涵予以了诠释，他在此文中写道：“自昔文蔚吴中，才臻江左，言偃业于孔氏，独得精华。厥后严朱并纬汉典，顾陆竞掞晋庭，方朔寓为书师，伯喈隐兹谈艺，彬彬盛矣。其为俗也，民有轻心，士多师古，伎尚奇巧，物必精良。故览左生之赋，而验山川之巨丽；诵平原之诗，而测土风之清嘉；考持正之序，而睹气状之英淑。至乃翕轻清以为性，结泠汰以为质，煦鲜荣以为辞；美称竹箭，粲等春葩。”[④]彬彬质文、山川巨丽、土风清嘉、气状英淑等无一不向世人展示了吴地所具备的得天独厚的自然优势与巨大的人文魅力，谓之“文蔚吴中，才臻江左”，殊无愧意。

那么，就具体内容而言，何谓“江左风流”？袁宏道在《叙姜陆二公同适稿》中说道：“苏郡文物，甲于一时，至弘、正间，才艺代出，斌斌称极盛，词林当天下之五。”[⑤]此期，唐寅、徐祯卿、顾璘等人均被冠以“江左风流”的美誉。唐寅“雅资疏朗，任逸不羁。喜玩古书，多所博通”[⑥]，袁袠称其“尤工四六，藻思丽逸，翩翩有奇气”“风流文采，照映江左”[⑦]。徐祯卿“天性颖异，家不蓄一书，而无所不通”，钱谦益赞之“沉酣六朝，散华流艳”，又“标格清妍，摛词婉约，不染中原伧父槎牙奡兀之习，江左风流故自在也”。[⑧] 顾璘本富隽才，博习多识，尤妙解音律，“每发一谈，则乐声中阕；谈竟，乐复作。议论英发，音吐如钟，每一发端，听者倾座，咸以为一代之伟人，处承平全盛之世，享园林钟鼓之乐，江左风流，迄

---

① 〔明〕林世远修，王鏊纂（正德）《姑苏志》卷十三《风俗》，明正德刻嘉靖续修本，第786页。

② 〔明〕周复俊《东吴名贤记叙》，陈其弟点校《吴中小志续编》，广陵书社2013年版，第136页。

③ 〔明〕欧大任《重刻〈迪功集序〉》，《徐祯卿全集编年校注》附录四，人民文学出版社2009年版，第850页。

④ 〔明〕皇甫汸《皇甫司勋集》卷三十八《祝氏集略序》，《景印文渊阁四库全书》第1275册，第756页。

⑤ 〔明〕袁宏道《叙姜陆二公同适稿》，《袁中郎全集》，明崇祯二年武林佩兰居刻本，第178页。

⑥ 〔明〕唐寅著，周道振、张月尊辑校《唐寅集》，明崇祯二年武林佩兰居刻本，第178页。

⑦ 〔明〕唐寅著，周振道、张月尊辑校《唐寅集》，第530—531页。

⑧ 〔明〕钱谦益《列朝诗集小传》，上海古籍出版社2008年版，第300、301页。

今犹推为领袖也"①。此外,嗜书成癖的祝允明、学务博洽的黄省曾等人均有"江左才子"之称。察而观之,不难发现,这些才华横溢的江南文人具有多方面的共同特质,如好古博雅、任情求真、文尚藻丽。

首先,苏州文苑向有读书博雅之传统,钱谦益对此颇为自豪,曰:"自元季迨国初,博雅好古之儒,总萃于中吴。南园俞氏、笠泽虞氏、庐山陈氏,书籍金石之富甲于海内。景天以后,俊民秀才,汲古多藏,继杜东原、邢蠢斋之后者,则性甫、尧民两朱先生,其尤也。其他则又有邢量用文、钱同爱孔周、阎起山秀卿、戴冠章甫、赵同鲁与哲之流,皆专勤绩学,与沈启南、文徵仲诸公相颉颃,吴中文献,于斯为盛。"②因此,今人黄卓越先生在其《明中后期文学思想研究》中,曾将"博雅与审美主义"作为吴中地方主义传统的要点,予以详细而精彩的阐述。

其次,任情求真。阎秀卿在《吴郡二科志》中如是写道:"弘治癸亥,予家居无聊,更多人事之扰,因思郡之为文苑者,颉颃相高,流美天下,是生有荣而没有传,不可几矣。郡之为狂简者,磊落不羁,怨愁悉展,是任其真而全其神,不可几矣。"③他认为吴中文人的生命本质在于特以才情相高及"任其真而全其神"的洒落不羁。钱大昕赞唐寅:"土木其形骸,冰雪其性情。藐千驷以若浼,拥万卷而自荣。狂士标格,才子声名。"④王宠评祝允明"与人交,坦坦无他肠""为人简易佚荡,不耐龌龊守绳法。或任性自便,目无旁人"⑤。王文禄曾对"真"做过独到的阐发:"真心,直心也,匪直弗真。故曰:人之生也,直心。心直则身直,可立地参天;不直则横,心横则横行,横行者,禽兽也。可畏哉!孔子取狂狷,直而真也,恶乡愿,不直也。是故真心万劫红尘能迷乎?"⑥黄省曾主张文章创作应抒写一种"恻怛嗟叹之真"⑦,并将"千葩万蕊不如一荣之真也"⑧作为文学创作中终极的美学理想。凡此论述,无不彰显出吴中文人对"真"的生命情调的崇尚与践行。

最后,文章以藻丽为尚。这与他们为学重六朝颇有关联,如唐寅"善属文,骈俪尤绝,歌诗婉丽"⑨,王夫之尤推其诗,激赏之能"起六代之衰"⑩。祝允明"风神清隽,含茹六

---

①〔明〕钱谦益《列朝诗集小传》,第 339 页。

②〔明〕钱谦益《列朝诗集小传》,第 303 页。

③〔明〕阎秀卿《吴郡二科志叙》,陈其第点校《吴中小志续编》,第 199 页。

④〔明〕唐寅著,周振道、张月尊辑校《唐寅集》附录四,第 558 页。

⑤〔明〕王宠《明故承直郎应天府通判祝公行状》,祝允明著,薛维源点校《祝允明集》,上海古籍出版社 2016 年版,第 1134 页。

⑥〔明〕王文禄《海沂子》卷一《真才篇》,《四库全书存目丛书》子部第 84 册,第 357 页。

⑦〔明〕黄省曾《五岳山人集》卷二十六《李先生文集序》,《四库全书存目丛书》集部第 94 册,齐鲁书社 1997 年版,第 742 页。

⑧〔明〕黄省曾《五岳山人集》卷三十《寄北郡宪副李公梦阳书》,第 781 页。

⑨〔明〕阎秀卿《吴郡二科志》,陈其第点校《吴中小志续编》,第 204 页。

⑩〔清〕王夫之《明诗评选》,河北大学出版社 2008 年版,第 56 页。

朝"[①],徐祯卿、黄省曾则被王世贞视为六朝文风的始倡者与泛滥者,王世贞曰:"六朝之华,昌谷示委,勉之泛澜。"[②]

要之,"博雅好古""任情求真""文尚藻丽"构成了江左风流的基本内蕴。作为一种审美主义文学,骈文对作者的才学储备有着很高的要求,其于藻郁之中,自"有抑扬顿挫。语虽合璧,意若贯珠,非书穷五车,笔含万化,未足云也"[③]。所谓"即山而铸铜,煮海而为盐",唯有读书博览、储殖富厚,文章创作才能一扫气卑、套袭之弊,风华流美、充沛裕如。然藻丽过甚,则华而不实,"靡丽""纤媚",令人生厌。要想做到丽而不淫、真而不俳,还需以真情来充实文章内在。诚如何良俊所言"苟有志于文章者,能于此求之,欲使体备质文,辞兼丽则,则去古人不远矣"[④]。

因此,"江左风流""吴中习尚"同也不同,其相同之处在于重六朝、重藻丽。不同之处约有如下三端。其一,历史渊源不一。前者根植于深厚的历史文化积淀,是一种地域文化认可,后者则是特定语境下孕育的历史产物,从某种意义上讲是一种以京师为中心的主流文化圈子中形成的地域文化歧视。其二,若放在特定的复古背景下,前者指博综兼取,偏重六朝,后者则单指习六朝,格局便小了很多。其三,涵指范围不同,前者兼指博、雅、才、情、丽,后者则偏指藻丽。而明代骈文正是在"江左风流"与"吴中习尚"这两种不同的意识形态下发展、兴盛起来的。这也正足以解释,有明一代,骈文缘何呈现出江南偏胜的地域特色。

二、博雅好古,力倡古文辞

吴人好文,自古而然。王鏊《姑苏志》云:"言游北学,以文学列于孔门,吴民之秀而文,盖已肇于此。"[⑤]暨至汉唐,千余年间,骚人墨客代不乏人:"严朱并纬汉典,顾陆竞掞晋庭,方朔寓为书师,伯喈隐兹谈艺,彬彬盛矣。"[⑥]"及宋南渡,中原文献半随而南。"[⑦]成、弘年间,吴宽、王鏊二公为文章领袖,海内称盛。吴宽好古力学,"于书无所不读,为文醇古有法"。未第前,颇热衷于研读古文辞。其《旧文稿序》曰:"时幸先君好购书,始得《文选》,读之,知古人乃自有文。及读《史记》《汉书》与唐宋诸家集,益知古文乃自有人,意颇属之。"在场屋困顿、"与有司意忤"之际,遂去科举而习古文,"予则自信益固,方取向

---

① 〔清〕纪昀等《四库全书提要》,《祝允明集》附录,第1141页。
② 〔明〕王世贞《弇州四部稿》卷一二七《答王贡士文禄》,《景印文渊阁四库全书》第1281册,第139页。
③ 〔明〕皇甫汸《解颐新语》,周维德校《全明诗话》,齐鲁书社2005年版,第1415页。
④ 〔明〕何良俊《四友斋丛说》,上海古籍出版社2012年版,第147页。
⑤ 〔明〕王鏊(正德)《姑苏志》卷十三,清《文渊阁四库全书》本,第114—115页。
⑥ 〔明〕皇甫汸《皇甫司勋集》卷三十八《祝氏集略序》,《影印文渊阁四库全书》第1275册,第756页。
⑦ 〔明〕王鏊(正德)《姑苏志》卷十三,清《文渊阁四库全书》本,第114—115页。

之《文选》,及史汉唐宋之文,益读之,研究其立言之意、修词之法,不复与年少者争进取于场屋间”。[①] 王鏊力主学古,文章尔雅。读书博览,主张作文之法须由经而韩而欧苏王。其于《文选》亦颇为属意,颐心研摩,且良有阐发。如他在《震泽长语》中讲道:“班固《西汉书》典雅详整,无愧马迁。后世有作,莫能及矣,固其良史之才乎!然予观《文选》所载固文,多不称,唯两京赋最其加意,然亦无西京之体,何固之长于史而短于文乎?颇疑汉书多出其父彪,而固蒙其名,然无它左证。”[②]王鏊认为班固“短于文”,与其良史之才不相称,并质疑《汉书》作者另有其人。可见,在吴宽、王鏊看来,先秦两汉乃至唐宋六朝之文,俱为古文,俱为其研习对象。此期,也产生了一些艺术质量较高的骈文作品,如沈周所作《化须疏》,何良俊赞曰:“用事妥帖切,铸词深古,且字字有来处。即古人集中亦不可多得,何况近代。”其佳句有“使离离缘坡而饰我,当榾榾击地以拜君。把镜生欢,顿觉风标之异;临流照影,便看相貌之全”[③],语辞典丽,意趣兼得,紧扣“须”字,而不言“须”,一位美髯飘飘、俊秀飘逸的士人形象便呼之欲出。其风流文采之于六朝人又有何逊!

作为继王、吴及沈周之后的吴中第二代文人,以祝允明为代表的江南文人更是醉心古学,力倡古文辞。关于吴中古文辞运动兴起的具体时间,后人莫衷一是,相关说法主要有二:其一,弘治二年(1489),以郦晓平《明中叶吴中“古文辞”运动简论》为代表;其二,成化二十年(1484),以甘伟《论吴中四才子的古学追求》为典型。值得一提的是,两者虽持论不一,所征引的两则文献均出自同一人笔下,此人即本次古文辞运动的重要参与者、倡导者之一文徵明。为方便引述,兹将所引文献列举如下:

> 顷者恭侍燕闲,获承绪论,领教实深。又承命献其所为文,窃念某自蚤岁即有志于是。侍先君宦游四方,既无师承,终鲜丽泽,依依数年,靡所成就。年十九还吴,得同志者数人,相与赋诗缀文。于时年盛气锐,不自量度,僩然欲追古人及之。(文徵明《上守谿先生书》)[④]

按文徵明生于 1470 年,年十九则为 1489 年,即弘治二年,其时倡古文辞者有“数人”。

> 右应天倅祝君希哲手稿一轴。诗、赋、杂文,共六十三首,皆癸卯、甲辰岁作。于时君年甫二十有四。同时有都君玄敬者,与君并以古文名吴中。其年相若,声名亦略相上下。而祝君尤古邃奇奥,为时所重。又后数年,某与唐君伯虎,亦追逐其间,

① 〔明〕吴宽《家藏集》卷四十一《旧文稿序》,《四库全书》第 1255 册,第 365 页。
② 〔明〕王鏊《震泽长语》卷下,《丛书集成初编》第 0222 册,第 29 页。
③ 〔明〕何良俊《四友斋丛说》,上海古籍出版社 2012 年版,第 153 页。
④ 〔明〕文徵明《甫田集》卷二十五《上守谿先生书》,《四库全书》第 1273 册,第 177 页。

> 文酒唱酬，不间时日。于时年少气锐，倜然皆以古人自期。（文征明《题希哲手稿》）①

按祝允明生于1460年，年二十四则为1484年，即成化二十年。此期倡古文辞者仅祝允明、都穆二人，祝氏尤为时所重。文中"又后数年"，当指弘治二年。从此句亦可得知，第一则文献中所指"数人"，除祝氏、都氏外，至少还有文徵明、唐寅二人。据王世贞所言，吴中首倡古文辞者当推祝允明，"吴中祝允明，始仿诸子，习六朝"。② 而祝氏习古文辞并不始于成化二十年，最早可追溯至成化十五年（1479）。该年，"入学为生员，力攻古文辞，为学官称赏，补廪生"③。文震孟《姑苏名贤小记》也曾说道："自其为博弟子，则已力攻古文词。深湛棘奥，吴中文体为之一变。"④此处"深湛棘奥"，与文徵明《题希哲手稿》之"古邃奇奥"相类，当知祝氏早年文风深受秦汉文浸染，且颇有影响力，以至于"吴中文体为之一变"。故吴中古文辞运动始于成化二十年之说不足立论。

准确来讲，吴中古文辞运动的兴起当分为两个阶段。成化十五年（1479）至弘治元年（1488）的十年为酝酿阶段，此期对古文辞的提倡并未形成群体性的规模，即使有"吴中文体为之一变"的说法，也只能是一种个体性的文学行为，遑论文学声势。弘治二年（1489）为真正形成期，随着文徵明、唐寅的加入，"吴中地区的文人们开始由个人走向群体，开始群体性地专注于对古文辞的提倡。"⑤厥后，杨循吉、徐祯卿、顾璘、蔡羽等先后加入⑥，诸人同声同求，力追古作，吴中文坛方才臻于"彬彬乎不可尚已"的兴盛局面。故知，吴地文人率先倡导"古文辞"，在时间上明显要早于前七子在京城发动的文学改制。关于前七子文学复古运动的倡起时间，学界目前主要有两种观点。廖可斌《明代文学复古运动研究》持弘治六年论，他认为："复古运动第一次高潮的领袖李梦阳于弘治五年（1492）中陕西乡试第一名，弘治六年中进士。根据上述原则，我们姑把本年当作复古运动第一次高潮的开端。"⑦郑利华则持弘治十一年论，他在《前后七子研究》中讲道："弘治六年（1493）春，李梦阳考取第二甲进士，观政通政司，但同年八月因母丧返回故乡开封，

---

① 〔明〕文徵明《甫田集》卷二十三《题希哲手稿》，《四库全书》第1273册，第168页。

② 〔明〕王世贞《艺苑卮言》，凤凰出版社2009年版，第73页。

③ 见陈麦青《祝允明年谱》，复旦大学出版社1996年版，第25页。此事亦见载于阎秀卿《吴郡二科志·文苑》："初在郡学，御史山阴司马垔按直隶，檄郡学有博学能为古文辞者，免课书，更殊礼遇。郡以允明当。垔按吴，允明从诸生中擢行相见礼。侍郎徐公贯尝读允明所为文，爱之，数加存问，由是延誉两都，知与不知，莫不曰允明天下士也。"

④ 〔明〕文震孟等撰《姑苏名贤小记》，陈其弟点校《吴中小志续编》，第33页。

⑤ 邸晓平《明中叶吴中"古文辞"运动简论》，《北京科技大学学报（社会科学版）》2011年第2期。

⑥ 袁表在《袁永之集序》中，如是描述弘治年间文学复古盛况，"吾郡则有南峰杨公、南濠都公、枝山祝公、迪功徐公、东桥顾公、六如唐公、林屋蔡公，较之他方作者尤多，猗欤盛矣。"

⑦ 廖可斌《明代文学复古运动研究》，商务印书馆2008年版，第74页。

弘治八年(1495)又遭父丧,直至十一年丧满始回到京师,拜户部山东司主事。应该说,自从该年任职户部开始,其后成为前七子领袖的李梦阳才有更多时间和机会在京师活动,与同道之间开展交往,犹如他所说的'承乏郎署',得以与众文士互相倡(唱)和。由此,我们不妨把弘治十一年(1498)作为前七子文学集团创建与倡起复古的开端之年。"①也就是说,京城的复古文学最早可上溯至弘治六年,与吴中"古文辞"运动相较明显滞后。故吴中文人得风气之先,较早倡导古文辞,其文学史意义不容忽略。

三、标举《文选》,辞尚藻丽

在创作典范的选择方面,与前七子"文必秦汉"流露出的排他性不同,吴中派的主张则表现出相对的包容性。王世贞曾以祝允明为例,指出此期吴中派的复古范围是"仿诸子,习六朝",可见其兼重秦汉文与六朝文,"基本上是在并行的关系中构成了吴中文章意识的主要方面"②。祝允明早年为文颇有秦汉遗风,其"所尊而援引者五经、孔氏;所喜者左氏、庄生、班、马数子而已"③。文徵明在《上守谿先生书》中自云,颇厌程式之文,尤喜"讽读《左氏》《史记》、两汉书,及古今人文集"。蔡羽则"为文必先秦两汉为法,自信甚笃"④。钱同爱"尤喜左氏及司马、班、扬之书,读之殆遍"⑤。然而,风土清嘉、山水明秀的地方风物与"文蔚吴中,才臻江左"的文化渊源,使得这些才情流溢、"吾自适吾适"⑥的吴中文人更倾心于声辞宛畅、散华流艳的六朝美文。

吴中文士对六朝文的学习,集中体现在弘治十年(1497)群体性的研读《昭明文选》。是年,长洲人钱同爱得到一本宋刻《昭明文选》,祝允明、文徵明、徐祯卿、唐寅、杨循吉等人闻知,惊喜不已,竞相传阅,书后留有祝、杨二人题跋,并"徐祯卿观""唐寅批玩"等字样。杨循吉题词称钱本"精好",艳羡不已,曰:"予昔游南都,求监本,率多缺漏不可读,偶阅书肆,得部之半,又非全书也。其后赴京师,今少宰洞庭王公出其秩见示,俨然合璧,因遂留而成之。孔周何从得此精好,倍余所藏,好学之笃,又有好书济其求,宜有以庆赏。"⑦杨氏自述多年来留心《文选》,苦寻全本无果,卒于王鏊⑧处寻得半部,与已藏残本"俨然合璧"。祝允明在题跋中写道:"自士经术梯名,《昭明文选》与酱瓿翻久矣。然或

---

① 郑利华《前后七子研究》,上海古籍出版社 2015 年版,第 57 页。

② 黄卓越《明中后期文学思想研究》,北京大学出版社 2005 年版,第 156 页。

③〔明〕王锜《寓圃杂记》卷五《祝希哲作文》,第 37 页。

④〔明〕文徵明《甫田集》卷二十五《上守谿先生书》,《四库全书》第 1273 册,第 177 页。

⑤〔明〕文徵明《甫田集》卷三十三《钱孔周墓志铭》,《四库全书》第 1273 册,第 272 页。

⑥〔明〕文徵明著,周道振辑校《文徵明集增订本》(上),上海古籍出版社 2014 年版,第 11 页。

⑦〔明〕汪砢玉《珊瑚网》卷十六《法书题跋》,《景印文渊阁四库全书》子部第 818 册,第 241 页。

⑧ 按王鏊《震泽集》卷二十四《先世事略》曰:"王氏家洞庭,世以忠厚相承,盖十有一世矣,而未有显者,乃今发于不肖孙。"成、弘年间,官至少宰、世居洞庭者,当属王公无疑。

有著者,必事乎此者也。吴中数年来以文竞,兹编始贵。余向蓄三五种,亦皆旧刻,钱秀才高本尤佳。秀才既力文甚竞,助以佳本,尤当增翰藻不可涯尔。"①可见,众人将《文选》视为"增翰藻"之府库,对丽藻表现出明显的喜好。随着对六朝文研习的加深,其创作中常常流露出文采斐然的六朝流风。唐寅善属文,骈俪尤绝,袁袠称之"尤工四六,藻思丽逸,翩翩有奇气"②。徐祯卿"少即摛词,文匠齐梁"③,所著《五集》(案:指《鹦鹉篇》《焦桐集》《花间集》《野兴集》《自惭集》,皆为徐氏未第前所作),散花流艳,多宗六朝。杨循吉酷爱六朝骈文,写作常以骈体出之,并在其《松筹堂集》中设"骈俪"一卷,专收平生得意之作。阎秀卿曾记其事云:"(杨循吉)方射策时,匏庵索其文读之,曰:'殊清雅,有伟才,但骈俪多,非当时体,不然状元无能也。'"④从吴宽的评价可知,在散文大行其道的当时文坛,骈文处于被轻视、被边缘化的地位。迨至"前七子"兴起,宗法秦汉成为文章创作的基本范式,士人普遍以习秦汉为高,视习六朝为卑。就吴中文坛内部而言,有些复古文人对骈文的态度颇有些言不由衷的意味。如蔡羽自诩文法先秦两汉,视魏晋而下为卑,但为文则多兼骈俪。四库馆臣称其《太薮外史》"类多排偶之词,体格卑杂,未能及古,殊为不副其名也"⑤。发生在弘治十八年(1505)李梦阳与徐祯卿之间的"丽"文之辩,是文学复古运动发展过程中的重要事件,表面看来是针对为文是否应追求辞采之美的论辩,实质上内蕴着秦汉文、六朝文两种文统间的暗自较量。

李梦阳对徐祯卿喜作赋颂类的骈俪之文颇有微词,责其"以相丽益"。李梦阳所倡导的复古运动在台阁体与时文盛行的语境中对文学修辞和书写功能都提出了全面改制的要求,他十分重视文章的写实精神与实用功能,故其以为以赋颂类为代表的"丽"文不应成为徐祯卿研习、创作的重点。面对李梦阳的指摘,徐祯卿毫不避讳,坦然承认:"夫赋颂者,诚文章之瑰伟,余心之所希艳也。"继而对自己的作文喜好予以巧妙回护,"始吾颂屈平之文,以为时之变也。然丽而不淫,哀而不怨,盖无恶焉。及谓司马长卿之言,靡丽浩荡,不可穷涘,虽绝特之观,非盛世之所见也",以子之矛攻子之盾,针对李梦阳"文必秦汉"的主张,指出司马相如之文尚且"靡丽",又"艺家之风,好相夸嫉,后世之文不逮马、扬,而好唆之,自护其丑,若赵人之持其璧而不肯下也,岂不重可笑哉?今足下责仆以相丽益,此古之道也,今何复见之?"⑥此处先是批判文人动气好胜、"好相夸嫉"的不良风气,进而以反问的语气提出"以相丽益",古已有之,而今古道无存,借此反驳李梦阳否定"丽"文无异于悖离古道。

---

①〔明〕汪砢玉《珊瑚网》卷十六《法书题跋》,《景印文渊阁四库全书》子部第818册,第241页。

②〔明〕袁袠《唐伯虎集序》,《明文海》卷二百四十四,第2542页。

③〔明〕王世贞《艺苑卮言》,第94页。

④〔明〕阎秀卿《吴郡二科志》,中华书局1985年版,第5页。

⑤〔清〕纪昀等《四库全书总目提要·太薮外史》,《四库全书存目丛书》第596册子部第84册,第428页。

⑥〔明〕徐祯卿《徐祯卿全集编年校注》,人民文学出版社2009年版,第697—698页。

如果说李、徐二人的“丽”文之辩,是秦汉文与六朝文两种文统间不明显的暗自较量,那么祝允明的辩护则将这种“不明显”彻底明朗化。继徐祯卿后,祝允明接过为“丽”文辩护的大旗,并不遗余力地批判了重道轻文、反对丽辞的创作现象。这在其晚年所作《祝子罪之录》卷八中有着系统而集中的论述。首先,他辛辣地讽刺了一些高唱“文必秦汉”复古论调的所谓“主流文人”空疏不学、哗众取宠的误人行径,曰:“未接萧之《选》、姚之《粹》,闻评古作,便赞秦汉之高古,斥六朝之绮靡,其意以为前人论定,何更权量!……呜呼!兹吾所谓误人也。”①其次,指出《六经》为文讲究色泽搭配、音律协调,具有辞采之美,曰:“初非冗叠,亦如五采作会,而衮祎之制无赘;八音繁奏,而肆堵之数有伦。抑乃雍邕舒暇,非如公牒货籍,密积而径注也。”②进而从文体的角度,指出藻丽之文存在的合理性,曰:“文体既立,其状自殊。则有齐停整截、句句平铺……有深沉致密,韫匿寡重……有鲜采华绚,艳丽妍媚……此其大都也,何尝偏用枯瘠、尽削铅黄,而以为文之本体者哉?”③其以为,文风应以文体而立,“其状自殊”,“鲜采华绚,艳丽妍媚”之文自有其存在的艺术价值。若“偏用枯瘠、尽削铅黄”,只会使文章葩萼俱损,了无生机。故他认为“藻丽”于文,正如花叶之于根木,“岂徒枸株橛蘖,而可以谓之木哉?”④

弘、正之际,以祝允明、唐寅、徐祯卿等为代表的吴中文人经过内部的自我变革和与主流复古思潮的论辩,最终确立了偏好六朝、不废秦汉的文章观,形成骈散兼宗的创作理念。他们强调文章的审美特性,对六朝文“丽”之特质有着明确的自觉体认与热切追求。这次古文辞运动,影响范围虽然仅局限于吴中抑或以吴中为腹地的江南地区,且最终后劲不足,走向没落,并以徐祯卿改辙北学而部分地融入文学复古运动之中。但它为本地文学的继续发展注入了新而健的生命力,吴中文学从此走向复兴一路。特别是文章一域,六朝文风大兴于吴,故刘凤有云:“吴之文,自昌谷始变而为六代。”⑤

作者简介:

贺玉洁,1988 年生,陕西榆林人,文学博士,咸阳师范学院文学与传播学院教师。研究方向为骈文学、明清文学。

---

① 〔明〕祝允明《祝子罪知录》卷八,《祝允明集》,第 634 页。
② 〔明〕祝允明《祝子罪知录》卷八,《祝允明集》,第 631 页。
③ 〔明〕祝允明《祝子罪知录》卷八,《祝允明集》,第 629 页。
④ 〔明〕祝允明《祝子罪知录》卷八,《祝允明集》,第 629 页。
⑤ 〔明〕刘凤《续吴先贤赞》卷十一,《四库全书存目丛书》史部第 95 册,第 201 页。

晚明闽人蔡复一骈文探论*

林耀琳

内容摘要：蔡复一的骈文观念中，先是表现出不满骈文的态度，随着公务、私务应酬所需，逐步接受骈文，并创作包括骈文在内的诸体文。蔡复一身居高官，受爱国之心的驱使，多畅谈湖北时局、“苗患”等时事，这成为了其骈文创作的主旨之一。蔡复一的骈文在晚明文坛享有很高的声誉，不仅被晚明骈文选本较多择取，还得到了其好友和方志书籍的好评，这些皆体现了其骈文创作的地位。

关键词：晚明；蔡复一；骈文；现实性；地位

在明末清初，骈文家一般聚集于江南之地，如张溥、陈子龙、陈维崧、吴绮、陆繁弨等，由于他们的骈文创作成就高、影响也大，故当今学人对他们的关注也较多，而对江南之外的骈文作家及其成就则有所忽视，如晚明闽地骈文作家蔡复一。蔡复一（1577—1625），字敬夫，泉州府同安（今福建金门县）人。他在晚明享有很高的声誉，《明史·蔡复一传》称其："好古博学，善属文，耿介负大节。"②一生著述等身，声华盖代，传世文章很多，如《遁庵全集》十八卷、《诗集》十卷、《督黔疏草》八卷、《雪诗编》《骈语》五卷、《楚愆录》十卷、《毛诗评》一卷、《续骈语》二卷，此外还有《楚愆摘录》一卷①。对于其诗歌散文方面的成就，陈庆元、李木隆、叶嘉馨、郑永辉等人已有所探讨②，此不赘述。然而其骈文创作，则较少有学者论及。实际上，蔡氏的骈文创作成就颇高，世人较为关注，如明人郑之玄在《蔡清宪公集序》就有这样的说辞："公（蔡复一）学问既高，诗文亦富，珠玑万斛，投地而出，……然连草累牍，其策贼而中机宜，请阁而勒肝胆者，使他人授简，不能为公言。故公之文莫大于章疏，而论撰、记述、笺札、四六，淹博精贯之言，犹不与焉。"③今存有《遁庵骈

* 本文系湖南教育厅优秀青年项目“明清之际闽、浙骈文研究”（23B0753）阶段性研究成果之一。

② 〔清〕张廷玉等撰《明史》，中华书局 1974 年版，第 6461 页。

① 〔明〕蔡复一著，何丙仲点校《遁庵全集》（下册），商务印书馆 2018 年版，第 948 页。

② 参见李木隆《蔡复一研究》（福建师范大学博士学位论文，2017 年）；叶嘉馨《蔡复一研究》（浙江师范大学硕士学位论文，2018 年）；陈庆元《同年诗友的交游与赠答诗——以金门蔡复一与侯官曹学佺为例》，《东南学术》2018 年第 4 期；郑永辉《蔡复一及其诗歌研究》（闽南师范大学硕士学位论文，2020 年）。

③ 〔明〕蔡复一著，何丙仲点校《遁庵全集》（下册），第 946 页。

语》五卷、《续骈语》两卷。今人探究蔡复一骈文的成果,主要体现在叶嘉馨硕士论文中[①],但论文中也只用了一小节的篇幅来探讨蔡氏骈文的创作特点,故目前尚无人对蔡复一的骈文给予较为系统性的探讨,拙文试就此论之,以求教于方家。

一、蔡复一的骈文观

蔡复一是晚明闽地骈文创作的代表人物之一,他对骈文的认识相对客观,一方面对骈文词多意少、雕缋满眼、疲苶乏气的弊病有所不满,另一方面他并没有因此而完全否定骈文,而从文体发展的角度认识到其独特的艺术价值,肯定其在日常生活,特别是公文中的应酬交际功能。总体来看,蔡氏的骈文观主要表现为如下两个方面。

1.对骈文弊病的不满。在晚明之际,四六文的使用之所以盛行,主要是因为晚明朝廷上及三公九卿,下逮司训诸生,皆广泛运用四六文。但是,又因四六文具有雕缋满眼、疲苶乏气的为文特点,造成诸多文人创作上的不便,也引起了很多人的非议,许多大臣纷纷上书要求禁止,以致晚明一些当政者颁布诏令禁止四六文在表启公文中的运用,如嘉靖皇帝、庆隆皇帝、万历皇帝和崇祯皇帝等皆曾批令禁止四六文在公文中广泛使用,有关这方面的记载较多,如在蔡氏的文学创作中,就多次谈及晚明政坛禁止使用四六文之举,如《与韩象云相公》有言:“遵新约不敢骈奏,伏乞采其诚而恕其不敏焉。”[②]再如《与吴纳言》所曰:“敬因上事人肃候元吉,遵新禁不敢俪语。”[③]除此之外,《与李云卿年兄》又说:“攻心之略,愿发笔筹,专使告受成于盟主,非特厦燕也。不用四六以昭诚,薄采沚毛以昭俭,遵王制也。”[④]又如,《与毕东郊郧抚》接着有云:“敬歌沧浪之曲,以迓玄缨。不敢俪启,遵功令也。”[⑤]凡此种种可以看出,蔡氏除了阐释其遵守时政禁止四六文之约外,也具有较强烈的骈文观念。

但是,蔡氏的骈文观念,起初是对骈文持不满的态度的。具体地说,因晚明应酬文学、文化的流行,世人多以骈文作为应酬的工具,但骈文具有文格卑靡的属性,句斟字酌,造成文章创作上的不便,久而久之,世人疲于应酬之文,并颇有微词,恰如蔡氏在《上叶相公》之中所言:“某窃观天下之病,在外则虚而不实,在内则有情而无法。自抚按监司以逮守令,无不为应酬作苦,沉身繁文缛节之中,而其精神日力未尝得全用于军民,功安得立?有情无法者,则恩泽太滥也,升迁太骤也,注秩太繁也,重内而轻外也,口舌多而手足寡

① 叶嘉馨《蔡复一研究》第六章第三节,浙江师范大学硕士学位论文,2018年。

② 〔明〕蔡复一著,何丙仲点校《遁庵全集》(中册),第383页。

③ 〔明〕蔡复一著,何丙仲点校《遁庵全集》(中册),第412页。

④ 〔明〕蔡复一著,何丙仲点校《遁庵全集》(中册),第467页。

⑤ 〔明〕蔡复一著,何丙仲点校《遁庵全集》(中册),第508页。

也，赏无艺而罚不行也。”[①]蔡复一对骈文持不满态度的记载较多，在其论诗文的创作中，也谈及诗文有雕琢之弊，如他在《答龚茹溪》之中接着又说：“意极欲言者，决非言可尽，其势不得不归诸含也。今所言巧者，乃雕搜之意，禅家云第二念也，非人自有诗之意也。”[②]值得注意的是，蔡氏在骈文中，也谈到其厌倦骈文雕琢之弊病，如《通瞿达观学宪》有说：“某雅愧和篪，欣逢拔镜。署案前之牍，心已倦乎雕虫；吹阁上之藜，神遥驰于荐鹗。”[③]甚至还将骈文视为“雕虫之末”，如《谢张诚宇抚台荐》所曰：“文士无用，尽雪刻鹄之讥；壮夫不为，犹采雕虫之末。”[④]不难看出，蔡氏不满骈文的态度是比较明显的。

2.逐步接受骈文。在晚明，因应酬性文化、文学之需要，在诸多文学文体中，骈文作为应酬之文，被视为礼仪的代名词，故时人较多以骈文作为公务、私人交流的工具，以致骈文逐渐走向复苏，晚明也有了越来越多的骈文创作实绩。在这样的大环境影响下，蔡复一是晚明著名文史学家，又在政坛中官居要津，酬应较多，在其公务、私务的交流中，他从文体发展的角度客观认识到骈文独特的艺术价值，肯定骈文在日常生活，特别是公文使用中的应酬交际功能。久而久之，他对骈文的态度也逐步发生了变化，其中的一个表现就是其在文学创作中有较为明显的辨体意识。譬如，蔡复一说出了张绍和（张燮）创作诗文、四六等文体，进而又指出了文各有体的文学现象，他在《答张绍和》中有说：

> 大计时笃，欲寄兄一书，竟无由致，他不足问也。外吏断长安讯，此贫拙之效。兄以为高黄门称贞，翻是笑柄矣。弟入楚，视闽若隔天，视故人若隔生。惟敏惠之梦，时时命驾，得兄八行一律，犹疑乘车入鼠穴。读之也，‘多病故人疏’，弟之不韵，至以‘作吏疏故人’，而故人之心尚尔。友谊在松石间，进贤冠真俗物哉！读全集，为数夜失眠。文笔后来更妙，风韵酷似弇山，诗亦相当，而四六斟酌古今，兼撮其胜，则王家无此物也。……弟又思兄不得以山人老，自有科目来，远则韩、柳、欧、苏，近则王、何、二李，无能出脱者。兄既与诸人把臂，独得不坠云雾中乎？又弟不文，知兄非独文事，窃窥清心正骨，远识昌言，大是国家倚仗人，岂容隐雾仅美豹文，绝海竟失鸿翼哉？以此为者，知亨融之语有味也。且文各有体，而兄之文非山人文，而文人文也。捉鼻正恐不免，兄读至此，笑耶？嗔耶？[⑤]

从诗、四六和文各有体等载述，恰可看出蔡氏在文学创作中，有较强烈的辨体意识，并没有完全否定骈文，也可看出蔡氏对骈文的态度由不满到平心而待的转变。

---

① ［明］蔡复一著，何丙仲点校《遁庵全集》（中册），第331页。
② ［明］蔡复一著，何丙仲点校《遁庵全集》（上册），第257页。
③ ［明］蔡复一著，何丙仲点校《遁庵全集》（中册），第603页。
④ ［明］蔡复一著，何丙仲点校《遁庵全集》（中册），第605页。
⑤ ［明］蔡复一著，何丙仲点校《遁庵全集》（上册），第257—258页。

除此之外,蔡复一还对六朝骈文名家加以推尊,这是蔡氏进一步接受骈文的另外一个表现。众所周知,骈文在六朝时期达到盛行,此时出现了诸多骈文名作,名家更是不乏其人,如庾信、徐陵等。那么,蔡氏在其文学创作中,多次对六朝骈文名家加以推尊,并奉为翘楚,实则体现了其对骈文的接受,兹试举一例加以佐证。如《寿刘陶宇十一月》有说:"某官气真浮紫,道妙近玄。枕挟鸿宝之书,燃青藜于太乙;宅近槐眉之岫,孕白雪于长庚。溯集鹤以征奇,皖牵牛而会曜。吐肩吾之凤,文瑞羽毛;摩孝穆之麟,仁歌角趾。庾公曳屐,聿追晋代之风流;召伯芾棠,宜配周书之平格。盖三时得冬而成岁,特铸异人;况七日来复以亨阳,俾扶泰运。"①事实上,蔡氏对骈文的接受,也体现在其对《文选》的重视上。如《答杨修龄侍御》有云:"诏书署姓,人知司隶之儿;《文选》钩玄,注参北海之子。"②

因此,随着蔡氏越来越接受骈文,再加上骈文的应酬交际功能日益彰显,骈文自然成为蔡氏文学创作的方式之一,如蔡氏在《与通州王麟郊抚台》之中就谈到其曾用四六文撰写奏折,只因太忙而无暇减删:"兹因招抚逃兵一事,具文上扣严台,敢以疵贱姓名,谬援雁塔之旧。仰溷涓人,时即奔走陪盐台巡方之役,不暇削四六奏记,伏惟慈宥。"③不难发现,蔡氏已经不再不满骈文,反而是接受骈文,那么,久而久之,其文学创作囊括诸多文体,诸体兼备,如谭元春所说:"公(蔡复一)作古文、诗歌、章奏、笺启、檄移、科绦,日可百数通,数小史不给,朝属草,申酉成书,而公优游尚自如,山水书画幽其神绪。其办可及,其闲不可及也。"④当然,蔡氏创作诸体文,也包括了骈文,正如张燮《寄蔡敬夫比部》就指出蔡氏创作六朝文(骈文):"弟每叹蔡敬夫文,离处能合,断处能缝,险处能夷,织处能巨,盖负大力而镕以慧心,宜其远也。诗从建安以讫三唐,文从周汉六朝,旁及裨官琐语,无不具体、撮胜。"⑤更具体地说,蔡氏的五卷《骈语》和两卷《续骈语》传世就是其创作六朝文的最明显例证。

二、骈文内容的现实性

在晚明,王朝从内到外都有着明显的衰亡之兆。在朝廷内部,皇权式微,大权旁落,殿堂中争权夺利之事时有发生;在明朝外部,由于清廷在北方地区的侵袭甚烈,明朝士兵戍边卫国的压力骤增。明王朝自内到外全方面进入到了非常时期,这不由得引起了明末

---

①〔明〕蔡复一著,何丙仲点校《遁庵全集》(下册),第 647 页。

②〔明〕蔡复一著,何丙仲点校《遁庵全集》(中册),第 640 页。

③〔明〕蔡复一著,何丙仲点校《遁庵全集》(上册),第 325 页。

④〔明〕蔡复一著,何丙仲点校《遁庵全集》(下册),第 945 页。

⑤ 李木隆《蔡复一研究》,福建师范大学博士学位论文,2017 年,第 122 页。

一些有识之士的担忧，蔡复一就是其中的一位。如《泉州府志》卷四十四《明 · 列传》在记载蔡复一时有云："生平耿介，负大节，有志圣贤之学。经济文章，特其绪余，人比之张襄惠。尝自易州贻何乔远书曰：'宫事则客媪与魏阉相表里，朝事则牛李构门，疆事则经抚矛盾而战守无稳着，此三忧也。淮南惮汲黯，江左有夷吾，将谁望之？'后皆如其言。其余论辽事有五未解，论铨政有四疑，论时事有三无、四多，论《大学》归于物我一本，论克己谓惟克己乃由己。又云：'某生平服膺三言，报国恩以忠心，担国事以实心，持国论以平心。'"①

除了受时局的影响外，蔡复一在政坛中也身居高位，时常关注国家时事，忧国忧民之情溢于言表，再加上他施政能力较强，地位显赫。况且，晚明朝政败弛，需要蔡复一出来主持大局，稳定社会局面，而蔡复一也热衷于为国家的稳定奉献自己的力量，可谓是时势造贤才，两者不谋而合。故在国家危难之际，蔡复一得到了时任当政者的赏识、重视，他也总是临危受命，镇压叛兵，拯救明朝于狂澜之中。可以说，他是晚明朝廷的股肱之臣。如蔡复一的学生谭元春《少司马蔡公抚黔文》所言："数年来，海内多事，天下思公甚，公(蔡复一)亦念天下，由晋岳起郧中丞，民以乂安。会黔夷不靖，旧开府深入未还，天子乃以公为少司马往抚之。"②从史书记载来看，蔡复一多次被朝廷委以重任，先后镇抚湖广、四川、贵州、云南等地，如《明史》所载，"始迁湖广参政，分守湖北""迁山西左布政使""以右副都御史抚治郧阳""寻代杨述中总督贵州、云南、湖广军务，兼巡抚贵州"③。

相较于其他人，蔡氏对时局看得更为透彻，更为明白，且爱国之心左右着蔡复一的文学创作，这从蔡复一对湖北时局的重视，就可窥见端倪。因晚明时局之变，湖北社会日趋动荡，民生日蹙，如蔡复一在《谢董谊台中丞荐》之中有说："某徒厉橘心，易昏枣性。荆南蚊负，水旱之所凭陵；湖北鼷穷，兵苗之所挠撼。虽移山之有志，欲效愚公；顾逐日以难几，终嗤夸父。"④这不由引起蔡氏的担忧与感叹，故蔡氏在《答董抚台》之中接着又言："天下有人负官，无官负人。某从来迟速无叹汲黯之薪，以后荣枯不问詹尹之卜。恒业难尽，素食易惭。回首荆澧之山川，弥念旷瘝之日月。实根衷腑，匪饰貌言。惟是湖北事局多艰，而上台福曜将远。若离鞭策，宁免颠跻。中夜以思，起坐而叹。既衔知之特异，矢立节以为酬。"⑤当然，蔡复一除了表达对湖北时局的担忧外，也阐述其自身生活状况之艰辛，如他在《与董抚台》之中有云："某才短干时，韵乖适俗。荆南惕日，吏功未効，岁沴弥深。内负素心，外惭食粟。兼兄弟二人，俱艰嗣胤，身婴疾疢，梦绕山林。世路意不在多，劳薪心存善息。故去冬即预陈情，冀领表差过里。而今夏五，偶缠暑恙，复感水灾，几

① 〔明〕蔡复一著，何丙仲点校《遁庵全集》（下册），第 936 页。
② 〔明〕谭元春著，陈杏珍标校《谭元春集》，上海古籍出版社 1998 年版，第 648 页。
③ 参见〔清〕张廷玉等撰《明史》，中华书局 1974 年版，第 6459 页。
④ 〔明〕蔡复一著，何丙仲点校《遁庵全集》（中册），第 606 页。
⑤ 〔明〕蔡复一著，何丙仲点校《遁庵全集》（下册），第 702 页。

有解绶之行。……惟是解其兰畹之区,予以苗菁之地。法穷久弛,时会多艰。"①

还要说明的是,缘于皇权的松弛,基层稳定的根基动摇了,晚明进入多事之秋,其中,苗兵多有"叛乱"之举,楚地"苗患"不断,楚人苦不堪言。如《与燕中知己言镇筸事》有言:"镇筸古三苗地,今川、湖、贵诸苗所窟穴。从国朝来,率数十年一大征,每征则设总督,征兵十余万,骚动数年。某竭力振刷,庶可缓十余年之征,以保楚人十余年之命而已。"②可见苗患之严重。那么,作为朝廷时任重臣的蔡复一,自然对苗患的关注甚多,再加上蔡复一入楚为官时多次临危受命,扛起了稳定一方的重任,与苗患多有近距离的接触,故他对苗患的理解更为透彻。因此,在蔡复一和朝廷其他大臣关于日常公务的交流中,苗患自然是彼此交流的重要内容,这在蔡复一的骈文中时有体现,如《通邓元宇总戎》:"澧沅兰芷之芳,愧兼撷于骚配;黔楚辅车之势,荷特眷于和门。傥枌社之有情,果柳营之可芘。风行琼海,曾扫黎母瘴烟;日静牂牁,聿开夜郎善气。某猥以菅蒯,次属封疆。苗有梗心,干空舞而未格;卒多枵腹,巾骤脱以相呼。幕中之甘苦孰同?阃外之恩威几竭。宫缠磨蝎,代庖适会多艰;阁绘麒麟,借箸欣承雄略。方怀结素,已拜投醪。击柝邾闻,遥歌元戎十乘;余波晋逮,堪诧锡我百朋。非草檄之长卿,何能谕蜀?恃铜鼓之诸葛,亶可靖蛮。光分照邻,托感悰于夜月;神驰缓带,引积绪于春云。敢告前茅,嗣图采藻。"③

以上种种迹象表明,受爱国之心驱使,蔡复一在文学创作中多与世人谈论国家时事,故常常对时事抒发己见,侃侃而谈。这点,池显方在《蔡敬夫诗集序》赞誉蔡复一的诗文及尺牍时有说道:"先生为文及尺牍谈时事者,则慷慨曲折,惟恐不尽。至为诗渊远雄浑,触事不露,感时不伤,其一往深情处,读者如听大江东带有晓风残月之致。"④特别是蔡复一在入楚为官时,更是多以四六文谈论时事,这成为了其酬酢的必经之举,正如蔡复一自己在《爨余骈语引》所说:

> 雕虫刻鹄,壮夫不为。雕刻而至于四六,益下矣。余初尝拈笔,友人李端和曰:"子则工矣,然今去为两司,屠龙之技无所用之矣。"逮入楚,酬酢不能废,敢办咄嗟,安得从容?问代斫间,以缓者属诸生草创,而其词皆袭也、腐也、谀也,意不能已,复自拈弄,积四年得五卷。学问政事之晷,十夺其二。刻之以志苦,且志愧。刻成,自覆之,仅能不袭而已,而其腐与谀,固自若也。噫!即使不腐不谀,亦虫丝鹄毳,壮夫所不屑唾,况腐且谀之无以逾于代斫者,而敝敝焉,役精神为之,以夺其学问、政事二

① 〔明〕蔡复一著,何丙仲点校《遁庵全集》(下册),第701页。
② 〔明〕蔡复一著,何丙仲点校《遁庵全集》(上册),第277页。
③ 〔明〕蔡复一著,何丙仲点校《遁庵全集》(中册),第604页。
④ 〔明〕蔡复一著,何丙仲点校《遁庵全集》(上册),第3页。

分之晷乎？专此精神于学，学必成；专此精神于政，政必举。是吾过也。夫从今盟菊花前，断此无益之笔矣。目之《爨余》，言其可爨也。吾家中郎辨桐于《爨余》，而以其琴清千古。是编幸离于爨，雕虫刻鹄之外，其亦有一言近道，庶几山水之余清乎？则吾不知也。当起子云与中郎共辨之，九月菊开花日，蔡复一敬夫识。[①]

据《爨余骈语引》所言，蔡复一不仅谈论了世人对骈文的看法，也论及了其骈文有"腐与谀"的特点，仅没有抄袭的弊病。可以说，蔡氏之言辞，论证客观，见解独特。更重要的是，据此引言所说，蔡氏提及了五卷《骈语》是入楚为官时的酬应之作，说出了其骈文创作的缘起。对于五卷《骈语》和两卷《续骈语》是酬答之作的整体宏观概况，《金门县志》在注《爨余骈语》和《续骈语》之时就有明确的说明："明蔡复一撰，皆复一宦楚官滇时酬答之作。"[②]总而言之，蔡复一畅谈国家时事的酬答之作，体现了其骈文创作的现实性，也是其骈文创作的主旨之一。

三、骈文创作的地位

在骈文创作方面，蔡复一有五卷《骈语》和两卷《续骈语》传世，其文学价值不可忽略，特别是在晚明整体骈文成就不高的现实背景下，其骈文创作尤其值得关注。具体来说，蔡氏骈文创作的地位主要体现如下两个方面。

其一，得到晚明诸多骈文选本大量辑录。在晚明，骈文开始走向复苏，骈文家的数量逐渐增多，骈文文集亦随之增多，受此影响，以骈文选本为形式的书籍得到了世人的重视，譬如，《四六法海》《四六灿花》《四六新函》等骈文选本的刊布与接受就是其中的典例。蔡复一虽出生于闽地，但官居高位，友朋众多，在日常公务、私下的交流中，与时人交流之举甚多，酬酢之事亦不少，故书疏、表启等自然而然成为了蔡复一日常交往中的工具，如谭元春便言："但数年以来，屡得明公(蔡复一)与敝友往返书疏，皆伏读深思其理，不知其非贻春书也。"[③]而蔡复一在日常的酬酢中，又多以骈文作为公务、私下交流的工具，如《金门县志》注《爨余骈语》和《续骈语》时有说："明蔡复一撰，皆复一宦楚官滇时酬答之作。"[④]因此，由于蔡复一骈文自身的特色，以及受其位高权重的社会地位影响，蔡复一的骈文自然而然得到了世人的关注与重视，也进而成为了明末骈文选本取材的重要来源之一。

---

① 〔明〕蔡复一著，何丙仲点校《遁庵全集》(中册)，第537页。

② 〔清〕刘敬纂辑《金门县志》卷二十三，手抄本。

③ 〔明〕谭元春著，陈杏珍标校《谭元春集》，第755页。

④ 〔清〕刘敬纂辑《金门县志》卷二十三，手抄本。

如蔡氏的好友钟惺《四六新函》一书辑录 219 人,作品总数高达 580 篇,但蔡复一作品就有 23 篇,择取的数量仅次居于许以忠,位居第二。[①] 钟惺择取蔡复一骈文篇什之多,除了可看出对蔡复一的重视外,也可看出钟惺和蔡复一二人对骈文的认识相一致。关于这点,钟惺在《四六新函·序》中言:

> 夫太极一而仪曜两焉,则宇宙间有奇而不能无偶,明矣。……有如措辞天设,寒暄尽洽其素心;命意日新,妍媸各开其生面。双声叠韵,聊展其恭敬之忱;合璧连珠,爰立其端严之体。又事君使臣朋友相遗,礼文之不可废者也。故诰表笺启至今用之。然行之久,而套袭之弊生,用之广而假借之习起,故山龙火藻,尽优孟之装,麟脯驼蹄,半市沽之,味何怪乎?……庶几温李之工,不啻徐庾之隽,而为奇为偶,可无异同矣。[②]

据上文所知,钟惺认为骈文可体现礼节的属性。然而,蔡复一以骈文作为公务、私下交流的工具,也展现了骈文的礼节属性。那么,蔡氏的骈文得到钟惺的重视与选择,也是理所应当之事。

要说明的是,蔡复一的骈文,不仅在其朋友圈里得到重视,一些与蔡复一不是好友关系的文人,也关注、赏识蔡氏的骈文。其中,《四六灿花》选本一书就多处择取了蔡复一的骈文,并对其大加赞赏。在《四六灿花》一书中,共辑录 194 人,作品共 523 篇,但蔡复一作品就有 25 篇,数量上位居第一。[③] 并且,张师绎还多次对蔡复一的骈文给予评点,如在《四六灿花》卷一《答华阳长子贺寿》中,张师绎总评此篇文章为:"蕊笈琅函,酉阳汲冢,参错而成。"[④]再者,张师绎在卷三赞《候黄慎轩宫詹》为"三都赋手降为骈札,其碎金积玉富犹敌国,政自难掩"[⑤]。又如,张师绎在卷八赞《贺陈大泰》为"胸罗今古,兼仲舒齐干之长"[⑥]。此外,《四六灿花》卷九《答漳郡贰守龚五从》有说:"餐英饮露,一嘘清醒之风;朝丹暮霞,四仰晶莹之照。戈船下漱,甲日弥壮于水犀;商舶凌波,旗飏不扬于画鹢。"眉批曰:"多用反对,使事无痕。"[⑦]张师绎与蔡复一并不是好友关系,但张师绎多次在《四六灿

---

① 参见郑永辉《晚明本朝四六文选本中的名家蔡复一》,《闽台文化研究》2019 年第 4 期。

② 〔明〕钟惺《四六新函》卷首,《四库禁毁书丛刊补编》(第 44 册),北京出版社 2005 年版,第 3—6 页。

③ 参见郑永辉《晚明本朝四六文选本中的名家蔡复一》,《闽台文化研究》2019 年第 4 期。

④ 〔明〕张师绎选评,毛应翔注《张梦泽先生评选四六灿花》卷一,《故宫珍本丛刊》第 620 册元明诗文总集,海南出版社 2000 年版,第 30 页。

⑤ 〔明〕张师绎选评,毛应翔注《张梦泽先生评选四六灿花》卷三,《故宫珍本丛刊》第 620 册元明诗文总集,第 59 页。

⑥ 〔明〕张师绎选评,毛应翔注《张梦泽先生评选四六灿花》卷八,《故宫珍本丛刊》第 620 册元明诗文总集,第 204 页。

⑦ 〔明〕张师绎选评,毛应翔注《张梦泽先生评选四六灿花》卷九,《故宫珍本丛刊》第 620 册元明诗文总集,第 236 页。

花》中对蔡复一的骈文给予较高的评价，这足以说明了张氏对蔡氏骈文的重视、赞赏。其他的选本，如贺复征编选的《文章辨体汇选》一书择取蔡复一7篇骈文。此外，李日华辑、鲁重民补订《四六全书》之《四六类编》择取蔡复一23篇骈文。又，俞安期《启隽类函》选本一书辑录明代作者520人，共3254篇骈文，其中，就择取了蔡复一248篇骈文，数量上位居第一。[①] 凡此种种，蔡复一骈文在晚明文坛的地位，其中一方面就体现在其骈文作品得到了晚明骈文选本的大量辑录。

其二，得到好友和方志书籍的好评。蔡复一官居高位，且蔡氏多以骈文作为交流的工具，故世人多有与蔡氏交流骈文之举，如谭元春在《奏记蔡清宪公前后笺札》（其三）之中就提及钟惺递其骈文给蔡氏："春（谭元春）三月至八月，皆住九峰。四月中家人传得明公札子，如'简交以得已，敛名以厚实'，春要药也。无从报笺。伯敬（钟惺）归，递明公（蔡复一）札子一通，骈语、书价、邮符皆领讫。中云'欲子降格而不可'，此又世人见嗤，与春自阻丧之要药也。"[②]因此，在世人的骈文交流中，不乏有推崇蔡氏骈文者，起码就蔡氏朋友圈而言，他许多朋友皆对蔡氏的骈文给予好评，其中，何乔远在《与蔡元履书》有云："读《鬉余全编》，如入武库，用字用事，天作之合。"[③]在此基础上，何乔远还说："有时四六尺书通，翩如入海戏群鸿。"[④]除此之外，蔡复一同乡友人蔡献臣也高度评价了蔡复一的公务文章，甚至还特别提及蔡复一擅长骈文创作："公学博才高，下笔千言，弱冠尤工四六。其诸著作皆崇论宏议，涵古茹今。至书牍、奏议之文，慷慨谈天下事，切劘豪贵，披吐肝胆，无所避忌。而诗则出入汉、魏，盛、晚唐之间，盖居然一代名家，千秋盛事矣。"[⑤]

降及清代，清人也对蔡复一的骈文给予关注。其中，清初朱彝尊在谈到蔡复一的骈文时，除了说明蔡氏骈文的艺术特色较为突出和独树一帜外，也谈及蔡氏好友最欣赏蔡氏的骈文："其骈体亦不屑犹人，亡友汉阳王亦世最赏之。"[⑥]除此之外，诸多历史文献皆对蔡氏的骈文给予载述。具体地说，如《翁方纲纂四库提要稿》有云："《遁庵全集》文十八卷、诗十卷、骈语五卷、续骈语一卷，明蔡复一著。"[⑦]又，《明史》也称《鬉余骈语》六卷[⑧]，《千顷堂书目》也有"《鬉余骈语》六卷"[⑨]的记载，可见蔡氏骈文受到清人重视，我们进而可觇见其骈文地位。

---

① 参见贺玉洁《明中叶江南骈文研究》，西北大学博士学位论文，2019年，第186页。

② 〔明〕谭元春著，陈杏珍标校《谭元春集》，第756页。

③ 〔明〕何乔远撰，张家壮、陈节点校《镜山全集》（中），福建人民出版社2015年版，第877页。

④ 〔明〕何乔远撰，张家壮、陈节点校《镜山全集》（上），第453页。

⑤ 〔明〕蔡复一著，何丙仲点校《遁庵全集》（下册），第944页。

⑥ 〔清〕朱彝尊著，郭绍虞主编，姚祖恩编，黄君坦校点《静志居诗话》，人民文学出版社1990年版，第483页。

⑦ 在《遁庵全集》中，明确载述了蔡复一的骈文共为七卷，《四库禁毁书丛刊补编》也注明是七卷，而《明史》《四库提要分纂稿》和《千顷堂书目》皆标注为六卷，相较之下，卷数有别，本文在此不做考订，只做一说明。

⑧ 参见〔清〕张廷玉等撰《明史》卷一百三十七志一百十一，清钞本。

⑨ 〔清〕黄虞稷撰《千顷堂书目》卷二十五，《四库全书》（第676册），上海古籍出版社1987年版，第621页。

更重要的是,蔡氏骈文不仅得到世人的重视与推尊,更是在一些方志书籍中被肯定。譬如,《闽书·英旧志》在评价蔡氏骈文时有云:"复一学博才高,下笔千言,兼工四六。"[①]《闽书》是一部著名的明代福建省志,也是福建现存最早的完整省志[②],史学价值较高。恰如《四库全书总目》评价《闽书》时所云:"闽自唐林谞有《闽中记》,宋庆历中林世程重修之,历南宋及元,皆无总志。明成化间,莆人黄仲昭始为《八闽通志》,王应山复为《闽大记》《闽都记》《全闽记略》,皆草创未备。乔远乃荟萃郡邑各志,参考前代载记,以成是书。"[③]这就是说,《闽书》作为一部著名史书,它对蔡复一骈文持较高的评价,恰是蔡氏骈文地位较高之体现。受此影响,后世一些具有方志性质的书籍亦推尊蔡复一骈文,再次明确蔡氏骈文的地位,如清季《金门县志》一书在注《爨余骈语》和《续骈语》之时有说:"朱竹诧《静志居诗话》称先生(蔡复一)四六不屑犹人,而诗则染钟、谭一派。今原稿犹存,竹垞之言洵不谬也。"[④]甚至时至今日,今人编《同安文化艺术志》一书,也称蔡复一"生平耿介负大节,有志圣贤之学,才高识广,能双手疾书,下笔千言,兼工四六骈文。"[⑤]以上种种迹象表明,蔡氏骈文得到其好友和一些方志书籍的肯定,是蔡复一骈文地位较高的最为直接体现。

总之,蔡复一对骈文的认识较为客观,他认为骈文虽具有文格卑靡的属性,句雕字琢,晦涩难懂,造成文章创作上的不便,但骈文具有独特的艺术价值,能够满足世人应酬交际之需要。故蔡氏多以骈文作为公文交流的工具,与其他人畅谈湖北时局、苗患等时事。在这过程之中,蔡氏骈文因具有独特的美质,得到了晚明诸多骈文选本的择取,也得到了蔡氏好友和方志书籍的赞赏,皆是蔡氏骈文地位较高之体现。

作者简介:

林耀琳,1989年生,广东湛江人,文学博士,湖南科技学院讲师,研究方向为中国古代各体文学。

---

① 〔明〕何乔远编撰《闽书》(第三册),福建人民出版社1994年版,第2744页。

② 参见〔明〕何乔远编撰《闽书》(第一册),第1页。

③ 〔清〕永瑢等撰《四库全书总目》(上册),卷七十四,中华书局2008年版,第646页。

④ 〔清〕刘敬纂辑《金门县志》卷二十三,手抄本。

⑤ 洪文章、陈树硕编著《同安文化艺术志》,厦门大学出版社1996年版,第241页。

清代政治文化对清代骈文复兴的影响*

王正刚

内容摘要:清代骈文有复兴之称,名家名作云起,风格深闳博丽,足以与六朝前后辉映。骈文在清代复兴,除了骈文文体本身内部的演进发展因素外,亦深受外部的社会政治文化大环境因素的影响。具体而言,即清代的科举考试、文化专制和考据学兴盛等因素的影响。

关键词:骈文复兴;科举考试;文化专制;考据学

骈文是中国古代独有的书写方式和古代文学的一种重要文体,是古人利用汉字单音及中华文化辩证思想创造的"全世界所没有,而为中国特有的一种文体"①。就各朝代而言,六朝骈语被视为"一代之文学",但骈文在唐代古文运动后有所消沉,在宋代主要应用于公文,在元、明两朝沉寂低谷,在清代有复兴之势,"名家云起,创造出深闳博丽的时代风格,足以与六朝前后辉映"②。骈文在清代复兴,除骈文文体本身内部演进发展因素外,亦深受外部的社会政治文化大环境,即清代的科举考试、文化专制和考据学兴盛等因素的影响。

一、清代科举考试与骈文复兴

清代科举考试对骈文的影响集中于乡试、会试、博学鸿儒科与庶吉士考试。"制义至本朝而极盛,制义始于宋而昌于明,自洪、永以逮天、崇,三百年中,体凡数变,至本朝而极盛。开国之初,屏除大、崇险诡之习,而出以深雄博大。如熊伯龙、刘克猷,其最著于时者也。康熙后,益轨于正。韩文懿公菼为之宗,桐城二方以古文为时文,允称极则。外若金坛王氏、宜兴储氏,并堪骖靳焉。雍、乾间之墨艺,则尚排偶,而魄力雄厚。"③康熙亲政后

* 本文是 2021 年国家社科基金西部项目"清代骈文集序跋文献整理与研究"(21XZW039)阶段成果。

① 郭绍虞《再论文言白话问题》,《复旦学报(社会科学版)》1982 年第 4 期,第 48 页。

② 蒋寅《清代文学的特征、分期及历史地位——〈清代文学通论〉引言》,《烟台师范学院学报(哲学社会科学版)》2004 年第 4 期,第 2 页。

③〔清〕徐珂编《清稗类钞》,中华书局 1986 年版,第 896 页。

数年,三藩之乱起,清朝统治者为缓和民族矛盾,高压政治有所改变,如康熙曾开博学鸿儒科,后乾隆又举行了一次(雍正十一年的博学鸿儒科无疾而终),尔后统治渐固,文网趋密,不再开设。然这几次开科搜罗积学之士颇多,如康熙十八年(1679 年,三藩之乱之际)那次与试 143 人(一说 154 人),取 50 人。当时天下名士,除顾炎武、黄宗羲拒不受荐外,朱彝尊、汪琬、毛奇龄、施润章等都应选录取,入翰林院纂修《明史》。如此高的中式比例,一步登天的录取方式,这正是李白当年求而不得的际遇,颇为当时文士所艳称和向慕,这科中试之人也包括清初一些骈文大家,如陈维崧。夏仁虎云:“及于清代,作者辈出(指骈文作家),则鸿博之科启之也。”①一语中的。孙梅《四六丛话 · 凡例》论清代骈文之盛云:“圣朝文治聿兴。己未、丙辰,两举大科,秀才词贤,先后辈出,迥越前古。而擅四六之长者,自彭羡门、尤悔庵、陈迦陵诸先生后,讫今指不胜屈。”②在康熙朝的中式博学鸿儒科,擅长骈文创作的除陈维崧外,还有黄始、王嗣槐、吴农祥、夏骃、李良年、毛升芳、魏学渠等人,其中以陈维崧为最。“陈维崧延续晚明六朝骈俪文风兴起的态势,以雄博富艳的四六骈体振起于清初文坛,成为清初骈文的主要代表。”③

在陈维崧骈文集序跋中,论者多次提及改变陈维崧人生轨迹的那次博学鸿儒考试。陈宗石在《湖海楼俪体文序》中云:“兄生平所为文,尤擅长俪体,然尚以未能多作为恨。康熙十八年己未恭遇特诏,开博学鸿词科,擢官检讨。”④隐约地暗示陈维崧因擅长骈体,因而得中博学鸿儒,名显天下。毛际可则直接将擅长骈文创作和博学鸿儒考试关联起来,其《陈迦陵俪体文集序》云:“岁戊午国家以博学宏词征召天下士,其文尚台阁,或者以为非骈体不为功,辇毂名流云集,皆意气自豪……陈子其年访余邸舍,出其全集见示,自赋骚书启以及序记铭诔,皆以四六成文,余偶披篇,首已见其棱棱露爽,继讽咏缠绵,穷宵达昼,言情则歌泣忽生,叙事则本末皆见,至于路尽思穷,忽开一境。”⑤毛际可清楚地提示:博学鸿儒科考试,因为“文尚台阁”,故擅长骈文者有一定优势,当然“非骈体不为功”就略有夸张,毕竟亦有不擅长骈文者中举。同时,毛际可进一步突显陈维崧骈文能“忽开一境”,融言情叙事于一体,并非仅仅擅长台阁之体而已,这是在政统、道统之上再融会文统的努力。徐乾学《湖海楼全集序》着重于其人之遇与不遇:“其年检讨,……己未岁特诏开博学鸿词科,其年登上第,晚岁遭逢,几酬夙志。”⑥陈维崧召试时,作了《璇玑玉衡赋》一首,康熙甚是满意,因此骈文可以说是他进身得官之阶。此赋被收录在《湖海楼全集 · 俪体文集》,录为开卷之作,赋中对康熙是极尽揄扬之辞:“我皇于是法古制,律

① 夏仁虎《枝巢四述 · 旧京琐记》,辽宁教育出版社 1998 年版,第 8 页。

② 〔清〕孙梅著,李金松校点《四六丛话》,人民文学出版社 2010 年版,第 11 页。

③ 吕双伟《陈维崧骈文经典地位的形成与消解》,《文学遗产》2018 第 1 期,第 156 页。

④ 〔清〕陈维崧《湖海楼俪体文》,光绪辛卯仲冬弇山铎署重刊本卷首。

⑤ 〔清〕陈维崧《湖海楼全集 · 俪体文集》,乾隆六年陈淮刻本。

⑥ 〔清〕陈维崧《湖海楼全集》,《清代诗文集汇编》第 96 册,上海古籍出版社 2010 年版,第 1—2 页。

天时，恢八纮，奠四维，翔渴乌于画栋，踆玉兔于文梍。"①很显然，陈维崧因擅长骈体而"遭逢圣主之知"，以一篇骈文得皇帝青眼而振起于布衣之间，令人产生无限遐想。有序文注意到此事微妙之处，徐乾学关注朝廷的恩典对陈维崧的影响，杨伦则在《湖海楼全集序》升格为感叹天子知遇之恩："先生以诸生入史馆，受天子特达之知，稿笔禁近，锡赍有加，自汉司马相如、王褒、扬雄后，罕与为此。于以见圣朝崇儒右文，凡怀奇负异之士，不至槁项黄馘，终老岩穴，视方干辈之身后，方赐一第者，相去远矣。"此序当然是因陈维崧"以诸生入史馆，受天子特达之知"有感而发，然其此处却明显有粉饰太平之意，为清廷统治唱赞歌。此序作于乾隆乙卯年正月，即乾隆六十年（1759 年），康乾盛世末期，从序中所谓"圣朝崇儒右文，凡怀奇负异之士，不至槁项黄馘，终老岩穴"的颂扬之语可以看出，清廷开博学鸿儒科是有利于其招揽人心，巩固统治的，事实上也部分实现了其目的。毛际可言"国家"，余国柱言"圣主"，杨伦言"圣朝"，明显可见，随着时间的推移，文人对清廷的认可度不断提高，亦可见清廷统治渐得人心。总的说来，通过这些序文，我们得出如下结论：陈维崧长于骈体，尤其是廷试以《璇玑玉衡赋》而得康熙首肯，因而高中博学鸿儒科，以布衣达天子，天下瞩目，得士人向往，这也显现出骈文在博学鸿儒科考中独特的作用。

科举考试对清代骈文复兴另一方面的影响是科举取士和翰林庶吉士考试，"我朝间举制科以待非常之士，绩学汲古，宜食其报。叶水心云：'制科之兴，其最贵者四六之文。'"②为何四六（骈文）最贵？科举考试最主要的内容是时文（或称经义、制义、四书文，俗称八股文）和试帖诗（亦称试律）。时文形式讲究排偶，每篇由破题、承题、起讲、入手、起股、中股、后股、束股等部分组成。其中起股、中股、后股、束股每一段落都有两相比偶的文字，共有八股，通称"八股文"。试帖诗也对对偶、押韵、用典十分讲求，并有严格的规定，所有这些均需要骈文的写作技巧和工夫。尤其是对偶，"骈偶理论反映了古代文学重典雅、尚对称、追求气韵节奏的审美追求，反映了古代文学对规则范式的认同，是最有中国特色的文学理论"③。不但理论上是，在实际创作中也是极具中国特色的文学创作方式。而庶吉士考试主要试律赋和诗，律赋与骈文关系密切，作律赋和骈文一样，必须富有学识、讲求文采、追求偶对。乾隆以后的庶吉士考试，每年都举行，所试为律赋，而入翰林院为庶吉士是众多进士的人生目标之一，他们自然要好好研究如何写作律赋，这种考试自然也就对骈文创作的繁荣产生积极影响。

乾隆元年（1736），方学成在《砚堂四六自序》把博学鸿儒解释为"学无不通之谓博，

---

① 〔清〕陈维崧《湖海楼全集》，《清代诗文集汇编》第 96 册，第 560 页。

② 〔清〕鲁曾煜《绿萝山庄文集序 · 绿萝山庄诗文集》，《清代诗文集汇编》第 242 册，第 3 页。

③ 莫道才《古代骈文与骈偶理论的文学史价值》，《广西师范大学学报（哲学社会科学版）》2009 年第 4 期，第 20 页。

词无不典谓之鸿”,其序云:“余少从事制举之业,又尝好史汉韩欧之文,于四六不过偶尔酬应,及为人代作。……或谓朝廷制作,如诰敕诸体,皆属骈俪四六,正未可轻视。前当事欲举君博学鸿词,乃辞避再三不就,何耶?余闻之矍然谢曰:是何易言哉。夫学无不通之谓博,词无不典谓之鸿,我国家治迈前古,文教日新,聘名士,礼英贤,将朝廷有大著作,自有燕许手笔。余以薄书秧掌,此事都废。”方学成认为自己于四六文,不过偶尔为之,喜好的是“史汉韩欧之文”,而对于科举考试一途,“薄书秧掌,此事都废”,故对博学鸿儒科避让再三。事实上他亦未以科举考试进身,乾隆七年(1742),方学成以县学生员身份和“居家孝友、行己端方、才能办事、文艺可观”被地方官举荐,授山东夏津县知县。但方学成对骈文有利于科举是心知肚明的,其《砚堂四六自序》中多次提及精巧的对句在科举中的点睛作用,如“唐德宗试制科于宣政殿,……独孤绶所司试《放驯象赋》,上览之称叹”“黄致一初进科场,方十三岁,出《腐草为萤赋》,……致一乃用此为一隔句云:昔年河畔,尝叨君子之风;今日囊中,复照圣人之典。遂至发解”“京兆府解试,乔彝作《渥洼马赋》,奋笔斯顷而就,警句云:四蹄曳练,翻瀚海之晴澜;一喷生风,下胡山之木叶。京尹曰:乔彝峥嵘甚矣。宜以解副荐之”[①]独孤绶、黄致一、乔彝在科举应试中因为一联对仗精巧而脱颖而出,其潜在的意思不言而喻。清代科考的律赋是押韵的骈文,有了作律赋的基础后去从事骈文创作,自然得心应手;而反过来,有了作各体骈文的底子后去作律赋,亦可事半功倍。律赋作得好,在科举考试中就有明显的优势,在万般皆下品唯有读书高的时代,要想金榜题名,自然得用心于此,二者是相辅相成的。

二、文化专制与骈文指事类情

清廷定鼎中原后,对汉族知识分子的民族情结十分敏感,其在政治上表现为推行文化专制政策,如 1649 年清廷规定“自今闱中墨牍必经词臣造订,礼臣校阅,方许刊行,其余房社杂稿概行禁止”,在言论审查专制的同时大兴文字狱。文字狱自古皆然,但是文网之密,处刑之重,规模之广,以清廷为最甚。如康熙时的庄廷鑨《明史》案,一共处死七十余人,罗织罪名入狱者上千人。康熙时另一次著名的文字狱是《南山集》案,又称戴名世案,这次被杀的仅戴名世一人,原因并非清廷良心发现,而是经过三藩之乱,清廷对知识分子采取既防范又拉拢的政策。比如当时顾炎武、王夫之等人的诗文集中都有明显强烈的民族情绪,但未被追究。到雍正时期,清廷统治渐固,文字狱开始转向镇压汉族知识分子反清思想和民族气节,到乾隆朝发展到草木皆兵、牵强附会、混淆黑白的程度,疯狂而又残酷,借此彻底消除汉人的反清民族意识。严迪昌先生曾用“世事波诡云谲,文坛诗苑

① 〔清〕方学成《松华堂集之砚堂四六》,《清代诗文集汇编》第 283 册,第 512 页。

几皆万籁俱寂,搢绅士大夫每成寒蝉仗马"[①]来形容当时的文学生态。胡中藻《坚磨生诗钞》有"一把心肠论浊清"之句,乾隆指摘诗中"加浊字于国号之上,是何肺腑?"因而杀之。冯王孙《五经简咏》其中有"飞龙大人见,亢悔更何年"之语被捕风捉影为反清复明,冯王孙被凌迟处死,妻、媳、子、女坐死。有的文字狱之牵强附会实在让人咋舌。如山西王尔扬为李范作墓志,用"皇考"一词,地方官认为暗含"考""皇"之意,是大逆不道,上报朝廷。"皇考"为固定词组,意为"先父",乾隆都觉得这样就兴狱问罪,实在过分,把地方官训斥一通了事。

然而,一个有意思的现象是:清代骈文创作贯穿整个清朝二百余年,且大体与各时期兴衰同步,其中康乾是清代盛世,而乾嘉是骈文鼎盛时期,但整个清代的文学狱却基本和骈文无缘,清人将其中原因归结为骈文的"指事类情"功能。指事类情原意为阐述事理,譬喻情状,语出《史记·老子韩非列传》:"然善属书离辞,指事类情,用剽剥儒、墨,虽当世宿学不能自解免。"而在清代骈文所谓"指事类情","指事"也就是用典隶事,这使得骈文在譬喻情状时形式上有了一层保护包装,因为在清廷残酷的文化压制政治下,"若正言之,则人人知之矣"[②],而以华丽的词藻和艰深的典故来曲尽深婉,此中真意,或能曲径通幽,骈文家们能不心领而神会之?对于骈文的"指事类情",康绍镛在《七十家赋钞序》中评价张惠言骈文"或托物以贡情,或隐忧而不去,引辞表恉,触类而发",故能"咸无悖乎六义之意"[③]。在文网严密的时代,只能通过"托物贡情,隐忧不去",以骈文旁引曲喻的方式抒发感情,承担起一个有良知的作家的文化使命,这是作者面对文字狱的有效保护。蒋伯潜、蒋祖怡《骈文与散文》中谈到清代骈散文复兴原因时云:"清代文学复兴的原因,一方面由于异族的压制,不得不借文字作安慰。"[④]作为一种在文化专制局面下的生存智慧和书写方式,骈文通过形式上用典和复古的特性、与现实政治生活关联较少内容,公务应酬润色鸿业的应用范围等来逃脱文字狱的网罗。

汪中的《哀盐船文》为清代骈文名篇,其能在深刻揭露社会黑暗的同时躲避文网,即得益于此。杭世骏的《〈哀盐船文〉序》对汪中揭露的所谓康乾盛世时少为人知的阴暗面大加激赏,肯定其文能指事类情,惊心动魄。其序云:"故指事类情,申其雅志,采遗制于《大招》,激哀音于变征,可谓惊心动魄,一字千金者矣……答曰:中目击异灾,迫于其所不忍,而饰之以文藻。当人心肃然震动之时,为之发其哀矜痛苦。"[⑤]杭世骏清醒地认识到,在高压政策面前,要想"发其哀矜痛苦",就不得不"饰之以文藻",以"指事类情"的方式

① 严迪昌《往事惊心叫断鸿——扬州马氏小玲珑山馆与雍、乾之际广陵文学集群》,《文学遗产》2002 第 4 期,第 105 页。

② 〔宋〕苏轼《苏轼文集》卷四十九,中华书局 1986 年版,第 1418 页。

③ 〔清〕张惠言《七十家赋钞·卷首》,道光四年宏达堂本。

④ 蒋伯潜、蒋祖怡《骈文与散文》,上海书店出版社 1997 年版,第 87 页。

⑤ 李审言《李审言文集》,江苏古籍出版社 1989 年版,第 289 页。

进行创作,这样方可在申其雅志的同时逃脱文网,避祸于世。清初骈文大家陈维崧曾自述道:“截剪事意,有深长而非片言所可明白者,于是作者取古人事意与此相似者,点出处数字,而以今事串入,便尔成联。使人闻之不可尽,言之深意朗然,可见于言外,此四六之妙用也。”①陈维崧所说的“四六之妙用”就是面对异族统治,在不断严密的文网面前,利用骈文的文体特征、创作方式和应用范围对作家、作品进行包装和保护。对此,杨旭辉在《清代骈文史》中有一段非常形象的近似小说片断的刻画:“文化检查官,或是阴暗角落里的小人,一手操握满纸典故、晦涩难讲而不知所云的诗文集,特别是其中有不少骈文,一手直指被枷带锁者,厉声呵斥:‘呔! 从实招来!’……‘不过是一些陈谷子烂芝麻之类的断烂朝报而已。’”②骈文用典以表意,以古来喻今,其意义指向的不确定性有利于将不便于“正言”“显言”的情与事幽微曲折地表达出来。

对此,嘉庆末年李兆洛在《骈体文钞序》中对这一独特的文学现象和书写模式进行了揭示和总结:那些庙堂之制、奏进之篇,皆茂美渊懿,敷颂功德,自然无妨。而指事述意之作,“盖指事欲其曲以尽,述意欲其深以婉。以比兴则词不迫切,资以故籍故言为典章也。”至于缘情托兴之作,“其言小,其旨浅,其趣博,往往托思于言表,潜神于旨里,引情于趣外,是故小而能微,浅而能永,博而能检”。指事述意、缘情托兴的骈文创作有一条安全通道:“指事曲以尽”“述意深以婉”“托思于言表,潜神于旨里,引情于趣外”。这样利用骈文“指事类情”的文体特征,或能略微表达自己的真实情感而又不至于招致迫害。而很有意思的是,李兆洛这篇序言安放的位置和一般序跋略有不同,一般序文皆置于文集卷首。《骈体文钞》卷首就有吴育的序,而李兆洛的序分成上、中、下三部分,分别置于其《骈体文钞》上篇、中篇和下篇的目录后面,文字检查官若不仔细翻检,极易将序言与目录一并带过,此中关节别有意味。

三、清代考据学与骈文创作

“我国自秦以后,确能成为时代思潮者,则汉之经学,隋唐之佛学,宋及明之理学,清之考证学,四者而已。”③谈清代骈文创作与清代文化思潮的关系,首论清代的考据学,由于清代考据学的兴盛,以惠栋、戴震为代表的乾嘉学派成就卓著、硕果累累,在经学、史学、文学、音韵、天算、地理以及古籍的校勘、目录、辑佚、辨伪等方面取得很大的成就,其扎实严谨的学风和考证方法影响深远。整个社会的文人阶层都以有学问懂考据为荣,尤其是乾、嘉之间考据学几乎独占民间学界,即使官方学界素来推崇宋学,也无法改变。清

① 〔清〕陈维崧《四六金针》,丛书集成初编本。
② 杨旭辉《清代骈文史》,人民出版社 2013 年版,第 183 页。
③ 梁启超《中国近三百年学术史》,东方出版社 2004 年版,第 12 页。

室帝王尚且对考据学从风而靡,其他更不必说了。而社会中下层的文人百姓也附庸风雅,祝寿祭奠都喜欢用骈文点缀气氛,在此风气感染之下,清代骈文集序跋也往往掺入考据这一尺杆。清代考据学对骈文集的影响有两个方面:一是骈文对学识的关注;二是骈散之争。

骈文隶事、对偶、词藻、声律四大特征是今人总结出来的,在清代骈文集序跋中,非常关注骈文家的学识渊博与否,即张廷玉《善卷堂四六序》"四六征事奥衍,尤非腹笥渊博不能究其崖略"①所云尔。尤其是乾嘉时期的学者兼骈文家在骈文创作上不仅"以学济文",甚至在文章内容方面"说经文字多排偶"②,直接以骈文论学述学。如纪昀《钦定四库全书告成恭进表》、凌廷堪《西魏书后序》等皆以骈文论学。晚清学者李慈铭曾欲辑《国朝骈俪说经文》,可见一时风气之盛。具体到骈文集序跋,其对学识的关注首先体现在骈文集序跋执笔者大多为学识渊雅之士,如魏禧、毛先舒、毛际可、沈德潜、吴鼒、方东树、俞樾、汪瑔、曾燠、袁枚、汪之昌、李兆洛、金兆燕、吴锡麒、梁章钜、梅曾亮、李慈铭、章炳麟等均有骈文集序跋存世,这其实很好理解,骈文征典博奥,非腹笥丰赡者不能明其意,给骈文集作序跋,一般人还真难以下笔,非有相当的学识不可。其次,因为考据学的兴起,汉学家出于与宋学家相抗衡的目的,推扬骈文,骈文与博学相联系,正好与汉学相应,故骈文集序跋对骈文作家是否有渊博的学识异常关注。石韫玉《袁文笺正序》:"近世果无能颉颃者,刘舍人所谓树骨训典之区,取材宏富之域,殆庶几焉。顾其学博,其辞赡,直如杜诗韩笔,字字皆有来历。读者不知所出,辄茫然兴望洋之叹。"③石韫玉认为袁枚骈文的特点是学博辞赡,字字有来历,空疏之士,只能望其文而兴叹。

陈文述《烟霞万古楼集序》亦云:"王君邃于史及诸子百家之集,又精通乾竺之学,故其为文奇古奥博,俾读者如读淮南吕览,又如入琅嬛委婉,所见皆上古之书,故其文非近世骈俪家所及。"④陈文述把王仲瞿骈文风格概括为"奇古奥博",原因在于他的骈文融史、诸子、乾竺之学于一体,如《淮南子》《吕氏春秋》那样包罗万象。王仲瞿的《烟霞万古楼集自序》则为本人的才学自傲,"予髫幼成文,中年万里,经史烂于胸中,云山乱于脚底,自以为才学识皆当有也"⑤,可谓知行合一,行万里路,读万卷书。而据王诒寿的《书王仲瞿〈烟霞万古楼文集〉后》所云,王仲瞿所学甚博,"吾闻先生邃于史学,好言经济,明治法,谙掌故,使得列身丹序,振徽紫微,岂不能宏措施,议礼乐,颉颃董晁之林,揖让夔龙之列,况乃学兼兵家,善有手臂"⑥,大约涉及史学、经济学、法学、文学、阴阳道家、礼乐兵家

① 〔清〕陆繁弨《善卷堂四六》卷首,《四库存目丛书》集部第257册。

② 〔清〕谭莹《乐志堂诗集》,《续修四库全书》第1528册,上海古籍出版社2002年版,第543页。

③ 〔清〕石韫玉《独学庐四稿》,《清代诗文集汇编》第447册,第477—478页。

④ 〔清〕王仲瞿《烟霞万古楼文集》,《清代诗文集汇编》第447册,第692页。

⑤ 〔清〕王仲瞿《烟霞万古楼文集》,《清代诗文集汇编》第447册,第692页。

⑥ 〔清〕王诒寿《缦雅堂骈体文》,《清代诗文集汇编》第712册,第507页。

之类,孙原湘《王仲瞿〈烟霞万古楼集〉序》则将其才学扩张到几乎无所不及的境域:“嗟乎,仲瞿其才辩,其学博,…… 于兵农礼乐天宫,河渠旁及百家艺术之书,靡不讲明切究。”[①]读其骈文如《谷城西楚霸王墓碑》:“盘古葬魂,大王葬身。魂为雷霆,身为风云;皮毛为草木,发髭为星辰;头为东岳,左臂为衡;足为西岳,右臂为恒;喜为晴,怒为阴;精髓为玉,齿骨为金;江河其血,地里其筋;筋眼为日月,蛆虫为黎民。三百里海南之墓,周一亩大王之坟。”[②]文章构思立意奇特瑰玮,纵横开阖,俯仰吐纳,尽显其隽桀廉悍的骈文风格。

“隽桀廉悍”一语来自谭献在日记中对王仲瞿骈文的概括,谭献亦承认王仲瞿骈文之史学功底深厚:“王仲瞿《烟霞万古楼文》六卷,鄂中新刻,仲瞿骈文隽桀廉悍,劲气直达,颇以才多为累,有点鬼薄之讥。仲瞿之病在过求生铲。昨夕阅彭甘亭文,又嫌结调太熟,故知金玉其相卓哉,有斐甚难。其人如仲瞿之熟于史,湘涵之深于选,固不易到。”[③]王仲瞿才气过盛甚至作文有“点鬼簿”之讥,“点鬼簿”是讽刺诗文的滥用古人姓名或堆砌故实之典,语出张鷟《朝野佥载》卷六:“时杨(杨炯)之为文,好以古人姓名连用,如‘张平子之略谈,陆士衡之所记’‘潘安仁宜其陋矣,仲长统何足知之’。号为点鬼簿。”[④]王仲瞿骈文虽是过犹不及,但也体现了骈文和学识相生相伴,不可分离的现实。

在清代考据之风的影响下,创作骈文需要才学是清人共识。吴鼒曾选《八家四六文钞》,其《八家四六文钞序》加上八篇题词共九篇,就有五篇论及包括考据在内的学识对骈文创作的影响。如《八家四六文钞序》云:“众制分门,元音异器,兹集局于四六一体。道则同贯,艺有独工,所录在此也。此数公者,通儒上才,或修述朴学,传薪贾郑,或喁于乐府,嗣响雅骚。”说的是朴学、儒学、秦汉乐府对骈文的影响。《问字堂外集题辞》云:“渊如已一其志治经,取少作尽弃之,而独好余所为四六文,以为泽于古而无俗调。”孙渊如乃经学大师,其四六文泽于古。还有考据名家汪中骈文融经术词术于一体,惜作品不传于世:“容甫遗文有述学内外篇,经术词术并臻绝诣,所为骈体,哀感顽艳,惜皆不传。……太史于经通小学,于史通地理学,自叙所著书与他人说经之书多用偶语述其宗旨。”[⑤]而同为考据名家的洪亮吉骈文的一大特点就是直接用骈文来说经解经,这种学术骈文是清代骈文的独有之作,毫无疑问深深地打上考据学之烙印。

清代的科举考试、文化专制和考据学的兴盛从外部社会环境助推清代骈文的复兴,然而随着晚清革命和新文化运动的到来,外部社会环境改变,不可避免地导致包括骈文在内的古代文学走向末路。然 1903 年张之洞修改《奏定学堂章程》云:“中国各体文辞,

---

① 〔清〕孙原湘《天真阁集》,《清代诗文集汇编》第 464 册,第 440 页。

② 〔清〕王仲瞿《烟霞万古楼文集》,《清代诗文集汇编》第 457 册,第 695 页。

③ 〔清〕谭献《复堂日记》卷五,光绪丁亥本。

④ 〔唐〕张鷟《朝野佥载》卷六,四库全书本。

⑤ 〔清〕吴鼒《八家四六文注》卷首,民国二十三年本。

各有所用。古文所以阐理纪事,述德达情,最为可贵。骈文则遇国家典礼制诰,需用之处甚多,亦不可废。古今体诗辞赋,所以涵养性情,发抒怀抱,中国乐学久微,借此亦可稍存古人乐教遗意。中国各种文体,历代相承,实为五大洲文化之精华,且必能为中国各体文辞,然后能通解经史古书,传述圣贤精理,文学既废,则经籍无人能读矣。"[①]中国各种文体,各有所适,各有偏重,不可偏废,且骈文追求"文饰",主张形式美的文学创作思想将会伴随着历代的文学创作而永恒存在。

作者简介:

王正刚,1978 年生,湖南邵阳人。文学博士,广西科技师范学院桂中文化研究中心研究员,副教授。主要从事骈文学、清代文学研究。

① 〔清〕张百熙、荣庆、张之洞《学务纲要》,舒新城编《中国近代教育史资料》上册,人民教育出版社 1961 年版,第 204 页。

清初成芸生平、著述及其《四六余话补》考论*

张明强

内容摘要:明清山东邹平成氏家族乃著名的文化世家,成芸是清初成氏家族代表人物,著述丰硕,颇有成就,然未受到应有重视。兹详考成氏家族成员,揭示其家族诗书传家、代有著述的家族特点,并首次考证成芸生平仕履,考索其著述存佚情况,全面揭示其人其文。成芸《四六余话补》仅见山东省图书馆藏抄本,是清代首部精心编撰的汇编型骈文话,开创了清代汇编型骈文话的先河。该书辑录范围广,重视明代骈文资料是其显著特色。选录大量对偶句,兼备对偶句选本的功能,是典型的为骈文写作准备的文用之书。此书是南宋应世骈文话的异代回响,反映了应世骈文在清代的需求,与其后《宋四六话》《四六谈荟》形成清代汇编型骈文话系列,《四六余话补》在骈文批评史上具有承启意义。

关键词:成芸;邹平成氏家族;《四六余话补》;骈文话

在文章批评领域,文话著作始创于宋代王铚《王公四六话》,属于骈文话范畴。中国骈文话著作可分为三类。第一类为自撰型,如《王公四六话》、谢伋《四六谈麈》、沈维材(1697—?)《四六枝谈》、刘师培《文说》。元代陈绎曾《文章欧冶》附《四六附说》讲述四六作法,虽多本之宋人,亦有心得之言,可归入此类。第二类为辑录他人资料而成的汇编型,如南宋杨囦道《云庄四六余话》、祝穆编《新编四六宝苑群公妙语》前二卷《议论要诀》①、清代彭元瑞辑《宋四六话》十二卷、范濂(1846—1905)《四六谈荟》一卷等。第三类为理论和资料混合型,乾隆末年,孙梅编纂《四六丛话》三十三卷,别创体例,采取理论和资料辑录并举的模式。

明代嘉靖以后,骈文创作逐渐繁兴,到万历年间,骈文在仕宦、日常应酬方面盛行,与

* 本文系国家社会科学基金项目“中国骈文学通史”(21XZW012)的阶段性成果。

① 〔宋〕祝穆所编《新编四六宝苑群公妙语》原本四十三卷,卷一、卷二为《议论要诀》,乃分题辑录宋代四六评论资料,卷三为《宏词提纲》,卷四至卷二十五为《名公私稿》,卷二十六至卷四十三为《散联》。从目录可知,该书为南宋词科考试用书,与王应麟《辞学指南》类似。广东中山大学图书馆藏明抄本,存前二十五卷。台湾“国家图书馆”藏明抄本存前二卷,《古今诗话丛编》(广文书局 1973 年版)、《中国诗话珍本丛书》(北京图书馆出版社 2004 年版)第 3 册据以影印。版本信息参见沈如泉《〈新编四六宝苑群公妙语〉考述》(《西南交通大学学报[社会科学版]》2018 年第 1 期)、侯体健《中山大学藏明钞残本〈新编四六宝苑群公妙语〉考述》(《文献》2018 年第 4 期)。

之对应，骈文选本层出不穷，然骈文话并未与之共同繁荣[1]，但骈文话这种独特的文学批评方法仍对骈文写作有指导作用，故有清一代，骈文话逐渐繁兴，仍是骈文批评的重要一维。而在这方面最可注意的是清初山东济南府邹平人成芸（1665—?）所撰汇编型骈文话《四六余话补》，仅见山东省图书馆藏清抄本，《历代文话》《历代文话续编》未收录，此书及其编者成芸皆不被人关注，兹考索成芸家世生平并揭示《四六余话补》在中国批评史上的意义。

一、成芸家世生平考述

明清时期，山东济南府邹平成氏家族乃当地望族，诗书传家，代有著述，在文学、方志学、经学等方面颇有成就。

（一）成芸家世考

成芸先祖约于元明之际从枣强县迁居邹平县，逐渐繁衍，至第七代成己始通过科举入仕[2]，成芸《雪岩翁集》云："考之家乘，先人迁自枣强，代有隐德。前朝隆庆丁卯，固原翁以壁经获隽，遂为吾家科名之始。"[3]成己，字尔仁，号静山。山东邹平县人。成宪长子。成芸高祖父。十七岁为县学生，明隆庆元年丁卯（1567）举人。万历二十年壬辰（1592），任直隶保定府雄县知县，改固原州知州，三月罢归，不复出仕。子三，长子成景运，次子成嘉运，三子成升运。生平参见《（道光）邹平县志》卷十五《成己传》[4]。

成升运（1580—1661），字元坤，号宝月。成芸曾祖父。贡生。天启七年丁卯（1627），与兄成景运、成嘉运同时出仕。官两淮盐运司判官，秩满去官，家居以终。子三，长子成和征，次子成端征，三子成晋征。生平参见《（嘉庆）邹平县志》卷十五《成升运

① 目前所见明人辑录汇编型骈文话仅有《容斋四六丛话》，《笠泽堂书目》著录"《容斋四六丛话》，一册"（《宋元明清书目题跋丛刊》第5册，中华书局2006年版，第567页），《笠泽堂书目》是明末王继贤藏书目录，编者为王氏之子（参见王天然《〈笠泽堂书目〉撰人小识》，《版本目录学研究》第四辑，北京大学出版社2013年版，第457—459页）。据《（康熙）长兴县志》（清康熙十二年刻本）卷七《历朝科第考》、卷八《王继贤传》，《（康熙）蒙城县志》（清康熙十五年刻本）卷六《职官》，以及《中国科举录汇编》第9册《万历二十九年进士登科录》（全国图书馆文献缩微复制中心2010年版，第77页），王继贤（1574—?），字希之，万历二十二年（1594）举人，万历二十九年成进士，万历三十五年任蒙城知县，其后升任南京刑部主事，给假归家，欲赴官，旋卒。明末外官六十五岁致仕，王氏未到致仕年龄即去世，则卒于明末无疑。《笠泽堂书目》集部将宋濂《宋学士文集》等归入"国朝人诗文集"，此书的编纂亦在明末。综上，《容斋四六丛话》为明末王继贤所藏，此书乃明人从宋洪迈《容斋随笔》等著作中辑录而成，未见传本，其后清初《学海类编》收录《容斋四六丛谈》，或为同一书，收录时更名而已。

② 成氏家族早期迁移经历据卢兴国《修志世家邹平成氏家族》，《寻根》2017年第3期。

③〔清〕成芸《雪岩五种》之《雪岩翁集》，《山东文献集成》第二辑第32册，山东大学出版社2007年版，第236页。

④〔清〕罗宗瀛总修，〔清〕成瓘纂《（道光）邹平县志》，清道光十六年刻本。

传》[①]、《(道光)邹平县志》卷十五《成升运传》[②]。

成和征,字征子。成芸祖父。顺治十四年(1657)岁贡,康熙十五年(1676),任山东曹州府观城县训导。康熙五十八年(1719),入祀观城名宦祠。撰《成氏家训》二卷(上卷《书绅录》,下卷《涉世要言》,附录诗文)。生平参见《(嘉庆)邹平县志》卷十三、卷十五《成和征传》、卷十七[③]。

成晋征(1621—1700),字昭其。顺治五年戊子(1648)举人,六年己丑成进士,历官浙江衢州府西安县知县、山西太原府同知。著《长白樵语》《邹平景物志》十六卷、《邹平艺文志》。生平详见《(嘉庆)邹平县志》卷十五《成晋征传》、卷十七[④]。

成瑞石,字潭水。成景运次子。清顺治八年辛卯(1651)举人,顺治十五年戊戌(1658)进士。康熙三年(1664)官广西浔州府贵县知县,病卒于官。生平参见《(嘉庆)邹平县志》卷十五《成瑞石传》[⑤]、《(道光)邹平县志》卷十五《成瑞石传》[⑥]。

成厚发(1629—1705),字竺公。妻吕氏(?—1693)。成和征之子,成芸之父。邹平县学诸生。雍正间,因成芸官,赠聊城教谕。成芸《闲居笔麈》卷一载:"癸酉,先慈见背,六年,余始邀乡荐。先严悲喜交集,……又六年先严捐馆舍,又十年,余乃得仕聊城,已有愧于捧檄之喜,雍正癸卯,遇覃恩,貤封之典。"[⑦]撰《纪年诗草》一卷(成启洸辑《邹平成氏诗钞》三种之一)、《传信录》。子四,长子成兰,次子成苣(字仲芳),三子成芝,四子即成芸。生平参见《(道光)邹平县志》卷十三、卷十七[⑧]、《(道光)济南府志》卷五四《成芸传》[⑨]。

成兆丰(1720—1772),字武芑,号德川,又号竹斋。成厚发曾孙,成芝孙,成芸侄孙,成亦朴子。清雍正十一年癸丑(1733),年十四入县学,乾隆九年甲子(1744)举人。乾隆十九年甲戌(1754)中明通榜进士,官滕县教谕。乾隆二十八年癸未(1763),会试中式,丁内艰归,未预殿试。乾隆三十三年戊子(1768),官高唐州学正,乾隆三十四年己丑(1769),补廷试,中进士,仍回任高唐州学正。与修《东昌府志》,乾隆三十七年(1772),卒于官。长子成启沦,郡增广生;次子成启洸。撰《竹斋集》四卷(诗三卷,文一卷)、《竹斋诗草》一卷(成启洸辑《邹平成氏诗钞》三种之三)。生平参见《(嘉庆)邹平县志》卷十

① 〔清〕李琼林等总修,〔清〕成启洸、〔清〕成瓘等纂《(嘉庆)邹平县志》,清嘉庆八年刻本。

② 〔清〕罗宗瀛总修,〔清〕成瓘纂《(道光)邹平县志》。

③ 〔清〕李琼林等总修,〔清〕成启洸、〔清〕成瓘等纂《(嘉庆)邹平县志》。

④ 〔清〕李琼林等总修,〔清〕成启洸、〔清〕成瓘等纂《(嘉庆)邹平县志》。

⑤ 〔清〕李琼林等总修,成启洸、成瓘等纂《(嘉庆)邹平县志》。

⑥ 〔清〕罗宗瀛总修,〔清〕成瓘纂《(道光)邹平县志》。

⑦ 〔清〕成芸《雪岩五种》之《闲居笔麈》,《山东文献集成》第二辑第 32 册,第 239 页。

⑧ 〔清〕罗宗瀛总修,〔清〕成瓘纂《(道光)邹平县志》。

⑨ 〔清〕王赠芳等修,〔清〕成瓘等纂《(道光)济南府志》,《中国地方志集成》之《山东府县志辑》第 3 册,凤凰出版社 2004 年版,第 17 页。

五《成兆丰传》、卷十七[①]、《(道光)济南府志》卷五四《成亦朴传》《成兆丰传》《成启沦传》《成启洸传》[②]。

成启洸,字静溪。乾隆五十四年己酉(1789)拔贡,嘉庆六年辛酉(1801),参与纂修《(嘉庆)邹平县志》,用力独多。辑《邹平成氏诗钞》三种三卷(包括《纪年诗草》一卷,成厚发撰,成芸辑;《雪岩诗草》一卷,成芸撰;《竹斋诗草》一卷,成兆丰撰),嘉庆十年(1805)刻本。生平参见《(道光)济南府志》卷五四《成启洸传》[③]。

成瓘(1763—1841),字肃中,号篛园,晚号古稀迂叟。成启沦四子,瓘为长子。成芸从玄孙。乾隆五十八年(1793),受知于山东学政阮元。清嘉庆六年辛酉(1801)举人,九次参加会试不第。道光十三年癸巳(1833),与弟成琅同修《济南府志》,十五年,修成归里,续纂《(嘉庆)邹平县志》,成《(道光)邹平县志》。撰《篛园日札》十卷、《篛园续札》六卷附一卷、《篛园余札》一卷,山东省图书馆藏稿本,《山东文献集成》第二辑第26册、《中国华东文献丛书》据以影印。据《(民国)邹平县志》卷十七载,《篛园日札》八册、续札四册、《余札》二册(商务印书馆据成瓘七世孙成慧生藏《篛园日札》八册手稿排印)[④],其他有《篛园医说》四册、《篛园医说续编》四册、《岐阳十鼓辨证》等,辑录《成氏丛书》。弟成琅,成启沦次子,字宝西,号西园。嘉庆十二年丁卯(1807)举人。撰《锄经摭记》十四卷,山东省图书馆藏抄本。生平参见《(民国)邹平县志》卷十五《成瓘传》、卷十七[⑤]。

以上主要考察邹平成氏家族中与成芸关系密切的成员,除此之外仍有成兆豫、成启恩、成全等,不一一列举。从中可见山东邹平成氏家族诗书传承,著述丰硕,成芸濡染于这样具有深厚家族文化传统的家庭,为其追求科举功名和著述奠定基础。

(二)成芸生平事迹考辨

关于成芸生年和中举时间,成芸《雪岩五种》之《闲居笔麈》卷一云:"丙寅年,余二十二岁。"[⑥]丙寅为康熙二十五年(1686),由此推知成氏生于康熙四年乙巳,即1665年。《雪岩五种》之《雪岩翁集》云:"迨康熙己卯,小子又邀乡荐。"又《雪岩五种》之《闲居笔麈》卷二云:"随斋先生,己卯典山东试,余出其门。"[⑦]成氏康熙三十八年己卯(1699)举人,是年山东乡试主考官为桐城张英之子张廷瓒(号随斋),故云"余出其门"。

关于成芸仕宦履历。成芸《雪岩翁集》之《古诗臆解叙》云:"岁在丙申,余侨寄胶

---

① 〔清〕李琼林等总修,〔清〕成启洸、〔清〕成瓘等纂《(嘉庆)邹平县志》。

② 〔清〕王赠芳等修,〔清〕成瓘等纂《(道光)济南府志》,《中国地方志集成》之《山东府县志辑》第3册,第18—19页。

③ 〔清〕王赠芳等修,〔清〕成瓘等纂《(道光)济南府志》,《中国地方志集成》之《山东府县志辑》第3册,第19页。

④ 〔清〕成瓘《篛园日札》,商务印书馆1958年版。

⑤ 栾钟垚等修《(民国)邹平县志》,《中国地方志集成》之《山东府县志辑》第26册,第369、521—532页。

⑥ 〔清〕成芸《雪岩五种》之《闲居笔麈》,《山东文献集成》第二辑第32册,第240页。

⑦ 〔清〕成芸《雪岩五种》,《山东文献集成》第二辑第32册,第236、247页。

西。"文后成瓘补记云:"瓘按,翁是年选聊城教谕,其侨寄胶西,盖署任也。"又《济北杂咏自叙》云:"康熙丙申岁,得官聊城司铎。"《闲居笔麈自叙》云:"余自丙申司聊城铎,八年于兹矣。"[①]则康熙五十五年丙申(1716)选聊城县教谕。然《(宣统)聊城县志》卷六"教谕"条载,成芝,德州卫举人,康熙五十五年任[②],成芝乃成芸三兄,成芸自叙、成芸从玄孙成瓘补记皆以为此年官聊城教谕,县志或记载有误。成芸《雪岩翁集》云:"雍正乙卯年,翁官登州府教授。"又其《移情集自序》云:"雍正己酉岁,余捧檄教授东牟,夏六月,冒暑抵任。"[③]知成氏于雍正七年己酉(1729)由聊城县教谕迁登州府教授。《(光绪)增修登州府志》卷二十五载,成芸于雍正七年任府学教授,下一任郁维釴于乾隆元年(1736)任[④]。成氏于乾隆元年卸任,或卒于官,或去职归家。

结合以上考证,列成芸小传如下:

成芸(1665—?),字季芷,号雪岩。清山东济南府邹平县人。成和征之孙,成厚发第四子。成氏家族乃诗书传家,自明末成己开始,形成良好的家族文化传统。芸早年读书于肃然山下,博学多闻。康熙三十八年己卯(1699)山东乡试第五名举人,出山东乡试主考官张廷瓒之门。考授内阁中书。康熙五十五年(1716),选东昌府聊城县教谕,雍正七年(1729)迁登州府教授。任职期间,汲引人才,教诲不倦。芸博览群书,著述甚富,今存《雪岩五种》八卷、《雪岩诗草》一卷(《邹平成氏诗钞》三种之二)。生平事迹参见《(道光)邹平县志》卷十三、卷十五《成芸传》、卷十七[⑤]、《(道光)济南府志》卷五四《成芸传》[⑥]。

二、成芸著述考

成芸一生只做过教官,公务清闲,平日勤于撰述。详考其著述情况,以便更好阐述他的骈文学成就。

1.《雪岩五种》八卷,包括《雪岩翁集》一卷、《闲居笔麈》三卷、《珠船录》二卷、《四六余话补》一卷、《雪岩杂录》一卷。成芸撰,清抄本,山东省图书馆藏。

《雪岩五种》八卷,书中有成芸从玄孙成瓘补记,此书乃由成瓘整理编次。《中国古籍善本书目》子部杂家类著录《雪岩翁集》八卷,清成芸撰,清抄本,山东省图书馆藏。子

---

① 〔清〕成芸《雪岩五种》之《雪岩翁集》,《山东文献集成》第二辑第32册,第233、235、235页。

② 〔清〕豫咸等主修《(宣统)聊城县志》,《中国地方志集成》之《山东府县志辑》第82册,第62页。

③ 〔清〕成芸《雪岩五种》之《雪岩翁集》,《山东文献集成》第二辑第32册,第233、236页。

④ 〔清〕方汝翼等修《(光绪)增修登州府志》,《中国地方志集成》之《山东府县志辑》第48册,第265页。

⑤ 〔清〕罗宗瀛总修,〔清〕成瓘纂《(道光)邹平县志》。

⑥ 〔清〕王赠芳等修,〔清〕成瓘等纂《(道光)济南府志》,《中国地方志集成》之《山东府县志辑》第3册,第17—18页。

目包括《闲居笔麈》三卷、《珠船录》二卷、《四六余话补》一卷、《雪岩杂录》一卷、附一卷[①],《中国古籍总目》子部第 4 册据《中国古籍善本书目》著录[②]。《雪岩五种》目前仅见山东省图书馆藏清抄本,《山东文献集成》第二辑第 32 册据以影印,包括《雪岩翁集》一卷,而《雪岩杂录》虽有诸多成瓘按语和补充资料,但并不能简单归入附录一卷,依据《山东文献集成》目录著录为优。

《雪岩翁集》一卷,成芸著。选录成氏文章,主要是序跋,亦载他人为成芸之书所作序。由序跋可知,成氏另著有《济北杂咏》《竹头木屑录》《冬行漫草》《移情集》,编辑《世德世科录》。

《闲居笔麈》三卷,成芸著。《雪岩翁集》之《闲居笔麈自叙》谓"熟闻于祖父师友及足迹所阅历者,濡笔录出,以代麈谭。而论断古人、品骘文词者,亦间附之"[③],此书属于笔记类。

《珠船录》二卷,一名《珠船集》,成芸编。荟萃他书资料而成。成芸《雪岩五种》之《雪岩翁集》载《四六余话补自叙》云:"数年来,博览群籍,既成《珠船录》,而遇骈体之工,辄为摘出。"[④]《(道光)邹平县志》卷十七"珠船集"条所录成芸自序乃《四六余话补自叙》,云:"余数年来搜览群籍,既集成《噾秋笔记》,而遇骈体之工者辄为摘出。"据此,《噾秋笔记》和《珠船录》似为一书异名,然卷数差别很大。又"珠船集"条最后载:"王徽之有云'读书得一义如获一珍珠船',乃取以名其集焉。康熙丙申闰三月立夏节雪岩氏书于胶西署中。"[⑤]是为《珠船录》所作序。

《四六余话补》一卷,成芸编。《雪岩翁集》之《四六余话补自叙》云:"古今诗话、词话无虑数十家,而谭及四六者无闻,亦艺林憾事也。丙戌春,读书于长山李氏,偶阅元人陶九成《说郛》书目,有相国道《四六余话》一卷,不胜惊喜,翻阅之,止寥寥数则,知非当日完璧矣。数年来,博览群籍,既成《珠船录》,而遇骈体之工,辄为摘出,积久成帙,虽沧海不无遗珠之叹,亦差足补《余话》之阙也。"[⑥]陶宗仪《说郛》本《四六余话》署相国道,为杨囦道之误,共录八条,乃节录杨囦道《云庄四六余话》。成氏此书为补《说郛》本《四六余话》之未备而编。

《雪岩杂录》一卷,成芸编。此书乃摘录他书内容以及当时文字,特别是关于清初边大绥掘李自成祖墓之事,成瓘补充资料,颇资考证。

---

① 中国古籍善本书目编辑委员会编《中国古籍善本书目(子部)》,上海古籍出版社 1996 年版,第 593—594 页。

② 中国古籍总目编纂委员会编《中国古籍总目(子部)》第 4 册,上海古籍出版社 2010 年版,第 1733 页。

③〔清〕成芸《雪岩五种》之《雪岩翁集》,《山东文献集成》第二辑第 32 册,第 235 页。

④〔清〕成芸《雪岩五种》之《雪岩翁集》,《山东文献集成》第二辑第 32 册,第 234 页。

⑤〔清〕罗宗瀛总修,〔清〕成瓘纂《(道光)邹平县志》。

⑥〔清〕成芸《雪岩五种》之《雪岩翁集》,《山东文献集成》第二辑第 32 册,第 234 页。

2.《雪岩诗草》一卷,成芸著,《邹平成氏诗钞三种》三卷本,清嘉庆十年乙丑(1805)家刻本。中共山东省委党校图书馆藏。

《邹平成氏诗钞三种》三卷,成启洸辑,包括成厚发《纪年诗草》一卷,成芸辑;成芸《雪岩诗草》一卷,成兆丰《竹斋诗草》一卷,清嘉庆十年家刻本。中共山东省委党校图书馆藏,《山东文献集成》第四辑第 34 册据以影印。

《雪岩诗草》一卷,卷首成启洸《识》云:"兹检遗稿,取数十首,附《纪年诗》卷后。并付剞劂,以见父子济美之意云。嘉庆十年乙丑中秋,侄曾孙启洸谨识。"[①]此书刻于嘉庆十年(1805),由侄曾孙成启洸编辑刻印。

成芸《雪岩翁集》之《纪年诗跋》后成瓘云:"瓘按,翁所抄《纪年诗》,向日未见原本,故遗翁跋,今校静溪叔所刻《纪年诗草》始得之。叔云'自丁卯迄乙酉,凡十九年,啸傲林泉,高情逸致,发为咏歌,而孤介之气,时时著于笔墨间。兹重为校录,刻数十首,并以雪岩翁原跋附之'。此嘉庆乙丑年事也。"[②]亦可证包括《纪年诗草》在内的《邹平成氏诗钞》由成启洸(字静溪)编辑,刻于嘉庆十年乙丑。

3.《雪岩集》四卷(诗词各二卷),成芸著。佚。

《(道光)邹平县志》卷十七著录[③]。

4.《韵府绮言》二卷,成芸编。佚。

该书有苏伟《叙》云:"自唐以上,《古诗纪》搜辑略备,而唐以下未有能续之者。凡专集以外,学者之箴铭、闾巷之歌谣,单辞只句,散见而人不经睹者,曷可胜数?成子季芷肆为搜罗,先集成二卷,将以广之,其亦嗜古而好奇者矣。夫前则本之诗,后则遍搜史集以及稗官野乘,以补其前之未备,以订其讹,以广其后之纪述。……康熙三十四年正月上元苏伟题并书于春明慎斋。"[④]则此书搜集唐以后散见的歌谣和箴铭等押韵句子。苏伟序作于康熙三十四年乙亥(1695),此时成氏三十一岁,书当成于此时。清抄本《雪岩翁集》载张秉锳《韵府绮言叙》和成氏《韵府绮言自叙》。

5.《精骑集续编》,成芸编。佚。

是书从经传子史中辑录作文用料,纂辑成编。《(道光)邹平县志》卷十七著录[⑤]。成芸《雪岩翁集》载《精骑集小叙》云:"昔秦少游杂取经传子史之可为文用者,汇为一编,颜曰《精骑集》,取六朝人'我有精骑三千,足敌君羸师数万'语也。乙亥春,仿淮海遗意,纂

---

① 〔清〕成芸《雪岩诗草》卷首,《邹平成氏诗钞三种》本,《山东文献集成》第四辑第 34 册,山东大学出版社 2011 年版,第 19 页。

② 〔清〕成芸《雪岩五种》之《雪岩翁集》,《山东文献集成》第二辑第 32 册,第 238 页。

③ 〔清〕罗宗瀛总修,〔清〕成瓘纂《(道光)邹平县志》。

④ 〔清〕罗宗瀛总修,〔清〕成瓘纂《(道光)邹平县志》卷十七"韵府绮言"条。

⑤ 〔清〕罗宗瀛总修,〔清〕成瓘纂《(道光)邹平县志》。

成一帙，为《精骑集续编》云。”①书当编成于康熙三十四年乙亥。

6.《𫃤秋笔记》十六卷，成芸编，佚。

该书“自《文选》《拾遗》《述异》《伽蓝》诸记，龙辅《女红录》《清凉山》《台湾》等志数十种，随所观览，节录成帙，盖类书也”②。

三、清代首部汇编型骈文话《四六余话补》的骈文批评意义

题陈维崧《四六金针》和洪迈《容斋四六丛谈》这两书收入清初曹溶编、陶越增订《学海类编》之集余三“文词”，丛书长期以抄本流传，清道光十一年（1831）六安晁氏刻之，民国间上海涵芬楼据之影印③。《四六金针》乃由陈绎曾《四六附说》稍微改动而成，非陈维崧撰，《容斋四六丛谈》则从洪迈《容斋随笔》等书辑录编定，据前面考证，当为明末《容斋四六丛话》改名而来。这两部书虽非清人所撰，但都是在清初传抄，反映了清初对骈文话的需求，也可见宋元骈文文献成为清初骈文学的重要资源。《四六金针》和《容斋四六丛谈》都是辑录前代某人著述而成，成芸《四六余话补》与之不同，这部书是成芸广搜博考，汇编而成，是清代首部汇编型骈文话，反映了清代骈文编纂的一种重要方式。

《四六余话补》乃续补《说郛》本《四六余语》（《四六余话》）而编，成芸《四六余话补自叙》云：“丙戌春，读书于长山李氏，偶阅元人陶九成《说郛》书目，有相国道《四六余话》一卷，不胜惊喜，翻阅之，止寥寥数则，知非当日完璧矣。数年来，博览群籍，既成《珠船录》，而遇骈体之工，辄为摘出，积久成帙，虽沧海不无遗珠之叹，亦差足补《余话》之阙也。”④今见《说郛》主要有一百二十卷本和一百卷本，《说郛三种》汇辑影印，一百二十卷本之卷八四有宋相国道《四六余语》，共七条（将一百卷本之前两条合并为一条），除了第一条，其他条前有标题。⑤ 一百卷本之卷二十一载宋相国道《云庄四六余语》二卷，共八条，每条无标题。⑥ 宋刻本《云庄四六余话》卷首署杨囦道深仲。⑦ 可知，《说郛》本之“相国道”乃杨囦道之讹，书名称《四六余语》亦误，然成芸叙谓所见为《四六余话》，不知是否另有别本。《说郛三种》影印一百二十卷本为明刊本，《说郛》在清顺治间曾刊行一次，但删减若干。《四六余话补》“月泉吟社《誓诗坛文》”条征引《誓诗坛文》来自《月泉吟社》，明刊一百二十卷本《说郛》之《月泉吟社》就排在《四六余语》之后，则成氏所见《说郛》当

---

① 〔清〕成芸《雪岩五种》之《雪岩翁集》，《山东文献集成》第二辑第 32 册，第 234 页。

② 〔清〕罗宗瀛总修，〔清〕成瓘纂《（道光）邹平县志》卷十七“𫃤秋笔记”条。

③ 〔清〕曹溶编，〔清〕陶越增订《学海类编》（全 120 册），上海涵芬楼景印道光十一年刻本，1920 年版。

④ 〔清〕成芸《雪岩五种》之《雪岩翁集》，《山东文献集成》第二辑第 32 册，第 234 页。

⑤ 〔元〕陶宗仪等编《说郛三种》第 7 册，上海古籍出版社 1988 年版，第 3900—3901 页。

⑥ 〔元〕陶宗仪等编《说郛三种》第 1 册，第 381—382 页。

⑦ 〔宋〕杨囦道《云庄四六余话》，《中华再造善本・唐宋编》本，北京图书馆出版社 2004 年版。

为明刊本或清初顺治刻本。至于成芸将《四六余语》改为《四六余话》,或是考证之后使用了正确的书名。

据前揭成芸《四六余话补自叙》,康熙四十五年丙戌(1706)春,成氏在长山李氏家见到陶宗仪《说郛》之《四六余话》,数年后,辑成《珠船录》,同时编辑《四六余话补》,其成书当在康熙末年。

《四六余话》本来就是宋代汇编型文话,并非杨困道自撰,《说郛》本乃节录八条,且书名和编者名皆与宋代原书不符。成氏在《说郛》节录本八条基础上编辑《四六余话补》,基本是搜集宋代以来四六资料新编的一部骈文话。《四六余话补》[①]的编纂方法有继承,亦有创新,其骈文批评意义主要体现在以下几方面。

第一,《四六余话补》是清代第一部汇编型骈文话,开创了清代汇编型骈文话的先河。与胡仔《苕溪渔隐丛话》、魏庆之《诗人玉屑》等资料汇编式诗话类似,杨困道《云庄四六余话》是汇编型骈文话的开创者。明清之际通俗骈文流行,对骈文作法的需求大增,宋元时期的骈文批评资料成为重要的凭借,于是汇编型骈文话应运而生。清代骈文话以汇编型为主,以成芸《四六余话补》为创始,其后清代中期彭元瑞辑《宋四六话》十二卷、清末范濂(1846—1905)辑《四六谈荟》一卷等皆是捃集骈文资料而成,由此形成了一个汇编型骈文话系列。

第二,该书辑录范围广,内容丰富,重视明代骈文资料是其重要特点。《四六余话补》共 109 条,从时间上看,从南北朝到明代。该书征引丰富,以宋人资料为夥,《说郛》是《四六余话补》的首要资料来源。《说郛》乃元代陶宗仪编的大型资料汇编,特别对唐宋元笔记小说、诗话、文话等网罗甚富,成芸借助长山李氏家藏《说郛》,广泛辑录。

最值得重视的是有关明代资料的选录,明代资料来源广泛,如《四六余话补》"朱允升名儒也"条当移自焦竑《玉堂丛语》卷一[②],"叶秉敬答欲修怨人书"条取自叶秉敬《类次书肆说铃》下卷论道学之"解报复语"条[③]。"吴天祐作疏"条或取自焦竑《焦氏笔乘》续集卷六"募疏"条[④]。"明徐渭草《进白鹿表》"条当本自徐渭《徐文长三集》卷十三《代初进白牝鹿表》[⑤]。"正统己巳有土木之变"条记景泰帝时所拟骈句亦当摘自明人图书。从所辑明人骈文偶句可知,明代骈文亦有其用场,且有佳句。《四六余话补》重视辑录明人骈文资料,在清代汇编型文话里比较突出,清代中后期的《四六丛话》《宋四六话》《四六谈荟》(仅辑录明代资料一条)皆不重视明代资料。

---

①〔清〕成芸《四六余话补》,《雪岩五种》本,《山东文献集成》第二辑第 32 册。本小节所引《四六余话补》,未注明出处者皆本此。

②〔明〕焦竑《玉堂丛语》,中华书局 1981 年版,第 16 页。

③〔明〕叶秉敬著,〔明〕闵元衢编《类次书肆说铃》,明万历间刻本。

④〔明〕焦竑《焦氏笔乘》,中华书局 2008 年版,第 452 页。

⑤〔明〕徐渭《徐渭集》,中华书局 1983 年版,第 431 页。

第三,重视对偶句的选录,兼备对偶句选本的功能,是典型的为骈文写作准备的文用之书。《四六余话补》109条,每条都引用骈偶佳句,对随笔性故事、轶事等则简略之。与《四六枝谈》编纂体例不同,沈维材《四六枝谈识》谓"《枝谈》借四六为谈柄,非采摘四六佳句也"①。此书本来为补《说郛》本《四六余话》之未备,然《四六余话补》"盘洲帅广时"条和"东坡祭春牛文"条似直接摘自《说郛》本《四六余话》(《四六余语》)"祭春牛文"条。②

成芸擅长骈体,《雪岩翁集》之《科贡题名碑》《柏荣记叙》《寻花小引》《韵府绮言自叙》《冬行漫草序》等皆骈文,辑《四六余话补》选录对偶佳句,可以用为写作骈文之料,同时通过揣摩佳句提高写作水平。从这个意义上说,这部书首先是为成氏自己写作骈文而编纂。成氏自己对同时的汪灏骈文有所称赞,《闲居笔麈》卷二云:"休宁汪灏,以李安溪中丞与何焯、蒋廷锡同荐,汪在寄园,与余联床,赠余《紫沧骈体》一卷。何屺瞻称其'思真刻露,笔可描云',吴青霞评云'琢月镂烟,吹香浣雪',不诬也。"③

第四,明末以来,直到清代前中期,通俗骈文盛行,《四六余话补》不仅继承南宋《云庄四六余话》的体例和批评范式,也内在反映了这一时期是南宋在骈文方面的异代回响。南宋通俗骈文盛行,且词科考试重视骈文写作,谈论骈文作法和骈文轶事的笔记和骈文话相继出现,杨囦道辑录四六资料编成《云庄四六余话》,供习骈者参考,反映了当时对通俗应用性和应试性骈文的实际需求。《四六余话补》继承了《云庄四六余话》的编纂体例,广搜博览,辑录成帙,从另一方面体现了明末至清代前中期通俗骈文的实用价值,这是南宋骈文风气的复归,通俗骈文在社会交往和仕宦中充当重要角色,其实用价值和审美价值都有所展现。

《四六余话补》也存在一些不足和局限,主要有两方面。第一,缺乏系统性的骈文观念统摄资料,整部书显得像单纯的骈文资料堆积。此书的重点依然是单纯的资料辑录,并没有明确的骈文主张贯穿其中。这也是宋代骈文话的特点,在谈论骈文佳句和作法的同时,注意"资闲谈"的功用。第二,该书编纂之后以抄本流传,甚至局限于家族内部,流传不广,后人鲜有提及,故而清代《四六枝谈》《四六丛话》《宋四六话》《四六谈荟》等皆未言及。从这方面亦可见清代康雍时期与乾嘉时期骈文观念的变迁,以及通俗骈文的发展脉络。

明末清初,通俗应世骈文成为骈文界主流,乾嘉时期审美思想由通俗骈文转向典雅骈文,然直到清末,因日常交往和仕宦需要,通俗应世骈文应用广泛,如雍乾时期周池辑《骈语类鉴》四卷(嘉庆二十三年[1818]光霁堂刻本),沿用明清之际选本体例,编为对偶

① 〔清〕沈维材《四六枝谈》卷末,清乾隆四年刻本。

② 〔元〕陶宗仪等编《说郛三种》第7册,第3900页。

③ 〔清〕成芸《雪岩五种》,《山东文献集成》第二辑第32册,第253页。

句选本。通俗骈文与典雅骈文并行,各有佳作,从有清一代骈文话时有编纂即可见其一端。

明代万历以后,通俗应世骈文繁兴,接续南宋骈文应世之风,清初承之,成芸《四六余话补》亦上承南宋《四六余话》,开创清代骈文话新格局,其后彭元瑞辑《宋四六话》、范濂辑《四六谈荟》,都属于同一类型。《四六余话补》作为清代应世骈文的指导专书,具有承上启下的骈文批评史地位。

作者简介:

张明强,1985年生,河南禹州人,文学博士,贵州师范大学文学院教授、博士生导师,文学·教育与文化传播研究中心研究员。研究方向为明清文学、骈文学。

《丽体金膏》的编纂刊行及价值意义

孟 晗

内容摘要：《丽体金膏》是清代马俊良编刊于乾嘉之交的一部骈文选集，载录西汉至清代名臣的骈体奏章201篇。该书见收于《龙威秘书》《艺苑捃华》，屡经刊刻、翻刻，并有便携巾箱本，在清代中期以后的各地书院多有存藏。该书的编纂旨在为当代士人应试、应制提供更切实用、便于仿效的骈文学习范本。选文精当全面，兼顾理论指导，选录大量宋代作品，整体重心偏于清代，开创了专门奏章类骈文选本的类型体例，具有重要时代意义和应用、文献价值，并因此而易于传布，广受好评。

关键词：《丽体金膏》；乾嘉之交；奏进骈文范本；骈散融通；文献价值

马俊良，字嵰山、兼三，又字约堂，浙江石门（今桐乡）人。清乾隆二十六年（1761）进士，初任衢州教授，后官内阁中书。登第以后，以著书自娱，以育材自任，当道争延为书院山长，如山东繁露、山西汾阳、江西白鹭、广西秀峰书院等，皆有所造就。晚年主持广东端溪及越华书院讲席，历年最久，培植尤多，诸生考中进士、举人者数十人。性慷慨，常救人于急难，时皆称其高义。著有《易象要旨》一卷、《禹贡注节读》一卷、《禹贡图说》一卷、①《春秋传说荟要》十二卷、《韵通》四卷、《芄兰集》一卷、《寄篱集》一卷、《例案提要》《律目类钞》《嵰山诗钞》等，还辑刻有《龙威秘书》十集（第六集为《丽体金膏》），辑有《本朝馆阁律赋集腋》②等，编制刻印有地图《京板天文全图》③。嘉庆《嘉兴府志》④卷六十、嘉庆《石门县志》⑤卷十五有传，《两浙輶轩录补遗》⑥卷五载马俊良诗附有小传，嘉庆《石门县志》卷二十载马俊良著述较详。

---

①《禹贡注节读》一卷、《禹贡图说》一卷，现存有清乾隆五十四年端溪书院刻本，《四库未收书辑刊》第三辑第5册收有影印本。

② 刘和文《清人选清诗总集研究》第三章第三节（安徽师范大学出版社2016年版，第149页），提及马俊良此著有清乾隆五十四年坊刻本。

③ 李孝聪《美国国会图书馆藏中文古地图叙录》（中英文本）卷一《世界总图、域外图、全国总图》（文物出版社2004年版，第16页）载有马俊良《京板天文全图》2幅，2幅出自同一印版。

④〔清〕伊汤安修，冯应榴纂《嘉兴府志》，清嘉庆五年刻本。

⑤〔清〕耿维祜等纂修《石门县志》，清道光元年刻本。

⑥〔清〕杨秉初辑《两浙辅轩录补遗》，清光绪十六年浙江书局刻本。

马俊良身为清乾隆间浙江名进士,历任南北各地各大书院山长,交游广泛,著述宏富,思想开阔,是乾嘉时期很值得关注的一位学者。然而学界对马俊良一直关注不多,仅有一些论著和几篇论文略有涉及,所述往往粗略零散、多有讹误。笔者偶阅《丽体金膏》,深感对马俊良有新的认识与发现,不揣陋薄,撰成此文,以待方家指正。

一、《丽体金膏》及其版本流传

《丽体金膏》,是马俊良选编的骈体文选集,又名《名臣四六奏章》《拜飏集》。石门马氏大西山房刊《龙威秘书》本,第一册封面题“丽体金膏”;前五卷卷端题“国朝丽体金膏”“拜飏集”,卷六至卷八卷端题“丽体金膏”“拜飏集”;版心题“丽体金膏”“拜飏集”,扉页题“名臣四六奏章,龙威秘书六集,大西山房”①。

四六、丽体,都是骈文之别称。据莫道才先生《骈文通论》,骈文形成于秦、汉,成熟于东汉、曹魏,繁盛于西晋至初唐,极盛于南北朝,变革于盛唐至南宋,衰落于元、明,复兴于清代,在发展过程中,逐渐形成句型以四字句和六字句为主,并互相夹用的特点。晚唐骈文更是以四六句为时尚,李商隐等人径直把骈文集子取名“四六”。从此,骈文的别名“四六”正式使用。宋代更通行“四六”之说,尽管宋代骈文更多长联对。此后,明清两代,“四六”作为骈文别称一直得到广泛使用。②

《丽体金膏》八卷本为《龙威秘书》本。《龙威秘书》存世版本主要有:

(一)清乾隆五十九年至嘉庆元年(1794—1796)石门马氏大西山房刊本,第一集第一册扉页镌有“龙威秘书,乾隆甲寅年刊”“凡已入秘书廿一种及有专刻者不重载,大西山房”,第二集第一册扉页镌有“嘉庆元年新刊”,半页九行,行二十字,小字双行同。又有巾箱本,版式与此同。国家图书馆、中山大学图书馆、台湾“中研院”历史语言研究所、台湾大学图书馆、台北市立图书馆、日本东京大学东洋文化研究所有藏。《中国丛书综录·汇编·杂纂类》、罗志欢《中国丛书综录选注·汇编·杂纂类》有著录。③ 此本又有江西翻刻本。杨守敬、李之鼎《增订丛书举要》卷五十四《近代丛书部十三·龙威秘书》,称“乾隆马氏大西山房刊巾箱本,江西翻刊”。④

(二)清世德堂重刊本,第一集第一册扉页镌有“凡已入秘书廿一种及有专刻者不重载”“世德堂重刊”,第二集第一册扉页镌有“嘉庆元年新刊”“浙江石门马氏家藏”,第六

---

①〔清〕马俊良《丽体金膏》,清乾隆五十九年至嘉庆元年石门马氏大西山房刊《龙威秘书》本。

② 莫道才《骈文通论》(修订本),齐鲁书社2010年版,第232—315页。

③《中国丛书综录》,上海古籍出版社1982年版,第144—145页;罗志欢《中国丛书综录选注》(上),齐鲁书社2017年版,第81—82页。

④〔清〕杨守敬、李之鼎《增订丛书举要》,见《杨守敬集》第七册,湖北人民出版社等1997年版,第874页。

集第一册扉页题“名臣四六奏章,龙威秘书六集,大西山房”,细黑口,左右双边,各集半页九行二十字或二十一字。国家图书馆、广东省立中山图书馆、华南师范大学图书馆、暨南大学图书馆、湖北大学图书馆有藏,《中国丛书综录选注·汇编·杂纂类》有著录。[①] 按:此本当是后来世德堂据马氏大西山房本重刊,具体刊刻时间已难考究。日本早稻田大学图书馆津田文库亦藏有此本,唯第六集《丽体金膏》缺卷二、卷三。《骈文要籍选刊》第79至80册所收清乾隆世德堂刊《龙威秘书》本《丽体金膏》缺卷二、卷三,或即是据此早稻田大学图书馆所藏世德堂重刊《龙威秘书》本影印,版本误注为“清乾隆世德堂刊”了。[②]

(三)民国二十四年至二十六年(1935—1937)上海商务印书馆《丛书集成初编》本,所据为清马氏大西山房刊本,1985年中华书局影印。

(四)1968年台湾艺文印书馆印行《百部丛书集成》本,据清马氏大西山房刊本影印,《中国丛书综录选注·汇编·杂纂类》有著录。

《丽体金膏》又有四卷本,清同治七年(1868)务本堂刊《艺苑捃华》本所收只有该书前四卷,因均系清人撰作,多被称为《国朝丽体金膏》。光绪《石门县志》卷十《撰述志一·艺文·国朝》载马俊良著述,“《龙威秘书》十集”下原有注曰:“每集八册,大西山房藏板,遭咸丰间兵燹,阙三之一,售板于武林书贾顾氏,今改目《秘书四十八种》行世。”[③]《艺苑捃华》又称《秘书四十八种》,据此可知,是顾氏务本堂以遭兵燹后缺损之《龙威秘书》大西山房藏板重印,所以其中《丽体金膏》只有四卷了。

二、《丽体金膏》的编纂宗旨

《丽体金膏》的编纂,旨在为当代士人应对科举、在朝官员撰进奏章提供更切实用、便于仿效的骈文学习范本。这在马俊良《丽体金膏引》及卷八所载《辞学指南》中都有体现。

马俊良《丽体金膏引》曰:“《行厨》《留青》等集陈陈相因,奏疏略及条陈,殊非体要。夫喜起赓歌,权舆虞代,下及汉世,雍容揄扬。宣上德而尽忠孝,不可阙也。兹集托始《拜飏》,而《奉扬》《云树》《台莱》《絜酒》《侯鲭》等集以次付梓,总曰《金膏》,聊资渲染。”[④]据此可知,《丽体金膏》之编纂,对标的正是《行厨》《留青》这类从日用骈文选本脱胎而来的实用性著述;因不满《行厨》《留青》等类书骈散兼收、因袭琐细、忽略奏疏,遂专选骈体奏进之文刊以行世,实际只成《拜飏》一集。

① 罗志欢《中国丛书综录选注》(上),第81—82页。
② 莫道才编《骈文要籍选刊》,北京燕山出版社2019年版。
③〔清〕余丽元等纂修《石门县志》,清光绪五年刊本。
④〔清〕马俊良《丽体金膏》,清乾隆五十九年至嘉庆元年石门马氏大西山房刊《龙威秘书》本。

汉至宋代,骈文在社会政治活动中一直占有相当重要的地位,科举考试、政府公文、交际书启等,一直通行骈文。对于进入仕途的士大夫而言,骈文是一种非常重要的工作文体,撰写骈文是职责所在。[①] 元明两代,应用方面是以散文为多,骈文衰落,用途极狭隘。明代后期因复社、几社诸人推崇魏晋六朝文学的带动,出现了士人热衷骈体写作的情形,再加晚明科举表文四六化,其时骈文选本多为应酬或举业而作,具有鲜明的实用属性,选文多重表、启、书等体,专选前代表文主要是宋代表文的选本也大量涌现。清初文坛沿此习尚,加上官方学制乃至朝廷特科的某些影响,声势趋壮。[②]

有清一代,世俗的应用应酬骈文一直流行于社会日常生活。而乡试、会试、生员“岁试”“科试”所考均有骈文,乾隆中期又增试律诗;博学鸿词科、庶吉士朝考、翰林考差等均试诗赋;廷试新科进士亦曾骈文与诗文题并出;清廷馆阁风习亦重诗赋骈文。此赋所指主要是律赋,既需通篇限韵为格,又须全篇俳偶成文,在清代被普遍视作骈文之一体。[③] 凡此种种,又极大促进了诗赋与骈文的蓬勃发展,骈文之用由日常交际延伸至朝廷应对。于是,包括士庶商贾在内,社会上存在对骈体技巧的广泛需求。而为求功名汲汲于制艺者、为邀圣宠致力于辞章者,更是迫切需要实用的骈文写作指导。

适应社会需求,清初承晚明遗绪,出现大量骈散兼收的日用类书和应用性骈文选本,《行厨》《留青》即是其中的两个系列。《行厨》即《叩钵斋增补应酬全书行厨集》,是浙江杭州李之澎、汪建封共同编纂的一部日用应酬指南类书,诗文骈散各体兼收,亦有家礼、尺牍、摘联、官制、称呼等助益应酬的内容。《行厨集》的前身是《叩钵斋应酬全书》和《叩钵斋四六春华》。《应酬全书》以“通用文为经,而以摘联为纬”,启、序、尺牍等部分只收录骈文,康熙二十八年(1689)刊行。该书面世之后颇受欢迎,李、汪二人遂以此为底本,抽取其中的骈文自成一刻,于康熙二十九年夏刊刻了《四六春华》;又以《应酬全书》为基础,订正讹误,增收散文,于同年(1690)秋出版了《行厨集》。[④]

《留青》指清代陈枚所辑《留青集》系列,亦是“应酬全书”性质。陈枚(1638—约1708),字简侯,号补庵,浙江钱塘人,编有《留青集》《留青新集》《留青广集》《留青全集》《留青采珍集》等,或偏重骈体,或骈散兼收。[⑤]《行厨》《留青》均在乾隆年间遭到禁毁,嘉庆间才又重新刊刻流行。《四库禁毁书丛刊补编》第38—39册收有嘉庆十八年(1813)本堂刊本《行厨集》;《四库禁毁书丛刊》集部第54—55册收有清康熙刻本《凭山

---

① 曾枣庄著《唐宋文学研究》,巴蜀书社1999年版,第292页;周剑之《宋代骈文“应用观”的成型与演进》,《华东师范大学学报(哲学社会科学版)》2017年2期,第90—98页。

② 洪伟、曹虹《清代骈文总集编纂述要》,《古典文献研究》第十三辑,凤凰出版社2010年版,第225页;吕双伟《晚明四六文流行下的〈四六法海〉》,《中国文学研究》2010年4期,第10页。

③ 陈曙雯《经古学与十九世纪书院的文学生态与骈文发展》,南京大学2016年博士学位论文,第13—15页;路海洋《论清代江南骈文的偏胜及其原因》,《广西师范大学学报(哲学社会科学版)》2015年3期,第94页。

④ 刘瑞芝、付守冲《〈行厨集〉版本及编纂特色刍议》,《山东图书馆学刊》2021年6期,第100—109页。

⑤ 李保明《通俗史家蔡东藩研究》,哈尔滨出版社2021年版,第114页。

阁增辑留青新集》;同书集部第155册收有清康熙刻本《凭山阁留青二集选》。

乾隆年间,帝王提倡经史实学,又以"稽古右文"为名,推行文化专制政策,文网严密达于极致,文字狱案高频发生;《四库全书》的纂修事实上又是一场禁毁图书的浩劫,其间对清初及前代人物重新评价,很多图书遭遇禁毁。诗歌、古文、书启等向以刺政讽世、抒情达意为重要内容,特别易于触犯时忌。大量文人遂埋首于文献考据,或将部分心力转移至骈文,以婉转达情、委曲抒愤。[①] 再加其时民族矛盾趋于缓和,经济发展,社会安定,文教兴盛,歌舞升平的时势需要歌功颂德、装饰太平的文风。于是,《华国编文选》《宋四六选》等复古性的应制骈文选本应运而生,表现出对庙堂之制、奏进之篇的特别重视,所选虽是宋代以前或宋人之作,但已反映当代骈体应制需求。[②]

马俊良历任各地各大书院山长,对政治态势有比较敏锐的洞察,又熟知士子科举应试需求。他于乾隆末期或嘉庆早期纂成《丽体金膏》,既载录宋代及前代范文、佳句,又选入大量当代名公钜卿之作,还附所摘录《辞学指南》以作理论指导。其时,晚明骈文选本大都不见重刻,流传甚稀[③];清初骈文选集因多录时人之文而多被禁毁。就为士人应对科举、撰进奏章提供骈文学习范本而言,比之《四六法海》《华国编文选》《宋四六选》等,《丽体金膏》显然是更为实用、更有针对性和直接参考价值的了。事实上,正因其实用,又见收于丛书中,《丽体金膏》在清代中期以后的各地书院多有存藏。[④]

《丽体金膏》卷八所载《辞学指南》,是马俊良摘抄自南宋王应麟所编类书《玉海》所附《辞学指南》。《玉海》为应试词科者提供了丰富的素材;所附《辞学指南》,是有关词科应试方略、考试格式及制度沿革的专门性著作,所选大量典型代表篇章,多为宋人博学宏词科的应试程文,其中不少还是全文录出。宋代词科所试的各种文体,主要是骈体文,因而王氏《辞学指南》亦可视为骈文论或是四六话之一种,于宋代骈文研究作用重大。[⑤] 马俊良显然是要借王氏所著来指导当代士人写作应试、应制骈文,由此亦可见出马氏对宋代骈文以及骈文理论的推重。

王氏《辞学指南》特别强调词科文章格式的规范,"得体为先",要求为文稳健,"深厚简严";立有"语忌"专节,注意正反两方面写作经验的对照。对于词科文章总体的风格,认同传统"风骨"说。主张意在辞先,理至然后求文之工,藻饰应当适可而止。主张继承基础上的勇于创新。主张骈、散两体相反相成。主张精细严密的修辞技巧,如重视锤字炼句,强调谋篇布局严谨,要求声律精准谐和、用典切当精工等。主张学子博极群书,以涵泳经典为学习门径;主张秉心养气,熟读深思,在后天的学习和实践中因性练才,以功

① 路海洋《论清代江南骈文的偏胜及其原因》,《广西师范大学学报(哲学社会科学版)》2015年3期,第93页。

② 洪伟、曹虹《清代骈文总集编纂述要》,《古典文献研究》第十三辑,第234页。

③ 苗民《学术个性与社会风气的抗衡——论王志坚〈四六法海〉》,《文学遗产》2013年4期,第108页。

④ 宋莉华《明清时期的小说传播》,中国社会科学出版社2004年版,第213—214页。

⑤ 王水照《王应麟的"词科"情结与〈辞学指南〉的双重意义》,《社会科学战线》2012年1期,第227—233页。

成学。这种程序化、极度细致的指导模式,虽有刻板之嫌,但法度谨严,实用性很强。①

《四库全书总目》对王应麟及其著述评价甚高。王应麟宗经师古、体道济世的良苦用心和治学方法,在文体讹滥尚浮华的宋末有补救时弊的积极意义,也开启了清代乾嘉学者治学以经世的门径,影响深远。

三、《丽体金膏》的内容体例

八卷本《丽体金膏》载录汉至清代名臣的骈文奏章共计 201 篇。其中卷一至卷五为清代主要是乾隆时期的作品,加上卷八《补遗》所载,共有 111 篇;卷六至卷八载汉、南朝宋、南朝梁、北周、唐代之文共 27 篇;卷七载宋人作品 63 篇。卷八又有《辞学指南》《宋四六摘句》。

全书大体以朝代为序。汉至唐代部分,以人编次,较有秩序。清代和宋代部分,既不以人编次,也不以文体和内容分类,同一人作品往往是在一卷之内分散多处,甚或分散于多卷之中,编排比较随意杂乱。又有,卷三杭世骏颂文 3 篇、卷五于敏中谢折 1 篇、卷五纪昀谢折 1 篇,均有文无目;卷八《补遗》在前代作品与清代作品之间又插入《辞学指南》《宋四六摘句》。另外,所录篇章少量有注释,多数没有;少量有明清之际著名评论家的评语,多数没有。

汉至唐代诸篇,表文占比最多;涉及的作者有汉班固、王褒、南朝宋颜延之、王融、南朝梁陆倕、萧纲、萧绎、徐陵、北周庾信、唐代李善、李商隐、李峤、骆宾王、张九龄等,其中庾信见收作品最多,有 8 篇。宋代作品 63 篇,表占 59 篇,用以答谢、道贺者最多,余为进献、奏事、恳请等;选文较多者有汪藻 4 篇、苏轼 11 篇、周必大 4 篇、真德秀 4 篇、欧阳修 5 篇等。

通观《丽体金膏》所载,显然是以清、宋两代为重。

清代 111 篇,除卷一所收清初名家数篇,其余所选均是当时朝廷重臣、封疆大吏、著名文学家、艺术家、诗人、学者等的作品。作者均是有地位、有成就的有识之士,如郑王臣、蒋士铨、孙士毅、袁枚、杭世骏、汪浩、毕沅、稽璜、纪昀、于敏中、彭元瑞、朱珪、阮元、衍圣公孔宪培、李世杰、曹文埴、胡季堂、刘秉恬、梁国治、刘墉、陆锡熊等,其中很多当时就是知名的才子或朝廷制作的大手笔,擅诗、文,工书、画,具有较高的文学造诣和学术修养。作者中还有一些王室成员、满族高官,如多罗质郡王永瑢、和硕显亲王、礼亲王永恩、穆和蔺、阿桂、巴延三、福康安、图萨布等;还有武将,如直省将军督抚等官永玮等,为骈文创作带来新的气息。虽然如某些研究者所言,这其中某些人的作品很可能是幕客文人的

① 董玉霞《王应麟〈辞学指南〉散文理论研究》,山西大学 2014 年硕士学位论文,第 4—30 页。

捉刀之作,或者是偶一为之,艺术价值不高,但这无论如何反映了清代骈文创作的兴盛,其影响是广泛而深刻的。[①]

清代111篇,以文体论,折84表13颂6疏3纪2露布1序1跋1;以内容论,用以答谢者最多,余为恭贺、进献、颂扬、恳请等。其中奏折最多,这与清代的奏折制度密切相关。奏折,是清朝高级官员向皇帝奏事进言的文书,始用于康熙年间,雍正以后普遍采用,乾隆年间形成固定制度,至清亡废止,历时两百余年。奏折内容不受公事、私事限制,缮折后派遣亲信家丁等进京呈递,直达御前,由皇帝亲自以朱笔批示,谓之朱批。经过朱批的折子,称朱批奏折,仍发还原具奏人。奏折是清代雍正以后最重要的官文书,涉及的内容十分广泛,几乎涵盖了当时政治、经济、军事、文化等各个方面。自雍正即位后,除放宽使用奏折的特权外,命内外大臣将朱批奏折查收呈缴,并成为定例,朱批奏折缴回宫中后,贮放在懋勤殿等处,昔称“宫中档”。[②]

宋代及前代合计90篇,表文占比最多,谢表尤多。表奏章疏原都是臣属给君王的上书,内容及作用有所不同,刘勰在《文心雕龙·章表》中有过辨析。随着时代发展,“表”的内容范围到唐宋以后有了扩大,陈情之外,诸如谢恩、劝进、庆贺、进贡、辞免、执异等内容都喜用表。[③] 表以其使用频繁、种类多,而常居博学宏词科考题之首,也是士子最需用功琢磨的文体。[④] 而且表类一体,可以容纳陈情叙思的内容,使公文应用之作也呈现出浓郁的文学色彩,历代表文特别是宋人的表文中就有不少名篇。据张海鸥《宋代谢表文化和谢表文体形态研究》,现存历代谢表,宋代最多,谢表文体也是在宋代定型,而且文采斐然、数量丰富,声律精致之作远多过唐代。[⑤]

卷八《补遗》之《辞学指南》,是摘抄自王应麟《玉海》所附《辞学指南》。正文分为语忌、起联、窃以用事、推原、铺叙形容、用事形容、末联等七个部分。自起联至末联,每部分所载均是相应类别宋人作品的工巧之联(偶有唐人作品,极少)。“语忌”部分,先是排比一些用词不当、用典不当或命辞立意不当的事例;然后是陆机《文赋》、刘勰《文心雕龙》论文之名句;接着是主体内容,选、论结合,排比宋代知名文论家及奏进骈文名家,如尹洙、谢伋、刘克庄、真德秀、楼昉、綦崇礼、叶适、周必大、孙觌、秦桧、汤思退、洪迈、王安石、楼钥、杨万里、汪藻、曾巩等人的论文之言、词科应试程文(多为工巧之句,少量全文录出)或者相关事例,行文中多有注释、点评。内容涵盖奏进骈文各体的文体特点、写作要领、用语要求、对句技巧、命辞立意等,总体要求熟读诗书、贯通经史。其中对各类“表”文作法引述最详。

---

① 颜建华《清代乾嘉骈文研究》,光明日报出版社2011年版,第6页。

② 庄吉发《清朝奏折制度》,故宫出版社2016年版,第1—3页。

③ 莫道才《骈文通论》(修订本),第199页。

④ 董玉霞《王应麟〈辞学指南〉散文理论研究》,山西大学2014年硕士学位论文,第17页。

⑤ 张海鸥《宋代谢表文化和谢表文体形态研究》,《学术研究》2014年5期,第145—151页。

四、《丽体金膏》的选材来源

《续修四库全书总目提要》(稿本)刘启瑞撰《丽体金膏》提要有云:"初俊良官中书时,尝承命为撰拟文字。既熟于朝章国故,又习于典制例则,因搜罗邸报,抄录别集,凡有关于庙堂之制、奏进之篇者,莫不移为一编,以为楷式。历时既久,裒然成帙,次为八卷,以共诸世。"①马俊良早年官内阁中书时,未必就已着手是书之编纂,但有此一段为官经历,对他后来编纂《丽体金膏》无疑是有助益的。《丽体金膏》的选材来源,就笔者目前所知,主要有文人别集、邸报、诗文总集、骈文选本等。

《丽体金膏》前五卷所载均为清代作品,卷一是吴绮、尤侗、章藻功、陈维崧、张英等清初诸家之作(其中章藻功1篇、陈维崧1篇有注释),当选自各人文集;其余均为乾隆间名公钜卿之作,很多篇章有注明是选自邸报,这类篇章题名都是据奏折题目大略拟定,有数篇撰作者名讳缺失,有些散句较多,对仗亦不甚工整,如卷二留京王大臣《巴纳布进表纳贡复奏》等。前五卷及卷八所载当代作品中,选自邸报之外的那些,应当都是选自各人文集。

邸报又称邸抄、邸钞等,是我国古代官府发布人事及其他新闻信息的重要载体,也是在一定范围内发布皇帝谕旨与官僚奏议的重要工具,自汉唐一直沿用至清末。清代邸报的编辑由官方控制,读者主要是各级政府官员,邸报发出以后,允许传抄和复制,并允许复制件以邸报的名义在社会上公开发售,这为各阶层人士了解时政国情提供了比较便捷的渠道。②

卷六所载汉、南朝宋、南朝梁、北周作品中,每篇皆有注释;班固、王褒、颜延之、王融、陆倕五人7篇作品,每篇文末都附有二人或三人评语,评点者计有明代孙鑛(月峰)、陆云龙(雨侯)、清代孙琮(执升)、何焯(义门)、方廷珪(伯海)五人,其中孙鑛、何焯出现频率最高。卷七唐人3篇均有注释,李善《上〈文选注〉表》文末还附有方廷珪评语。卷八《补遗》所载南朝梁及唐人数篇,均无注释、无评点。这些篇章当杂取自当时社会上流行的骈文选本和诗文总集。

孙鑛与何焯的《文选》评点在明清士子中间影响较大,堪称《文选》评点史上的两座高峰;陆云龙、孙琮、方廷珪,也都是明清之际的文史评选名家。有学者研究指出,明代后期,孙鑛有手批本《文选》在当时流传(后来亡佚),天启二年(1622)闵齐华刊刻《文选瀹注》,即据之录入孙评,《文选瀹注》遂亦称《孙月峰先生评文选》,后来多次重印重刊,或

---

①《续修四库全书总目提要》(稿本)第28册《集部·总集类·国朝丽体金膏》,第789页。

② 顾克勇、丁鑫《邸报研究述评》,《浙江理工大学学报(社会科学版)》2016年4期,第389—395页;姚福申《有关邸报几个问题的探索》,《新闻研究资料》1981年4期,第107—126页。

收孙评或否,名称沿袭不改。今存收录孙鑛《文选》评点的著作共有三种:闵齐华《孙月峰先生评文选》、卢之颐《文选纂注》、于光华《文选集评》。天启六年(1626)刊行的卢本流传甚少,所录孙评不多。乾隆四十三年(1778)启秀堂刻本《文选集评》,共收录三十余家评点,后经多次重刊重印,流传广泛。[①] 以文本逐篇核对,可知《丽体金膏》卷六所载班固、王褒、颜延之、王融、陆倕五人7篇文,确是出自光华《文选集评》。[②]

卷七载录宋代作品63篇,首篇前题有"宋四六选",当是选录自彭元瑞选、曹振镛编刊之《宋四六选》。彭元瑞(1731—1803),江西南昌人,乾隆二十二年(1757)进士,官至工部尚书、协办大学士。博学多识,擅长史学、校勘学,精于古代器物、书画的鉴定。少与蒋士铨称"西江才子",又与纪昀同称乾隆朝大手笔,号"北纪南彭"。门人曹振镛(1755—1835),安徽歙县人,乾隆四十六年(1781)进士,官至领班军机大臣兼武英殿大学士、上书房总师傅。彭元瑞久处馆阁,备受恩宠,"数十年间,所作皆应奉文字",故对以朝廷应对为主的宋四六,独具慧眼,给予充分肯定。[③]

《宋四六选》二十四卷,选文766篇,不加评点,按文体分类编次,计有诏、制、表、启、上梁文和乐语六种,基本反映了宋人四六常见的文体种类和应用特征。其中表有203篇,并细分作贺表、进表、谢除授表、杂谢表和陈乞表五类,所选多辞情兼胜之佳作。此书刻本众多,只乾隆朝就有三刻:四十一年曹振镛刻本、四十二年重校本、五十一年瑶翰楼刻本。另外文论家给予充分关注,赞之者颇多,其影响之大可见一斑。[④]

五、《丽体金膏》的价值意义

清代骈文复兴,涌现出一大批骈文名家,刊刻了大量骈文别集和总集。《丽体金膏》虽说编排较乱,却是清代乾嘉之际骈文选集中比较有特色的一种。陆以湉《冷庐杂识》云:"本朝疏表杰作,备于《丽体金膏》一书。"[⑤]《续修四库全书总目提要》(稿本)刘启瑞撰《丽体金膏》提要称:"是篇所录,悉以康乾为限。以故文皆精实,体大思严,可为敷奏之楷式、典章之规模焉。"[⑥]与彭元瑞的《宋四六选》相比,《丽体金膏》选文上溯于西汉,整体重心偏于清代,具有重要时代意义和应用、文献价值,并因此而易于传布,广受好评。

---

① 赵俊玲《今存孙鑛〈文选〉评本述略》,《武汉科技大学学报(社会科学版)》2009年4期,第97—100页。

② 〔清〕于光华《重订文选集评》,国家图书馆出版社2012年版,影印自郑振铎旧藏清乾隆四十三年刻本。

③ 洪伟、曹虹《清代骈文总集编纂述要》,《古典文献研究》第十三辑,第235—236页。

④ 张作栋《论彭元瑞〈宋四六选〉的文章学思想》,《骈文研究》第六辑,广西师范大学出版社2023年版,第14—25页。

⑤ 〔清〕陆以湉《冷庐杂识》卷五"疏表杰作"条下,中华书局1984年版,第267页。

⑥ 《续修四库全书总目提要》(稿本)第28册《集部·总集类·国朝丽体金膏》,第790页。

(一)时代意义

1.兼录经典理论,选文精当全面,是很切实用的骈文学习范本

清代乾隆朝晚期,社会生活对骈体技巧的需求有增无减,而此时晚明骈文选本流传甚稀,清初骈文选集多遭禁毁,盛行的骈文创作理论在系统性、深刻性、创新性上都显不足[①];乾隆二十四年刊行的《华国编文选》,选西汉至宋代之文 168 篇,涉及的文体多达 49 种,选文较杂,流传未广,所得评价亦不高[②];乾隆四十一年面世的彭元瑞《宋四六选》,屡经刊刻,传布较广,影响甚大,然所选仅限于宋代。纂成于乾嘉之交的《丽体金膏》,是马俊良基于当代社会需求、骈文创作实际进行思考、总结的成果。

《丽体金膏》一方面从文人别集、邸报等渠道选录清初名家奏进骈文 7 篇,乾隆间名公钜卿之作 105 篇;一方面从别集、选学著作、当代骈文选本等典籍选录西汉至唐代骈文 27 篇、宋代奏进骈文 63 篇。注重选录有注释的文本,以便于读者理解、学习,末卷还附有《辞学指南》以为奏进骈文创作的理论指导。选材来源虽说都是当时社会上流行、易见易得的文献资源,这些资源却妥妥地大都是第一等优质资源,很多还是文学界相当优秀的学术成果。就所成文本而言,选文显然比《华国编文选》更为精当,比《宋四六选》更为全面多样。

2.开创了专门奏章类骈文选本的类型体例

清代骈文选家普遍富于当代意识,要为当世存华章。但因为时代政治原因,这种当代意识,在乾隆年间受到了严重压抑,复古性骈文选本成为流行。《丽体金膏》是乾嘉之际第一部选录当代作家作品的骈文选集,专选历代名臣骈体奏章刊刻行世,以这种比较隆重的文类"宣上德而尽忠孝",与其说是这时期文人的审美趣味、文体兴趣发生了改变[③],不如说是时势所迫、顺势而为。可以说,是客观上的骈体技巧的社会需求和编纂者主观上的实用理念、规避风险意识,共同促成了《丽体金膏》在乾隆末期或嘉庆早期的编刊。

明代以前,有影响的骈文选本很少,直到明代中晚期,骈文选本的纂辑之风方才真正兴起。明清之际,大量的应酬性骈文选本均是各类各体兼收并蓄,或是为科举之用专选表文一体。乾隆中期刊行的《华国编文选》按文体分类编次,文类达 49 种;《宋四六选》涉及文体六种:诏、制、表、启、上梁文和乐语,并没有过汇辑历代各体骈文奏章于一书并出版的先例。《丽体金膏》其实是开创了专门奏章类骈文选本的书籍类型、内容体例。可以说,《丽体金膏》与它所对标的《行厨集》是明清之际实用性骈文选本的不同变型,《行厨集》变型为应酬指南类书,是清代应酬指南书籍的体例开端;《丽体金膏》则成为了清

---

① 路海洋《清代江南骈文发展研究》,中国社会科学出版社 2016 年版,第 86 页。

② 洪伟、曹虹《清代骈文总集编纂述要》,《古典文献研究》第十三辑,第 235 页。

③ 洪伟、曹虹《清代骈文总集编纂述要》,《古典文献研究》第十三辑,第 234 页。

代骈文奏章选本的体例开端。

成书于咸丰初年的汪传懿《骈体南针》,颇有推扩《丽体金膏》之意。其序曰:"《龙威秘书》梓行《丽体金膏》门类不分,翻阅未便,且篇目不多。"《骈体南针》专选清代,尤重乾嘉盛世之音,收表奏 314 篇。其《凡例》曰:"国朝四六奏章,远胜前代,而其纂组工丽,则自乾隆中叶以后益进而日臻于盛。"不为无据。此书有咸丰二年(1852)汪氏初刻本、同治五年(1866)容我读斋刻本、光绪十一年(1885)刻本。①

3.是清代应用骈文传承中的重要一环

应用性骈文以其应俗性,被很多文人轻视、目为俗学。但自明代后期以至清末民初,在骈文复兴发展的过程中,应用性骈文因其实用性,其实一直盛行。《丽体金膏》在清代应用骈文传承中发挥了承上启下的重要作用。

晚明骈文选本多为应酬或举业而作,具有鲜明的实用属性,普遍崇尚宋代应用骈文风格。沿此习尚,有清一代,世俗的应用应酬骈文一直流行于社会日常生活;再加上官方学制乃至朝廷特科的某些影响,诗赋与骈文蓬勃发展,骈文之用由士人日常交际延伸至朝廷应对。于是,包括士庶商贾在内,社会上存在着对应用性骈文的广泛需求。因应这种需求,清初大量骈文选本及骈散兼收的日用类书,都是注重实用与功利的。

延至清中叶,依然有相当一部分骈文选本注重实用,如《华国编文选》《骈语类鉴》《宋四六选》《宋四六钞》《丽体金膏》《四六清丽集》等。彭元瑞《宋四六选》刊行以后备受推崇,后世刻本众多,影响深远。《丽体金膏》见收于《龙威秘书》《艺苑捃华》两种丛书,屡经刊刻、翻刻,并有便携巾箱本,在清代中期以后的各地书院也是多有存藏。又有彭元瑞《宋四六话》、孙梅《四六丛话》等理论著作,确然肯定以应用为突出特征的宋四六的独特价值。还有,李兆洛《骈体文钞》的编纂,固然主要是李氏宣扬其骈文理论的产物,但与李氏满足自己学习"台阁之制"的个人需要恐怕也不无关系。②

成书于咸丰初年的汪传懿《骈体南针》,在重视本朝四六章奏方面,与《丽体金膏》旨趣如出一辙。此后,无名氏《宋四六撮录》等选本的纂辑,晚清以曾国藩、张之洞为代表的四六应用文创作之勃兴,都是对这种文坛宗尚的延续。梁章钜《退庵随笔》卷十九曰:"四六文虽不必专家,然奏御所需,应试所尚,有非此不可者。"③晚清学者汪瑔《与门人》之二亦称:"应酬书牍例用骈体,当以宋人四六为法。"④可见应用骈文在社会政治生活中之不可或缺。

(二)文献价值

作为目前所知乾嘉之际第一部选录当代作家作品的骈文选集,《丽体金膏》在保存文

---

① 洪伟、曹虹《清代骈文总集编纂述要》,《古典文献研究》第十三辑,第 237—238 页。

② 路海洋《清代骈文选本纂辑的兴盛及其历史因缘》,《湖南师范大学社会科学学报》2020 年 1 期,第 100 页。

③〔清〕梁章钜撰《退庵随笔》,《续修四库全书》第 1197 册,影印山东省图书馆藏清道光刻本。

④〔清〕汪瑔《随山馆稿》尺牍卷下,清光绪刻随山馆全集本。

献方面功不可没。首先是集中保存了当代特别是乾隆时期的 100 余篇骈体奏进之文。其时国力正盛,文治武功都有辉煌的成就,这些奏章均为当时名公钜卿之作,其中有很多都是当时及后世公认的佳作。其次,所载奏章多关联当时社会时政,不少篇章内容堪补史志之不足,于此亦能见出一些撰作者对当时经世实务的谙练。

如卷三载有杭世骏颂文三篇(均有文无目),均作于乾隆初年杭氏在朝任御史期间,其一《省试河清海晏颂》,序云:“自古帝王之兴,类皆有休嘉之协应。……自汉以来,《禹贡》九河之故道,既湮塞不可复,韩牧、王横之策,稍近迂阔。至唐宇文融欲循旧迹,以开沟洫,后施之亦罔有成效,一石之水,载泥八斗,其淤浊乃其性。……晋、郑、宋、卫之郊,当大河之口,宣房瓠子,前代屡塞屡决。特发帑金,固堤刷岸,免斯民于鱼鳖,河神效灵,水清见底者千里。若一濒河氓,庶踊跃鼓抃称叹,为旷古所未覩。”所述古“晋、郑、宋、卫”之地(今在山西、河南省境内)多遭河患,乾隆帝登基未久,即“特发帑金,固堤刷岸”,致力于黄河治理,可与《清史稿》及地方志所载互为参看。对同一事件的叙述与史志互参,更可见出颂体文章的特色。

又如,综据卷五梁国治《浙省五十年缓征》《浙省再缓征》、胡季堂等《豫省展赈》、无名氏《东省展赈》、稽璜《安徽展赈》等篇,可知:乾隆五十年(1785),浙江、山东、河南、安徽等地,皆受旱灾,田亩歉收。浙西一带灾情较轻,地漕钱粮缓至次年带征,至次年又一体缓至秋收后征收,并借口粮籽种给实在贫民。河南开封、卫辉、归德等属,频岁不登,又遭旱灾,节次降旨,蠲赈频施;至五十一年春,青黄不接之时,被灾较重之地,赏给两月口粮或者一月口粮,灾情较轻之地,展赈两个月或者一个月,或者酌借口粮接济。山东兖州、曹州、济宁等府州属,赈恤缓征,五十一年春,视灾情重轻,加赈一月或者酌借一月口粮,借粜兼行,保障粮食供应。安徽亳州、蒙城等州县,赈恤蠲缓;五十一年春,受灾较重地区再行加赈一个月,其他地区酌借口粮籽种并减价平粜,设法筹措银两,保障赈恤所需。对这样较大规模自然灾害的官方应对举措,史志所载往往粗略,这些奏章记述甚详,颇堪成为相关史学研究的重要素材。

作者简介:

孟晗,1980 年生,河南商丘人,商丘师范学院图书馆副研究馆员,广西师范大学文学院博士研究生。研究方向为元明清文学、文献学。

论郑好事《骈文丛话》中的骈文理论*

莫山洪　尹梦雨

内容摘要:20世纪初文化转型时期,郑好事《骈文丛话》一书在骈文理论的建树上颇有独到之处。他将骈文学的研究界定在古代文学研究的范畴,并从"美"的角度探讨骈文的本质,认为骈文是"美"的制作。同时,他对骈散问题、骈文的发展演变以及骈文的文体分类、骈文的作法等方面进行了较为详细的研究,提出了骈文习作中常见的"八病",并将追求平淡质朴作为写作骈文的标准。

关键词:郑好事;《骈文丛话》;骈文理论

《骈文丛话》是一部出现在20世纪初期的骈文理论著作。这部著作的作者署名"昭文郑好事","昭文"今属江苏常熟,"郑好事"不详。此作出现在20世纪初期,从文化转型的角度看,具有非常特殊的意义。蔡德龙《〈骈文丛话〉:"骈文学"的初步构建与骈文特征的系统总结》一文曾对《骈文丛话》从产生背景及其"骈文学"概念的提出、骈文概念的重新阐释等方面进行了研究,肯定了其在骈文理论发展中的价值。① 尹梦雨也对其全文进行了整理,并刊发于《骈文研究》第六辑。今即以整理本为据,对此书作进一步研究,以期更全面了解其中的骈文理论。

自19世纪后期中国陷入半殖民地半封建社会以来,传统文学受到了前所未有的冲击,梁启超等人的"小说救国"理论以及洋务派的各种实业操作,都在很大程度上对中国社会产生了巨大影响。《骈文丛话》的作者在"绪论"中称:"通都巨邑间,闬闳广大之书肆,凡层见叠出,陈列之图书贸易品,非小说即学校用书而已,而小说尤其最多数也。"②又称:"号称智识最高尚之士人,其思想、其行事,宜若为保存国粹之分子乎?乃上者醉心科学,竞为终南之捷径,犹可说也。普通者或且强半为小说所同化,思想必于是,行事必于是,充其势力之所扩张,几乎弥漫浸渍于全国社会中。故虽谓吾国今日之社会,

---

* 本文系国家社科基金2019年度一般项目"文化转型视角下的20世纪骈文理论发展研究"(批号:2019BZW078)阶段性成果。

① 蔡德龙《〈骈文丛话〉:"骈文学"的初步构建与骈文特征的系统总结》,《中国文学研究》2017年第4期。

② 郑好事撰,尹梦雨整理《骈文丛话》,《骈文研究》第六辑,广西师范大学出版社2023年版,第165页。

为强半以小说魔力造成之,非诞言也。"[①]"小说救国"理论的倡导,促使小说在19世纪末20世纪初成为了文坛上最为靓丽的风景,但是,"小说本纯粹一白话体裁,几见古小说中,有文胜于质者,今则琢句雕词,日新月异,时趋所至,数典已忘其祖"[②],不但如此,"六俪四骈,联偶逞奇,余犹恶其以刻鹄画虎之文,乱我累圣相传之古骈文学也"[③],就是在这样的背景下,作者写作了这样一部《骈文丛话》,对"国文进化之学"进行了一番论述。

一、骈文学的界定

骈文是中国古代特有的一种文体,与散文相对。从文体学的角度来说,这是没有疑问的。但是,"骈文学"则应该指的是研究骈文的学问。尽管骈文作为一个文体概念在清代正式进入人们的视野,但是,如果过于从一门学问的角度上去看待骈文,显然还是比较稚嫩的。清代著名的骈文理论著作如孙梅的《四六丛话》,名称上还是用"四六"。因而,如何界定这一新名称下的学问,也成为了在20世纪初期学界面临的一个问题。

关于这一点,在序言中,作者对骈文学进行了界定:"骈文学,犹研究古文变化之学,属诸文体变化之一部分,其范围似较普通文学为稍狭。"[④]明确指出,"骈文学"属于古代文学研究的范畴,是对古代文体变化进行研究的学问。同时,作者认为,"骈文学"的研究范围与普通文学研究相比较,略为狭窄,这其实也就是说,"骈文学"所研究的是骈文,不包括其他文学样式。

虽然"骈文学"研究的是骈文,但是作者同时指出,"骈文学之范围,实同诸普通古文学之范围,而一无所狭"[⑤],骈文学所研究的范围,与古代文学的研究范围是一致的,并没有任何偏狭窄的地方。看上去似乎是作者有意扩大"骈文学"研究的范围,其实这是从时间性质上去作的界定,即骈文学研究的是古代文学中的一种文体,它属于古代文学范畴。而且,以小见大,通过对骈文的研究来把握古代文学的发展,这也是一种研究的方法。

明确了"骈文学"的概念,对于骈文研究自然有非常重要的意义。这首先表现为作者将骈文的研究上升到"学"的层面,这在很大程度上提升了骈文研究的地位。"学"的确立,本身也与现代学术体系的确立有一定的关系。过去对骈文的研究,虽然也很专门化,也很有"学"的味道,如最早的文话著作王铚的《四六话》和谢伋的《四六谈麈》等,都是以"四六"为研究的对象,但是并没有真正建立起"学"的框架。孙梅《四六丛话》集采前人

---

① 郑好事撰,尹梦雨整理《骈文丛话》,《骈文研究》第六辑,第165页。
② 郑好事撰,尹梦雨整理《骈文丛话》,《骈文研究》第六辑,第165页。
③ 郑好事撰,尹梦雨整理《骈文丛话》,《骈文研究》第六辑,第165页。
④ 郑好事撰,尹梦雨整理《骈文丛话》,《骈文研究》第六辑,第165页。
⑤ 郑好事撰,尹梦雨整理《骈文丛话》,《骈文研究》第六辑,第166页。

观点,对四六的各个方面进行了研究,体系也颇为宏大,有了“学”的特征,但也还未以“学”称之。受到近现代学术转型的影响,这部《骈文丛话》明确“骈文学”的概念,显然是一种突破,这也正是20世纪文化转型的一个突出表现。从这一点上说,《骈文丛话》具有重要的意义。不过,这部书以“丛话”为名,则有“集”的意思,虽然本书的性质有“通论”的特点,多属于自己的创作,但也还是属于传统的“话”的性质,因而也还是属于传统的骈文理论著作。

二、骈文的起源与名称

文学起源于劳动,但是具体的文学样式的起源,则有各种说法。骈文的起源也一直都是一个比较复杂的问题,到底是什么原因导致中国文学中出现这样一种文体形式?过去的研究者大多强调自然的问题,如刘勰《文心雕龙》称:“造化赋形,支体必双,神理为用,事不孤立。夫心生文辞,运裁百虑,高下相须,自然成对。”①这是一种带有普遍性质的观点,中国古代的文人大多也都持这一观点。

进入20世纪,随着西方文化的涌入,人们开始运用西方文学观点来分析中国文学,产生了从“美”的角度来认识文学的观念。《骈文丛话》在这一问题上,也有相似的观点:

> 美术者,人类之美的性质之发现于实际者也。美的性质之发现于实际者,谓之美的制作。凡一切美的制作,其内部必富有,其外部必光艳。以俭腹小儒当之,固应咋舌而却步。即如华颜巨儒,向不赞成骈文学者,授以是文,当亦见之发良心语曰:“是孰却亦沈博渊懿者。”②

从“美”的角度探讨骈文的本质,认为骈文是“美”的制作。这首先要明确一点,即骈文是“美”的,作者认为,“美”的制作,包含内外两个方面,既要有内部的“富有”,也要有外部的“光艳”。从这一点上看,无论是哪种文学样式,其实都应该有内部和外部的“美”,不独骈文如此。因此,如果仅从这一点上看,作者是从一个大的方向上说明了骈文起源的缘由。这种提法,对于后来的研究者还是很有启发的,像刘麟生等人在研究骈文的时候,就是从“美文”的角度去进行的。从这一方面看,《骈文丛话》颇有开创之功。尽管这只是从大的方面去说的,但《骈文丛话》对于骈文起源的探讨并不仅仅局限于此,作者还对骈文的起源进行了具体的描述:“原夫骈文之始,本于六经。”③这个提法当然没什

---

① 〔清〕黄叔琳注,李详补注,杨明照校注拾遗《增订文心雕龙校注》卷七,中华书局2000年版,第447页。

② 郑好事撰,尹梦雨整理《骈文丛话》,《骈文研究》第六辑,第166页。

③ 郑好事撰,尹梦雨整理《骈文丛话》,《骈文研究》第六辑,第168页。

么新鲜的地方,过去的研究也大多将骈文甚至是文学的起源追溯到六经。只是这样的强调,也还能让其观点并未偏离传统的观念。

骈文名称是一个较为复杂的问题,"骈文"作为文体概念,正式使用于清代。在此之前,一些称呼与骈文有一定的关系。《骈文丛话》对其中的骈文与"今文"的关系,进行了辨析。在一些研究者看来,"今文"也是骈文的名称之一。《骈文丛话》在这一问题上,有自己的看法。作者称:

> 且夫古文云者别乎今文而言,非必谓散文有古,而骈文无古也;亦非必谓散文是古,而骈文非古也;且非必谓散文能古,而骈文难古也。三坟五典,八索九邱,吾知其为古书也。顾当其作是书时,犹今书耳。章甫缝掖,长袖响屐,吾知其为古装也,顾当其为是装时,亦今装耳。商盘周鼎,汉瓦唐砖,吾知其为古玩也,顾当其制是玩时,都今玩耳。试思骈文开始于齐梁,以齐梁人之眼光,为齐梁人之论调,骈文自是今文体之一种。追阅数世而其文古焉,则骈文即古文矣。①

"古文""今文"是一对概念,这是从时间上对文体的划分。从时间上来说,骈文则应该包含这两种形态。骈文与散文相对,散文有"古"的,骈文当然也有"古"的。作者指出,骈文之所以被称为"今文",其实是和骈文"开始于齐梁"有关系,因为从齐梁时期的人们眼光来看,当时兴盛的文章当然是"今文",但是到后来,则当然"追阅数世而其文古焉"。因此,作者称:"今秦汉以上且弗论,即以骈文之开始言,齐梁之文,唐宋视之则为古;唐宋之文,明清视之亦为古。"②这也就解决了"古文""今文""骈文""古文"之间的关系问题,也就明确了骈文的名称问题之一。

当然,对于骈文的名称问题,《骈文丛话》没有进行更多的讨论,这还是有点遗憾的。

三、骈散文之比较

文体之间的关系也是《骈文丛话》讨论的问题之一。骈文与散文为一组相对概念,从文体分类的角度看,这是根据文章外在语言形式进行的分类。骈文讲究的是句式的"骈",即两两相对,散文讲究的则是句式的"散",即句子与句子之间不构成"骈"的形式。对于骈文与散文的问题,《骈文丛话》进行了非常形象的论述:

> 散文似古董,而骈文似油画;散文之澹逸如隐士,而骈文之艳冶如美人;散文之

---

① 郑好事撰,尹梦雨整理《骈文丛话》,《骈文研究》第六辑,第 168 页。

② 郑好事撰,尹梦雨整理《骈文丛话》,《骈文研究》第六辑,第 169 页。

苍劲如古树，而骈文之妍丽如名花；散文如须发皆古之华颠老宿，骈文如风流竞赏之惨绿少年。散文如布帛菽粟，淡而弥旨，骈文如金玉锦绣，潜且发光；散文如古佛寺钟声，逾远逾韵，骈文如新嫁娘妆奁，逾近逾华；散文之古处，如幽燕老将气横秋，骈文之妙处，如豆蔻女郎春试马；散文之气盛言宜，如三峡源泉，沛然莫御，骈文之流霞散绮，如七襄云锦，斐然成章。①

作者运用比喻的手法，对骈散文进行了比较。其中包含了几个方面的要素。首先，散文具有“古”的性质，骈文则具有“时”的性质，所以散文似“古董”“隐士”“古树”“古之华颠老宿”，骈文则似“油画”“美人”“名花”“少年”。其次，散文朴实平淡，如“布帛菽粟”“古佛寺钟声”，骈文则华贵艳丽，如“金玉锦绣”“新嫁娘妆奁”。第三，散文古朴有气势，如“幽燕老将”，骈文青春有活力，如“豆蔻女郎”。第四，散文语言流畅，如“三峡源泉”，骈文语言华丽，如“流霞散绮”。作者在这一段话中，对于骈文与散文的描述，都采用了正面的词语，体现作者不偏废任何一方的态度。只是从所用的词语来看，作者对于骈散文的认识，还是有着传统的观念，即骈文华丽典雅，讲究修饰，散文古朴纯正，富有气势。这样的认识，显然还是将骈文置于不太正宗的道路。

《骈文丛话》对骈文和散文的形象比喻，可以说从多个角度展现了骈文与散文之间的差异，这些差异包括语言、句式、风格等方面的差异。总体来看，《骈文丛话》对于骈散文的认识，并未突破传统的观念，这主要也还在于骈散文的特点本来就是如此，也不可能有大的突破。不过，作者对于骈散文之间异同的形象比喻，倒是对人们准确认识骈散文有着非常大的帮助。

四、骈文的历史演变

骈文发展演变的历述，无疑是骈文理论中最重要的部分，《骈文丛话》在这一方面花费了大量的篇幅进行论述，其中既有总体的论述，也有对各个阶段进行细致论述。

对于骈文的总体发展情况，作者有一段比较全面的论述：

故夫称骈文者，以六朝为极盛焉。居尝读六朝四家集（四家者，陶潜、谢朓、鲍明远、庾子山也），莫不缊然其馨，醰然其味，有空山无人，水流花放之致，不厌百回读也。顾六朝诸家中，虽皆幽艳玲珑，各尽其妙，而尤以鲍、庾二公，丰骨最劲，光焰最足，音调最铿锵，为学骈者之唯一门径。以此为准，无歧趋焉。厥后岁历绵暧，条流

① 郑好事撰，尹梦雨整理《骈文丛话》，《骈文研究》第六辑，第166页。

> 遂纷。盛于六朝者,乃骤衰于三唐。至宋元二代,欧、曾派出,而骈文之正宗遂亡。有明嗣兴,厥风未盛,虽有刘子盛、王元美、卢次楠诸人,以两汉六代为宗尚,而和者既寡,文体未成,少数人之提倡,终不足以起三代(此三代指唐宋元)之衰也。入清以来,文学界之以骈体名家者,举以陈其年、吴次园、章考功三人为鼻祖。然飞靡弄巧,实无私毫价值之可言。迨乾隆中特开鸿博科,文学之世,骈肩比踵,相率而为沉博典丽之文。其高者直能俯睨王、杨,上接潘、陆而有余。于是而六朝之正则,稍稍复焉。他如随园之纵横、石笥之古奥、尚絅之娟秀、仪郑之遒丽、更生斋之纪游、玉芝堂之言情、黄瘖堂之集古、谟觞馆之精悍,皆能独树一帜,无与伦比者。至于汪容甫、周保绪、李申耆、胡天游诸公,更能合汉魏六朝为一手,尤彬彬乎文有其质焉,谓非骈文之特色哉?不仅此也,胡公天游,以孙樵、李观为宗师,本卓然以古文名家。[①]

从六朝时期的兴盛,到清代的复兴,作者作了非常全面的论述。首先,作者将骈文的极盛时代界定为六朝,这与传统的认识并无二致。同时,作者指出,在六朝时期,最优秀的作家当为鲍照和庾信。进入到唐代,骈文的发展走向衰落。宋代虽然出现了欧阳修和王安石等大家,却未能拯救骈文的衰落。明代骈文没有新的发展。清代虽号称骈文中兴,但作者以为,清初三大家的骈文,并没有太多价值,清中叶骈文中兴,出现了众多优秀作家,他们大多都能"独树一帜"。不过,作者也认为,像胡天游这样的作家,其作品之优秀,其实却是"以孙樵、李观为宗师",是"以古文名家"。这就又将骈文的发展与散文的影响结合起来,倡导一种骈散融合的理论。

作者对六朝时期的骈文发展作了比较细致的论述。一是关于六朝骈文的渊源问题,"骈俪之文章,虽由齐梁人学秦汉之变体,而早以西汉王褒开其端"[②],将六朝骈文的渊源追溯到西汉时期的王褒,这确实颇有些独特。二是强调六朝以前骈文创作的自然流畅,"盖汉魏之骈,竟是一篇古文,而蒙以骈之面目,非真有意于作骈,而斤斤求合于骈之绳墨者也"[③]"西汉以上之为俪辞者,率本自然。魏晋以降,则意存奇巧,涂抹粉黛,不厌娇娆,斯为凿焉耳"[④],其实也揭示了六朝骈文的刻意雕琢、词华典瞻的特点。尽管六朝骈文存在各种不足,但是,作者仍然认为:"是体虽非六朝所始创,而六朝中关于是体之文,实足以前无古人,后无来者。"[⑤]

在对整个骈文发展演变作论述的过程中,作者虽然仍然按照传统上对于骈文发展演变的认识进行论述,但是其中还是有一些与众不同的地方,如其对宋元骈文发展的看法

---

① 郑好事撰,尹梦雨整理《骈文丛话》,《骈文研究》第六辑,第168页。
② 郑好事撰,尹梦雨整理《骈文丛话》,《骈文研究》第六辑,第174页。
③ 郑好事撰,尹梦雨整理《骈文丛话》,《骈文研究》第六辑,第173页。
④ 郑好事撰,尹梦雨整理《骈文丛话》,《骈文研究》第六辑,第175页。
⑤ 郑好事撰,尹梦雨整理《骈文丛话》,《骈文研究》第六辑,第173页。

就颇为特殊:"或又谓宋诚衰矣,而鼎臣大年,犹振采于初叶,足为唐代嗣音。南渡而还,经浮溪之首倡,遂相继有野处西山之名集,渭南北海之高文,虽机杼大变,光景亦未始不新也。降及元骈,议者所谓自郐以下者,然而元之袁、揭,弁冕一世,则又新博领异,克自树立者矣。审是则宋元虽敝,顾必一笔以抹煞之,似亦不可。"①元明两代,历来都被视为骈文发展的衰落时期,人们大多也没能举出具有代表性的作家。《骈文丛话》却认为,元代还是有其独特的地方,像袁桷、揭傒斯等作家,就是"新博领异,克自树立"的代表。因此,作者认为,不能简单抹杀元代骈文的成就。

遗憾的是,现在所看到的《骈文丛话》对于骈文史的论述,仅写到金元时代,对于明清时期的骈文发展情况,并未有具体的论述,不知其原因为何。但是,就目前所看到的情况,可以说,《骈文丛话》对骈文发展史的论述,具体而深刻,其中不乏独特之见解,这在骈文理论发展中,具有独特的意义。

五、骈文的文体分类

骈文是从文章的句式上进行的文体分类,而从文章的功能上看,文章还有很多类别。刘勰《文心雕龙》和萧统《文选》都曾经将文章分成 30 余种,这是比较细致的划分了。《骈文丛话》的作者对属于骈文的文体也进行了归纳,将这些文章分为三类:

一是制作之文,包括铭刻、颂、杂飏颂、箴、谥诔哀策、诏书、策命、告祭、教令、策对、奏事、驳议、劝进、贺庆、荐达、陈谢、檄移、弹劾等十八类。

二是冠冕之制,包括书、论、序、杂颂赞箴铭、碑记、墓碑、志状、诔祭等八大类。

三是喻志之作,包括设辞、七、连珠、笺牍、杂文等五大类。

其分类可以说细致,但也还未超出前人的范畴。这与其所研究的对象有密切关系。作为中国传统文学主要形式,骈文的文体分类,本就细致多样,且从其公用性质方面来说,分类的标准也早已确定,故而本书的分类也不可能有大的改变。这是时代和历史发展的必然。

六、习作骈文常见之弊病

中国古代的文学理论,很多都存在为写作服务的特点。即如最早的一部文学理论专著《文心雕龙》,作者在《序志》篇中也说:"夫文心者,言为文之用心也。"②即说明所谓

① 郑好事撰,尹梦雨整理《骈文丛话》,《骈文研究》第六辑,第 170 页。

② 〔清〕黄叔琳注,李详补注,杨明照校注拾遗《增订文心雕龙校注》卷十,第 609 页。

“文心”就是作文的用心。唐宋时期的诸如《诗格》《诗式》等著作,也都是专门为写诗而准备的理论。进入20世纪,随着现代教育制度在中国的逐步确立,学校教育中的写作问题,也越来越受到人们的重视。《骈文丛话》虽然产生的时代较早,但由于传统观念的影响和新的教学体系建立的需要,在其理论体系中,探讨骈文写作也成为了其中的主要内容。

骈文历来因为其形式的问题而受到人们诟病。写作骈文,也因为不注意形式的问题,而难以写出优秀文章。对此,《骈文丛话》指出,骈文写作中常见的问题有以下八种:

> 有肥腻之病焉,镂金错采,表面固有繁缛之观,而文胜于质,义瘠辞肥,文气转有壅肿之患矣。此不宜者一也。有轻靡之病焉,宋玉阳春、相如典册,本高华而名贵,而一乱以巴人之曲,一杂以方朔之谐,弱植浮文,便无价值之可言矣。此不宜者二也。有甜熟之病焉,处世贵圆融,而行文最忌圆融。袭他人之牙慧,有句皆甜;剿旧说之雷同,无调不熟。虽文通亦复字顺,而徒工獭祭,品斯下矣。此不宜者三也。有生涩之病焉,或割裂经文,或剥吞成语,避熟就生,自矜狡狯,看似较胜于庸冗,然必斟经腋与史腴,而扬声炼色,斯生气回出,而阅议自不可刊,不尔者,适见其语硬而文拙耳。此不宜者四也。有板滞之病焉,骈文虽称俪句,亦自贵才气卓越,笔无滞机,古人所谓明绚以雅赡,迅发以宏富者,盖神明于法,而不为法囿者也。否则两联一意,名为合掌,七拼八凑,何以称心?是直叫化淘中百结衣耳。试问尚何足以章身耶?此不宜者五也。有新奇之病焉,或苦事虫雕,搜罗古字,或妄争虎绣,杜撰成言。不思著述为名山之藏,徒以技巧为骇俗之举,虽光怪陆离,小儒或为咋舌,而蒙马虎皮,自作不典,纵富丽奚珍焉,此不宜者六也。有变体之病焉,夫骈体自有文原,所谓四字密而不促,六字格而非缓者,本百世所不祧,即或变以三五,别有定程,而文贵缀兆之工,句重抗坠之节,则文胜而质犹存也。不然而乐髭须以轻前辈,易刀圭以误后生,矫揉造作,是直骈学之罪人矣,此不宜者七也。有庸冗之病焉,散文以气行,故一意可变化千百,若骈文则辞先而易竭焉。不善作者,爱博而昧于修辞,往往敷衍成章,而几于浮响满纸,篆刻不厌,而未免沉闷填胸,则蛟螭而杂以蚯蚓,岂骈文之正则哉,此不宜者八也。①

作者从常见的习作之中,对写作骈文常见的问题进行了归纳,指出其中有八种常见的弊病。这段话所谈及的弊病有肥腻、轻靡、甜熟、生涩、板滞、新奇、变体、庸冗等,这些弊病,既有语言方面的,也有文风方面的,还有用典、对句等骈文创作基本技巧方面的,可以说比较全面地揭示了初学骈文者容易出现的各种问题。关于这些问题,历代骈文中也

---

① 郑好事撰,尹梦雨整理《骈文丛话》,《骈文研究》第六辑,第167页。

出现类似的情况。由于人们对骈文弊病的认识基本集中在这些方面,要想在创作上有所突破,确实非常困难。

由此,作者也归纳出作骈文的基本方法:

> 入手者,诚能按部就班,不为矜奇吊诡之文,不袭剿说雷同之弊,则循序渐进,始虽平淡而无奇,而本简炼以揣摩,自是入骈文之堂奥。①

追求平淡质朴,写作骈文自然能达到一个高的水平。这样的观点,与中唐陆贽对骈文的革新有着相似的地方。不抄袭,不追求奇特,从简练的角度出发,创作的骈文虽然最初不免有"平淡无奇"的问题,但这些却是骈文创作的必由之路。这些提法,显然就是针对前面所说的八种弊病而来的。

作为一部特定时代的骈文理论著作,《骈文丛话》对骈文的有关问题进行了深入探讨,既有对前人观点的总结,也有利用新的文化对传统理论进行的革新。可以说,这部骈文理论著作的出现,在20世纪初期具有一定的意义。

作者简介:

莫山洪,1969年生,广西忻城人,文学博士,南宁师范大学文学院教授。主要研究方向为骈文学、汉魏六朝唐宋文学、文献学。

尹梦雨,2000年生,山东泰安人,南宁师范大学文学院2022级古典文献学研究生,主要研究方向为文学文献学。

① 郑好事撰,尹梦雨整理《骈文丛话》,《骈文研究》第六辑,第167页。

徐陵的骈文

[日]道坂昭广撰 于恒超译

内容摘要:徐陵虽然和庾信齐名,是南北朝末期有代表性的文学家,但是在文学史的评价上却略逊色于庾信。二人均为梁简文帝(晋安王)的文学沙龙上的代表人物,但庾信在北朝度过了其后半生,而徐陵则任官于南朝陈。例如以《九锡文》为代表,陈朝在进行政治大事时,徐陵必定撰写文章,他后半生的文学特色体现在用精致的骈文来撰写与陈朝政治相关的文章上。庾信不能回故乡南朝,而在北方获得了类似于梁朝时期的文学创作的环境。另一方面,我们也许可以说,徐陵虽然获得了在故乡南朝的生活,却丧失了过往的文学创作的环境。但是,在国家大事举办之际,徐陵开展的文学创作活动,对其后的唐代官僚们而言却是一种理想。

关键词:徐陵;庾信;大手笔;宫廷文学

自韩愈以来,人们常称颂初唐陈子昂革新当时文体的功绩。[①] 他所改革的文体见于《新唐书》陈子昂传(卷一〇七):"唐兴,文章承徐庾余风,天下祖尚,子昂始变雅正。"《旧唐书》则以富嘉谟与吴少微而非陈子昂为文体改革的旗手,但也同样认为当时的文体是,"先是,文士撰碑颂,皆以徐庾为宗,气调渐劣"(文苑传中卷一九〇中)。初唐的文章处在徐庾,也就是徐陵与庾信的强烈影响之下。

徐陵和庾信都是在梁简文帝(萧纲)的沙龙中与徐陵的父亲一同起到关键作用的学者。据《周书》庾信传(卷四十一)记载:"时肩吾为梁太子中庶子,掌管记。东海徐摛为左卫率。摛子陵及信,并为抄撰学士。父子在东宫,出入禁闼,恩礼莫与比隆。既有盛才,文并绮艳,故世号为徐、庾体焉。"由此可以看出,二人早年活动于沙龙中时,就已经与徐摛并称于世了。

不过就如下文将要论述的一样,侯景之乱导致了简文帝之死与沙龙的崩坏。徐庾二人被卷入了此后的南北朝乱局之中,他们分别在南北不同的新王朝度过了自己的后半生。正如杜甫所说,"庾信文章老更成,凌云健笔意纵横"(《杜诗详注》卷十一《戏为六绝

① 韩愈在很多作品中都提及了陈子昂,其中最著名的是"国朝盛文章,子昂始高蹈"(《荐士》,《韩昌黎文集》卷二)。

句其一》),庾信仕北朝的后半生,其文学有了巨大的成长。一般认为,这是因为庾信在北方“常有乡关之思”(《周书》庾信传),他原本华丽的文学中融入了沉郁的情感。因此,“初在南朝,与徐陵齐名……然此自指台城应教之日,二人以宫体相高耳。至信北迁以后,阅历既久,学问弥深。所作皆华实相扶,情文兼至,抽黄对白之中,灏气舒卷,变化自如,则非陵之所能及矣”(《四库提要》卷一百四十八《集部　别集一》)。正如这段话所说的那样,徐庾的优劣、徐庾并称的时期等,都被视为问题。被称为徐庾体的文体大概是在简文帝的沙龙中确立的,但新旧《唐书》所说的在初唐文学中留下影子的徐庾文学,可能并不单指他们某一时期的文学。[①]

在徐庾的优劣这一问题上,庾信更优的说法确实已成定说。可能正是因为如此,相比庾信,对徐陵文学的研究好像几乎没有展开。但是,为了解释清楚梁陈至初唐的文学,特别是用骈文写成的文学的真实情况,如果只考察庾信,而不考察徐陵的作品的话,就很难称作是完美的研究。

一

首先简单回顾一下徐陵的生平。[②] 徐陵生于507年,两年后,其父徐摛与庾肩吾一起侍奉比徐陵年长四岁的萧纲,也就是后来的简文帝,当时的晋安王。此后,因为父亲常在萧纲左右,徐庾也与萧纲关系密切。他们正式侍奉萧纲是在昭明太子死后,萧纲被立为太子的531年。前引《周书》庾信传的“时”,说的就是这一年。徐陵曾一度离开萧纲的身边,不过他依然是简文帝沙龙的一员。《玉台新咏》采录了很多奉和简文帝的诗,这证明了这一时期的文学活动是在简文帝的沙龙中进行的。

此后,徐陵处在文学上与简文帝相近的湘东王[③]萧绎的幕下,并在548年5月作为使者出使北方的东魏。之后,徐陵再未与简文帝沙龙的众人相见,因为同年8月,侯景之乱就爆发了。

侯景之乱时,萧纲和庾信正在被侯景军包围的金陵。战败后,被侯景幽禁的萧纲即位为简文帝,而后被害。庾信则在逃脱后,投奔当时对抗侯景的最大势力湘东王。552年,湘东王在其任地即位为元帝。554年,庾信作为元帝的使者前往西魏,但他在北地之

---

① 已有很多论文主张这一观点,其中比较有代表性的是铃木虎雄《徐庾の文章》(《支那学》第十卷第三号,1941年8月)和王瑶《徐庾与骈文》(《中古文学史论集》,上海古籍出版社1982年版)。

② 关于徐陵的生平,吉川忠夫《徐陵——南朝貴族の悲劇》(《侯景の乱始末記》,中央公论社,1974年4月)论述得比较详细。

③ 关于简文帝与湘东王的文学关系有不同的观点,但是根据“梁自大同之后,雅道沦缺,渐乖典则,争驰新巧。简文、湘东,启其淫放,徐陵、庾信,分路扬镳”(《隋书》卷七十六《文学传序》)这一记载,可以认为初唐人认为湘东王的文学是比较接近简文帝沙龙的文学的。此外,《玉台新咏》也收录了很多湘东王的作品。

时,元帝政权为西魏所灭,庾信再次失去归路。

这些事都是在徐陵被东魏、北齐扣留时发生的。其间,徐陵听闻湘东王掌握政权,为了南归,向身居要职之人写下了恳求放归的书信。全文收录于《陈书》中他的传记里的《与杨仆射书》就是这样的作品。然而“(杨)遵彦竟不报书”,他对这封书信并无任何反应。

但战乱反而实现了徐陵的愿望。元帝政权崩坏后,北齐令之前俘虏的梁武帝之侄、贞阳侯萧渊明归国继位。徐陵作为其幕僚一同归国。不过,王僧辩和陈霸先正驻扎在金陵附近,他们怀疑这是北齐的计谋,于是反对萧渊明归南。萧渊明为了说服他们,写了大量信件,这些都是由徐陵所作的。

王僧辩受到北齐的压力,接受了萧渊明归南。那一年是555年,徐陵已经过了七年被拘留的生活。之后,徐陵开始为当权的王僧辩写作文书。不过,陈霸先强烈反对接纳萧渊明,于是发动突袭,使王僧辩草草殒命。徐陵投奔王僧辩的武将麾下,在他们彻底战败后,又被陈霸先招揽,之后为他创作了大量的文书。从陈朝成立时被称作“尤美”的《九锡文》开始,到583年离世为止,他历仕陈武帝、文帝、宣帝,陈朝重要的文书基本都是他作的。

自侯景之乱前徐陵出使东魏以后,他与庾信再未相会。庾信在北朝用华丽的文体书写思乡之情,且作为北朝首屈一指的文学家,“唯王褒颇与信相埒,其余文人,莫有逮者”(《周书》庾信传)。此时,徐陵也在南朝成为代表王朝的文学家,“国家有大手笔,皆陵草之”(《陈书》徐陵传)。徐陵与庾信一同参加简文帝沙龙时自不必说,在庾信文学成长的时期,徐陵也作为代表陈朝的文学家活跃在文坛。和庾信一样,徐陵也终其一生都是代表性的文学家。在他死后,也有一段时间和庾信一样,持续对文学产生很大的影响。作为如此重要的人物,徐陵在后世却几乎被人忘记,或是被当作庾信的附属。他对六朝末期到初唐的文学造成了怎样的影响,又应该被赋予怎样的地位?作为一篇探讨南北朝末期至初唐文学的文章,本文将着眼于徐陵这一人物,探讨其文学的意义。

庾信后半生的文学被高度评价。本文也以侯景之乱为界,将徐陵的文学分为前后两段,着重考察他后半生的文学。

二

徐陵和庾信被认为是骈文的集大成者。骈文的特色则包含平仄、对仗、用典等方面。

具体来说,“简文开文德省置学士,(庾)肩吾子信、徐摛子陵、吴郡张长公、北地傅弘、东海鲍至等充其选。齐永明中,王融、谢朓、沈约文章始用四声,以为新变,至是转拘声韵,弥为丽靡,复逾往时”(《南史》庾肩吾传)。由此可以得知,永明时代的文人发现四声并将之积极地运用在文学中,而他们则继承并发展了这一点,进一步精练了以平仄交替为特色的音韵技巧。此外,《六朝丽指》中说:“吾观六朝文中,以四句作对者,往往只用四言,或以四字五字相间而出。至徐庾两家,固多四六语,已开唐人之先。但非如后世骈文,全取排偶,遂成四六格调也。”指出他们多用四字句六字句的隔对(之后也叫作四六隔对)这种新的对仗技巧。

只要阅读六朝至初唐时期的骈文就会发现,不仅是徐陵和庾信,这一时期的作品都过多使用典故。但是两书都指出,其他两个特色都是由徐陵和庾信革新的。的确,徐庾的骈文基本上都遵守骈文平仄交替的法则。不过,《南史》所说的并不一定仅仅只是平仄的交替。倒不如说,《南史》和《六朝丽指》主张的是,徐陵和庾信通过音韵与句法给骈文带来了新的韵律。

徐陵作品之中,在北齐时为了南归而给杨遵彦寄的书信《与杨仆射书》(卷四)[①]被全文记录在本传中。此外,梁陈王朝革命的前夕,陈霸先受九锡时,徐陵代作的《陈公九锡文》也被全文收录在《陈书》武帝纪上中。可以认为,这两篇就是徐陵后半生的代表作。下面就以这两篇为例,以《六朝丽指》所说的四六隔对为主,考察他骈文的技巧。

这两篇作品中的四六隔对都有九联。而《与杨仆射书》中,还有一联四字句七字句的隔对,这可以说是四六隔对的变形。那么,这个数量可以说是很多吗?徐陵现存的骈文作品中,有数篇四六隔对达到七联的作品,但九联以上的除此之外仅有一篇。或许从四六隔对的使用上说,也可认为这两篇是徐陵的代表作了吧。

那么,与他同时代的其他人的作品又如何呢?广泛搜集这一时期文人的作品当然是有必要的。不过,现在姑且考察一下既是优秀的文学家又是徐陵的庇护者的梁简文帝(萧纲)、与他们的文学集团关系较近的元帝(萧绎),以及与他们的文学观稍有不同的昭明太子(萧统)这三兄弟的作品。之所以选择这三兄弟,是因为他们既是活跃在徐陵前半生的人物,也是各自沙龙的主持者,因此至少也是考察这一时期文学的最大公约数的合适人物。

简文帝现存的散文作品有一百九十七篇[②],其中至少使用了一联四六隔对的有六十七篇,使用得最多的是《南郊颂序》,有十五联。元帝有一百三十八篇,使用四六隔对的有五十九篇,最多的是《法宝联璧序》的八联。而昭明太子的全四十四篇中,有二十一篇,大约半数都使用了四六隔对,可是使用最多的《锦带书十二月启》中的《姑洗三月》也不过只有四联。与此相对,徐陵全八十篇中,有过半数的四十七篇使用了隔句对。庾信现存的作品与徐陵一样,大部分是侯景之乱以后的,散文七十一篇[③]中有五十九篇使用了四六

---

① 文本使用四部丛刊《徐孝穆集》,并参考《隋书》《梁书》等。

② 依据严可均《全上古三代秦汉三国六朝文》,排除赋、铭、颂等韵文,但计入其序文。下同。

③ 依据《庾子山集注》(中华书局1980年版),选择基准同简文帝等。

隔对。由此可以看出,《六朝丽指》所说的徐陵、庾信多用四六隔对的观点是正确的。

进一步再来考察一下被认为是徐陵等人文学源头的永明文学的主导集团——竟陵八友[①]的作品,特别是其中以散文知名的王融、任昉和沈约。王融全二十八篇中,使用四六隔对的有十篇,最多的是他的代表作《三月三日曲水诗序》,有六联。此外有两篇两联的,其余七篇只有一联。任昉全六十四篇中有二十篇,最多的一篇仅用了三联四六隔对。而活跃时间最长,能够把握文学趋势的沈约[②],共有一百八十三篇之多,但使用四六隔对的仅有三十三篇,而使用最多的作品也不过六联。顺便说一下,八友之一,也是上文三兄弟之父的梁武帝(萧衍)的作品总共有二百四十四篇,仅有八篇使用了一联四六隔对。这不过是一个简单的调查,不过应该可以说,四六隔对这一技巧不仅是徐陵和庾信常常使用,而是以他们为中心的文学集团都在积极地使用。不论如何,都可以说四六隔对是徐陵前半生时的最新技巧。

徐陵在一篇文章中使用的四六隔对有的超过九联,即使在庾信的骈文中使用九联以上的也不过五篇(最多的是《周太子太保步陆逞神道碑序》[卷十三],有十二联),所以单从数字上说是很多了。但是《与杨仆射书》和《陈公九锡文》的篇幅都很长,前者以《陈书》的句读为准,共有四百八十九句,后者更有五百七十四句,在这么长的文章中使用九联真的可以说是很多吗? 和庾信的骈文比较后,这个疑问愈发强烈。因为只要一读庾信的骈文作品就会发现,一篇之中四六隔对所占的比例很高。

和徐陵的骈文一样,庾信的骈文也多以四字句继以六字句的单对为基调,这也是骈文的特色。但是,隔对这一现象,正如铃木虎雄博士指出的那样[③],包括这两篇在内,徐陵的很多作品都更爱使用四字句与四字句的隔对而非四六隔对,与之相对,庾信使用四六隔对多于四字句的隔对[④]。进一步说,庾信文章的特色,就是虽然以四六隔对与四字句隔对为基础,但隔对的种类非常丰富。徐陵则仅有《谏仁山深法师罢道书》(卷七)这一篇例外,在四字句隔对与四六隔对之外,四五、五四、五五、六四字句的隔对各使用了一联。在徐陵其他作品中,除这两种隔对外,只能散见四字句与五字句、四字句与七字句的隔对。与徐陵不同,庾信特别喜欢使用第一、三句比第二、四句字数更多的,即所谓重隔句对。铃木博士认为这是徐陵骈文的特色,给了很高的评价。先不说这是否是徐陵的特色,重隔句对确实几乎不出现在之前调查的其他文人的作品中,因此它至少可以说是比

---

① “竟陵王子良开西邸,招文学,高祖与沈约、谢朓、王融、萧琛、范云、任昉、陆倕等并游焉,号曰八友。”(《梁书》武帝纪上)

② 兴膳宏博士说:“考虑到沈约在梁初文坛中对后进的影响力之大,即使我们假设他很快就察觉到时势发展的方向,提出了迎合时代潮流的诗体,这也不一定是不合情理的想象。”(兴膳宏《艶詩の形成と沈約》,《日本中国学会报》第二十四集,1972年10月)

③ 参照第105页注①。

④ 有《周太子太保步陆逞神道碑序》等二十篇。

四六隔对更新的技巧。

如前所述,庾信的文学比徐陵的获得的评价更高,因为他的作品中融入了“乡关之思”。也就是说,作品表现的内容比徐陵的更加优越。而从这些表现技巧来看,庾信似乎也比徐陵优越得多。

徐陵的表现与内容都不及庾信吗?

三

徐陵与庾信在侯景之乱之前,也就是本文所说的徐陵前半生时期的作品,几乎没有流传下来,特别是其中的文。不过,《玉台新咏序》却是徐陵仅有的几篇前半生作品之一。[1]《文选》以作品的形式体现了昭明太子沙龙的文学观,而《玉台新咏》则体现了简文帝沙龙的文学观。自然,它的序言也反映了他们沙龙的文学倾向。

上文提到徐陵的骈文中仅有一篇使用九联以上的四六隔对,那就是《玉台新咏序》。《玉台新咏序》有十五联四六隔对,一联四七隔对,在徐陵的文章中属于四六隔对数压倒性多的作品。不仅仅是数量很多,四字句的单对有十七联,四六隔对和它基本相同,而四字句的隔对不过八联,仅有四六隔对的一半。

至若　宠闻长乐,陈后知而不平;画出天仙,阏氏览而遥妒。
○ ● ○ ○ ● ○ ● ●
至如　东邻巧笑,来侍寝于更衣;西子微颦,将横陈于甲帐。
○ ● ● ○ ● ○ ○ ●
陪游馺娑,骋纤腰于结风;长乐鸳鸯,奏新声于度曲。
○ ○ ○ ○ ● ○ ○ ●
妆鸣蝉之薄鬓,照堕马之垂鬟。
○ ● ● ○
反插金钿,横抽宝树。
● ○ ○ ●
南都石黛,最发双蛾;北地燕脂,偏开两靥。
○ ● ● ○ ● ○ ○ ●
(●为仄声,○为平声。下同。)

---

① 据兴膳宏《玉台新咏成立考》(《东方学》第六十三辑,1982 年 1 月),编集于梁中大通六年(534)左右。

像这些句子一样,连续使用四六隔对,并将各句使用的典故相呼应,成功通过内容与韵律造就了特别的氛围。作为徐陵骈文中最优秀的作品,得到很高的评价也是理所应当的。

但是,像这样使用很多四六隔对并将它们连用在一起的特点,使它和徐陵后半生的作品不太相像,反而和庾信后半生的作品更像。至少在看《玉台新咏序》时,人们很难认为徐陵的文学才华是落后于庾信的。

当然,只凭这一篇来判断是比较危险的。不过,和之前的调查结果联系起来考虑,也可以认为,首先,在简文帝沙龙中时,大家比较积极地使用四六隔对进行创作,而庾信即使到了北地之后也继续保持这种创作态度,并进一步发展了这一点。其次,很难认为在前半生中已经能够创作出大量使用四六隔对的文章的人,在后半生中却作不出这样的文章。所以我认为,徐陵当然也有能力采用和庾信一样的创作态度。但是,徐陵好像并没有走上这条道路。

徐陵后半生的作品,虽然没有像《玉台新咏序》那样使用得那么多,但四六隔对还是比四字句隔对要多,当然也有少量数量相近的作品。《徐州刺史侯安都德政碑序》(卷九)使用了七联四六隔对、一联四七隔对,与之相对,四字句隔对只有两联。《皇太子临辟雍颂序》(卷八)中,隔对仅有两联四六、一联四五。《太极殿铭序》(卷八)有四联四六隔对、一联四七隔对、一联四字句隔对。《司空河东康简王墓志铭序》(卷十)有三联四六隔对、一联四字句隔对。《司空章昭达墓志铭序》(卷十)有三联四六隔对、一联四字句隔对①。

《司空徐州刺史侯安都德政碑序》的七联是比较多的,而其他几篇都比较少。不过,从这些数据中可以看出,四六隔对比例较高的作品主要集中在碑、颂、铭等体裁中。这些都是纪念称颂人物或事物的体裁。比如《司空徐州刺史侯安都德政碑序》中称颂侯安都在徐州刺史任上的政绩的部分:

乃复进司空公南徐州刺史,
于是　镇之以清静,安之以惠和。
　　　　　　　●　　　　　○
望杏敦耕,瞻蒲劝穑。
　●　○　　○　●
室歌千耦,家喜万钟。
　○　●　　●　○

---

① 四部丛刊本并未采录,但吴兆宜笺注本所载《报德寺刹下铭序》(卷五)也各有两联四六及四字句隔对,所以可以加在此处。

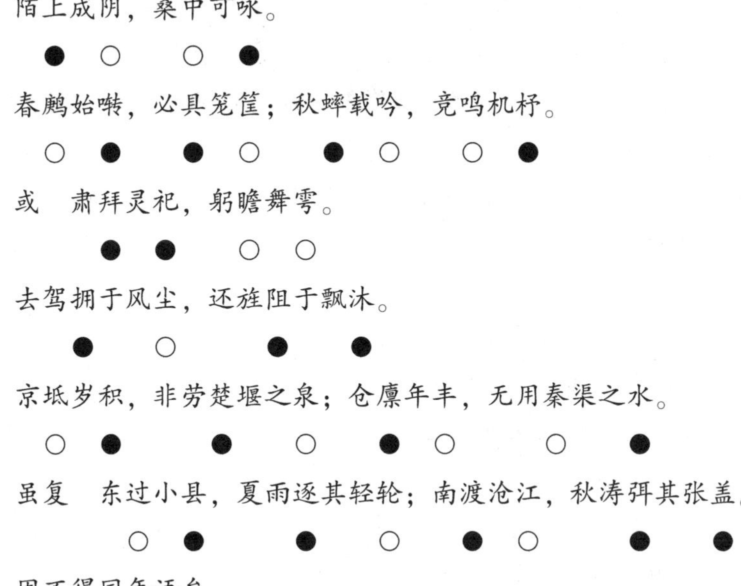
陌上成阴，桑中可咏。
● ○ ○ ●
春鹧始啭，必具笼筐；秋蟀载吟，竞鸣机杼。
○ ● ● ○ ● ○ ○ ●
或 肃拜灵祀，躬瞻舞雩。
● ● ○ ○
去驾拥于风尘，还旌阻于飘沐。
● ○ ● ●
京坻岁积，非劳楚堰之泉；仓廪年丰，无用秦渠之水。
○ ● ● ○ ● ○ ○ ●
虽复 东过小县，夏雨逐其轻轮；南渡沧江，秋涛弭其张盖。
○ ● ● ○ ● ○ ● ●
固不得同年语矣。

并非具体描述政绩，而是使用典故，抽象地表现他如何行善政、如何为民生操心，以此称颂其治政。此外，这一部分连续使用四六隔对。前一联用单对叙述在侯安都的努力下徐州富裕起来的样子。下一联后两句则稍微有点难解，大意是说前任虽有祥瑞，也实行善政，但仍不及侯安都的政治。这一联包含前一联，总括了这一段。

可以说这种以赞誉为目的的体裁是非常容易使用文饰的体裁。我想请大家回忆一下简文帝作品中四六隔对最多的《南郊颂序》。另外，庾信文集中大量存在的、以纪念赞誉某个人物的生涯为目的的墓志铭和神道碑的序文，使用了以四六隔对为主的多种隔对形式，这一点也是证据之一。但是，庾信在这些体裁中总是奔放地使用各种对句，创作极富技巧的文章，与其相比，徐陵的四六隔对等对句相对整齐，也因此很难不让人觉得枯燥。在阅读庾信和徐陵后半生创作的同体裁的作品后产生的这种印象上的差别，恰恰显示了徐陵和庾信之间、徐陵前半生和后半生之间的文学落差。

让我们再次举出使用较多四六隔对的《与杨遵彦书》和《陈公九锡文》来考察他前半生与后半生之间落差的原因。

书是书信一类的文体，其所包含的内容十分广泛。比如有名的王羲之的一系列书简，不用华丽的技巧，夹杂着当时的口语，使用直白的表达方式，表现了他对家人的爱。《文选》所收的此类作品的内容也各有不同，但基本上是以作者与对象间的个人关系为内容的。不过，朱浮《为幽州牧与彭宠书》（卷四十一）、陈琳《为曹洪与魏文帝书》（卷四十一）、阮瑀《为曹公作书与孙权》（卷四十二）、孙楚《为石仲容与孙皓书》（卷四十三）等为他人代作的作品，是因政治目的而创作的，至少是包含与政治相关的内容的文章。徐陵的属于书这一体裁的作品,从内容上看,多是《文选》中占少数的这种以政治为目的或与政治相关的作品,以及因为此种目的而为当权者代作的作品。比如与萧渊明从北齐南归时,为了说服反对南归的王僧辩,而为萧渊明代作的作品。还有此后为陈霸先向北朝政权交涉的作品占了其中的大多数。

《与杨仆射书》除了表达徐陵个人的归国意愿,更是为了说服对方,请求允许包括自己在内的使节一行归国所作。比如下面这一段:

我大梁　应金图而有亢,纂玉镜而犹屯。

○ ● ● ○

何则　圣人不能为时,斯固穷通之恒理也。

至如　荆州刺史湘东王,

机神之本,无寄名言;陶铸之余,犹为尧舜。

○ ● ● ○ ● ○ ○ ●

虽复　六代之舞,陈于总章;九州之歌,登于司乐。

● ● ○ ○ ○ ●

虞夔拊石,晋旷调钟。

○ ● ● ○

未足颂此英声,无以宣其盛德　者也。

● ○ ○ ●

若使　郊禋楚翼,宁非祀夏之君;戡定艰难,便是匡周之霸。

○ ● ● ○ ● ○ ○ ●

岂徒　豳王徙雍,期月为都;姚帝迁河,周年成邑。

○ ● ● ○ ● ○ ○ ●

方今　越裳藐藐,驯雉北飞;肃慎茫茫,风牛南偃。

○ ● ● ○ ● ○ ○ ●

吾君之子,含识知归。

而答旨云,何所投身,斯其未喻一也。

这篇书分八条驳斥对方的主张,此为其中的第一点。主张侯景之乱后湘东王政权的成立带来了南方的安定,反驳对方“何所投身”的主张。以典故构成的对句,修饰了湘东王政权成立这一事实。像这样,《与杨遵彦书》可以说是一种与政治形势相关的议论文章。

此外,为萧渊明和陈霸先所作的一系列书简也是关于政治的,甚至会有一些近似诡辩的表达,这也可以算是议论的文章。

大齐　观书有洛，辑瑞荣河。

○ ●　● ○

功格苍旻，德满天地。

● ○　● ●

慈孝之道，通于百灵；仁信之风，覃于万国。

● ●　○ ● ○　●

是以　日月所照，舟车所通。

● ●　○ ○

候海水以来宾，瞻苍云以奉贡。

●　○　○　●

昔自　轩农炎昊，曾无宣国之规；虞夏商周，非有伐戎之略。

○ ●　○　○ ● ○　●　●

岂知　华夷仰德，远近同心。

○ ●　● ○

谷价无尧汤之忧，粮储同水火之贱。

● ○　○　○ ●　●

精兵利器，势勇雷霆；天马龙媒，量比山谷。

○ ●　● ○　● ○　● ●

斯固开辟已来，未之有也。

至于　亲邻之道，夙契逾深；无改曩怀，尊感弥笃。

○ ●　● ○　● ○　● ●

以为　兴亡继绝，事昞前经；推择庸虚，命守宗祀。

○ ●　● ○　● ○　● ●

方欲　仰凭神武，清我寇仇。

○ ●　● ○

旨喻难违，诸怀更恧。

这是《梁贞阳侯与王大尉僧辩书》(卷五)的一部分。前半部分赞誉北齐的政治，后半部分叙述北齐援助持续混乱的南方的正义性。

这篇文章总共使用了七联四六隔对。从数字上看不能说是不多，但从这一部分也可以看出，这些四六隔对并非连用在一起，而是零散地分布在文中。此外，作为书的变种，移文和檄文是一种更加官方、更加实用的体裁。徐陵文集中的两篇移文和一篇檄文的内容都极具政治性和具体性。它们都是以四字句单对为轴的文章，仅有一两联四六隔对。

《陈公九锡文》属于册命。这篇文章和属于玺书、诏的作品,都是徐陵代皇帝所作的。这些体裁也是以传达和宣传为目的的官方文章。反过来说,包括臣子写给皇帝或朝廷的表在内,这些体裁并非不能算作书的一种。这些作品都是比他的书更加整齐的骈文,但从四六隔对的角度来说,除《陈公九锡文》外,《劝进元帝表》使用了七联,而其他的作品都只有不到三联。

九锡是指赐给有功之臣的九种物品,事实上是禅让之前举行的仪式。赐九锡时皇帝所发的诏书就是九锡文。这也是《文选》采录的潘勖《册魏公九锡文》(卷三十五)以来固定的形式。九锡文一般会一条一条地罗列此人功绩,反复使用"此(又)君(公)之功也"这一固定句式。徐陵的《陈公九锡文》自然也沿袭了这一形式。比如说下面这一段:

王师讨虏,次届沧波。
兵乏兼储,士有饥色。
●○　●●
公　回麾蠡泽,积谷巴丘。
○●　●○
亿庾之咏斯丰,壶浆之迎是众。
●　○　○　●
军民转漕,曾无砥柱之难;舻舳相望,如运敖仓之府。
○●　●○　●○　○●
犀渠贝胄,顾蔑雷霆;高舰层楼,仰扪霄汉。
○●　●○　●○　○●
故使　三军勇锐,百战无前。
○●　●○
承此兵粮,遂殄凶逆①。
●○　●●
此又公之功也。

这一部分称赞的是讨伐侯景的功绩。陈霸先与自长江上游攻下的王僧辩军会合,将自己积蓄的五十万石兵粮中的三十万石分给了王僧辩。徐陵通过使用典故的整齐对句描述了这一事实。在这一段中,实际描写运送盛况的四六隔对只有一联,但是这一联四六隔对却在这一段中,起到了总结上文引发下文的作用。

① 我认为这两句是散句。不过从平仄的角度来看,可能徐陵是当作对句来创作的。我感觉与初唐骈文相比,徐陵、庾信的六朝骈文的对的概念多少有点不同。

徐陵文章中单用的四六隔对，似乎很多都像这一部分一样，有总括上文或展开下文的作用。也就是说，于某文或某段的开头，用四六隔对来概括性地或抽象地简述想说的内容，下文再逐步解说。或是与之相反，在具体描述完后，最后以四六隔对来总结上文的内容。这两种模式非常多见。当然也要承认有少数例外的存在，但对大部分四六隔对都可以这样分析。

下面再举一个表的例子，《劝进元帝表》。

封唐有圣，还承帝喾之家；居代维贤，终纂高皇之祚。

○ ● ● ○ ● ○ ○ ●

无为称于革舄，至治表于垂衣。

○ ● ● ○

而　拨乱反正，非闻前古。

至如　金行重作，源出东莞；炎运犹昌，枝分南顿。

○ ● ● ○ ● ○ ○ ●

岂得　掩显姓于轩辕，非才子于颛顼。

● ○ ● ○

莫不时因多难，俱继神宗者也。

伏惟陛下，

出震等于勋华，鸣谦同于旦奭。

● ○ ○ ●

握图执钺，将在御天；玉縢珠衡，先彰元后。

○ ● ● ○ ● ○ ○ ●

神祇所命，非惟太室之祥；图画斯归，何止尧门之瑞。

○ ● ● ○ ● ○ ○ ●

若夫　大孝圣人之心，中庸君子之德。

● ○ ○ ●

固以　作训生民，贻风多士。

● ○ ○ ●

最初使用的四六隔对仅仅由六字句的单对和两个四字散句直接承接。但是这两个散句却引出了“至如”以下的内容，所以可以说是先由四六隔对叙述抽象内容，再由后文展开。此外，后面的四六隔对显然是总括了“伏惟陛下”后的内容。从平仄配置来看，隔对后以“若夫”开始的部分明显是另一个段落。

毫无疑问,四六隔对的单用导致文章中仅这一部分的韵律与其他部分不同,这至少会引起读者或听者的注意。像这样成为韵律上突出点的部分,在内容上也承担着重要的作用,这一点大概也并非不可思议。

这些体裁的作品很多都以说服对方接受自己想传达的事实与主张为目的,自然不能与《玉台新咏序》相提并论。不过正如《玉台新咏序》使用四六隔对来实现文章的某种氛围一样,这些体裁的作品中单独使用的四六隔对,应该也是为了实现某种效果而被采用的。至少在徐陵的骈文中,四六隔对虽然是单用的,但也并非随意使用的。徐陵的四六隔对在文章中起到什么样的效果呢?这是今后必须研究的问题。

上文说到,庾信创作了大量墓志铭和神道碑志,这些序文采用了四六隔对以及更加新颖的重隔对等技巧,是创作技巧上非常高明的骈文。那么,在我们现在讨论的实用的、官方的体裁方面又怎么样呢?

庾信现存文集中有表、书、移文等体裁,但没有册命、玺书、诏等体裁的作品。调查这些体裁的作品可以发现,与徐陵的同体裁的作品非常相似,甚至在有些文章中徐陵的骈文更加整齐。比如说表这一体裁,徐陵除了《劝进元帝表》外,都是为了自己或他人辞官所作的表,是非常实用的文章。而庾信的十二篇表,包括代作的作品在内,都是庆祝宫廷活动、祝贺政治成果、献上物品时所附的文章,这些内容可以说是比徐陵的表更加容易施以文采的。但是,其中隔对使用最多的也就是一篇使用了六联四六隔对的作品,之后是一篇五联的作品,其他作品不过只有两联上下。其中有几篇使用了重隔对,这一点很有庾信的特色,但和墓志铭、神道碑志比起来的话,隔对的数量本身就不太多。而三篇移文就更加不像庾信一贯的作品了,四字句隔对各有一联,四六隔对一联也没有,而且虽然有四字句单对,但散句也很多,所以很难说是比较整齐的骈文。

事实上,上文调查的梁武帝、简文帝、元帝等的作品中,这种官方文章多数不使用四六隔对,即使使用也不过几例。另外,所谓永明文学家也基本不用四六隔对,其中任昉使用得更少。这可能与他作为梁朝初期出名的公文作者①的身份有一定关系。在这种几乎不使用,或者说很少使用四六隔对等文饰的体裁中,徐陵使用了大量的四六隔对,虽然并不是全部的作品,但也可以认为,这展现了徐陵的文学能力。

以上讨论了徐陵后半生代表作《陈公九锡文》和《与杨遵彦书》中四六隔对的使用情况,可以得出以下结论。单纯从数字来说并不算少,但与前半生的代表作《玉台新咏序》和庾信大部分作品相比较,就算不上多了。但是,如果从体裁的层面来考虑,可以认为徐陵一直以来的作品即使和庾信相比都用得更多。像这样,根据标准的不同,判断的结果也会不同。我们应该以什么为标准,才能够正确理解徐陵文学的意义呢?

以《陈公九锡文》为首的册命、玺书、诏等体裁,从美化现实的角度来看,和碑等体裁

① “昉雅善属文,尤长载笔,才思无穷,当世王公表奏,莫不请焉。”(《梁书》任昉传)

比较接近。但是从在官方场合传递信息这一角度来看,又与《与杨遵彦书》等书这一体裁类似。可以说是介于二者之间的体裁。也就是说,徐陵后半生的大部分作品,都是以描述或传达事实为目的的。在主要收集徐陵后半生作品[①]的文集中,《玉台新咏序》很难说是代表文集的作品,倒不如说它是一篇氛围特异的作品。这也表明,前半生与后半生的作品不仅仅存在四六隔对的使用等技巧问题的差异,在文学体裁上也有很大的落差。这其中应该就隐藏着理解徐陵文学的关键。

四

为什么徐陵后半生创作了很多这些体裁的作品呢?上文所引的《陈书·徐陵传》中有"国家有大手笔,皆(徐)陵草之"这样的记述。另外《周书》庾信传也有"至于赵滕诸王,周旋款至,有若布衣之交"这样关于庾信文学创作环境的记述,将这两部分结合起来可以发现,徐陵和庾信、徐陵前半生和后半生,文学创作的环境都有所不同。

庾信的文学是在不拘世俗身份,文学至上的自由环境下完成的。这个环境就是北朝当权者憧憬南朝文学而仿造的南朝沙龙。也就是说,不管庾信的精神内部如何,提供给他的文学创作的环境是与在南朝时基本一样的。庾信的文集中有大量的碑、志,多是受北朝人"请托"所作。[②] 北朝人期待他作的,自然是充满了最新的南朝风技巧的文章。可能就是因为如此,庾信的这一类文章更加自由地使用了更多的前文所述的四六隔对和重隔对等南朝的最新技巧,并进一步发展了这些技巧。另一方面,徐陵在这一类体裁中使用四六隔对最多的是《徐州刺史侯安都德政碑》,以这篇文章为首,有若干篇是奉皇帝之命创作的。[③] 既然是受皇帝的命令所作,而非像庾信一样受人所托,那么就像册命、玺书、诏、书等体裁的作品一样,其中包含了一定的政治意图,必须是歌颂政治的作品。庾信那样被构拟出的自由,在徐陵的文学环境中并不存在。王瑶认为,徐陵的这些作品应该属于历史数据,不能看作文学作品。[④] 这是因为,王瑶注意到了徐陵作品中的公文要素。确实,不论是以往的作品,还是同时代的庾信的作品,这一类文学都是以传达为主要目的,

---

① 《四库全书总目》对《徐孝穆集笺注》六卷的解说是:"国朝吴兆宜注,《隋书·经籍志》载陵集本三十卷,久佚不传。此本乃后人从《艺文类聚》《文苑英华》诸书内采掇而成。"(集部·别集类一,卷一百四十八)和其他六朝文人的文集一样,曾一度失传。特别是前半生的作品,不难想象也和庾信的作品遭受了一样的损失,"昔在扬都,有集十四卷,值太清罹乱,百不一存。"(滕王逌《庾信集序》)

② "群公碑志,多相请托。"(《周书》庾信传)

③ "于是州民散骑常侍王玚等,拜表宫阙,请扬兹美化,树彼高碑,民欲天从。允彰丝诰"(《徐州刺史侯安都德政碑》)、"鉴此诚祈,皆如所奏,乃诏庸臣,为其铭"(《广州刺史欧阳顾德政碑》)、"臣陵稽首,乃作铭"(《孝义寺碑》)等各碑的序文记录了此事。此外,《皇太子临辟雍颂》《太极殿铭》等代表臣子作的作品事实上也是在同样的条件下完成的。

④ 参照第 105 页注①。

几乎不加以文饰的。但是我认为,从徐陵作品中的某一部分来看,应该肯定王瑶的观点,但徐陵的作品并不仅仅是历史资料。

有人指出,徐陵作品间存在着对同一事实的有矛盾的不同的记述方式。① 这是徐陵忽略自己的观点,而从文章委托者,也就是当时的当权者的角度判断事件的价值,而产生的矛盾。或者也可以说,与之相反,是委托人期待徐陵用文体来修饰自己的价值判断。然后正如目前为止讨论的那样,他的文章响应了这些人的期待,使用了四六隔对等新的技巧来点缀文章。既然如此,那么这些作品当然就是文学作品。

不论如何,徐陵的文学都是在与政治关联密切的环境创作的,所以才以官方的、实用的体裁为主。和庾信相比,徐陵后半生的文学创作环境与前半生并不相同,甚至可以说是断绝开的。这应该就是徐陵文学中前半生与后半生产生落差的原因。

也就是说,庾信从南朝到北朝后,虽然生活环境有了巨大的改变,但文学创作的环境即使到了北朝也仍旧保持着南朝的环境。而除了一段时间的北朝生活外,始终在南朝的徐陵,其文学创作的环境在前半生和后半生之间发生了巨大的转变。这种转变反映在了徐陵后半生的文学之中。

前半生与后半生着重的文学体裁所有不同这一徐陵自身的文学变化,也促进了这些体裁的文体变化。比如《陈公九锡文》和任昉的《策梁公九锡文》的文体就明显不同。任昉的《九锡文》主要由四字句构成②,这一点没有什么特别的。不管怎么说,四字句都是汉语最基本的韵律形式,也能从中感受到最古典庄重的感觉,是符合这种公文的韵律形式。徐陵的文章,正如前面所看到的那样,虽以四字句为基本,但是除此之外,不仅仅使用四六隔对,还连用六字句对,并夹杂着七字句对,明显有超脱过去文体的韵律的倾向。

正如能从这些作品中看到的那样,这些实用的、官方的体裁本来是不会施以文采,或很难施以文采的,但徐陵却将以四六隔对为首的技巧积极地运用到其中。本传评价他说,"其文颇变旧体,缉裁巧密,多有新意",我想它说的就是这一方面。规模宏大的《与杨仆射书》及《陈公九锡文》中连用九联四六隔对,这一数量及其带来的效果,也应该从这一方面去评价。

《骈体文钞》说"书记是其所长,他未能称也"③,也就是说徐陵的骈文作品中,"书记"这一类作品比较优秀。《文心雕龙》中有"书记"篇,所谓"书记",指的就是"以书简

---

① 比如说前引王瑶的论文(参照前注)。或者曹道衡《徐陵》(《中国历代著名文学家评传・续编一》所收,山东教育出版社1989年版)论述得也比较详细。

② 依从《梁书》的句读,任昉的文章共有三百八十四句。四六隔对有两联,四字句和五字句的隔对有一联。另外,有五字句单对三联,六字句单对三联,七字句单对两联。此外都是散句(其中也有四字句)和四字句的隔对或单对。这就可以理解四字句到底多到什么程度了。

③《与王僧辩书》(卷十九)所附评论。

文章为中心的各种实用文”[①]。可以说目前为止论述的这些体裁正好都包含在这个词中。徐陵文学的重要性正是为这些官方的、实用的文章增添了新的美感。

无论是徐陵还是庾信，从其文学生涯来看，都是宫廷文人。但是，在他的前半生，当他还是以简文帝沙龙为活动中心的宫廷文人时，特别注意雕琢表现方式，被小团体内的温暖包围着。而他的后半生，则是将前半生的文学积蓄从小团体中扩展到广阔的政治世界中。这是与包括他自己的前半生在内的过去的宫廷文人不同的，展现出了一种崭新的宫廷文人的姿态。

我们知道，唐朝时，不论何种体裁的骈文，都多用隔对并且变得更加整齐。初唐的代表作家，比如王勃，就因《上刘右相书》（《王子安集注》卷五）受到赏识而得以出仕。[②] 这篇文章对当时的政治作了四条批评，每条都以“此君侯之未喻一也”这样的形式结尾，使用了逐条论述的方法，让人想起徐陵的《与杨遵彦书》。此外，因反对则天武后的檄文而出名的骆宾王，和当时代表性的宫廷文人李峤，据说都曾有一段时间以公文的名手而出名。[③] 李峤的同僚崔融，据说是因为倾尽心血撰写则天武后的哀文而死的，他也是撰写官方的、实用的文章的名手。[④] 此外，和徐陵一样被称为“大手笔”的张说和苏颋[⑤]等，不管他们是否还有别的出名的作品，但都曾因实用文，即“书记”而出名。像这样的实用文章，即使不看刚才所说的王瑶的观点，单从现在的文学观来看，也几乎都不被当作文学作品。但在当时，它们都是作为正统的文学而被赞誉的。[⑥] 对徐陵骈文的评价，不也是只有站在当时文学观的立场上才能够正确地理解吗？

对于初唐时期积极参与政治或希望参与政治的文人来说，积极地将四六隔对等技巧引入一直以来几乎不加以文饰的这些体裁，证明了这些体裁也可以被赋予新的韵律的徐陵文学，在某种意义上说，难道不是起到了先驱的作用吗？到了唐代，徐陵和庾信依然齐名，并被持续模仿，难道不是反映了徐陵至少在“书记”体裁上的先驱性吗？

进一步说，这些以徐陵文学为规范来创作“书记”作品的唐代文人，和在六朝的沙龙文学世界中活动的宫廷文人不同，他们积极地寻求参与社会政治的机会。徐陵与这些人的立场并不相同。但是，当时宫廷文人在文学活动中的作用发生了变化，本身以美的表达为目的的文学中，出现了必须传达、必须说明的事件与事实，文学活动必须用优美的语

---

① 兴膳宏博士在《陶渊明 文心雕龙》（筑摩书房，1968 年 12 月）中的定义。

② “麟德初，刘祥道巡行关内，勃上书自陈，祥道表于朝，对策高第。”（《新唐书》文艺传上）

③ “（李峤）举制策甲科，迁长安。时畿尉名文章者，骆宾王、刘光业，峤最少，与等夷。”（《新唐书》李峤传）

④ “（崔）融为文华婉，当时未有辈者。朝廷大笔，多手敕委之……撰武后哀册最高丽，绝笔而死。”（《新唐书》崔融传）

⑤ “自景龙后，与张说以文章显，称望略等，故时号燕许大手笔。”（《新唐书》苏颋传）

⑥ 最近，曹道衡在论文《从文学角度看〈文选〉所收齐梁应用文》（《文学遗产》1993 年第 3 期）中，考察了以徐陵之前的作品为对象的六朝“应用文”，从各种观点论述了它们的文学性，主张了文学史上“应用文”的重要性。

言来包装它们。徐陵正是明确展示出这种新的宫廷文人方向的人物。《骈体文钞》(卷七)评价他的《陈公九锡文》说:“遂为台阁文字滥觞”,正是道破了徐陵文学的意义及其在文学史上的地位的话语。

结语

不仅限于中国,各国的文学史中都有在当时评价甚高,但现在却不清楚其真实情况,也不知道当初为什么会有那么高的评价,也就是所谓被遗忘了的作家和作品。并称为徐庾的二人可能也是这种情况。只是关于庾信的研究近年有所进步,但对徐陵的研究感觉尚未起步。

本文对徐陵作了若干考察。徐陵的文学,特别是骈文,从他的活跃时期开始到他死后,到初唐,都和庾信一样有着巨大的影响力。之所以要研究清楚他的文学,是因为这是在理解六朝末到初唐的文学时不可缺少的工作。

徐陵和庾信虽然并称,但考察徐陵的传记可以发现,他们自侯景之乱后就再未相见。庾信在侯景之乱后的后半生的文学评价很高,徐陵在后半生也被看作是代表南朝的文学家。所以我认为,侯景之乱后的徐陵后半生的文学,才是了解他给时代带去了怎样的影响的关键,本文因此着眼于徐陵后半生的骈文。本文从技巧特色的角度,调查了徐陵、庾信及外围文人作品中四字句六字句隔对的使用状况。结果发现,从他们的文学集团开始,以他们为中心,这种技巧被大量使用起来。徐陵后半生的骈文作品,至少其中的代表作,是多用四六隔对的。但是和他前半生的代表作《玉台新咏序》相比,四六隔对的数量较少,占文章全体的比例也较小。由此可见,徐陵前半生和后半生的文学之间存在着落差。

徐陵后半生的大部分作品,虽然程度有所不同,但基本上都是与政治有关的,基于官方的、实用的目的而创作的。他的文学是与政治密切相关的。他前半生的文学,是以追求表达的美本身为目的的,而后半生的文学则是先有必须主张的观点或必须传达的事实,然后才用优美的表达方法来包装的。这是因为徐陵后半生的文学创作的环境与前半生不同。这也是徐陵文学前半生与后半生间存在落差的原因。

在宫廷内从事这种文学活动的徐陵,是和自己的作品一起,开创了新的宫廷文人和宫廷文学的可能性的人物之一。徐陵和他的文学对时代产生的巨大影响就在这一点上。

就像在前文中提过的那样,徐陵文学中依然有很多必须考察的问题,比如说四六隔对在徐陵作品中起到了什么样的作用和效果。不过,徐陵骈文的特色及其地位,姑且可以认为就如以上所讨论的那样吧。

＊本文的日语版曾刊登在1994年3月《人文论丛(三重大学)》第11号上,本文在日语版的基础上做了部分修改。(原作者说明)

作者简介:

道坂昭广,1960年生。日本大阪人。京都大学研究生院人与环境研究科教授。文学博士(京都大学)。著有《〈王勃集〉と王勃文学研究》等。研究方向为南北朝初唐文学、日本汉文。

译者简介:

于恒超,1996年生,安徽合肥人,现为日本京都大学研究生院人与环境学研究科博士生,研究方向为永明声律论、和歌歌病说。

陆贽骈文的特征及《新唐书·陆贽传》的改作

[韩]金愚政撰 肖大平译

内容摘要:唐代作家陆贽的奏议文作为骈文,具有丰富的历史、政治、制度、统治观,对朝鲜与日本产生过重大影响,本文对陆贽奏议骈文的特性进行考察。骈文作为与散文相并立的一种文体样式,具有悠久的历史,被广泛运用于多个方面。韩国学界大多将骈文视作一种具有装饰性、内容空疏的文章。基于这种强烈认识,学界对于骈文的基础研究还并不充分。因此,本文通过对骈文主要特征的概括,指出陆贽的奏议文虽然从声律上来看属于声律交替式的骈文,但从构成上来看具有连锁并列式的结构,克服了骈文形式上所受到的拘束。本文通过对《新唐书·陆贽传》中对其形式上的特征如何改写这一问题的比较分析,说明陆贽奏议骈文的特征。

关键词:陆贽;奏议;骈文;声调;《新唐书》;宋祁

一、引言

本文通过对陆贽(754—805)奏议文作为骈文的特征,以及《新唐书·陆贽传》中的改作情况进行考察,旨在唤起学界对骈文与古文界限的重新认识。在展开论述之前,我们先来看燕岩朴趾源文章中的一段话:

> 由是观之,天地虽久,不断生生;日月虽旧,光辉日新;载籍虽博,旨意各异。故(一)飞潜走跃,必有阙名;山川草木,必有秘灵;积雨蒸菌,腐草化萤。(二)礼有韶,乐有议。书不尽言,图不尽意,仁者见之谓之仁,智者见之谓之智。故(三)俟百世圣人而不惑者,前圣志也;舜禹复起,不易吾言者,后贤述也。禹稷颜回,其揆一也;隘与不恭,君子不由也。①

由构成对仗的四字句群来看,句末押韵(依据《广韵》),第一句中的名、灵、萤字都属于平声青韵,第二句中的议、智字属于去声置韵,意字属于去声志韵。同时,在上述引文

① [朝鲜]朴趾源《燕岩集》卷一《楚亭集序》。

中我们也可以看到变形的四字句中,虚词也反复出现,这使得行文表现出规则性。上述这段文字,不论何人来看都应该会认为是一篇完整的骈文。朴趾源在当时复古派、唐宋派、公安派等各流派角逐的环境下,指出了文坛无所适从的弊病。而且让人意想不到的是,他竟然使用的是骈文的这种句式。无论当代批评家还是现代研究者,朴趾源都被认为是古文大家。尽管如此,他的文章中类似上述这种骈文痕迹随处可见。

回顾韩国汉文学史,自高丽中期以后古文一直以来就占据着支配性地位,发挥了重要的影响力。因此,今天我们很容易将古文和骈文对立起来认识。而很容易忽视的事实是,古文与骈文两者之间互相吸取对方的长处、弥补自己的短处。古文是政治理念性文学运动的产物。虽然试图突破形式上的限制,但在内容上,文学被用作强化儒学理念(到了朝鲜时期为朱子学)的一种工具。与之相对的骈文,却只是汉语所具有的、集中对美学特征进行探索的产物。随着官僚知识阶层与语文体制的变化,骈文虽然也被视作脱离大众、唯美封闭的文体,但古文与骈文两者指向不同,因此结合两者的长处成为可能。

如同古文家运用对偶、排比等骈文特性以增强文艺美感一样,骈文家也摆脱形式上的束缚,为使骈文成为一种自由使用的文体而做出努力。从这一点上来看,陆贽的奏议文在骈文史上具有特别的意义。他的著述中除了几篇诗赋,绝大多数是他在德宗建中元年(780)自己被任命为翰林学士,到被罢免宰相之职(794年)期间所写作的制诰和奏草、奏议等文章。其中,对格式有严格要求的制诰通常以骈文写成。奏议写作要求对国政提出周到严密的意见、要求逻辑严谨。这种情况下,以骈文来写作并非易事。南朝以后骈文盛行,一些文人私人写作的文章自然用骈文写成,那些碑铭、诔颂、章奏、书启等应用文也一般以骈文来写作。南朝以后,受到王融、沈约、谢朓等所谓永明体的影响,骈文音在韵方面得到强化,与形式上受到拘束较少的六朝初期骈文不同。① 这种写作风格一直持续到盛唐。

从文学上来看,我们之所以要对陆贽的奏议文给予高度评价,是因为陆贽的奏议文写作改变了骈文的写作风格。陆贽的奏议文虽然以骈文写成,但与此前骈文不同的是,其奏议文中有很多散句,而且并不受到押韵的拘束,以严谨的逻辑、真率的态度展开对问题的讨论,具有所谓散文化之骈文的特征。研究者对陆贽骈文的关注也大多集中于此,聚焦于陆贽奏议文与骈文的距离。学界对陆贽奏议文的研究大多并未指出所选取的是陆贽哪一时期的骈文。对于研究对象,采取的方式是对一般意义上认为的骈文(也就是形式上受到较强拘束的南朝以来的骈文)进行设定说明。② 因此,与笔者自己的意图如

---

① "盖奏疏一类,下系民瘼,上关政本,必反复以伸其说,切磋以究其端。论冀见从,多浮靡而失实;理惟共晓,拘声律而难明。此沈任所以栖毫,徐庾因之避席者也。"见〔清〕孙梅《四六丛话》卷十三《章疏》,王水照编《历代文话》第5册,复旦大学出版社2007年版,第4510页。

② 参照于景祥《陆贽与唐代骈文革新》,《辽宁教育学院学报(社会科学版)》1990年第4期;莫山洪《论陆贽的"骈中求散"与中唐文章的变化》,《柳州师专学报》2012年第1期。

何无关,给人一种将骈文视为劣等文体的印象,甚至引发关于区分骈文和散文的基准是什么、将对陆贽奏议文的定性变为骈文是否合理的根本性质疑。

事实上,陆贽的奏议文与永明年间至初唐时期骈文相比,表现出明显散文化的倾向。骈散结合这一点,与后汉的骈文相似;而声律和押韵不受拘束这一点,与魏晋骈文具有相似的特征。在陆贽奏议文中经常能看到《左传》《国语》《韩非子》等先秦文献中的句法被频繁运用。可以说陆贽的奏议文,结合了先秦两汉与魏晋的古雅骈文风格。尽管如此,我们很难将其视作展示从骈文时代向古文时代转变过程的例子。①

二、《新唐书》的编撰情况及宋祁《陆贽传》的编撰

《新唐书》是继后晋开运二年(945)刘昫(实际编者为赵莹)等人所编撰的《旧唐书》之后出现的另外一部正史。编纂工作始于庆历四年(1044),至仁宗嘉祐五年(1060)完成。虽然在此之前已有编好的正史《旧唐书》,但《旧唐书》中有很多缺漏,体例顺序混乱、首尾不一致。换句话说,具有整体叙事上不统一、不完整的缺点。除此以外,《新唐书》的编纂还有另外一个原因:范仲淹主持的政治改革("庆历新政")失败以后,史书编纂作为改革国政的一项工程,有必要对过去的历史进行再阐明。除此以外,人们也认识到,随着那些并未收录到《旧唐书》与《旧五代史》中的资料陆续被发现,有必要对这些新发现的史料予以反映。在上述这些情况之下,欧阳修开始着手编纂《新唐书》,在他完成《新唐书》编撰、上呈皇帝的进表中写得很清楚:《旧唐书》不仅次序失序、详略失调、文采

---

① 陆贽的奏议文对朝鲜半岛也产生了很大的影响。对此相关论文主要有:[韩]沈祉希《正祖〈御定陆奏约选〉的编纂意图及其背景》,《东洋汉文学研究》2014 年总第 38 辑;张光宇《朝鲜王朝正祖与〈陆宣公奏议〉》,《文学遗产》2015 年第 5 期;[韩]김민현(金敏贤,音)《朝鲜时期〈宋李忠定公奏议〉的刊行及其活用之研究》,《书志学研究》2015 年总第 64 辑;[韩]최솔잎(崔松针)《朝鲜时期对陆贽奏议文的接受及其意义》,檀国大学 2019 年硕士学位论文。最近刊行的《译注唐陆宣公奏议》([唐]陆贽著,[韩]沈庆昊、金愚政共译《译注唐陆宣公奏议》,首尔传统文化研究会 2018 年版)的解题(沈庆昊撰)中对此作了综合性讨论。关于陆贽骈文文体特征的讨论,中国方面的研究主要有成果:于景祥《陆贽与唐代骈文革新》,《辽宁教育学院学报(社会科学版)》1990 年第 4 期;莫山洪《论陆贽的"骈中求散"与中唐文章的变化》,《柳州师专学报》2012 年第 1 期;高洁《陆贽公文研究》,南京师范大学 2006 年硕士学位论文;冷琳《论隋至中唐骈体公文改革及陆贽的杰出成就》,长春理工大学 2008 年硕士学位论文;张天城《陆贽与苏轼奏议比较研究》,辽宁大学 2012 年硕士学位论文;孟飞《从"链体"结构看陆贽骈文的功能突破》,《广西师范大学学报(哲学社会科学版)》2018 年第 4 期等。韩国学界的相关研究主要有:[韩]唐润熙《唐陆贽奏议文考》,韩国《中语中文学》2016 年总第 63 辑;[韩]신윤수(申润秀,音)《陆贽奏议文的文学史地位及在正祖年间文坛的反响》,檀国大学 2019 年硕士学位论文;等等。特别是신윤수(申润秀)的论文中简单讨论了《新唐书·陆贽传》中《奉天请罢琼林大盈二库状》的改作情况,本文旨在前人基础上作进一步探讨。

缺乏、遗漏较多，更重要的是《旧唐书》的编者气力衰弱、言意浅陋，难以彰显善恶、激励人心。[①]

欧阳修在《新唐书》中自我标榜道："其事则增于前，其文则省于旧。"从卷首来看，本纪10卷、志50卷、表15卷、列传150卷，全书共225卷，比《旧唐书》反而多出25卷。全书的刊行前后持续17年，主持编撰人也前后多人更替。《新唐书》的编撰，先后由贾昌朝、丁度、刘沆、王尧臣、曾公亮等人担任提举。最初是王尧臣、宋祁等六人主持修撰，其后又任命了曾公亮、范镇、宋敏求等六人担任编修，由于各种原因，后来又增加了王畴、吕夏卿、刘羲叟、梅尧臣等人。此外，欧阳修与贾昌朝交恶，欧阳修作为新政失败的责任人，被贬谪滁州，至至和元年（1054）才参与到《新唐书》的编撰之中来。

欧阳修与宋祁是当时文坛大家，到《新唐书》编纂的后期才接手主持编纂。欧阳修负责《本纪》《志》《表》的编撰，宋祁负责编纂《列传》。精通历史的范镇与王畴一起负责《礼志》与《兵志》的编撰。吕夏卿负责整理传记杂说，此外对于《世系表》的写作也贡献颇多。作为儒学者的宋敏求，对于《旧唐书》中未能予以正确记载的武宗以下"六世实录"进行续写。刘羲叟则参与了《律历志》《天文志》《五行志》的写作。梅尧臣对于补充《旧唐书》的缺漏以及纠正《旧唐书》的错讹贡献颇多。经过这一过程编撰而成的《新唐书》，较之《旧唐书》而言，内容上更为充实。增加了《仪卫志》《兵志》《选举志》，整体上扩大了写作规模。不仅如此，还增加了为自《汉书》及以后正史所缺的《表》，重新创制了《宰相表》《方镇表》《宗室世系表》《宰相世系表》，等等。此外，列传中还增加了300余名人物，而且另外记载了《藩镇传》《藩将传》《奸臣传》，将《新唐书》中所记载的《玄奘传》等60余名佛教人物传记剔除在外。[②]

尽管如此，《新唐书》并未形成统一义例，因为出自多人之手编撰而成，即便是欧阳修和宋祁之间也未能实现很好的沟通，《新唐书》的编撰也受到不少人诟病。直到《新唐书》刊行以后，问题才逐渐暴露出来。其中，最早对《新唐书》予以批判的代表人物是吴缜。吴缜于1089年撰写了《新唐书纠谬》20卷，指出了《新唐书》中关于年代与人物的400多处错误。在此基础之上，写作了《进新唐书纠谬表》一文，对《新唐书》中的八处问题予以批评。[③] 尽管欧阳修此前对《新唐书》颇为自负，认为较之《旧唐书》而言"（《新唐

① "'窃惟唐有天下，几三百年。其君臣行事之始终，所以治乱兴衰之迹，与其典章制度之英，宜其粲然著在简册，而纪次无法，详略失中，文采不明，事实零落，盖百有五十年，然后得以发挥幽昧，补缉阙亡，黜正伪谬，克备一家之史，以为万代之传。成之至难，理若有待。……商周以来，为国长久，惟汉与唐，不幸接乎五代，衰世之士气力卑弱，言浅意陋，不足以起其文。而使明君贤臣隽功伟烈，与夫昏虐贼乱祸根罪首，皆不足暴其善恶，以动人耳目。诚不可以垂劝戒，示久远，甚可叹也。乃因迩臣之有言，适契上心之所闵。'……并膺儒学之选，悉发秘府之藏，俾之讨论，共加删定，凡十有七年，成二百二十五卷。其事则增于前，其文则省于旧。"见〔宋〕欧阳修《欧阳修全集》卷九十一《进修唐书表》。

② 屈宁《述往思来：〈新唐书〉的编纂思想和特点》，《求是学刊》2017年第2期。

③ 余敏辉《吴缜稽评"〈新唐书〉修撰八失"说浅析》，《信阳师范学院学报（哲学社会科学版）》1997年第3期。

书》)其事则增于前,其文则省于旧”。然而,用吴缜的话来说,“修纪志者,则专以褒贬笔削自任;修传者,则独以文辞华采为先”①。当时欧阳修处在对《新唐书》编撰总体负责的位置上,虽然自己曾说过要对于全书的体制、史料的考证与增删、文体等作如同出自一人之手的统一编校,但事实上他在这些事情上的介入并不积极。吴缜从历史记述的要谛中挑出“事实”“褒贬”和“文采”三个方面。事实上,如果能对历史事实作完整的记述,即便褒贬和文采方面不足,也可以成就一部史书。尽管如此,在事实并不明确的情况下,致力于对历史人物与事件的褒贬,追求华丽的文采,则毫无意义。②

在据传作者为清初文人李宗孔(一说潘永因著)的笔记集《宋稗类钞》中记载了下面这样一个故事。即便欧阳修与宋祁认识到了的上述问题,但仍未作积极的修改。③

> 宋景文修唐史,好以艰深之辞,文浅易之说。欧公思所以讽之。一日大书其壁曰:“宵寐非祯,扎闼洪休。”宋见之曰:“非夜梦不祥,题门大吉耶?何必求异如此。”欧公曰:“《李靖传》云‘震霆无暇掩聪’,亦是类也。”宋惭而退。④

宋代是古文的时代,也是真正对骈文展开批评的一个时期。这一时期却出现了王铚的《四六话》、谢伋的《四六谈麈》、杨囦道的《云庄四六余话》等阐述骈文理论、开展骈文批评的著作。此外,洪迈的《容斋随笔》、杨万里《诚斋诗话》中也有不少关于骈文的评论。虽然当时支配文坛的是古文,然而在公共写作领域,骈文仍然被广泛运用。类似制、敕、诏、册、表、启、书、疏等文体皆以骈文写成。甚至类似书信这些日常文章,也受到骈文不小影响。这一时期所谓宋四六,作为一种新的骈文形态出现。欧阳修、苏轼、王安石等

① 见〔宋〕吴缜《新唐书纠谬》自序,《四部丛刊三编(六)》史部《新唐书纠谬》,上海书店1935年版,第5A页。

② “夫为史之要有三:一曰事实,二曰褒贬,三曰文采。有是事而如是书,斯谓事实;因事实而寓惩劝,斯谓褒贬;事实褒贬既得矣,必资文采以行之,夫然后成史。至于事得其实矣,而褒贬文采则阙焉,虽未能成书,犹不失为史之意。若乃事实未明,而徒以褒贬文采为事,则是既不成书,而又失为史之意矣!”见〔宋〕吴缜《新唐书纠谬》自序,《四部丛刊三编(六)》史部《新唐书纠谬》,第4B页。

③ 到了乾隆时期有人指出,《新唐书》中关于具体事实有不少错误记载,《新唐书》中收录的一些文章等资料原文很多阙脱或错讹,于是人们对于此前被排除在正史以外的《旧唐书》重新恢复其正史地位。自此以后,史学家们同时参考《新唐书》和《旧唐书》成为一般化现象。比如,沈炳震编撰的《新旧唐书合钞》(260卷)中,《本纪》的前半部分以《旧唐书》为中心,唐宣宗以后以《新唐书》为中心;至于《列传》的情况,长庆元年(821)以前以《旧唐书》为中心,长庆以后以《新唐书》为中心;《志》则大部分参考的是《新唐书》。此外,王先谦的《新旧唐书合钞补注》(260卷)与赵绍祖的《新旧唐书互证》(20卷)等类似著作中,人们为了补完新旧唐书的优点,一直试图对新旧唐书进行合二为一的工作,所采取的方式是:在整体的体制与内容上利用《旧唐书》,同时对《旧唐书》以简洁的古文体进行整理,并增加一些新的内容。

④ 〔清〕潘永因《宋稗类钞》卷五《文苑》,书目文献出版社1995年版,第374页。

人作为古文大家，也将骈文作为日常写作文体。其中，苏轼受到陆贽骈文深刻影响。[①] 苏轼甚至策划过收集、编纂陆贽奏议文集，还评价陆贽奏议文称：是皇帝应该阅读的谢表，更是治乱的龟鉴。[②] 然而，主持《新唐书·列传》编纂的宋祁对于骈文却持否定性态度。[③] 宋祁并不认同诏令文的史料价值，一概未予收录，对于奏状也是有选择性地进行收录。其中，唯一收录的就是陆贽的奏议文。[④]

然而，宋祁并未按照事先以骈体写好的原文予以收录，而是根据自己的喜好改变为古文文体，增加原文中本来没有的内容，使用一些奇怪的词藻，造成了一些问题。对此，清代史学家赵翼评价说："《旧书》载元宗宣布其功之诏系四六，乃唐时原文也。子京既不欲以四六入史，则但摘其大意可矣，乃改作全篇散文，首尾完善，一似缁译者。薛登传，旧书载其谏选举一疏，新书既欲存之，则用其原疏可矣，乃通首全为代作，如'陈篇希恩，奏记誓报'等语，原本所无，戛戛独造。取古人之意，自成一家言，此又从前修史者所未有之例也。"[⑤]此外，赵翼还对于宋祁在《列传》编撰过程中表现出来的改变原文的现象多有微词，具体如下：

> 《新书》则竟以两省所引韦谦事并入绛疏中，未免私智自用，且诬古人矣。至其造语用字，尤多新奇者，今略摘于左。《太子瑛传》"李林甫数称寿王美，以揠妃意。"（自注：揠谓迎合也。时武惠妃擅宠，寿王其子也。林甫欲倾太子而立寿王，故云揠也。）诸公主传；"懿宗女卫国公主卒，许群臣祭以金贝火之，民取煨以汰宝。"（谓取灰炼出金宝也。《通鉴》谓取庭祭之灰汰其金也。）……此皆极意避俗，戛戛独创者，未免好奇之过，然尚多新辟可喜。至其好用"叵"字代"不可"二字，如桑道茂传"福寿叵涯"，薛颐传"卒叵之测"……又《承天皇帝传》以"没奈何"为"末耐何"，李泌传以"率尔"为"帅尔"，此则徒以新巧避陈俗，未免同卉犬筱骖之诮矣。子京于郑余庆

---

① "孔子曰'辞达而已矣'，物固有是理，患不知，知之患不能达之于口与手。所谓文者，能达是而已。文人之盛，莫如近世。然私所敬慕者，独陆宣公一人。"见〔宋〕苏轼《答虔倅俞括奉议书》，〔宋〕苏轼著，邓立勋编校《苏东坡全集中》，黄山书社 1997 年版，第 587 页。

② "昔冯唐论颇牧之贤，则汉文为之太息；魏相条晁董之对，则孝宣以致中兴。若陛下能自得师，莫若近取诸贽。……如贽之论，开卷了然，聚古今之精英，实治乱之龟鉴。臣等欲取其奏议，稍加校正，缮写进呈，愿陛下置之坐隅，如见贽面，反复熟读，如与贽言，必能发圣性之高明，成治功于岁月。"见〔宋〕苏轼《乞校正陆贽奏议进御札子》，〔宋〕苏轼著，邓立勋编校《苏东坡全集下》第 479 页。

③ "文有属对平侧用事者，供公家一时宣读施行，以便快然，久之不可施于史传。发［余］修唐书，未尝得唐人一诏一令可载于传者。唯舍对偶之文，近高古乃可著于篇。大抵史近古，对偶宜今，以对偶之文入史策，如粉黛饰壮士，笙匏佐鼙鼓，非所施云。"见〔宋〕宋祁《宋景文公笔记》卷上，朱易安、傅璇琮主编《全宋笔记》第一编（五），大象出版社 2003 年版。

④ "宋祁作贽传赞，称其论谏数十百篇，讥陈时病，皆本仁义，炳炳如丹青，而惜德宗之不能尽用，故新唐书例不录排偶之作，独取贽文十余篇以为后世法。"见〔清〕纪昀等《四库全书总目》卷一五〇《集部（三）。

⑤ 见〔清〕赵翼《陔余丛考》卷十一"新唐书文笔"条，商务印书馆 1957 年版，第 199 页。

传谓其奏议好用古语,如"仰给县官""马万蹄",有司不晓何语,时人讥其不适时。何以子京明讥之而又自袭之也?①

三、骈文的声律与陆贽骈文的特征

上文中指出,宋祁对于骈文表现出排斥的态度。尽管如此,却在《陆贽传》中收录了陆贽的15篇奏议文。从篇数上来看,远不如收录42篇的《资治通鉴》。但较之《旧唐书》而言,多收录了6篇。《新唐书·陆贽传》全文只有9607字,占《旧唐书·陆贽传》全文12489字的77%,这符合欧阳修所谓"其事则重于前,其闻则省于旧"的说法。

王素点校《陆贽集》的卷次及收录文章目录		《新唐书·陆贽传》	《旧唐书·陆贽传》
卷十一奏草	论两河及淮西利害状	○	
	论关中事宜状	○	
卷十二奏草	论叙迁幸之由状	○	
	奉天论奏当今所切务状	○	
卷十三奏草	奉天请数对群臣兼许令论事状	○	
	奉天论尊号加字状		○
	重论尊号状	○	○
	奉天论赦书事条状	○	
卷十四奏草	奉天请罢琼林大盈二库状	○	○
	奉天论李晟所管兵马状		○
	奉天奏李建徽杨惠元两节度兵马状	○	○
	驾幸梁州论进献瓜果人拟官状	○	
卷十六奏草	兴元请抚循李楚琳状	○	○
	兴元论中官及朝官赐名定难功臣状	○	
	兴元论赐浑瑊诏书为取散失内人等议状	○	○
卷十七中书奏议	请许台省长官举荐属吏状	○	○

① 〔清〕赵翼《陔余丛考》卷十一,第200页。

续表

王素点校《陆贽集》的卷次及收录文章目录		《新唐书·陆贽传》	《旧唐书·陆贽传》
卷十八中书奏议	论缘边守备事宜状	○	○

将《新唐书》中所收录的陆贽奏议文与王素校点的《陆贽集》进行对照，可以发现：虽然《新唐书·陆贽传》中照录了《旧唐书》中的原文，但大部分文字都作了改变。虽然这种改变还没有差到赵翼所批评的那种水平，但《新唐书》收录的大部分陆贽奏议文中，或者添加一些字句，或者改变了一些句式，特别是在《奉天请罢琼林大盈二库状》《兴元论赐浑瑊诏书为取散失内人等议状》《请许台省长官举荐属吏状》《论缘边守备事宜状》等文章中，我们可以明显地看到文字上的这些改变。此外，赵翼曾指出，德宗在奉天下达的诏敕以及命臣下讨伐李怀光的诏敕，无论在《本纪》还是《列传》中皆未收录[①]，赵翼对于选录标准表达了不满。

苏轼称赞陆贽奏议文为治乱之龟鉴。陆贽的奏议文到北宋以后成为典范，因此后人难置一词，对于陆贽奏议文亦难以企及。这里我们对前人关于陆贽奏议文主题的评论进行考察。

> 人心之于人主也，如木之有根，如灯之有膏，如鱼之有水，如农夫之有田，如商贾之有财。木无根则槁，灯无膏则灭，鱼无水则死，农无田则饥，商贾无财则贫，人主失人心则亡。[②]

以上这段文字出自苏轼的《上神宗皇帝书》一文，全文约7500字，对这篇文章发表过评论意见的茅坤、沈德潜、刘大櫆、浦起龙、汪中、王文濡、曾国藩等人，都提到了陆贽对这篇文章的影响。我们不妨看几条主要的评论：

> 茅坤：所议贡举及停止买灯二事，以故敢为危言，痛陈时政。然所以结知主上者在此，而所以深执政之嫉怨者亦在此。大略摹仿陆宣公奏议来。[③]
>
> 浦起龙：长公奏议其原出于宣公，疏散之中，俱藏对偶。[④]

---

① "欧宋二公不喜骈体，故凡遇诏诰章疏四六行文者，必尽删之。如德宗奉天之诏，山东武夫悍卒无不感涕；讨李怀光之诏，功罪不相掩，亦曲尽事情，而本纪皆不载，并陆贽传亦无之。"见〔清〕赵翼撰，黄寿成校点《廿二史札记 1》"新书尽删骈体旧文"条，辽宁教育出版社 2000 年版，第 301 页。

② 〔宋〕苏轼《上神宗皇帝书》，〔宋〕苏轼著，邓立勋编校《苏东坡全集下》，第 168 页。

③ 高海夫主编《唐宋八大家文钞校注集评·东坡文钞（上）》，三秦出版社 1998 年版，第 4651 页。

④ 高海夫主编《唐宋八大家文钞校注集评·东坡文钞（上）》，第 4655 页。

> 汪中:篇中凡议论譬喻引证,多用双行,是陆宣公奏议体。[①]

茅坤指出,陆贽把利害尖锐的分歧问题并置起来展开议论。浦起龙与汪中则指出,陆贽奏议文中以散句来结成对仗句,具有运散如骈的特点。中国有学者将此称为"散句双行,运单成复",即将并不考虑平仄与声韵调和的散句组合成对偶句。也有学者以《奉天请罢琼林大盈二库状》为例,指出陆贽奏议中真正意义上的骈词俪句并不多。[②] 而下文中所展示的观点正好与之相反:

> 骈体文为大雅所羞称,以其不能发挥精义,并恐以芜累而伤气也。陆公则无一句不对,无一字不谐平仄,无一联不调马蹄;而义理之精,足以比隆濂洛;气势之盛,亦堪方驾韩苏。退之本为陆公所取士,子瞻奏议终身效法陆公。而公之剖晰事理精当,则非韩苏所能及。吾辈学之,亦须略用对句,稍调平仄,庶笔仗整齐,令人刮目耳。[③]

为什么学者们针对同一文章会有如上两种截然不同的观点呢?我们的看法是,虽然"散句双行,运单成复"这种说法本身并不错,但由于忽视各句最后需以平声与仄声交替写作这一事实,"并不考虑平仄与声韵"这种说法显然不符合事实。[④]

骈文虽然发展历史悠久,但专门研究骈文声调与押韵问题的著作尚不多见。即便是在骈文批评诞生的宋代,诸多著作中也大多仅仅关注句法或者修辞,对于骈文的声调关注不多。康熙时期人车万育的《声律启蒙》与李渔的《笠翁对韵》中虽然提到了骈文的声律,但仅限于基本的规则,对于不同时代出现的骈文的变迁过程及其范畴把握不足。

骈文并非要按照固定格式来写作的文体。在东汉时期出现的早期骈文,仅要求句式上的对称(即非押韵非声调式对仗),此后才渐渐讲究押韵和声调规则。到了六朝以后,押韵式与声调交替式出现。如果说"非押韵/非声调式对仗"是六朝时期写作较为普遍的文体的话,那么押韵式用在要求韵律的赋、颂、赞、铭等文体写作中,声调对称式则用在序、启等文体写作中。声调对称式骈文最早可见于王融、沈约、谢朓等永明体文章中。(王融的序、表采取的是平仄交替式,永明体真正流行以后转变为四声交替式。)到了唐宋时期用在各种文类之中,《唐宋文举要》中所收录的骈文大部分是声调对称式。

---

① 〔清〕高步瀛编《唐宋文举要》(甲编),上海古籍出版社1982年版,第1036页。

② 于景祥《陆贽与唐代骈文革新》,《辽宁教育学院学报(社会科学版)》1990年第4期。

③ 见〔清〕曾国藩《曾国藩全集·文集(上)》,河北人民出版社2016年版,第214页。

④《奉天请罢琼林大盈二库状》一文未收入《唐宋文举要》中骈文篇《乙编》,而被收入散文篇《甲编》中,这对于判断也产生了影响。

骈文的一般性的声调规则如下①:

(1)在四字句中,第二字和第四字具有声律上的意义,这两个字上的平仄必须相反,第一字与第三字是何种声调关系不大。用符号来表示就是:*○*●,或*●*○

(2)与近体诗中"一三五不论,二四六分明"规则类似,这一类句子通常以两个字为单位,韵律停顿的地方常常位于第二字与第三字之间,我们可以这样来表示,就是:*○∨*●,或*●∨*○

(3)在助词发挥停顿韵律功能时,在助词前面的音节与句子末尾的音节,具有声律上的意义。如"不任而禄"(王融《求自试启》)中的节奏点在"任"字与"禄"字上,任字为平声,禄字为入声,声调相反。(以下皆据《广韵》)

(4)六字句的情况,一般情况下三个字一停顿,其声律规则具体如下:**●∨**○,或**○∨**●

(5)如果六字句中有助词,助词位于第四字位置上时,则其声律规则如下:**●而*○,或**○以*●

(6)七字句的声律规则如下:*○*●∨**○,或*●*○∨**●

(7)对仗句的情况,平声与仄声交替使用。我们以四六隔句对为例,说明如下:

○●**○以*●

●○**●而*○

●○**●于*○

○●**○之*●

……

全文按照上述句调进行反复。

①虽然有各句的音节皆符合声律的情况,但总体上来看主要出现在四言句中,如:

既而

椒宫宛转○○●●

柘馆阴岑●●○○

绛鹤晨严●●○○

铜蠡昼静○○●●

三星未夕○○●●

不事怀衾○●○○

五日犹赊●●○○

---

① 关于骈文声律规则的内容是在纠正 D.P.Branner(2003)中的部分错误的基础上整理而成。

谁能理曲○○●●

徐陵《玉台新咏序》[①]

如果说《玉台新咏序》是指注重声律,但未能押韵的骈文(即声律交替式骈文)的话,那么孔稚圭《北山移文》[②]则是部分押韵的骈文。试看:

正文	声调(A)	声调(B)	韵(以○进行标注)
钟山之英	*○之○	○○V○	平⃝声庚韵
草堂之灵	*○之○	●○V○	平⃝声青韵
驰烟驿路	*○*●	○○●●	去
勒移山庭	*○*○	●○○○	平⃝声青韵
夫以			
耿介拔俗之标	***●之○	●●●●之○	平
萧洒出尘之想	***●之●	○●●○之●	上⃝声养韵
度白雪以方洁	**●以*●	●●●以○●	入
干青云而直上	**○以*●	○○○以●●	上⃝声养韵
吾方知之矣			
若其			
亭亭物表	*○*●	○○●●	上
皎皎霞外	*●*●	●●○●	去⃝声泰韵
芥千金而不眄	**○而*●	●○○而◒●	上
屣万乘其如脱	**●其*●	●●●其○●	去⃝声泰韵
闻凤吹于洛浦	**○于*●	○●○于●●	上
值薪歌于延濑	**○于*●	●○○于○●	去声泰韵
固亦有焉			
岂期			
终始参差	*●*○	○●○○	平
苍黄翻覆	*○*●	○○●●	入⃝声屋韵

① 〔南朝〕徐陵编,〔清〕吴兆宜注《玉台新咏》,中国书店 1986 年版,第 2 页。

② 〔南朝梁〕萧统编,张葆全、胡大雷主编《文选译注(3)》,上海古籍出版社 2020 年版,第 1376 页。

续表

正文	声调(A)	声调(B)	韵(以○进行标注)
泪翟子之悲	●●●之○	●●●之○	平
恸朱公之哭	●○○之●	●○○之●	㊅声屋韵
乍回迹以心染	＊＊●以＊●	●○●以○●	上
或先贞而后黩	＊＊○而＊●	●○○而●●	㊅声屋韵
何其谬哉			

乍一看,《北山移文》并未遵循一般的押韵规则,句式上也未有一定。但仔细分析,可见是隔句押韵。在那些并不押韵的句子中,作者也注意到了所谓"避犯上尾"的问题。比如在押去声韵的"亭亭物表……值薪歌于延濑"中,一三五句是仄声,而选择的是性质相异的上声,避免了声调上的重复。

那么,陆贽的奏议文又是怎样?我们来看下面这篇文章:

1.陛下诚能
2.近想重围之殷忧追戒平居之专欲＊＊＊＊之＊○＊＊＊＊之＊●
3.器用取给不在过丰＊＊＊●＊＊＊○
4.衣食所安必以分下＊＊＊○＊＊＊●
5.凡在二库货贿尽令出赐有功＊＊＊＊＊●＊＊＊＊＊○
6.坦然布怀与众同欲＊＊＊○＊＊＊●
7.是后纳贡必归有司＊＊＊●＊＊＊○
8.每获珍华先给军赏＊＊＊○＊＊＊●
9.瑰异纤丽一无上供＊＊＊●＊＊＊○
10.推赤心于其腹中降殊恩于其望外＊＊＊于其＊○＊＊＊于其＊●
11.将卒慕陛下必信之赏人思建功将卒慕陛下＊＊＊●＊＊＊○
12.兆庶悦陛下改过之诚孰不归德兆庶悦陛下＊＊＊○＊＊＊●

陆贽《奉天请罢琼林大盈二库状》①

除了导入语"陛下诚能"以外的第2至12行中,从各句字数上来看,少则四字,多则九字,各句构成对仗;构成对仗的两句的最后一字的平仄符合平仄相反的规则。虽然既不是《北山移文》那样讲究押韵的骈文,也不是像《玉台新咏序》那样第二字与第四字相

① 沈卓然编《陆宣公全集》,上海大东书局1935年版,第24—25页。

反的声调对称式骈文,但可以明显地看到作者意识到了声调的对称问题。应该说,上述文章是介于对仗式骈文与声调交替式骈文之间的一种骈文,这与东汉时期的骈文极为类似。

先生讳泰,字林宗,太原界休人也。其先出自有周王季之穆,有虢叔者,实有懿德,文王咨焉,建国命氏,或谓之郭,即其后也。

先生

诞膺天衷,聪睿明哲,＊＊＊○＊＊＊●

孝友温恭,仁笃慈惠。＊＊＊●＊＊＊○

夫其

器量弘深,姿度广大,＊＊＊○＊＊＊●

浩浩焉汪汪焉,奥乎不可测已。

若乃

砥节砺行,直道正辞,＊＊＊○＊＊＊●

贞固足以干事,隐括足以矫时。＊＊＊＊＊○＊＊＊＊＊●

遂

考览六经,探综图纬,＊＊＊○＊＊＊●

周流华夏,随集帝学,＊＊＊●＊＊＊○

收文武之将坠,拯微言之未绝。＊＊＊＊＊●＊＊＊＊＊●

于时

缨緌之徒、绅佩之士,＊＊＊○＊＊＊●

望形表而影附,聆嘉声而响和者,＊＊＊＊＊●＊＊＊＊＊○者

犹

百川之归巨海,鳞介之宗龟龙也。＊＊＊＊＊●＊＊＊＊＊○也

蔡邕《郭有道碑文并序》①

但陆贽的奏议中积极运用了多种句式的散句,这与东汉的骈文不同。骈文写作中喜欢用四字句和六字句,这是因为出句与对句两两相对,抑扬顿挫,便于朗读。因此,4—4,4—6,6—4,6—8,8—8式组合很常见。七字句中通过运用虚词造成顿挫,这种情况也很多。但由于上述这些骈句无法一以贯之,在调整文章写作脉络时,或者在无法对那些固有名词进行特别标记时,陆贽为了营造句式上的变化,有的时候也使用单句。在骈文中运用单句,与散文家在大量单句群中插入对偶句一样,可以为文章造成一种气势或韵律

① 〔南朝梁〕萧统编,张葆全、胡大雷主编《文选译注(4)》,第1852—1853页。

美。对此,陆贽了然于胸,在其文章中经常使用这种方法。以下我们以《论缘边守备事宜状》为例予以说明:

1.夫
2.赏以存劝,罚以示惩,***●***○
3.劝以懋有庸,惩以威不恪。****○****●
4.故赏罚之于驭众也,
5.犹
6.绳墨之于曲直,权衡之于重轻,*****●*****○
7.輗軏之所以行车,衔勒之所以服马也。******○******●也
8.驭众而不用赏罚,
9.则善恶相混而能否莫殊;则***●而***○
10.用之而不当功过
11.则奸妄宠荣而忠实摈抑。则***○而***●
12.夫如是
13.聪明可炫,律度无章,*○*●*●*○
14.则用与不用,其弊一也[①]

蔡邕在《郭有道碑文并序》中除"先生讳泰……即其后也"及导入语(先生、夫其、若乃、遂、于时、犹)以外,其他文字全为对仗句。陆贽的《论缘边守备事宜状》中,除导入语以外,我们还可以看到四个散句(第4、8、10、14句)。这些散句在文章中都发挥着对论述内容进行转换或者衔接的作用。其中,第4至7字对偶句多以一二双式排列,使得行文流畅自如。这种使用骈句的方法,我们在《左传》以来战国时期的谏文中能经常看到。

卫诗曰:
威仪棣棣,不可选也,
言君臣上下父子兄弟内外大小皆有威仪也;
周诗曰:
朋友攸摄,摄以威仪,
言朋友之道必相教训以威仪也;
周书数文王之德曰:
大国畏其力,小国怀其德,

① 〔唐〕陆贽著,刘泽民校点《陆宣公集》,浙江古籍出版社1988年版,第202页。

言畏而爱之也;
诗云:
不识不知,顺帝之则,
言则而象之也。[①]

陆贽对这种传统句法进行了创造性的改变,以骈文的方式来表达不易表达的内容。这种方法,我们不妨称之为连锁并列式句法。[②] 这种方法,对于奏议文的写作是非常合适的。一般情况下,骈文以横向对称关系为中心进行,而将复杂的事件予以对比,按照逻辑进行叙述,则是骈文的弱点。而连锁并列式句法,对相反的内容从纵的方向连续展开、交叉陈述。在陆贽的奏议文中我们经常可以看到,大部分是对是非、善恶、得失这些对立的内容交替进行陈述。在这种采取二元论结构的文章中,很容易发挥连锁并列式句法的效果。

[T]练兵之中,所用复异。
[P1]用之于救急,则权以纾难;用之于暂敌,则缓以应机。
[E1]故事有便宜,而不拘常制;谋有奇诡,而不徇众情。
[R1]进退死生,唯将所命,
[T1]此所谓攻讨之兵也。
[P2]用之于屯戍,则事资可久;
[E2]势异从权,非物理所惬不宁,非人情所欲不固。
[E2—t]夫人情者,利焉则劝,习焉则安,
[E2—e]保亲戚则乐生,顾家业则忘死,
[R2]故可以理术驭,不可以法制驱,
[T2]此所谓镇守之兵也。
(T:topic,P:praxis,E:explanation,R:requirement,t:smalltopic,e:smallexplanation)

《论缘边守备事宜状》[③]

虽然看起来多少有些复杂,上述文章认为在论题(T)中存在两个范畴(T1,T2)。但

① 杨伯峻前言,蒋冀骋标点《古典名著普及文库·左传》,岳麓书社1988年版,第203—204页。

② 孟飞(2018)在Rudolf G.Wagner对王弼《老子注》的研究中提出的“Inter locking Parallel Style”这一概念的基础上,提出“链体”这一概念,并引用陆贽的文章对这一概念进行了分析。

③ 沈卓然编《陆宣公全集》,第74页。

是“攻讨之兵”(T1)中有各自具有不同目的(急敌和暂敌)的情况,因此将其归为同一范畴(P1)进行了叙述。关于“镇攻之兵”的内容,另行区分后进行了叙述(P2)。另外,T2内还增加了关于“人情”的小论题和说明(E2—t,E2—p)。因此,本文关于论题的两种叙述各一(P1、E1、R1、T1 和 P2、E2、E2—t、E2—e、R2、T2),在上下方向进行叙述,其中插入小论题,就像铁链相互连接一样,具有有机结构(当然,正如前面所看到的,本文中对称的两句末字的声调是相反的)。

四、《新唐书·陆贽传》的改写情况

那么,《新唐书·陆贽传》中是采取怎样的方式进行改写的呢?我们先来看较好地展示了陆贽奏议文声律方式的相关部分,如下:

1.自顷
2.权移于下,柄失于朝,*○*●*●*○
3.将之号令,既鲜克行之于军,***●******○
4.国之典常,又不能施之于将,***○******●
(将为去声,将帅之意)
5.务相遵养,苟度岁时。*○*●*●*○
6.欲赏一有功,翻虑无功者反侧;欲***○***○者*●
7.欲罚一有罪,复虑同恶者忧虞。欲***●***●者*○
8.罪以隐忍而不彰,功以嫌疑而不赏,***●而*○***○而*●
9.姑息之道,乃至于斯。***●***○
10.故使
11.亡身效节者,获诮于等夷;***●者****○
12.率众先登者,取怨于士卒;***○者****●
13.偾军蹙国者,不怀于愧畏;***●者****○
(畏为平声,威之意)
14.缓救失期者,自以为智能。***○者****○
15.褒贬既阙而不行,称毁复纷然相乱,******○*******●
16.人虽欲善,谁为言之? ***●***○
17.况又
18.公忠者,直己而不求于人,反罹困厄;*○者*●而◒**○*○*●
19.败挠者,行私而苟媚于众,例获优崇。*●者*○而●**●*●*○

20.此
21.义士所以痛心,勇夫所以解体也。*●所以*○*○所以*●也
22.又有
23.遇敌而所守不固,陈谋而其效靡成;*●而●**●*○而○**○
24.将帅则以资粮不足为词,*●则******○
25.有司复以供给无阙为解。*○复******●
26.既相执证,理合辨明,*○*●*●*○
27.朝廷每为含糊,未尝穷究曲直。**●**○**○**●
28.措理者,吞声而靡诉,*●者*○而*●
29.诬善者,罔上而不惭。*●者*●而*○
30.驭将若斯,可谓课责亏度矣!*●*○可谓*●*●矣

《论缘边守备事宜状》①

改作部分十分明显,具体如下:

5.务相遵养,苟度岁时。*○*●*●*○
6.欲赏一有功,翻虑无功者反侧;欲***○***○者*●
7.欲罚一有罪,复虑同恶者忧虞。欲***●***●者*○
8.罪以隐忍而不彰,功以嫌疑而不赏,***●**○***○**●

《新唐书·陆贽传》:

5.上下遵养,以苟岁时。*●*●*●*○
6.欲褒一有功,虑无功者怨,嫌疑而不赏;欲***○****●*○而*●
7.欲责一有罪,畏同恶者竦,隐忍而不诛。欲***●*****●*●而*○
8.综合了第6、7行

原文中为两句式对偶,符合声调交替的规则。《陆贽传》中第8行中,将第6与第7行合二为一,构成排比句。将"反侧""忧虞"替换为"怨""竦"字,打破了声调交替的规则。

原文:

① 沈卓然编《陆宣公全集》,第72页。

10.故使

11.亡身效节者,获诮于等夷;* * * ●者* * * * ○

12.率众先登者,取怨于士卒;* * * ○者* * * * ●

13.偾军蹙国者,不怀于愧畏;* * * ●者* * * * ○

(畏为平声,威之意)

14.缓救失期者,自以为智能。* * * ○者* * * * ○

15.褒贬既阙而不行,称毁复纷然相乱,* * * * * * ○* * * * * * ●

16.人虽欲善,谁为言之? * * * ●* * * ○

17.况又

18.公忠者,直己而不求于人,反罹困厄;* ○者* ●而◒* * ○* ○* ●

19.败挠者,行私而苟媚于众,例获优崇。* ●者* ○而●* * ●* ●* ○

20.此

21.义士所以痛心,勇夫所以解体也。* ●所以* ○* ○所以* ●也

《新唐书·陆贽传》:

10.故

11.忘身效节者,抵噪于众;* * * ●者* * * ●

12.删

13.偾军缓救者,畜奸不畏;* * * ●者* * * ●

14.删

15.褒贬称毁,纷然相乱,* * * ●* * * ●

16.删

17.况又

18.公者直己,不求诸人,则罹困厄;○者* ●* * * ○* * * ●

19.奸者行私,苟媚于众,则取优崇。○者* ○* * * ●* * * ○

20.此

21.义士勇夫,所以痛心解体也。* ●* ○所以* ○* ●也

上述文字中最引人注意的是第10至16行。偶数句干脆被删掉,奇数句中很多地方被改动,声律规则完全被打破。与之相反的是,第18、19行中,一些文字被删除或被替换,改造为连续的四字句。一些虚词也作了变化(比如“于”字改为“诸”字),虽然声调比较对称,但从“败挠”改为“奸”字来看,很难说这是有利于声调对称的一种修改。

以下我们对包含连锁并列式句法的部分如何被改写进行考察。为便于行文,我们将《新唐书·陆贽传》放在左侧,《陆贽集》原文以括号标注放在右侧进行对比。

[T]夫兵有攻讨,有镇守。(练兵之中所用复异)

[P1]权以纾难,暂以应机,(用之于救急则权以纾难用,之于暂敌则缓以应机)

[E1]事有便宜,谋有奇诡,不恤常制,不徇众情,(故事有便宜而不拘常制谋有奇诡而不徇众情)

[R1]死生进退,唯将所命,(进退死生唯将所命)

[T1]攻讨之兵也。(此所谓攻讨之兵也)

[P2]删(用之于屯戍则事资可久)

[E2]删(势异从权非物理所惬不宁非人情所欲不固)

[E2—t]人情者,利焉则劝,习焉则安,(夫人情者利焉则劝习焉则安)

[E2—e]保亲戚而后乐生,顾家业而后忘死,(保亲戚则乐生顾家业则忘死)

[R2]可以治术驭,不可以法制驱,(故可以理术驭不可以法制驱)

[T2]镇守之兵也。(此所谓镇守之兵也)

我们对改造情况总结如下:

第一,论题(T)部分的变化,删掉了"练兵之中,所用复异"这句话。T1与T2中以"攻讨""镇守"展示主题,以散句写成。这样改写以后,理解起来更为容易,但骈文的味道却荡然无存。

第二,五字句中的虚词、接续词皆被删除,而改为四字句。虽然句式显得更为精致,但破坏了各句句末文字的声调交替规则,韵律美减弱。

第三,句子的字数虽然相同,但改变了顺序,声调交替规则荡然无存。比如"进退死生唯将所命→死生进退唯将所命"。生(平声)—命(去声),被换为:退(去声)—命(去声)。

第四,P1大幅变化,而相当于P2、E2的部分完全被删除,连锁并列式句子的特征被稀释,与人情相关的内容被插入到中间的原因变得模糊。

总而言之,《新唐书·陆贽传》中将一句中字数较为多样的原文改为以四字句为主,改作人对于声调却毫无兴趣。此外,割裂句子、与其他句子进行合并或者干脆删除的情况不少,造成连锁并列式句法荡然无存或者弱化。诚如赵翼所指出的那样,虽然我们未能发现对于难解文字进行雕琢的情况,但也有对那些即便不作替换也不妨碍理解的文字进行替换的情况。通过上述这些手段,《新唐书·陆贽传》让严格遵守骈文韵律规则的原文看起来形同散文,实现了改作的成功。

就算上述事例存在程度上的差异,不可否认的是这种改动广泛见于《新唐书·陆贽传》全文中。鉴于本文篇幅,仅列举了那些改动比较明显的例子进行了说明。下面括号中是省略的部分,中括号内是改动的部分,单书名号内是添加的部分。

请许台省长官举荐属吏状

陛下(比)择辅相多(亦)出其中,(今之宰相则往日台省长官也,今之台省长官乃将来之宰臣也)[但是职名暂异,固非行业顿殊→行实不能顿殊也]。[岂有为长吏之时,则不能举一二属吏→今乃谓不能进一二属吏],[居宰臣之位,则可择千百具寮→岂后位宰相,则可择天下材乎?]

论缘边守备事宜状

(国家)自禄山构乱,肃宗[中兴→始]撤边备,以靖中邦,借外威(以)宁内难,于是吐蕃乘衅,吞噬无厌,回纥矜功,冯凌亦甚。中国不遑振旅,四十余年。[使伤耗遗氓→率伤耗之民],竭力[蚕织→以事],西输贿[币→缯],北偿马资,尚不足[塞其烦言满其骄志→满其意]。[复又远征士马列戍疆陲→于是调敛四方,以屯疆陲],[犹→又]不能遏(其奔冲止)其侵(侮)。〈故〉小入则驱略黎庶,深入则[震惊邦畿→戒严]。[时有→于时]议安边(之策)者,皆务(于)所难(而)忽(于)所易,勉(于)所短(而)略(于)所长,(遂使所易所长者)行之而(其)要不精,(所难所短者)图之而(其)功靡就。(忧患未弭,职斯之由)

[臣请为陛下粗陈六者之失→又有六失焉]。(惟明主慎听而熟察之,臣闻工欲善其事,必先利其器;武欲胜其敌,必先练其兵)[练兵之中,所用复异→夫兵有攻讨,有镇守]。(用之于救急则)权以纾难,(用之于)暂(敌则缓)以应机,[故事有便宜而不拘常制,谋有奇诡而不徇众情→事有便宜,谋有奇诡,不恤常制,不徇众情],死生进退,唯将所命,(此所谓)攻讨之兵也。(用之于屯戍,则事资可久势;异从权,非物理所惬不宁,非人情所欲不固。夫)人情者,利焉则劝,习焉则安,保亲戚[则→而后]乐生,顾家业[则→而后]忘死,可以[理→治]术驭,不可以法制驱,(此所谓)镇守之兵也。[夫→王者]欲备封疆御戎狄,[非一朝一夕之事固当→则]选镇守之兵以置[焉→之]。古之善选置者,必(量其性习)辨其土宜,察其技能,知其[欲→好]恶。用其力,(而)不违其性;齐其俗,(而)不易其宜;引其善,(而)不责其所不能;禁其非,(而)不处其所不欲。(而又)类其部伍,安其家室,然后能使之乐其居,定其志。(奋其气势,结其恩情。抚之)以惠,则感而不骄,(临之)以威,则肃而不怨。靡督课而(人)自(为)用,(弛)驰禁防而(众自)不携。故(出则足兵,居则足食)守则固,战则强。其术无它,便于人(情)而已(矣)。今(者)[散征士卒→远调屯士],

[分→以]戍边陲,(更代往来,以为守备。是则不量性习,不辨土宜)邀(其所不能,强(其)所不欲,(求)广其数(而)不考[其→于]用,[将致→责]其力(而)不察其情,斯可(以)为羽卫之仪,而无益备御之实也。何者?穷边之地,千里萧条,寒风裂肤,(惊沙惨目。与)豺狼为邻(伍以战斗为嬉游),昼则荷戈以耕,夜则倚烽以觇,(日)有剽害之虑,(永)无休暇之娱,(地恶人勤,于斯为甚)(自)非生(于)其域、习(于)其风,幼而(睹)视焉,长而安焉,(不见乐土而不迁焉)则[罕能→不能]宁(其)居而狎其敌也。

[课责亏度措置乖方→以课责之亏,措置之乖],将不得竭其才,卒不得尽其力,屯集虽众,[战阵莫前→无施战阵],[虏每越境横行,若涉无人之地→虏常横行,以谓境无人焉]。[递相推倚,无敢谁何,虚张贼势上闻则曰→吏习其常,惟曰]兵少不敌,朝廷莫之省(察),[唯务征发→则又调发]益师,[无裨备御之功,重增供亿之弊→无裨于备御,而有弊于供亿]。闾井日耗,[征→敛]求日繁,(以编户)倾家[破→析]产(之资),(兼有司)榷盐税酒(之利),[总其→无虑]所入半以事边。制用若此,可谓财匮于兵众矣。

[理→治]戎之要,(最)在均齐〈而已〉。故军法无贵贱之差、(军实)多少之异,(是将)所以同其志、(而)尽其力也。(如或诱其志意,勉其艺能,则当阅其材,程其勇。校其劳逸,度其安危。明申练核,优劣之科,以为衣食等级之制。使能者企及,否者息心,虽有薄厚之殊,而无觖望之衅。盖所谓日省月试,饩廪称事,如权量之无情于物,万人莫不安其分而服其平也。今者)[穷边之地,长镇之兵→被边长镇之兵],皆百战伤夷(之余,终年勤苦之剧)角(其)所能则(练)习,度(其)所处则(孤)危,考(其)服役则劳,察(其)临敌则勇,然[衣粮所给,唯止当身→衣禀止于当身],[例为→又为][妻子→家室]所分,[常有→居常]冻馁(之色)。而关东戍[卒→士],岁月[践→更]代,(不安危城,不习戎备)怯于应敌,懈于服劳,然[衣粮所颁,厚逾数等→衣禀优厚],继以茶药(之馈),[益→资]以蔬酱。丰[约→寡]相[形→县],[悬绝斯甚→势则远甚]。又有〈以〉(素非禁旅,本是)边军(将校)诡为[媚词因请→奏请]遥隶神策〈者〉,(不离旧所,唯改虚名,其于)禀赐之饶,(遂)有三倍之益。此〈则〉[俦→士]类所以忿恨,(忠良所以忧嗟,疲人所以流亡,经费所以褊匮。夫事业未异,(而)给养[有→顿]殊,人情所不(能)甘也。(况乎矫佞行而廪赐厚,绩艺劣而衣食优,苟未忘怀,孰能无愠?)不为戎首,(则)已可嘉〈者〉,[而欲→况]使协力同心,以攘寇难,(虽有韩白孙吴之将)臣知[其必→有所]不能焉。养士若此,可谓怨生于不均矣。

五、结语

骈文家崇尚对偶,忌讳写作上的文字重复;喜爱辞藻,但尽量避免字体的奇诡、联边、单复。[①] 骈文由于句式上受到制约,轻妙的表达受到限制,因此,特别重视字句的雕琢。然而陆贽对于那些对声调对称不构成问题的字句的雕琢,表现得毫无兴趣。陆贽生活在骈文盛行的时代,他并未像韩愈那样提出替代骈文的新文体,而是选择了改善骈文形式上所受到的拘束,以此来表现自己的思想和情感。一度担任内相的陆贽曾致力于改变时局,非常重视以明确、简洁又曲尽其妙的方式来表达这层意思。因此,他并未超越通行的观念,采取的是以散文的句式对骈文进行改造。在《陆贽集》中我们可以看到,在需要进行论证的时候,作者虽然会积极地引用一些故事。但大多数情况下,引用的却来自五经或者《论语》,或者那些流传广泛、广为人知的事件,而不会提到那些鲜为人知的故事。此外,他的文章中有很多渊源有自的成语,这是他的文章成为典范的一个重要原因。

上述这些,也是使得陆贽的上行文字在骈文史上首屈一指的原因。比如孙梅(?—1790)将陆贽的文章概括为"骈体章疏",并给予毫不吝啬的称赞。[②] 陆贽的奏议不仅在中国,而且在古代朝鲜和日本官员之间流行,成为他们的必读书,被视作经国之龟鉴。这不仅仅是因为陆贽奏议文内容丰富,更重要的是陆贽奏议文为骈文写作开辟了一个新方向。

诚如本文引言中所指出的,在韩国汉文学史上古文曾长期占据支配性地位。人们对骈文给予的关注不多,对于古文和骈文,不过是将二者视作一种对立的关系,对于二者之间相互影响的关系视而不见。希望本文中提出的观点,对于推进韩国学界对骈文的研究、对基于骈文的馆阁文研究以及骈散交织的汉文学资料的表现美之阐释有所助益。

---

① "是以缀字属篇,必须练择:一避诡异,二省联边,三权重出,四调单复。诡异者,字体坏怪者也。曹摅诗称'岂不愿斯游,褊心恶呶呶'两字诡异,大疵美篇。况乃过此,其可观乎! 联边者,半字同文者也。状貌山川,古今咸用,施于常文,则龃龉为瑕,如不获免,可至三接,三接之外,其字林乎! 重出者,同字相犯者也。诗验适会,而近世忌同,若两字俱要,则宁在相犯。故善为文者,富于万篇,贫于一字,一字非少,相避为难也。单复者,字形肥瘠者也。瘠字累句,则纤疏而行劣;肥字积文,则黯黕而篇暗;善酌字者,参伍单复,磊落如珠矣。"见〔南朝梁〕刘勰著,李平、桑农导读《文心雕龙导读》,安徽师范大学出版社 2018 年版,第 202 页。

② "辞无险易,洒翰即工;文无精粗,敷言辄俪,惟陆宣公为集大成也。……至其笔则长于论断,善于敷陈。理胜而将以诚,词直而出于婉。忠恳如闻于太息,曲折殆尽于事情。是以弼君德则经义醇如,进规益则棐忱蔼若,计边防算赋,则手口兼营;纠谗慝奸邪,则冰霜共烈。卷舒之态自然,襞积之痕尽化。又若述梁洋之雨潦,叙师旅之艰辛,画手诗情,名联隽对。所谓妙手偶得之耳,公岂作意而为之哉!"见乌程孙松友《四六丛话》,藜青阁原刊 1922 年版,第 25 页。

作者简介:

金愚政(Kim Woojung),韩国檀国大学教授,发表过《对秋浦黄慎"科制四六"的考察》等论文80余篇,出版有《密阳市立博物馆所藏古文书翻译集》(密阳市立博物馆,2021)、《译注唐陆宣公奏议》(与沈庆昊合作,传统文化研究会,2018、2019)等。

译者简介:

肖大平,1984年生,湖北云梦县人。文学博士,博士后,现为暨南大学文学院、中华文化港澳台及海外传承传播协同创新中心助理研究员。

论骈文的地位

[韩]洪承直撰　肖大平译

内容摘要:对偶、声律、典故是骈文的三大特色。这让骈文成为最美的文类之一。但是中唐以来以韩、柳为领袖的古文运动兴起,直到宋代严厉打击骈文的浮艳风气,坚定建立古文的朴实风格。故造成人们对骈文印象不佳。但从魏晋到中唐的五百多年,骈文是最受欢迎的文章,每个文人都专心致志写作骈文。而且中唐以后骈文也并未消失,时起时伏一直到现在,骈文仍然是一种影响力比较高的文类。韩愈《原道》第一文段所有句子当中,用骈体写的句子占78%;柳宗元《驳复仇议》第一文段一共四个句子,都是用骈体写的。所以,我们可以了解韩、柳也不是完全敌视骈文的。他们的古文里仍然部分采取骈体行文,吸取了骈文的长处。骈体具有对称美、声律美,易记难忘。根据这一特点,现在对联、广告、口诀等,还在又积极地又广泛地采用骈体。我们也需要对骈文有更深的了解、研究。

关键词:骈文;骈体;古文;对句;对联;对仗①

一、绪论

何谓骈文?过去一段时间内多有争论。对此是否有争议的必要?第一,如果这些争论不存在某种一致性,那么必须揭示其中的差异;第二,如果存在差异,则有必要弄明白一些争论是基于何种立场。

> 骈文是与散文相对而言的。它有三个特点:第一是讲究对偶,又多用四六句。因为两句两句地对偶,好象并驾的两匹马,所以叫骈文。第二是语音方面讲究平仄。第三是多用典故和华丽的词藻。②
>
> 齐梁时代,骈文是文章的代表。骈偶严整,声韵谐美,用典繁富,词藻华美,四六

---

① 译者按:内容摘要与关键词据韩文论文后原附中文转录,译者略修改了部分文字。

② 袁行霈编著《中国文学史纲要(二):魏晋南北朝隋唐五代文学》,北京大学出版社1986年版,第66页。

句型,是骈文最基本的文体因素。①

在以上第一段引文中,对于骈文的特征从三个方面进行揭示,第二段引文中则指出了骈文五个方面的特征。第二段引文中所指出的“骈文的句子需构成对仗”(“骈偶严整”)这一特点,与“多由四六句型组成”(“四六句型”)这种说法,可以合二为一。此外,第二段引文中指出的“骈文中大量使用典故”(“用典繁富”),以及“语言华丽优美”(“词藻华美”),这些都是从骈文内容层面出发、聚焦于骈文的修饰,也可以合二为一。这样来看,以上第一段引文中对骈文特征的总结更为简洁明了。概而言之,骈文的特征可以总结为:对偶、声律和典故。那么,我们可以说骈文就是具有对偶、声律与典故的一种文体吗?

为了对骈文进行界定,我们不妨从另外的方面来看,不妨考察骈文与其他文体的关系。也就是说,通过考察骈文不是什么以及与骈文相对的又是什么,以此来了解骈文的本质。一般人们认为,与骈文相对的文体是散文。② 然而,散文或者古文并非骈文的正对。③ 就是说与散文相对的就是骈文,这种说法并不能成立;与古文相对的就是骈文,这种说法也不能成立。

清代姚鼐在其所编撰的《古文辞类纂》中,将战国至清代古文分为 13 种文体,这 13 种文体分别是论辩、序跋、奏议、书说、正序、诏令、传状、碑志、杂记、箴铭、颂赞、辞赋、哀祭。其中,碑志、箴铭、颂赞、辞赋、哀祭五种文体经常以骈体写作,甚至全文以骈文写成的情况也很常见。其他文类中以骈体写作的情况也并不稀见,经常被人们作为骈文代表作品讨论的孔稚珪的《北山移文》,就属于诏令中的一种檄文,王勃的《滕王阁序》属于序跋,陆贽的《论裴延龄奸蠹书》属于论辩或者奏议。作为骈文之“正对”而被人们讨论的古文的文章选本中,以骈文写成或者融入骈文要素的也并不少见。

由此看来,我们很难对根据文章的内容与用途进行分类出来的骈文这种文体作出明确的规定。我们在所有的文类中都可以发现骈文的存在。因此,与其将骈文规定为文类的一种,不如从修辞特征的角度予以关注,称之为骈体。换句话说,骈文并非作为一种文类而存在,而是全文中活用骈体的一种文章。从文类范畴的角度来说,其他文体中也可以利用骈文的技法及骈体。基于此,我们不妨使用这样一些称呼:骈体论辩、骈体序跋、骈体奏议、骈体诏令,等等。

---

① 郭预衡主编《中国古代文学史(二)》第五节《骈文与俳赋》,上海古籍出版社 1998 年版,第 98 页。

② 袁行霈编著《中国文学史纲要(二):魏晋南北朝隋唐五代文学》,第 66 页。

③ 所谓“正对”是指出句与对句构成严格意义上的对仗,又称“真对”或“的对”。

二、文学史上所谓骈文

我们对于骈文的接触主要是通过文学史。换句话说,我们通过文学史可了解骈文的存在及对骈文的评价。

> 古代中国人的哲学观念与汉字的单音节形态,是骈文产生的基础。先民在日常生活与劳动中,很早就注意到对称规律的普遍存在及其意义。老子说:"有无相生,难易相成;长短相较,高下相倾;音声相和,前后相继。"(《老子》第二章)这样的认识用于文化艺术的创造,使我国早期的诗歌、散文常有包括正对和反对的对称性内容出现。兼之单音节汉字提供的便利,当时的单行散文,更不时产生出对偶整饬的句式。但在先秦时期,有的文章虽语多对称,且尚辞藻,严格地说来,还不能称做骈文。两汉之世,赋家修辞,尝着意追求对称之美,……这样的风气影响到东汉的文章,始孕育出骈文的雏形。到了齐梁时代,文人对文学中对称规律的运用,有了更为自觉的认识。刘勰云:"造化赋形,肢体必双;神理为用,事不孤立。夫心生文辞,运裁百虑;高下相倾,自然成对。"(同上)在此基础上,齐梁作家进一步排斥了文章中五、七言的诗歌句型,总结出"四字密而不促,六字格而非缓"(《文心雕龙·章句》),从而把对称句型集中于四六,更提出词性对称的要求,这才构成了骈文的基本形式。与此同时,齐梁作家又把自己严声律、好用典、尚藻丽的作风融入文章,使四六的对称句型又有了平仄相对、声韵相协、典故繁密、辞藻富丽的特点,骈文的体式才最后得以确立。①

上述引文中,郭预衡先生对骈文的对称规则、美学与中国人的哲学观念的关系,以及汉字的单音节性对于骈文诞生与流行的促成作用进行了说明。换言之,骈文结合了中国人的哲学观与汉字的特征,追求对称上的美感与声音的和谐。因此,可以说,骈文是最具有形式美感的一种文体。然而,这种观念始于何时?这成为人们批判与研究的话题。

> 中唐崛起于文坛的新古文以及整个唐宋古文运动,在古代被当作道统与文统之所系,备受赞美。在现代,亦深受研究者青睐,得到了全方位的研讨。而新古文的对立面,古文运动最直接的触发剂,晋唐期间最为流行的新体文章——骈文,则不仅为研究者所忽视,而且蒙受了许多污名。②

---

① 郭预衡主编《中国古代文学史(二)》第五节《骈文与俳赋》,第98页。

② 钟涛《六朝骈文形式及其文化意蕴》,东方出版社1997年版,第1页。

骈文在中唐以后成为与古文对立存在的文章类型。中唐古文运动以后,人们学习与研究的焦点聚焦于古文,强调骈文与古文的对立性。因此,骈文成为了文学史上人们批判与避免的对象。

然而,骈文自魏晋南北朝形成以后,直至中唐 500 余年期间,一直雄踞文坛。即便是中唐以后,骈文也仍未消失。不仅没有消失,而且仍然在发挥着重要的影响。因此,对于文学史上与古文相对概念而存在的骈文,我们今天有重新思考的必要。关于骈文在历史上的功过是非,如果我们对中国文学创作整体趋势进行正确把握,理解中国古代文章创作的实际情况的话,则有必要对骈文形式的诞生、发展及其影响进行全面的认识。[①]

三、骈文与古文的关系

下面我们对古文代表作之一、各种古文选本中皆会收录的韩愈作《原道》中的第一段进行考察。为便于行文,在需要的地方,无论句子是否处于换段处,皆另起一行,并标注各行编号。用[ ]标注的,是构成对句的上下两句,前一句为上句,后一句为下句。

①[(博爱)之谓仁],[(行而宜之)之谓义]。

②[(由是而之焉)之谓道],[(足乎已无待于外)之谓德]。

③[仁与义为定名];[道与德为虚位]。

④[故道有(君子小人)];[而德有(凶有吉)]。

⑤老子之小仁义,非毁之也,其见者小也。

⑥坐井而观天,曰天小者,非天小也。

⑦彼以[煦煦为仁];[孑孑为义],其小之也则宜。

⑧[其所谓道,道其所道,非吾所谓道也];[其所谓德,德其所德,非吾所谓德也。]

⑨凡吾[所谓道德云者,合仁与义言之也,天下之公言也]。老子之[所谓道德云者,去仁与义言之也,一人之私言也]

在上面韩愈《原道》第一段的九行文字中,除了第 5 行与第 6 行以外,其他七行皆以对仗形式构成。其中,第 3、7、8、9 行中,中括号标注的部分构成正对,第 1 行与第 2 行由主谓结构组成,主语部分字数存在一定差异,不过从句子结构来看,仍然是骈体对偶。第

① 钟涛《六朝骈文形式及其文化意蕴》,第 1 页。

4 行主谓结构句中,谓语部分字数存在差异,不过从句子结构上来看,仍然构成对仗。总之,韩愈的《原道》第一段中构成对仗的文字约占 78%,是一篇活用骈体对偶的文章。下面我们以柳宗元的《驳复仇议》的第一段为例:

①臣闻[礼之大本,以防乱也。若曰,无为贼虐,凡为子者杀无赦];[刑之大本,(亦)以防乱也。若曰,无为贼虐,凡为治者杀无赦]。

②[其本则合];[其用则异]。旌与诛,莫得而并焉。

③[诛其可旌,兹谓滥,黩刑甚矣];[旌其可诛,兹谓僭,坏礼甚矣。]

④果以是示于天下,传于后代,[趋义者,不知所向];[违害者,不知所立],以是为典可乎。

上述四行文字出自柳宗元的《驳复仇议》第一段,这四行皆以骈体对偶构成,除了第 1 行对句中的"亦"字以外,其他皆为正对。下面我们来看欧阳修的《朋党论》:

①臣闻朋党之说,自古有之,惟幸人君辨其君子小人而已。

②大凡[君子与君子,以同道为朋];[小人与小人,以同利为朋],此自然之理也。

③然臣谓小人无朋,惟君子则有之,其故何哉。

④小人[所好者,禄利也];[所贪者,财货也]。

⑤当其同利之时,暂相党引以为朋者,伪也。

⑥及其见利而争先,或利尽而交疏,则反相贼害,虽其兄弟亲戚,不能相保。

⑦故臣谓小人无朋,其暂为朋者伪也。

⑧君子则不然,[所守者道义];[所行者忠信];[所惜者名节]。

⑨[以之修身,则同道而相益];[以之事国,则同心而共济],终始如一,此君子之朋也。

⑩故为人君者,但当[退小人之伪朋];[用君子之真朋],则天下治矣。

《朋党论》第一段十行中有五行活用了对偶,其中四行活用的骈体对偶,皆为正对。只有第 8 行中由三个对偶句子连接而成,未能构成对仗。以下以苏洵的《管仲论》为例:

①管仲相桓公,[霸诸侯];[攘戎狄]。

②终其身,[齐国富强];[诸侯不叛]。

③管仲死,竖刁、易牙、开方用。桓公薨于乱,五公子争立,其祸蔓延,讫简公,齐

无宁岁。

④夫[功之成,非成于成之日,盖必有所由起];[祸之作,不作于作之日,亦必有所由兆]。

⑤则[齐之治也,吾不曰(管仲),而曰鲍叔]。[及其乱也,吾不曰(竖刁、易牙、开方),而曰管仲]。

⑥何则。竖刁、易牙、开方三子,彼固乱人国者,顾其用之者桓公也。

⑦夫[有(舜)而后知放(四凶)];[有(仲尼)而后知去(少正卯)]

⑧彼桓公何人也。顾其使桓公得用三子者,管仲也。

八行文字中,有五行活用了骈体对偶。其中三行为正对,其余两行由于使用了人名或者称呼,未能构成正对。

以上我们从唐宋八大家中选取唐代文人两人、宋代文人两人的代表性古文,对于这些古文第一段中活用骈体对偶的情况进行了考察。以上四篇文章都是属于姚鼐《古文辞类纂》中划分出的 13 类文类中的论辩类。为了避免从较多活用骈体对偶的文章中择取文例的质疑,我们没有从碑志、箴铭、颂赞、辞赋、哀祭等文体中举例。不仅如此,从文章句子构成的角度来看,这些文章少则 50%,多则 100%活用了骈体对偶。换言之,唐宋古文中也大量活用了骈文的主要技法——骈体对偶。

此外,也有不少人对于骈文和古文是否就是相对的概念存在困惑。从 1997 年出版的莫道才先生主编的骈文选本《骈文观止》[①]来看,一些古文选本如《古文观止》或《古文真宝》中收录李斯的《谏逐客书》、刘伶的《酒德颂》、陶渊明的《归去来兮辞》、李白的《春夜宴桃李园序》、李华的《吊古战场文》、韩愈的《进学解》、刘禹锡的《陋室铭》、王禹偁的《待漏院记》等文章,也收录在《骈文观止》一书中。此外,《古文观止》与《古文真宝》中同时也收录了骈文名篇孔稚珪《北山移文》与王勃《滕王阁序》。

由此看来,我们在讨论骈文与古文关系时,需格外慎重。这是因为,在"古文运动兴起以后骈文遭到打击,骈文风潮顿衰,古文登场"这种叙事话语体系中,骈文与古文呈现出两种完全不同的形象,这引起了人们对骈文与古文关系的误解。骈文(从更广的角度来说,骈体)是中国文章写作中将持久为人们所使用的一种文体形式。

四、今之骈文

骈文是否被打倒过？大部分中国文学史研究都曾评价称:骈文是过分追求形式美的

① 莫道才主编《骈文观止》,文化艺术出版社 1997 年版。

文体，现在这种文体也并未受到人们太多关注。果真如此吗？

笔者在 Facebook 某群中与人就中国人文章写作交流的过程中，得到了一张照片。照片中是在道路入口(也有可能是道路中间)某处设置的口号塔。口号塔中间横向书写“征战死亡之海”六字，在形同柱子的两侧左右竖行书写如下文字：

只有荒凉的沙漠，没有荒凉的人生。

从“征战死亡之海”这一口号来看，可能与新疆维吾尔自治区塔里木盆地塔克拉玛干大沙漠有关。① 笔者检索之后得知，这座口号塔是为了开发塔克拉玛干大沙漠地区的油田而设置的。② 这里的“只有荒凉的沙漠，没有荒凉的人生”就是正对骈体。从检索到的图片来看，中国石油塔林油田工程项目，在塔克拉玛干沙漠各处都树立了类似的口号。

再如，以下是北京机场某处墙壁上所悬挂的牌子上的文字，类似牌子在中国主要旅游胜地经常能见到，牌子中文字如下：

中国公民出境旅游文明行为指南

中国公民，出境旅游，注重礼仪，保持尊严。
讲究卫生，爱护环境；衣着得体，请勿喧哗。
尊老爱幼，助人为乐；女士优先，礼貌谦让。
出行办事，遵守时间；排队有序，不越黄线。
文明住宿，不损用品；安静用餐，请勿浪费。
健康娱乐，有益身心；赌博色情，坚决拒绝。
参观游览，遵守规定；习俗禁忌，切勿冒犯。
遇有疑难，咨询领馆；文明出行，一路平安。

笔者调查了一下上述内容的制作背景，为了提高中国人的文化素质，打造中国国民的国际形象，中央文明办与国家旅游局于 2006 年 10 月 20 日一起发布了上述指南。③ 上述《指南》应该属于何种文体？从形式上来看，都由四字句构成，那能看作四言诗吗？或许可以看作四言体的骈文。虽然是四言体，但接近于旨在劝导民众的口号与警句，因此，很难称之为诗。我们从《指南》中也很难找到遵守韵律的痕迹。此外，前后句未能构成对仗，因此也不能称之为骈文，只能称之为四言体的口号。

① 沙漠的名称，用维吾尔语说是“塔克拉玛干”，翻译为汉语就是“死亡之海”。

② http://www.cnpc.com.cn/tlmyt/qywh/qyln/中“企业理念—人生观”参照。

③ http://www.Fmprc.Gov.cn/chn/pds/ziliao/lszs/t276897.htm.

不过在上述网站中,还与上述四言口号一起展示了为了提高游客的文化水平而制定的以下公约:

①维护//环境卫生。[①]
②遵守//公共秩序。[②]
③保护//生态环境。[③]
④保护//文物古迹。[④]
⑤爱惜//公共设施。[⑤]
⑥尊重//别人权利。[⑥]
⑦讲究//以礼待人。[⑦]
⑧提倡//健康娱乐。[⑧]

上述这八行公约文字,从结构上来看,可以称之为“正对”型的骈文。此外,如果包含脚注中所提示的各项要求的话,该公约整体上来看是一篇散体骈文。各种口号与公约中活用骈体的情况很常见。

(一)活动对联

对联是一种小规模的骈体、骈文。香港与澳门同胞与农民合资经营的广州市翠园酒家曾于 1981 年征集开业楹联,中国国内外很多读者纷纷应征,前后征集到三万余件楹联作品。经过多次选拔,选出如下作品:

翠园迎我宾,数不尽甘脆肥浓,色香清雅;
园庭花胜锦,祝一杯富强康乐,山海腾欢。[⑨]

在这副骈体对联中,描述了旅客入住酒店的情形、酒店中各种丰富的美食、酒店内景

---

① 要求:不随地吐痰和口香糖,不乱扔废弃物,不在禁烟场所吸烟。

② 要求:不喧哗吵闹,排队遵守秩序,不并行挡道,不在公众场所高声交谈。

③ 要求:不踩踏绿地,不摘折花木和果实,不追捉、投打、乱喂动物。

④ 要求:不在文物古迹上涂刻,不攀爬触摸文物,拍照摄像遵守规定。

⑤ 要求:不污损客房用品,不损坏公用设施,不贪占小便宜,节约用水用电,用餐不浪费。

⑥ 要求:不强行和外宾合影,不对着别人打喷嚏,不长期占用公共设施,尊重服务人员的劳动,尊重各民族宗教习俗。

⑦ 要求:衣着整洁得体,不在公共场所袒胸赤膊;礼让老幼病残,礼让女士;不讲粗话。

⑧ 要求:抵制封建迷信活动,拒绝黄、赌、毒。

⑨ 季世昌《论楹联修辞艺术的特色》,载王希杰、季世昌编《修辞文荟》,江苏教育出版社 1988 年版,第 323 页。

观、酒店中举行的各种宴会活动,等等。若从第一句中的上句与下句来看,上句中的第三个字“迎”字作为谓语动词,下句中第三字“胜”字作为谓语动词,从句子构成上来看对仗难称完美。

此外,湛江德邻里有如下对联:

我爱邻居邻爱我,鱼傍水活水傍鱼。①

上述对联中描述了人们之间互相帮助、和谐共生的情形,反过来阅读也会读出这层意思。郭沫若曾在宋代作家李清照故居留下下面这副对联:

大明湖畔,趵突泉边,故居在垂杨深处;
漱玉集中,金石录里,文采有后主遗风。②

诚如以上对联所显示的,在各种纪念活动中经常看到骈体对联登场,这些对联或者镶嵌在柱子左右两侧或墙壁之上。这可以称为骈文的生活化、现代化。

(二)公益广告

现代社会活用骈文的另外一个例子就是广告。因为广告凭借语言的精练与节奏感,对大众具有号召力。我们以各种公益广告为例进行考察。

1.禁烟广告:

一时的快乐,永恒的伤痛。

2.反战广告:

多一些润滑,少一些摩擦。

3.献血广告:

波涛让江河澎湃,热血使生命沸腾!
民族在奉献中崛起,生命在热血里绵延。

---

① 季世昌《论楹联修辞艺术的特色》,载王希杰、季世昌编《修辞文荟》,第323页。
② 季世昌《论楹联修辞艺术的特色》,载王希杰、季世昌编《修辞文荟》,第323—324页。

献出的血有限,献出的爱无限。

好人献上一滴血,病者除却万分忧。

4.体彩广告:

奉献是无私的骄傲,大奖是爱心的回报。

运动,生命的基础;财富,人生的追求。

阳光总在风雨后,快乐跟着“体彩”走。

爱心需长久,奇迹在左右。

体彩手拉手,公益心连心。

体育是我们永恒的追求,体彩是我们永远的朋友。

彩民共托朝阳,足彩再创辉煌。

5.希望工程广告:

节省一分零钱,献出一份爱心,温暖世间真情。

涓滴之水成海洋,颗颗爱心变希望。

6.普通话推广广告:

说地地道道普通话,做堂堂正正中国人!

普通话,人类沟通的桥梁;普通话,人类智慧的结晶。

7.文化遗产动物环境保护广告:

有历史才有现在,唯遗产才知兴衰。

尊重历史,憧憬未来。

是先有鸟还是先有蛋,你不知道,我不知道,只有鸟知道;

是鸟先消失还是蛋先消失,你知道,我知道,只有鸟不知道。

动物是人类亲密的朋友,人类是动物信赖的伙伴。

树木拥有绿色,地球才有脉搏。

除了相片,什么都不要带走;除了脚印,什么都不要留下。

来时给你一阵芳香,走时还我一身洁净。

现在，人类渴了有水喝；将来，地球渴了会怎样？

8.禁烟广告：

烟枪一支，未闻炮声震天，打得妻离子散；
锡纸一张，不见火光冲天，烧得家徒四壁。

9.交通安全广告：

司机一杯酒，亲人两行泪。
喝进去几滴美酒，流出来无数血泪。
带上平安上路，载着幸福回家。
爱我，追我，千万别吻我。

10.公众道德广告：

良言一句，三冬亦暖，恶语伤人，六月犹寒。
一粥一饭，当思来之不易；半丝半缕，恒念物力维艰。
廉政几时有，腐败何日休。
贪污一根针，刺痛百姓心。
天黑我照着你，天亮你关照我。

11.校园图书馆教室广告：

字字含意韵，句句传真情。
求知而来，载知而去。
人间知音难觅，校园草坪难培。
带走满腹知识，留下一架好书。
莫露裁缝手段，当收剪刀功夫。

12.失业求职广告：

工作是等不来的，有无前途，看你怎么走。

工作是靠不来的，有无出路，看你怎么想。

工作是要不来的，有无机会，看你怎么做。

以上我们对各种公益广告中活用对偶与骈体的例子进行了考察。在商业广告中活用对偶与骈体的情况也很常见。

此外，各种言论报道文章的标题，以及为了学生或特定领域专家学习与记忆而对学习内容与全文进行简略处理、添加韵律的口诀中，也经常使用对偶与骈体。比如清代吴师机(1806—1886)于1864年刊行的外科治疗相关医学著作《外治医说》的正文部分皆以骈俪文写成，此书或被称为《理瀹骈文》。① 在最早的版本中并不区分章节，此后区分章节刊行的现代版本中《脏腑》篇开头文字如下：

夫人身一小天地，吾心乃大君主。胞络代行其事，膻中特重其官。臞仙悟清净之理，岐伯传摩浴之文。何知内景，在握灵枢。必明阴阳，为云为雨；当识脏腑，有父有母。天地万物之所以属，四时月日之所以主，上下左右前后之各其位，内外虚实生绝之殊其证。

文中将人体与宇宙进行对比，运用比喻、调动思想，对医学内容进行了说明。内容太过专业，理解并非易事，引文中所显示的，始终如一地活用骈体写成。

从无论古今各种活动对联、广告、专家著作等中活用骈文的情况来看，骈文并非只具有追求过度雕琢与华丽修饰的否定性要素，构成骈文的骈体所具有的长处(即对称美与韵律美)，提供了有助于人们朗读与暗记的条件，为现代各种口号、广告、口诀等广泛使用骈体提供了土壤。

五、结论

笔者认为，对于对联、对句、骈体、骈文、对仗等用语之间的相互关联，有进行整理的必要。对句、骈体、对仗，可视为修辞技法，也可以视作字句韵律方面的术语；而对联与骈文，则可以视作文体，也就是文章体裁方面的术语。无论是从修辞技法的角度来看，还是从文体的角度来看，这些术语有共通之处。用一个字来概括就是“对”。

从中国语言文字标记的角度来看，或主张什么、或强调什么、或纪念什么、或记忆什么的时候，也就是需要“特笔”书写的时候，人们总是爱用那些对仗句来进行表现。可以

① 〔清〕吴尚先著，孙洪生校注《理瀹骈文》，中国医药科技出版社2011年版。

说，较之其他而言，骈文更具有影响力。

过去对于骈文，一方面它是被人们扬弃、排斥的对象，否定性形象，追求华丽的修辞与雕琢；另一方面，事实上骈文具有精练的语言与表现。这两种看法如同硬币的两面。因此，在骈文全盛的南北朝时期，乃至后代，文人与作家们仍持续关注骈文，从事骈文创作。直到今天，骈文以各种形态广泛运用在各体文章写作之中。从以中文为外国语言文学来学习与研究对象的韩国学者立场来看，我们有必要对骈文的多样形象作进一步的关注与研究。

作者简介：

洪承直，1962年生，韩国顺天乡大学教授，发表过《陆贽所作辞免相关文书：以〈奉天改元大赦制〉为中心》《试论骈文的地位》《〈北山移文〉译解》《柳宗元赠序研究》等论文60余篇，出版有《柳宗元散文文体分类研究》(高丽大学出版部，1992)等著作多种。

译者简介：

肖大平，1984年生，湖北云梦县人。文学博士，博士后，现为暨南大学文学院、中华文化港澳台及海外传承传播协同创新中心助理研究员。

《孟涂骈体文》叙录

邓哲雯

内容摘要:《孟涂骈体文》二卷,清刘开撰,姚元之重刻,陈方海、张用禧校雠,收入《刘孟涂集》四十四卷。现存的《孟涂骈体文》有刻本、石印本、影印本三类,共八种,中国国家图书馆、北京师范大学图书馆、山东大学图书馆、广东省立中山图书馆等有藏。集中可见刘开骈散合一,"不能偏废";取法要正,取材要博的骈文观以及"情旨"深厚、"意兴"遄飞的骈文审美理想。

关键词:刘开;《孟涂骈体文》叙录

《孟涂骈体文》的作者为刘开(1782—1824),字明东,一字孟涂,又字方来,安徽桐城孔镇人。《桐城县志》言其:"为人落拓不羁,喜交游。""尝南游粤东,东游钱塘,北至都下。所至,与其贤豪长者相切劘。复遍览名山大川,以壮其文采。"《刘氏支谱后序》详细描绘了这一番交游经历:"十有八岁游安豊,历汝颖,下金陵。二十而至豫章,登庐山之巅,信宿鹿洞,泛舟鄱湖之涯。二十有五上大别,涉汉南,穷粤岭而归。二十有八由江淮历齐鲁,蹑岱宗,北抵京师,仰皇居之壮,西过邯郸,望太行,渡漳水,驰骋大梁之郊。三十游吴越,谒禹陵,居休西湖,观书于文澜阁。三十有一东窥沧海,履落珈,眺大洋,极水天之胜。于是以黄山僻在一隅,乃由黟歙陟莲花峰,纵观云海,出新安江,过钓台,入太湖,览东西洞庭,探林屋洞,遍交天下贤士大夫,倦游乃归。"①长期的游历经历影响了刘开的文学创作,使其既能博采众长,又得江山之助,形成了文"根柢深醇,波澜宏阔",诗"亦奇丽雄肆,倾倒一世而欿然不自足"②之风格。刘开一生寿命虽短,但创作颇丰,生平作诗一千五百余首,古文一百二十七篇,骈文六十六篇,有《刘孟涂集》四十四卷,包括《孟涂前集》十卷,《孟涂后集》二十二卷,《孟涂文集》十卷,《孟涂骈体文》二卷。

《刘孟涂传》对刘开生平所作的编修情况有说明:"孟涂诗有《前集》十卷已梓,岁久板且损。没后,前台湾令家弟莹急造其家,访遗稿,得《后集》二十二卷,缺第八卷。文十卷、骈体文二卷。临漳令家弟柬之惧其久而更佚也,为捐资付剞劂,并重刻其《前集》,属

① 〔清〕刘开《刘氏支谱后序》,《孟涂文集卷八》,道光六年(1826)刻本。

② 〔清〕廖大闻等修,金鼎寿纂《续修桐城县志》卷 16,见江苏古籍出版社编《中国地方志集成 · 安徽府县志辑》,江苏古籍出版社 1998 年版,第 738 页。

元之任其事，鄱阳陈方海伯游偕伯棠助仇校焉。”[①]这里道出了《刘孟涂集》编成所涉及的几位重要人物。首先，搜访遗稿的前台湾令姚元之弟姚莹(1785—1853)，安徽桐城人，字石甫，号明叔，晚号展和，因以十幸名斋，又自号幸翁。姚鼐之侄孙，桐城派重要作家之一。《孟涂骈体文》卷一《与姚石甫书》一文，是刘开写与姚莹的。同为姚元之弟，且捐资将诗文付之剞劂的临漳令姚柬之(1785—1847)，字佑之，又字幼樯，号伯山，又号檗山、且看山人，工诗词，通古文，有《且看山人文集》八卷、《且看山人诗集》十卷行世。从《孟涂骈体文》卷二的《与姚幼樯孝廉书》《与姚幼樯书》《再与姚幼樯书》《答姚幼樯孝廉书》可见二人的交往。《刘孟涂传》撰者姚元之(1773—1852)，字伯昂，号廌青，又号竹叶亭生，晚号五不翁，有文名，兼工书画。著有《使沈草》三卷、《竹叶亭诗稿》《荐青集》《竹叶亭杂记》八卷、《小红鹅馆集》等。参与校雠的陈方海，鄱阳(今属江西)人，字伯游，生卒年不详，只知其嘉道中在世。为文私淑桐城，与刘开、姚莹、陆继辂、吴嘉宾等交往甚密，常相互切磋文艺。有《计有余斋文稿》存世。而张用禧，生卒年不详，字伯棠，为刘开同里。刘开集子中不乏他与这些同里好友交游唱和、彼此鼓励的诗文创作。

由此，我们亦能得知《刘孟涂集》的成书经过。《孟涂前集》十卷为刘开生前自编成集，孟涂逝世后姚莹又寻访遗稿，得到二十二卷《孟涂后集》，姚柬之出资，命姚元之负责重刻，陈方海、张用禧为其校雠，合成《刘孟涂集》四十四卷，包括重刻本《孟涂前集》十卷、《孟涂后集》二十二卷(原缺卷八)、《孟涂文集》十卷、《孟涂骈体文》二卷。

现存的《孟涂骈体文》有刻本、石印本、影印本三类，共八种。刻本有以下四种：(一)《孟涂骈体文》二卷，刘开撰，清道光六年(1826)姚氏檗山草堂刻本，12 行 24 字黑口四周单边双鱼尾，现藏于北京师范大学图书馆、山东大学图书馆等。此处的姚氏即前所言刘开好友姚柬之。(二)《孟涂文集》十卷附骈体文二卷，刘开撰，清光绪十二年(1886)慈溪大鄮山馆童氏刻本，现藏于广东省立中山图书馆。(三)《孟涂骈体文钞》一卷，刘开撰，清光绪十五年(1889)《国朝十家四六文钞》本，13 行 22 字白口左右双边单鱼尾，现藏于中国国家图书馆。《国朝十家四六文钞》编者王先谦(1842—1917)，字益吾，号葵园，湖南长沙人。同治四年(1865)进士，授翰林院庶吉士，任国子监祭酒。归乡任城南书院、岳麓书院山长。撰有《汉书补注》等多种学术著作。《国朝十家四六文钞》除刘开外，另辑录了清代中后期的骈文家董基诚、董祐诚、方履篯、梅曾亮、傅桐、周寿昌、王闿运、赵铭、李慈铭九人，收刘开骈文《书〈文心雕龙〉后》《跋郝氏〈山海经〉笺疏》《书郭璞山经图赞后》《立雪草堂诗序》《游石钟山记》《北园记》《雩都行记》《孔城北游记》《查口记》《艺园记》《与姚石甫书》《与方彦闻书》《与王子卿太守论骈体书》13 篇。[②] (四)《孟涂骈体文》二卷，刘开撰，民国 14 年(1925)钱塘汪大钧辑《食旧堂丛书》收录，见第 22 册。《食旧堂

① 〔清〕姚元之《刘孟涂传》，见《孟涂后集》，道光六年(1826)刻本。

② 孟伟《〈国朝十家四六文钞〉叙录》，《骈文研究》2021 年第 1 期。

丛书》书名据书名页题,11 行 21 字小字单双行同黑口左右双边,现藏于中国国家图书馆。石印本有以下两种:(一)《孟涂骈体文钞》一卷,刘开撰,清光绪二十一年(1895)上海书局石印本,《国朝十家四六文钞》收录,15 行 38 字白口四周单边单鱼尾,现藏于中国国家图书馆。(二)《孟涂骈体文》二卷,刘开撰,民国四年(1915)上海扫叶山房石印本,现藏于广东省立中山图书馆。影印本有以下两种:(一)《孟涂骈体文》二卷,刘开撰,北京中国书店 1984 年版,据民国十四年(1925)钱塘汪大钧《食旧堂丛书》刻版重印,现藏于中国国家图书馆。(二)《孟涂骈体文》二卷,刘开撰,北京燕山出版社 2019 年莫道才主编《骈文要籍选刊(总 136 册)》第九十册收录,据清道光六年(1826)姚氏檗山草堂刻本影印。

《孟涂骈体文》分一二两卷,收录骈文共 66 篇,并无明显体例格式,文体杂陈。卷一有书启 11 篇,记 3 篇,诔文 1 篇,序 5 篇,哀辞 1 篇,论 2 篇,书后 3 篇;卷二有书 13 篇,序 15 篇,记 8 篇,书后 2 篇,跋 1 篇,文 1 篇。总而言之,刘开文章的内容多赠答酬谢、写景记游,间杂几篇论学论书之文,其中《与王子卿太守论骈体书》《书〈文心雕龙〉后》二文可供我们集中考察刘开的骈文思想。

天然的地缘优势使刘开得以受业于桐城派二祖:姚鼐、刘大櫆。桐城派推崇古文写作,身为桐城派的后进,刘开同样践行这一宗旨,同时他本人对骈文创作也并不排斥。这或许与其同阳湖派弟子的相交有一定关系。章士钊在《柳文指要》有所提及:"因与李申耆、陆祁孙辈为切近文友,孟涂于俪语有所成就,可谓阳湖产物,而毫不涉桐城。"①章语甚至直接将刘开定性为"桐城别派",其在骈文上的深耕可见一斑。

在《与王子卿太守论骈体书》一文中,刘孟涂提倡骈散合一,"不能偏废"。他说:"夫文辞一术,体虽百变,道本同源。经纬错以成文,元黄合而为采。故骈之于散,并派而争流,殊途而合辙。千枝竞秀,乃独木之荣;九子异形,本一龙之产。故骈中无散,则气壅而难疏;散中无骈,则辞孤而易瘠。两者但可相成,不能偏废。……宗散者,鄙俪词为俳优;宗骈者,以单行为薄弱。……夫骈散文之分,非理有参差,实言殊浓淡,……文有骈散,如树之有枝干,草之有花萼,初无彼此之别;所可言者,一以理为宗,一以辞为主耳。夫理未尝不藉乎辞,辞亦未尝能外乎理,而偏胜之弊,遂至两岐。始则土石同生,终乃冰炭相格;求其合而一之者,其惟通方之识,绝特之才乎?"②刘开提出了文章的两端:"理"与"辞"。骈散之别,在于散"以理为宗",散"以辞为主",但这并不意味着骈可以离理,散可以失辞,"理未尝不藉乎辞,辞亦未尝能外乎理"。骈文家一味追求雕章缋句,行文难免流于板滞凝重,散文家一味运用单句亦会导致匮乏无味,难以支撑道理,"故骈中无散,则气壅而

① 章士钊《柳文指要》,中华书局 1971 年版,第 1363 页。

② 〔清〕刘开《孟涂骈体文》二卷,见莫道才主编《骈文要籍选刊》第 90 册,北京燕山出版社 2020 年版,第 420—422 页。

难疏;散中无骈,则辞孤而易瘠”。故而刘开所主张的“兼融骈散”,使文章独具清新灵动,流动潇洒的丰神韵致。刘孟涂既精骈体,复擅古文,他持平的言论是公允的。

与此同时,刘开针对当时文坛的某些现象,提出了“情旨”深厚和“意兴”遄飞的骈文审美理想。由于“袭末流者,既不归准衡;追古制者,亦多滞形貌”,所以文坛出现一些“八珍列而味爽,五官具而神离”的文章,究其原因,在于“胎息尚薄,藻饰徒工,情旨未深,意兴不飞之所致也”[①]。即是沿袭末流,“不归准衡”,取法不正导致文格不高,那么正确的取径应该是什么呢?《与王子卿太守论骈体书》说道:“大约宗法止于永嘉,取材专于《文选》,假晋宋而厉气,借齐梁以修容。下不敢滥于三唐,上不能越夫六代,如是而已。”[②]刘开提倡学习从先秦到汉魏两晋,止于唐的骈文,具体的对象包括《诗经》《易经》《尚书》《文选》等经典在内,可见其取法要正,取材要博的骈文观。值得一提的是,刘开极为推崇《文心雕龙》,在《书〈文心雕龙〉后》写道:“自永嘉已降,文格渐弱。体密而近缛,言丽而斗新。藻绘沸腾,朱紫夸耀。虫小而多异响,木弱而有繁枝。理诎于辞,文灭其质。”而唯有刘勰《文心雕龙》能“是非不谬,华实并隆。以骈俪之言,而有驰骤之势。含飞动之彩,极瑰玮之观”[③]。当是学骈俪者的方便法门。

《孟涂骈体文》集中《与王子卿太守论骈体书》一文是骈文史上重要的理论文章之一,篇首用散句导入,后用骈体讨论骈文发展史、骈文作法、骈文观,其本身便是孟涂思想的最好体现。刘开将其骈文理论积极运用于骈文写作,其骈文不拘章法,文笔灵活,自成一家,正如张舜徽所言:“(刘开)所为骈文,亦沉博绝丽,自成一体。”[④]钱基博则认为其:“情密古初,力疏凡近,不读唐以后书,不作宋以下语,得明远之俶诡,含开府之清新,运气而走千言,百炼而铸一字,古秀之艳,隐于幽奇;郁怒之思,出以温顺;有清一代,亦罕覯也!”[⑤]亦高度肯定了刘开在清代的骈文成就。

附录:

孟涂骈体文书后

骈体之文,至今日而极盛。若夫容甫、稚存并辔于江表,而抝约亦抗音于海隅。岂惟振六代之飏流,实将据中华之坛坫矣。孟涂晚出,才雄气盛,力变奇境,擘山赑屃,凿空趦

---

① 〔清〕刘开《孟涂骈体文》二卷,见莫道才主编《骈文要籍选刊》第 90 册,第 416 页。

② 〔清〕刘开《孟涂骈体文》二卷,见莫道才主编《骈文要籍选刊》第 90 册,第 415—416 页。

③ 〔清〕刘开《孟涂骈体文》二卷,见莫道才主编《骈文要籍选刊》第 90 册,第 422 页。

④ 张舜徽《清人文集别录》卷十四,中华书局 1963 年版,第 379 页。

⑤ 钱基博《中国文学史》(下册),中华书局 1993 年版,第 1036 页。

趄,以角诸家,难分胜负。第吾观其志恐难为继也,盖诸家求为同于古人,孟涂求为不同于古人。求为同者,譬如经途九轨,佩玉徐行,众人所能学也;求为不同者,则驾雨乘风,神腾鬼进,焉得人人而学之。虽然不读唐以后书,不作宋以下语,托体未尝不尊。至于引芳草而契古欢,托微波而展孤笑,其情有深焉。世之君子读其书,想见其为人可也。

鄱阳陈方海

作者简介:

邓哲雯,女,1997 年生,四川泸州人,广西师范大学博士研究生。研究方向为明清近代文学。

《师伏堂骈文》叙录

乔一明

内容摘要：皮锡瑞作为晚清重要的经学家，调和今古文，亲近变法，有深厚的经史积淀。皮锡瑞所作《师伏堂骈文》，有光绪乙未本和光绪甲辰本两个基础版本，甲辰本比之乙未本，在原有的39篇基础上增加了27篇，且篇目顺序作出了大的调整。其骈文观为征圣宗经，博通经史，通经致用，不拘一格；其骈文作品呈现出立意雅洁，文辞渊懿，层次清晰，气脉贯通的特点。《师伏堂骈文》是通经致用的典范，清代骈文理论的总结性实践，为守护文脉起到了一定作用，同时也是全面了解皮锡瑞思想的重要文献。

关键词：《师伏堂骈文》；皮锡瑞；清末；骈文

皮锡瑞的骈文成就长期以来被他的经学成就掩盖，辑有《师伏堂骈文》两种六卷。今略述《师伏堂骈文》之作者生平、思想，版本，篇目，骈文观，艺术特色及学术史意义，是为《〈师伏堂骈文〉叙录》，并附皮锡瑞三弟子于乙未本所题三序，及李肖聃30年代所作跋于后。

一、作者生平及思想

《师伏堂骈文》作者皮锡瑞，初字麓云，后改字鹿门，清道光三十年（1850）冬月生于湖南善化。其父鹤泉公曾任浙江宣平县知县，家资深厚，善儒术。皮氏少年聪敏，蔚有学名，十四岁应童子试，补为生员，光绪八年举顺天乡试，其后屡应礼部试未中，于是专心学术，著书讲学。先后任桂阳州龙潭书院、南昌经训书院主讲，以汉学授生徒。有感于俄窥新疆，法侵安南，力倡屯田固边，救藩备圉，收复琉球。甲午中日战争后，受维新派学者的影响，倾向变法，曾于1898年在维新人士主办的南学会主讲学派流变，但皮氏同时认为"实事求是，且必先改宋明陋习，不必皆从西俗"①，将变法视作"救焚拯溺"的急切之举。戊戌变法失败后受到牵连，被革除举人。庚子后，历任湖南高等师范馆、中路师范、长沙府中学堂讲席，学务公所图书课长及长沙定王台图书馆纂修等职，讲学著述以终老，桃李

① ［清］皮锡瑞著，吴仰湘点校《经学通论》，中华书局2017年版，第496页。

遍及湖湘。

皮锡瑞作为晚清重要的经学家、史学家,博通经史,著述颇丰。早年从朴学名物典制入手,于“十三经”均有涉猎。三十岁后专治《尚书》,对西汉伏生推崇备至,自属其居为“师伏堂”,人多称“师伏先生”。其治《尚书》,平议今古文之争,拾缺补遗,实为晚清《尚书》研究的集大成者,有《古文尚书疏证辩证》《今文尚书考证》《史记引尚书考》《尚书大传疏证》《古文尚书冤词评议》等。戊戌前后,皮锡瑞将重点转向素所服膺的“郑学”,区别今古,阐幽发微,亦成专学,有《孝经郑注疏》《三疾疏证》《六艺论疏证》《鲁礼禘祫义疏证》等。晚年贯通五经,考订汉碑,融汇今古。其《经学历史》《经学通论》集毕生治学心得,取精用宏,言简意赅,提纲挈领,颇示治学门径,为一时鸿儒所叹服。

皮氏固深耕经义,亦素擅辞章。于诗词文赋,尤善骈文。其刊刻现世的诗文集中,以《师伏堂骈文》为最早(1895年光绪乙未两卷本),可见用心。王先谦《骈文类纂》收录《演连珠》49首,《左氏连珠》38首,及《申左篇书后》《惑经篇书后》《唐书·四夷传论》《徵刻朱文端藏书十三种启》《史记引尚书考自序》《尚书大传疏证自序》《游空灵峡记》《虙戏画卦颂》《仓帝史皇氏颂》《汉云台中兴诸将序赞》《春秋列国名臣序赞》等11篇,共计98首(连珠体分别计数),名列晚清湖湘作家前茅。王先谦在经学思想及政治主张上虽与皮殊异,但对皮氏的骈文创作却不吝欣赏。《骈文类纂》选文的首要标准是言之有物,文以载道。皮锡瑞性喜讽古,长于发论,其骈文多为通经致用、借古喻今之作,寓义理于辞章,发议论以文采,正与葵园所倡相契。这也在某种程度上反映了晚清以骈文谈经术、作史论的文学倾向,而皮锡瑞的《师伏堂骈文》无论从数量或质量上来看,都是这一时代“洞深经义,宏发辞令”“本诸华藻,以表史迹”的巅峰。

二、版本与篇目

《师伏堂骈文》有两个基础版本,即光绪乙未(1895)两卷本和光绪甲辰(1904)四卷本,均为皮氏自行刊刻。乙未两卷本是单行本,共录骈文37首(连珠体合并计数),卷一前有皮门弟子贺赞元、徐运锦二序,卷二前有夏敬观序。观其篇目,第一卷以史论为主,除卷尾《与李荔荪书》《重修屈贾合祠启》为应用文,《告伍公庙文》《游空灵峡记》为抒情文外,余皆是对历史人物的评述,而以颂、铭、论、序赞顺序编次,每类文体下以历史人物朝代为序。第二卷所收文体较杂,包括连珠体2篇,书启2篇,游记4篇,题辞1篇,论议1篇,自序或书后5篇,寿序2篇,墓志铭2篇,且未按文体编排,或以成文时间为序,亦未可知。甲辰四卷本与咏史1卷、词1卷、诗草6卷合集刊印,未见合集题名,或称之为《师伏堂集》。甲辰本四卷在乙未本的基础上增加了27篇,共计64篇,并撤乙未版所附三篇序,且篇目次序大变。视其所增篇目,仍以序赞、史论为主,包括自序5篇,诗文集序5

篇,序/赞4篇,史论4篇,书后/赞后3篇,书信3篇,碑文1篇,题辞1篇,寿序1篇。甲辰本以文体为顺序,依次是颂、铭、自序/序赞、启、书、连珠、论、碑文、议、书后、题辞、游记、墓志铭和寿序。每一文体下,凡涉史论者,以时代相次,余者大体以成文时间相次。

皮锡瑞晚年(约1907—1908),集其著作十八种,刊刻为《师伏堂丛书》,其中同时收录了乙未本和甲辰本,并称《师伏堂骈文》二种六卷。李肖聃《〈师伏堂丛书〉叙》所谓"六卷"者即此,《中国丛书综录》与《续修四库全书》所载皆本此。1935年,皮锡瑞弟子李肖聃在《长沙大公报二十周年纪念特刊》上发表《近数十年湘学叙录》一文,其中有《〈师伏堂丛书〉叙》《〈师伏堂骈文〉叙》《〈皮先生年谱〉叙》三篇,叙皮锡瑞孙皮名振辑刻先祖遗书,重校梓行,及为之编年谱事,"今吉人(皮锡瑞子)之子名振辑刻先生遗书,督之为叙。伏念自己亥至今将四十年"[①]"其孙名振编有《年谱》一卷"[②],是皮名振在1930—1935年间重新刻印过一批皮氏遗书,然今未见,仅有1939年商务印书馆发行的皮名振所编《皮鹿门年谱》。

三、皮锡瑞的骈文观

《师伏堂骈文》所收文章多为光绪乙未年之前所作,甲辰本有所增补,而大体上仍以少壮之作为主,这与其年轻时筹备科举有关,及困于礼部试,"以才华渐退,自分词章不能成家,又困于名场,议论无所施,乃不得已遁入训诂"[③]。虽然如此,谈古发论,讽喻时事,实出其天性;而自造妙语,敷衍俪辞,亦其所素衷。观其骈文,有所据者四,试述如下。

甲辰本篇目固然以文体为序,而若探其内质,又可抽象出一条排列逻辑。首先是圣人颂赞,其次是经义解(自作经学著述序)和文章论(自己或他人诗文集之序),第二卷是为人处世的基本原则与态度(序赞及书信),第三卷全为史论,第四卷则杂诸抒怀应用之作(碑铭、书后、游记及寿序等)。窥此目录前后之序,可见皮氏心中之轻重。征圣宗经,仿佛与《文心雕龙》理路承接;明理论史,正好与《骈文类纂》旨意契合。且乙未本至甲辰本,篇目虽大动,而位居卷首的《仓帝史皇氏颂》《虙戏画卦颂》《舜陵铭》三篇未变。未赞炎黄,首颂仓帝,其言曰"不有宝炬,曷开重幽;苟非文明,将遂长夜"[④],又"天地之精神变矣,民人之耳目新矣"[⑤],说明皮锡瑞意识到且极端重视"文化"之功,刘勰时尚未明确的"圣",在这里有了明确的形象。伏羲作八卦,阴阳赖以察,"浃遐洞冥,察来彰往"[⑥],是皮

① 钱基博、李肖聃《近百年湖南学风·湘学略》,岳麓书社1985年版,第212页。
② 钱基博、李肖聃《近百年湖南学风·湘学略》,第215页。
③〔清〕皮锡瑞《师伏堂日记》(第一册),国家图书馆出版社2009年版,第480页。
④〔清〕皮锡瑞《师伏堂骈文》,见莫道才主编《骈文要籍选刊》第118册,北京燕山出版社2020年版,第347页。
⑤〔清〕皮锡瑞《师伏堂骈文》,见莫道才主编《骈文要籍选刊》第118册,第348页。
⑥〔清〕皮锡瑞《师伏堂骈文》,见莫道才主编《骈文要籍选刊》第118册,第354页。

锡瑞又推崇向往伏羲氏洞悉物理,达于事变的力量。舜殁潇湘,遗此桑梓圣迹,皮氏日夕往游,宜当有颂。其所列举舜之美德,曰孝,曰仁,曰神,曰圣,曰武,曰文,曰恭,曰大,固为明君之标准,难道不也是皮氏心中理想人格的描述吗?所以,征圣宗经,崇彰文化,通达事理,是皮锡瑞文论的宗旨。

皮氏于《茅批唐宋八家文书后》言道:"词林根柢,经训宎畲;必通古今,始工文艺。"[①]此句正是皮锡瑞骈文创作的首要原则。皮氏骈文,兼具文学作品的艺术性和学术文章的思想性,不得仅以逞才抒怀之作视之。以内容分类,《师伏堂骈文》中以论史述古和谈论经学、文学观点的骈文最多;按文体来分,则以序跋和史论(包括历史人物颂赞)为多,且其序跋,《骈文类纂》称"名同跋尾,义主论衡"[②]。凡其发论,必先综述源流,条陈大义;凡其措辞,必引经据典,考据掌故。若非博通经史,难成其文之丰厚;若非覃思灼识,不能见其文之渊深。可见皮锡瑞不仅以骈文辞藻说经论史,更将通经明史作为骈文创作的必要条件。这种骈文观远承"文以载道"的传统,近合清末"通经致用"的趋势,如果说征圣宗经是皮锡瑞的哲学原理,而通经致用就是他大力提倡、身体力行且一以贯之的方法论。

皮锡瑞既通经史,复重时务。其于《宙合堂谈古自序》中写道:"折群言之淆乱,涤近事之苛烦。或陈古以切今,匪贵远而贱近。庶几鱼藻古义,聊以讽时;燕说郢书,亦足治国云尔。"[③]是以皮氏论史,要在鉴古证今;其作骈文,亦求经世之功。《唐书四夷传论》论及唐朝的对外关系,认为一味凭借武力或者一味绥靖求和都不可取,如"始困中国,以事外夷,继借外夷,以平中国"[④]之言,岂非意有所指?戊戌前后,人皆以皮氏为变法拥趸,而皮锡瑞对"托古改制"一类论调,实未必苟同。《王安石论》微露己意:"弊可更也,不当代以甚弊之法;古可复也,不可诬以非古之制。"[⑤]诸如此类,不胜枚举。又,《师伏堂骈文》虽以经史为基,也不乏抒怀之语。游记瑰奇,描摹清景;书信雅洁,寄托冰心;赞序书后,皆情理并重者。是知皮氏骈文,抒情言志,不必诗骚;发弊图治,犹如策论。此为皮锡瑞骈文创作的指向。

《茅批唐宋八家文书后》中谈到文章鉴赏的六种弊端,其一为以一己私见,妄定优劣,主张"览者自得""见仁见智";其二为一味求诸成法,主张"文本天成";其三为不明经义,不通原委,主张"必通古今,始工文艺";其四为强行统一文风标准,主张不拘一格;其五为因循蹈袭,主张"取熔古义,自铸新词";六为不学无术,疏于考证,主张严谨博识。这六点除了第三和第六之外,都可以看作是对某一种或某几种既定标准的否定,不论文风、文

---

① 〔清〕皮锡瑞《师伏堂骈文》,见莫道才主编《骈文要籍选刊》第 118 册,第 526 页。

② 〔清〕王先谦编《骈文类纂》,据思贤书局 1902 年本缩印,浙江古籍出版社 1998 年版,第 3 页。

③ 〔清〕皮锡瑞《师伏堂骈文》,见莫道才主编《骈文要籍选刊》第 118 册,第 378 页。

④ 〔清〕皮锡瑞《师伏堂骈文》,见莫道才主编《骈文要籍选刊》第 118 册,第 493 页。

⑤ 〔清〕皮锡瑞《师伏堂骈文》,见莫道才主编《骈文要籍选刊》第 118 册,第 506 页。

体、谋篇、修辞都不必定于一尊。然则皮氏不喜制绳定墨、循规蹈矩,所谓文无定格,贵在鲜活。若就其文而言,兼具时文之骈俪与古文之气脉,时偶时散,或比或赋,兼叙兼议,若汉若宋,非操一法,不拘一格,实以自然流畅,充实浑融为审美鹄的。以上四点为《师伏堂骈文》的骈文观。

四、《师伏堂骈文》的艺术特色与贡献

皮锡瑞所作骈文,不论是不是学术性文章,往往有所旨归,即便是书信、游记,也是情寓其中,理显其外。在皮氏的骈文思想和学术经历的影响下,其文章多指向尊儒弘道,讽世劝学等方面,间有旷达自慰之语。常发精警之言,暗蕴渊深之思。其文初读不觉辞采殊华,而理性之光已自生辉。尤难能者,无论如何追溯源流,裒辑逸闻,其旨均清晰而唯一,犹如江流虽远,终为入海;万箭齐发,不出侯正。是其立意温厚纯正,主旨凝练圆融,理路不蔓不枝。

皮锡瑞作骈文,常分点分条以述。神圣如《舜陵铭》,列舜帝之孝、仁、神、圣、武、文、恭、大,以颂其德;亲慕如《张孝达制军寿序》,举张之学问、文章、教泽、风节、德政、勋迹、经纶、筹策以贺其功,其余如《尚书大传疏证自序》之"四难",《古泉杂咏序》之"数善"之类,为数更多,以至于皮锡瑞的弟子贺赞元为《师伏堂骈文》作序跋,仍模仿其体式列举了时文之"三憾",而这正是皮锡瑞骈文谋篇的特点与优势。《师伏堂骈文》的行文结构清晰且统一,往往先考镜源流,复条分缕析,偶尔驳斥异说,卒章以提问或感叹的形式,稍稍延长文章的理趣。读来层次分明,脉络清晰,论叙秩然。

皮氏骈文,若观其文辞,则典雅渊懿,简洁凝练。由于有渊实的经史基础,且其文本以讲经论史为主,皮锡瑞的骈文用典巨富,在一些相对整齐的部分几至于"无一字无来处",但能自然流畅,变化自如,毫无牵强拘滞之感,且有自己习用的"典库":事典多取于史书,尤以《左传》和《史记》为最;而语典则多化用《诗》《书》及《论语》。若体其文气,则温厚笃实,稳健平顺。从不故作艰深之语,也不过分逞技炫才,也少愤激之词。说理只侃侃而论,叙事则娓娓而谈,不疾不徐,平和从容。此种品格,真为经师之四六,学者之骈文。

《师伏堂骈文》骈散结合,句式灵活。其文以四言为主,发韵清健,音节铿锵。为不以文害意,诸言间杂,有骈而不韵者,有韵而不骈者,短句者上下两句仅四字相对,长句者有上下两句至于五六十字,或有三个排比句并列的情况。或谓骈文作品之优胜者,大都骈散结合,非皮氏之特殊。而《师伏堂骈文》与众不同之处在于,其散体句十分典丽,而骈体句又未必绝对工整,遂使骈散界限模糊,转折之间,气脉贯通,流畅浑成。更因皮锡瑞贯通今古,不泥汉宋,兼重文质,固求文以载道,亦求文以彰道,因此《师伏堂骈文》形有时文

之流丽,而别具古文之蓬勃生气。以上四点为《师伏堂骈文》的艺术风格。

《师伏堂骈文》是名家大作,经久之篇,本不应妄议其地位;然而既作叙录,当明辨始末,故略谈其意义。第一,乾嘉时期曾出现过一批擅长骈文的汉学家,同光以后稍显回落,而《师伏堂骈文》使既博通经学又雅擅骈文的传统得以复现和发扬。皮锡瑞不仅认为骈文应以经义为基础,也认为经义该用骈文这种端雅的文体辅助阐释。思既熟之,勤而行之,同一时期的骈文作家在讲经论史方面没有能与皮氏相比的。《师伏堂骈文》真正把"通经致用,借古论今"这八个字发挥到了极致。第二,清代以来,骈文渐兴,至清末已积累了大量的骈文创作经验和骈文批评理论,骈文的文体价值和审美标准逐渐确定,文理上讲究"向背之理""断续之法";文风上追求"潜气内转""风骨端祥",而诞生于光绪年间的《师伏堂骈文》无疑是清代骈文理论的成功实践。其文立意雅正,气脉贯通,沉博绝丽。可以说,皮锡瑞之骈文,融合了清代骈文之优长,是晚清乃至整个清代骈文创作的优秀代表。第三,戊戌前后,西学东渐,国故凋零,骈文乃至广义的文言系统受到了冲击。皮锡瑞虽然倾向变法,但对于传统的经学与文学,仍报以鲜明的坚守态度,《师伏堂骈文》在某种程度上也是皮氏以艺文实行表明立场之作。而其中的雅词丽句,宏旨高论,也在一个大变局的时代里,向世人展现了传统学术与传统文体的无限可能。第四,皮锡瑞的经学与文学是表里关系而非并列关系,这就是说,皮氏骈文与他的学术思想是息息相关的。其学兼融汉宋,其文亦然;其学不泥于家法,其文亦不落窠臼。从这方面来讲,《师伏堂骈文》可以与皮锡瑞的经学丛书相互印证,且其中也保留了一些皮锡瑞的文学观、史学观、道德观,以及时议杂论,是全面理解皮锡瑞的重要材料。

附录:

贺赞元序

夫虎豹蔚姿,光彣炳其彩;凤雀挺质,羽翮振其仪。故圣道所崇,尊经攸著;士儒之论,文词为宗。是以马、班有作,历七古而洪晖;扬、枚累篇,卓策本之弥曜。导原吐芽,间见秦策;开基峻宇,厥惟汉氏。赤龙兴规,石渠讲艺;白虎聚论,通德载编。时则学官既立,经师相承。虽意重朴敦,未专文道;而词旨古质,自蕴渊和。子政校书,叙录最美;稚珪上疏,封事为佳。康成笺《礼》,劭公解经,虽曰注体,乃属奥文。盖当时经学、文章,相辅而行,故体浑奇偶,格律高上。《汉书》所载,别子所纪,彬彬称盛焉。魏晋而下,厥道逾彰;齐梁迭承,罕见散体。故斯格独备,雅尚遒古。沈约、任昉之徒,文通、明远之辈,铲迹幽溪,凿芳灵囿,允资宗尚,难其侪矣。沿及徐、庾,其流遂靡。综斯以降,有三憾焉。

自昌黎起于唐,自谓力救衰敝。宋人继之,始立派名。人习古文,无复晋宋之美;旨趋平易,顿改劲奥之观。元明而下,咀刁空闻,性理为护身之符,语录即名世之作。非特汉人注疏,咸归扫地;并骈家巍集,束置莫谭。不知词翰由秘,贵妙曲深;义理突来,层抒鲜罄。乃以浅近构藻,开笔俗泄,童孩易知,妇女可晓。末师洼识,弊端奚洗?厥憾一也。

国朝儒风卓创,经义丽天。诸师授义,步拟汉家。士之谈经者,咸尚藻俪。故说解朴实,文亦茂美。然而道有分尽,功难合齐。伯渊从经,即废初年之业;容甫述学,转缓搜文之思。岂才识之不及哉?特以经旨纷赜,皓首莫殚;疑误易沿,一艺遗罅。又或迫于人事,耗于神力。是则诸儒之舍被取此,不能以旁骛乱思。拨厥所由,遂从盖阙。厥憾二也。

作者日鲜,善体斯难。或失之繁,或失之实。繁则丽藻过绮,累而不飞;实则骨干太清,陋而不韵。“文质彬彬,然后君子。”度诸此义,合者维艰。厥憾三也。

若夫深洞经义,宏发词令,卓三憾而俱泯,兼诸长以独嬗,惟于夫子见之已。夫子生禀奇姿,敏捷文藻。中年说经,弥尊伏胜;暇日论礼,心崇高密。缊泽既闳,仪彩聿富。错镕已实,宏钟肆鸣。夫颂赞之作,归诸美扬。夫子以阐发之旨,光庬鸿之典。伏戏画卦,《易》数因之胎垂;史皇创彣,诂训于焉字乳。而河洛写图,妄肆疑经之鼓;帝史异说,畤定字圣之名。雪疑诏来,二篇尚矣。又况崔寔论政,洞窥事宜;蔚宗修史,卓茂嘉词。惩孤秦、弱宋之非,阐武侯、谢傅之孅。本诸华藻,以表史迹。洵奥特之嵬观,蔚宏之美构。略条片端,未概全质。峻槩之篇,固汇源于泰始;杂品之作,又恢恢于元嘉。斯则《卷施》遒雅,不得擅芳于前;《石笥》瑰奇,允宜逴跞齐耀矣。且夫桐柏盘根于龙门之冈,非叶茂之足峙;蛟虬赞光于神渤之窟,讵斑鳞以为珍?夫子方精力丹铅,游心笺释,剖析经疑,纂述宏册,区区文篇,固视末致。惟是上乘已失,妙驭罕能。久经长昏,乍睹鸿曜;习处蛩穴,忽闻鸾音。法式所承,端资千祀。岂仅都人争传,写左思之赋本;学士推颂,识庾信之妙文。遇合之事,为足欣荣也哉!

赞元学识谫陋,语言浅肤。管张筵持,讵合涓埃?烛扪槃叩,莫表什一。然念从游五载,谆诲日亲。虽师承相接,欲赞难名;而披诵篇章,嗜爱莫已。子屏表笥河之学,讵属谀称?弇轩序东原之书,敬述宗旨云尔。

光绪旃蒙协洽壮月,受业贺赞元谨序

徐运锦序

盖自结绳既移,乃列文象;书契已作,爰修辞藻。固质文之代兴,惟华实其相赡。是以耆德开姚,典谟攸灼;姬宗踵子,训诰克照。累叶而降,斯道鼎新。簪笔实繁其徒,燔书莫澌其绪。盖古朴之气渐替,而焜耀之旨弥繁矣。炎德继运,群言逾昌。琢摩京都,则班、张演其派;升隮堂室,则贾、马扬其镳。斯实步轨三五,权舆四六。而下帷董子,不无丽缛之文;耽古桓生,遂彰论著之富。夫源邃者支衍,而积潦易涸;荄壮者颖茂,而折枝恒凋。故理不胜辞,用寡是诮;采而乏骨,雉窜非诬。然则耀灵蛇于掌握,发雕龙于胸臆。杼轴清英,有如成诵;轩翥艺苑,竞推大笔。非夫义理精详,训诂明核,纪纲礼乐,贯炼坟典。凭经以骋思,媲潘勖之渊通;引书以助才,类刘向之该博。其余靡足观矣,孰能臻斯懿乎?

国朝右文越古,雅化作人。大可艳发于萧山,竹垞鹰扬于秀水。巽轩《仪郑》,焕乎有文;稚存《卷施》,卓尔大雅。类皆探真源于经艺,辟康庄于词林。萃案断之专家,缵往籍之绝学。兹为群矣,难乎继焉。

鹿门夫子,南邦词祖,东山圣徒。闭庐覃思,穿床嗜古。贾《疏》郑《注》,宏启其藩篱;《墨守》《膏肓》,别构其户牖。翼《孝经》小同之古义,补《尔雅》景纯之遗说。精言在抱,俪体尤工。作《师伏堂骈文》,都为一集。飞馆、玉池之巨制,桂林、湘水之华篇。纂琅嬛之绨椠,绨句从心;综昆仑之缥囊,才锋奔命。遂使联章而圭璧合,振翰而风云蜚。语厥宫商,击石之歌凤舞;方之锦绮,真珠之服龙盘。岂直工文张鷟,选学士之钱;隶事王摛,抽何公之簟而已哉!

锦夙邀甄铸,曾登大匠之门;谬副赏音,用愧桐亭之竹。譬观岱岳,徒印其崇穹;若涉沧溟,罔寻其垠堮。托兹沆瀣,罄厥管蠡;剞劂方新,揄扬未沫。漱芳倾沥,如观太学之藏;积玉碎金,难作枕中之秘。庶几正声不寖,无乱州鸠之聪;鹄的是县,弗误养由之矢云尔。

受业徐运锦敬撰

夏敬观序

夫西河授经,光文学之选;兰陵传艺,作礼智之赋。发辞炳曜,灿著简策;陈义宏大,实为椎轮。乃知玉版金镂,先显阴阳之仪;四始五际,上通天人之故。龙蹲阐秘,尼山汇其宗;虎观通德,炎汉隆其业。宗圣立旨,敷章贲华。斐然经术,蔚为文词。然邵公学海,注言深晦;高密经神,笺语艰奥。号为朴学,匪尚藻丽。故《儒林》所纪,罕觏缛制;《艺文》所志,别录词赋。若扬、马蔚兴,已亏《雅》《颂》;曹、王杰起,更失《风》《骚》。魏晋而下,隋唐而上,众制锋起,源流间出。潘、陆、孙、许,振采色于前;颜、谢、江、鲍,标芳尘于后。莫能讨源礼乐,讵足敷赞圣旨?盖经学文章,道本相辅,各尽所长,鲜能兼善。繄古以来,恒是憾矣。

鹿门夫子,长沙博士,湘水经师。琅邪授《礼》,实师曲台;颍川受《书》,遂章齐学。金丝腾响,服膺口授之遗;球锽载和,岂摭航头之字?博征青简,疏证《大传》;详搜石室,信为今文。祖述素王,存微言于《公》《穀》;增改《内传》,归罪案于刘歆。书《惑经》《申左》之篇，洗党同妒真之陋。岂徒《孝经》作疏，考石室之注本；《郑志》撰证，表东家之定论哉！夫更生论文，必征于圣；稚珪劝学，每尊于经。良以佩实衔华，乃流席珍之响；禀式酌雅，犹润千里之河。斧藻群言，斯吐纳珠玉；镕钧六艺，斯灿烂符采。昔咸墨著颂，《九招》乃歌；簨虡勒铭，五声以听。功在表扬，体归赞美。风陵蓍草，春皇始创龙书；九疑白云，潢阳犹传玉历。逸闻绵邈，莫考禅通；古礼搜罗，每存谶纬。用摘秘籍，上焕宏功。若乃祖龙扇焰，二汉兴规；苍鹅出地，五胡乱晋。藩镇之祸，既夺唐统；金元之寇，终移宋社。变青苗之法，徒惩羹而吹齑；怵黄袍之加，致矫枉而过正。三代之制，既坏于秦；汉唐之规，又隳于宋。卓见今古，允为定论。非夫洞达经济，深识兴衰；探原吐辞，弥纶彝宪。安能组织英华，发辉史志乎？是知振叶寻根，必正末而归本；穷高树表，贵体经而原道。远景先哲，总览渊构。莫不通经以致用，因文以明道。夫子宏深典籍，彪炳华藻。故能上方前作，独振近俗。至于游览所及，山川能说；托兴有在，灵台寄通。斯又元嘉之响，正始之音，足以迈仪郑之雅篇，继船山而称述者矣。

观久蒙甄铸，获睹户庭。城阳内史，忝列申公之门；梁国敬公，愧有励学之著。每经启告，俾识源流。贾嘉能言，庶参谈经之席；贞白妙制，敢效总持之序云尔。

受业夏敬观谨撰

李肖聃跋

先师皮君师伏堂文，王阁学先谦选入《骈文类纂》者，都九十六首。今观其篇目，若《仓帝史》《皇氏颂》《宓戏画卦颂》《舜陵铭》《尚书大传疏证》《尚书中候疏证》《史记引尚书考》《六艺论疏证》《鲁礼禘祫志疏证》《驳五经异议疏证自序》，及《春秋列国名臣》《汉云台中兴诸将》《岳麓书院六君子》（宋朱公洞、周公式、李公允则、刘公宏明、陈公钢、杨公茂元），及他杂文连珠之属，凡百余篇。谨为标识，僭书其后曰：

圆灵垂象，日月耀其光华；柔祇成形，河岳章其动静。道靡两而不立，物无奇而非偶。取象天地，形成文章。乾健坤顺，义始于《文言》；阳刚阴柔，美生于《易》象。文章重俪，厥谊至明；伊古才流，昭宣此旨。虽体有朴艳，而意归一揆。自世士炫其浮质，贤儒乃笑（一作“笮”）文人。六朝俳偶，退之薄而不为；宋时四六，君实谢非素习。道丧文敝，名德移风，世尊古文，托义高远。有清厉学，华实并茂。皋文、容甫，发经籍之真光；季逑、巽轩，穷圣言于素业。卑谷人浮艳之作，陋迦陵侧媚之词。正声既张，淫音辍响。故清一代文业，上与两汉比隆，由其究精雅诂，研讨微言。师彦和之宗经，法淮南之原道，用能取熔古义，自铸新词也。湘州文学，肇盛梁唐。文山揽秀于诗章，西涯擅声于乐府。薑斋文雄而诗丽，承贯论健而词豪。盖代文宗，群推湘绮。江南之赋，词并美于兰成；秋醒之词，韵尤高于玉局。信可谓抉天章于云汉，振屈宋之英声者矣。

先生生逊清之季年,值湘文之盛日。少登拔萃,旋领乡闱,藉甚声华,焕乎文采。连珠与士衡并美,游记共道元生色。双清制赞,已垂彤史之辉;瀛州序颂,复纪文皇之盛。已可扬声华屋,腾藻云岸。君乃矢志读书,覃精治史,谓道不原于周、孔,则旁出多歧;文不征于马、班,则义终无本。于是为迁《记》引《书》之考,赋两汉咏史之诗。谈古于宙合之堂,讲学于经训之院。林苑不能分传,经文乃合一途。故古泉杂序,郎园必乞于鹿门;湖外作家,骑尉推之为鸿笔也。昔竹垞第工词章,东原不长文学,左海惟精礼制,西庄独事校刊。乾嘉汉师,文尤芜杂,讽籀书九千字,说《尧典》三万言,群士腾讥,寡能备善。君既究群经之玄意,兼都雅之高文,精义人神,炼才就范。非姬汉之书不读,匪羲黄之旨不传。检纬候于绿图,校珍文于丹策。彼戴氏遗书之序,丰芑通训之词,称述学原,世称美造。而君所自作至数十余篇,宁惟鲁齐家法,借墨藻以光新;亦使伏贾薪传,永遗声于文薮。故考君学业,则经术挺出于清儒;论君文章,则根底特殊于华士。斯学林之公论,非门士之私言。而枚叔著议,驳其三书,俳山论文,黜兹一老。则彼陈汉章之敢为狂论,郑养生之横肆抨弹,奚足辨乎?

愚以弱年获侍讲席,亲承绪论,奄遘心丧,敢自负于师门,特用章乎遗教,且诏学者知尊重焉。

按吾善化能为骈文者,清代仅孙芝房先生。先生有《苍筤集》,以高才早逝,文亦未尽其才。葵园录其李梅生《诗集序》一首,入之《类纂》。外此则凌玉垣荻舟,亦有文集,吾尚未见。罗庶丹颇称袭(龚)枚长文才可方容甫,吾钞其《耕如室文》若干首,拟入《麓西杂志》,览其词采,庶几作者之才也。

十二月三十日记

作者简介:

乔一明,1994年生,河北石家庄人,广西师范大学文学院博士研究生。研究方向为先秦两汉文学。

《理瀹骈文》叙录

张璐砾

内容摘要:《理瀹骈文》是清代吴师机以骈文形式撰写的医学作品,其版本流传颇多,影响深远。该书内容平仄对应,引经据典,词藻华丽,展现了吴氏深厚的文学功底,其将平实的医理文学化,具有创新性、艺术性和实用性,对骈文和医学的研究有重要的价值。

关键词:《理瀹骈文》;吴师机;中医

一、 作者生平

吴师机是清代浙江著名的文学家、医学家,钱塘(今浙江省杭州)人,名樽,又名安业,字师机,又字尚先、杖仙,晚号潜玉居士、潜玉老人,生于清代嘉庆十一年(1806)农历九月十二日,道光甲午年(1834)举人,官内阁中书。道光甲辰年(1844)侨寓扬州,咸丰三年(1853)因扬州、南京被太平军攻陷,吴氏与其母亲、胞弟避乱于泰州,同治四年(1865)重返扬州,创设存济药局于仙女庙,施医赠药,晚年栖居于扬州府公道桥寿草堂,享年89岁。①

吴氏出生于文学世家,其祖父吴锡麟,字圣征,号榖人。乾隆四十年(1775)进士,授翰林院编修,后任国子监祭酒,工骈文,为清中叶骈文大家。与厉鹗、钱戴、王又曾、袁枚、严遂成并称为"浙西六家"。著有《有正味斋集》《有正味斋文续集》《有正味斋尺牍》《有正味斋曲》《有正味斋南北曲》《有正味斋诗》《有正味斋诗集》《有正味斋赋稿》和传奇《渔家傲》等,还曾誊抄清代叶桂著的《妇科宝案》,现存于苏州大学图书馆。其父吴清鹏,字程九,号西榖,嘉庆二十二年(1817)进士丁丑科一甲第三名,官至顺天府丞,解组后,主讲乐仪书院,著有《芴庵诗钞》《吴氏一家稿》等。此外,其吴氏家族还创作了许多诗词作品,如《吴氏一家稿》载:"总为《吴氏一家稿》者,先箬村公存有《访秋书屋遗诗》四首,大兄《小西山房遗诗》十一首,三兄《灌园遗诗》一册、《试帖》三十首,四兄近作《梦烟舫诗》一卷,八兄《壶庵遗诗》二卷、《骈体文》二卷,卷页较少,难于专行,因附刊后。鹏前刻《笏庵稿》二十七卷,亦加删改,定存古今体诗二十卷,试帖一卷,重刊附后,并附两儿《小斜川室初稿》二卷、《小鄂不馆初存诗》二十首、侄《秋雪山房初存诗》十三首,俾后者

① 〔清〕龚家俊修,李榕纂《杭州府志》卷一百五十,民国十一年铅印本。

知家学之有自,无堕弃云尔。”①吴氏从小受到家族的熏陶,耳濡目染善于诗词骈赋,不仅有诗词文集,还有医学作品,如《小斜川初存诗》《理瀹骈文》《理瀹外治方要》《理瀹骈文摘要》《重刊廿一膏良方》等。其中,《理瀹骈文》是以骈文形式撰写的医学论著,阮序亭曾赞许道:“是文包罗百病,说理精深,书卷之窗,笔力之道,卓然超出时流之上,不朽之业也。”②可见,《理瀹骈文》文采斐然、内容广博、论病精深,是一部重要的医学著作。

二、版本流传与编纂体例

《理瀹骈文》原名《外治医说》,但此书初刊时未得到重视,“《外治医说》刊既成,时贤皆云不甚解,其欲得吾之说者,则但取其方而已。予知说之不行也,而要未肯遂弃,爰改名《骈文》。借《子华子》‘医者理也,药者瀹也’之句,摘理瀹二字,以题其篇。”因此,吴氏遂将书名改为《理瀹骈文》“聊以疏瀹,借以自娱,并冀知文者鉴焉。”此后,该书得到了后人的追捧,刊刻和传抄《理瀹骈文》的版本众多。清代和民国诸多书目记载了此书,如《清史稿·艺文志》载:“《理瀹骈文》二卷。吴尚先撰。”《清史稿艺文志及补编》载:“《理瀹骈文》不分卷。吴师机撰。”《八千卷楼书目》载:“《理瀹骈文》一卷。国朝吴师机撰,刊本。”《大公图书馆藏书目录》:“《理瀹骈文》无卷数。四册,同治甲子年家刊本,清钱塘吴师机。”据不完全统计,现存的版本有二十余种,如1.清同治三年(1864)海陵理瀹斋刻本,藏于南京中医药大学图书馆。2.清同治三年(1864)刻本,藏于苏州图书馆、广州图书馆、内蒙古自治区图书馆。3.清同治三年(1864)抄本,藏于孔子博物馆。4.清同治四年(1865)刻本,藏于中国中医科学院图书馆、天津中医药大学图书馆、金陵图书馆、扬州市图书馆、南通大学图书馆、苏州大学图书馆。5.清同治九年(1870)刻本,藏于湖南省图书馆。6.清同治扬州云蓝阁刻本,藏于南京中医药大学图书馆。7.清同治刻本,藏于宁波市图书馆、宁波市天一阁博物馆、嘉兴市图书馆、勉县图书馆、复旦大学图书馆、福建省图书馆。8.清光绪元年(1875)杨城南皮市武林云蓝阁刻本,藏于中国中医科学院图书馆。9.清光绪元年(1875)刻本,藏于天津医学高等专科学校图书馆、山西省图书馆、苏州图书馆、孔子博物馆。10.清光绪三年(1877)刻本,藏于孔子博物馆。11.清光绪三年(1877)吴县潘敏德堂刻本,藏于辽宁省图书馆。12.清光绪五年(1879)婺源王雁臣刻本,藏于中国中医科学院图书馆。13.清光绪五年(1879)刻本,藏于内蒙古自治区图书馆、山西省图书馆、苏州大学图书馆、南京中医药大学图书馆。14.清光绪五年(1879)王宾刻七年(1881)王宗寿续刻本,藏于宁波市图书馆。15.清光绪六年(1880)刻本,藏于天津中医药

---

① 〔清〕吴清鹏编《吴氏一家稿》,咸丰五年钱塘吴氏刊本。

② 〔清〕吴师机编《理瀹骈文》跋,清光绪元年杨城南皮市武林云蓝阁刻本。本文所引《理瀹骈文》皆出于此版本,下文不再注释。

大学第一附属医院图书馆、苏州大学图书馆。16.清光绪七年(1881)王宗寿刻本,藏于河南中医药大学图书馆。17.清光绪七年(1881)广州爱育堂刻本,藏于中国中医科学院图书馆。18.清光绪七年(1881)刻本,藏于南京中医药大学图书馆。19.清光绪七年(1881)扬州存济堂刻本,藏于南京中医药大学图书馆。20.清光绪十二年(1886)扬州存济堂刻本,藏于中国中医科学院图书馆。21.清光绪十二年(1886)刻本,藏于天津医学高等专科学校图书馆、吉林省图书馆。22.清光绪刻本,藏于中国中医科学院图书馆。23.清刻本,藏于中国中医科学院图书馆、嘉善县图书馆、福建省图书馆。可见《理瀹骈文》版本众多,吴氏称“是书之成,历二十年,一字一句,皆具苦心,十数易其稿,三锓其板,时有改窜,亦时有增益,而意犹未惬也。”该书刊刻后,吴氏不断调整和完善内容,推广传播外治法及膏方,以期满足临床需求。

三、价值意义

1.**创新性**。骈文是以骈体句式为修辞特点的文体类型,起源于汉代,在南北朝时期比较盛行,多用于古代公文和文学作品中,而医学著作中鲜有使用。吴氏自小研习骈文,“学简文劝医之作”,南朝梁国简文帝著《劝医论》也是用骈文撰写,“此篇为骈体者,亦欲与文人商其事耳,不必医者之知其说也。与简文之《劝医》异”。而《理瀹骈文》不仅载方还详论其理。“盖以家传此体,幼尝习之,聊拟一篇就正于世,勿以医论”。其以骈文撰写的《理瀹骈文》,虽吴氏强调“勿以医论”,但其内容与医学密切相关。可见,《理瀹骈文》不仅仅是医学著作,更是文学作品,是医学文体的又一次突破。另外,就内容而言,《理瀹骈文》原名《外治医说》,“诚以外活一门,前人所略,然其方散见于诸书,尚可搜集”。因此,吴氏收集整理前人外治经验,阐发其原理,著成该书,跋中记载“而用者不必皆此也,传之则虑其有误,而或贻人口实,弃之则又自惜焉。”该书刊刻出版后,因其书内容阐释“予虽自信膏药之愈人病无异汤药,即举其理而立其法矣”。而当时的医学界仍以汤药内治为主,吴氏的外治膏方虽然疗效显著,“月治数千人”,仍受到当时医家的质疑,被称为“外治为欺人之术”,未得到医学界的认可。因此,吴氏不愿与世医辩驳,索性以文体命名,“予知说之不行也,而要未肯遂弃,爰改名《骈文》”。将《外治医说》改名为《理瀹骈文》,据《子华子》曰:“医者理也,药者瀹也。”即以骈文形式论述医药理论,可见,该书是独具一格的骈文专著。

2.**艺术性**。《理瀹骈文》平仄对仗、句型多样、辞藻华丽、博古喻今、比兴象征,其修辞艺术手段,将平实的医理诗化,颇具欣赏价值。如“嗟呼!金液徒闻,玉版空在。三医之谒,谁是神手?一药之误,每欲噬脐。夙披古籍,仰企前修”。“嗟呼!”作为领句,使用四四句型,平仄平仄,仄平仄平相对应,表达了吴氏叹息《玉版论要》被束之高阁,和仰慕古代名医,不断学习医理的渴望。吴氏文学功底深厚,文中多处引用典故。如"昌阳豨苓欲反韩公之论;楮实姜豆、恨乏廷绍之才"。此句引用唐代韩愈《进学解》:"而訾医师以昌阳引年,欲进其豨苓也。"豨苓,即猪苓,此句讥讽以猪苓延年益寿。吴延绍乃唐代的名医,《十国春秋》记载其使用楮实汤治疗唐代烈祖李昪的喉噎病,用甘豆汤治疗冯延巳的脑痛病。以隐喻的笔法描述膏药疗病效果显著,却仍被世医讥讽。"是以郭玉治病,多在贫贱,元素处方,自以为法",汉代的医家郭玉医术精湛,医德高尚,多为贫苦人民施医赠药。金元四大家之一的张元素,认为"古今异轨,古方今病不相能也"。发挥了脏腑辨证论治和创新了用药法象,成为易水学派的开山宗师。吴氏通过此句表达了其立志推广膏方,传播外治法,以救黎民于疾苦。可见,吴氏将医与文融合,风格独特,以骈文形式彰显医学魅力,不仅被文人仕士接受及认同,还提高了医学的社会地位。

3.**实用性**。骈文言简意赅,字句顺畅,读起来抑扬顿挫,起伏跌宕,朗朗上口,如金石般铿锵有声,便于记诵。如"外治之理,即内治之理。外治之药,亦即内治之药",用四五、四六押韵的句式,词性对称,意义对举,强调了吴氏外治法与外治法原理一致的观点。在临床的治疗用药上,"膏与药分为二,临症活变在此","有膏自膏药自药,以相反相济为用者。有膏即药药即膏,以相佐相益为用者"。吴氏运用对比的文字,表达膏和药的区别与联系。"膏有上焦心肺之膏,有中焦脾胃之膏,有下焦肝肾之膏。有专主一脏之膏,脏有清有温,有专主一腑之膏,腑有通有涩。"吴氏使用八八押韵的句型,指导临床使用上焦、中焦和下焦膏药。七五押韵的句型,提出脏和腑的不同,心、肝、脾、肺、肾等脏器使用的膏药以清和温的功效为主,而胃、胆、三焦、膀胱、大肠、小肠等六腑使用的膏药以通和涩为主。可见,吴氏文字"见浅见深",不仅有利于记诵,更有利于指导临床实践,其"外治之理即内治之理""制膏加药之法"为当代外治透皮疗法奠定了理论基础。

综上,吴氏精于文学,长于医学,其骈文与医理相融,将骈文的各种文体在医学创作中展现得淋漓尽致,《理瀹骈文》体现了其个人对医理的见解与体悟,在医学和文学研究中均具有重要的价值。

附录:

序

许楣

人在气交之中,凡呼吸吐纳之气,皆天地之元气也。其或疾风暴雨,祁寒溽暑,山岚瘴疠之所触迕,以及情志之自贼,饥饱劳役之伤,卒暴之变,元气因之而戕,则病生焉。内中乎藏府,而外发乎肢体,治之者亦遂以内外殊科。汤液内治者也,外治则薄贴为多。治外而舍其汤液者有之矣。天不爱道,而钱塘吴君尚先始专用薄贴以治内,则伊古以来未之有也。君负济世之志，而啬其用于医。比年辟地海陵之东北乡，以薄贴施病者，常十全杏林之间，亦既不言而成蹊矣。顾或者疑之，疑夫内治者之何以能外取也？不知亦取诸气而已矣。今夫当风而浴则寒气得而入之，触暑而行则热气得而入之。入之者在内，其所以入之者外也，非内也。人身八万四千毫孔，皆气之所由出入，非仅口鼻之谓。其可见者，热而汗气之出也，汗而反气之入也。草木之菁英，煮为汤液，取其味乎？实取其气而已。气与病相中内治无余事矣。变汤液而为薄贴，由毫孔以入之内，亦取其气之相中而已，而又何疑乎尔？虽然，君之学则未尝教人以外取也。间出其所为《理瀹骈文》示余，受而读之，见其自《灵》《素》而下，博采约取，囊括靡遗，而不欲人徒重其方意可知矣。然而断断然出于外治者何哉？以为读吾之书而有得焉，则于外治非弋获，即改而从汤液奚不可也；未之有得，则姑用吾之治以为治，有不中，去之无难，可以收汤液之利而无其害。君之用心可谓仁且智矣。余愚不知医，君辱不余鄙而委以序，因为发明外内一贯之理，而要其归于气。其亦有听然而笑者乎！

同治三年鞠有黄华之月，海宁许楣书于南通州旅次之存悔斋

序

高桥散人

余性好医，知医之难未尝妄为人医。今老矣，阅历益多，更不敢谈兹事，惟以诗遣兴而已。从弟尚先著《外治医说》，刊既成易名《骈文》，属余序言。余观之窃以为可不序也，文已详之矣。然其中有不必论者，亦有不得不为之辨者。夫其所述天地万物之理，贤圣授受之心，学人格致之功，乃医之本也。知者自知，不知者自不知也，信者自信，不信者自不信也，此不必论者也。而其为法，则于前人诸家外，独辟一门，人人共见其无害者也。而或以为虽无损于人，亦无益于人，此不得不为之辨者也。吾谓其书，足比邵子蠢子之数。方今医学失传久矣，苟中材以下贫无所借，俾习其术以养其生，不至重衣食而轻人命，即使无动。而阴受其功者多矣。况施济有年，实有可凭者乎。夫蠢子数，数之有验者也，故人多学其法。至数之与皇极经世同出于一原，则亦非上智不悟云。

同治三年甲子四月，高桥散人书

序

吴官业

客有问于余曰："古以医书为活人之书，若君兄之《理瀹骈文》者其果能活人耶？"余曰："能活人。"客曰："何以征之》"余曰："于吾兄之所以施治者而征之。"客曰："施治如何？"余曰："泰之东北乡曰俞家垛，吾兄与余奉母避乱之所居也。余橐笔处州幕，兄在乡自制膏药以为施治。余以时归省，得见兄之所为施治者。下河数百里，间为庄者一千五

百有奇,凡佣值力作之壮男健妇,以及衰老幼稚,居湫隘卑湿之地,而又时为寒暑所侵,内而心腹之患,外而头面身体肌肤之疾,往往困于力之无如何,委而不治者半。或力能治矣,数医而无验,亦自惜其药之徒费而不复治。闻有施者,相率而就,日或一二十人,或三四十人。人情莫不安于药饵,狃于其所常而疑于其所异。彼夫病之久且深者,初请得一纸膏以去,窥其意若不甚释。然至三四易,已脱然踵门而谢曰:'吾谒所谓高手者多矣,此独不烦饮药,不待切脉,窃以为疗之难,而竟得愈之易也。'告于其所亲,来试之而果验焉,所亲更告于其所知,来试之而又验焉,以是信日益多,传日益广。凡远近来者,日或一二百人,或三四百人,皆各以时聚。有舁有负,有扶掖有提携,或倚或蹲,或立或跪,或瞻或望,或呼或叫,或呻或吟,或泣或啼,拥塞于庭,待膏之救,迫甚水火。斯时在旁观者,莫不慨息,以为绘流民之图,开赈饥之局,不过如是。深虑一人诊视之难,而力之有所不暇给也。而吾兄则自晨起,以次呼立于几案前,令自述病因,侧耳听之,若宜补,若宜泻,若宜凉,若宜温,略一视颜色,指其部位,分别散给,有重症急症,膏外加以药,不半日而毕。自来医未有如此之捷简者,月治数千人。但有所忌于人,无所怨于人,则膏之能活人可知也。吾兄尝语余曰:'医于外症易,内症难,实症易,虚症难,吾之此膏,焉能必应?然治得其通而所包者广,术取其显而所失者轻。可以藏拙,可以观变,可以补过,可以待贤。有谓吾取巧者,吾岂敢取巧哉?吾亦求其心之安而已。'噫!是即吾兄用膏施治之本意也。夫亦即此书之所以为活人也。"夫客欣然心悦而退。适鸠工既竣,吾兄命余弁言,遂书其与客问答者如此。医小道也,而修德积善之方在焉。风尘扰扰,我子若孙,其克守此以保家,或不仅为耕读之一助也乎?

岁在甲子孟夏之月,官业谨识于海陵寓斋之小鄂不馆

跋(一)①

《外治医说》刊既成,自维师心自用,岂能无见责于诸贤。然内治正也,外治变也。知其正者,未尝不可参乎变也。予虽自信膏药之愈人病无异汤药,即举其理而立其法矣。而特以方之沿袭附会者多,犹未能一一精也。其精者,用之自无待于增减也。而不精者,则非增减而不能用也。而用者不必皆解此也,传之则虑其有误,而或贻人口实;弃之则又自惜焉。不揣鄙陋,改名骈文,盖以家传此体,幼尝习之,聊拟一篇就正于世,勿以医论也。或取其理与法而方且阙疑云。

同治三年甲子四月朔旦尚先氏自跋于海陵寓居之理瀹斋

---

①〔清〕吴师机编《理瀹骈文》,清光绪七年广州爱育堂刻本。

跋(二)

《外治医说》刊既成,时贤皆云不甚解,其欲得吾之说者,则但取其方而已。予知说之不行也,而要未肯遂弃,爰改名《骈文》。借《子华子》“医者理也,药者瀹也”之句,摘“理瀹”二字,以题其篇。明外治亦有理,聊为疏瀹藉以自娱,并冀知文者鉴焉。

同治四年九月朔旦尚先自跋于潜玉之斋

跋(三)

古云:“施药不如传方。”局中二者并行,合药施送,以救目前穷人之疾苦。刊书传播,令天下皆得观览。有不信者,自有信者,不必人人皆信也。惟独力难遍,及道路远隔,又往往不能寄。如有能翻刻者,实余所深望。盖乡村寒士,托医术以谋生者甚众,得此法而遇疑险之症,可不至于枉人。若药肆有合诸方售者,多寡人皆可买,亦为有便于民也。

现在山东、安徽、汉口、上海、常州等处医家,有用吾法者,药店亦有用余方合者,皆友人在此目睹其效,携书至彼所传也。

闻潞安赵太守欲将此书改雕大字,存板于学官,俾诸生刷印。以诸生多聪明达理之士,能知文,自能知医,不以内科分别也。医师列于天宫,调和王躬,兼养民病。方周之时,其职甚重。在宗亦有翰林学生之选,十道六通之试。

宋太宗校医术人,优者为翰林学生。仁宗诏试医官,须引《医经》《本草》以对,每试十道,以六通为合格。

固应储材以待。而外治一法,于事亲之道尤宜。昔宋陈直撰《奉亲养老书》,言高年不可乱投汤药,因著食治之方,医药之法,摄养之道。至正时,范阳张壬宏命工镌梓于学官。赵君今倡此举,乃与张合,其所见大,非徒为余书翻刻者也,因并书之。

同治九年六月,安业识于有正味斋传砚之室

跋(四)

是书之成,历二十年,一句一字,皆具苦心,十数易其稿,三锓其板,时有改窜,亦时有增益,而意犹未惬也。诚以外治一门,前人所略,然其方散见于诸书,尚可搜集。且方者仿也,即举一以例余,亦不嫌于挂漏,善悟者自能推也。所难者发明其理耳。苟非屏去雷同,独探幽奥,无悖圣经,有裨世道,不必作也。自渐浅学,徒费空言,乃挟此意以就正时贤。合志者甚鲜,或拘守旧编而不知所变也,或但取其方而不知求其理也,或知理之当然,而不知所以然也。其以外治为欺人之术,药不对症,试之无验,与不解“外治”二字之义,而目为疡科者,固可不议也。老辈中蒙嘉赏者,许滇生、乔鹤侪、许辛木三先生而已,愧未能副耳。

友人阮序亭曾以鹤翁书示余,云:是文包罗百病,说理精深,书卷之富,笔力之道,卓然超出时流之上,不朽之业也。

理无穷尽,衰老不能更进,思张子和之书,为儒生桑氏所润色,心窍慕之,恨未之遇也。此二十一方之刊,聊徇世情,并非定本。其理在“骈文”,其制膏加药之法在“略言”,能手可自为之。然识者见此,不免笑我为画蛇已了,又添足也。

同治九年秋七月安业复识于扬州之寓斋

作者简介:

张璐砾,1981年生,广西宾阳人,博士后,医学博士,广西中医药大学教授,主要研究方向为中医学和文献学。

清代骈文论略

唐克浩撰　邓梦园整理

解题：

本文原刊于1937年出版之《正风文学院丛刊》第1期，为作者论述清代骈文发展及选本之文。作者认为，清代三百年间，骈文作家及作品众多。清骈文发展如唐诗有初盛中晚阶段，分为开国之初、乾嘉盛世、道咸之际和同光期间。开国之初，陈维崧、陆繁弨、胡浚等人创作骈文以工于藻饰、繁丽为主，惟毛奇龄作文整散兼行；乾嘉盛世，名家辈出，出现了洪亮吉、孙星衍、袁枚、阮元、邵齐焘、孔广森等一批骈文作家，骈文创作繁盛，以自然雅丽为主要特点。仅汪容甫一扫浮靡繁缛之习，独写孤踪，自成高洁；道咸之际，渐谋革新，骈文文风改变，刘开、梅曾亮、王闿运、王先谦等人文章工致清丽，皮锡瑞更是尽扫靡音，独弹古调；道咸之后，靡成兀傲，作家工于造句，拙于谋篇。清朝之时，骈文选本远超前代。张之洞《书目答问》著录清骈文家二十人，以诗评各家，本篇作者将诗评附于文章之末，借以总结清骈文发展各阶段创作特色。

文章之兴，其于皇古之世乎，《周易》曰：物相杂，故曰文。夫虎豹之鞟，殊犬羊者，文之炳蔚也；金石之响，逾土缶者，声之镗鎝也。六经垂教，而赞《易》乃用偶语，删《书》弗尚单词。《春秋》之教，著以属辞比事，其他《诗》《礼》之俪词，更难偻指。此何故欤？盖言为心声，心未有不欲美欲和者也。刘彦和曰："夫玄黄色杂，方圆体分，日月叠璧，以垂丽天之象；山川焕绮，以铺理地之形，此盖道之文也。"是知黼黻青黄，亦未可斥为炫人耳目矣。有清三百年间，篇章之道，莫不美超前代，而骈俪之文，或胎息汉魏，或规抚唐宋，握珠抱璧，类有其人。张文襄《书目答问》著录二十家，曰毛奇龄、胡天游、胡浚、邵齐焘、王太岳、刘星炜、朱珪、孔广森、杨芳灿、汪中、曾燠、孙星衍、阮元、洪亮吉、凌廷堪、彭兆荪、吴鼒、刘嗣绾、董祐诚、谭莹。攀龙一髯，得凤片羽，盖犹未尽之也。谭献《复堂日记》，谓姚燮《皇朝骈文类苑》所录，不愧八代高文，为唐以后所不能为者，仅十五篇，曰纪昀《四库全书进表》，胡天游《拟一统志表》《禹陵铭》，胡浚《论桑柏土官书》，陆繁弨《吴山伍公庙碑文》，吴兆骞《孙赤崖诗序》，袁枚《与蒋苕生书》，汪中《自序》《汉上琴台之铭》，孔广森《戴氏遗书总序》，阮元《叶氏庐墓诗文序》，张惠言《黄山赋》《七十家赋钞序》，孙星衍《防护昭陵之碑》，乐钧《广俭不至说》。然余读《类苑》全书，其中文质相宜，不戾于古者,亦不止此。洪北江为广大教主,其与孙季逑诸书,岂唐以后所能为耶?窃谓有清一代之文,亦如唐诗之有初盛中晚。开国之初,鸿博诸公,举工缛丽,宦窔之辟,其在斯乎?此一时也。乾嘉盛世,稽古右文,汪洪挺生,名家辈出,风气所趋,蔚成大雅,此一时也。道咸而后,海疆多故,朝廷政事,渐谋革新,士夫濡染,文风亦变。降而同光,靡成兀傲,此又一时也。兹篇所述,随笔移录,且各家专集,汗牛充栋,敝笥藏弆,未及什一,则其疏陋,又奚待言,千虑之得,是所望于大雅之垂教焉。

开国之初,竞尚武功,词林风气,尚沿明习。博学鸿词诸公,如陈维崧、陆繁弨、毛先舒、尤侗、胡浚辈,举皆钻仰六朝,工于藻饰。迦陵更瓣香徐庾,虽窥堂奥,然句调甜熟,其书札略工整。而王蔺泉遽谓唐以前未敢知,唐以后七百年来,无此等作。当由两宋以来,四六以排比粗率为工,割裂经文,生吞成语,汉魏之浑朴,六代之工丽,唐人之精洁,皆成广陵绝响。迦陵偶工属对,遂惊为七襄云锦手,而终非当行也。迦陵亦自谓胸中尚有三千首骈文,未曾写出。意其写出,亦不过尔尔。然其工力悉敌处,亦足起杂驳杂枯槁之病。若拒石、稚黄辈,其又为迦陵附庸乎。希张颇病叫嚣,姚复庄谓其浮言满纸,古意荡然。虽诋諆太过,然希张固亦少佳制也。西堂才气远出,而浮滑轻倩,当由以文为戏,遂致流于俳优。当时惟毛西河整散兼行,而有大气以包举之,杭堇浦清高有晋宋人风,胡稚威宗法宋人,虽锻炼未工,而气充言沛,如万斛泉。盖宋人四六,堆砌叫嚣,虽欧苏大户,而俪体一无足观。学宋至此,已青胜于蓝,取纯去驳,卓然成家矣。同时又如朱竹垞、陆丽京、彭羡门、吴汉槎、吴薗次辈,或能高唱入云,或工金荃丽制,而皆篇什不多,置之不论可也。

乾嘉之际,人文郅盛,汪容甫崛起广陵,一扫浮靡繁缛之习,《述学》外篇,独写孤踪,自成高洁。有清三百年间,可与抗手者,实鲜其人。而邵齐焘、刘星炜、朱珪、王太岳、袁枚、吴锡麒、孙星衍、王芑孙、洪亮吉、孔广森、阮元、杨芳灿、杨揆、曾燠、王昙、舒位、张惠言、吴鼒、李兆洛、刘嗣绾、乐钧、彭兆荪、郭麐、吴慈鹤、王衍梅、陈寿祺辈,皆鼓吹一时,抗衡千祀。就中论之,荀慈风骨俱飞,汉魏以下,齐梁以上,圃三石君,承明著作之才,典雅处何减燕许大手笔。子才天才俊佚,从横不可一世,惟时杂宋人句法,为白圭之玷耳。渊如有金石气。芥子幽燕老将,气自沉雄。縠人如鲍照五言诗,如周昉美人图,所不足者,调稍弱,气稍漓耳。惕甫海客狎沤,机心尽去。稚存无意不可入,无笔不可出,《卷葹阁集》出,人遂不敢卑为小道。巽轩清酒瓒卤,绝非世味。伯元大吕黄钟,俗耳骇走。蓉裳荔裳,二难竞秀,不下齐梁。宾谷一唱三叹,绕梁不绝。子潇铁人,惊才绝艳,若睹姑射神人。惟仲瞿奔放,勿蹈规矩,意者此君其患才多欤。皋文申耆,皆阳湖健者,选理既精,自超庸近。皋文赋尤汉魏以下所难能。山尊工力悉敌,芙初清洁。莲裳工丽,并足当行。甘亭清深渊雅,频伽闲主唐音,巢松云霞绮合,笠舫爽气扑人,恭甫甘白俱受。当此之时,复有味辛(赵)、芷生(沈)、立方(顾)、六士(杨)、次仲(凌)、朗甫(金)、梅史(查)、菽堂(朱)诸君,相与骖靳其间,而巽轩之甥朱沧湄,亦能传孔氏衣钵。惟彭元瑞《经进稿》,犹用宋法，然一茅一菼，入茧而化，下里之音，无由振嗓，以当盛唐之诗，诚无愧色。其中尤以巽轩、稚存、渊如诸家，为胎息入古，当由深于故训，邃于学养故也。而袁子才之似胡稚威，王笠舫之似王仲瞿，姚梅伯之似彭甘亭，亦犹玉溪诗格，原本少陵；阮公五言，嗣音彭泽。性情之间，自有沆瀣欤。

道咸之间，作者有刘开、梅曾亮、陈文述、董基诚、董祐诚、黄安涛、龚自珍、曹堉、陈均、钱仪吉、黄金台、袁翼、方履篯、姚燮、洪龄孙、洪符孙、谭莹，后则董兆熊、何栻、谢质卿、刘履芬、王诒寿、赵铭、郭传璞、周寿昌、王闿运、皮锡瑞、傅桐、李慈铭、谭献、张之洞、缪荃孙、张鸣珂、屠寄、樊增祥、易顺鼎、王先谦等。而孟涂、伯言、定庵、新梧、益吾诸公，皆以散文家兼擅骈文者也。其中以孟涂恢肆，子诜方立渊雅，彦闻惇穆，玉笙清疏，梅伯警丽，荇农莼客博艳，湘绮腴色古情，桐孙味琴揖让诸贤，自铸伟词，孝达壮采珊然，复堂精思若接，艺风实甫，宗法晚唐，句调稍弱，而鹿门之尽扫靡音，独弹古调，尤为近代所罕觏。余子碌碌，以方附庸。吾尝谓道咸以后作者，工于造句，而拙于谋篇。惟鹿门湘绮，开阖自如，差足继古。又士夫习气，皆务识草玄之奇字，搜汲冢之佚书，在学术为创获，在词章为一病，如味无味斋太华峰头作重九图，全篇逸气逼人，如听成连之奏，乃开端即用嵚巇屹巎巑岏巉嶙八字，亦殊累叠无味。降而寒松阁、结一宧，新派渐成，益为强弩之末，由其欲别辟蹊径，变而不能通耳。然经生家多工为骈体，若毛大可、汪容甫、孙伯渊、孔巽轩、阮芸台、洪北江、凌次仲、张茗柯、皮鹿门，皆以一代经师，作骈文宗匠。盖篇章之道，贵以意使辞，浅学之徒，獭祭徒工，下笔宁有佳制耶。若数公者，博极群书，深于训诂声音之道，宜乎后世讽其遗文，上口琅琅，层台独步也。

有清三百年间，造述之盛，既如上述。抑萧楼遴选，亦超前代。其移录本朝人文者，有曾宾谷之《骈体正宗》十二卷，以南以雅，俗响顿空。所著录有毛大可、陈其年、毛稚黄、陆丽京、吴汉槎、吴庆伯、胡稚威、杭大宗、胡希张、黄唐堂、袁子才、王芥子、邵荀慈、刘圃三、朱石君、吴榖人、汪容甫、杨蓉裳、杨荔裳、赵味辛、沈芷生、顾立方、杨六士、孔巽轩、孙季逑、阮伯元、王惕甫、洪稚存、凌次仲、朱沧湄、刘芙初、吴山尊、乐莲裳、金朗甫、查梅史、彭甘亭、胡以庄、朱萩堂、郭祥伯、顾千里、吴巢松、汪仲素、陈和叔诸家。姚梅伯尝为评点，至张公，束乃取曾宾谷、刘金门、王仲瞿、陈云伯、孙子潇、李申耆、陈恭甫、黄霁青、金亚伯、沈匏庐、王笠舫、刘孟涂、胡时棟、梅伯言、董子诜、董方立、徐辛庵、洪幼怀、陈受笙、曹稼山、龚瑟人、蒋子潇、钱新梧、黄鹤楼、宋确山、袁榖廉、董梦兰、谭玉笙、何廉昉、冯林一、许绮汉、黄均甫、谢蔚青、姚梅伯、汪梅村、顾子山、俞曲园、李冰叔、蔡听香、杨季仇、顾道穆、刘彦清、褚二梅、洪子龄、顾祖香、王眉叔、徐兰史、赵桐孙、郭晚香、汪榖盦、张蕴景、缪馨吾、李爱伯、谭仲修、沈蒙叔、许竹篔、张子虞、易哭庵诸家，著为续编，以继曾氏，而芜杂不尽可读，盖以人存文者也。若姚复庄之《皇朝骈文类苑》，移录既富，自属瑕瑜互见，为卷十五，每卷一类，今刊本存十四卷十四类，盖姚氏未竟之编，存其目而未刊。张鞠龄乃搜付剞劂,仅得十九,故第一类之典册制诰文,竟付阙如(是类姚氏本未选)。张氏又亟于印行,未付校勘,讹误诚如落叶。其十五类之目,一曰典册制诰,二曰颂扬奏进,三曰书启,四曰序,五曰记,六曰杂颂赞铭,七曰论古文,八曰碑记,九曰墓碑志铭,十曰哀诔祭文,十一曰赋,十二曰释难,十三曰笺牍,十四曰寿文,十五曰杂体文,分类亦远不及王氏《类纂》之精当。其著录之文,凡百二十五家,始和硕履亲王允祹,终乔洲鹭,中为多罗质郡王永瑢、毛大可、朱锡鬯、尤同人、高澹人、胡雪持、杭大宗、齐次风、邵与桐、钱竹汀、陈句山、王孙同、程启生、叶鸣周、陈敬堂、吴西林、袁简斋、姚姬传、邵荀慈、刘圃三、朱石君、吴圣征、洪北江、孔众仲、王以除、胡希张、严海珊、沈峙公、秦树峰、陈楞山、杨蓉裳、彭湘涵、王良士、刘方来、黄雩青、陈其年、毛驰黄、吴汉槎、陆丽京、马力本、马佩兮、汪容甫、杨同叔、张皋文、赵亿孙、沈芷生、曾宾谷、顾立方、孙季逑、阮伯元、王念丰、凌次仲、朱沧湄、吴抑庵、金朗甫、刘醇甫、查梅史、乐元淑、朱右甫、顾千里、郭祥伯、吴均皋、王律芳、沈补堂、董方立、李申耆、曹稼山、方彦闻、金亚伯、胡书农、厉太鸿、秦小岘、黄石牧、陈退庵、宋确山、孙子潇、黄鹤楼、陆拒石、张度西、焦虎玉、恽子居、潘四农、汪茗文、徐位山、沈归愚、李铁君、梁仙来、张舆辉、车彬若、黑璃石夫、边赵珍、周心罗、焦里堂、张秋水、姜西溟、王基平、杨与岑、张孟平、王葑亭、邵子政、李巨州诸家(按此乃依录文先后编次,非依时代先后也),都文五百三十二篇,杂投玉石,不尽名家。吴山尊选问字堂、卷葹阁、仪郑堂、思补堂、玉芝堂、西溪渔隐、小仓山房、有正味斋之文,为《八家四六文钞》。王益吾更取涂子诜、兰石斋、万善花宝、柏枧山房、梧生、思益堂、湘绮、琴鹤山房、湖塘林馆之文,为《十家四六文钞》,以继吴氏。二选披沙拣金,英采迸露,胜于茅鹿门之选唐宋八家也。惟山尊过推其师吴榖人,以为北斗南车,庸知祭酒在八家中亦不能称上乘乎。洪稚存评其诗,如青山绿水,尚未苍古,其文格亦可作如是观也。《复堂日记》曰:阅八家四六,子才气薉,荀慈体弱,然邵则正宗雅器,读《述学》一过,每展卷则心开目朗,不自知也,如释三九。《自序》《哀盐船文》《宋世系表序》《汉上琴台之铭》,振古奇作,《吊黄祖文》《广陵对》《黄鹤楼铭》《荀子通论》次之。八家中可与抗颜,《戴氏遗书序》《防护昭陵碑》而外,不可多得也。其评骘八家,颇称竺论。若后八家四六,则张寿荣刻《骈文类苑》,先成张皋文、乐莲裳、王仲瞿、王笠舫、刘孟涂、董方立、李申耆、金亚伯诸家,坊间遂以后八家单行等诸自刽,吾无讥焉。而王益吾之《骈文类苑》四十六卷,上溯屈宋,下及并世,去取之道,颇具义法。凡类十四,曰论说、序跋、表奏、书启、赠序、诏令、檄移、碑志、杂记、箴铭、颂赞、哀吊、杂文、词赋,而又别条细目,如论说之有文论、史论、杂论等,视姚氏《类苑》,已胜百倍。其清人文之入选者,有谷应泰、顾炎武、毛奇龄、陈维崧、胡天游、徐嵩、杭世骏、胡浚、王太岳、袁枚、邵齐焘、刘星炜、朱珪、吴锡麒、汪中、杨芳灿、孔广森、纪昀、张惠言、孙星衍、阮元、洪亮吉、凌廷堪、朱文翰、刘嗣绾、乐钧、陶澍、查初揆、彭兆荪、朱为弼、吴慈鹤、曾燠、李兆洛、陈寿祺、金应麟、刘开、梅曾亮、董基诚、董祐诚、陈均、龚自珍、钱仪吉、方履篯、袁翼、谭莹、谢质卿、洪齮孙、顾寿祯、赵铭、汪瑔、周寿昌、傅桐、孙鼎臣、郭嵩焘、李慈铭、谭献、王闿运、袁昶、许景澄、朱一新、缪荃孙、缪祐孙、蔡枚功、皮锡瑞、苏舆诸家，多至百余首，少或一二首，穷源探本，骈文星海也。至屠寄之《常州骈文》，则搜一郡之文献，罗先哲之遗书，虽选理未精，亦蔚为大观，其所著录者，有陈其年、刘圃三、秦树峰、叶翥凤、王侪侨、孙平叔、洪稚存、洪幼怀、洪子龄、孙渊如、赵味辛、恽子元、张皋文、张翰风、张子侨、李申耆、承守丹、陆祁生、陆劭文、杨蓉裳、杨荔裳、顾立方、刘芙初、方彦闻、方居征、董子诜、董方立、董晋卿、周保绪、刘麟石、钱申甫、汪岑孙、蒋小松、汪逸云、陆紫峰、庄卫生、庄仲求、汤秋史、杨听胪、蒋侑石、夏永曦、何廉昉、管才叔诸家，皆常郡人也。盖清一代词章之学，惟钱塘与阳湖最盛，亦犹倚声之有浙派、常州派也。惟同光之际，周自庵、王壬秋、皮鹿门、王益吾、易石甫，皆崛起湘中，搴沣浦之芳，乞灵均之佩，抑何楚人之多材乎。至遴选前代文者，有蒋士铨之《四六法海》（是书本明王志坚选，为心余所删评者），彭元瑞之《宋四六选》，张惠言之《七十家赋钞》，陈均之《唐骈体文钞》，王先谦之《骈文类苑》，中以蒋选张选王选为精。陈选本以继武李兆洛《骈体文钞》，虽意趣峻整，颇避甜熟，而去取颇失当。李氏《骈体文钞》，自辟窔宧，歧途尽失，虽分目过繁，而大体自佳，其上编曰庙堂之制、奏进之篇，铭刻、颂、杂扬颂、箴、谥诔哀策、诏书、策命、告祭、教令、策对、奏事、驳议、劝进、贺庆、荐达、陈谢、檄移、弹劾属之，中编曰指事述意之作，书、论、序、杂颂赞箴铭、碑记、墓碑、志状、诔祭属之，下编曰缘情托兴之作，设辞、七连珠、笺牍、杂文属之，盖李氏本病姚鼐《古文辞类纂》之枯淡无味，乃有是选，宜其玄箸超超，金声玉振也。

曾燠氏曰：古文丧真，返逊骈体，骈体脱俗，即是古文。吴鼒氏曰：以多为贵，双辞非骈拇，沿饰得奇，偶语非重台。吴育氏曰：人受天地之中，资五气之和，一言之中，莫不律吕和宫徵宣而不自知。或右韩柳而左徐庾，殆非通论。李兆洛氏曰：夫气有厚薄，天为之也，学有纯驳，人为之也，体格有迁变，人与天参焉者也。刘开氏曰：骈中无散，则气壅以难疏，散中无骈，则词孤而易瘠，两者但可相成，不能偏废。王先谦氏曰：文章之理，本无殊致，奇偶之生，出于自然。其钻仰斯文，允称通识。而阮文达公《文言》《文韵》两论，尤能穷文章之正变源流，不偏不党，斯亦清儒持论之胜于昔人者也。

往尝仿元氏论诗、厉氏论词、包氏论书之例，取张氏《书目答问》所列二十家，各系以诗，凡十五首，聊为更定，以殿吾篇。至于曾益未备，则愿俟异日。

毛奇龄

竿绵争唱秋笳集，沈博相传湖海楼。谁似先生兼整散，建安风骨世无俦。

胡天游　胡浚

竹岩驰骤稚威傲，天与山阴起霸才。拔帜自堪争一席，纷纷俗调不须猜。

邵齐焘　王太岳

朱弦疏越有遗音（陈宝琛《八家四六文注序》：邵编修齐焘，疏越朱弦，音希而远），简质清刚苦用心(荀慈《答王芥子书》:寻观往制,汎览前规,皆于绮藻丰缛之中,存简质清刚之制)。更有沈潜王芥子,词繁气葳辈金针。

刘星炜　朱珪

一代承明箸作才,苏张手笔自恢恢。汝南小学萧楼选,授受全椒学派开(吴鼒《八家四六文钞·思补堂题词》:吾乡人之治小学也,大兴朱文正公道之,知治选学也,武进司寇刘公道之)。

孔广森

宝树灵禽语最知(孙星衍《仪郑堂遗稿序》:尝见寄其甥朱沧湄舍人书,畅论宗旨,随检讨句云:"四围皆王母灵禽,一片悉姮娥宝树。"此调殊恶,若在古人,宁以两"之"字易"灵""宝"两字也),从来臭腐出神奇。七篇试读沧湄序,未许吾徒论少卑。

杨芳灿

狂香皓态世间无,江鲍流风尚未孤。一本梅花原不异,南枝开与北枝俱(指荔裳)。

汪中

如涂涂附亦称职,正始风流吾辈夸。此曲几成广陵散,章家一脉接谭家(复堂老人论文最推容甫,近人章炳麟氏,亦学此派而变焉者也)。

曾燠　吴鼒

瓣香争说为南丰,万古江流不废功。三百年间疏鉴手,八家法乳抑庵同。

孙星衍

校经赖有中年业,侧艳犹存少日诗(洪亮吉诗评:孙星衍观察少日诗,如天仙化人,足不履地)。古貌古心皆妩媚,后铭乐石此其师。

阮元

擎经室论最中肯,文韵文言笔底空。右史左图供吐属,名儒节概大臣风。

洪亮吉　凌廷堪

君为广大教化主,能说山川更说经(稚存游记极多且工,吴鼒《八家四六文钞》"卷施阁题词",自叙所著书与他人说书,多用偶语述其宗旨,然数典繁碎,初学效之,易伤气格,而破体例,窃以为刘知几后所不能为也)。我为老韩合一传,讵妨道法各门庭。

彭兆荪

天池泛颍两游记,此境倪迂画不成。诗品文心原一例,清深具眼定公评(龚自珍《己亥杂诗》注:清深渊雅,彭甘亭小谟觞馆之诗也)。

刘嗣绾

芙初书札最清研,可爱真如出水莲。六代高文试品第,此情合在义熙年。

董祐诚

文章风格数阳湖,张(皋文)李(申耆)洪(北江)孙(伯渊)调不孤。后起有人让方

(彦闻)董,少年如火更如荼。

谭莹

芬芳欲乞灵均佩,绰约真疑姑射神。君是佛家妙音鸟,声声度出软红尘。

作者简介:

唐克浩(生卒年不详),字敉之,江苏松江人。上海正风文学院学生,上海因社社员。1932年,与潘兰史、胡朴安、陈彦通等教员,杨恺龄、蒋廷猷、江克农等同学在上海创立"因社"。该社以诗词创作为主,编有《因社集》,为收录该社诸君诗词之作。

整理者简介:

邓梦园,1990年生,广西南宁人,文学博士,广西体育高等专科学校教师,研究方向为古典文献学。

理、辞、气：从《奉天改元大赦制》看陆贽制诰之文体特征

张 洁

内容摘要：吴澄认为陆贽之文“其学正，其识精，其气和，其辞达，故其所论深切著明”。作为陆贽制诰之文的代表，《奉天改元大赦制》具有鲜明的文体特征，本文即从情与理、辞达、气和三方面来总结陆贽此文的文体特征，“本于至诚”就陆贽写作初心而论，“情中化理”则就陆文说理的严密而言。“辞达”“气和”则主要针对陆文呈现出的外在句法和气势分析。以此说明陆贽制诰之文的可为后世“典范”之特征。

关键词：陆贽；制诰；情；理；辞；气

建中四年(783)十月，泾原军奉朝廷之命进击叛军，经过长安时，因赏赐过少而不满，士卒哗变，攻入长安城。唐德宗仓皇之下逃往奉天(今陕西乾县)，史称“奉天之难”。陆贽时任翰林学士，危难之时一直追随唐德宗，成为了德宗信任倚重的大臣。当时形势紧急，一日之内，诏书数百，陆贽“挥翰起草，思如泉注，初若不经思虑，既成之后，莫不曲尽事情，中于机会”①。唐德宗大小之事，“必与贽谋之”，故当时谓之“内相”。陆贽借唐德宗欲改元之际，说服德宗“引咎降名，深示刻责”，将诏书改为“罪己诏”，并执笔写下了这篇著名的制诰——《奉天改元大赦制》②，以稳定朝局民心。

对于此文，王夫之《读通鉴论》有过评价：“李希烈亘于中，朱泚内逼，天子匿于褒、汉，李楚琳复断其右臂，韩滉收拾江东以观成败，其有必亡之势十九矣。李晟、马遂以孤军援之，非能操全胜之势。而罪己诏一下，天下翕然想望清谧，陆敬舆之移主心以作士气、存国脉者，功固伟矣。”③可见此文作用和影响之大。

制诰，即为王言，是下发皇帝旨意于臣民的文书，具有权威性与典范性。而“罪己诏”是其中的一种特殊诏书，当朝廷出现问题、国家遭受天灾、政权处于危机时，帝王就要发布文书以自省或检讨过失、过错。宋人倪思认为，“文章以体制为先，精工次之……凡文皆然，而王言尤不可以不知体制”④。作为王言的制诰，要有明确的知体意识，而“知体得

① 陈焕良等点校《旧唐书·陆贽列传》，岳麓书社1997年版，第2378页。

② 王素点校《陆贽集》，中华书局2006年版。本文征引的陆贽公文均出于此版，不具体出注。

③〔清〕王夫之著，舒士彦点校《读通鉴论》，中华书局2013年版，第702页。

④〔宋〕王应麟《玉海》第6册，卷二〇二《辞学指南·制》，广陵书社2016年版，第3724页。

宜为难”①，但陆贽“其学正，其识精，其气和，其辞达，故其所论深切著明”②，是“知体得宜”的典范。学正、识精、气和、辞达，即理、辞、气三个层面。本文即以《奉天改元大赦制》为对象，考察陆贽的制诰之文体特征。

一、情与理

（一）本于至诚

“大抵策命之自有程式，唯诏诰一门，非镕经铸史，持以中正之心，出以诚挚之笔，万不足以动天下。”③林纾认为，制诰之文是面向百姓的下行文，目的是要争取人心，而要说服百姓、感动天下，非以“中正之心”“诚挚之笔”不可。

在说服德宗下达罪己诏时，陆贽上了一道奏议——《奉天论敕书事条状》，他说：“动人以言，所感已浅，言又不切，人谁肯怀？……良以诚不至者物不感，损不极者益不臻……悔过之意不得不深，引咎之辞不得不尽。……夫感者，诚发于心，而形于事，人或未谕，故宣之以言，言必顾心，心必副事，三者符合，不相越逾，本于至诚，乃可求感。事或未致，则如勿言。”陆贽认为，如果仅仅用言辞去感动人心，那收效甚微，如果言辞不够诚恳真挚，那百姓是不会怀德归附的。必须感同人心、心系天下，“本于至诚”“理由情生，情中化理”，才能求得感于人心，被读者、听者接受。

在《奉天改元大赦制》中，陆贽代德宗进行了深刻而诚挚的自我批评，如说自己（唐德宗）“长于深宫之中，暗于经国之务，积习易溺，居安忘危。不知稼穑之艰难，不察征戍之劳苦”“天谴于上，而朕不悟；人怨于下，而朕不知”“上辱于祖宗，下负于黎庶”，自我剖析，向天下谢罪。“征师四方，转饷千里。赋车籍马，远近骚然；行赍居送，众庶劳止。或一日屡交锋刃，或连年不解甲胄。祀奠乏主，室家靡依，生死流离，怨气凝结”，陈述战乱给百姓带来的痛苦和灾难，分析反省战争失利之因，勇于承担失利之责。分析事变则坦承“朕抚驭乖方，信诚靡著，致令疑惧，不自保安。兵兴累年，海内骚扰，皆由上失其道，下罹其灾”。并对天下作出郑重承诺，“可大赦天下，改建中五年为兴元元年。自正月一日昧爽以前，大辟罪已下，罪无轻重，咸赦除之……”字里行间尽显其痛切陈词、直言无讳之风，可见其“本于至诚”之心。

据统计，“诚”在陆贽《翰苑集》中共出现了274次，几乎每篇都有，是用得最频繁的一个字，这应该是陆贽有意为之，正是因为陆贽这种正心、诚心，真意笃志，才使得他的制

---

① 〔宋〕韩琦撰，李之亮等笺注《安阳集编年笺注》，巴蜀书社2000年版，第720页。

② 〔宋〕吴澄《陆宣公奏议增注序》，《吴文正集》卷一九，《景印文渊阁四库全书》第1197册，台湾商务印书馆1986年版，第213页。

③ 林纾《春觉斋论文》，人民文学出版社1998年版，第63页。

诰、奏议类文章精警感人。对此,《四库全书》有"真意笃挚,反复曲畅"的评价。苏轼《乞校正陆贽奏议上进札子》更是直言"德宗以猜疑为术,而贽劝之以推诚"。

(二)情中化理

刘勰《文心雕龙》:"夫奏之为笔,固以明允笃诚为本,辨析疏通为首。强志足以成务,博见足以穷理,酌古御今,治繁总要。"①"明允笃诚为本""辨析疏通为首",情和理需要充分融合。本篇在情感抒发的同时,有清晰详密的结构策略,达到了"情中化理"的巧妙结合。

本文共两部分:责己、改元大赦,在改元大赦部分,陆贽"正实切事剖析厉害",环环相扣又从容不迫:首先区分不同叛军将领并对其实行不同的赦免政策,宽严结合;其次表示将大赦天下,最大限度宽免贬谪官员和流放犯人,争取人心;然后就是奖赏有功和休养生息政策的颁布;最后显示革故鼎新的决心,并表达了求贤、举荐的愿望和要求。在行文最后,"大兵之后,内外耗竭,贬食省用,宜自朕躬",以皇帝自身为范,号召大家克己勤俭,轻徭薄赋。

责己部分以自省为主,"明允笃诚为本";改元大赦部分笔锋一转,"辨析疏通为首",清晰明确地提出接下来的解决方案,层次分明,正实切事。这一系列措施,也可让百姓看出德宗改元后,立志革除弊政、有所作为的决心。可谓制诰文书之典范。

作为面向百姓民众的制诏文书,最终要以说服人心为主,需要产生实际的效果,若只停留在文字层面,没有触动百姓,就不是成功的诏书。史载,《奉天改元大赦制》一经颁布,天下为之感动,顿时舆论转向、民心归附,"赦下,四方人心大悦。及上还长安明年,李抱真入朝为上言:'山东宣布赦书,士卒皆感泣,臣见人情如此,知贼不足平也。'"②而苏轼更是对陆贽此一诏书的实际效果评价道:"读《文侯》之篇,知平王之无志也。唐德宗奉天之难,陆贽为作制书,武夫悍卒皆为出涕,唐是以复兴。呜呼!平王独无此臣哉?"③诏书是帝王政治措施的载体,诏书的下达,会带来臣民的反馈,善政的下达,传达的是君王的仁德,有利于建立君臣之间良性的统治秩序。因此,制诏之文,以诚为本、佐以严密说理乃为文之法;传达君王仁德(政策),从而说服民心才是制诰的目的,诰类文章,是注重感发人心实际效果和君臣互动性实用性的。

二、辞达

吴澄在《陆宣公奏议增注序》中说,陆贽"其学正,其识精,其气和,其辞达,故其所论

① 〔梁〕刘勰《文心雕龙》,岳麓书社2004年版,第213页。

② 〔宋〕司马光《资治通鉴》(四),岳麓书社2016年版,第79页。

③ 舒大刚、张尚英《东坡书传》,舒大刚、李文泽《三苏经解集校》,四川大学出版社2012年版,第388页。

深切著明"，其认为陆贽奏议"深切著明"的一大因素在于"其辞达"。"辞达"最早出于《论语·卫灵公》"子曰：辞达而已矣"，宋代朱熹《论语集注》释："辞，取达意而止，不以富丽为工。"即为文辞能表达出主观旨意即可，没必要过度修辞或使用华丽的辞藻。

吴讷《文章辨体序说》：制诰类写作"辞必四六，以便宜读于庭。……制诰皆王言，贵乎于典雅温润，用字不可深癖，造语不可尖新……"[①]即从整体风格"典雅温润"、用字、造语等方面对制诰王言的作法提出了明确的要求和规范。唐代制诰类文体，仍以四六骈文为主流，但已出现改革的新气象，吴澄"辞达"、吴讷"典雅温润"等，显然是看到了唐代文人对骈体奏议的温和改良，傅璇琮即指出"中晚唐时，不论是翰林制诰、中书制诰，都出现骈散结合、文辞流畅的新风"[②]。

《奉天改元大赦制》体现了骈体奏议改良的特点，即虽仍以骈体为主，但摒弃了严格的四六对仗，句中出现了七字、八字、十字，甚至十言以上长句。尤其叙事时，多用长句散句，篇幅也极大加长了。如："其应被朱泚胁从将士官吏百姓及诸色人等，有遭其扇诱，有迫以凶威，苟能自新，理可矜宥。但官军未到京城以前，能去逆效顺，及散归本道者，并从赦例原免，一切不问。天下左降官，即与量移……"大赦天下时，根据各类人等所犯罪行，分别进行不同处置。纯是散文句法，这样的行文句法灵活，而文气贯通。

同时，此文一扫隶事用典、繁缛铺排之风，文辞更显典雅明快，畅如流水，指事陈实，具体而微，而又不觉其繁琐。尤其是自省部分，批判尖锐而恳切婉转且不晦涩，读来颇具感染力。如"然以长于深宫之中，暗于经国之务，积习易溺，居安忘危，不知稼穑之艰难，不察征戍之劳苦，泽靡下究，情不上通，事既壅隔，人怀疑阻，犹昧省已，遂用兴戎。征师四方，转饷千里，赋车籍马，远近骚然，行斋居送，众庶劳止。或一日屡交锋刃，或连年不解甲胄，祀奠乏主，室家靡依，生死流离，怨气凝结，力役不息，田莱多荒。暴命峻于诛求，疲氓空于杼轴，转死沟壑，离去乡间，邑里邱墟，人烟断绝"。语言平易朴实，"明白晓畅，用笔如舌"[③]，将德宗阍于国事而导致民不聊生的恶果一一铺陈开来，其自责、自省，可见一斑。因此，朱熹在《朱子语类》中评论："陆宣公奏议极好看。这人极会议论，事理委曲说尽，更无渗漏。虽至小底事，被他处置得亦无不尽。"[④]罗宗强则认为："陆贽奏议，虽用的是骈体，而已全无骈体文固有之用典繁赘晦涩与词采雕饰之通病，论事恳切，说理严密，叙事间以散行，加之以内容之切实，遂为历代论者所赞许……骈体发展至此，可以说已尽去骈体之一切弊病，而有骈体节奏感强、抑扬铿锵之优点，就其明白流畅而言，可以说，只差一步，就可与散体完全合而为一了。"[⑤]可见陆贽骈体奏议的改革和创新。此部

---

① 〔明〕吴讷、徐师曾《文章辨体序说·文体明辨序说》，人民文学出版社 1998 年版，第 115 页。
② 傅璇琮《唐宪穆两朝翰林学士考论》，《唐宋文史论丛及其他》，大象出版社 2004 年版，第 152 页。
③ 朱自清《经典常谈》，生活·读书·新知三联书店 2008 年版，第 89 页。
④ 钟哲点校《陆九渊集》，中华书局 1980 年版，第 3428 页。
⑤ 罗宗强《隋唐五代文学史》，高等教育出版社 1994 年版，第 368 页。

分学界研究成果诸多,不赘言。

三、气和

"气"是古典文学批评的一个重要理论范畴,曹丕《典论·论文》中首先明确提出"文以气为主",初步建立了"文""气"之间的内在联系,此处之"气"主要指作家们先天气质的外在表现,即作家才性有别,创作出的作品风格也存在差异。其后刘勰、韩愈、苏辙等在此观点上进一步拓展、深化,至韩愈提出了"气盛言宜""气盛则言之短长与声之高下皆宜"(《答李翊书》);苏辙提出"文者气之所形"。明清时,"文气"论进一步升华,至宋濂有"气充则才达"、桐城派有"神气"之说。[①] 而"气"用于骈文文论,莫道才认为,出现于《四六话》,完备于朱一新提出的"乾气内转"气韵说,并认为"乾气内转,上抗下坠"八个字"指明了骈文的命脉所在",并简析了"乾气内转"的三层含义。[②] 江祎婧以六朝骈文为例,分析了"乾气内转"的三种实现方式,即"不用虚字""平仄交替""骈散结合"。[③] 对此,吕双伟也有相关论述。[④] 但吴澄所谓"气和"的涵义,并无明确记载,也暂未有相关研究,笔者在此不作详细辨析考证。只从骈文文气观的角度,结合以上所及诸家"文气"所论,提出笔者对陆贽制诰骈文"气和"的理解,具体而言,主要体现在以下几方面:

1.气格与人格的统一

《奉天改元大赦制》气格颇高,跟作者重气节尚个性的人品思想有关。韩愈《与祠部陆员外书》一文中即提到陆贽高尚的人品和能精鉴于己,同时虚怀若谷,能博采于人等人格风范和胸襟气度。且在《顺宗实录》为陆贽撰写传记,着重赞扬了他卓越的政治才能,直言敢谏的为人风节和杰出的文学才华。具体到赦制,由于唐代骈文的改革,"辞采的变化,使得唐代诰在思辨精神和气势情感上较前更进一步"[⑤],体现出议论纵横,论辩说理,情词恳切,气势恢宏的特点。如"天谴于上,而朕不悟,人怨于下,而朕不知,驯致乱阶,变兴都邑。贼臣乘衅,肆逆滔天,曾莫愧畏,敢行凌逼,万品失序,九庙震惊,上辱于祖宗,下负于黎庶。痛心靦貌,罪实在予,永言愧悼,若坠深谷。"全用四字短语,语气急促而紧迫,造成充沛的感情和激昂大义的自谴之势。

2."意"与"气"的统一

孙梅《四六丛话·总论》评价中唐骈文家令狐楚:"详观文公所作,以意为骨,以气为

---

① 参考薛元《中国古代文气论的内涵及其渊源流变》,《德州学院学报》2017 年第 5 期,第 50—59 页。

② 莫道才《骈文文论:从辞章之论到气韵之说——论朱一新"潜气内转"说的内涵、来源与价值》,《文学评论》2013 年第 4 期,第 219—220 页。

③ 江祎婧《论清代骈文批评中的"潜气内转"》,《云梦学刊》2019 年第 3 期,第 105—109 页。

④ 吕双伟《清代骈文理论研究》,人民出版社 2011 年版,第 241、239 页。

⑤ 徐海蓉《唐代制诰的文体特征和审美追求》,《社会科学家》2016 年第 10 期,第 137 页。

用，以笔为驰骋出入，殆脱尽裁对隶事之迹，文之深于情者也。”[1]王德军分析认为：“意”指的是思想内容，“气”指的是气势、气韵，意思是令狐楚骈文写作以思想内容为主导，把气势、气韵贯通文章之中，这种“行文之法”不仅是令狐楚骈文创作的特征，也是中唐骈文作家创作的一大特征。[2] 而具体到中唐文坛，文人不再刻意追求骈文的“言对”工整，而靠思想内容的“意”来构思全文，即“文以意为之统宗”[3]。

制诰代行王言，具有相当的权威性。唐代已形成制度化、法令化的撰写程序，并对制诰文的具体应用乃至用纸进行了细分，就其适用场合做了相应说明，以合乎礼制。[4] 盛唐以后，制诰写作形成了固定的格式。如《奉天改元大赦制》以“门下”二字开头，最后以“赦书日行五百里，布告遐迩，咸使闻知”收笔。体例整体而言较规范严整。但代王言的撰写者，往往是深受儒家传统思想浸染的学者，他们怀揣“济世”“利民”之思和教民化世之抱负，在代拟制诰时，必然将这种“兼济天下”的儒家思想带入文中。尤其是身居庙堂之上的陆贽，兼具政治家和文学家的身份，具经国济世之志和积极进取之心。这种济世进取之意，体现在文章，就展现出一种刚劲、慷慨之气势，从而表现出一种铿锵力量。

《奉天改元大赦制》开篇立势，以“致理兴化，必在推诚；忘己济人，不吝改过”隔句相对四字句，提出“推诚”“改过”的观点，语气短促而经警。本文议论抒情、叙事说理，慷慨激昂，大开大合。在具体实现上，主要体现在用虚词来衔接上下句，以保持文气流畅和连贯，营造抑扬顿挫之气。如“明征厥初，以示天下。惟我烈祖，迈德庇人，致俗化于和平，拯生灵于涂炭，重熙积庆，垂二百年”“天谴于上，而朕不悟，人怨于下，而朕不知，驯致乱阶，变兴都邑”“然以长于深宫之中，暗于经国之务”，频繁出现“而”“然”“以”等虚词，若删除“而”等虚词，变成“天谴于上，朕不悟，人怨于下，朕不知，驯致乱阶，变兴都邑”“长于深宫之中，暗于经国之务”，意思没有变，但是读来会有气势不畅通、局促之感，尤其是“长于深宫之中，暗于经国之务”，删除“然以”后，转折的语气就没有了，自然也失去了那种痛心疾首的自省感。其次就是句式的灵活使用，前已论及此文骈散相间、以散入骈的特点，除此以外，文中骈偶对句，也灵活多变，有四字相对、六字相对甚至长句相对的。其中四字相对和六字相对者最多，而四字相对又可分为四字单句上下相对和四字隔句相对，如前所提“致理兴化，必在推诚；忘己济人，不吝改过”便是隔句相对；“转死沟壑，离去乡闾”“征师四方，转饷千里”“祀奠乏主，室家靡依”“万品失序，万九庙震惊”便是当句相对。四字当句相对最简洁有力，节奏最快，语气最急促，隔句相对次之。“或一日屡交锋刃，或连年不解甲胄”“不知稼穑之艰难，不察征戍之劳苦”七字当句对，语气较为平

---

① 〔清〕孙梅著，李金松校点《四六丛话》，人民文学出版社 2010 年版，第 658—659 页。

② 王德军《中唐骈文研究》，广西师范大学 2023 年博士论文。

③ 〔清〕孙梅著，李金松校点《四六丛话》，第 652 页。

④ 徐海蓉《唐代制诰的文体特征和审美追求》，《社会科学家》2016 年第 10 期，第 135 页。

缓。就这样,不同长短的对句灵活运用,及骈文结合的实践,使文章气势随着情感的起伏而起伏,造成了一种跌宕之势。

结语

总之,《奉天改元大赦制》一文,很好地体现了“情理”“辞达”“气和”的结合,陆贽的其他制诰之文也具此特点,这些包括制诰在内的奏议文,成为后世学习的典范。清代孙梅《四六丛话》评价陆贽骈文说:“案古以四六入章奏者有矣。贺奏表而外,惟荐举及进奉,则或用之。品藻比拟,此其长也。若敷陈论列,无往不可,而又纂组辉华,宫商谐协,则前无古,后无今,宣公一人而已。指事如口讲手画,说理则缕析条分,旁延景物,则兴会飞骞,远计边琐,则武库森列。大抵义蕴得自六经,而文词则《文选》烂熟也。唯公兼体,是以独擅。”①“前无古,后无今,宣公一人而已”,陆贽的在骈文史上的成就,可谓古之未有、后世亦无,更可谓“上下千年文第一”。

作者简介:

张洁,1989年生,湖南娄底人,广西师范大学出版社副编审,广西师范大学博士研究生,研究方向为唐宋文学、出版学。

① 〔清〕孙梅著,李金松校点《四六丛话》,第456页。

编后记

本辑是《骈文研究》第7卷的下辑。本辑的“骈文理论与骈文史”栏目刊发了8篇论文,陈冠明《从汉唐记室文学制度看李商隐〈樊南四六〉》从文学制度层面来看李商隐的骈文,商宇琦的《幕府视域下南宋四六启文的生成机制与创作倾向》是从幕府制度来看南宋启文的生成。贺玉洁《论古文复兴与明骈文创作的发轫》从明代古文复兴背景看骈文创作的影响。王正刚的《清代政治文化对清代骈文复兴的影响》则从政治文化大视角来看清代骈文的复兴。这都是从制度层面对骈文的研究。我们跳出单向的骈文文本,更多关注骈文文体与外部文化环境的跨领域研究。还有4篇论文是属于个案研究的。个案研究则在关注面有所拓展,既有单个骈文家的,也有骈文文论家的。林耀琳的《晚明闽人蔡复一骈文探论》、张明强的《清初成芸生平、著述及其〈四六余话补〉考论》、孟晗的《〈丽体金膏〉的编纂刊行及价值意义》、莫山洪和尹梦雨的《论郑好事〈骈文丛话〉中的骈文理论》等作了翔实的考论。“域外骈文研究”栏目刊载了3篇日本和韩国的论文,道坂昭广的《徐陵的骈文》、金愚政的《陆贽骈文的特征及〈新唐书·陆贽传〉的改作》和洪承直的《论骈文的地位》虽然都是译介,但都可以给学界了解域外研究的视野提供帮助。“骈文叙录”三篇除了文学的2篇外,还有1篇是涉及传统医学著作的《理瀹骈文》。骈体书写方式不仅仅局限在文学领域了。“民国骈文文献”整理了唐克浩的《清代骈文论略》。“读书札记”仍一如既往关注经典作品的解读。本辑推出的是张洁的《理、辞、气:从〈奉天改元大赦制〉看陆贽制诰之文体特征》。我们希望在文本细读方面作进一步的推进。

稿 约

《骈文研究》是古代文学学界唯一的骈文文体学研究的国际性学术集刊。由广西师范大学出版社出版,每年 1 卷 2 辑,已被中国知网全文收录。并被中国社会科学评价研究院评为"2022 年度中国人文社会科学期刊 AMI 综合评价"集刊入库期刊。

《骈文研究》以推动骈文学研究的发展,弘扬中华传统文化为宗旨,交流骈文研究学术成果、探讨骈文的历史之根、学术之脉、理论之魂、传统之用、文化之播。兼具国际视野,为学界提供海内外学术文献交流信息,同时注重基础文献研究和整理。

《骈文研究》设置了骈文理论与骈文史研究、域外骈文研究、骈文叙录、民国骈文文献、读书札记、骈文研究新视野、文献目录与研究索引、学术综述等栏目。欢迎学界同仁赐稿。

本刊已许可中国知网以数字化方式复制、汇编、发行、信息网络传播本刊全文。本刊支付的稿酬(包含以样刊形式支付)已包含中国知网著作权使用费,所有署名作者向本刊提交文章发表之行为视为同意上述声明。如有异议,请在投稿时说明,本刊将按作者说明处理。

投稿须知:

1.稿件须为原创首发稿,字数控制在 2 万字以内,特约稿不超过 3 万字。请用 word 文档简体字投稿(投稿信箱:1544419117@ qq.com),如有图像、表格或无法正常输入的冷僻文字等,请同时附上 PDF 格式版。请勿一稿多投。

2.行文及注释格式请参照以往刊物。

3.来稿请附作者简介,包括姓名、出生年,籍贯、学位、工作单位、职称、研究方向及方便联系的电子邮箱、通信地址、邮编、手机或微信等。

4.本刊双向匿名审稿,不向作者收取任何费用,确定采用即通知作者。稿件一经刊用,文责自负。并寄样刊 1 册。

注释格式:

1.注释采用脚注(页下注)格式,以①②③等依次排列,每页重新编号。所有引用文字均应有完整详细的出处。不采取"同上"注法。

2.专著。请注明作者、书名、册数、出版社、出版时间、页码。例:姜书阁《骈文史论》,人民文学出版社 1986 年版,第 341 页。

3.古籍。

(1)一般古籍。注明:朝代、作者、书名、卷数、篇名、出版社、页码。例:〔清〕袁枚《小仓山房诗文集》,上海古籍出版社 1988 年版,第 1398 页。

(2)现在尚未出版的古籍,注明:朝代、作者、书名、卷数、篇名、出处、页码。例:〔清〕彭元瑞选,曹振镛编《宋四六选》卷首,乾隆四十一年刻本。

(3)若古籍有著者、注释者,需要逐次注明。例:〔清〕孙梅著,李金松校点《四六丛话》,人民文学出版社 2010 年版,第 36 页。

4.译著。请注明国别、作者、译著、书名、出版社、页码。例:[日]浅见洋二著,金程宇、[日]冈田千穗译《距离与想象:中国诗学的唐宋转型》,上海古籍出版社 2013 年版,第 130 页。

5.析出文献。注明:朝代、书名,作者书名(卷或册),出版社,出版时间,页码。例:〔清〕李恩绶《讷盦骈体文存》,见莫道才主编《骈文要籍选刊》第 107 册,北京燕山出版社 2020 年版,第 343 页。

6.中外文期刊论文。标注作者、篇名、期刊名、年、期。例:莫道才《王铚骈文典故理论考说》,《文学遗产》2015 年第 2 期。